다크타워 5 [하]

STEPHEN KING

다크타워 5

스티븐 킹 장편소설 | 장성주 옮김

칼라의 늑대들 〔하〕

황금가지

THE DARK TOWER V:
Wolves of the Calla
by Stephen King

차례

제2부

이야기꽃을 피우다

제7장
밤의 정경, 굶주림

1

미아는 다시 지난번의 그 성에 있었지만, 이번에는 달랐다. 이번에는 시장한 느낌을 즐기며 천천히 거닐지 않았다. 이제 곧 식사를 시작하여 배가 꽉 찰 때까지 포식하리라는, 그리하여 자신과 배 속의 어린것 모두 만족하리라는 생각은 들지 않았다. 이번에는 바닥모를 절박함이 느껴졌다. 배에 무슨 들짐승이라도 갇힌 것처럼. 이제까지의 사냥에서 느꼈던 것은 결코 굶주림이 아니었음을, 진정한 굶주림이 아니라 단지 건강한 식욕이었음을, 미아는 깨달았다. 그런데 이번에는 달랐다.

이 아이의 때가 다가오고 있어. 미아는 생각했다. *이 아이는 더 먹어야 해, 힘을 기르려면. 그리고 나도.*

그러나 두려웠다. 미아는 겁에 질렸다. 단지 더 먹기만 해서 될 일이 아닐지도 모르기 때문이었다. 무언가 먹어야 하는 것이, 무언가 '특별한' 것이 있었다. 어린것에게는 그것이 필요했다. 왜냐하면…… 글쎄, 왜냐하면……

탄생을 완료하기 위해서.

그랬다! 그랬다, 바로 그거였다, 탄생! 그리고 그 특별한 것은 분명 연회장에서 찾을 수 있을 것이다, 연회장에는 없는 것이 없으므로. 수많은 요리가, 앞으로 나아갈수록 더욱 맛깔난 요리가 있으므로. 테이블을 따라 거닐다가 딱 맞는 것을 찾으면, 딱 맞는 채소나 향신료, 고기, 생선 알을 찾으면, 내장과 신경이 환호를 외칠 테고 그러면 미아는 그것을 먹을 것이다…… 아주 *게걸스럽게*…….

미아는 더욱 서두르기 시작했고, 이내 달리기 시작했다. 바지를 입은 자신의 두 다리가 휙휙 소리를 내는 것은 거의 느끼지도 못했다. 청바지였다, 카우보이들이 입는 것 같은. 그리고 발에는 슬리퍼 대신 장화를 신고 있었다.

목이 짧은 반장화야. 미아의 의식이 미아의 의식에게 속삭였다. *목이 짧아, 그래도 괜찮아.*

그런 것은 하나도 중요하지 않았다. 중요한 것은 식사, 그것도 포식이었고(아아 어찌나 굶주렸던지), 아기를 위해 딱 맞는 그것을 찾는 일이었다. 그것을 찾으면 아기는 더 강해지고 미아는 해산에 이를 것이다.

미아는 널따란 층계를 달려 내려갔다, 쉬지 않고 쿵쿵대는 슬로 트랜스 엔진의 속삭임을 들으면서. 이제 슬슬 기막힌 냄새가, 오븐에 구운 고기와 날짐승 바비큐와 허브를 넣은 생선의 냄새가 진동할 때였건만, 음식 냄새는 조금도 느껴지지 않았다.

감기에 걸렸나 보지. 반장화를 신은 발로 계단을 탁탁탁 내려가

며, 미아는 생각했다. *틀림없어, 감기 걸린 거야. 콧속이 온통 부어서 냄새를 하나도 못 맡는 거……*

그러나 맡을 수 있었다. 미아는 이곳의 먼지와 세월의 냄새를 맡을 수 있었다. 물이 새는 자리의 퀴퀴한 냄새나 희미하게 톡 쏘는 엔진오일의 냄새, 폐허의 방에 걸린 태피스트리와 커튼을 거침없이 뒤덮어가는 흰곰팡이의 냄새는 맡을 수 있었다.

그런 것들의 냄새는 났지만, 음식 냄새는 안 났다.

미아는 검은 대리석 바닥을 지나 양쪽으로 열리는 문을 향해 달려갔고, 이번에도 미행이 붙은 것을 눈치채지 못했다. 이번에는 총잡이가 아니라 동그래진 눈에 헝클어진 머리를 하고 면 셔츠에 면 속바지를 입은 소년이었다. 미아는 바닥에 빨강과 검정 대리석이 바둑판무늬로 깔린 전실을 가로질러 대리석과 강철이 매끈하게 뒤엉킨 조각상 앞을 지나 달려갔다. 조각상 앞에 멈춰서 무릎을 굽히고 예를 표하기는커녕, 고개도 까딱하지 않았다. 미아 *자신이* 시장한 것은 참을 수 있었다. 그러나 어린것의 허기는 그럴 수 없었다. 결코 어린것이 굶게 놔둘 수는 없었다.

미아를 (단 몇 초나마) 멈춰 세운 것은 크롬으로 도금한 조각상에 비친 자신의 뿌옇고 흐릿한 모습이었다. 청바지 위쪽은 흰색 셔츠였는데(미아의 의식이 속삭였다, *이런 걸 티셔츠라고 해*) 거기에 글씨와 그림이 그려져 있었다.

그림은 돼지를 그린 것처럼 보였다.

셔츠에 뭐가 그려졌든 무슨 상관이야, 이 여자야. 지금은 어린것이 중요해. 어린것한테 밥을 먹여야지!

연회장으로 뛰어든 미아는 절망감에 헉 소리를 내며 멈춰 섰다.

실내는 이제 그늘로 뒤덮여 있었다. 전기 횃불 몇 개는 아직 빛을 뿜고 있었지만 대부분은 꺼진 채였다. 안쪽 깊숙한 곳의 벽에 홀로 켜져 있던 전기 횃불은 빠직거리며 깜빡이다가 검게 변했다. 특별한 흰색 접시들은 초록색 벼가 아롱다롱 그려진 파란 접시로 바뀌어 있었다. 벼 줄기들이 만든 대문자 ※원서 429쪽 5줄 문자※의 의미를, 미아는 안다. 그것은 영원이자 현재이며, 또한 *컴 코말라*의 컴, 즉 도래를 뜻하기도 한다. 그러나 접시는 아무래도 상관없었다. 장식 무늬도 중요하지 않았다. 중요한 것은 접시와 아름다운 크리스털 잔이 죄다 텅 빈 채 먼지를 뒤집어쓰고 있다는 사실이었다.

아니, 모조리 빈 것은 아니었다. 목이 긴 잔 하나에 검은 과부 거미가 줄줄이 달린 다리를 접어 몸통의 빨간 모래시계 무늬에 붙인 채로, 죽어 엎드려 있었다.

은제 통에서 삐죽 나와 있는 와인 병이 눈에 띄자 배에서 부인할 수 없는 꼬르륵 소리가 들려왔다. 미아는 병을 홱 낚아챘다, 통 속에 얼음커녕 물도 없다는 것은 신경도 쓰지 않고서. 통 속은 완전히 말라 있었다. 그래도 병은 묵직했다. 속에 든 액체는 출렁거릴 만큼 양이 많았고……

그러나 병 주둥이에 입을 대기도 전에, 코를 찌르는 식초 냄새가 너무나 독해서 미아는 눈물이 핑 돌았다.

"이런 *썩을!*" 미아는 악을 지르며 병을 내던졌다. "아주 썩어 뒈 *질!*"

병은 돌바닥에 부딪혀 산산이 부서졌다. 테이블 아래에 있던 것들이 놀라서 찍찍거리며 달아나는 기척이 들렸다.

"그래, 빨리 뛰는 게 좋을 거다!" 미아가 외쳤다. "뭔지 모르지만 썩 꺼져버려! 여기 누구의 딸도 아닌 미아가 왔다, 그런데 기분이 썩 좋지가 않아! 그래도 난 먹을 거다! 암! 당연히 먹어야지!"

대담한 선언이었지만, 정작 테이블 위에는 먹을 수 있는 것이 하나도 없었다. 빵이 있기는 했지만 미아가 집어들자 돌로 변해버렸다. 먹다 남긴 생선 같은 것도 있었지만 이미 썩어서 초록색과 흰색의 구더기가 바글거렸다.

눈앞의 쓰레기에도 아랑곳하지 않고 배에서는 요란하게 꼬르륵거리는 소리가 들렸다. 설상가상으로 배 속 깊숙한 곳의 *어떤 것이* 다급해졌는지, 걷어차면서 밥을 달라고 울부짖었다. 그것은 말을 하는 대신 미아 몸속의 어떤 스위치들을 켜서 그렇게 전했다. 신경계 속 가장 원시적인 부분에 박혀 있는 스위치들이었다. 미아는 목이 바싹 탔다. 입은 앞서 던져버린 와인을 마신 양 오그라들었다. 커다래진 눈이 불룩 튀어나오면서 시야는 더욱 또렷해졌다. 모든 사고가, 모든 감각이, 그리고 모든 본능이 단순한 한 가지 생각에 맞춰졌다. *먹을 것.*

테이블 저쪽 끄트머리 너머에 스크린이 있었고, 거기에 검을 높이 치켜들고 늪지에서 말을 달리는 아서 엘드와 그 뒤를 따르는 총잡이 기사 세 명의 모습이 보였다. 아서 엘드의 목에는 거대한 뱀 사이타가 걸려 있었는데 아마도 그가 방금 막 죽인 모양이었다. 또 한 번의 성공적인 모험! 멋진 업적! 사나이들의 모험! 석궁! 마법의 뱀을 죽이는 모험이 미아와 무슨 상관일까? 미아의 배 속에는 어린 것이 있는데, 그 어린것이 지금 굶주렸는데.

배고파. 미아는 자기 것이 아닌 목소리로 생각했다. *그 어린것이 지금 배가 고파.*

스크린 뒤에는 문 두 짝이 달려 있었다. 미아는 그 문을 밀어젖히고 들어갔다. 어린 제이크가 속옷 차림으로 연회장 반대편 끄트머리에 서서 겁에 질린 눈으로 자신을 지켜보고 있는 줄도 모른 채.

주방도 마찬가지로 휑하니 비어 있었고, 마찬가지로 먼지가 끼어 있었다. 조리대 위에 짐승 발자국이 문신처럼 남아 있었다. 냄비와 프라이팬과 석쇠는 바닥에 어지럽게 나뒹굴었다. 그 난장판 너머에 개수대가 네 개 있었는데 그중 한 개는 물이 고여서 조류가 잔뜩 번져 있었다. 실내에는 기다란 형광등이 불을 밝히고 있었다. 안정적으로 빛나는 것은 몇 개 되지 않았다. 대부분은 켜졌다 꺼졌다 하면서 이 난장판에 현실이 아닌 악몽 같은 면모를 부여했다.

거치적거리는 냄비와 프라이팬을 발로 차면서, 미아는 주방을 가로질러 걸어갔다. 눈앞에 커다란 오븐 네 개가 나란히 놓여 있었다. 세 번째 오븐의 문이 빼꼼히 열려 있었다. 그 틈으로 약하게 아른거리는 열기가 흘러나왔다. 마지막 숯덩이가 꺼진 지 예닐곱 시간은 된 벽난로에서 느껴질 법한 열기였다. 그리고 미아의 배 속을 아우성치게 했던 냄새가 다시 진동했다. 오븐에 방금 구운 고기의 냄새였다.

미아는 오븐 문을 열었다. 안에는 정말로 구운 고깃덩이가 있었다. 그 위에 고양이만 한 쥐가 앉아서 고기를 뜯는 중이었다. 오븐 문 여는 소리에 고개를 돌린 쥐가 까맣고 기세등등한 눈으로 미아를 바라보았다. 기름이 하얗게 번들거리는 쥐의 수염이 바르르 떨렸다. 뒤이어 쥐가 다시 고깃덩이로 고개를 돌렸다. 입술을 쩝쩝거리는 소리와 고기 뜯는 소리가 미아의 귀에 들려왔다.

안 돼, 서생원 나리. 이건 너 먹으라고 남겨진 게 아니야. 나랑 내

어린것이 먹을 거야.

"마지막 기회야, 친구!" 미아는 조리대와 그 밑의 수납장 쪽으로 돌아서며 노래하듯 말했다. "기회가 있을 때 달아나는 게 좋아! 난 경고했어!" 그러나 소용이 없었다. 서생원도 배가 고팠으므로.

수납장 서랍을 열어 보니 빵 도마와 밀대뿐이었다. 밀대를 쓸까 하는 생각이 언뜻 떠올랐지만, 다른 길이 있는데도 굳이 쥐의 피를 저녁 식사에 필요 이상으로 끼얹고 싶지는 않았다. 그 아래의 문을 열자 머핀과 디저트 과자용 틀이 보였다. 미아는 왼쪽으로 가서 다른 서랍을 열었고, 거기서 찾던 물건을 발견했다.

미아는 칼을 쓸까 하다가 대신 고기 포크를 들었다. 15센티미터 짜리 쇠 날 두 개가 달린 커다란 포크였다. 미아는 그 포크를 들고 줄지어 늘어선 오븐 앞으로 가서 망설이다가, 다른 오븐 세 개도 살펴보았다. 역시 예상대로 비어 있었다. 무언가, 어떤 숙명 또는 섭리 또는 *카*가 갓 구운 고기를 남겨두었지만, 한 사람 몫뿐이었다. 서생원은 그 고기를 자기 것으로 여겼다. 그것이 서생원의 실수였다. 미아 생각에 서생원이 또 실수를 저지를 일은 없었다. 적어도 이번 생에서는.

미아는 몸을 숙여 다시 한 번 갓 구운 돼지고기 냄새로 코를 가득 채웠다. 입술이 벌어지고 배시시 웃는 입의 양쪽 가장자리에서 침이 주르르 흘렀다. 서생원은 이번에는 돌아보지 않았다. 미아가 별 위협이 아니라고 판단했던 것이다. 그래도 상관없었다. 미아는 몸을 더 숙이고 숨을 한 번 들이쉰 다음, 고기 포크로 서생원을 찔렀다. 쥐새끼 케밥 완성! 미아는 포크를 꺼내어 코앞으로 들어올렸다. 쥐는 혼신의 힘을 다해 버둥거리며 허공에 발길질을 하고 머리를 꺼떡거렸고, 포크 손잡이로 흘러내린 피는 미아의 주먹을 흥건히 물들였다. 미아는 여전히 버둥거리는 쥐를 더러운 물이 든 개수대로 들고 가서 포크를 흔들어 홱 던졌다. 쥐는 첨벙 소리와 함께 물속으로 사라졌다. 한순간 꼬리 끄트머리가 수면 위에서 부르르 떨다가 이내 함께 사라졌다.

미아는 개수대 앞을 지나가며 수도꼭지를 하나씩 틀어보았다. 마지막 수도꼭지에서 물이 쫄쫄 떨어졌다. 미아는 거기에 피투성이 손을 대고 얼룩이 지워질 때까지 씻었다. 그런 다음 오븐 앞으로 돌아가 바지 엉덩이에 손을 닦았다. 제이크는 이제 주방 문 바로 안쪽에 서서 이쪽을 지켜보고 있었고, 숨을 생각도 하지 않았지만, 미아는 아이가 있는 것을 눈치채지 못했다. 고기 냄새에 완전히 사로잡혀 있었던 것이다. 충분하지는 않았지만, 배 속의 어린것이 원하는 바로 그것도 아니었지만, 당장은 그 정도로도 충분했다.

미아는 오븐 안쪽으로 손을 뻗어 구이 판 양 옆을 잡았다가, 헉 소리와 함께 물러서서 손을 떨며 씩 웃었다. 고통으로 일그러진 웃음이었지만 즐거워하는 기색이 아예 없지는 않았다. 서생원은 열기를 버티는 힘이 미아보다 세 배는 더 강했거나, 아니면 세 배는 더 배가 고팠을 것이다. 사람이든 무엇이든 지금 이 순간 미아 자신보다 더 굶주린 존재가 있다고는 믿기 힘들었지만.

"배고파 죽겠다!" 미아는 그렇게 외치고 껄껄 웃으며 수납장 쪽으로 간 다음, 서랍을 재빨리 하나씩 열고 닫았다. "이 미아께서 배가 고프시다, 이거야! 모어하우스커녕 어떤 하우스에도 안 가본 몸이지만, 이 미아께서 배가 고프시다! 그리고 내 어린것도!"

미아가 찾던 오븐 장갑은 (늘 그랬듯이) 마지막 서랍에서 나왔다.

양손에 장갑을 끼고 서둘러 오븐으로 돌아간 미아는 허리를 숙이고 고깃덩이를 꺼냈다. 웃음소리가 삽시간에 놀라서 헉 하는 소리로 바뀌더니…… 다시 깔깔대는 웃음소리가 터져나왔다. 더욱 크고 격렬한 소리였다. 이런 바보 같으니! 정말 구제불능의 멍청이가 아닌가! 한순간 미아는 서생원이 갉아먹은 자국이 딱 한 군데밖에 없는, 껍데기가 바삭하도록 구운 그 고깃덩이가, 어린애의 주검인 줄 알았다. 과연, 통돼지 로스트는 실제로 생김새가 조금은 어린애를…… 아기를…… 또는 누군가의 어린것을 닮았는데…… 이제 꺼내놓고 보니 감은 눈과 그을린 귀와 벌린 입에 물고 있는 구운 사과까지, 어느 모로 보나 분명히 통돼지 로스트였다.

돼지를 조리대에 올려놓으면서, 미아는 다시금 전실의 조각상에 비췄던 자신의 모습을 떠올렸다. 그러나 당장은 신경 쓰지 않기로 했다. 배에서 굶주린 함성이 아우성을 치고 있었으므로. 미아는 고기 포크가 있던 서랍에서 커다란 식칼을 꺼낸 다음, 사과의 벌레 먹은 자리를 도려내듯이 서생원이 갉아먹은 자리를 잘라냈다. 그 조각은 어깨 너머로 휙 던져버리고 고깃덩이를 통째로 든 다음, 거기에 얼굴을 파묻었다.

문 옆에서는 제이크가 그 광경을 지켜보았다.

예리하게 날이 서 있던 굶주림이 조금 무뎌지자 미아는 계산과 절망 사이에서 흔들리는 표정으로 주방을 두리번거렸다. 이 고기를 다 먹으면 어떻게 해야 할까? 이렇게 지독한 허기가 또 찾아오면 뭘로 다스려야 할까? 또 어린것이 정말로 원하는 것, 정말로 필요한 그것은 어디서 구해야 할까? 그것이 특별한 음식이든 음료이든 비타민이든 간에, 미아는 무슨 짓을 해서라도 찾아서 잔뜩 쟁여둘 작정이었다. 통돼지 로스트는 비슷하기는 했지만(어린것을 다시 잠재우기에는 충분했다, 모든 신과 인간 예수의 은총으로), 그래도 부족했다.

미아는 돼지를 일단 구이 판에 쿵 내려놓은 다음, 입고 있던 티셔츠를 머리 위로 당겨 벗어서 앞면이 보이도록 뒤집었다. 거기에는 선홍빛으로 구워졌는데도 태평해 보이는 돼지가 그려져 있었다. 더 없이 행복하게 웃는 돼지였다. 그 위로 낡은 판자에 쓴 것처럼 보이는 글씨는 이러했다. 딕시 피그, 렉싱턴 대로와 61번가 교차점. 그 아래에는 이런 문구가 적혀 있었다. "뉴욕 최고의 돼지갈비 바비큐"―미식매거진.

딕시 피그라. 미아는 생각했다. *딕시 피그. 그 이름을 어디서 들었더라?*

생각이 안 났지만, 필요하다면 렉싱턴 대로가 어딘지는 찾을 수도 있을 듯싶었다. "3번 대로하고 파크 애비뉴 사이에 있는 길이야. 거기 있는 거잖아, 안 그래?"

주방 문을 살짝 열어둔 채 빠져나온 아이는 그 말을 듣고 애처롭게 고개를 끄덕였다. 그랬다, 그 길이 맞았다.

뭐, 좋아. 미아는 생각했다. *당장은 이거면 돼, 어차피 이 정도면 충분해. 그리고 그 책에 나온 여자가 그랬잖아, 내일은 내일의 태양이 뜬다고. 걱정은 그때 가서 해도 돼. 안 그래?*

그랬다. 미아는 고깃덩이를 다시 들고 먹기 시작했다. 쩝쩝대는 소리는 앞서 쥐가 내던 소리와 그리 다르지 않았다. 정말이지 다를 게 없었다.

2

티안과 잘리아 부부는 에디와 수재나에게 자기네 침실을 내주겠
다고 고집했다. 손님들은 거기서 자면 정말로 마음이 편할 것 같지
않다고 주인 부부를 설득하느라 애를 먹었다. 마침내 묘수를 생각해
낸 사람은 수재나였다. 망설이다가 나직한 목소리로 재퍼즈 부부에
게 말하길, 러드 시내에서 어떤 끔찍한 일을 겪는 바람에 둘 다 집
안에서 편히 잘 수 없는 후유증이 생겼다고 했던 것이다. 축사 같은
곳, 원하면 언제든 바깥을 내다볼 수 있는 문이 달린 곳이 훨씬 편
하다고.

그럴 듯한 사연이었고, 수재나의 이야기 솜씨도 훌륭했다. 이야
기를 들으며 동정하는 표정으로 철석같이 믿는 티안과 잘리아를 보
며 에디는 죄책감이 들었다. 러드에서 안 좋은 일이 잔뜩 일어난 것
은 사실이었지만, 집 안에서 자는 것이 불안해질 만한 일은 둘 중
누구도 겪은 적이 없었다. 적어도 에디 생각에는 그렇지 않았다. 원
래 살던 세계를 떠난 후로 두 사람이 진짜 지붕이 있는 진짜 집에서
밤을 보낸 적은 딱 한 번(바로 전날 밤)뿐이었으므로.

이제 에디는 잘리아가 짚단 위에다 깔아준 담요에 책상다리를 하
고 앉아 있었다. 남은 담요 두 장은 한쪽으로 젖혀진 채였다. 마당을
내다보던 에디의 눈길은 할아버지가 자기 이야기를 들려주었던 포
치를 지나 강 쪽으로 향했다. 달은 구름에 숨었다 나왔다 하면서 사
방을 은색으로 물들였다가, 다시 어둠에 밀려났다. 에디는 눈길이
향하는 곳을 볼 생각이 별로 없었다. 앉은 자리 아래쪽의 축사 바닥
판자에, 소와 말 우리가 있는 곳에 청각을 집중한 탓이었다. 수재나

는 그 아래 어딘가에 있었다, 틀림없이 있었지만, 맙소사, 너무나 조용했다.

그나저나 저건 누구지? 롤랜드는 저 여자가 미아라고 했지만, 그건 그냥 이름일 뿐이야. 저 여자 진짜 정체가 뭐야?

그러나 그냥 이름은 아니었다. 그건 귀족어로 어머니라는 뜻이다. 총잡이는 그렇게 말했다.

미아의 뜻은 어머니였다.

그래. 하지만 내 아이의 어머니는 아니야. 그 어린것은 내 아들이 아니야.

아래쪽에서 나지막한 쿵 소리가 나더니 널빤지 삐걱대는 소리가 그 뒤를 이었다. 에디는 흠칫 몸이 굳었다. 그랬다, 수재나가 저 아래에 있었다. 슬슬 그럴 거라고 의심하던 참이었는데 정말로 아래층에 있었다.

여섯 시간 정도 꿈도 안 꾸고 깊이 자다가 깨어나 보니, 수재나가 없었다. 에디는 열어놓았던 축사 앞문으로 가서 바깥을 내다보았다. 거기에 있었다. 에디는 달빛 아래에서도 휠체어에 앉아 있는 사람이 실은 수재나가 아니라는 것을 알 수 있었다. 그의 수재나가 아니었고, 오데타 홈스도 데타 워커도 아니었다. 그런데도 완전히 낯설지는 않았다. 그 여자는……

뉴욕에서 봤던 그 여자야, 그땐 다리가 있었고 걷는 법도 알았지만. 그 여잔 다리가 있었어, 그리고 장미에 너무 가까이 가지 않으려고 했어. 딴에는 핑계가 있었지. 그럴 듯한 핑계가. 하지만 진짜 이유가 뭔지 내가 한번 말해볼까? 두려웠던 거야. 자기 배 속에 있는 뭔지 모를 것이 장미 때문에 다칠까 봐.

그럼에도 에디는 저 아래에 있는 여자가 가여웠다. 정체가 뭐든, 속에 뭘 품고 있든, 그 여자는 제이크 체임버스를 구하려다가 저렇게 되고 말았다. 에디에게 열쇠를 깎을 시간을 벌어주려고 스톤 서클의 악마를 붙잡아 자신의 몸속에 가두느라.

열쇠를 조금만 더 빨리 완성했다면…… 네가 그렇게 망할 겁쟁이가 아니었다면…… 저 여잔 처음부터 이런 고생을 할 필요도 없었어. 그 생각을 해본 적은 있냐?

에디는 그 생각을 떨쳐버렸다. 물론 아예 틀린 생각은 아니었다. 열쇠를 깎는 동안 에디는 자신감을 잃었고, 그래서 제이크를 끌어당길 시간이 됐는데도 다 완성하지 못했다. 그러나 그런 식의 사고는 더 이상 하지 않기로 했다. 자학의 흔적을 훌륭하게 나열하는 것 말고는 아무 짝에도 쓸모없는 사고방식이기 때문이었다.

정체가 뭐든 간에, 에디는 저 아래에 보이는 여자를 깊이 동정했다. 밤의 나른한 정적 속에서, 갈마드는 달빛과 어둠의 막을 통과하며, 여자는 수재나의 휠체어를 밀고 먼저 마당 저편까지 갔다가…… 다시 돌아오더니…… 다시 갔다가…… 왼쪽으로…… 다시 오른쪽으로 방향을 틀었다. 그 모습은 샤딕의 공터에서 보았던 낡은 로봇들, 에디가 롤랜드의 명령을 받고 쐈던 그 로봇들과 살짝 비슷했다. 그런데 그게 놀랄 일일까? 이날 밤 잠에 빠져들면서, 에디는 그 로봇들과 롤랜드가 그것들에 관해 했던 말을 생각하고 있었다. *내가 보기에 놈들은 깊은 슬픔에 잠겨 있소. 놈들 나름의 기이한 방식으로 말이오. 에디가 놈들을 슬픔으로부터 구원해줄 거요.* 에디는 그렇게 했다, 얼마간의 설득 끝에. 굽이굽이 마디가 져서 뱀처럼 생긴 로봇, 언젠가 에디가 생일 선물로 받았던 장난감 트랙터처럼 생긴 로봇, 성질 사나운 스테인리스스틸 쥐처럼 생긴 로봇까지. 에디는 그것들을 모조리 쏴서 명중시켰다, 날아다니는 기계 짐승처럼 생긴 놈만 빼놓고. 그 로봇은 롤랜드가 격추시켰다.

그 고물 로봇들처럼, 저 아래 마당에 있는 여자는 어딘가 가려 했지만 그곳이 어딘지는 알지 못했다. 뭔가 갖고 싶어 했지만 그게 뭔지는 알지 못했다. 문제는, 에디가 뭘 어떻게 해야 하는가였다.

그냥 가만히 지켜보면 돼. 그러는 동안 이 집 식구들 중에 누가 일어나서 저 여자가 휠체어를 타고 마당을 돌아다니는 걸 발견했을 때 둘러댈 이야기나 생각해봐. 러드에서 생긴 외상후 스트레스 증후군이 한 가지가 아니었다거나, 뭐 그런 거.

"흠, 그 정도는 나도 할 수 있겠는데." 그렇게 중얼거리는 순간, 수재나는 휠체어를 돌려 다시 축사로 돌아왔다. 이제는 뚜렷한 목적을 갖고 움직이고 있었다. 에디는 누워서 자는 척했지만, 위층으로 올라오는 소리 대신 희미하게 철컹거리는 소리와 힘을 쓰느라 끙 하는 소리가 들렸고, 뒤이어 널빤지 삐걱대는 소리가 축사 뒤쪽으로 이어졌다. 에디는 휠체어에서 내린 수재나가 평소처럼 날렵하게 땅을 짚으며 안쪽으로 움직이는 광경을 머릿속으로 그려보았는데…… 그런데 뭘 하러 가는 걸까?

5분 동안 정적이 흘렀다. 꽥 하는 소리가 한 번, 짧고 날카롭게 들려왔을 때, 에디는 정말로 긴장하기 시작했다. 어린애의 비명과 너무나 비슷한 그 소리에 에디는 불알이 졸아들고 소름이 오소소 돋을 지경이었다. 축사 1층으로 내려가는 사다리가 눈에 들어왔지만 에디는 조금 더 기다리기로 했다.

돼지 소리였어. 어린 놈. 그냥 새끼 돼지야, 그게 다야.

어쩌면. 그러나 자꾸만 떠오르는 것은 어린 쌍둥이의 모습이었다. 특히 그 여자애. 리아, 미아와 운이 맞는 이름이었다. 아직 아기나 다름없는 아이들이었고, 수재나가 어린애의 목을 딸 거라는 생각은 터무니없는 망상이었다. 하지만……

하지만 저 아래에 있는 건 수재나가 아니야. 그리고 저 여자를 수재나로 여기기 시작하면 넌 보나마나 마음을 다칠 거야, 전에 마음을 다칠 뻔했던 것처럼.

마음을 다치다니, 젠장. 그때 에디는 죽을 뻔했다. 하마터면 가재 괴물들한테 얼굴을 뜯어먹힐 뻔했다.

그 괴물 떼한테 날 던져준 건 데타였어. 지금 이 여자는 데타가 아니야.

사실이었다. 그리고 에디는 그 여자가 어쩌면 데타보다 훨씬 착할 거라는 생각을, 실은 그럴 거라는 단순한 직감을 품고 있었다. 그러나 거기에 목숨을 걸 만큼 어리석지는 않았다.

그럼 아이들의 목숨은? 티안과 잘리아의 아이들은?

어찌할 바를 모르는 채로, 에디는 가만히 앉아 땀만 흘렸다.

끝이 없을 것 같던 기다림은 끝이 났고, 꽥 소리와 삐걱대는 소리가 더 들려왔다. 마지막 소리는 다락으로 올라오는 사다리 바로 밑에서 났다. 에디는 자리에 누워서 눈을 감았다. 그래도 다 감지는 않았다. 속눈썹 사이로 가만히 보니 아래에서 올라오는 여자의 머리가 보였다. 그 순간 구름 뒤에서 나온 달이 다락을 환히 밝혔다. 여자의 양 입가에 묻은 초콜릿처럼 짙은 피를 보며, 에디는 까먹지 말고 아침에 일어나서 닦아줘야겠다고 생각했다. 재퍼즈네 식구 누구에게도 그 모습을 들키고 싶지 않았던 것이다.

내가 보고 싶은 건 쌍둥이들이야. 에디는 생각했다. 두 쌍 다, 네 명 모두, 멀쩡히 살아 있는 모습이야. 특히 리아가. 그거 말고 또 바라는 게 있다면? 티안이 찡그린 얼굴로 축사에서 나오는 거. 티안이 우리한테 혹시 밤에 무슨 소리 못 들었냐고 물어보는 거. 여우나, 아니면 여기 사람들이 말하는 바위 고양이라는 놈의 소리. 왜냐면, 봐, 새끼 돼지가 한 마리 안 보이잖아. 미아인지 누군지는 모르겠지만 먹다 남긴 걸 잘 숨겨놨으면 좋겠네. 잘 숨겨놨으면 좋겠어.

여자는 에디 곁으로 와서 눕더니, 딱 한 번 뒤척이고는 그대로 잠들었다. 숨소리로 보아 잠든 것이 확실했다. 에디는 고개를 돌려 모두가 잠든 재퍼즈네 집 쪽을 바라보았다.

집 근처에는 절대 안 갔어.

그랬다, 휠체어를 밀고 축사를 통과하여 곧장 뒷문으로 빠져나갔다면 또 모르지만. 혹시 그랬다면 집 뒤로 돌아가서…… 창문으로 몰래 들어가서는…… 어린 쌍둥이 중 한 명을…… 그 여자애를 잡아서…… 축사로 데려온 다음…… 그다음은……

이 여자는 안 그랬어. 일단 그럴 시간 자체가 없었어.

어쩌면 그럴지도 몰랐지만, 아무튼 날이 밝으면 훨씬 마음이 놓일 것 같았다. 아침 식탁에서 아이들 모두를 보고 나면. 다리가 통통하고 배가 볼록 나온 아기 에런까지 포함해서. 에디는 가끔 길에서 그런 아기가 탄 유모차를 밀고 가는 아이 엄마를 봤을 때 어머니가 하던 말이 떠올랐다. 너무 귀엽다! 먹어버리고 싶을 정도로 예쁘네!

그만해. 잠이나 자!

그러나 에디가 다시 잠든 것은 한참 후의 일이었다.

3

악몽에서 깨어난 제이크는 숨이 턱 막혔고, 자기가 어디에 있는
지 알 수 없었다. 일어나 앉아 바르르 떨면서, 제이크는 양팔로 몸을
감쌌다. 몸에 걸친 것은 너무 헐렁한 민무늬 면 셔츠와 조잡하게 만
든 면 반바지뿐이었다. 운동복처럼 생긴 그 바지 역시 너무 헐렁했
다. 이건 도대체……?

뭐라고 투덜거리는 소리, 뒤이어 희미한 방귀 소리가 들렸다. 소
리가 들린 곳으로 눈을 돌리니 담요 두 장을 겹쳐 눈 밑까지 뒤집
어쓴 베니 슬라이트먼이 보였고, 그제야 모든 것이 이해가 갔다. 제
이크는 베니의 속셔츠와 베니의 속바지를 입고 있었다. 그들이 있
는 곳은 베니의 텐트 안이었다. 텐트는 강이 내려다보이는 절벽 위
에 있었다. 베니가 말하길 이 부근의 강변 땅은 돌투성이라 쌀농사
를 짓기는 힘들지만, 낚시를 하기에는 최고였다. 그래서 조금만 운
이 좋으면 데바테테 와이 강에서 아침거리를 직접 낚을 수 있을 거
라고 했다. 제이크와 오이가 영감님 댁으로 돌아가 자기 딘과 카텟
과 함께 하루 이틀쯤, 어쩌면 더 오래 머물러야 한다는 것은 베니도
알았지만, 그러고 나면 아마도 다시 돌아올 것 같았다. 이곳은 고기
가 잘 잡혔고, 상류로 조금 올라가면 헤엄을 치기도 좋았고, 근처의
동굴은 캄캄한 어둠 속에서 벽이 반짝반짝 빛을 냈다. 심지어 동굴
에 사는 도마뱀까지 반짝거렸다. 제이크는 갖가지 모험을 할 생각에
가슴이 부푼 채 잠이 들었다. 총을 안 차고 온 것은 불만이었지만(총
없이 안심하기에는 요즘 들어서 본 것도 겪은 것도 너무 많았으므로), 앤
디가 지켜줄 거라는 확신 덕분에 안심하고 깊이 잠들었다.

그리고 꿈을 꾸었다. 끔찍한 꿈을. 황폐한 성의 널따랗고 지저분한 주방에 수재나가 있었다. 손에 든 고기 포크에 쥐가 꿰인 채 버둥거리고 있었다. 쥐의 피가 포크의 나무 손잡이를 타고 흘러내려 손을 물들이는 동안 수재나는 그 손을 높이 쳐들고 웃고 있었다.

꿈이 아닌 걸 너도 알잖아. 롤랜드 아저씨한테 말해야 해.

뒤이어 떠오른 생각은 왠지 더욱 불안했다. *롤랜드 아저씨는 이미 알고 있을 거야. 에디 아저씨도.*

제이크는 무릎을 당겨 팔로 정강이를 감쌌다. 에이버리 선생님의 작문 수업 시간에 제출한 기말 과제를 자세히 읽었을 때 이후로 이렇게 비참한 기분은 처음이었다. 그 글의 제목은 「내가 생각하는 진실」이었다. 이제는 그 진실을 훨씬 똑똑히 이해했고, 롤랜드가 '터치'라고 부르는 힘 덕분에 그 글을 쓸 수 있었다는 것도 이해했지만, 처음에 느꼈던 감정은 순수한 공포였다. 지금 느끼는 감정은 그때의 공포가 아니라…… 뭐랄까……

슬픔이야. 제이크는 생각했다.

그랬다. 그들은 카텟이어야 했다, 여럿이 하나 된 자들. 그런데 그 유대가 깨지고 말았다. 수재나는 다른 사람이 됐고 롤랜드는 수재나에게 그 사실을 감추려 했다. 이 세계에, 또 다른 세계에 늑대들이 쳐들어온다는 이유로.

칼라의 늑대들, 뉴욕의 늑대들.

제이크는 화를 내고 싶었지만 누구에게 화를 내야 할지 알 수가 없었다. 결국 수재나는 제이크 자신을 도우려다 임신을 하게 됐고, 롤랜드와 에디가 그 사실을 알리지 않는 것은 수재나를 보호하기 위해서였다.

그래, 맞아. 화난 목소리가 말했다. *그리고 늑대들이 선더클랩에서 몰려올 때 수재나가 활약하기를 바라기 때문이기도 해. 수재나가 유산을 하든가 신경 쇠약에 걸리든가 하면 총잡이가 한 명 줄어드는 셈이니까.*

옳은 생각이 아니란 것은 알았지만, 제이크는 꿈 때문에 지독한 충격에 휩싸여 있었다. 자꾸만 그 쥐가 떠올랐다. 고기 포크에 꿰인 채 버둥거리는 쥐가. 그 쥐를 높이 든 수재나가. 그리고 수재나의 웃음이. 잊을 수가 없었다. *웃고 있었어.* 그 순간 제이크는 수재나의 머릿속을 터치했고, 거기에 도사린 생각은 *쥐새끼 케밥*이었다.

"말도 안 돼." 제이크는 나지막이 중얼거렸다.

롤랜드가 수재나에게 미아 이야기를 안 한 이유가 짐작이 갔다. 미아가 '어린것'이라고 부르던 아기 이야기도. 그러나 총잡이는 모르는 걸까? 그보다 훨씬 중요한 것을 이미 잃어버렸다는 것을, 이대로 계속 가다간 하루하루 조금씩 더 잃어버린다는 것을?

그 사람들이 너보다 더 잘 알 거야, 어른들이니까.

제이크는 바보 같은 소리라고 생각했다. 어른이라고 해서 다 사리판단을 잘한다면 제이크의 아버지는 왜 필터도 안 달린 담배를 하루에 세 갑씩 피우고 코피가 나도록 코카인을 들이마셨을까? 어른이라는 것이 곧 올바른 일이 뭔지 분별하는 특별한 지식을 얻었다는 뜻이라면, 제이크의 어머니는 어째서 팔 근육만 커다랗고 뇌는 없는 전담 마사지사와 바람을 피웠을까? 어째서 두 사람 다 알아채지 못했을까, 여름으로 향해가던 1977년 봄에 자기네 아들이(가사 도우미밖에 모르는 '맹꽁이'라는 별명을 가진 그 아이가) 슬슬 미쳐가고 있었던 것을?

이건 그거랑 달라.

하지만 혹시라도 같다면? 혹시라도 롤랜드와 에디가 이 문제와 너무 가까워서 진실을 못 보는 거라면?

진실이 뭔데? 네가 생각하는 진실이 뭐야?

그들이 이제 카텟이 아니라는 것. 그것이 제이크가 생각하는 진실이었다.

맨 처음 대화를 나눌 때 롤랜드가 캘러핸에게 뭐라고 했던가? *우리는 원이고, 원이 되어 굴러가오.* 그때는 그 말이 진실이었지만, 제이크 생각에 이제는 진실이 아니었다. 사람들이 타이어가 펑크 났을 때 하는 오래된 농담이 떠올랐다. *뭐, 그냥 바닥이 평평해진 것뿐이야.* 이제 그들이 그 신세였다. 바닥이 평평해진 타이어. 더는 진정한 카텟이 아니었다. 서로에게 비밀을 감추면서 어떻게 카텟일 수가 있을까? 그리고 그들 사이의 비밀이 미아와 수재나의 배 속에서 자라는 아기뿐일까? 제이크 생각에는 그렇지 않았다. 무언가 더 있었다. 롤랜드가 수재나뿐 아니라 그들 모두에게 감추고 있는 것이.

함께라면 우린 늑대들을 이길 수 있어. 제이크는 생각했다. *우리가 카텟이라면. 하지만 이대로는 안 돼. 여기서도, 뉴욕에서도. 이길 수 있을 리가 없어.*

그 생각의 꼬리를 물고 또 다른 생각이, 너무나 끔찍해서 떨쳐버리고 싶은 생각이 떠올랐다. 하지만 그럴 수 없었다. 떠올리고 싶은 마음은 눈곱만큼도 없었지만, 그래도 찬찬히 고민해봐야 할 생각이었다.

내 손으로 해결할 수도 있잖아. 내가 직접 수재나 아줌마한테 말하면 돼.

그래서 그다음은? 롤랜드에게는 뭐라고 해야 할까? 어떻게 설명하면 좋을까?

난 못해. 내가 설명해봤자 아저씨는 알아듣지도 못할 거야. 내가 할 수 있는 거라곤……

제이크는 롤랜드가 코트에게 맞았던 날의 이야기를 떠올렸다. 곤봉을 쥔 백전노장의 스승, 그리고 자신의 매를 손에 앉힌 미숙한 소년. 만약 제이크가 롤랜드의 결정을 거스르고 수재나에게 이제껏 감춰졌던 진실을 털어놓는다면, 이는 곧바로 제이크 자신의 성인식으로 이어질 터였다.

하지만 난 아직 준비가 안 됐는걸. 아마 롤랜드 아저씨도 별 준비가 안 된 상태였겠지만, 난 아저씨가 아니야. 아저씨 같은 사람은 아무도 없어. 아저씨가 이겨서 나를 동쪽의 선더클랩으로 혼자 보내버릴 거야. 오이는 따라오려고 하겠지만, 데려가면 안 돼. 거기엔 죽음밖에 없으니까. 어쩌면 우리 카텟 모두 죽을지도 몰라, 나 같은 꼬맹이 하나는 말할 것도 없고.

그럼에도, 비밀을 숨기는 롤랜드의 행동은 옳지 않았다. 그래서? 그들은 다 함께 다시 모여 캘러핸의 나머지 이야기를 들을 터였다. 그리고 어쩌면, 캘러핸의 교회에 있는 물건을 마주할지도 몰랐다. 그때는 어떻게 해야 할까?

얘기해야 돼. 아저씨가 잘못하고 있는 거라고 설득해야 돼.

그랬다. 그 정도는 할 수 있었다. 힘들겠지만, 할 수는 있었다. 에디한테도 얘기해야 할까? 제이크 생각에는 그렇지 않았다. 에디까지 알면 문제가 더 복잡해질 듯싶었다. 에디에게 뭐라고 할지는 롤랜드가 결정하게 놔둬야 했다. 결국에는 롤랜드가 딘이었으므로.

텐트 입구가 펄럭이자 제이크의 손이 옆구리 아래쪽으로 향했다. 총집을 차고 있었다면 루거가 있었을 자리였다. 물론 지금은 총이 없었지만, 그래도 괜찮았다. 오이가 입구의 가림막 아래로 주둥이를 들이밀고 텐트에 머리를 넣으려고 꿈지럭거리고 있었던 것이다.

제이크는 손을 뻗어 개너구리의 머리를 다독여주었다. 오이는 주둥이로 그 손을 살짝 물고 잡아당겼다. 제이크는 기꺼이 오이를 따라나섰다. 다시 잠들기는 아예 틀렸다는 생각이 들어서였다.

텐트 바깥의 세상은 검정과 하양으로 그린 수수한 그림 같았다. 바위가 널린 내리막 비탈이 강가로 이어졌고, 강물은 이 부근에 이르러 넓어지고 얕아졌다. 그 강의 수면에 달이 등잔처럼 빛나고 있었다. 제이크는 바위투성이 강가에 서 있는 사람 형상 둘을 보고 우뚝 멈춰 섰다. 그 순간 달이 구름 뒤로 숨으면서 세상이 어두워졌다. 오이가 다시 손을 물고 앞으로 당겼다. 제이크는 오이를 따라갔고, 땅이 1미터 조금 넘게 꺼진 곳이 나오자 조심스레 그리로 내려갔다. 이제 위쪽에 있는 오이가 조그만 엔진처럼 제이크의 귓가에 입김을 뿜어댔다.

구름 뒤에 있던 달이 모습을 드러냈다. 세상이 다시 환해졌다. 알고 보니 오이가 제이크를 데려온 곳은 땅속에 묻힌 배의 뱃머리처럼 지면으로 불쑥 튀어나온 거대한 화강암 바위였다. 숨기에 좋은 장소였다. 제이크는 바위 근처를 두리번거리다가 강 쪽을 내려다보았다.

두 사람 가운데 한 명은 단번에 알아볼 수 있었다. 커다란 덩치와 금속 표면에 반사된 달빛은 메신저(외 다양한 기능) 로봇 앤디인 것을 알아보기에 충분한 증거였다. 그런데 다른 한 사람은…… 저 사람은 누굴까? 제이크는 눈을 가늘게 뜨고 집중했지만 처음에는 알아볼 수가 없었다. 제이크가 숨어 있는 곳에서 저 아래 강가까지는 적게 잡아도 200미터는 됐고, 달빛 또한 환하기는 했지만 변덕이 잦았다. 그 남자는 얼굴을 들고 앤디를 올려다보고 있었고 달빛도 그의 얼굴을 똑바로 비췄지만, 생김새는 흐릿하게 보였다. 다만 그 남자가 쓴 모자는…… 제이크가 아는 모자였는데……

잘못 본 걸 수도 있어.

이윽고 그 남자가 고개를 살짝 틀자 달빛이 그의 얼굴 두 군데서 반짝였고, 제이크는 그제야 확신이 섰다. 칼라에는 저렇게 챙이 동그란 모자를 쓴 카우보이가 많았지만, 제이크가 지금껏 본 카우보이들 가운데 안경을 쓴 사람은 딱 한 명이었다.

그래, 저 사람은 베니 아빠야. 그래서 뭐? 세상의 부모님들이 다 우리 엄마 아빠 같진 않아, 자식 걱정을 하는 사람도 있다고. 슬라이트먼 아저씨 같은 경우라면 더욱 그럴 거야, 베니의 쌍둥이 누이를 먼저 보냈으니까. 베니 말로는 '허파열' 때문이었다던데 아마 폐렴이었겠지. 6년 전에 그랬댔어. 그래서 우리가 야영하러 간다니까 앤디를 같이 보내서 지켜보라고 하신 거야, 그런데 한밤중에 잠이 깨서 우리가 잘 있는지 직접 보러 오신 거지. 어쩌면 아저씨도 악몽을 꿨을지도 몰라.

그럴지도 몰랐지만, 그렇다면 앤디와 슬라이트먼 씨가 저 먼 강가까지 내려가서 대화를 나누는 까닭이 이해가 가지 않았다. 안 그런가?

뭐, 우리를 깨우기가 싫었던 거겠지. 어쩌면 이제 곧 텐트를 살펴보려고 올라오실지도 몰라, 그렇다면 난 빨리 돌아가야겠지. 아니면

앤디한테서 우리가 잘 있다는 말만 듣고 로킹비 목장으로 돌아가실 지도 모르고.

달이 다른 구름 뒤로 숨자 제이크는 달이 나올 때까지 구멍에 계속 숨어 있는 게 좋겠다는 생각이 들었다. 그리고 달이 다시 구름에서 나왔을 때, 저 멀리 보이는 광경은 미아의 뒤를 쫓아 황폐한 성 안을 돌아다닐 때 느꼈던 것과 비슷한 절망을 제이크에게 안겨주었다. 한순간 제이크는 이것이 꿈일 수도 있다는, 그저 하나의 꿈에서 다른 꿈으로 옮겨왔을 뿐이라는 가능성에 필사적으로 매달렸지만, 발에 배기는 조약돌과 귀에 닿는 오이의 숨소리는 조금도 꿈 같지가 않았다. 그랬다, 이것은 현실이었다.

사이 슬라이트먼은 아이들이 텐트를 친 곳으로 올라오지 않았고, 로킹비 목장이 있는 방향으로 돌아가지도 않았다(앤디는 강가를 따라 성큼성큼 걸으며 그쪽으로 향했다.). 아니, 베니의 아버지는 강물을 헤치며 강을 건너는 중이었다. 동쪽을 향해서 똑바로 가는 중이었다.

무슨 이유가 있어서 그리로 가시는 거겠지. 꼭 가야 하는 이유가 있을 거야.

정말로? 그 꼭 가야 하는 이유라는 게 뭘까? 저 너머가 칼라가 아니라는 것쯤은 제이크도 아는 바였다. 강 건너편은 황무지와 사막뿐이었다. 그곳은 이 변경 지대와 선더클랩이라는 죽은 자들의 왕국 사이에 존재하는 완충 지대였다.

처음에는 수재나가 이상했다. 제이크의 친구인 수재나가. 그런데 이제는 새로 사귄 친구의 아버지가 이상해 보였다. 제이크는 자신도 모르는 사이에 손톱을 깨물고 있었다. 파이퍼 스쿨에서 보낸 마지막 몇 달 동안 생긴 버릇이었다. 그 사실을 그제야 알아차린 제이크는 입에서 손을 뗐다.

"이러면 안 돼, 너도 알지?" 제이크가 오이에게 말했다. "이러면 진짜 안 된단 말이야."

오이가 제이크의 귀를 핥았다. 제이크는 몸을 틀어 개너구리를 끌어안은 다음, 친구의 멋진 모피 코트에 얼굴을 묻었다. 개너구리는 잠자코 서서 그 포옹을 허락했다. 잠시 후, 제이크는 오이가 있는 평탄한 땅으로 올라왔다. 기분이 조금 나아졌다. 조금은 편해졌다.

달이 또 다른 구름 뒤로 숨자 세상이 캄캄해졌다. 제이크는 가만히 서 있었다. 오이가 가냘프게 울었다. "잠깐만." 제이크가 중얼거렸다.

달이 다시 나왔다. 제이크는 앤디와 벤 슬라이트먼이 대화를 나누던 자리를 뚫어지게 바라보면서 기억 속에 새겨 놓았다. 둥그렇고 표면이 반들반들한 커다란 바위가 있는 곳이었다. 강물에 떠내려온 통나무가 그 바위에 걸려 있었다. 베니의 텐트를 치운 후에도 그곳을 다시 찾을 수 있으리라는 확신이 들었다.

롤랜드 아저씨한테 말할 거야?

"나도 모르겠는데." 제이크가 중얼거렸다.

"은데." 발치에 있던 오이가 따라하자 제이크는 흠칫 놀랐다. 혹시 안 *돼*라고 한 걸까? 개너구리가 한 말이 실은 그거였을까?

너 머리가 이상해진 거 아니야?

제이크의 머리는 멀쩡했다. 전에는 머리가 이상해졌다고 생각할 때도 있었다. 미쳤거나, 아니면 필사적인 속도로 미쳐가는 중이라고. 그러나 이제는 그런 생각을 하지 않았다. 그런데 오이는 가끔 *정말로* 제이크의 마음을 읽을 때가 있었고, 제이크도 이를 알았다.

제이크는 살며시 텐트 안으로 들어갔다. 베니는 여전히 곯아떨어져 있었다. 제이크는 몇 초 동안 그 아이를 바라보며 입술을 깨물었다. 나이는 몇 살 많을지 몰라도 중요한 면면에서는 제이크보다 어린 아이였다. 그런 베니의 아버지를 곤란하게 하고 싶지는 않았다. 피치 못할 상황이 아니라면.

제이크는 자리에 누워 담요를 턱까지 끌어당겼다. 이렇게 많은 문제 앞에서 이렇게 갈피를 못 잡기는 난생처음이었고, 그래서 울고 싶었다. 아침은 제이크가 다시 잠들기도 전에 새 빛을 드리우기 시작했다.

제8장

투크의 가게 — 찾지 못한 문

1

로킹비 목장을 나선 때로부터 30분 동안, 롤랜드와 제이크는 입
을 꾹 다문 채 소농들의 경작지가 있는 동쪽을 향해 말을 몰았고,
그들이 탄 말은 어깨를 나란히 하고 느린 걸음으로 발을 딱딱 맞춰
나아갔다. 롤랜드는 제이크가 무언가 심각하게 고민하고 있다는 것
을 알았다. 제이크의 심란한 표정을 보면 훤히 알 수 있었다. 그럼에
도 제이크가 주먹 쥔 손을 가슴 왼편에 대고 이렇게 말했을 때, 총
잡이는 깜짝 놀라고 말았다. "롤랜드, 에디랑 수재나가 합류하기 전
에, *댄딘*을 여쭤봐도 될까요?"

그 말은 *당신의 명령에 제 마음을 열어도 될까요*라는 뜻이었지
만, 속에 숨은 뜻은 그보다 더 복잡하고 유서가 깊었다. 롤랜드의 옛
스승 바네이에 따르면 아서 엘드의 시대보다 수백 년 전으로 거슬
러 올라가는 말이었다. 그것은 풀 방법이 없는 감정의 문제, 보통은

35

연애에 얽힌 문제를 자신의 딘에게 맡긴다는 뜻이었다. 그 말을 꺼낸 당사자는 딘의 제안을 그대로 따르겠다고 동의하는 셈이었다. 즉시, 토를 달지 않고. 그러나 제이크 체임버스가 연애 때문에 괴로워할 리는 없었다, 혹시라도 예쁘장한 프랜신 태버리에게 반했다면 또 모르지만. 그나저나 제이크는 그 말을 어떻게 알았을까?

그러는 동안에도 제이크는 창백한 얼굴에 엄숙한 표정을 지은 채 눈을 동그랗게 뜨고서 롤랜드를 응시하고 있었고, 롤랜드는 그 표정이 영 마음에 안 들었다.

"댄딘이라…… 그 말은 어디서 들었느냐, 제이크?"

"들은 적은 없어요. 아마 아저씨 마음속에서 주웠나봐요." 제이크는 서둘러 덧붙였다. "염탐하려고 들여다보진 않아요, 그런 건 절대 아닌데, 가끔 하나둘씩 튀어나와요. 중요한 건 별로 없는 것 같지만, 가끔은 무슨 말이 보일 때도 있어요."

"너는 날아가다가 반짝이는 게 눈에 띄면 내려가서 줍는 까마귀나 러스티처럼 그런 말을 줍는구나."

"예, 그런 것 같아요."

"또 뭐가 있더냐? 몇 가지만 얘기해다오."

제이크는 당황한 기색이었다. "기억나는 게 많진 않아요. 댄딘, 그건 상대에게 마음을 열고 상대가 말하는 대로 하겠다는 뜻이에요."

그보다는 더 복잡했지만, 아이는 본질을 꿰뚫고 있었다. 롤랜드는 고개를 끄덕였다. 느긋하게 말을 몰고 가는 동안 얼굴에 기분 좋은 햇살이 비쳤다. 마거릿 아이젠하트의 접시 던지기 시범 덕분에 긴장이 풀린 데다 그 후에 마거릿의 아버지와 만나서 나눈 대화도 잘 풀린 덕분에, 롤랜드는 오랜만에 푹 잘 수 있었다.

"그래."

"어디 보자, '텔 어 미'도 있어요. 제 생각에 그건 소문을 내면 안 되는 사람의 소문을 퍼뜨리는 거예요. 그 말은 확실히 기억해요, 왜 냐면 말 자체가 소문의 정의 같잖아요. '텔 미', '나한테 말해줘'라는 뜻이니까." 제이크는 손을 컵처럼 말아서 귀에 댔다.

롤랜드는 빙긋이 웃었다. 실은 텔 어 미가 아니라 *텔러메이*였지만, 제이크는 소리만 듣고 무슨 말인지 추측했던 것이다. 실로 놀라운 재능이었다. 롤랜드는 앞으로 중요한 생각은 조심스레 가려야겠다고 다짐했다. 그렇게 할 방법은 다행히도 여러 가지가 있었다.

"'대시딘'이란 것도 있는데요, 그건 일종의 종교 지도자예요. 아 저씬 오늘 아침에 그 생각을 하셨던 것 같아요. 왜냐면…… 그 마니교도 할아버지 때문인가요? 그 사람이 대시딘이에요?"

롤랜드는 고개를 끄덕였다. "꽤 비슷한 거다. 그런데 제이크, 그의 이름이 뭔지 아느냐?" 총잡이는 그 생각에 집중했다. "내 머릿속에서 그 사람 이름을 읽을 수 있겠느냐?"

"그럼요, 헨칙이잖아요." 제이크는 제꺽 대답했다. 준비하는 기색도 거의 없었다. "아저씬 그 사람이랑 얘기를 하셨어요…… 언제였죠? 어젯밤 늦게?"

"그렇다." 그 부분은 롤랜드가 집중한 생각이 아니었고, 제이크가 몰랐더라면 더 좋았을 일이었다. 그러나 아이의 터치는 강력했고 롤랜드는 염탐할 마음이 없다는 아이의 말을 믿었다. 적어도 일부러 했을 것 같지는 않았다.

"아이젠하트 부인은 자기가 그 사람을 싫어한다고 생각하지만,

아저씨 생각에는 그냥 무서워하는 것뿐이에요."

"그렇다. 네 터치는 강력하구나. 알레인보다는 훨씬 강하고 예전의 너와 비교해도 더 강해졌다. 장미 때문일 게다, 그렇지?"

제이크는 고개를 끄덕였다. 당연히 장미 때문이었다. 두 사람이 잠시 묵묵히 말을 몰고 가는 동안 말발굽이 디딘 자리마다 흙먼지가 피어올랐다. 햇볕이 내리쬐는데도 쌀쌀한 날씨가 본격적인 가을을 예고했다.

"좋다, 제이크. 원한다면 내게 댄딘을 청해라. 나는 내게 그런 지혜가 있다고 믿어준 너에게 감사하는 바이다."

그러나 거의 2분이 지나도록 제이크는 말이 없었다. 롤랜드는 제이크의 머릿속을 염탐했다. 아이가 자신의 머릿속을 (그토록 쉽게) 들여다보았던 것처럼. 그러나 거기에는 아무것도 없었다. 아무것도 보이지 않······

아니, 있었다. 쥐가······ 꿈틀거리고 있었다, 무슨 물건에 꿰인 채로······.

"수재나가 가는 성이 어디죠? 혹시 아세요?"

롤랜드는 동요한 기색을 감추지 못했다. 실은 경악했다. 그리고 그 놀라움 속에는 죄책감도 조금 섞여 있을 듯싶었다. 그는 어찌된 사정인지 퍼뜩 깨달았다. 전부는 아니었지만······ 대강은.

"성 같은 건 전에도 없었고 지금도 없다. 그건 수재나가 자기 머릿속에서 지어낸 곳이다. 아마 전에 읽은 이야기에다 내가 모닥불 옆에서 들려준 이야기를 더해서 만들었을 게다. 자기가 실제로 뭘 먹는지 외면하려고 그리로 가는 거다. 자기 배 속의 아기가 뭘 원하는지 보고 싶지 않아서."

"수재나가 통돼지 로스트를 먹고 있는 걸 봤어요. 근데 그 전엔 쥐가 그걸 먹고 있었어요. 수재나가 그 쥐를 고기 포크로 찔렀어요."

"어디서 본 거냐?"

"성에서요." 제이크는 잠시 입을 다물었다. "수재나의 꿈속에서요. 전 수재나의 꿈속에 있었어요."

"수재나도 거기에 있는 너를 봤느냐?" 총잡이의 파란 눈이 날카롭게, 거의 불꽃처럼 번득였다. 걸음을 멈춘 것으로 보아 그가 탄 말도 분명 무슨 낌새를 챈 모양이었다. 제이크의 말도 마찬가지였다. 이제 이스트 로드에 접어든 그들은 일찍이 홍염의 몰리 둘린이 선더클랩에서 온 늑대를 죽인 현장으로부터 2킬로미터도 안 떨어진 곳에 있었다. 그곳에서 서로를 마주 보고 있었다.

"아뇨. 수재나는 저를 못 봤어요."

롤랜드는 수재나를 따라 늪지로 갔던 밤을 떠올렸다. 수재나가 자기 머릿속의 어떤 장소에 있다는 것은 알았지만, 거기까지는 감지할 수 있었지만, 그곳이 어딘지는 알 수 없었다. 수재나의 머릿속에서 그가 본 환상은 하나같이 흐릿했다. 그런데 이제는 알 수 있었다. 비단 그것뿐만이 아니었다. 제이크는 자신들의 딘이 수재나를 그 길에 내버려두기로 마음먹은 것 때문에 괴로워했다. 어쩌면 괴로워하는 것도 당연했다. 하지만……

"제이크, 네가 본 건 수재나가 아니다."

"알아요. 그 사람은 다리가 있었어요. 자기가 미아라고 했고요. 아기를 가졌는데, 굉장히 겁에 질려 있었어요."

"내게 댄딘을 말하려면 네가 꿈에서 본 것과 꿈에서 깬 후에 그 꿈 때문에 괴로웠던 이유를 모조리 얘기해야 한다. 그러면 나는 네게 진심에서 우러난 지혜를 줄 것이다. 그런 지혜가 내게 있다면."

"저를…… 롤랜드, 저를 꾸짖지는 않으실 거죠?"

이번에도 롤랜드는 경악을 감추지 못했다. "아니다, 제이크. 그럴 리가 있겠느냐. 나는 아마도 네게 부탁해야 할 거다, *나를* 꾸짖지 말아달라고."

아이는 힘없이 웃었다. 말들이 다시 걷기 시작했다. 아까보다 조금 빠르게. 하마터면 다툼이 벌어질 뻔했던 것을 안다는 듯이, 그래서 그 자리를 떠나고 싶다는 듯이.

2

실제로 이야기를 시작할 때까지, 제이크는 속에 담아 둔 말을 얼마만큼 꺼내놓아야 할지 확신이 서지 않았다. 앤디와 벤 슬라이트먼 이야기를 롤랜드에게 어떻게 얘기해야 좋을지 전혀 결정하지 못한 채로 잠에서 깼기 때문이었다. 결국에는 롤랜드가 방금 한 말을 실마리로 삼는 수밖에 없었다. *네가 꿈에서 본 것과 꿈에서 깬 후에 그 꿈 때문에 괴로웠던 이유를 모조리 얘기해야 한다.* 그래서 강가의 만남에 관한 이야기는 모조리 빼놓았다. 사실 그 부분은 이날 아침 롤랜드에게 그리 중요한 일 같지 않았다.

제이크는 롤랜드에게 미아가 계단을 내려가던 모습을, 또 식당인지 연회장인지 모를 곳에 음식이 하나도 안 남은 것을 알고 두려워하던 모습을 이야기했다. 그다음은 주방이었다. 쥐가 배불리 뜯어먹는 통돼지 로스트를 발견한 일. 경쟁자를 처치한 일. 손에 넣은 보상을 게걸스럽게 먹어치운 일. 그다음은 제이크 자신의 이야기였다. 잠에서 깨서 부들부들 떨면서 비명을 꾹 참았던 일.

제이크는 망설이다가 롤랜드를 흘깃 쳐다보았다. 롤랜드는 조바심이 나서 손을 내저었다. 계속해라, 어서, 남김없이 다.

그래. 제이크는 생각했다. *꾸짖지 않겠다고 약속했으니까. 약속은 지키는 사람이잖아.*

사실이었지만, 그럼에도 제이크는 수재나한테 직접 말해줄까 하고 실제로 고민했다는 얘기를 롤랜드에게 털어놓을 수가 없었다. 그러나 자신이 가장 두려워하는 것만은 분명히 밝힐 수 있었다. 지금 이 비밀을 그들 가운데 세 명은 알지만 한 명은 모른다는 것, 그들 카텟이 가장 단단히 뭉쳐야 할 때에 오히려 부서지고 말았다는 것이었다. 심지어 타이어가 펑크 났을 때 하는 오래된 농담인 *그냥 바닥이 평평해진 것뿐이야*까지 얘기했다. 롤랜드가 웃을 거라는 기대는 하지 않았고, 그 기대는 정확히 들어맞았다. 그러나 제이크는 롤랜드에게서 약간은 부끄러워하는 기색을 감지했고, 그래서 가슴이 철렁했다. 제이크가 생각하기에 수치심이란 자신이 무슨 짓을 저질렀는지 모르는 사람들의 전유물이기 때문이었다.

"그런데 어젯밤까지는 세 명 대 한 명보다 더 안 좋았어요. 아저씨가 *저*까지 빼놓으려고 했으니까요. 안 그래요?"

"그렇지 않다."

"아니라고요?"

"나는 그저 일이 알아서 풀리도록 놔뒀을 뿐이다. 에디한테 털어놓은 *까닭*은 두려웠기 때문이다. 둘이 한 방에서 밤을 보내면 에디는 수재나가 돌아다니는 걸 알고 잠에서 깨우려고 할 테니까. 그렇게 되면 그 둘한테 무슨 일이 생길지 두려웠던 거다."

"그냥 수재나한테 말하면 안 돼요?"

롤랜드는 한숨을 쉬었다. "잘 들어라, 제이크. 내 스승 코트는 우리가 어렸을 적에 체력 단련을 담당했다. 바네이는 정신 수련을 맡았다. 두 사람 모두 자기 식의 도덕을 우리에게 가르치려고 애썼다. 허나 길르앗에서는, 카에 관해 가르치는 것은 아버지의 일이었다. 그리고 아이마다 아버지가 다르다 보니 우리는 저마다 카란 무엇인지, 또 카가 무엇을 하는지에 대해 조금씩 다른 개념을 지닌 채로 어른이 됐다. 무슨 말인지 알겠느냐?"

아주 단순한 질문을 피하려고 애쓴다는 건 알겠네요. 속으로는 그렇게 생각하면서도, 제이크는 고개를 끄덕였다.

"내 아버지는 카에 관해 많은 것을 알려주었다. 대개는 이미 잊어버렸지만, 한 가지만은 또렷이 남아 있다. 바로 확신이 서지 않을 때에는 카가 알아서 하도록 놔둬야 한다는 거다."

"그러니까 카라는 거네요." 제이크는 실망한 목소리로 말했다. "롤랜드, 그 말은 별로 도움이 안 돼요."

롤랜드는 아이의 목소리에서 근심도 느꼈지만, 그의 마음을 아프게 찌른 것은 바로 실망감이었다. 그는 안장에 앉은 채 제이크 쪽으로 몸을 틀고 뭔가 말하려다가, 공허한 변명만 쏟아져 나올 것 같아 그냥 입을 다물었다. 그러고는 변명 대신 진실을 말했다.

"나는 어떻게 해야 좋을지 모르겠다. 네가 가르쳐주련?"

그 말에 아이의 얼굴은 걱정스러울 정도로 빨개졌고, 롤랜드는 제이크가 딱하게도 자신의 말을 비꼬는 소리로 받아들인다는 것을 깨달았다. 자신이 화를 낸다고 생각한 것이었다. 그 정도로 오해하다니, 겁이 날 지경이었다. *제이크 말이 옳다. 우리 카텟은 부서졌다. 맙소사.*

"그렇게 생각하지 마라. 내 말을 들어라, 부탁이다. 잘 들어야 한다. 칼라 브린 스터지스에 늑대들이 쳐들어올 거다. 뉴욕에서는 발라자르와 놈의 '신사들'이 쳐들어올 테고, 둘 다 이제 곧 도착한다. 그 문제들이 해결될 때까지 수재나의 아기가 어떻게든 기다려줄 것 같으냐? 나는 알 수가 없다."

"수재나는 임신한 티도 안 나잖아요." 제이크가 조그맣게 말했다. 뺨은 아까보다 덜 붉었지만 고개는 여전히 숙인 채였다.

"그래, 안 난다. 가슴은 훨씬 커졌고 아마 둔부도 커졌겠지만, 징조는 그뿐이다. 그러니 희망을 가질 이유가 있는 셈이다. 희망을 품을 수밖에 없는 건 너도 마찬가지다. 늑대들과 너희 세계에 있는 장미뿐 아니라 검은 13과 그것을 어떻게 처리할지도 문제이기 때문이다. 어떻게 해야 할지는 알 것 같다만, 알았으면 좋겠다만…… 나는 헨칙과 다시 상의해야 한다. 또 캘러핸 신부의 이야기도 마저 들어야 한다. 혹시 수재나에게 직접 얘기해야겠다는 생각도 해봤느냐?"

"전……." 제이크는 입술만 깨물 뿐, 말이 없었다.

"해봤구나. 그 생각은 잊어버려라. 제이크, 만약 죽음 말고 다른 것이 우리의 유대를 깨뜨린다면, 그건 바로 내 허락 없이 털어놓는 거다. 난 너의 딘이다."

"알아요!" 제이크는 소리를 지르다시피 했다. "제가 그걸 모를 것 같아요?"

"ㅣ라고 해서 이러고 싶겠느냐?" 롤랜드는 거의 노기를 띤 목소리로 물었다. "내가 전에는 얼마나 쉽게 이런 결정을 내렸는지 모르겠느냐? 너희가⋯⋯" 롤랜드는 말끝을 흐렸다. 입에서 튀어나올 뻔한 말에 스스로도 경악하면서.

"우리가 여기로 오기 전에는, 말이죠." 제이크가 말했다. 담담하게. "그런데 그거 아세요? 우린 여기로 데려다달라고 한 적 없어요, 아무도." *저도 아저씨한테 암흑 속으로 떨어뜨려달라고 한 적 없고요. 죽여달라고 한 적도.*

"제이크⋯⋯." 총잡이는 한숨을 쉬며 두 손을 들었다가, 다시 허벅지에 툭 내려놓았다. 저 앞의 굽이를 돌면 에디와 수재나가 기다리고 있을 재퍼즈네 땅이었다. "내가 할 수 있는 건 아까 한 말을 되풀이하는 것뿐이다. 카에 관해 확신이 서지 않을 때에는 카가 알아서 하도록 놔둬야 한다. 사람이 끼어들면 거의 언제나 그릇된 일을 저지르게 마련이니."

"롤랜드, 뉴욕 왕국에서는 그런 사람을 미꾸라지 같다고 해요. 알맹이도 없는 대답만 하면서 남들을 자기 뜻대로 움직이려고 하는 사람을요."

롤랜드는 그 말을 곰곰이 생각했다. 입을 꽉 다문 채로. "너는 내게 마음이 갈 길을 정해달라고 청했다."

제이크는 조심스레 고개를 끄덕였다.

"내가 네게 줄 수 있는 댄딘은 두 가지다. 첫째, 너와 나, 에디, 이렇게 셋이 안텟으로 수재나에게 얘기하기로 하자. 늑대들이 오기 전에, 우리가 아는 모든 것을. 수재나가 임신한 것, 그 아기가 거의 틀림없이 악마의 씨앗인 것, 그리고 수재나가 그 아기를 지키려고 미아라는 여성을 만들어낸 것까지. 둘째, 그 이야기를 할 때까지 이 문제는 더 이상 꺼내지 마라."

제이크는 그 말을 골똘히 생각했다. 그러는 사이에 표정이 안도감으로 점점 밝아졌다. "진심이세요?"

"그렇다." 롤랜드는 그 질문 때문에 자신이 얼마나 상심하고 분노했는지 드러내지 않으려고 애썼다. 결국 그도 이해하기 때문이었다. 진심이냐고 묻는 아이의 심정을. "약속한다, 그리고 이 약속을 지키겠다고 맹세한다. 이 정도면 되겠느냐?"

"예! 전 좋아요!"

롤랜드는 고개를 끄덕였다. "제이크, 내가 이렇게 하는 건 나 스스로 옳은 일이라고 확신하기 때문이 아니라 *네*가 확신하기 때문이다. 나는……"

"잠깐만요, 아니, 잠깐만." 제이크의 웃음이 옅어졌다. "다 제 탓으로 돌릴 생각은 하지 마세요. 저는 절대……"

"내 앞에서 그런 헛소리는 치워다오." 그렇게 말하는 롤랜드의 덤덤하고 데면데면한 말투를 제이크는 거의 들어본 적이 없었다. "너는 지금 남자로서 내리는 결단에 동참하기를 원한다. 나는 네가 그렇게 하도록 허락할 것이다. 아니, 허락해야 한다. 카가 너에게 한 명의 남자로서 중요한 문제들에 뛰어들라고 명령했기 때문이다. 내 판단에 의문을 제기하면서, 너는 이미 그 결단의 문을 열었다. 부정하겠느냐?"

제이크의 창백한 얼굴은 붉어졌다가 다시 하얗게 질렸다. 지독히도 겁먹은 표정으로, 아이는 말 한마디 없이 고개만 저었다. *이런, 제길.* 롤랜드는 생각했다. *처음부터 끝까지 엉망이구나. 죽어가는 자의 똥처럼 구리기만 하다.*

조금 차분해진 말투로 롤랜드가 말했다 "그래, 너는 이곳으로 데려와달라고 청한 적이 없다. 나 역시 너의 어린 시절을 빼앗고 싶지 않았다. 허나 우리는 이렇게 됐고, 카는 한쪽에 비켜서서 웃고 있을 뿐이다. 우리는 카가 바라는 대로 하거나, 그에 맞서서 대가를 치를 뿐이다."

제이크는 고개를 숙이고 떨리는 목소리로 두 마디를 중얼거렸다. "저도 알아요."

"너는 수재나한테 알려야 한다고 믿는다. 반면에 나는 어찌해야 좋을지 알지 못한다. 이 문제에 관해서는 가야 할 방향을 잃어버린 거다. 한 사람은 알고 한 사람은 모르는 상황에서, 모르는 자는 겸손을 지켜야 하고 아는 자는 책임을 져야 한다. 내 말을 이해하겠느냐, 제이크?"

"예." 제이크는 조그맣게 대답하고 주먹 쥔 손을 이마에 댔다.

"좋다. 그 문제는 이만 덮어두기로 하자, 세이 생키. 어쨌거나 너의 터치는 강력하다."

"차라리 안 그랬으면 좋겠어요!" 제이크가 불쑥 외쳤다.

"어쩔 수 없는 일이다. 혹시 수재나도 터치할 수 있느냐?"

"예. 염탐하려고 한 건 아니에요, 수재나만이 아니라 다른 사람도요. 그치만 가끔 터치할 때가 있어요. 혼자서 속으로 부르는 노래가 조금 들리거나, 뉴욕에 있는 아파트가 보이거나 그래요. 수재나는 그런 걸 그리워하거든요. 한번은 이런 생각도 했어요. '북 클럽에서 보낸 앨런 드루리의 신간 소설을 읽을 수 있으면 얼마나 좋을까.' 그 시대에는 앨런 드루리라는 사람이 유명한 작가였나봐요."

"다른 말로 하면, 겉으로 보이는 것들이로구나."

"예."

"허나 더 깊이 들어갈 수 있을 텐데."

"옷을 갈아입는 것도 보일 거예요, 아마." 제이크의 목소리는 시무룩했다. "하지만 그건 나쁜 짓이니까요."

"지금 같은 상황에서는 옳은 일이다, 제이크. 수재나를, 예컨대 매일 들러서 한 바가지씩 퍼보고 물이 맑은지 확인해야 하는 우물로 생각해라. 나는 수재나에게 무슨 변화가 일어나는지 알고 싶다. 특히 *알레요*를 계획하는 게 아닌지 알고 싶다."

롤랜드를 보던 제이크의 눈이 동그래졌다. "달아날 거라고요? 어디로요?"

그 물음에 롤랜드는 고개를 저었다. "나도 모른다. 고양이가 볼일을 보러 가는 곳이 어디겠느냐? 벽장 속? 창고 바닥 아래?"

"수재나한테 얘기했는데 엉뚱한 쪽이 선수를 치면요? 롤랜드, 만약에 *미아*가 알레요를 저지르면서 수재나를 끌고 가면 어떡해요?"

롤랜드는 답하지 않았다. 말할 것도 없이 그가 두려워한 상황이 바로 그것이었고, 제이크는 이를 눈치챌 만큼 영리했다.

롤랜드를 바라보는 제이크의 표정에는 어느 정도 납득할 만한 분노가 어려 있었지만…… 한편으로는 체념도 섞여 있었다. "하루에 한 번만 할게요. 그 이상은 안 돼요."

"무슨 변화가 느껴지면 더 해야 한다."

"알았어요. 그러고 싶진 않지만, 댄딘을 청한 사람은 저니까요. 제가 진 것 같네요."

"이건 팔씨름이 아니다, 제이크. 게임도 아니고."

"알아요." 제이크는 고개를 저었다. "왠지 저한테 떠넘긴 것 같은 느낌이 들지만, 그래도 괜찮아요."

너한테 떠넘긴 게 맞다. 롤랜드는 자신이 얼마나 갈피를 잃었는지, 이제껏 수많은 난관을 뚫게 해준 자신의 직관이 얼마나 텅 비었는지 아무도 눈치채지 못해서 다행이라고 생각했다. *정말로 떠넘겼다…… 허나 선택의 여지가 없어서 그런 거다.*

"지금은 비밀로 할 거지만, 그래도 늑대들이 들이닥치기 전에 두 사람한테도 얘기해야 해요. 싸움을 시작하기 전에요. 아셨죠?"

롤랜드는 고개를 끄덕였다.

"만약에 저쪽 세상에서 발라자르랑 먼저 싸우게 된다고 해도, 전투를 시작하기 전에 수재나한테 그 얘기부터 해야 돼요. 아셨죠?"

"그래. 알았다."

"진짜 이러기 싫은데." 제이크의 목소리는 침울했다.

"나도 마찬가지다."

3

제이크와 롤랜드가 말을 타고 도착했을 때, 에디는 재퍼즈네 집 포치에 앉아 할아버지의 두서없는 이야기를 들으며 이 대목이겠거니 싶을 때마다 고개를 끄덕여주면서 나무를 깎고 있었다. 그러다가 칼을 치우고 계단을 느긋하게 내려와 두 사람을 맞이하면서 어깨 너머로 수재나를 불렀다.

이날 아침 에디는 무척이나 기분이 좋았다. 간밤에 느꼈던 두려움은 밤의 공포가 으레 그렇듯이 깨끗이 사라졌다. 영감님의 이야기

에 나오는 제1형과 제2형 흡혈귀처럼, 그런 공포는 햇살에 특히 알
레르기를 일으키는 모양이었다. 우선 아침 식탁에 재퍼즈네 아이들
이 한 명도 빠짐없이 나타났다. 다음으로 축사에 있던 새끼 돼지 한
마리가 정말로 보이지 않았다. 티안은 에디와 수재나에게 밤에 혹시
무슨 소리를 못 들었냐고 물었고, 둘 다 고개를 젓자 우울하면서도
만족한 표정으로 고개를 끄덕였다.

"그랬군요. 이 일대에서는 돌연변이 짐승이 자취를 감췄지만 북
쪽은 사정이 달라요. 가을만 되면 들개 떼가 남쪽으로 내려오죠. 한
2주 전에는 아마 칼라 아미티에 있었을 거예요. 다음 주에는 저희
마을을 떠나서 칼라 록우드의 골칫거리가 되겠죠. 녀석들은 소리도
안 내요. 조용하다는 게 아니라, 소리를 못 낸다는 말이에요. 여기가
비었거든요." 티안은 손으로 목을 두드렸다. "게다가, 착한 짓도 조
금 했더라고요. 엄청나게 큰 쥐를 한 마리 찾았거든요. 죽어서 꼼짝
도 못 하는 놈을요. 어떤 개가 쥐 대가리를 거의 물어뜯어 놨더라
고요."

"징그러." 헤다는 그렇게 말하면서 과장된 몸짓으로 자기 앞의
대접을 밀어냈다.

"그 죽 다 먹어야 돼." 잘리아가 말했다. "안 먹으면 이따가 빨래
널 때 추워서 못 견딜 거야."

"엄마, 왜애애요오?"

에디는 수재나와 시선을 맞추고 윙크했다. 수재나도 윙크로 답했
고, 이로써 모든 것이 정리됐다. 그러니까 수재나는 밤에 잠깐 돌아
다닌 것뿐이었다. 야식을 조금 먹으면서. 나머지는 잘 묻어두었다.
물론, 인신에 관한 얘기를 안 하고 넘어갈 수는 없었다. 당연히 해야

했다. 그러나 에디는 그 문제도 잘 풀릴 거라는 느낌이 들었다. 게다가 환한 햇살 아래에서는 수재나가 아이를 해칠지도 모른다는 생각이 터무니없게만 느껴졌다.

"하일, 롤랜드. 제이크." 에디가 돌아보니 잘리아가 포치에 나와 있었다. 잘리아는 무릎을 굽혀 그들에게 인사했다. 롤랜드는 모자를 벗어 잘리아 쪽으로 내밀었다가 다시 썼다.

"사이, 그대는 남편과 함께 늑대들과 싸우기로 했을 거요. 그렇지 않소?"

잘리아는 한숨을 쉬었지만 시선은 흔들리지 않았다. "예, 총잡이여."

"함께 싸워줄 지원군이 필요하시오?"

그 질문은 거들먹거리는 기색 없이, 실은 거의 일상적인 대화처럼 튀어나왔다. 그러나 에디는 가슴이 철렁했고, 수재나가 자신의 손을 살며시 쥐자 그 손을 꽉 잡았다. 그것은 세 번째 질문, 핵심이 되는 질문이었고, 그 질문을 받은 사람은 칼라의 부농도, 대목장주도, 대사업가도 아니었다. 그 질문을 받은 사람은 거친 갈색 머리를 뒤로 묶어 동그랗게 만 농사꾼의 아내, 원래 색이 짙은 피부가 햇볕을 너무 많이 쪼여서 주름이 지고 거칠어진, 일할 때 입는 드레스는 너무 많이 빨아서 색이 바랜, 소농의 아내였다. 그리고 그 질문을 누구도 아닌 이 사람이 받는 것은 옳은 일이었다. 더할 나위 없이 옳았다. 에디 생각에 칼라 브린 스터지스의 혼은 지금 이 집과 같은 자영 농가 마흔 집에 있었기 때문이었다. 잘리아 재퍼즈가 그들을 대신하여 대답하게 하면 그만이었다. 안 될 이유가 뭐란 말인가?

"저는 지원군이 필요합니다, 세이 생키." 잘리아는 롤랜드에게 간단히 대답했다. "당신과 동료들께 주 하느님과 인간 예수님의 은총이 있기를."

롤랜드는 간단한 인사말이라도 나눈 사람처럼 고개를 끄덕였다. "마거릿 아이젠하트가 내게 뭘 보여주더구려."

"그랬나요?" 잘리아는 그렇게 물으며 살짝 웃었다. 티안이 집 모퉁이를 돌아 터벅터벅 걸어왔다. 아직 아침 아홉 시인데도 땀에 젖어 있었고, 지쳐 보였다. 한쪽 어깨에는 망가진 쟁기 걸이를 지고 있었다. 그는 롤랜드와 제이크에게 인사를 건네고 아내 곁에 섰다. 한 팔로 아내의 허리를 감싸고 손을 엉덩이에 올린 채로.

"그렇소. 또 레이디 오라이자와 그레이 딕 이야기도 들려줬소."

"멋진 이야기죠."

"과연 그렇더구려. 나는 돌려 말하는 재주가 없소, 레이디 사이. 때가 되면 당신의 접시를 들고 전선으로 나서주겠소?"

티안의 눈이 휘둥그레졌다. 그는 입을 열었다가, 다시 다물었다. 그러더니 무슨 엄청난 계시라도 받은 사람처럼 자기 아내를 바라보았다.

"예." 잘리아가 대답했다.

티안은 쟁기 걸이를 내려놓고 아내를 끌어안았다. 잘리아도 남편을 짧지만 힘껏 마주 안은 다음, 다시 롤랜드와 친구들 쪽으로 돌아섰다.

롤랜드는 빙그레 웃고 있었다. 그의 웃음을 목격할 때면 늘 그랬듯이 에디는 환각을 보는 기분이 들었다.

"좋소. 수재나에게도 던지는 법을 가르쳐줄 수 있겠소?"

잘리아는 생각에 잠긴 눈빛으로 수재나를 보았다. "배워보시겠어요?"

"모르겠어요." 수재나가 말했다. "롤랜드, 내가 꼭 배워야 하는 거예요?"

"그렇소."

"언제까지 하면 될까요, 총잡이여?" 잘리아가 물었다.

롤랜드는 날짜를 계산했다. "모든 일이 잘 풀린다면, 사나흘 후까지. 수재나가 영 소질이 없으면 나한테 보내시오. 그땐 제이크한테 시켜볼 거요."

제이크는 흠칫 놀란 기색이 역력했다.

"허나 수재나는 잘할 거요. 나는 낯선 연못에 달려드는 새처럼 새 무기에 달려들지 않는 총잡이를 본 적이 없소. 또 접시를 날리거나 석궁을 쏠 줄 아는 사람이 적어도 하나는 있어야 하오. 우리는 네 명이고, 믿을 만한 총은 세 정뿐이니. 게다가 나는 그 접시가 마음에 들었소. 그것도 무척이나."

"할 수 있는 데까지는 가르쳐드릴게요." 잘리아는 쑥스러운 표정으로 수재나를 보며 말했다.

"그럼 아흐레 후에 당신이 마거릿과 로잘리타, 세어리 애덤스를 데리고 영감님 집으로 오시오. 결과는 그때 같이 봅시다."

"작전은 세우셨나요?" 티안이 물었다. 두 눈에 희망의 빛이 활활 타올랐다.

"그때까지는 세울 거요."

4

그들 넷은 나란히 서서 아까와 마찬가지로 천천히 말을 몰았지
만, 이스트 로드가 남북 방향의 길과 만나는 지점에 이르자 롤랜드
가 말을 세웠다. "여기서 잠시 너희와 헤어져야겠다." 그는 산이 늘
어선 북쪽을 가리켰다. "여기서 두 시간을 가면 어떤 구도자들은
'마니 칼라'라고 하고 다른 이들은 '마니 레드패스'라고 하는 곳이
나온다. 이름이야 뭐라고 하든, 그곳은 마니교도들의 마을이다. 큰
마을 속에 있는 작은 동네. 나는 거기서 헨칙을 만날 것이다."

"그 사람들의 딘 말이군." 에디가 말했다.

롤랜드는 고개를 끄덕였다. "마니들의 마을을 지나 한 시간쯤 더
가면 문을 닫은 광산 몇 군데와 동굴이 잔뜩 있는 곳이 나온다."

"태버리 쌍둥이가 그린 지도에서 당신이 짚은 곳이죠?" 수재나가
물었다.

"아니오, 허나 거기서 가깝소. 내가 관심을 가진 동굴은 마니들이
'통로 동굴'이라고 부르는 곳이오. 그곳에 관해서는 오늘 밤 캘러핸
이 자기 이야기를 마무리 지은 후에 알려줄 거요."

"사실이에요, 아니면 그냥 직감이에요?"

"그곳은 헨칙한테서 들었소, 어젯밤에. 신부 얘기도 같이 해주더
군. 내가 들려줄 수도 있지만, 그 사연은 캘러핸한테서 직접 듣는 게
나을 것 같소. 아무튼 그 동굴은 우리에게 중요한 곳이오."

"돌아가는 길이죠, 그렇죠?" 제이크였다. "거기가 뉴욕으로 돌아
가는 통로라고 생각하시는 거잖아요."

"그게 다가 아니다. 검은 13이 있으면 그곳을 통해 어디로든, 언

제로든 갈 수 있을지도 모른다."

"암흑의 탑까지 포함해서?" 에디가 물었다. 낮게 잠긴 목소리, 속삭임보다 살짝 큰 목소리였다.

"그것까지는 단언할 수 없다. 허나 헨칙은 나를 그 동굴로 데려다 줄 테고, 그러면 더 자세히 알 수 있을 게다. 그 사이에 너희 셋은 투크의 잡화점에 가서 할 일이 있다."

"저희가요?" 제이크가 물었다.

"그렇다." 롤랜드는 걸낭을 무릎 위에 올려놓고 연 다음 손을 깊숙이 넣어 뒤적거렸다. 그러다가 꺼낸 물건은 아무도 본 적이 없는, 주둥이에 여밈 끈이 달린 가죽 주머니였다.

"이건 내 아버지가 주신 물건이다." 롤랜드는 멍한 목소리로 말했다. "어릴 적의 생김새가 폐허처럼 남은 이 얼굴을 빼면, 아버지가 남기신 것은 이제 이것뿐이다. 오래전에 내가 카를 공유한 동료들과 함께 메지스로 떠날 때 받은 거다."

세 사람은 그 주머니를 경외감에 젖은 눈으로 바라보며 같은 생각을 했다. 총잡이의 말이 사실이라면 그 조그만 가죽 주머니는 수백 년은 된 물건이라는 생각이었다. 롤랜드는 끈을 풀고 주머니 안을 들여다보더니, 고개를 끄덕였다. "수재나, 손을 내밀어보시오."

수재나는 그 말대로 했다. 움푹하게 오므린 그 손바닥에 롤랜드가 주머니를 털어 쏟아낸 것은, 은화 여남은 닢이었다.

"에디, 너도 내밀어라."

"저기, 롤랜드. 그 주머니 빈 것 같은데."

"손을 내밀어라."

에디는 알 게 뭐냐는 듯이 어깨를 으쓱하고 그 말을 따랐다. 롤랜드가 에디의 손바닥 위에서 주머니를 뒤집자 금화 열두 개가 쏟아졌고, 주머니는 다시 홀쭉해졌다.

"제이크."

제이크도 손을 내밀었다. 판초 앞주머니에 있던 오이가 흥미롭다는 듯이 지켜보았다. 가죽 주머니가 이번에는 반짝이는 보석 여섯 개를 쏟아내고 홀쭉해졌다. 수재나가 놀라서 숨을 들이마시는 소리가 들렸다.

"이건 그냥 석류석이다." 롤랜드는 거의 계면쩍은 말투로 말했다. "사람들 말을 들어보니 여기선 교환 수단으로 많이 쓰이는 것 같더구나. 뭘 잔뜩 사지는 못하겠지만, 그래도 남자애 한 명한테 필요한 것 정도는 *분명* 살 수 있을 게다."

"멋지다!" 제이크는 입이 귀에 걸리도록 웃고 있었다. "세이 생키! 매우, 매우!"

세 사람은 신기함에 말을 잊은 채 빈 가죽 주머니를 바라보았고, 롤랜드는 싱긋 웃었다. "내가 한때 알았거나 시늉이나마 낼 수 있었던 마법은 대부분 사라졌지만, 보다시피 조금은 남아 있다. 찻주전자 바닥에 붙은 젖은 찻잎처럼."

"그 안에 다른 것도 들어 있나요?" 제이크가 물었다.

"아니. 시간이 지나면 생길 거다. 이건 저절로 불룩해지는 주머니다." 롤랜드는 그 낡은 가죽 주머니를 걸낭에 집어넣은 다음, 캘러핸한테서 받은 신선한 담배를 꺼내어 한 대 말았다. "잡화점으로 가라, 가서 마음에 드는 걸 사라. 예컨대 셔츠 몇 장이라든가. 여유가 있으면 내 것도 한 장 사다오, 나한테도 필요할 테니. 그런 다음 포치로 나가서 마을 사람들처럼 잠깐 쉬는 거다. 사이 투크는 그런 너희를 탐탁찮게 여길 게다. 그가 무엇보다 보고 싶어 하는 건 선더클랩을 향해 동쪽으로 떠나는 우리 뒷모습일 테니. 허나 그렇다고 너희를 쫓아내지는 않을 게다."

"어디 한번 해보라지." 에디는 구시렁거리며 롤랜드에게서 받은 리볼버의 손잡이를 만졌다.

"그건 필요치 않다. 그는 돈 통을 지키는 습관 때문에라도 계산대 뒤에만 머물 게다. 또 마을의 분위기도 있고 하니."

"우리한테 유리한 쪽으로 기울고 있죠, 안 그래요?"

"그렇소, 수재나. 만약 내가 아까 재퍼즈 부인에게 그랬듯이 대놓고 물으면 사람들은 답하려 하지 않을 거요, 그러니 아직은 묻지 않는 게 최선이오. 허나 당신 말이 옳소. 그들은 싸울 작정이오. 아니면 우리가 싸우도록 놔둘 작정이든가. 그렇다고 해서 그들을 비난하면 안 되오. 스스로 싸우지 못하는 이들을 위해 싸우는 것이 우리 일이오."

에디는 티안의 할아버지한테서 들은 이야기를 롤랜드에게 해주려고 입을 열었다가, 그냥 다물었다. 롤랜드가 아직 묻지 않았기 때문이었다. 그와 수재나가 재퍼즈네 집에 보내진 목적이 그 이야기를 듣는 것이었는데도. 그러고 보니 수재나 역시 그 이야기를 하라고 부탁하지 않았다. 수재나는 에디가 제이미 재퍼즈와 나눈 이야기에 관해 입도 뻥긋하지 않았다.

"재퍼즈 부인한테 물어봤던 걸 헨칙한테도 물어보실 건가요?" 제이크가 물었다.

"그렇다. 그에게도 물을 거다."

"그 사람이 뭐라고 대답할지 아니까 그러시는 거겠죠."

롤랜드는 고개를 끄덕이며 다시 웃었다. 이번에는 흐뭇한 구석이 전혀 없었다. 눈밭에 비친 햇살처럼 서늘한 웃음이었다. "총잡이는 답을 확실히 알기 전에는 결코 질문하지 않는다. 오늘 저녁 식사 시간에 신부의 집에서 만나자. 일이 다 잘 풀리면, 나는 해가 지평선에 닿을 때쯤 그 집에 도착할 거다. 다들 괜찮겠느냐? 에디? 제이크?" 잠깐의 망설임. "수재나?"

세 사람 모두 고개를 끄덕였다. 오이도 함께 주억거렸다.

"그럼 저녁에 보자. 조심해서 가라, 부디 태양에 눈이 머는 일이 없기를."

롤랜드는 말을 돌려 북쪽으로 향하는 좁고 황폐한 길을 따라 출발했다. 세 사람은 그의 뒷모습이 시야에서 사라질 때까지 지켜보았고, 롤랜드가 자리를 비우고 셋만 남을 때면 늘 그랬듯이, 그들은 두려움과 쓸쓸함과 위태로운 자부심이 뒤섞인 복잡한 기분을 다 함께 느꼈다.

말 사이의 간격을 조금 좁힌 채로, 세 사람은 마을 쪽을 향해 나아갔다.

5

"어허, 안 돼, 그 지저분한 개너구리는 같이 못 들어와, 어림도 없어!" 에번 투크가 계산대 뒤의 자기 자리에서 외쳤다. 가느다란 목소리가 꼭 여자 같았다. 나른하고 조용한 가게 안의 공간을 유리 쪼가리 같은 그 목소리가 할퀴었다. 투크는 제이크의 판초 앞주머니에서 빼꼼히 내다보는 오이를 가리키고 있었다. 살 생각은 없이 구경만 하던 손님 여남은 명이 그쪽을 돌아보았다. 대부분 집에서 짠 옷감으로 지은 수수한 드레스 차림의 여성이었다.

무늬 없는 갈색 셔츠에 지저분한 흰색 바지를 입고 뒤가 트인 작업화를 신은 농장 일꾼 두 명이 계산대 앞에 서 있었다. 그들은 서둘러 뒤로 물러났다. 총을 찬 외지인 두 명이 대뜸 총을 뽑아 사이투크를 칼라 부트힐까지 날려버릴 거라고 기대하기라도 한 듯이.

"예, 죄송합니다." 제이크는 얌전히 말하고 나서 판초 주머니에서 오이를 꺼내어 문 바로 바깥의 볕이 내리쬐는 포치에 내려놓았다. "여기서 기다려."

"오이 기다려." 개너구리는 그렇게 대답하고는 시계태엽 같은 꼬리로 뒷발을 감쌌다.

제이크는 다시 친구들과 합류하여 가게로 들어섰다. 수재나가 느끼기에 이 잡화점에서는 어릴 적 미시시피 주에 살 때 들렀던 가게들과 비슷한 냄새가 풍겼다. 소금에 절인 고기와 가죽, 향신료, 커피, 좀약, 오래된 짝퉁 상품의 냄새였다. 계산대 옆에는 뚜껑이 살짝 열린 커다란 나무통이 있었고 그 옆의 못에는 집게가 두 개 걸려 있었다. 그 통에서는 소금물에 담긴 피클의 톡 쏘는 냄새가 진하게 풍겨왔다.

"외상은 안 돼!" 투크는 앞서와 똑같이 날카롭고 거슬리는 목소리로 외쳤다. "외지 사람한테 외상을 준 적은 한 번도 없소, 앞으로도 안 줄 거고! 진심이오! 세이 생키!"

수재나는 에디의 손을 잡고 경고의 의미로 한 번 꽉 쥐었다. 에디는 조바심이 난 사람처럼 그 손을 뿌리쳤지만, 막상 말을 꺼냈을 때에는 앞서 제이크가 그랬듯이 얌전했다. "세이 생키, 사이 투크. 우리는 외상으로 살 생각은 없어요." 그때 캘러핸 신부한테서 들은 말이 떠올랐다. "그런 적은 평생 한 번도 없습니다."

가게 안에 있던 사람 몇 명이 감탄한 목소리로 두런거렸다. 이제 손님들 가운데 아무도 물건을 사려는 시늉조차 하지 않았다. 투크의 얼굴이 붉어졌다. 수재나는 다시 에디의 손을 잡았지만, 이번에는 꼭 쥐면서 빙긋 웃었다.

처음에는 세 사람 모두 말없이 물건을 둘러봤다. 그러나 다 고르기도 전에 손님 몇이 인사를 건네고 (쭈뼛거리며) 잘 지내냐고 물었다. 모두 이틀 전 밤에 마을 정자 앞에 모였던 주민들이었다. 세 사람은 다 같이 잘 지낸다고 답했다. 그들은 롤랜드 것까지 포함한 셔츠와 청바지, 속옷, 또 모양은 투박하지만 신기에는 문제가 없는 단화 세 켤레를 골랐다. 제이크는 사탕도 한 주머니 샀다. 손가락으로 가리켜서 이것저것 고르는 동안 투크는 못마땅한 표정으로 툴툴거리며 풀로 짠 주머니에 느릿느릿 사탕을 담았다. 제이크가 롤랜드에게 줄 담뱃잎 한 봉지와 담배 마는 종이를 사려고 하자 투크는 여봐란듯이 즐거워하며 거절했다. "안 돼, 어림도 없어. 어린애한테 담배는 절대 못 팔아. 한 번도 판 적 없어."

"그것도 좋은 생각이네요." 에디가 말했다. "담배는 마귀풀의 바로 전 단계니까요. 보건부 장관도 세이 생키라고 할걸요. 하지만 저한테는 파실 거예요, 그렇죠, 사이? 저희 딘께서 저녁에 한 대 피우는 걸 즐기시거든요. 위기에 처한 주민들을 도울 계획을 세우면서요."

그 말에 몇몇 손님이 킥킥대며 웃었다. 잡화점 안은 눈에 띄게 붐비기 시작했다. 이제 그들은 실제 구경꾼들 앞에서 연기를 하는 중이었지만, 에디는 전혀 위축되지 않았다. 투크는 슬슬 재수 없는 인간으로 판명 나는 중이었는데 이는 전혀 의외가 아니었다. 투크는 누가 봐도 재수 없는 인간이었던 것이다.

"코말라 춤을 그렇게 멋지게 추는 사람은 처음 봤어요!" 진열대 사이 통로 한 곳에서 웬 남자가 외치자 주변에서 맞장구치는 소리가 웅성웅성 들렸다.

"세이 생키. 나중에 그 양반한테 전해줄게요."

"당신 부인의 노래 솜씨도 훌륭하던데요." 다른 사람이었다.

수재나는 입지도 않은 치마를 살짝 집고 무릎을 굽히는 시늉을 했다. 그런 다음 피클 통의 뚜껑을 좀 더 열고 집게로 커다란 덩어리를 하나 집어올리는 것으로 쇼핑을 마무리했다. 에디가 수재나 쪽으로 몸을 기울이며 말했다. "전에 내 콧구멍에서 그 비슷한 초록색 덩어리를 파낸 적이 있는데, 정확히 뭐였는지는 기억이 안 나네요."

"징그럽게 굴지 마요, 자기." 수재나는 그렇게 쏘아붙이면서도 다정한 미소를 지우지 않았다.

에디와 제이크는 기꺼이 수재나에게 흥정을 맡겼고, 수재나는 신이 나서 그 일을 맡았다. 투크는 최선을 다해 바가지를 씌우려 했는데 에디가 보기에는 딱히 그들을 표적으로 삼아서라기보다 바가지 씌우기를 자기 일(아마도 그가 생각하는 신성한 천직)의 한 부분으로 여기기 때문인 듯했다. 흥정이 끝날 무렵이 되자 잔소리가 거의 사라진 걸 보면 투크는 확실히 손님들의 기분을 파악할 만큼은 머리가 돌아가는 사람이었다. 그럼에도 금화와 은화를 받고 나서는 이럴 때만 사용하는 것으로 보이는 네모난 금속판에 두드려 소리를 확인했고, 제이크의 석류석은 햇빛에 비춰 확인한 후에 그중 한 개를 돌려주기까지 했다(에디와 수재나, 제이크의 눈에는 다른 것들과 똑같았는데도).

"여기 얼마나 머무실 거요, 손님들?" 흥정이 끝나고 나서 투크는 친절함이 눈곱만큼 묻은 목소리로 그렇게 물었다. 그러나 눈빛은 교활했고, 에디는 뭐라고 답하든 틀림없이 이날이 가기도 전에 아이젠하트와 오버홀저, 그리고 누군지 모를 유력자들의 귀에 그 대답이 들어갈 거라고 생각했다.

"아, 그야 뭐, 저희가 뭘 발견하느냐에 달렸죠. 그리고 저희가 뭘 발견하느냐는 주민들이 뭘 보여주느냐에 달렸고요. 안 그런가요?"

"그렇겠지." 맞장구치기는 했지만, 투크는 얼떨떨한 표정이었다. 이제 널찍한 잡화점 겸 식료품점 안에는 사람이 약 쉰 명이나 들어차 있었고, 대부분은 그저 멍하니 지켜볼 뿐이었다. 공기 중에 가루 같은 기대감이 둥둥 떠다녔다. 에디는 그 분위기가 마음에 들었다. 다행인지 아니면 불행인지는 알 수 없었지만, 그래도 정말로 마음에 들었다.

"주민들이 뭘 원하느냐도 중요하고요." 수재나가 덧붙였다.

"주민들이 뭘 원하는지는 내가 가르쳐주지, 브라우니!" 투크가 유리 조각처럼 날카로운 목소리로 외쳤다. "사람들이 원하는 건 평화야, 전에도, 지금도! 너희 넷이 떠난 후에도 마을이 온전하기를……"

수재나는 투크의 엄지손가락을 잡고 뒤쪽으로 꺾었다. 눈 깜짝할 사이에 일어난 일이었다. 제이크가 생각하기에 카운터 바로 앞에 있던 주민 두세 명은 봤을 법도 했지만, 어쨌거나 투크의 얼굴은 탁한 흰색으로 변했고 두 눈은 튀어나올 듯이 커졌다.

"노망나기 직전인 늙은이라면 그 말을 내뱉어도 봐줄 수 있어. 하지만 넌 안 돼. 날 한 번만 더 브라우니라고 불러봐, 이 뚱보야. 혀를 뽑아서 뒷구멍을 닦아줄 테니까."

"죄송합니다!" 투크는 질식할 것처럼 헐떡거렸다. 볼에는 큼직하고 징그러운 땀방울이 맺히는 중이었다. "죄송합니다, 정말입니다!"

"좋아." 수재나는 투크의 손을 풀어주었다. "저희 그만 나가서 포치에 잠깐 앉아 있을게요. 장보기란 게 원래 피곤한 일이잖아요."

6

롤랜드한테 들었던 메지스의 잡화점과 달리 투크의 잡화점에는 빔의 지킴이를 새긴 조각상이 보이지 않았다. 이곳의 기다란 포치에는 스물네 개나 되는 흔들의자만 줄줄이 놓여 있을 뿐이었다. 그리고 세 단으로 된 입구 층계에는 각각의 단마다 양 옆에 수확제 축하용 허수아비가 서 있었다. 롤랜드 카텟은 포치 한복판에 있는 의자 세 개를 차지했다. 오이는 제이크의 발 사이에 느긋하게 엎드려 있었는데 앞발에 주둥이를 올린 것으로 보아 잠을 자려는 모양이었다.

에디는 어깨 너머로 에번 투크가 있는 방향을 엄지로 대강 가리켰다. "데타 워커가 있었으면 저 개자식한테서 이것저것 훔쳤을 텐데, 너무 아쉽네요."

"데타 대신 내가 훔치고 싶은 마음이 없었다고는 못 하겠는걸요." 수재나가 말했다.

"사람들이 와요." 제이크가 말했다. "우리한테 말을 걸고 싶은가 본데요."

"당연하지. 안 그러면 우리가 여기 와 있을 이유가 없잖아." 에디 가 빙긋 웃자 잘생긴 얼굴이 더욱 잘생겨 보였다. 에디는 목소리를 낮춰 중얼거렸다. "총잡이들이 기다립니다, 주민 여러분. 컴 컴 코말 라, 다음은 총싸움이에요."

"그 입 좀 다물게, 젊은 양반." 말은 그렇게 했지만, 수재나도 웃 고 있었다.

둘 다 *미쳤어.* 제이크는 생각했다. 하지만 제이크 본인은 예외라 면, 왜 그들과 같이 웃고 있었을까?

7

마니교도 헨칙과 길르앗의 롤랜드는 지면에 노출된 거대한 암반 의 그늘에서 점심을 먹었다. 토티야로 싼 차가운 닭고기와 쌀밥을 먹는 동안 두 사람은 도수가 낮은 사과주 병을 주거니 받거니 하며 간간이 마셨다. 헨칙은 식사를 시작하기 전에 '포스'와 '오버'라는 존재에게 기도를 드린 다음, 말없이 먹기만 했다. 롤랜드에게는 아 무래도 상관없는 일이었다. 그 노인은 총잡이가 반드시 물어야 했던 유일한 질문에 이미 긍정의 답을 건넸기 때문이었다.

식사가 끝날 무렵, 태양은 이미 깎아지른 절벽과 급경사면 뒤로 넘어간 후였다. 그 덕분에 두 사람은 그늘 속을 걸어갔다. 그들이 걸 어가는 오르막길은 자갈이 깔린 데다 말을 타고 지나기에는 너무

줍았기 때문에 말들은 잎이 노란 사시나무 수풀에 매여 있었다. 수많은 도마뱀이 그들 앞으로 쪼르르 지나갔고, 가끔은 바위틈으로 쏜살같이 사라지기도 했다.

그늘이 있든 없든 산속은 지옥의 입구처럼 무더웠다. 1킬로미터가 훌쩍 넘게 쉬지 않고 산을 오른 후, 롤랜드는 거친 숨을 몰아쉬며 목수건으로 뺨과 목에 흐르는 땀을 닦기 시작했다. 여든 살 안팎으로 보이는 헨칙은 그의 앞에서 소리도 없이 부지런히 올라갔다. 공원에서 산책하는 사람처럼 숨도 흐트러지지 않았다. 헨칙은 망토를 벗어서 아래에 있는 나무의 가지에 걸쳐두고 왔기 때문에 롤랜드의 눈앞에는 검은 셔츠 등판이 보였지만, 거기에는 땀자국 하나 없었다.

길이 휘어지는 곳에 이르자 잠시 그들 아래로 북쪽과 서쪽 세상이 뿌옇고 장대하게 펼쳐졌다. 롤랜드는 널따랗고 네모난 회갈색 목초지와 장난감처럼 조그만 소를 알아볼 수 있었다. 남쪽과 동쪽의 들판은 강가의 저지대로 나아갈수록 점점 더 초록빛을 띠었다. 칼라 마을도, 심지어 롤랜드 일행이 거기까지 오느라 지나야 했던 거대한 숲의 가장자리가 있는 아득히 먼 서쪽까지도 한눈에 들어왔다. 산길에 부는 미풍은 롤랜드가 헉 소리를 낼 정도로 서늘했다. 그럼에도 그는 감사하는 마음으로 바람을 향해 얼굴을 들었고, 눈은 감다시피 한 채로, 칼라에 있는 모든 것의 냄새를 맡았다. 소, 말, 곡식, 강물, 그리고 쌀, 쌀, 쌀.

헨칙은 챙이 넓고 꼭대기가 평평한 모자를 벗어 든 채 역시 고개를 들고 눈을 거의 감고 있었다. 말없이 수확의 시기를 기리는 모습이었다. 장난스러운 바람이 그의 긴 머리카락을 뒤로 넘기고 허리까지 오는 턱수염을 세 갈래로 나누었다. 두 사람은 약 3분 동안 그렇게 서서 잔잔한 바람에 몸을 식혔다. 이윽고 헨칙이 다시 모자를 썼다. 그러고는 롤랜드를 돌아보았다. "총잡이여, 그대는 세상의 종말이 불일 것 같은가, 아니면 얼음일 것 같은가?"

롤랜드는 그 물음을 곰곰이 생각하다가 한참 만에 대답했다. "둘다 아니오. 내 생각엔 어둠일 것 같소."

"그런가?"

"그렇소."

헨칙은 잠시 생각에 잠겼다가 돌아서서 다시 길을 오르기 시작했다. 롤랜드는 목적지에 빨리 도착하고 싶어서 조바심이 났지만, 그럼에도 앞서가는 마니교도를 멈춰 세우려고 그의 어깨를 건드렸다. 약속은 약속이기 때문이었다. 여성에게 한 약속이라면 더더욱.

"나는 어젯밤 '망각된 자'의 집에 머물렀소. 그대들은 카텟을 떠나기로 선택한 자들을 그렇게 부르지 않소?"

"그래, 망각된 자라고 하지." 헨칙은 롤랜드를 유심히 바라보았다. "허나 카텟은 아니야. 무슨 말인지는 알지만 그건 우리 언어가 아닐세, 총잡이여."

"아무튼, 나는……"

"아무튼 그대는 본 아이젠하트와 내 딸 마거릿이 사는 로킹비 목장에 하룻밤 묵었네. 마거릿은 그대에게 접시 던지기를 보여줬고. 어젯밤 그대와 대화를 나눌 때 그 얘기를 꺼내지 않은 것은 나 역시 그대와 마찬가지로 다 알고 있었기 때문이야. 또한 의논할 문제가 있기 때문이기도 했고, 안 그런가? 동굴 같은 것들 말이야."

"그렇소." 롤랜드는 동요한 기색을 드러내지 않으려고 애썼지만

이는 분명 헛수고였다. 헨칙이 다 안다는 듯이 살짝 고개를 끄덕였을뿐더러, 수염 사이로 간신히 보이는 그의 입술은 희미하게 웃고 있었기 때문이었다.

"마니들은 다 아는 수가 있다네, 총잡이여. 언제나 그렇지."

"롤랜드라고 부를 생각은 없는 거요?"

"없네."

"그대에게 전해달라는 부탁을 받았소. 레드패스 일족의 마거릿은 이교도 남편과 잘 살고 있다고. 아주 잘."

헨칙은 고개를 끄덕였다. 그 말에 가슴이 아팠는지 어땠는지, 겉으로는 내색하지 않았다. 눈빛조차 흔들리지 않았다. "그 애는 저주받았어." 말투가 꼭 오후에는 날이 갤 것 같군이라고 말하는 사람 같았다.

"내가 그 말을 전해줬으면 좋겠소?" 롤랜드가 물었다. 그는 이 상황을 재미있어 하면서도 한편으로는 겁을 먹고 있었다.

헨칙의 파란 눈은 나이 탓에 색이 엷어지고 물기가 축축했지만, 그 질문에 흔들리는 기색은 또렷이 알아볼 수 있었다. 수북한 눈썹이 위로 쑥 올라갔다. "굳이 그럴 필요가 있을까? 그 애도 아는데. 나중에 *나아르* 밑바닥에서 이교도 남편을 택한 죄를 느긋하게 뉘우치겠지. 그 애는 그렇게 될 거라는 것도 알고 있어. 가세, 총잡이여. 4분의 1휠만 더 가면 돼. 하지만 좀 가파르다네."

8

가팔라도 정말이지 너무 가팔랐다. 30분 후, 그들은 추락한 바위 때문에 길이 거의 막힌 곳에 이르렀다. 헨칙은 그 바위를 거뜬히 돌아서 올라갔다. 검은 바지자락이 바람에 나부끼고 수염이 양옆으로 갈라져 휘날리는데도, 손톱이 기다란 그의 손가락은 실수 없이 돌을 붙잡았다. 롤랜드는 그 뒤를 따랐다. 바위는 볕에 달구어져 따뜻했지만 바람이 너무 차가워서 이제 몸이 떨릴 지경이었다. 낡은 장화 뒤축이 높이가 600미터는 될 법한 푸른 허공 위로 비켜나 있는 느낌이 들었다. 만일 노인이 그를 떠밀기로 작정한다면 모든 것이 단숨에 끝날 판이었다. 그것도 극적인 구석이라고는 눈곱만큼도 없는 방식으로.

허나 그리되지는 않을 게다. 에디가 내 자리를 대신 맡을 테고, 남은 둘은 쓰러질 때까지 그 뒤를 따를 테니.

바위 너머로 이어진 길의 끝은 우둘투둘한 돌 사이로 시커먼 입을 벌린 동굴이었고, 동굴 입구의 높이는 약 4.5미터, 폭은 약 1.5미터였다. 그 구멍에서 나온 바람이 롤랜드의 얼굴을 훑고 갔다. 길을 오르는 동안 장난을 걸듯이 살랑거리던 미풍과 달리 이 바람에서는 역한 냄새가 났다. 그 바람과 함께, 그 바람에 실려서, 알아들을 수 없는 외침이 들려왔다. 그러나 인간의 목소리가 외치는 소리였다.

"지금 들리는 게 나아르에 떨어진 자들의 절규요?" 롤랜드는 헨칙에게 물었다.

수염에 거의 가려진 노인의 입술은 더 이상 웃지 않았다. "여기서는 농담을 하지 말게. 그대는 지금 무한의 존재 앞에 있으니."

롤랜드는 그 말을 믿었다. 그는 조심스레 앞으로 나아갔다. 장화 바닥이 자갈투성이 비탈에 긁혔고, 손은 리볼버 손잡이로 내려갔다. 이제 그는 총을 찰 때면 늘 허리 왼쪽에 찼다. 온전한 손 아래쪽에.

동굴의 벌어진 입에서 뿜어 나오는 악취가 더욱 심해졌다. 뚜렷한 독성은 없을지 몰라도 해로운 냄새였다. 롤랜드는 손가락이 부족한 오른손으로 목수건을 끌어올려 입과 코를 가렸다. 동굴 안쪽, 그 그늘 속에, 뭔가 있었다. 뼈였다, 도마뱀 같은 조그만 동물들의 뼈. 그러나 다른 것도 있었다. 그 형상은 롤랜드도 익히 아는……

"조심하게, 총잡이여." 헨칙은 그렇게 말하면서도 롤랜드가 원한다면 동굴로 들어갈 수 있도록 한쪽으로 비켜섰다.

내가 뭘 원하는지는 중요하지 않다. 롤랜드는 생각했다. *이건 내가 해야만 하는 일이다. 그렇게 여기면 더 간단해질 거다.*

그늘 속의 형상이 또렷해졌다. 롤랜드는 그것이 전에 바닷가에서 마주쳤던 문들과 똑같이 생긴 문이라는 것을 알고도 놀라지 않았다. 아니라면 이곳이 왜 통로 동굴이라고 불렸겠는가? 그 문은 아이언우드(아니면 아마도 고스트우드)로 만들어진 것이었고, 동굴 입구에서 약 6미터 안쪽에 서 있었다. 높이는 2미터가 조금 안 됐는데 이 역시 바닷가에 있던 문들과 똑같았다. 그리고 경첩이 허공에 고정된 양 어둠 속에 저절로 서 있는 점 역시 그 문들과 똑같았다.

그러나 저 경첩에 의지하여 아무렇지도 않게 움직일 것이다. 열릴 것이다. 때가 되면.

열쇠 구멍은 없었다. 문손잡이는 수정으로 만든 것 같았다. 그 위에 새겨진 것은 장미였다. 서쪽 바닷가에 서 있던 문 세 개에는 귀족어가 새겨져 있었다. 하나는 사로잡힌 남자, 또 하나는 그늘 속의 여인, 세 번째는 밀치기꾼이었다. 이 문에는 캘러핸의 교회에 감춰진 상자에서 봤던 상형문자가 새겨져 있었다.

"이건 '찾지 못했다'라는 뜻이오." 롤랜드가 말했다.

헨칙은 고개를 끄덕였지만, 롤랜드가 문 옆을 돌아 뒤쪽으로 가려 하자 앞으로 나서서 손으로 가로막았다. "조심하게, 안 그랬다간 저 목소리들의 주인이 누군지 그대 눈으로 직접 확인하게 될 테니."

롤랜드는 그 말이 무슨 뜻인지 알아차렸다. 문 뒤로 2.5미터쯤 되는 곳에서 동굴 바닥이 50도, 아니면 60도쯤 되는 급경사를 그리며 아래로 꺼졌다. 붙잡을 곳은 전혀 없었고 돌로 된 경사는 유리처럼 매끈했다. 이 미끄럼틀은 약 10미터 아래에서 깊은 구멍 속으로 사라졌다. 그 구멍에서 한데 엉켜 신음하는 수많은 목소리들이 들려왔다. 이윽고 그 가운데 한 목소리가 또렷해졌다. 가브리엘 디셰인의 목소리였다.

"롤랜드, 안 돼!" 롤랜드의 죽은 어머니가 어둠 속에서 소리쳤다. "쏘지 마, 나야! 네 엄……" 그러나 말이 채 끝나기도 전에 천둥 같은 총소리가 겹쳐 울리며 가브리엘을 침묵시켰다. 롤랜드의 머릿속에 고통이 치솟았다. 코가 부러질 것처럼 세게 목수건으로 얼굴을 누르고 있었던 것이다. 팔 근육에서 힘을 빼려 해도 몸이 좀처럼 말을 듣지 않았다.

악취가 밴 어둠 속에서 다음으로 들려온 목소리의 주인은 그의 아버지였다.

"네가 천재가 아닌 줄은 걸음마를 시작할 무렵에 이미 알아봤다만, 천치인 줄은 어제 저녁에야 알았다. 놈에게 속아 급류에 휩쓸린 젖소처럼 허둥대다니! 맙소사!"

신경 쓰지 마라. 이건 유령조차도 아니다. 그저 메아리일 뿐이다, 어떤 수법인지 몰라도 내 머릿속 깊숙한 곳에서 끌어내어 던지는 것뿐이다.

"속이 살짝 상할 거야, 안 그런가?" 통로 동굴의 목구멍 깊숙이서 월터의 키득거리는 목소리가 들려왔다. "포기해, 롤랜드! 암흑의 탑 꼭대기에 있는 방이 텅 비어 있는 걸 발견하느니 차라리 포기하고 죽는 게 나아!"

뒤이어 엘드의 뿔피리 소리가 다급하게 울려퍼지자 롤랜드는 팔에 소름이 돋았고, 목덜미에는 잔털이 곤두섰다. 그 소리는 커스버트 올굿이 얼굴을 파랗게 칠한 야만인들의 손에 목숨을 내던지기 위해 예리코 언덕을 달려 내려갈 때 불었던 마지막 돌격 신호였다.

롤랜드는 목수건을 얼굴에서 내리고 다시 걸음을 옮겼다. 한 걸음. 두 걸음. 세 걸음. 장화 뒤축에 뼈가 밟혀 부스러졌다. 세 걸음째에 문이 다시 나타났다. 처음에는 옆면이, 반대쪽의 경첩과 마찬가지로 허공에 잠금쇠를 내밀고 있는 듯한 문손잡이 쪽 옆면이 보였다. 롤랜드는 잠시 멈춰 서서 그 두꺼운 옆면을 응시하며, 예전 바닷가에서 그 기묘한 문들과 마주쳤을 때처럼 눈앞의 기묘한 문을 가만히 감상했다. 그때 그 바닷가에서는 감염 때문에 죽음의 문턱까지 간 상태였기에 제대로 볼 수가 없었다. 눈앞의 문은 롤랜드가 머리를 앞으로 살짝 내밀면 사라졌다. 머리를 당기면, 다시 그 자리에 있었다. 이 문은 흔들리지도 일렁거리지도 않았다. 오로지 둘 중 하나,

그 자리에 있든가 없든가였다.

롤랜드는 뒤로 물러선 다음, 손바닥을 벌려 아이언우드 표면에 대고 거기에 체중을 실었다. 희미하지만 분별할 수 있는 진동이 느껴졌다. 강력한 기계 장치 같은 느낌이었다. 동굴의 시커먼 목구멍 속에서 쿠스 언덕의 레아가 그를 향해 악을 썼다. 너는 진짜 아버지의 얼굴을 한 번도 본 적이 없는 자식이라고, 네 애인은 불에 타면서 비명을 지르다 목이 터졌다고. 롤랜드는 그 소리를 무시한 채 수정으로 된 문손잡이를 쥐었다.

"안 돼, 총잡이여, 그만둬!" 헨칙이 놀라서 외쳤다.

"그만둘 수 없소." 롤랜드는 손에 힘을 주었지만 문손잡이는 어느 쪽으로도 돌아가지 않았다. 그는 문으로부터 물러섰다.

"신부를 발견했을 때에는 문이 열려 있었다고 하지 않았소?" 롤랜드가 헨칙에게 물었다. 전날 밤에 이미 나눈 이야기였지만, 더 자세히 듣고 싶어서였다.

"그랬지. 나와 제민이 함께 발견했네. 우리 늙은 마니들이 다른 세계를 찾아다니는 건 그대도 알지 않나? 보물이 아니라 깨달음을 구하려고."

롤랜드는 고개를 끄덕였다. 그는 다른 세계로 여행을 떠난 마니들 가운데 미쳐서 돌아오는 이가 있다는 것 또한 알고 있었다. 개중에는 영영 돌아오지 못한 이들도 있었다.

"이 일대의 산에는 사람을 끄는 힘이 있다네, 여러 세계로 이어지는 여러 길들 또한 수수께끼처럼 숨어 있고. 우리는 옛 석류석 광산 근처의 동굴에 갔다가 메시지를 발견했네."

"무슨 메시지였소?"

"동굴 입구에 기계 장치가 설치되어 있었어. 단추를 눌렀더니 목소리가 나오더군. 그 목소리가 우리한테 이리로 오라고 했네."

"이 동굴이 있다는 건 그 전에도 알았소?"

"그래, 허나 신부가 도착하기 전에는 '목소리 동굴'이라고 불렸네. 그 이유는 이제 그대도 알겠지."

롤랜드는 고개를 끄덕이고 헨칙에게 계속하라고 손짓했다.

"총잡이여, 그 기계에서 나온 목소리는 그대의 카텟과 억양이 비슷했네. 그 목소리는 제민과 내가 이리로 와야 한다고, 그러면 문과 어떤 남자와 신비한 물건을 발견할 거라고 했네. 그래서 그 말대로 했지."

"누군가 당신들에게 지시를 남긴 게로군." 롤랜드가 중얼거렸다. 그의 머릿속에 떠오른 것은 월터였다. 검은 옷의 남자, 에디 말로는 '키블러'라는 과자를 그들 일행에게 남긴 장본인. 월터는 플랙이었고 플랙은 마튼이었고 마튼은…… 마튼은 혹시 멀린일까? 전설에 나오는 그 늙고 사악한 마법사? 그 점에 관한 한 롤랜드는 여전히 확신이 서지 않았다. "그 목소리가 당신들의 이름을 알고 있었소?"

"아니, 거기까지는 몰랐네. 그저 마니교도들이라고만 했어."

"그 '누군가'는 기계를 그곳에 남겨둬야 한다는 걸 어떻게 알았을까. 당신 생각은 어떻소?"

헨칙은 입을 꾹 다물었다. "그게 인간일 거라고 생각하는 이유가 뭔가? 신께서 인간의 음성을 빌려 말씀하지 못할 이유가 뭐란 말인가? 오버의 대리인일 수도 있지 않은가?"

"신들은 인장을 남기는 법이오. 인간은 기계를 남기고." 롤랜드는 잠시 입을 다물었다. "물론 내 경험에 따르면 그렇다는 말이오, 노인장."

헨칙은 입에 발린 소리는 집어치우라는 듯이 퉁명스럽게 손을 내저었다.

"당신이 친구와 함께 그 말하는 기계가 있는 동굴을 찾아간 건 남들도 다 아는 사실이오?"

헨칙은 꽤나 뚱하게 어깨를 으쓱했다. "본 사람들이 있겠지, 아마도. 망원경이나 쌍안경 같은 걸로 멀리까지 보는 사람들도 있으니까. 그리고 그 기계 인간도. 그는 이것저것 보고 다니면서 얘기를 들어주는 사람이 있으면 멈출 줄 모르고 지껄이니까."

롤랜드는 그 대답을 긍정으로 받아들였다. 캘러핸 신부가 오는 것을 아는 사람이 있었던 모양이었다. 그리고 신부가 칼라 변두리에 도착했을 때 도움이 필요한 상태일 거라는 것도.

"문이 얼마나 열려 있었소?"

"그건 캘러핸한테 물어보게. 나는 그대에게 이곳을 보여주겠다고 약속했네, 그리고 그 약속을 지켰고. 그 정도면 충분해."

"당신이 발견했을 때 신부는 의식이 있었소?"

잠시 께름칙한 침묵이 이어졌다. 이윽고. "아니. 웅얼거리기만 했어. 자면서 악몽을 꾸는 사람처럼."

"그럼 물어봐도 답을 못 하겠군, 안 그렇소? 이 부분에 관해서는. 헨칙, 당신은 도와줄 지원군이 필요하다고 했소. 당신 일족 전체를 대표해서 나한테 말했소. 그러니 도와주시오! 내가 당신을 도울 수 있게!"

"나는 이게 무슨 도움이 될지 모르겠네만."

도움이 안 될지도 몰랐다. 이 노인과 칼라 브린 스터지스의 다른 이들이 그토록 걱정하는 늑대들의 습격하고는 상관없는 일인지도 몰랐지만, 롤랜드에게는 늑대들 말고도 다른 근심거리와 관심사가 있었다. 수재나가 이따금 쓰는 표현을 빌리면 '본론은 아직 시작도 안 했던' 것이다. 그는 가만히 서서 헨칙을 바라보았다. 한 손은 여전히 수정 문손잡이를 붙든 채로.

"문은 살짝 열려 있었네." 마침내 헨칙이 말했다. "나무 상자도 마찬가지였고. 둘 다 아주 살짝 열려 있었어. 사람들이 영감님이라고 부르는 그 남자는 엎드린 채 널브러져 있었고. 저기에." 헨칙은 자갈과 뼈가 널린 동굴 바닥에서 롤랜드가 딛고 서 있는 자리를 가리켰다. "상자는 그의 오른손 옆에 있었어. 이 만큼 열린 채로." 헨칙은 엄지와 검지를 약 5센티미터 간격으로 벌렸다. "그 속에서 흘러나오는 건 *카먼* 소리였어. 전에도 들어본 적이 있었지만, 그렇게 강력한 건 처음이었네. 눈이 아프고 눈물이 나올 정도였지. 제민은 절규하면서 문을 향해 걸어갔네. 영감님은 바닥에 양손을 펼치고 있었는데, 제민은 그중 한쪽 손을 밟아놓고도 알아채지 못했어.

문도 그 상자처럼 살짝만 벌어져 있었지만, 문틈으로 섬뜩한 빛이 새어나왔네. *나는 많은 곳을 돌아다녔네, 총잡이여, 여러 장소와 여러 시대를.* 전에 그 비슷한 다른 문도 본 적이 있고 '토대시 타켄' 도, 그러니까 현실에 뚫린 구멍도 본 적이 있어. 하지만 그런 빛은 한 번도 본 적이 없었네. 그건 검정색이었어. 태초부터 존재한 모든 공허를 모아놓은 것처럼. 허나 그 속에 뭔가 붉은 것이 있었네."

"그건 눈이오." 롤랜드가 말했다.

헨칙의 시선이 그에게로 향했다. "눈이라고? 정말인가?"

"내 생각에는 그렇소. 당신이 본 암흑은 검은 13이 드리운 것이오. 붉은 것은 어쩌면 크림슨 킹의 눈일 수도 있소."

"그게 누군가?"

"나도 모르오. 그저 그가 이곳에서 먼 동쪽에 거한다는 것만 알뿐. 선더클랩이나, 아니면 그 너머에. 어쩌면 암흑의 탑의 지킴이일 수도 있소. 스스로는 그 탑을 자기 것으로 여기는지도 모르오."

롤랜드가 탑을 언급하자 노인은 두 손으로 눈을 가렸다. 깊은 종교적 두려움을 의미하는 몸짓이었다.

"그다음은 어떻게 됐소, 헨칙? 얘기해주시오, 부탁이오."

"나는 제민을 붙잡으려고 손을 뻗다가 그가 영감님의 손을 밟았던 걸 떠올리고 마음을 바꿨네. 이런 생각이 들었거든. '헨칙, 붙잡았다가는 저 친구가 너까지 끌고 가버릴 거야.'" 노인의 시선은 롤랜드의 눈에 고정되어 있었다. "그대도 알다시피 우리는 여행을 하는 게 일이네, 그래서 떠나기를 두려워하는 경우는 거의 없어. 왜냐면 오버를 믿기 때문이지. 허나 나는 그 빛과 차임벨 소리가 무서웠네." 헨칙은 잠시 입을 다물었다. "그것들 때문에 겁에 질렸던 거야. 그래서 그날 이야기는 입 밖에도 꺼낸 적이 없어."

"캘러핸 신부한테도 안 했소?"

헨칙은 고개를 저었다.

"의식을 되찾은 후에 신부가 무슨 얘기를 했소?"

"자기가 죽은 거냐고 묻더군. 그래서 당신이 이미 죽었다면 우리도 마찬가지 신세라고 했지."

"제민은 어떻게 됐소?"

"2년 후에 죽었네." 헨칙은 검은 셔츠 앞쪽을 두드렸다. "심장에 탈이 나서."

"여기서 캘러핸을 발견한 게 몇 년 전 일이오?"

헨칙은 커다란 호를 그리며 머리를 양옆으로 천천히 저었다. 마니교도들 사이에서는 너무나 흔해서 유전되는 게 아닌가 싶은 몸짓이었다. "나도 모르네, 총잡이여. 왜냐면 시간이……"

"그렇소, 표류하고 있소." 롤랜드는 조바심이 나서 말했다. "당신 *짐작*에는 얼마나 된 것 같소?'

"5년은 넘었을 거야. 그동안 신부가 자기 교회를 짓고 거기에 미신을 믿는 바보들을 가득 끌어모았으니, 그 정도는 흘렀겠지."

"당신은 어떻게 한 거요? 어떻게 제민을 구한 거요?"

"무릎을 꿇고 그 상자를 닫았네. 할 일은 그것밖에 떠오르지 않았어. 단 1초라도 망설였다면 난 미쳐버렸을 거야. 문 안쪽과 똑같이 시커먼 빛이 상자 속에서 새어 나오고 있었으니까. 그 빛 때문에 나는 약해진 기분이 들었고…… 눈앞이 캄캄해졌네."

"당연히 그랬겠지." 롤랜드의 목소리는 엄숙했다.

"그래도 나는 재빨리 움직였어. 내가 상자의 뚜껑을 철컥 닫는 순간, 저 문도 휙 닫혔네. 제민은 주먹으로 문을 치면서 들여보내달라고 악을 쓰며 애원했어. 그러다가 쓰러져서 기절해버렸지. 나는 그를 동굴 바깥으로 끌고 나왔네. 두 사람 다 끌고 나왔어. 맑은 공기를 조금 마시더니 둘 다 정신을 차리더군."

롤랜드는 문손잡이를 마지막으로 한 번 더 돌려 보았다. 어느 쪽으로도 움직이지 않았다. 하지만 구슬이 있다면……

"이만 돌아갑시다. 저녁때까지는 신부의 집에 도착하고 싶소. 그러려면 말을 묶어둔 곳으로 서둘러 내려가서 그보다 더 서둘러 달려가야 할 거요."

헨칙은 고개를 끄덕였다. 수염으로 덮인 그의 얼굴은 감정을 능숙하게 숨겼지만, 롤랜드는 돌아가자는 말에 노인이 안도하는 것 같다고 생각했다. 롤랜드 본인도 조금은 안도감을 느꼈다. 어둠 속에서 솟아나오는 죽은 어머니와 아버지의 비난 어린 절규를 즐겁게 들을 수 있는 사람은 없었다. 죽은 친구들의 절규는 말할 것도 없고.

"그 말하는 기계 장치는 어떻게 됐소?" 롤랜드는 내려가기 시작하며 물었다.

헨칙은 알 바 아니라는 듯이 어깨를 으쓱했다. "베이더리가 뭔지 아나?"

배터리 말이군. 롤랜드는 고개를 끄덕였다.

"그게 멀쩡한 동안에는 장치가 같은 메시지를 몇 번이고 되풀이했네. 우리한테 목소리 동굴로 가서 웬 남자와 문과 신기한 물건을 찾으라고 했지. 무슨 노래도 흘러나왔고. 언젠가 신부 앞에서 그 노래를 불렀더니 흐느껴 울더군. 그 이야기는 신부한테서 듣게. 그거야말로 그가 얘기할 몫이니까."

롤랜드는 다시 고개를 끄덕였다.

"그러다가 베이더리의 숨이 끊어졌어." 어깨를 으쓱하는 헨칙에게서 기계에 대한 경멸이 느껴졌다. 또는 과거의 세상에 대한 경멸일 수도, 어쩌면 둘 다일 수도 있었다. "그래서 꺼내봤지. 듀라셀이더군. 그대도 듀라셀을 아나, 총잡이여?"

롤랜드는 고개를 저었다.

"우리는 베이더리를 앤디한테 가져가서 새로 채울 수 있는지 물어봤네. 앤디는 그걸 받아서 자기 몸통에 넣었지만, 꺼내고 보니 전이랑 똑같이 쓸모가 없더군. 앤디는 미안하다고 했네. 우린 세이 생키라고 했고." 헨칙은 다시금 알 게 뭐냐는 듯이 어깨를 으쓱했다. "우리는 다른 단추를 눌러서 기계 장치를 열었어. 그랬더니 혀가 튀어나오더군. 길이가 이만 한 혀가." 헨칙은 두 손을 10센티미터쯤 벌렸다. "구멍이 두 개 나 있었네. 안에는 끈처럼 생긴 번들거리는 갈색 물체가 있었고. 신부는 그걸 '카세트테이프'라고 했어."

롤랜드는 고개를 끄덕였다. "동굴까지 안내해줘서 고마웠소, 헨칙. 아는 걸 모조리 얘기해준 것도 그렇고."

"해야 할 일을 한 거야. 그대도 약속을 지키겠지, 그렇지?"

길르앗의 롤랜드는 고개를 끄덕였다. "승자가 누가 될지는 신께 맡기도록 합시다."

"그래, 그게 바로 우리 방식이지. 그대는 우리를 잘 아는 것 같군. 한때는 그랬던 것 같아." 헨칙은 잠시 입을 다물고 몹시도 날카로운 눈빛으로 롤랜드를 응시했다. "아니면 그냥 나한테 잘 보이려고 아는 척하는 건가? 성서를 읽은 적이 있는 사람이라면 그 정도 아는 척은 날이 저물 때까지 할 수 있으니까 말이지."

"나더러 아첨꾼 시늉을 하느냐고 묻는 거요? 들을 사람이라고는 저들밖에 없는 이 산꼭대기에서?" 롤랜드는 웅얼거리는 어둠 쪽을 고갯짓으로 가리켰다. "당신이 그럴 사람은 아니라고 믿고 싶소. 혹시라도 그렇다면, 진짜 바보라는 뜻이니까."

노인은 곰곰이 생각하다가, 손가락이 길고 굽은 손을 총잡이에게 내밀었다. "행운을 비네, 롤랜드. 좋은 이름이야. 멋진 이름이고."

롤랜드는 오른손을 내밀었다. 그리고 노인이 그 손을 잡고 꾹 쥐었을 때, 롤랜드는 통증을 가장 피하고 싶었던 곳에서 깊숙이 찌르는 듯한 통증을 느꼈다.

아니, 아직은 아니다. 내가 가장 피하고 싶은 곳은 반대쪽이니까.
아직 멀쩡한 쪽.

"어쩌면 이번에는 늑대들이 우릴 몰살시킬지도 모르겠군." 헨칙
이 말했다.

"그럴지도."

"그러거나 말거나, 복된 만남이었네."

"어쩌면." 총잡이가 답했다.

제9장

신부의 이야기, 그 결말(알려지지 않은 부분)

1

"잠자리를 준비해뒀어요." 사제관에 돌아온 에디 일행을 보고 로잘리타 무노스가 말했다.

피곤해서 녹초가 된 에디는 로잘리타가 전혀 상관없는 다른 말을 했다고 생각했다. *뜰의 잡초를 뽑을 시간이에요* 또는 *교회에서 여러분을 만나려고 기다리는 사람이 오륙십 명은 돼요*처럼. 애초에 누가 오후 세 시에 잠자리 같은 소리를 한단 말인가?

"예?" 수재나 역시 지친 표정으로 물었다. "뭐라고 했죠? 잘 못 들었어요."

"잠자리를 준비해뒀다고요." 신부의 가사 도우미는 같은 말을 되풀이했다. "두 분은 지지난 밤에 주무셨던 방으로 가시고, 어린 손님은 신부님 침대를 쓰면 돼요. 개너구리도 데려가고 싶으면 그렇게 해, 제이크. 신부님이 그렇게 하라고 말씀하셨으니까. 직접 전하고 싶어 하셨지만, 오늘은 병문안을 도는 날이에요. 환자들한테 성찬식을 해주시거든요." 마지막 한마디에서 숨길 수 없는 자부심이 드러났다.

"잠자리라." 에디가 중얼거렸다. 그 말을 하는 이유가 확실히 와닿지 않아서였다. 그는 주위를 두리번거렸다. 아직 대낮인지, 태양이 아직 밝게 빛나는지 확인하려는 듯이. "잠자리라고요?"

"신부님이 가게에 있던 여러분을 보셨대요." 로잘리타가 설명을 덧붙였다. "그 많은 사람들하고 얘기를 했으니 낮잠을 자야 할 거라고 하시던데요."

에디는 그제야 이해가 갔다. 과거의 어느 시기에는 친절한 대접에 지금보다 더 감사했던 것도 같았지만, 솔직히 그때가 언제였는지, 어떤 식의 친절한 대접을 받았는지는 기억이 나질 않았다. 그들이 투크의 잡화점 포치에 있는 흔들의자에 앉아 있는 동안 주민들은 처음에는 쭈뼛거리며 조금씩 다가왔다. 그러다가 아무도 돌로 변하거나 머리에 총알이 박히지 않자(실은 열띤 대화가 오갔고 실제로 웃음도 터져 나왔다.) 점점 더 많이 모여들었다. 낙숫물이 점점 커져서 홍수가 되듯이, 에디는 마침내 유명인이 되는 것이 어떤 일인지를 깨달았다. 그것이 얼마나 어렵고 진 빠지는 일인지 깨닫고 깜짝 놀랐다. 사람들은 까다로운 질문을 수도 없이 던져놓고 간단한 답을 요구했다. 총잡이들이 어디에서 왔고 또 어디로 가는지 묻는 두 질문은 서두에 지나지 않았다. 몇몇 질문에는 솔직히 답할 수 있었지만 에디는 어느새 점점 교활한 정치인 같은 답을 내놓고 있었고, 두 친구 역시 마찬가지였다. 거짓말이라고 딱 잘라 말할 수는 없었으나 그들이 하는 말은 대답 비슷하게 들리는 선전 문구가 껍데기처럼 둘러싸고 있었다. 또한 모두가 그들 일행의 얼굴을 똑바로 바라보며 마음에서 우러난 *안녕하세요*를 전하고 싶어 했다. 오이조차도 자기 몫의 접대를 위해 나서야 했다. 오이가 거듭 또 거듭 쓰다듬음을 당하고 말을 해보라는 요청에 시달리자 제이크는 일어나서 가게 안으로 들어가 에번 투크에게 물 한 그릇만 달라고 부탁했다. 그 신사는 그릇 대신 양철 컵을 내밀며 물은 가게 앞의 말구유에서 뜨라고 알려 주었다. 제이크는 이 단순한 일을 하는 동안에도 마을 주민들에게 둘러싸여 쉴 새 없이 질문을 받았다. 컵의 물을 다 핥아마신 오이는 제이크가 컵을 채우러 구유로 돌아간 사이에 호기심 많은 질문자들을 다시금 마주했다.

대체로 그 다섯 시간은 에디가 그때껏 경험한 가장 긴 다섯 시간이었고, 그는 앞으로는 유명인들을 볼 때 전과 같은 눈으로 보지 못할 거라는 생각이 들었다. 긍정적인 면을 들자면 마침내 포치를 떠나 영감님의 거처로 돌아오기 전까지 아마도 읍내에 사는 사람들하고는 한 명도 빠짐없이, 또 농부 및 목장 일꾼, 카우보이, 먼 변두리에 사는 삯일꾼하고도 적잖은 수와 얘기를 나눌 수 있었던 점이었다. 소문은 빨리 퍼졌다. 바깥세상 사람들이 잡화점 앞 포치에 앉아 있대, 우리가 말을 걸면 상대해준대.

그런데 이제, 맙소사, 이 여성이, 이 *천사*가, 잠자리를 준비해뒀다고 한 것이다.

"시간이 얼마나 있는 거죠?" 에디가 물었다.

"신부님은 4시쯤이면 돌아오시겠지만, 저녁 시간은 6시예요. 여러분의 딘이 제때 돌아오면요. 5시 반에 깨워드리면 어떨까요? 그럼 세수할 시간은 있을 거예요. 괜찮으시겠어요?"

"예." 제이크는 로잘리타를 보며 빙긋 웃었다. "사람들이랑 이야기하는 게 이렇게 피곤할 줄 몰랐어요. 목도 마르고요."

로잘리타는 고개를 끄덕였다. "저장실에 시원한 물이 든 물통이 있단다."

"식사 준비를 도와드려야 할 텐데." 수재나는 그렇게 말해놓고서 입이 찢어지도록 하품을 했다.

"세어리 애덤스가 와서 도와줄 텐데, 어차피 오늘 저녁은 찬 음식이에요. 자, 가세요. 가서 푹 쉬세요. 딱 봐도 다들 녹초가 됐네요."

2

식료품 저장실에서 제이크는 한참 동안 물을 들이켠 다음, 오이가 마실 물을 따른 그릇을 들고 캘러핸 신부의 침실로 들어갔다. 그곳에 있으려니 미안한 마음이 들었지만(개너구리까지 데리고 와서 더욱 그랬지만), 캘러핸의 좁다란 침대에 살짝 벌려진 이불과 도톰하게 솟은 베개가 제이크를 부르고 있었다. 그릇을 내려놓자 오이가 조용히 물을 핥기 시작했다. 제이크는 옷을 벗고 새로 얻은 속옷 차림으로 누워서 눈을 감았다.

아마 진짜로 잠이 들진 않을 거야. 제이크는 생각했다. *전에도 낮잠은 잘 안 잤는데, 뭘. 쇼 아주머니가 나를 맹꽁이라고 부르던 시절에도.*

1분도 지나지 않아서 제이크는 한쪽 팔로 눈을 가린 채 살짝 코를 골고 있었다. 오이는 침대 곁에서 앞발에 주둥이를 올려놓은 채 잠들었다.

3

에디와 수재나는 손님방 침대에 나란히 앉았다. 에디는 아직도 이 상황을 현실로 받아들이기가 힘들었다. 낮잠이라니, 그것도 진짜 침대에서 자는 낮잠이라니. 호사에 호사가 겹친 격이었다. 소원은 오로지 수재나를 안고 누워 그대로 잠드는 것이었지만, 그 전에 해야 할 얘기가 하나 있었다. 그 생각은 이날 내내 에디를 괴롭혔다. 심지어 그들 일행이 즉흥에서 펼쳤던 정치 공작이 최고조에 이르렀던 순간에도.

"수재나, 티안의 할아버지가 했던 얘기 말인데요……"

"그 얘긴 안 들을래요." 대뜸 날아온 대답이었다.

에디는 놀라서 눈이 동그래졌다. 그런 반응이 돌아올 거라고 이미 예상하고 있었는데도.

"그 얘기를 꺼내는 건 괜찮지만, 난 피곤해요. 자고 싶다고요. 그 노인한테 들은 이야기는 롤랜드한테 들려줘요, 원한다면 제이크한테도 들려주고. 하지만 나한테는 하지 마요. 지금은." 수재나는 에디 곁에 앉았다. 갈색 허벅지가 에디의 하얀 허벅지에 닿았고, 갈색 눈은 에디의 연갈색 눈을 지그시 마주 보았다. "내 말 듣고 있어요?"

"아주 잘 듣고 있어요."

"세이 생키. 매우, 매우."

에디는 웃으며 수재나를 끌어안고 키스했다.

그리고 곧바로, 두 사람 역시 서로를 끌어안고 이마를 맞댄 채 잠들었다. 저무는 해가 드리운 네모꼴 햇빛이 두 사람의 몸을 비추며 천천히 위쪽으로 올라갔다. 해는 다시 정서향으로 돌아가 있었다. 적어도 당분간은. 쑤시는 다리를 등자에서 빼낸 채 영감님의 사제관 앞 진입로를 따라 천천히 올라오던 롤랜드도 그 사실을 알아챘다.

4

로잘리타가 나와서 롤랜드를 맞아주었다. "하일, 롤랜드…… 기나긴 나날과 즐거운 밤들을 보내시길."

롤랜드는 고개를 끄덕였다. "그 두 배의 복을 누리시길."

"아마 저희 가운데 몇 명한테 접시를 던져달라는 부탁을 하실 것 같군요. 늑대들이 쳐들어오면."

"누구한테 들었소?"

"아…… 지나가던 작은 새가 제 귀에 지저귀던데요."

"음. 그렇게 해주겠소? 내가 부탁하면?"

로잘리타는 이를 내보이며 씩 웃었다. "제 삶에 그보다 큰 기쁨은 없을 거예요." 드러났던 이가 입술에 가려지자 웃음은 진정한 의미의 미소가 되었다. "어쩌면 우리 둘이서 그 비슷한 기쁨을 발견할 수도 있을 것 같지만요. 제가 사는 작은 오두막을 구경하지 않으시겠어요, 롤랜드?"

"기꺼이. 그런데 그대의 그 마법 같은 기름을 내게 한 번 더 문질러주지 않겠소?"

"문질러주기를 바라시나요?"

"그렇소."

"세게 문질러드릴까요, 아니면 살살?"

"몸에 불끈거리는 곳이 있을 땐 그 두 가지 방식을 조금씩 섞는 게 최고라고 들었소만."

로잘리타는 그 말을 곰곰이 생각하다가 웃음을 터뜨리고는 롤랜드의 손을 잡아끌었다. "이쪽으로 오세요. 해가 아직 환하고 세상의 이 외딴 귀퉁이가 잠들어 있는 사이에."

롤랜드는 기꺼이 따라갔다. 그 손이 이끄는 곳으로. 로잘리타는 달콤한 이끼로 둘러싸인 비밀의 샘을 간직하고 있었고, 그곳에서 롤랜드는 원기를 회복했다.

5

캘러핸은 5시 30분경에 돌아왔고, 때맞춰 에디와 수재나와 제이크도 낮잠에서 깼다. 6시가 되자 로잘리타와 세어리 애덤스가 사제관 뒤편의 차양을 친 포치에 채소와 차가운 닭고기로 차린 저녁 식사를 내왔다. 롤랜드와 친구들은 게걸스럽게 먹어치웠다. 특히 총잡이는 접시를 한 번도 아니고 두 번이나 더 채웠다. 반면에 캘러핸은 접시에 놓인 음식을 이쪽에서 저쪽으로 옮겨놓을 뿐이었다. 그의 얼굴은 햇볕에 그을어 건강해 보였지만 눈 밑의 다크서클까지 가려지지는 않았다. 성격이 밝고 쾌활한, 통통한데도 걸음걸이는 가벼운

세어리가 향신료를 넣은 케이크를 내오자 캘러핸은 고개를 저어 사양했다.

테이블 위에 잔과 커피 주전자만 빼고 아무것도 안 남았을 때, 롤랜드는 담배를 꺼내고 허락을 구하듯이 눈을 동그랗게 떴다.

"편하실 대로 하십시오." 캘러핸은 그렇게 말하고 큰소리로 외쳤다. "로잘리타, 이분께 담뱃재 떨 만한 것 좀 갖다드려!"

"신부님, 저는 밤을 꼴딱 새는 한이 있어도 이야기를 끝까지 듣고 싶어요." 에디가 말했다.

"저도요." 제이크도 맞장구를 쳤다.

캘러핸은 빙긋이 웃었다. "나도 자네들하고 같은 심정이야. 조금은." 그러고는 자기 몫의 커피를 반 잔 따랐다. 로잘리타는 롤랜드에게 재를 떨 도기 컵을 가져다주었다. 영감님은 로잘리타가 자리를 뜨고 나서 입을 열었다. "이 얘기는 어제 끝냈어야 했어. 남은 이야기를 어떻게 해야 하나 고민하면서 뒤척이느라 간밤에 잠도 제대로 못 잤거든."

"그중 일부는 내가 이미 알고 있다고 하면 마음이 조금 편해지겠소?" 롤랜드가 물었다.

"그럴 것 같진 않습니다. 헨칙과 함께 통로 동굴에 가셨지요, 그렇지요?"

"그렇소. 헨칙 말로는 그를 동굴로 보내서 당신을 찾도록 한 말하는 기계 장치가 노래를 불렀는데, 당신은 그 노래를 듣고 울었다고 했소. 혹시 전에 얘기했던 그 노래요?"

"예, 「오늘 밤 누군가 내 목숨을 구했네」였습니다. 칼라 브린 스터지스의 마니교도 오두막에 앉아 캄캄한 선더클랩을 바라보면서 엘튼 존 노래를 듣는 기분이 얼마나 기묘했는지, 저는 제대로 설명할 자신이 없군요."

"잠깐만, 잠깐만요." 수재나가 말했다. "너무 앞서가시네요, 신부님. 저희가 마지막으로 들은 건, 새크라멘토에서 친구 분이 히틀러 형제라는 놈들한테 습격당한 기사를 읽었다는 대목이에요. 1981년에요." 수재나는 엄숙한 표정으로 캘러핸과 에디를, 마지막으로 제이크를 돌아보았다. "이 말은 꼭 해둬야겠어요, 신사 여러분. 내가 미국을 떠난 후로 여러분은 평화로운 일상이라는 면에서 별로 진보하지 못한 것 같아요."

"제 탓이 아니에요." 제이크가 말했다. "전 아직 초등학생이었다고요."

"전 약에 취해서 뿅 가 있었습니다." 에디가 말했다.

"알았소, 다 내 탓이오." 캘러핸의 말에 모두가 웃고 말았다.

"이야기를 마무리 지으시오. 오늘 밤에는 편히 잘지도 모르니."

"그럴지도 모르지요." 캘러핸은 잠시 생각에 잠겼다가, 이내 입을 열었다. "다들 마찬가지겠지만, 저는 병원을 생각하면 소독약 냄새하고 기계 장치 소리가 떠오릅니다. 주로 기계 소리지요. 삑삑거리는 소리 말입니다. 그것하고 비슷한 소리를 내는 기계는 비행기 조종석에 있는 장치들뿐입니다. 언젠가 비행기 조종사한테 물어봤더니 항법 장치에서 나는 소리라고 하더군요. 병원 중환자실에는 항로를 찾는 이들이 굉장히 많구나 하는 생각을, 그날 밤 그 병원에서 했던 기억이 납니다.

로언 매그루더는 제가 홈에서 일하던 시절에는 독신이었습니다만, 저는 그것도 분명 변했을 거라고 짐작했습니다. 병상 옆의 의자에 웬 여성이 앉아서 페이퍼백을 읽고 있었거든요. 멋진 녹색 슈트를 잘 차려입고 스타킹에 로힐을 신었더군요. 적어도 그 여성과 대면하는 것 정도는 괜찮을 것 같았습니다. 제 딴에는 깨끗이 씻고 머리도 빗었고, 술은 새크라멘토에서부터 한 모금도 안 마셨으니까요. 하지만 일단 얼굴을 마주하고 보니 전혀 괜찮지가 않았습니다. 상상해보세요, 그 여성은 문을 등지고 앉아 있었습니다. 문설주에 노크하는 소리를 듣고 그 여성이 몸을 틀었을 때, 제 침착성이란 놈은 소풍을 가버렸습니다. 저는 흠칫 물러서서 성호를 그었습니다. 로언과 함께 바로 그 병원에 누워 있는 루페를 만났을 때 이후로 성호를 긋기는 처음이었습니다. 이유가 짐작이 가십니까?"

"그럼요." 수재나가 대답했다. "퍼즐 조각이 딱 맞았기 때문이겠죠. 우리가 마주치는 조각들은 원래 그렇게 딱 맞아떨어져요. 우린 그걸 보고 또 보고 다시 봤어요. 완성된 그림이 뭔지 모를 뿐이죠."

"아니면 봐도 이해를 못하거나." 에디가 말했다.

캘러핸은 고개를 끄덕였다. "마치 로언을 보고 있는 것 같았네. 긴 금발 머리하고 불룩한 가슴만 빼면. 로언의 쌍둥이 남매였던 거야. 그런데 그 여성이 웃더군. 그러고는 나한테 유령이라도 본 줄 알았냐고 물었네. 나는…… 현실을 벗어난 것 같았어. 다른 세계로 미끄러져 들어간 느낌이었네, 현실 같지만 현실과 똑같지는 않은 세계로. 그런 게 있다면 말이지만. 지갑을 꺼내서 지폐에 누구의 초상이 그려져 있는지 확인하고 싶어 미치는 줄 알았지. 그냥 얼굴이 닮아서 그런 게 아니었어. 그 여성이 웃었기 때문이야. 자기랑 얼굴이 똑같은 남자 곁에 앉아서, 그것도 그 남자한테 얼굴이란 게 남아 있을 때의 얘기지만, 웃고 있었단 말이야."

"토대시 병원 19호 병실에 어서 오세요." 에디가 말했다.

"뭐라고?"

"그냥, 그게 어떤 기분인지 안다는 말이에요, 도널드. 우리 모두 알아요. 계속 얘기하세요."

"나는 내가 누군지 밝힌 다음에 들어가도 되는지 물었네. 그렇게 물었을 때, 속으로는 흡혈귀 발로를 떠올리고 있었어. 이 말이 생각 났지. *처음에는 그들에게 들어오라고 초대해야 해. 그다음부터는 그들 마음대로 들락거릴 수 있어.* 그 여성은 물론 들어와도 좋다고 했네. 그러면서 자기는 로언의 '마지막 순간'에 곁에 있어주려고 시카고에서 왔다고 하더군. 그러고 나서, 앞서와 똑같이 나긋한 목소리로 이렇게 말했네. '누구신지 단번에 알아봤어요. 손의 흉터 때문에요. 로언이 편지에 다른 생에서는 분명히 종교인이셨을 거라고 썼더군요. 로언은 남의 과거 이야기를 그런 식으로 했어요. 술에 빠지거나 약에 빠지거나 정신이 이상해지거나, 아니면 그 세 가지를 다 하기 전의 삶을 이야기할 때요. 이 사람은 다른 생에서 목수였다거나, 저 사람은 다른 생에서 모델이었다거나. 로언이 제대로 맞혔나요?' 내내 그 나긋한 목소리로 말하더군. 무슨 칵테일파티에서 대화를 나누는 여성처럼. 그리고 로언은 머리에 붕대를 친친 감은 채 병상에 누워 있었지. 선글래스를 썼더라면 「투명 인간」에 나오는 클로드 레인스처럼 보였을 거야.

나는 병실로 들어갔네. 로언 말이 맞다고, 한때는 종교인이었지만 다 옛일이라고 했지. 그 여성은 손을 내밀었어. 나도 손을 내밀었고. 왜냐하면, 상상해보게, 난 그때……"

6

캘러핸은 그 여성이 자기와 악수를 하려 한다고 생각했기 때문에 손을 내민다. 나긋한 목소리에 속은 것이다. 캘러핸은 몰랐지만, 로 위나 매그루더 롤링스는 사실 손을 앞으로 내밀지 않고 위로 올렸다. 캘러핸은 처음에는 뺨을 맞은 줄도 모른다. 심지어 왼쪽 귀가 윙 윙거리고 왼쪽 눈에서 눈물이 날 정도로 세게 맞았는데도. 왼뺨에 갑자기 올라오는 뜨거운 기운은 황당한 알레르기 같은 것, 아마도 스트레스 때문에 나타나는 반응일 거라 생각한다. 뒤이어 로위나는 으스스할 정도로 로언과 비슷한 얼굴에 눈물을 흘리며 캘러핸 앞으로 바짝 다가선다.

"가서 한번 봐요. 뭐가 보일 것 같아요? 이게 바로 우리 로언의 다른 생이에요! 로언한테 남은 하나뿐인 인생! 가까이 가서 자세히 봐요. 그놈들은 로언의 두 눈을 뽑고 한쪽 뺨을 도려냈어요. 그쪽은 입안이 다 보일 거예요, 메롱 하는 것처럼! 경찰이 사진을 보여줬어요. 안 보여주려고 했지만 내가 내놓으라고 했거든요. 그놈들이 가슴에 구멍까지 뚫어놨는데 그건 의사들이 막았을 거예요. 제일 위험한 건 간이에요. 간에도 구멍이 뚫렸는데 그것 때문에 죽어가고 있다고요."

"미스 매그루더, 저는……"

"미시즈 롤링스예요. 어차피 당신한테는 아무 의미도 없겠지만요. 가요. 가서 똑똑히 봐요. 당신이 로언한테 무슨 짓을 했는지."

"저는 캘리포니아에 있었습니다…… 신문을 보고……"

"아, 그랬겠죠. 어련하시겠어요. 하지만 내가 붙잡고 따질 사람은 당신밖에 없어요, 모르겠어요? 로언하고 친했던 사람은 당신뿐이라고요. 또 한 명은 게이 전염병으로 죽었고, 다른 사람들은 여기 없어요. 쉼터에서 공짜 밥을 먹고 있든가, 금주회 모임에서 이 사건 이야기를 하고 있겠죠. 자기들이 이 사건 때문에 어떤 기분을 느끼는지. 자, 캘러핸 목사님. 아니면 신부님인가요? 아까 보니까 성호를 긋던데. 그럼 이제 제 기분이 어떤지 가르쳐드릴게요. 전…… 화가 나서…… 죽을 지경이에요." 로위나의 목소리는 여전히 나긋하지만, 캘러핸이 말을 꺼내려고 입을 열자 한 손가락을 펴서 그의 입술을 누른다. 그 손가락 하나의 힘이 얼마나 센지, 캘러핸은 말하기를 포기한다. 지금은 로위나가 말하도록 하자. 안 될 게 뭐 있나? 고해 성사를 마지막으로 들은 건 오래전 일이지만, 어떤 것들은 자전거 타기처럼 몸이 기억하는 법이니까.

"로언은 뉴욕 대학교를 최우등으로 졸업했어요. 당신도 알았어요? 1949년엔 벨로이트 시문학상에서 2등상을 받았고요. 그것도 알았어요? 아직 대학생이었을 때 그 상을 받았다고요! 소설도 썼어요…… 아름다운 작품인데…… 지금은 우리 집 다락에 있어요. 먼지를 뒤집어쓴 채."

캘러핸은 얼굴에 미세하고 따뜻한 이슬이 맺히는 느낌이 든다. 로위나의 입에서 나온 이슬이다.

"난 로언한테 부탁했어요. 아니, 애걸했어요, 계속 글을 쓰라고. 그랬더니 자기는 재능이 없다고 웃더군요. '소설은 노먼 메일러나 존 오하라나 어윈 쇼 같은 사람들한테 맡겨두자고.' 로언은 그렇게 말했어요. '진짜 잘 쓰는 사람들한테. 난 어디 학교 연구실 같은 데 틀어박혀 가지고 해포석 파이프를 뻐끔거리면서『굿바이 미스터 칩

스』의 주인공 흉내나 낼 거야.'

그것도 좋을 뻔했어요. 그런데 금주회 모임을 거들기 시작하더니 어느새 자연스럽게 쉼터를 운영하고 있더군요. 친구들이랑 어울리면서. 당신 같은 친구들."

캘러핸은 어안이 벙벙하다. 친구라는 말에 그 정도의 경멸을 담아서 내뱉는 사람을 본 적이 없기에.

"그런데 그 친구들은 다 어딨는 거죠, 로언이 이렇게 누워서 죽어가는데?" 로위나 매그루더 롤링스가 묻는다. "예? 로언이 치료해준 사람들, 로언을 보고 천재라고 한 신문 기자들은 다 어딨냐고요. 제인 폴리는요? 그 여자는 「투데이 쇼」에서 로언을 인터뷰했어요. 그것도 두 번이나! 망할 놈의 마더 테레사는 어딨는 거예요? 로언이 편지에 썼어요, 마더 테레사가 홈에 왔을 때 사람들이 작은 성인이라고 불렀다고. 자, 이제 로언한테는 성인이 필요해요. 지금 당장 필요하다고요, 손을 얹고 축복해줄 성인이. 그런데 도대체 어디 처박혀 있는 거예요?"

로위나의 뺨에 눈물이 흘러내린다. 가슴이 오르락내리락한다. 로위나는 아름답고 무섭다. 캘러핸은 언젠가 보았던 힌두교의 파괴의 여신 시바의 그림이 떠오른다. 팔 개수가 부족한데. 캘러핸은 속으로 그 생각을 하며 웃고 싶은 충동을 느끼고, 명을 재촉할 수도 있는 미치광이 같은 그 충동과 필사적으로 싸운다.

"그 사람들은 여기 없어요. 당신하고 나뿐이잖아요, 안 그래요? 그리고 로언하고. 로언은 노벨 문학상을 받을 수도 있었어요. 아니면 30년 동안 해마다 학생 400명을 가르칠 수도 있었어요. 자기 학생 12,000명을 가르칠 수도 있었다고요. 그런데 얼굴이 너덜너덜해져서 이렇게 병원에 누워 있어요. 그리고 그 망할 놈의 쉼터에선 기부금을 걷어야 할지도 몰라요. 로언의 마지막 병을 치료하는 비용이랑 관 값이랑, 장례식 비용 때문에. 칼에 찔려 너덜너덜해진 것도 병이라고 할 수 있다면요."

로위나는 캘러핸을 가만히 응시한다. 노골적인 적의를 드러낸 얼굴로, 웃으면서. 뺨은 눈물로 번들거리고 코에서는 콧물이 흐른다.

"캘러핸 신부님, 예전의 다른 생에서 로언은 '거리의 천사'였어요. 그런데 이게 마지막 다른 생이에요. 화려하죠, 안 그래요? 난 복도 저편에 있는 매점에 가서 커피하고 페이스트리를 먹을 거예요. 거기 한 10분쯤 있을 생각이에요. 병문안을 하기에는 충분한 시간이죠. 제발 부탁이니까 내가 돌아오기 전에 가주세요. 당신도, 로언의 그 많은 박애주의자 친구들도 다 구역질이 나니까."

로위나는 자리를 뜬다. 편해 보이는 로힐의 뒷굽 소리가 복도를 따라 멀어진다. 그 소리가 채 다 사라지기도 전에, 꾸준히 삑삑대는 기계 소리만 남기도 전에, 캘러핸은 자신이 덜덜 떨고 있는 것을 발견한다. 알코올 의존증의 증세인 섬망의 전조 같지는 않지만 하느님 맙소사, 기분만은 영락없는 섬망이다.

딱딱한 베일 같은 붕대 속에서 로언의 목소리가 들려온 순간, 캘러핸은 놀라서 소리를 지를 뻔한다. 옛 친구가 하는 말은 웅얼대는 소리가 되어 나오지만 캘러핸은 거뜬히 알아듣는다.

"로위나는 그 설교를 오늘 하루에만 여덟 번은 했을 거야, 그런데 내가 벨로이트에서 상을 받았던 해에 다른 응모자가 네 명뿐이었단 얘기는 아무한테도 안 하더군. 아마 전쟁 때문에 사람들이 시심을 꽤나 잃어버려서 그랬던 거겠지. 잘 지냈어, 도널드?"

발음도 안 좋고 목소리는 쇳소리나 다름없지만, 그래도 로언이다, 틀림없다. 캘러핸은 침대 곁으로 다가가 이불 위에 놓인 손을 잡는다. 맞잡는 손힘이 의외로 강력하다.

"그 소설로 말할 것 같으면…… 어휴, 그건 그냥 제임스 존스를 흉내 낸 삼류작이었어. 끔찍했지."

"좀 어때, 로언?" 캘러핸이 묻는다. 이제 그는 울고 있다. 빌어먹을 병실이 이제 곧 물에 잠길 것이다.

"아, 뭐, 꽤 죽겠어." 붕대에 휘감긴 남자가 말한다. 그리고. "와줘서 고마워."

"당연히 와야지. 뭐 필요한 거 없어, 로언? 내가 해줄 수 있는 게 있을까?"

"홈에 가까이 가지 마." 로언이 말한다. 목소리는 점점 작아지지만 손은 여전히 캘러핸의 손을 꽉 붙들고 있다. "그놈들이 노린 건 내가 아니야. 놈들의 표적은 당신이야. 무슨 말인지 알겠어, 도널드? 놈들은 당신을 쫓고 있어. 나한테 당신이 어디 있냐고 계속 물었어, 나도 결국에는 불어버렸을 거야, 분명히. 물론 몰라서 그렇게 못 했지만."

기계 한 대가 더 빠르게 삑삑거린다. 삑삑 소리가 합쳐져 삐 소리가 되면 경보음이 울릴 것이다. 캘러핸은 그런 지식이 있을 리 없는데도 안다. 어째선지.

"로언…… 그놈들 눈이 빨간색이었어? 혹시…… 그…… 긴 코트를 입고 있었어? 트렌치코트 같은? 크고 멋진 차를 타고 다니고?"

"전혀 딴판이었어." 로언이 소곤거린다. "나이는 아마 삼십대일 텐데, 옷은 십대처럼 입었어. 생긴 것도 십대 같아. 앞으로 한 20년은 더 십대처럼 보일 거야, 그렇게 오래 살아남으면 말이야. 그러다 어느 날 갑자기 노인이 돼버리겠지."

캘러핸은 생각한다. 그냥 양아치 두 놈이잖아. 로언이 말하는 게 그런 놈들인가? 그렇다. 거의 틀림없이 그럴 테지만, 그렇다고 해서 히틀러 형제가 이 짓을 하도록 하인들에게 고용되지 않았다는 증거는 없다. 그 생각에는 일리가 있다. 신문 기사에도 짤막하게나마 로언 매그루더는 히틀러 형제의 평소 피해자들과 비슷한 점이 없다고 나와 있었으니까.

"홈에 가까이 가면 안 돼." 로언은 이렇게 소곤거리지만, 캘러핸이 그러겠노라고 약속하기도 전에 경보음이 실제로 울린다. 한순간 로언의 두 손이 캘러핸의 손을 꽉 잡고, 캘러핸은 한때 이 남자 안에 넘치던 기운의 유령을 느낀다. 은행 잔고가 완전히 바닥났을 때에도 언제나 홈의 문을 열었던 그 우악스럽고 거침없는 기운을, 로언 매그루더 혼자서는 못 했을 수많은 일을 여러 사람을 끌어들여 성사시킨 그 기운을.

이윽고 병실은 간호사들로 붐비고, 깐깐하게 생긴 의사는 환자의 진료 기록을 가져오라고 소리를 지른다. 그러니 이제 곧 로언의 쌍둥이 남매가 돌아올 것이다. 이번에는 아마도 정말로 입에서 불을 뿜을 것이다. 캘러핸은 이제 이 북적거리는 전당포에서 사라질 때가 됐다는 결론을 내린다. 아예 뉴욕이라는 더 거대한 전당포에서 사라질 때가 됐다. 보아하니 하인들은 아직도 그에게 관심이 있다, 그것도 아주 많이. 그리고 놈들에게 본부라는 것이 있다면 아마도 바로 이곳, 환락의 도시일 것이다. 따라서 서부로 돌아가는 게 최선일 것이다. 비행기표를 또 살 돈은 없지만 그레이하운드 버스를 탈 현금은 있다. 어차피 처음도 아니다. 서부로 한 번 더 떠나는 거다, 안될 이유도 없지 않은가? 캘러핸은 29C 좌석에 앉은 자신의 모습이 눈에 선하다. 셔츠 주머니에는 방금 사서 뜯지도 않은 담배 한 갑이 들어 있다. 갈색 종이 봉지에는 방금 사서 따지도 않은 얼리 타임스한 병이 들어 있다. 무릎 위에는 새로 나온 존 D. 맥도널드의 소설이, 마찬가지로 방금 사서 펼쳐보지도 않은 채로 놓여 있다. 어쩌면 캘러핸은 허드슨 강을 건너 포트리를 지나면서, 소설의 제1장에 푹 빠진 채 위스키를 두 모금째 홀짝거릴지도 모른다. 마침내 577호 병실의 기계 장치가 모조리 꺼지고 그의 옛 친구가 어둠 속으로 발을 내디뎌 우리를 기다리는 뭔지 모를 것을 향해 나아가기도 전에.

7

"577호실이라." 에디가 말했다.

"19네요." 제이크였다.

"뭐라고 했나?" 캘러핸이 다시 물었다.

"5, 7, 7." 수재나가 대답했다. "다 합치면 19잖아요."

"그 숫자에 무슨 의미라도 있는 건가?"

"다 합치면 엄마라는 말이 되죠, 나한테는 세상을 의미하는 말이에요." 에디는 감상에 젖은 웃음을 띠고 중얼거렸다.

수재나는 에디가 중얼거린 노래 가사를 들은 척도 안 했다. "그건 저희도 몰라요. 그런데 뉴욕을 안 떠나셨잖아요, 그렇죠? 떠났다면 그게 생기지도 않았을 테니까." 수재나는 캘러핸의 이마에 있는 흉터를 가리켰다.

"아, 떠났지. 그저 원래 마음먹었던 것처럼 빨리 떠나지 못했을 뿐이야. 병원을 나설 때에는 정말로 고속버스 터미널로 가서 40번 버스의 표를 살 작정이었는데."

"40번 버스가 뭐예요?" 제이크가 물었다.

"떠돌이들 은어로 가장 멀리까지 가는 버스란다. 알래스카 주 페어뱅크스행 표를 사면 40번 버스를 타는 셈이지."

"여기선 19번 버스겠군요." 에디가 끼어들었다.

"걷다 보니 온갖 옛일이 떠오르더군. 개중에는 재미난 일도 있었어, 홈에서 지내는 친구들 여럿이 서커스 쇼를 했을 때처럼. 무서운 일도 몇 번 있었지. 어느 날 저녁 급식을 시작하기 직전에 한 친구가 다른 친구한테 이렇게 말한 거야. '코 좀 그만 파라, 제피. 구역질 나니까.' 그랬더니 제피가 이러더군. '그래, 그럼 이거나 먹어라, 못생긴 자식아.' 그러고는 거대한 잭나이프를 꺼내서 그 자리에 있는 사람들이 움직이기는커녕 무슨 일이 벌어지는지 알기도 전에 상대의 목을 그어버린 거야. 루페는 비명을 지르고 나는 '주여! 주여!'만 외치는데 피가 사방에 분수처럼 튀더군. 왜냐면 제피가 그 남자의 목동맥을 끊어버렸거든. 아니, 목정맥이었는지도 모르지. 그런데 그때 로언이 한 손으로는 바지를 붙잡고 한 손에는 두루마리 휴지를 들고 화장실에서 뛰쳐나온 거야. 그러더니 어떻게 했는지 아나?"

"그 휴지를 썼겠죠." 수재나가 말했다.

그 말에 캘러핸은 씩 웃었다. 그 웃음은 그를 더 젊어 보이게 했다. "맞았어, 예미럴. 피가 뿜어나오는 바로 그 자리를 두루마리째로 찍어 누르면서 루페한테 211에 전화하라고 소리쳤네. 그땐 긴급 신고 번호가 그거였으니까. 난 그 자리에 멍하니 서서 하얀 두루마리 휴지가 판지로 된 안쪽의 심을 향해 빨갛게 물들어가는 걸 보고 있었네. 로언이 그 남자한테 그러더군. '그냥 세상에서 제일 큰 면도칼에 베인 거라고 생각해.' 그 말을 듣고 우리는 웃기 시작했어. 눈에서 눈물이 나올 때까지 웃었지.

알겠나, 그렇게 수많은 옛 기억이 나를 스치고 지나간 거야. 좋은 기억, 나쁜 기억, 이상한 기억들이. 스마일러스 마켓에 들러서 버드와이저 두 캔을 종이 봉지에 담아 나온 기억이 희미하게 떠오르는군. 한 캔을 따서 마시면서 계속 걸었네. 어디로 가는지도 모르는 채, 적어도 의식적으로는 생각을 안 하는 채로. 하지만 내 발은 나름의 생각이 있는 모양이더군. 정신을 차리고 주위를 둘러보니 어느새 가끔 저녁을 먹으러 가던 식당 앞이었으니까. 시쳇말로 '군자금이 넉넉할 때' 가던 곳이었어. 2번 대로와 52번가 교차점에 있는."

"지지고볶고 아줌마네 식당이네요." 제이크가 말했다.

캘러핸은 놀라서 혼이 달아난 표정으로 제이크를 보다가, 롤랜드 쪽으로 고개를 돌렸다. "총잡이여, 당신네 젊은 친구들이 저를 슬슬 겁먹게 하는군요."

롤랜드는 대답 대신 오랜 습관인 손 내젓기를 보여주었다. *계속 얘기하시오, 파트너.*

"오랜만에 들어가서 햄버거나 하나 먹기로 했습니다. 그리고 햄버거를 먹는 동안 뉴욕을 떠나기 전에 홈에 들르기로, 적어도 앞쪽 창문으로나마 한번 들여다보기로 마음먹었습니다. 길 건너편에 서 있으면 되니까요, 루페가 죽고 나서 들렀을 때처럼. 못 갈 이유도 없었습니다. 거기선 아무도 저를 귀찮게 하지 않았으니까요. 흡혈귀도, 하인들도." 캘러핸은 롤랜드 일행을 바라보았다. "정말로 그럴 거라고 믿은 건지, 아니면 치밀하고 치명적인 정신 조작에 걸린 건지는 저도 모르겠습니다. 그날 밤에 느꼈던 여러 가지 감정과 제가 했던 말, 제가 했던 생각은 지금도 기억이 나지만, 그것만은 기억이 나질 않습니다.

어쨌거나 홈에는 가지 못했습니다. 저는 식당에서 계산을 마치고 2번 대로를 걸었습니다. 홈은 1번 대로와 47번가 교차점에 있지만, 그 앞까지 똑바로 걸어가고 싶지는 않았습니다. 그래서 1번 대로와 46번가 교차점으로 내려가 거기서 길을 건넜습니다."

"왜 48번가로 안 간 거죠?" 에디가 나직한 목소리로 물었다. "48번 가로 돌아서 갔으면 더 빨랐을 거 아니에요. 블록을 두 번 돌 필요가 없으니까."

캘러핸은 그 질문을 곰곰이 생각하다가 고개를 저었다. "이유가 있었다고 해도 기억이 나질 않는군."

"이유는 있었어요." 수재나가 끼어들었다. "공터 앞을 지나가고 싶어서 그랬던 거예요."

"내가 뭐 하러……"

"오븐에서 도넛이 나오는 시간에 사람들이 빵집 앞을 지나가는 거랑 같은 이유죠." 에디가 말했다. "세상에는 이유 없이 멋진 것들이 있거든요. 그게 다예요."

캘러핸은 그 말을 미심쩍게 받아들이는 눈치였지만, 이내 낸들 아느냐는 듯이 어깨를 으쓱했다. "그렇게 말한다면 그런 거겠지."

"진심입니다, 사이."

"아무튼, 나는 남은 맥주 한 캔을 홀짝거리면서 계속 걸었네. 2번 대로와 46번가 교차점에 거의 도착했을 때……"

"거기 뭐가 있었나요?" 제이크가 열띤 표정으로 물었다. "1981년에는 그 모퉁이에 뭐가 있었어요?"

"잘 기억이……." 캘러핸은 말을 시작하려다 멈췄다. "판자 벽. 꽤 높은 벽이 있었어. 한 3미터, 3.5미터는 됐을 거야."

"우리가 넘어간 벽은 아니네." 에디가 롤랜드를 보며 말했다. "저절로 1.5미터나 자라는 벽이라면 모를까."

"거기엔 그림이 그려져 있었어. 본 기억이 나는군. 길거리 벽화 같은 거였는데, 뭘 그렸는지는 확실히 보질 못 했어. 가로등이 망가져 있었거든. 그런데 느닷없이 이건 아니라는 느낌이 들더군. 갑자기 머리 속에서 경보음이 울리기 시작한 거야. 솔직히 말하면 병원에서 로언의 병실로 사람들을 불러모았던 그 경보음이랑 비슷했다네. 갑자기 내가 어디에 있는지조차 확신할 수가 없었어. 제정신이 아니었던 거지. 그런데 한편으로는 무슨 생각이 들었냐면……"

8

한편으로 캘러핸은 이렇게 생각한다. 괜찮아, 그냥 가로등이 몇 개 망가진 것뿐이야, 혹시라도 흡혈귀가 있다면 내 눈에 보일 테고 하인들이 있는 거라면 차임벨 소리가 들릴 거야, 시큼한 양파 냄새랑 쇠 녹는 냄새가 날 테고. 그럼에도 캘러핸은 이곳을 벗어나기로 마음먹는다, 그것도 당장. 차임벨 소리가 나든 안 나든, 온몸의 신경이 갑자기 살갗 바깥으로 나와서 불꽃을 튀기며 녹아내리는 것만

같다.

캘러핸이 뒤로 돌아서서 보니 바로 앞에 남자 둘이 서 있다. 갑자기 방향을 바꾸는 바람에 두 남자는 깜짝 놀라 몇 초간 얼어붙고, 그래서 어쩌면 캘러핸은 그들 사이로 늙은 미식축구 선수처럼 쏜살같이 빠져나가 2번 대로를 그대로 질주할 수도 있었을 것이다. 하지만 놀라서 얼어붙기는 캘러핸도 마찬가지이고, 그래서 그 몇 초간 세 사람은 그 자리에 우두커니 서서, 마주 본다.

히틀러 형제는 큰 히틀러와 작은 히틀러였다. 작은 히틀러는 키가 155센티미터도 안 돼 보인다. 헐렁한 샴브레이 셔츠에 검은 모직 바지를 입었다. 머리에는 야구 모자를 뒤로 돌려 썼다. 눈은 타르처럼 까맣고 혈색은 칙칙하다. 캘러핸의 머릿속에 퍼뜩 떠오른 그의 이름은 레니. 큰 히틀러는 키가 거의 2미터, 뉴욕 양키스 스웨트셔츠에 청바지, 운동화 차림이다. 모래 색깔 콧수염을 기르고 있다. 허리에는 히프 색을 찼는데 정면이 불룩해서 실은 히프 색이 아니라 똥배 색이다. 캘러핸은 이 큰 히틀러에게 조지라는 이름을 붙인다.

캘러핸은 다시 돌아서서 2번 대로를 따라 달아날 마음을 먹는다. 신호가 바뀌면, 또는 오가는 차들을 피할 수만 있으면. 그럴 수 없다면 46번가를 달려 내려가 유엔 플라자 호텔까지 간 다음, 그곳 로비로 뛰어들어서······

큰 히틀러, 그러니까 조지가, 캘러핸의 셔츠 칼라를 붙잡고 홱 잡아당긴다. 칼라가 터지지만 안타깝게도 캘러핸이 벗어날 만큼 시원하게 터지지는 않는다.

"꿈도 꾸지 마, 선생." 작은 히틀러 레니가 말한다. "꿈도 꾸지 말라고." 그러고는 쪼르르 달려온다, 벌레처럼 빠르게, 그리하여 캘러핸이 무슨 일이 벌어지는지 알아채기도 전에, 레니는 캘러핸의 가랑이에 달려들어 음낭을 붙들고 세게 쥔다. 고통은 즉각적이고 어마어마하다. 녹은 납처럼 그를 휘감고 소용돌이친다.

"기분 좋아, 깜둥이 애호가 선생?" 레니는 진심에서 우러나온 걱정이 담긴 듯한 목소리로 묻는다, 마치 이렇게 말하는 것처럼. '우리가 느끼는 기분을 선생도 똑같이 느끼게 해주고 싶어.' 뒤이어 레니가 음낭을 확 잡아당기자 고통은 최고조에 이른다. 녹이 슨 초대형 톱날 롤러가 배를 짓이기며 파고드는 사이에 캘러핸은 생각한다. 이 자식이 내 불알을 뜯어버릴 거야, 벌써 젤리처럼 으깨버렸어 그리고 이제 뜯어버릴 거야, 늘어진 살갗에 간신히 매달려 있는데 그걸……

캘러핸이 비명을 지르자 조지가 손으로 입을 틀어막는다. "그만해!" 조지가 파트너인 레니를 윽박지른다. "여긴 길 한복판이야, 잊었어?"

고통에 산 채로 잡아먹히는 와중에도 캘러핸은 이 기묘하게 뒤바뀐 상황을 곰곰이 생각한다. 히틀러 형제의 보스는 레니가 아니라 조지이다. 덩치가 큰 쪽이 조지였던 것이다. 존 스타인벡의 『생쥐와 인간』하고는 반대였다.

뒤이어 오른쪽에서 허밍 소리가 들려온다. 처음에는 차임벨 소리인가 했지만, 이 허밍 소리는 부드럽다. 또한 강력하다. 조지와 레니도 그 소리를 느낀다. 그리고 그 소리가 마음에 들지 않는다.

"뭐야?" 레니가 묻는다. "무슨 소리 못 들었어?"

"몰라. 이 자식 거기로 끌고 가자, 그리고 불알에서 손 떼. 나중에 맘대로 주물럭거리고 지금은 거들기나 해."

둘 사이에 붙들린 채로, 캘러핸은 눈 깜짝할 사이에 2번 대로를 역방향으로 질질 끌려간다. 높다란 널빤지 벽이 그들 오른쪽으로 빠르게 지나간다. 부드럽고 힘찬 허밍 소리는 그 너머에서 들려온다. 저 벽을 넘어가면 난 무사할 텐데. 캘러핸은 생각한다. 거기에 뭔가, 강력하고 선한 것이 있다. 히틀러 형제는 감히 그것에 가까이 가지 못한다.

아마도 그럴 테지만, 캘러핸은 불알이 고통으로 가득한 모스 부호를 정신없이 울려대지 않는다고 해도, 속옷 아래에서 불알이 점점 부어오르는 느낌이 안 든다고 해도, 3미터가 넘는 저 널빤지 벽을 넘을 자신이 없다. 그는 갑자기 고개를 앞으로 푹 숙이고 토하기 시작하고, 반쯤 소화된 음식이 셔츠와 바지를 타고 흘러내린다. 토사물이 옷을 적시는 느낌이 든다, 오줌처럼 뜨뜻하게.

젊은 남녀 두 쌍이, 어느 모로 보나 동행인 네 명이, 반대편으로 걸어가고 있다. 젊은 남자 둘은 덩치가 크다. 레니 정도는 잡아서 걸레로 쓸 수 있을 테고 함께 덤비면 조지하고도 맞상대를 할 수 있을 것 같지만 지금 그들은 역겨워하는 표정을 짓고 있고, 자신들의 데이트 상대를 캘러핸의 주변으로부터 1초라도 빨리 벗어나게 해주고 싶은 기색이 역력하다.

"살짝 과음했어." 조지가 안쓰럽다는 듯이 웃으며 젊은이들에게 말한다. "그래서 그만 실수를 했지 뭐야. 멀쩡한 사람도 가끔은 이럴 때가 있잖아."

이놈들 히틀러 형제야! 캘러핸은 악을 쓰려 한다. 이놈들이 바로 히틀러 형제라고! 내 친구를 죽였어, 이제 나까지 죽이려고 해! 경찰을 불러줘! 그러나 당연히 아무 소리도 나오지 않는다, 이런 악몽 속에서는 절대로 목소리가 안 나오는 법이니까. 그리고 젊은이 두 쌍은 금세 반대편으로 멀어진다. 조지와 레니는 캘러핸을 붙든 채 46번가와 47번가 사이의 2번 대로 블록을 재빨리 걸어간다. 캘러핸의 두 발은 콘크리트 바닥에 제대로 닿지도 못한다. 아까 먹은 지지고볶고 아줌마네 스위스 치즈 버거는 이제 셔츠에 들러붙어 김을 모락모락 피우고 있다. 맙소사, 치즈 버거에 뿌린 겨자의 냄새까지 느껴진다.

"이 자식 손 좀 보여줘." 다음 교차로에 이르렀을 때 조지는 그렇게 말하고, 레니가 캘러핸의 왼손을 잡고 내밀자 이렇게 말한다. "그 손 말고, 멍청아, 반대쪽."

레니가 캘러핸의 오른손을 내민다. 캘러핸은 반항해 보지만 소용이 없다. 아랫배가 뜨겁고 걸쭉한 시멘트로 가득 찬 기분이다. 한편 위장은 목구멍 바로 아래까지 올라와 겁에 질린 작은 짐승처럼 부들부들 떠는 것만 같다.

조지는 캘러핸의 오른손에 있는 흉터를 보고 고개를 끄덕인다. "음, 이 자식이군, 좋아. 확실히 해서 손해 볼 건 없으니까. 가자고, 신부님. 구보 시작, 하나 둘!"

47번가에 이르러 캘러핸은 큰길에서 벗어난다. 왼편 언덕 아래에 밝고 하얀 빛이 가득하다. 홈의 불빛이다. 어깨가 구부정한 사람들, 모퉁이에 서서 담배를 피우며 금주회 이야기를 하는 남자들의 모습까지 보인다. 아는 사람이 있을지도 몰라. 캘러핸은 머릿속이 뒤죽박죽인 채로 생각한다. 젠장, 분명히 있을 거야.

그러나 거기까지 가지는 않는다. 2번 대로와 1번 대로 사이 블록을 4분의 1 조금 안 되는 지점까지 갔을 때, 안이 안 보이도록 비누칠을 한 창문 두 짝에 매매 및 임대 가능 팻말이 붙은 빈 점포의 문간으로, 조지가 캘러핸을 끌고 들어간다. 레니는 그저 두 사람 주위를 맴돌기만 한다, 굼뜬 소 두 마리의 주위를 뱅뱅 돌며 짖어대는 테리어처럼.

"넌 이제 죽었어, 이 깜둥이랑 붙어먹는 새끼야!" 레니가 신이 나서 외친다. "우린 너 같은 놈들을 수천 명을 해치웠어, 앞으로도 한 100만 명은 해치운 다음에 그만둘 거다. '깜둥이는 모조리 목 따, 우리보다 큰 놈도 다 따.' 이건 내가 쓰고 있는 노래 가사야, 제목은 「깜둥이랑 붙어먹는 호모는 다 죽여」지. 다 쓰면 멀 해거드한테 보낼 거야, 멀이야말로 최고의 컨트리 가수니까, 히피들한테 닥치고 찌그러져 있으라고 한 사람이 바로 멀이야, 멀이 바로 미국이라고, 씨발. 난 머스탱 380이랑 헤르만 괴링의 루거 권총도 있어, 알았냐, 깜둥이랑 붙어먹는 새끼야?"

"입 다물어, 이 콩알만 한 양아치야." 조지는 그렇게 말하지만, 목소리는 정신이 딴 데 가 있는 바람에 상냥하다. 열쇠가 잔뜩 달린 열쇠고리에서 맞는 것을 찾는 데에 정신이 팔려 있던 조지가 이윽고 빈 가게의 문을 연다. 캘러핸은 생각한다. 조지한테 레니는 자동차 정비소나 패스트푸드점에 항상 틀어져 있는 라디오 같은 거야, 그래서 이제는 제대로 듣지도 않는 거지, 그냥 생활 속의 잡음이 돼버렸으니까.

"알았어, 노트." 레니가 말한다. 그리고 곧바로. "괴링의 루거라고 씨발아, 진짜야, 그걸로 네 불알을 날려버릴 수도 있어, 우린 너 같은 깜둥이 식성 호모들이 이 나라를 이 꼴로 만든 걸 다 알거든, 안 그래, 노트?"

"이름은 말하지 말라고 했지." 말은 그렇게 하지만 조지/노트의 말투는 너그럽다. 그리고 캘러핸은 그 이유를 안다. 어차피 경찰에 신고할 수 없을 것이므로. 이 깡패들의 계획대로 된다면.

"미안해, 노트, 하지만 이 나라를 망치는 건 너 같은 깜둥이 식성 호모들, 빌어 처먹을 유대인 지식인 놈들이야, 그러니까 내가 네 불알을 음낭에서 잡아 뜯는 동안 그 점을 잘 반성하도록……"

"불알이 음낭이야, 멍청아." 조지/노트의 말투가 묘하게 학구적이다. 그리고 뒤이어. "아싸!"

문이 열린다. 조지/노트는 캘러핸을 그 문 안쪽으로 떠민다. 먼지 낀 진열장 같은 가게 안에는 표백제와 비누, 다림질용 풀의 냄새뿐, 아무것도 없다. 벽 두 군데에 굵다란 전선과 파이프가 튀어나와 있다. 한때 동전 세탁기와 건조기가 늘어서 있었을 그 벽에는 다른 곳보다 깨끗한 네모꼴 흔적들이 보인다. 바닥에 떨어져 있는 안내판의 문구가 어둠 속에서 간신히 눈에 들어온다. 터틀베이 빨래방 ─ 직접 빨아도 맡겨 빨아도 개운함은 똑같습니다!

그래, 결국엔 다 개운해지는구나. 캘러핸은 생각한다. 두 사람 쪽으로 돌아선 그는 조지/노트가 겨눈 총을 보고도 그리 놀라지 않는다. 헤르만 괴링의 루거가 아니라 변두리 바에서 60달러만 주면 구할 수 있는 싸구려 32구경으로 보이지만, 그 총은 틀림없이 제몫을 할 것이다. 조지/노트는 캘러핸에게서 눈을 떼지 않은 채 똥배 색의 지퍼를 열고 접착테이프를 꺼낸다. 한두 번 해본 솜씨가 아니다. 둘 다 전문가, 나름 빛나는 경력을 지닌 늑대들이다. 캘러핸은 전에 루페가 했던 '접착테이프가 없으면 미국은 일주일 만에 망할 것'이라던 말이 떠오른다. 루페는 접착테이프를 '비밀 무기'라고 했다. 레니는 조지/노트가 건넨 테이프를 받아서 아까와 똑같이 캘러핸에게 벌레처럼 쪼르르 다가온다.

"손 뒤로 돌려, 깜둥이 식성 호모야." 레니가 말한다.

캘러핸은 따르지 않는다.

조지/노트가 캘러핸을 향해 권총을 흔든다. "시키는 대로 안 하면 배에 한 방 먹여줄 거야, 신부. 장담하는데 그런 고통은 평생 처음일걸."

캘러핸은 시키는 대로 한다. 선택의 여지는 없다. 등 뒤에서 레니가 홱 달려든다.

"손 모아, 깜둥이 식성 호모야. 이럴 때 어떻게 하는지 몰라? 영화도 안 보나?" 미치광이 같은 웃음소리.

캘러핸은 양 손목을 포갠다. 레니가 지직 소리를 내며 테이프를 뜯어서 캘러핸의 팔을 등 뒤로 묶기 시작한다. 숨을 쉬면 먼지 냄새와 표백제 냄새와 포근하고 향긋하지만 왠지 유치한 섬유 유연제 냄새가 코를 찌르지만, 캘러핸은 참는다.

"누구한테 고용된 거지?" 캘러핸은 조지/노트에게 묻는다. "하인들인가?"

조지/노트는 대답하지 않지만, 캘러핸은 그의 눈이 흔들리는 것을 본 기분이 든다. 바깥에서는 차들이 쏜살같이 달려간다. 행인도 몇 명 지나간다. 비명을 지르면 어떻게 될까? 글쎄, 캘러핸은 답을 이미 아는 듯싶다, 안 그런가? 성서에는 제사장과 레위 사람이 다친 사람 곁을 지나가면서 그의 신음을 듣지 않았으나 '어떤 사마리아 사람은…… 그를 보고 측은한 마음이 들었다'라고 적혀 있다. 캘러핸에게는 선한 사마리아 사람이 필요하지만, 뉴욕에는 그런 사람이 부족하다.

"그자들 눈이 빨간색이던가, 노트?"

노트의 눈이 다시 흔들리지만, 권총의 총신은 캘러핸의 몸통을 겨눈 채 움직이지 않는다. 바위처럼 굳건하게.

"으리으리한 차를 몰고 다니던가? 그랬겠지, 안 그래? 그런데 일단 나를 제거하고 나면 자네랑 이 조그만 불량배의 목숨 값이 얼마나 될 것 같……"

레니가 캘러핸의 불알을 다시 움켜잡는다. 꽉 쥐고, 돌리다가, 블라인드 줄처럼 잡아당긴다. 캘러핸은 비명을 지르고 세상은 회색으로 변한다. 다리에서 힘이 빠져나가고 무릎은 완전히 풀린다.

"드디어 다운됐습니다!" 레니가 즐겁게 외친다. "무하마드 알리, 다운입니다! 위대한 백인의 희망이 떠버리 깜둥이에게 방아쇠를 당겨 링 바닥에 쓰러뜨렸습니다! 믿을 수가 없군요오오!" 스포츠 해설자 하워드 코셀의 흉내였다. 어찌나 똑같은지 캘러핸은 고통에 몸부림치는 와중에도 웃음이 나오려고 한다. 또다시 요란하게 지직거리는 소리가 나는가 싶더니 이제 양 발목까지 접착테이프로 묶여 있다.

조지/노트는 한쪽 구석에서 작은 배낭을 들고 온다. 배낭을 열어 뒤적거리다가 꺼낸 것은 폴라로이드 카메라. 그가 캘러핸 위로 몸을 숙이는가 싶더니 갑자기 세상이 눈부시게 환해진다. 곧바로 이어진 잔광 속에서, 캘러핸의 눈은 시야 한복판에 매달린 파란 공 뒤의 유령 같은 형상들밖에 보지 못한다. 그 공 뒤에서 조지/노트의 목소리가 들려온다.

"이따가 한 장 더 찍으라고 나한테 말해. 그쪽에서 전후 사진이 다 필요하다고 했으니까."

"알았어, 노트, 알았어!" 목소리로 보아 작은 남자는 신이 나서 거의 미칠 지경인 모양이다. 그리고 캘러핸은 진짜 고통이 이제 곧 시작된다는 것을 깨닫는다. 「폭우가 쏟아질 거야」라는 밥 딜런의 예전 노래를 떠올리며 그는 생각한다. 어울리는군. 「오늘 밤 누군가 내 목숨을 구했네」보다는 잘 어울려, 그거 하나는 확실해.

마늘과 토마토 냄새가 안개처럼 캘러핸을 감싼다. 누가 저녁으로 이탈리아 음식을, 아마도 캘러핸이 병원에서 빵을 맞는 사이에 먹은 모양이다. 파란 공 뒤에서 사람 형상이 흐느적거리며 나타난다. 덩치가 큰 남자다. "누가 우릴 고용했는지는 너한테 별 의미가 없어." 조지/노트가 말한다. "누가 우릴 고용한 건 사실이야. 그런데 신부, 중요한 건 말이지, 너도 그 매그루더라는 놈처럼 깜둥이 식성 호모일 뿐이고 그런 너한테 이 히틀러 형제께서 엄한 벌을 내리신다는 거야. 우린 주로 사명감을 갖고 활동하지만, 가끔은 한두 푼 벌려고 일할 때도 있어. 선량한 미국인들이 다 그런 것처럼." 잠시 뜸을 들이던 조지/노트의 입에서 더없이 실존주의적인 부조리가 튀어나온다. "알겠지만 우린 퀸스에선 꽤 유명인이야."

"니미럴 놈들." 캘러핸이 말한다. 뒤이어 그의 얼굴 오른편 전체가 고통 속에 폭발한다. 레니가 앞코에 쇠를 덧댄 작업화로 걷어찬 그의 턱뼈는 나중에 총 네 군데가 부서진 것으로 밝혀진다.

"말발 죽이는데." 노랗질당한 천국의 바닥에 틀림없이 숨이 끊어진 하느님이 널브러진 채 썩는 냄새를 풍기고 있는 미친 우주에서, 레니의 목소리가 들려온다. "신부치고는 아가리가 아주 팔팔해." 뒤이어 레니의 목소리가 커진다. 흥분해서 애원하는 어린애처럼. "내가 할게, 노트! 제발, 내가 할게! 하고 싶어!"

"꿈도 꾸지 마." 조지/노트가 말한다. "이마의 갈고리 십자는 내 거야, 넌 항상 망치잖아. 손은 네가 맡아도 돼, 알았지?"

"묶어 놨잖아! 이 자식 손은 염병할 테이프 때문에……"

"죽은 다음에 해." 조지/노트는 끔찍이도 참을성 있게 설명한다. "죽은 다음에 손을 풀면 그때……"

"노트, 제발! 네 마음에 들게 잘할게. 아, 맞다!" 레니의 목소리가 밝아진다. "이렇게 하자! 내가 망칠 것 같으면 그만하라고 말해, 그럼 당장 멈출게! 노트, 응? 제발!"

"음……." 캘러핸은 전에도 이런 목소리를 들은 적이 있다. 가장 아끼는, 어쩌면 지능이 조금 모자라는 것도 같은 아들의 애원을 저버리지 못하는 너그러운 아버지의 목소리이다. "뭐, 그러든가."

시야가 맑아진다. 캘러핸은 그냥 두시라고 하느님께 기도한다. 배낭에서 손전등을 꺼내는 레니가 보인다. 조지는 똥배 색에서 접는 칼을 꺼내어 들고 있다. 둘이 도구를 교환한다. 조지가 손전등으로 금세 부어오른 캘러핸의 얼굴을 슥 비춘다. 캘러핸은 움찔하며 눈을 가늘게 뜬다. 레니가 작지만 날랜 손으로 칼을 펴는 모습만 간신히 보인다.

"끝내주는 작품이 나올 거야!" 레니가 외친다. 흥분하다 못해 황홀경에 빠진 목소리로. "정말 끝내주는 작품이 될 거라고!"

"망치지나 마라." 조지가 말한다.

캘러핸은 생각한다. 이게 영화라면 딱 기병대가 도착할 대목인데. 아니면 경찰이나. 아니면 망할 놈의 셜록 홈스가 H. G. 웰스의 타임머신을 타고 오든가.

그러나 레니는 캘러핸 앞에 무릎을 꿇고, 레니의 바지 앞은 흥분으로 불룩해진 모양이 너무나 뚜렷한데도, 기병대는 오지 않는다.

레니는 칼을 앞으로 뻗은 채 몸을 숙이고, 경찰은 오지 않는다. 이 남자에게서는 마늘과 토마토 냄새 대신 땀과 담배 냄새가 난다.

"빌, 잠깐만." 조지/노트가 말한다. "나한테 좋은 생각이 있어. 내가 밑그림을 그려줄게. 주머니에 마침 펜이 있거든."

"지랄하네." 레니/빌이 나직이 뇌까린다. 그러고는 칼을 뻗는다. 흥분한 레니의 손과 공명하며 떨리는 날카로운 칼날이 캘러핸의 시야에 들어왔다가, 다시 사라진다. 무언가 차가운 것이 이마를 스치는가 싶더니 이내 이마가 뜨거워지는데 셜록 홈스는 오지 않는다. 피가 눈으로 쏟아져 시야를 가리는데 제임스 본드도 페리 메이슨도 트래비스 맥기도 에르퀼 푸아로도, 미스 염병할 마플도 오지 않는다.

발로의 길고 하얀 얼굴이 머릿속에서 스윽 떠오른다. 흡혈귀의 머리 주위로 머리카락이 나풀거린다. 발로가 손을 뻗는다. "어서 오게, 가짜 신부." 발로가 말한다. "이제 진짜 종교를 배울 시간이야." 캘러핸이 어머니한테서 받은 십자가의 가로대를 흡혈귀의 두 손이 부러뜨리면서 뚝 소리가 난다.

"야, 이 미친놈아." 조지/노트가 나지막이 신음 소리를 낸다. "그건 갈고리 십자가 아니라 그냥 십자가잖아! 칼 이리 내!"

"기다려, 노트, 잠깐만, 아직 안 끝났어!"

불알은 욱신거리고 부러진 턱뼈는 얼얼하고 눈앞은 핏빛으로 물든 캘러핸의 몸 위에서 둘은 어린애처럼 말다툼을 벌인다. *1970년대에는 신이 죽었는지 안 죽었는지를 놓고 그토록 논쟁을 했는데, 맙소사, 이 사람을 보라! 이 사람을 한번 보라! 의심할 여지가 없지 않은가?*

그리고 바로 그 순간, 기병대가 도착한다.

9

"그게 정확히 무슨 뜻이오?" 롤랜드가 물었다. "그 대목을 자세히 듣고 싶소, 신부."

그들은 아직 포치 위의 테이블에 앉아 있었지만 식사는 이미 끝난 후였고, 해도 저물어서 로잘리타가 등불을 내온 참이었다. 캘러핸이 잠시 이야기를 멈추고 함께 앉으라고 청하자 로잘리타는 그렇게 했다. 차양 바깥의 컴컴한 사제관 마당에서는 빛을 보고 날아온 벌레들이 윙윙거렸다.

제이크는 총잡이의 머릿속에 있는 것을 터치했다. 그리고 문득 이 모든 것이 비밀이라는 데에 싫증이 난 나머지, 직접 질문을 던졌다. "혹시 *우리가* 그 기병대였나요, 신부님?"

롤랜드는 놀란 표정이었지만, 이내 흐뭇한 표정으로 바뀌었다. 캘러핸은 그저 어안이 벙벙한 표정이었다.

"아니. 아닌 것 같은데."

"그들을 보지 못한 게로군, 안 그렇소? 당신을 구해준 이들을 실제로 보지는 못했던 거요."

"히틀러 형제한테 손전등이 있었다는 얘기는 아까 했을 겁니다. 그 말은 사실입니다. 하지만 상대편은, 그러니까 그 기병대는……."

10

누군지는 알 수 없었지만, 그들은 아예 커다란 탐조등을 들고 있다. 탐조등은 싸구려 폴라로이드 카메라의 플래시보다 훨씬 환한 빛으로 이 망한 빨래방을 가득 채운다. 그리고 폴라로이드 카메라와 달리 탐조등의 빛은 지속적이다. 조지/노트와 레니/빌은 손으로 눈을 가린다. 캘러핸도 눈을 가리고 싶다. 손이 등 뒤로 테이프에 묶여 있지만 않으면.

"노트, 총 버려! 빌, 너도 칼 버려!" 거대한 빛 너머에서 들려오는 목소리는 무섭다. 왜냐면, 그 목소리의 주인도 겁에 질렸기 때문에. 겁에 질린 나머지 무슨 짓이든 저지를 것 같은 사람의 목소리이다. "다섯까지 세고 나서 둘 다 쏴버릴 거야, 너흰 총 맞아도 싼 놈들이니까." 뒤이어 빛 너머의 목소리는 다섯을 천천히, 위압적으로가 아니라, 눈이 튀어나오게 빨리 세기 시작한다. "하나둘셋넷……" 목소리의 주인은 쏘고 싶어 하는 모양이다. 거치적거리는 요식 행위는 빨리 끝내고 싶다는 듯이. 조지/노트와 레니/빌은 선택을 고민할 시간이 없다. 둘은 권총과 칼을 내려놓는데 먼지 낀 리놀륨 바닥에 부딪힌 권총이 화약을 장전한 어린애 장난감 총처럼 커다란 빵 소리와 함께 발사된다. 캘러핸은 총알이 어디로 갔는지 알 길이 없다. 어쩌면 그의 몸에 박혔을지도. 박혔다고 한들 느낄 수는 있을까? 글쎄.

"쏘지 마시오, 쏘지 마요!" 레니/빌이 악을 쓴다. "아니에요, 아니에요, 우리는……" 뭐가 아니라는 걸까? 레니/빌도 아는 것 같지는 않다.

"손 들어!" 다른 목소리이지만, 역시 태양처럼 눈부신 빛 뒤편에서 들려온다. "하늘로 번쩍 들어! 어서, 이 쓰레기들아!"

이인조의 손이 번쩍 올라간다.

"아니, 그만둬." 앞서 그 목소리가 말한다. 그들은 멋진 남자들, 캘러핸이 올해 크리스마스카드 명단에 기꺼이 올리고 싶은 사람들이지만, 아무리 봐도 이런 일은 처음 해보는 것 같다. "신발 벗어! 바지도 벗고! 어서! 빨리!"

"무슨 개수작을······" 조지/노트가 말을 꺼낸다. "경찰이오? 경찰이면 체포하기 전에 우리 권리부터 얘기해줘야지, 염병할 미란다 원칙이란 게 버젓이 있는······"

이글거리는 빛 뒤에서 총이 발사된다. 캘러핸의 눈에 주황색 불빛이 보인다. 아마도 권총일 테지만, 히틀러 형제의 아담한 싸구려 32구경에 비하면 벌새 앞의 매처럼 거대하다. 총성은 어마어마하게 커다랗고, 뒤이어 곧바로 석회 덩어리가 떨어져 부서지고 퀴퀴한 먼지 구름이 피어오른다. 조지/노트와 레니/빌은 동시에 비명을 지른다. 캘러핸 생각에는 그를 구하러 온 사람들 가운데 한 명도 비명을 지른 것 같다. 아마도 총을 안 쏜 사람이.

"신발 벗고 바지도 벗어! 어서! 빨리! 내가 서른까지 세기 전에 벗는 게 좋을 거다, 안 벗으면 죽은 목숨일 테니까. 하나둘셋넷다······"

다시 한 번, 항의커녕 고민할 여지도 없는 숫자 세기가 시작된다. 조지/노트가 바닥에 앉으려고 하자 2번 목소리가 말한다. "앉기만 해봐라, 쏴버린다."

그리하여 히틀러 형제가 배낭과 폴라로이드 카메라와 총과 손전등 주위를 뇌성 마비에 걸린 학처럼 비틀비틀 돌며 신발을 벗는 동안, 1번 목소리는 숨이 넘어갈 정도로 빠르게 숫자를 센다. 신발이 벗겨지고 바지가 내려간다. 조지는 헐렁한 사각팬티를 선호하는 반면 레니는 오줌 자국이 얼룩덜룩한 삼각팬티 차림이다. 레니의 물건은 발기한 흔적이 전혀 안 보인다. 일찌감치 이날 밤을 마무리하고 자러 간 모양이다.

"이제 밖으로 나가." 1번 목소리가 말한다.

조지는 빛을 마주 본다. 팬티 아래로 늘어진 뉴욕 양키스 스웨트셔츠가 무릎까지 덮을 것만 같다. 똥배 색은 아직도 차고 있다. 종아리에는 근육이 두툼하게 붙었지만, 덜덜 떨고 있다. 그리고 조지의 얼굴은 문득 깨달은 절망적인 사실 때문에 시무룩해 보인다.

"저기, 형씨들." 조지가 말한다. "이 자식을 그냥 두고 나갔다가는 놈들이 우릴 죽일 거요. 그놈들은 진짜 지독한……"

"열 셀 때까지 여기서 안 나가면." 1번 목소리가 말한다. "너희는 내 손에 죽는다."

여기에 2번 목소리가 조금은 가시 돋친 경멸을 담아 덧붙인다. "가이 코크니프 엔 욤, 이 겁쟁이 자식들아! 그냥 버티다가 총을 맞든가, 누가 뭐래?"

나중에 그 구절을 들은 유대인 여남은 명은 그저 아리송한 표정으로 고개를 저었지만, 토피카에서 만난 노인 한 명은 캘러핸에게 가이 코크니프 엔 욤이 무슨 뜻인지 통역해주었다. 바다에 가서 똥이나 싸라는 말이었다.

1번 목소리가 다시 술술 숫자를 센다. "하나둘셋넷……"

조지/노트와 레니/빌은 만화 속의 인물들처럼 망설이는 눈으로 서로를 마주 보고는, 속옷 차림으로 문을 향해 달려간다. 커다란 탐조등 불빛이 그 뒤를 쫓는다. 둘은 바깥으로 나간다. 그리고 그대로 사라진다.

"따라가." 1번 목소리가 파트너에게 무뚝뚝하게 말한다. "혹시 돌아올 마음을 먹으면……"

"그래, 그래." 2번 목소리가 말하고 자리를 뜬다.

눈부신 빛이 딸깍 소리와 함께 꺼진다. "바닥에 엎드려요." 1번 목소리가 말한다.

캘러핸은 엎드리기가 힘들 것 같다고, 불알이 찻주전자만 하게 부어오른 것 같다고 말하려 하지만 입에서 나오는 소리는 웅얼거림 뿐이다. 턱이 부러졌으니까. 그래서 힘닿는 데까지 몸을 틀어 왼쪽 옆을 보고 눕는 정도로 타협한다.

"가만있어요." 1번 목소리가 말한다. "테이프를 자르다가 다치게 하고 싶진 않으니까." 이런 일을 업으로 삼는 사람의 목소리 같지는 않다. 이 몰골이 된 와중에도 캘러핸은 그 정도는 분간할 수 있다. 남자는 빠르게 쌕쌕거리며 숨을 쉬다가 이따금 더럭 겁이 날 정도로 뚝 멈추더니, 다시 숨을 쉰다. 캘러핸은 그에게 고맙다는 말을 하고 싶다. 형사나 소방관이나 해수욕장 안전 요원이라면 낯선 사람을 구하는 것도 당연한 일일 것이다. 그러나 대중 가운데 한 사람이라면 얘기는 크게 달라진다. 그리고 캘러핸 생각에 그를 구하러 온 이들은 이름 없는 시민이다, 그것도 둘 다. 다만 어떻게 그렇게 철저히 준비했는지는 알 수가 없다. 그들은 히틀러 형제의 이름을 어떻게 알았을까? 그리고 정확히 어디서 기다리고 있었을까? 길 쪽에서 들어왔을까, 아니면 문 닫은 빨래방에서 내내 기다린 걸까? 캘러핸이 모르는 것은 또 있다. 그런데 실은 아무래도 상관없다. 왜냐면 누군가, 누군가, 오늘 밤 누군가 그의 목숨을 구했고, 중요한 것은 그 것이고, 오로지 그것만이 중요하기 때문이다. 캘러핸은 하마터면 조지와 레니의 낚싯바늘에 꿰일 뻔했어요, 안 그래요, 내 사랑, 그런데 절체절명의 순간에 기병대가 도착한 거예요, 그야말로 존 웨인이 나오는 서부 영화처럼.

캘러핸이 원하는 것은 이 남자에게 고맙다고 인사하는 것이다. 캘러핸이 있고 싶은 곳은 병원으로 향하는 안전한 구급차 안이다. 그 악당들이 바깥에서 2번 목소리의 주인을 따돌리고 돌아오기 전에, 또는 1번 목소리의 주인이 흥분을 못 이겨 심장마비를 일으키기 전에. 말을 하려고 애써보지만 입에서는 웅얼거리는 소리밖에 나오지 않는다. 주정뱅이 소리, 로언이 '쓰레기 같은 소리'라고 부르던 소리밖에는. 고마워요가 아니라 오마어오처럼 들린다.

캘러핸의 손이 테이프에서 풀려나고, 뒤이어 발도 풀려난다. 남자는 심장마비를 일으키지 않는다. 캘러핸이 다시 등을 바닥에 대고 눕자 통통하고 하얀 손이 칼을 쥔 채 눈앞에 나타난다. 약지에 도장을 새긴 반지가 끼워져 있다. 펼친 책 문양이 보인다. 책 아래에는 엑스 리브리스(장서표)라고 적혀 있다. 뒤이어 탐조등이 다시 켜지고, 캘러핸은 팔을 들어 눈을 가린다. "맙소사, 왜 이러는 거예요?" 그 말은 마오아, 애이어으에에오가 돼서 나오지만, 1번 목소리의 주인은 알아들은 모양이다.

"이유야 뻔한 거 아니오, 만신창이 친구." 그가 말한다. "우리가 다시 만난다면 그때가 첫 만남이 되길 바라기 때문이지. 우리가 길에서 스쳐간다면, 그대로 모른 채 지나가길 바라기 때문이고. 그러는 게 더 안전하니까."

자박거리는 발소리. 빛이 멀어져 간다.

"길 건너 공중전화에서 구급차를 부를 테니까……"

"안 돼! 그러지 마요! 그놈들이 돌아오면 어떡해요?" 진정한 공포에 휩싸인 탓인지 이 말은 더없이 분명한 발음으로 터져나온다.

"우리가 보고 있을 거요." 1번 목소리가 말한다. 쌕쌕거리는 소리가 이제 희미해져 간다. 그는 슬슬 진정을 되찾고 있다. 다행스럽게도. "내 생각엔 그놈들이 돌아올 가능성도 있소, 큰 녀석 쪽은 진짜로 걱정하는 기색이었으니까. 하지만 중국 속담에 따르면 난 당신의 목숨을 구했으니 이제 당신 목숨에 책임을 져야 할 운명이오. 그리고 난 그 책임을 다할 생각이오. 만약 그놈들이 다시 나타나면 난 총으로 쏴버릴 작정이오. 이번엔 총알이 머리를 비껴가지 않을 거요." 남자의 형상이 우뚝 멈춰 선다. 덩치가 꽤나 큰 남자 같다. 배짱이 두둑한 것만은 확실하다. "그놈들은 히틀러 형제였소, 친구. 내가 누구 이야기를 하는지 아시오?"

"예." 캘러핸이 소곤거리듯이 말한다. "그런데 당신이 누구신지는 안 가르쳐주실 건가요?"

"모르는 게 나을 거요." 미스터 엑스 리브리스가 말한다.

"제가 누군지는 아십니까?"

대답이 없다. 자박거리는 발소리. 미스터 엑스 리브리스는 이제 망한 빨래방 문간에 서 있다. "아니." 그가 말한다. 그리고. "신부라는 건 알고 있소. 중요한 건 아니지만."

"제가 여기 있는 걸 어떻게 아셨습니까?"

"구급차가 올 때까지 기다리시오." 1번 목소리가 말한다. "혼자 움직일 생각은 마시오. 피를 많이 흘린 데다, 내장까지 다쳤을지도 모르니까."

그러고는 사라진다. 캘러핸은 바닥에 누워 표백제와 세제와 희미하고 달콤한 섬유 유연제 냄새를 맡는다. 직접 빨아도 맡겨 빨아도. 그는 생각한다. 개운함은 똑같습니다. 고환이 욱신거리며 부어오른다. 턱도 욱신거리고, 마찬가지로 부어오른다. 살이 부으면서 얼굴이 당겨지는 느낌이 든다. 거기 그렇게 누운 채로 캘러핸은 구급차와 삶을, 또는 되돌아온 히틀러 형제와 죽음을 기다린다. 숙녀, 아니면 호랑이를. 다이애나의 보물, 아니면 치명적인 독사를. 그리고 끝없이 이어지는, 셀 수 없이 긴 시간이 흐른 후에, 깜박이는 붉은 빛이 먼지 긴 바닥을 휩쓸자 그는 깨닫는다, 이번에는 숙녀라는 것을. 이번에는 보물이라는 것을.

이번에는 삶이라는 것을.

11

"그렇게 해서 저는 같은 밤, 같은 병원의 577호 병실로 다시 돌아왔던 겁니다." 캘러핸이 말했다.

수재나는 휘둥그런 눈으로 그를 바라보았다. "지금 진지하게 하시는 말씀이에요?"

"심장마비처럼 진지하다네. 로언 매그루더는 죽었고, 나는 곤죽이 되도록 얻어맞았어. 그래서 병원 사람들이 나를 로언이 누워 있던 그 병상에 처박아둔 거야. 아마 침대보를 갈 시간도 빠듯했겠지. 그리고 모르핀을 카트에 담은 간호사가 나타날 때까지 나는 침대에 누워서 매그루더의 쌍둥이 누이가 돌아와 히틀러 형제가 못 다한 일을 끝마치는 게 아닐까 하고 상상했다네. 그런데 그게 그렇게 놀랄 일인가? 우리 이야기에는 이런 식으로 묘하게 겹치는 부분이 수십 군데는 있을 텐데. 예를 들면, 칼라 브린 스터지스와 내 성이 겹치는 점을 이상하다고 생각한 적 없나?"

"당연히 생각해봤죠." 에디가 대답했다.

"그다음은 어떻게 됐소?" 롤랜드가 물었다.

캘러핸은 씩 웃었고, 그 순간 총잡이는 이 남자의 얼굴 양쪽이 대칭이 아닌 것을 깨달았다. 어쨌거나 턱이 부서진 적이 있는 사람이었으므로. "이야기꾼이 제일 좋아하는 질문이군요, 롤랜드. 하지만 지금은 조금 서둘러야 할 것 같습니다, 안 그랬다가는 여기서 밤을 새워야 할지도 모릅니다. 어차피 중요한 부분은, 그러니까 여러분이 정말로 듣고 싶어 하는 부분은 결말일 테니까요."

뭐, 당신은 그렇게 생각할지도. 롤랜드는 속으로 생각했다. 세 친구 모두 똑같은 생각을 나름의 방식으로 했다는 것을 알았다고 해도 그리 놀라지는 않았을 것이다.

"저는 일주일 동안 입원했습니다. 퇴원할 때 병원 측에서는 저를 퀸스에 있는 재활 시설로 보냈습니다. 처음에는 훨씬 가까운 맨해튼에 있는 시설을 추천했습니다만, 거기는 홈과 연계된 곳이었습니다. 이따금 저희 쪽 사람들을 그리로 보내곤 했지요. 저는 그곳에 가면 히틀러 형제가 또 찾아올까봐 두려웠습니다."

"정말로 찾아왔나요?" 수재나가 물었다.

"아니. 내가 리버사이드 병원 577호실에 있는 로언을 찾아갔다가 결국 같은 병실에 처박힌 꼴이 된 날은 1981년 5월 19일이었네. 승

합차 뒷자리에 다른 부상자 서너 명이랑 같이 실려서 퀸스로 간 날은 5월 25일이었고. 그로부터 약 엿새 후, 그러니까 내가 시설에서 퇴원해서 다시 방랑을 시작하기 직전이었네, 《뉴욕 포스트》에 실린 기사를 본 건. 신문 1면에 실리긴 했지만 톱기사는 아니었어. 코니아일랜드에서 총에 맞은 남성 시체 2구 발견. 기사 제목은 그거였네. 경찰은 '마피아 소행'으로 추정. 왜냐면 얼굴이랑 손이 산에 부식된 채였거든. 그래도 경찰은 두 사람 모두 신원을 밝혀냈네. 노튼 랜돌프와 윌리엄 가튼, 둘 다 브루클린에 살았지. 사진도 실려 있었어, 전에 체포됐을 때 찍은 기록용 사진. 둘 다 범죄 경력이 화려하더군. 물론 나를 습격한 그놈들이었네. 조지와 레니."

"하인들이 처치했다고 생각하시는군요?" 제이크가 물었다.

"그래. 빚이란 게 그렇게 무서운 거란다."

"신문에선 그 자식들이 히틀러 형제란 걸 밝혔나요?" 에디가 물었다. "왜냐면 말이죠, 내가 어릴 때까지도 친구들끼리 그 자식들 얘기를 하면서 겁을 주고 그랬거든요."

"타블로이드 신문들은 그럴 가능성도 어느 정도 염두에 뒀을 거야. 그리고 장담하는데, 히틀러 형제가 저지른 살인 및 상해 사건을 취재한 기자들은 랜돌프와 가튼이 그놈들이란 걸 속으로는 다 알았을 걸세. 놈들이 그렇게 된 후로는 반쯤 건성인 모방 범죄밖에 일어나질 않았으니까. 하지만 타블로이드 업계 사람들은 아무도 괴물의 존재를 지우고 싶지가 않았던 거야. 괴물 이야기를 쓰면 신문이 팔리니까."

"이야. 신부님 진짜 아수라장을 헤쳐오셨네요."

"자넨 아직 마지막 장을 못 들었네. 그게 진짜 왕거니라고."

롤랜드는 계속하라고 손을 휘휘 내저었지만, 다급해 보이지는 않았다. 담배를 한 대 말아서 들고 있는 그의 모습은 세 친구가 이제껏 본 적이 없을 만큼 느긋했다. 그보다 더 태평해 보이는 존재는 제이크의 발치에서 자고 있는 오이뿐이었다.

"두 번째로 뉴욕을 떠나면서, 나는 전에 지나갔던 보행자 전용 다리를 찾아봤네. 페이퍼백 소설과 술병을 챙겨 버스를 타고 조지 워싱턴 대교를 건너는 동안에 말이야. 그런데 그 다리는 사라지고 없었어. 그 후로 두어 달 동안 이따금씩 숨겨진 고속도로를 보기도 했고, 채드번의 초상이 그려진 10달러 지폐도 두 번 봤네. 하지만 그런 것도 대부분 사라지고 없었어. 제3형 흡혈귀는 많이 봤는데 그럴 때면 점점 퍼지고 있구나 하고 생각했던 게 기억나는군. 하지만 나는 놈들을 전혀 건드리지 않았네. 의욕을 잃어버렸던 것 같아. 토머스 하디가 소설을 쓸 의욕을 잃어버렸던 것처럼, 또 토머스 하트 밴턴이 벽화를 그릴 의욕을 잃어버렸던 것처럼 말이야. '저것들은 그냥 모기 떼야. 놔두자.' 그렇게 생각했던 거지. 내가 할 일은 어느 동네에든 자리를 잡고 제일 가까운 브로니 맨이나 맨파워나 잡 가이 같은 인력 회사를 찾는 것, 또 마음 편히 마실 바를 찾는 거였어. 뉴욕으로 치면 아메리카노 바나 블라니 스톤 바 같은 곳이 내 취향이었다네."

"다른 말로 하면 식사도 할 수 있는 바를 좋아했다는 거군요." 에디가 말했다.

"맞았어." 캘러핸은 죽이 맞는 친구를 보는 표정으로 에디를 바라보았다. "뭘 좀 아는군! 그리고 그런 곳들은 다시 방랑에 나서기 전까지 지켜줬지. 무슨 말이냐면, 좋아하는 동네 바에서 비뚤어지게 마신 다음에, 하루의 마무리는 다른 데서 했다는 뜻이야. 엉금엉금 기면서 소리를 지르고 토사물로 셔츠를 더럽히는 짓 말이야. 보통은 알 프레스코 스타일이었지."

제이크가 말을 꺼냈다. "그게 무슨……"

"바깥에서 술을 마셨다는 뜻이야." 수재나가 대신 대답했다. 그러고는 제이크의 머리를 헝클고 쓰다듬다가 움찔하더니, 손을 자기 배로 옮겼다.

"괜찮으세요, 사이?" 로잘리타가 물었다.

"예. 그런데 혹시 탄산수 같은 게 있으면 좀 마시고 싶은데요."

로잘리타는 자리에서 일어나며 캘러핸의 어깨를 두드렸다. "계속하세요, 신부님. 안 그러면 새벽 두 시까지 안 끝나겠어요. 그전에 고양이들이 황무지에서 모임을 시작할걸요."

"알았네. 그러니까 저는 결국, 퍼마셨던 겁니다. 매일 밤 퍼마시고 제 얘기를 들어주는 사람이면 아무나 붙잡고 떠들어댔던 겁니다. 루페와 로언과 로위나, 또 이서쿼나 카운티에서 차를 태워준 흑인 남자랑, 재롱둥이인지는 몰라도 샴고양이는 확실히 아닌 루타 이야기를 말입니다. 그러다 결국에는 정신을 잃곤 했지요.

토피카에 도착할 때까지 계속 그렇게 살았습니다. 1982년 늦겨울이었지요. 제가 바닥을 친 게 바로 그 무렵이었습니다. 다들 아십니까, 바닥을 친다는 게 무슨 뜻인지?"

오랜 침묵 끝에, 그들은 고개를 끄덕였다. 제이크는 에이버리 선생님의 영어 수업과 기말 작문 과제를 생각하고 있었다. 수재나는 미시시피 주 옥스퍼드를, 에디는 서쪽 바다 해변과 나중에 그의 딘이 된 사나이의 목을 따려고 했던 기억을 떠올렸다. 마법의 문으로 들어가 잠깐 헤로인을 맞고 돌아오도록 그 사나이가 허락해주지 않았기 때문이었다.

"제 경우에는, 유치장 감방이 바닥이었습니다. 그때는 이른 아침이었는데도 정신이 비교적 멀쩡하더군요. 게다가 주취자들만 모아놓는 방이 아니라 접이식 침상에 담요도 깔려 있고, 변기에 깔개도 있는 감방이었습니다. 전에 가끔 들르던 감방에 비하면 천국이었지요. 거슬리는 게 있다면 이름을 부르는 남자하고…… 그 노래였습니다."

12

닭장 같은 철망이 쳐진 창문을 통해 감방으로 비쳐 드는 빛은 회색이고, 따라서 그의 살갗도 회색으로 보인다. 또한 그의 손은 지저분하고 여기저기 생채기가 나 있다. 손톱 밑에 낀 때는 검정색(흙)인 것도 있고 자주색(피)인 것도 있다. 자꾸 선생님이라고 부르던 남자와 옥신각신하던 기억이 떠오르고, 그러다 보니 단골 레퍼토리인 형법 제48조 경찰관 폭행 혐의로 이곳에 왔을 거라는 짐작이 든다. 그저 그 애송이의 끝내주게 멋진 모자를 잠깐 빌리려고 했을 뿐인데. 캘러핸은 여기까지는 그래도 선명하게 기억이 난다. 그 어린 경관한테(얼굴을 보아하니 조만간 배변 훈련도 안 된 꼬맹이들까지 경찰로 채용할 모양이다, 적어도 토피카에서는) '나는 멋진 모자를 보면 돌아버린다'고 얘기하려 했던 기억이 난다. 나는 항상 모자를 쓰고 다닌다고, 왜냐면 이마에 카인의 징표가 새겨져 있으니까. "쉼좌가처

엄 생겨써." 그렇게 말했던(아니면 말하려고 했던) 기억이 난다. "근데 쉬른 카이에징혀아." 꼬부라진 혀로는 그 정도가 '카인의 징표'에 가장 가까운 발음이었다.

간밤에는 꼭지가 돌아갈 정도로 취했지만, 접이식 침상에 앉아 엉망으로 뻗친 머리를 손으로 빗는 지금은 기분이 그리 나쁘지 않다. 솔직히 말하면 입속은 삼고양이 루타가 똥을 싸고 간 것처럼 텁텁하지만 머리는 그렇게 아프지 않다. 저놈의 목소리만 좀 잠잠해지면 좋으련만! 복도 저편에서 누군가 끝나지 않을 것만 같은 명단을 알파벳순으로 지루하게 읽고 있다. 그보다 더 가까운 곳에서는, 누군가 캘러핸이 제일 싫어하는 노래를 부르는 중이다. "누군가 구했네, 누군가 구했네, 오늘 밤 누군가 내 목숨을 구했네……."

"네일러! ……노턴! ……오코너! ……오쇼네시! ……오스코스키! ……오즈머!"

종아리가 덜덜 떨리기 시작한 순간, 캘러핸은 노래를 부르는 사람이 자신인 것을 깨닫는다. 떨림은 무릎을 지나 허벅지로 올라오면서 점점 깊어지고 강해진다. 다리의 큰 근육들이 피스톤처럼 오르락내리락하는 광경이 보인다. 도대체 무슨 일이 벌어지는 걸까?

"파머! ……팜그렌!"

떨림이 사타구니와 아랫배를 덮친다. 소변이 뿜어나오면서 속옷이 짙게 물든다. 이와 동시에 두 발이 허공으로 번쩍 올라간다, 마치 보이지 않는 축구공 두 개를 양발로 한꺼번에 받으려는 듯이. 발작이 일어나는구나. 캘러핸은 생각한다. 분명 발작이야. 이제 끝이겠지. 바이, 바이, 블랙 버드. 도와달라고 소리치려 하지만 입에서 나오는 것은 나지막이 푸륵대는 소리뿐. 양팔이 퍼덕거리기 시작한다.

이제 캘러핸은 팔을 흔들며 할렐루야를 외치는 동시에 양발로 보이지 않는 축구공을 차고 있고, 복도 저편에 있는 남자는 이번 세기가 끝날 때까지 멈추지 않을 기세로 명단을 읽고 있다. 어쩌면 다음번 빙하기까지일지도.

"페셔! ……피터스! ……파이크! ……폴로빅! ……랜스! ……랜코트!"

캘러핸의 상반신이 앞뒤로 꺼떡거리기 시작한다. 앞으로 기울 때마다 그는 균형을 잃고 바닥으로 고꾸라지려 한다. 손이 하늘로 번쩍 올라간다. 발이 허공을 획 찬다. 문득 궁둥이 밑에 팬케이크만 한 따뜻한 덩어리가 느껴지면서 그의 머릿속은 초콜릿색으로 물든다.

"리쿠페로! ……로빌라드! ……로시!"

몸이 뒤로 홱 젖혀지면서 하얗게 덧칠한 콘크리트 벽까지 닿자 그 벽에 누군가 끄적인 뱅고 스캥크와 드디어 제19차 신경 쇠약!이라는 낙서가 보인다. 그리고 다시 앞으로, 이번에는 아침 기도를 올리는 이슬람교도처럼 온몸을 힘껏 던진다. 잠시 맨 무릎 사이로 콘크리트 바닥을 보고 있던 캘러핸은 이내 균형을 잃고 얼굴을 바닥에 처박는다. 밤마다 퍼마시는 와중에도 어찌어찌 낫는 중이던 턱뼈가, 원래 부러졌던 자리 네 곳 중 세 곳이 다시 부러진다. 그런데 단지 완벽한 균형을 이뤄야 한다는 이유 하나 때문에 이번에는 코뼈도 함께 부러진다. 4는 완벽한 숫자이니까. 낚싯바늘에 걸린 물고기처럼, 캘러핸은 바닥에 누워 펄떡거리며 손가락 대신 온몸에 피와 똥과 오줌을 묻혀 핑거 페인팅을 한다. 그래, 이렇게 가는구나. 캘러핸은 생각한다.

"라이언! ……사넬리! ……셰어!"

그러나 온몸이 들썩거릴 만큼 요란하던 전신 발작은 차츰 부분 발작으로 잦아들고, 이내 경련이나 다름없는 수준으로 약해진다. 누군가 올 거라고 생각하지만 아무도 오지 않는다. 곧바로 오지는 않는다. 경련이 서서히 멈추자 이제 그는 복도 저 멀리 어디선가 웬 남자가 쉬지 않고 알파벳순으로 이름을 부르고 있는 캔자스 주 토피카의 어느 감방 바닥에 누워 있는, 도널드 프랭크 캘러핸일 뿐이다.

"시비! ……섀로! ……섀처!"

느닷없이, 몇 달 만에 처음으로, 캘러핸은 47번가 동쪽의 문 닫은 빨래방에서 히틀러 형제에게 조각당하기 직전에 자신을 구하러 왔던 기병대를 떠올린다. 그때 히틀러 형제는 진심이었다. 이튿날, 아니면 그다음 날, 누군가 도널드 프랭크 캘러핸을 발견할 판이었다. 꼼짝도 못하고 죽은 채 아마도 양쪽 귀에 귀고리 대신 불알을 한 쪽씩 달고 있는 몰골로. 그런데 그때 기병대가 도착해서……

기병대 같은 게 아니었어, 감방 바닥에 누워 캘러핸은 생각한다. 얼굴은 다시 부어올라 새 얼굴을 만난다, 전과 다름없는 그 얼굴을. 1번 목소리하고 2번 목소리였어. 다만 그것도 정답은 아니다. 남자 두 명이었고 적어도 중년, 아마도 노년에 가까운 축이었다. 미스터 엑스 리브리스와 미스터 가이 코크니프 엔 욤이었다, 무슨 뜻인지는 모르지만. 둘 다 겁에 질려 정신이 없었다. 그리고 그럴 만도 했다. 히틀러 형제는 레니가 떠벌린 것처럼 1,000명을 해치우지는 않았지만 꽤 많은 범행을 저질렀고 그중 몇 건은 살인이었다. 인간의 탈을 쓴 독사 두 마리였던 것이다. 그러니 미스터 엑스 리브리스와 미스터 가이 코크니프 엔 욤이 겁을 먹는 것도 당연했다. 나중에는 다 잘 끝났지만 안 그럴 수도 있었다. 만약 조지와 레니가 판세를 뒤집었다면 어떻게 됐을까? 웬걸, 누군지 몰라도 터틀베이 빨래방에 맨 처음 발을 들여놓은 사람은 시체 한 구가 아니라 세 구를 발견했을 것이다. 그 기사는 당연히 《뉴욕 포스트》의 1면을 장식했을 테고! 그러니 그 두 남자는 자기들의 목숨을 건 셈이었는데, 그들이 목숨을 걸고 구하려 한 인간은 약 8개월이 지난 지금 바로 이런 몰골을 하고 있다. 퀴죄죄하고 비쩍 마른 주정뱅이 부랑자, 속옷 한쪽은 오줌에 젖고 반대쪽은 똥으로 젖은. 낮에는 홀짝이고 밤에는 퍼마시는 술꾼.

바로 그때 일어난 일이다. 복도 저쪽에서는 쉬지 않고 천천히 이름을 부르던 목소리가 스프랭, 스튜어드, 서드비에 이른다. 복도 이쪽의 감방에서는 길게 드리운 새벽 햇살을 받으며 더러운 바닥에 누워 있는 남자가 마침내 자신의 바닥을 친다. 정확히 말하자면 삽을 쥐고 실제로 땅을 파지 않는 한 더 이상 내려갈 수 없는 바로 그 지점을.

누운 자세 그대로 바닥을 죽 훑어보노라니, 먼지 덩어리는 유령이 나올 것만 같은 숲처럼 보이고 흙덩어리는 바닥을 드러낸 광산지대의 산들처럼 보인다. 캘러핸은 생각한다. 지금이 몇 월이더라, 2월? 1982년 2월인가? 아마 그럴 거야. 자, 이렇게 하자. 앞으로 1년이라는 시간을 나 자신을 추스르는 기회로 삼는 거야. 내가 그 두 남자가 목숨을 걸 가치가 있는 인간이었다는 걸 증명하는 거야, 어떻게든. 그렇게 해서 뭐든 성공하면 계속 해보자. 하지만 1983년 2월에도 퍼마시고 있다면 그땐 내 손으로 목숨을 끊는 거야.

복도 저편에서 이름을 부르는 목소리는 마침내 타겐필드에 이른다.

13

캘러핸은 잠시 말이 없었다. 그러다가 커피를 홀짝이고 인상을 찌푸리더니, 커피 대신 마시려고 달콤한 사과주를 한 잔 따랐다.

"저는 바닥에서 기어오르는 법을 압니다. 밑바닥까지 추락한 주정뱅이들을 맨해튼 이스트사이드의 금주회로 데려간 적이 한두 번이 아니니까요. 그래서 유치장에서 풀려난 후에 토피카에 있는 금주회를 찾아내 매일 출근하기 시작했습니다. 앞도 내다보지 않고, 뒤도 돌아보지 않았습니다. '과거는 역사, 미래는 수수께끼'라는 말도 있잖습니까. 그래도 이번에는 뒷줄에 조용히 앉아 있는 대신 억지로 맨 앞줄에 앉아서, 이렇게 자기소개를 했습니다. '도널드 C라고 합니다. 이제 다시는 술을 마시기 싫습니다.' 실은 마시고 싶었습니다, 날마다 마시고 싶었지요. 하지만 금주회에서 오가는 온갖 표어 중에는 이런 것도 있습니다. '허세도 자꾸 부리다 보면 진실이 된다.' 그리고 조금씩 조금씩, 그 말은 진실이 됐습니다. 1982년 가을 어느날 잠에서 깼을 때, 저는 정말로 다시는 마시고 싶지 않다는 걸 깨달았습니다. 흔히 말하는 충동에서 벗어난 겁니다.

저는 그렇게 변했습니다. 원래 술을 끊은 첫해에는 큰 변화를 보이지 않는 법이지만, 어느 날 게이지 공원에 갔다가 그만…… 정확히 얘기하면 라이니시 장미 정원이었는데……." 캘러핸은 말끝을 흐리며 롤랜드 일행을 바라보았다. "왜 그러십니까? 그곳을 아시나요? 설마, 라이니시 장미 정원을 어떻게!"

"저희도 거기에 갔어요." 수재나가 나직이 말했다. "장난감 기차도 봤고요."

"거 참. 놀랍구먼."

"19시가 되니까 새들이 다 함께 지저귀는군요."에디가 말했다. 그는 웃고 있지 않았다.

"아무튼, 포스터를 처음 본 곳이 그 장미 정원이었습니다. 혹시 캘러핸을 못 보셨나요, 저희 집 아이리시세터랍니다. 앞발하고 이마에 흉터 있음. 후사함. 기타 등등. 놈들이 드디어 제 이름을 알아냈던 겁니다. 저는 아직 시간이 있을 때 떠나기로 결심했습니다. 그래서 디트로이트로 갔고, 거기서 '등대 쉼터'라는 곳을 찾았습니다. 알코올 의존증 노숙자들을 위한 쉼터였지요. 실은 로언 매그루더가 없는 홈이었습니다. 좋은 시설이었지만, 운영진들이 근근이 꾸려가는 곳이었습니다. 저는 그곳에서 일하기 시작했습니다. 그리고 제가 그곳에 머물던 1983년 12월에, 그 일이 일어났던 겁니다."

"그 일이라뇨?"수재나가 물었다.

대답한 사람은 제이크 체임버스였다. 제이크는 답을 알았다. 아마도 그들 가운데 유일하게 알았을 것이다. 어쨌거나 제이크에게도 일어난 일이었으므로.

"돌아가신 거죠."제이크가 말했다.

"그래, 맞았어."캘러핸은 전혀 놀라지 않은 눈치였다. 마치 쌀에 관해, 아니면 앤디가 원자력으로 움직일 가능성에 관해 토론하고 있었다는 듯이. "난 그때 죽었단다. 롤랜드, 저도 담배 한 대만 말아주시겠습니까? 사과주보다 조금 더 센 게 필요할 것 같군요."

14

등대 쉼터에는 오래된 전통이 있다. 무려…… 맙소사, 무려 4년이
나 되는 세월을(등대 쉼터 자체가 생긴 지 5년밖에 안 된 곳이니) 꽉 채
워서 전해 내려온 전통이다. 바로 웨스트 콩그레스 가에 있는 홀리
네임 고등학교에서 추수감사절을 보내는 것이다. 주정뱅이 한 무리
가 주황색과 갈색 주름종이, 판지로 만든 칠면조, 플라스틱 과일과
채소 따위로 그곳을 장식했다. 다른 말로 하면 미국식 수확제 장식
이었다. 그 일을 하려면 적어도 2주 동안은 술을 입에 대지 말아야
했다. 이는 워드 허크먼과 앨 매코언과 도널드 캘러핸이 합의해서
정한 원칙이었다. 술을 마신 상태에서는 절대로 장식 작업에 참가하
지 말 것. 그 전에 아무리 오랫동안 끊었다고 할지라도.
　감사절 당일, 디트로이트에서 가장 멀쩡한 알코올 의존증 환자들
과 약쟁이들과 반쯤 미친 노숙자들이 칠면조와 감자와 갖가지 음식
을 곁들인 멋진 만찬을 찾아 홀리 네임 고등학교에 모인다. 그들은
농구 코트 한복판의 기다란 테이블 열두 개에 자리를 잡고 앉는다
(코트 바닥에 흠이 나지 않도록 테이블 다리에는 펠트 천을 댔고, 참석자
들은 양말 바람이다.). 그들 모두는 음식에 달려들기 전에 테이블 주
위를 돌며 자신이 감사하는 것을 한 가지씩 말하는데("최소한 10초
는 넘게 말해야 돼, 안 그럼 쫓겨날 줄 알아." 앨이 그들에게 경고한다.), 이
또한 전통의 일부이다. 이는 물론 추수감사절이기 때문이지만, 한편
으로는 금주회 프로그램의 기초 교리 가운데 하나가 감사할 줄 아
는 알코올 의존증 환자는 술에 취하지 않고 감사할 줄 아는 약쟁이
는 약에 취하지 않는다는 것이기 때문이기도 하다.

감사 인사는 눈 깜짝할 사이에 진행되고, 캘러핸은 이렇다 할 생각 없이 그저 가만히 앉아 있었던 탓에 자기 차례가 되자 하마터면 곤란한 발언을 불쑥 내뱉을 뻔한다. 적어도 섬뜩한 유머 감각을 지닌 남자로 찍힐 만한 발언을.

"저는 감사합니다, 제가……." 캘러핸은 그렇게 말을 꺼내다가, 자기가 무슨 말을 하려는지 깨닫고는 꾹 삼킨다. 사람들은 기대에 찬 표정으로 이쪽을 보고 있다. 수염이 거뭇한 남자들과 창백하고 멍한 얼굴에 머리는 젖은 여자들이, 노숙자 특유의 퀴퀴한 지하철역 바람 냄새를 몸에 밴 채로. 몇몇은 이미 캘러핸을 신부라고 부르는데 도대체 어떻게 알았을까? 무슨 수로? 그리고 그 말을 들을 때 캘러핸은 가슴이 철렁한다는 걸 알면 그들은 어떤 기분일까? 그 말을 들으면 히틀러 형제와 달콤하고 유치한 섬유 유연제 냄새가 떠오른다는 걸 알면? 하지만 지금 그들은 캘러핸을 보고 있다. 등대 쉼터의 '고객들'이. 워드와 앨도 그를 보고 있다.

"오늘은 술도 약도 안 했다는 것에 감사합니다." 캘러핸은 그렇게 상투적인 문구로 타협한다. 적어도 그것만은 늘 감사할 일이니까. 사람들은 웅얼거리는 소리로 답례하고, 캘러핸 옆에 앉은 남자는 크리스마스에 집에 오라고 초대해준 자기 누이에게 감사한다. 그렇게 아무도 모른 채 넘어가지만 캘러핸이 내뱉기 직전에 삼킨 말은 이러했다. "요즘 들어 제3형 흡혈귀나 잃어버린 반려동물 전단을 하나도 못 본 것에 감사합니다."

캘러핸 생각에는 하느님께서 다시 그를 받아주신 덕분이다. 아직은 시험 삼아 써보는 기간이라고 할지라도. 또한 그를 깨물었던 발루의 휘이 마침내 사라진 덕분이기도 하다. 바꿔 말하면, 그는 흡혈귀를 보는 힘이 사라진 것 같다는 생각이 든다. 그러나 교회에 들어가서 확인해보고 싶은 마음은 없다. 홀리 네임 고등학교 체육관 정도면 충분히 성스러운 곳이니까. 이번에는 놈들이 물 샐 틈 없이 그물을 칠 거라는 생각은, 적어도 의식이 멀쩡할 때에는, 아예 떠오르지도 않는다. 그러나 놈들은 배우는 데에 시간이 걸릴지는 몰라도 아예 공부를 안 하는 것은 아니다. 결국에는 캘러핸도 깨닫게 될 테지만.

그리고 12월 초, 워드 허크먼에게 꿈같은 편지가 날아온다. "도널드, 올해는 크리스마스가 일찍 찾아왔어! 앨, 와서 이것 좀 봐!" 의기양양하게 편지를 흔든다. "우리가 해냈어, 이제 내년 예산은 걱정 안 해도 돼, 이 친구들아!"

앨 매코언은 그 편지를 받아 들고, 일부러 조심스럽게 기대를 억누르던 그의 표정은 편지를 읽는 사이에 서서히 누그러진다. 편지를 캘러핸에게 넘겨줄 때에는 입이 귀에 걸리도록 웃고 있다.

그 편지는 뉴욕과 시카고, 디트로이트, 덴버, 로스앤젤레스, 그리고 샌프란시스코에까지 지사를 둔 회사에서 보낸 것이다. 두툼한 편지는 어찌나 고급스러운지 셔츠에 넣고 꿰매서 살갗에 댄 채 돌아다니고 싶을 정도이다. 편지에는 그 회사가 기부금 2000만 달러를 미국 전역의 자선 단체 스무 곳에 각각 100만·달러씩 기부할 예정이라고 적혀 있다. 그 일을 1983년이 끝나기 전에 마쳐야 한다고. 푸드 뱅크와 노숙자 쉼터, 빈곤층을 위한 병원 두 곳, 워싱턴 주 스포캔의 실험적인 에이즈 검사 프로그램 등이 지원 대상으로 잠정 결정됐노라고. 그 쉼터 중 한 곳이 바로 등대 쉼터라고. 편지에 서명한 사람은 디트로이트 지사의 부사장 리처드 P. 세이어. 의심스러운 구석은 어디에도 보이지 않고, 그들 셋 모두가 디트로이트 지사를 방문하여 이 건에 관해 논의하자는 제안 또한 너무나 당연해 보인다. 회의 날짜는, 그러니까 캘러핸의 사망일이 될 그날은, 1983년 12월 19일이다. 월요일.

편지지 맨 위에 회사명이 인쇄되어 있다. 솜브라 코퍼레이션.

15

"간 거로군." 롤랜드가 말했다.

"다 같이 갔습니다. 초대받은 사람이 저 혼자였다면 절대 안 갔을 겁니다. 하지만 그쪽에서는 저희 세 명을 모두 초대했고…… 100만 달러를 주겠다고 한 겁니다…… 홈이나 등대 쉼터처럼 근근이 운영되는 시설에서 100만 달러가 어떤 돈인지 상상이 가십니까? 그것도 레이건 정부 시절에 말입니다."

그 말에 수재나는 움찔했다. 그 시절을 겪어본 에디는 뽐내는 표정을 감추지 않고 수재나를 흘끗 쳐다보았다. 캘러핸은 그게 뭐 하는 짓인지 묻고 싶은 기색이 역력했지만 롤랜드는 이야기를 서두르라는 신호로 또다시 손을 휘휘 내저었고, 이제는 정말로 늦은 밤이었다. 자정이 코앞이었던 것이다. 그럼에도 롤랜드 카텟의 누구도 졸린 표정이 아니었다. 그들은 신부에게 단단히 정신을 집중한 채 한 마디도 놓치지 않았다.

"저는 이런 가설에 도달하게 됐습니다." 캘러핸은 몸을 앞으로 숙이며 말했다. "흡혈귀들과 하인들이 느슨한 동맹 관계를 맺고 있

다는 겁니다. 그 흐름을 거슬러 올라가면 동맹의 뿌리는 암흑의 땅
에서 찾게 될 겁니다. 선더클랩 말입니다."

"틀림없이 그럴 거요." 롤랜드의 창백하고 지친 얼굴에서 파란
두 눈이 번득였다.

"제1형이 아닌 흡혈귀들은 멍청합니다. 하인들은 그보다는 영리
하지만 그리 대단하지는 않습니다. 그렇지 않았다면 제가 그렇게 오
랫동안 피해 다니지도 못했겠지요. 그러다가 결국 다른 존재가 끼어
들었습니다. 분명 크림슨 킹의 대리인이었을 겁니다. 그게 누군지,
무엇인지는 모르겠지만요. 하인들은 저한테서 손을 떼라는 명령을
받았습니다. 흡혈귀들도 마찬가지였고요. 마지막 몇 달 동안은 반려
동물 전단도 안 붙었습니다. 적어도 저는 못 봤습니다. 웨스트 포트
가나 제퍼슨 대로에 분필로 메시지가 적혀 있거나 하지도 않았습니
다. 제 생각엔 누가 명령을 내린 것 같습니다. 훨씬 더 똑똑한 어떤
존재가 말입니다. 게다가 100만 달러까지!" 캘러핸은 고개를 저었
다. 엷고 쓰디쓴 미소가 그의 얼굴을 스쳤다. "결국 저는 거기에 눈
이 멀었던 겁니다. 다른 것도 아니고 돈에. '그래, 하지만 좋은 일에
쓰려는 거잖아!' 저는 스스로에게 그렇게 말했습니다…… 물론 서
로에게도 그랬고요. '최소한 5년은 지원 없이 꾸려 갈 수 있어! 디트
로이트 시의회에 출석해서 굽실거릴 필요도 없다고!' 그 말은 다 진
실이었습니다. 또 다른 진실, 너무도 단순한 진실이 떠오른 건 한참
후의 일이었지요. 선한 명분에서 출발한 탐욕도 탐욕이라는 진실 말
입니다."

"그래서 어떻게 됐나요?" 에디가 물었다.

"어떻게 되긴, 우린 약속을 지켰어." 신부가 말했다. 얼굴에 섬뜩

한 미소를 머금은 채로. "약속 장소는 미시건 대로 982번지 티시먼 빌딩, 디트로이트에서 가장 세련된 상업 지구의 건물이었네. 시각은 12월 19일 오후 4시 20분이었고."

"약속 시간치고는 조금 특이하네요." 수재나가 말했다.

"우리도 그렇게 생각했지. 하지만 100만 달러가 걸린 판에 그런 사소한 점을 누가 신경이나 썼겠나? 얼마간 토론한 끝에 우리는 앨의 제안을 따르기로 했네. 실은 앨 어머니의 제안이었지. 그분 말씀에 따르면 중요한 약속에는 더도 말고 덜도 말고 딱 5분 일찍 도착해야 한다더군. 그래서 우리는 제일 좋은 옷을 차려입고 4시 10분에 티시먼 빌딩 로비에 들어선 다음, 안내판에서 솜브라 코퍼레이션을 찾아 33층으로 올라갔네."

"어떤 회사인지 미리 조사해보셨나요?" 에디가 물었다.

캘러핸은 당연한 소리를 뭐 하러 하냐는 듯한 표정으로 에디를 쳐다보았다. "도서관에서 찾은 자료에 따르면 솜브라 코퍼레이션은 주로 다른 회사를 매수해서 덩치를 키운 비공개 기업이었어. 바꿔 말하면 주식을 발행한 적이 없다는 뜻이지. 전문 분야는 첨단 기술과 부동산, 건설이었고. 알려진 사실은 그게 다인 것 같았네. 자산은 철저한 비밀이었으니까."

"법인 소재지는 미국이던가요?" 수재나가 물었다.

"아니. 바하마의 나소였어."

에디는 코카인 운반책으로 살던 시절의 기억과 마지막으로 약을 샀던 누리끼리한 얼굴의 사내를 떠올리고 흠칫했다. "저도 가봤어요, 거기. 솜브라 코퍼레이션 직원을 만난 적은 없지만요."

그런데 그게 사실일까? 얼굴이 누리끼리하고 영국 억양을 쓰던 그 남자가 솜브라의 끄나풀이라면? 그 회사가 뭔지 모를 다른 여러 분야와 함께 마약 밀매에도 손을 뻗쳤다고 가정한들, 그렇게 무리한 억측일까? 에디 생각에는 그렇지 않았다. 무엇보다 그렇게 가정하면 엔리코 발라자르와 연결 고리가 생기는 셈이었다.

"아무튼, 그 회사의 이름은 믿을 만한 자료와 연감에 빠짐없이 실려 있었네. 모호하기는 해도 있기는 있었어. 게다가 돈도 많았고. 솜브라가 뭔지는 나도 몰라. 그리고 그때 33층에서 본 직원들 대부분은 그냥 단역 배우들이었을 거야…… 무대 의상을 입은…… 하지만 솜브라 코퍼레이션이라는 회사는 분명 실제로 존재할 걸세.

우리는 승강기를 타고 올라갔네. 대기실이 아주 멋지더군. 벽에 걸린 그림들은 프랑스 인상파 화가의 작품이었을 거야, 뻔한 거 아닌가? 게다가 장소에 걸맞게 아름다운 안내 직원까지 있었어. 남자라면 가슴을 한번 만지기만 해도 영생을 누릴 것 같다는 생각이 들 정도의 미인이었지. 수재나 앞에서 하기에는 미안한 말이지만."

에디는 웃음을 터뜨렸지만, 곁눈질로 수재나를 슬쩍 보고는 서둘러 입을 다물었다.

"4시 17분이었어. 우리더러 앉아서 기다리라고 하더군. 그래서 그렇게 했지, 초조해서 죽을 것 같은 심정으로. 사람들이 들락거렸네. 가끔 우리 왼쪽에 있는 문이 열리고 책상과 칸막이로 가득한 사무실이 보였네. 전화벨이 울리고, 비서들은 서류철을 들고 이리저리 바쁘게 돌아다니고, 대형 복사기가 작동하는 소리도 들리더군. 그게 다 가짜였다면, 내 생각에는 아무래도 그랬던 것 같은데…… 그렇다면 할리우드 영화처럼 정교한 세트였어. 나는 리처드 세이어 씨를 만난다는 생각에 긴장하기는 했지만, 그저 그뿐이었네. 정말로 드문 경우였지. 나는 8년 전 살렘스 롯을 떠난 후로 거의 쉬지 않고 도망을 다닌 덕에 꽤 훌륭한 조기 경보 체계를 몸속에 구축했는데도, 그날은 경보커녕 찍찍거리는 소리조차 안 났던 거야. 혹시라도 위자보드를 통해 존 딜린저의 유령하고 교감하는 데 성공한다면, 아마 그 전설적인 은행 강도도 애나 세이지와 함께 영화를 보러 갔다가 사살된 날 나하고 같은 경험을 했다고 말할 걸세.

4시 19분이 되자 딱 봐도 휴고 보스 스타일인 스트라이프 셔츠에 넥타이를 맨 젊은 남자가 데리러 오더군. 우리는 굉장히 호화로운 사무실이 늘어선 복도를 빠르게 지나갔는데, 적어도 내 눈에는 사무실마다 멋진 차림을 한 임원들이 열심히 일하는 중인 것처럼 보였네. 그러다가 복도 끄트머리의 여닫이문 한 쌍 앞에 도착했지. 문에는 회의실이라는 팻말이 붙어 있었어. 안내를 맡은 사람이 문을 열어주면서 말하더군. '하느님의 운을 빕니다.' 난 정확히 기억하고 있네. 행운이 아니라 *하느님의 운*이라고 한 걸 말이야. 그 순간 내 머릿속에서 경계경보가 울리기 시작했지만, 늦어도 너무 늦은 경보였어. 그 일은 눈 깜짝할 새에 벌어졌다네. 그놈들은……"

16

눈 깜짝할 새에 벌어진 일이었다. 놈들은 오랫동안 캘러핸의 뒤를 쫓았지만, 이제 승자의 여유를 즐기느라 시간을 낭비하거나 하지는 않는다. 세 사람 뒤에서 문이 쾅 닫힌다. 귀가 울릴 정도로 큰 소리와 함께, 문틀이 부르르 떨릴 정도로 세게. 초봉이 18,000달러에

서 시작하는 초급 관리직 사원들은 부와 권력을 존중할 줄 알기 때문에 문 닫을 때의 예의도 알게 마련인데, 이 경우는 그렇지가 않다. 이건 화난 주정뱅이나 약쟁이가 화장실 문을 닫을 때의 방식이다. 물론 미친 사람들의 방식이기도 하다. 문을 사납게 닫는 것은 미친 사람들의 특기니까.

이제 풀가동을 시작한 캘러핸의 경보 체계는 삑삑거리는 정도가 아니라 아예 비명을 질러대고, 저 멀리 맞은편의 커다란 창문을 통해 아름다운 미시건 호수가 내려다보이는 임원 회의실을 둘러보던 캘러핸은 경보가 울리는 이유를 깨닫고 잠시 짬을 내어 생각한다. 맙소사, 천주의 성모 마리아님, 제가 어쩌다 이렇게 멍청한 짓을 한 겁니까? 회의실 안에는 열세 명이 있다. 그중 셋은 하인이다. 캘러핸이 처음으로 똑똑히 본 그들의 얼굴은 피로에 찌든 흙빛이고, 눈은 벌겋게 빛나고 입술은 여자처럼 도톰하다. 셋 모두 담배를 피우고 있다. 아홉 명은 제3형 흡혈귀이다. 회의실에 있는 사람들 가운데 마지막인 열세 번째 남자는 색이 현란한 셔츠에 어울리지 않는 넥타이를 매고 있다. 분명 하인 특유의 옷차림이지만, 야위고 교활한 얼굴에는 예리한 지성과 뒤틀린 유머 감각이 엿보인다. 이마에는 피가 동그랗게 맺혀 있는데 흐르지도 않고 굳지도 않을 것처럼 보인다.

섬뜩하게 딱딱거리는 소리가 난다. 캘러핸이 획 돌아서자 바닥에 쓰러진 앨과 워드가 눈에 들어온다. 세 사람이 방금 통과한 문 양편에 각각 열네 번째와 열다섯 번째 사람이, 남자 하인과 여자 하인이 서 있다. 둘 다 전기 충격기를 들고서.

"친구 분들은 무사하실 거요, 캘러핸 신부."

캘러핸은 다시 휙 돌아선다. 말을 한 사람은 이마에 피가 맺힌 그 남자이다. 예순 안팎으로 보이지만, 확실치는 않다. 야한 노란색 셔츠에 빨간 넥타이를 매고 있다. 빙긋이 웃으며 얇은 입술이 벌어지자 끝이 뾰족한 이가 보인다. 저 자가 세이어로군. 세이어든 아니면 다른 누구든, 그 편지에 사인한 건 바로 저 자야. 이 함정을 생각해낸 것도.

"하지만 당신은 무사하지 못할걸." 남자가 계속 말한다.

하인들은 미지근한 갈망 비슷한 감정이 담긴 눈으로 캘러핸을 바라본다. 마침내 눈앞에 나타난 것이다, 앞발에 화상 자국이 있고 이마에 십자 흉터가 난 잃어버린 강아지가. 흡혈귀들은 하인들보다 한결 더 신이 난 것 같다. 그들을 둘러싼 파란 빛이 춤을 추듯 일렁거린다. 그리고 느닷없이, 캘러핸의 귀에 차임벨 소리가 들려온다. 왠지 김이 빠진 것처럼 희미한 소리지만, 분명히 들린다. 캘러핸을 부르고 있다.

(본명인지는 알 수 없지만) 세이어가 흡혈귀들 쪽으로 몸을 돌린다. "바로 이 자다." 사실을 진술하듯 담담한 목소리. "이 자가 서로 다른 여러 미국에서 너희 일족 수백 명을 죽였다. 내 친구들은" 세이어가 하인들을 가리킨다. "이 자를 찾아내지 못했다. 물론, 이 자보다 조심성이 부족한 먹잇감들은 보통 별 어려움 없이 찾아내지만. 어쨌거나 이제 우리 눈앞에 나타났다. 자, 너희 마음대로 해라. 하지만 죽이지는 마라!"

세이어가 캘러핸 쪽으로 몸을 돌린다. 이마의 구멍이 피로 가득 차서 번들거리지만 결코 흐르지는 않는다. 저건 눈이야, 피로 된 눈. 그 눈으로 뭘 보는 걸까? 뭐가 보고 있을까? 어디에서?

세이어가 말한다. "여기 있는 왕의 친구들은 모두 에이즈 바이러스를 지니고 있어. 무슨 말인지 당신은 잘 알 거야, 안 그런가? 우린 그걸로 당신을 죽일 작정이야. 그렇게 당신은 게임에서 영원히 빠지게 돼, 이 세계뿐 아니라 다른 모든 세계에서. 애초에 당신 같은 존재가 끼어들 게임이 아니었어. 당신 같은 가짜 신부가."

캘러핸은 망설이지 않는다. 망설인다면, 그는 질 것이다. 그가 두려워하는 것은 에이즈가 아니라 놈들의 더러운 입술이 몸에 닿는 것, 홈의 뒷골목에서 루페 델가도가 받았던 키스를 받는 것이다. 놈들이 이기게 놔둘 수는 없다. 그 먼 길을 온 끝에, 그 많은 직업을 경험하고 그 많은 감방을 거친 끝에 마침내 캔자스에서 술을 끊은 지금, 놈들이 이기게 놔둘 수는 없다.

캘러핸은 놈들을 설득하려 하지 않는다. 대화 같은 것은 없다. 그는 회의실의 화려한 마호가니 테이블 오른편을 따라 냅다 달린다. 노란색 셔츠를 입은 사나이는 사태를 퍼뜩 눈치채고 외친다. "잡아! 저자를 잡아!" 오늘의 경사스러운 만남을 위해 그랜드 리버 남성복 가게에서 특별히 사 입은 재킷을 수많은 손들이 붙잡지만, 모두 놓치고 만다. 캘러핸은 잠시 짬을 내서 생각한다. 저 창문은 안 깨질 거야, 유리가 워낙 튼튼해서. 자살 방지용 유리나 뭐 그런, 절대 안 깨지는 유리…… 그리고 마지막 찰나의 순간에, 발로의 오염된 피를 억지로 마셨던 그 밤 이후 처음으로, 그는 하느님에게 의지한다.

"도와주십시오! 제발 도와주십시오!" 캘러핸 신부는 이렇게 외치며 어깨부터 창문으로 뛰어든다. 손 하나가 또다시 그의 머리를 후려치고 머리카락을 거머쥐려 하지만 실패한다. 부서진 유리가 캘러핸의 몸을 둘러싸고, 그는 어느새 차가운 허공에, 눈보라에 휩싸인 채 서 있다. 아래를 내려다보니 역시 이날의 경사스러운 만남을 위해 특별히 산 검은 구두 사이로 미시건 대로가, 장난감처럼 작은 차들과 개미처럼 조그만 사람들이 보인다.

캘러핸은 깨진 유리창 앞에 둘러서서 믿을 수 없다는 표정으로 내다보는 저들의 존재를 느낄 수 있다. 세이어와 하인들, 또 그를 물어서 이 게임으로부터 영원히 퇴장시키려 한 흡혈귀들의 존재를.

캘러핸은 생각한다. 이로써 영영 퇴장하게 됐군…… 안 그래?

그리고 또 생각한다. 신기한 것을 본 어린애처럼 천진하게. 이게 내가 살면서 한 마지막 생각이겠구나. 이제 안녕이야.

그리고 캘러핸은 추락하고 있다.

17

캘러핸은 말을 멈추고 수줍기까지 한 표정으로 제이크를 바라보았다. "너는 기억이 나니? 네가……." 헛기침 소리. "실제로 죽었던 순간 말이야."

제이크는 무겁게 고개를 끄덕였다. "신부님은 기억 안 나세요?"

"내 새 구두 사이로 미시건 대로가 내려다보이던 건 기억나는구나. 눈보라가 부는 허공 한복판에 서 있었을 때의 기분도 기억나고. 어떻게 그럴 수 있었는지는 모르지만 말이야. 또 내 등 뒤에서 세이어가 알 수 없는 언어로 소리를 지르던 것도. 아마 욕을 했을 거야. 그렇게 으르렁거리면서 지껄이는 말은 욕밖에 없을 테니까. 그리고 내가 했던 생각도 기억하고 있어. *저 녀석 겁을 먹었군. 실제로는 그*

게 내 마지막 생각이었단다, 세이어가 겁을 먹었다는 생각. 그다음은 한참 동안 암흑이었지. 나는 그 속에서 표류했고. 차임벨 소리가 들렸지만 멀리서 나는 것처럼 아득하더구나. 그러다가 점점 가까워졌어. 마치 내 쪽을 향해 무서운 속도로 돌진하는 엔진에 매달린 차임벨처럼.

빛이 보였어. 암흑 속에서 빛이 보인 거야. 나는 이런 게 퀴블러 로스가 말한 임사 체험이라는 건가 싶어서 그 빛을 향해 다가갔단다. 거기가 어딘지는 상관없었어, 사람들한테 둘러싸여서 피투성이가 된 채 미시건 대로에 널브러져 있지만 않으면. 그렇게 됐을 리는 없다 싶더구나. 33층에서 떨어졌는데 의식을 되찾는다는 건 말이 안 되니까.

그리고 그 차임벨 소리에서 멀어지고 싶었단다. 소리가 계속 커졌거든. 눈에서 눈물이 날 정도로. 귀가 아플 정도로. 아직 눈과 귀가 붙어 있어서 기뻤지만, 그놈의 차임벨 소리 때문에 감사하는 마음도 제대로 느낄 수가 없었지.

이런 생각이 들더구나. *저 빛 속으로 들어가야 해.* 그래서 그 빛을 향해 뛰어들었단다. 나는……"

18

캘러핸은 눈을 뜬다. 그러나 눈을 뜨기도 전에 이미 냄새를 느낀다. *건초 냄새. 하지만 몹시 희미하다, 거의 다 사라진 것처럼. 말하자면 예전의 냄새의 유령처럼. 그렇다면 캘러핸도? 그도 유령일까?*

일어나 앉아서 주위를 두리번거린다. 이것이 내세라면 세상의 모든 성스러운 경전은, 캘러핸이 한때 읽고 설교하던 것까지 포함해서, 틀렸다. 왜냐면 이곳은 천국도 지옥도 아니니까. 그는 지금 마구간에 있다. 바닥에 오래돼서 하얗게 변한 건초가 여기저기 떨어져 있다. 널빤지 벽의 갈라진 틈으로 환한 빛줄기가 비쳐든다. 그 빛을 따라 어둠 속에서 벗어났다는 생각이 든다. 그리고 또 생각한다. 저건 사막의 햇빛이야. 그렇게 생각할 확실한 근거라도 있는 걸까? 아마도. 콧구멍으로 들이마신 공기가 건조하다. 다른 행성의 공기를 마시는 느낌.

어쩌면 그럴지도. 어쩌면 여긴 내세 행성일지도 몰라.

달콤하고도 끔찍한 차임벨 소리는 그곳에서도 들리지만…… 작아지다가…… 이내 사라진다. 더운 바람이 쌕쌕거리는 소리가 조그맣게 들려온다. 바람은 널빤지 틈새로도 새어 들어오고, 건초 몇 가닥이 바닥에서 날아올라 피로한 기색으로 춤을 추다가, 다시 가라앉는다.

이윽고 다른 소음이 들린다. 불규칙하게 쿵쿵대는 소리. 소리로 미루어 보아 무슨 기계 같은데, 상태가 좋은 것 같지는 않다. 캘러핸은 일어선다. 이 안은 더워서 금세 얼굴과 손에 땀이 배어난다. 아래를 내려다보니 그랜드 리버 남성복에서 산 멋진 새 옷이 보이지 않는다. 이제 캘러핸은 너무 많이 빨아서 얇아진 파란 샴브레이 셔츠에 청바지를 입고 있다. 발에는 낡아서 뒤축이 닳은 장화를 신고 있다. 물도 없는 사막 길을 오랫동안 걸어온 것 같다. 캘러핸은 다리가 부러졌는지 보려고 웅크려 앉는다. 부러진 곳은 없는 것 같다. 다음은 팔. 멀쩡하다. 손가락을 딱딱 튕겨본다. 손가락은 거뜬하게 움직이며 잔가지를 꺾을 때처럼 조그맣고 메마른 소리를 낸다.

캘러핸은 생각한다. 내 인생은 통째로 꿈이었던 걸까? 지금이 현실일까? 그렇다면 난 도대체 누굴까? 여기서 뭘 하고 있는 거지?

이윽고 등 뒤의 짙은 그늘 속에서 그 생기 없는 연속음이 들려온다. **쿵**쿵쿵**쿵**쿵**쿵**.

뒤로 돌아선 캘러핸은 눈앞의 광경에 숨이 턱 막힌다. 그의 등 뒤, 인적 없는 마구간 한복판에 서 있는 것은, 문이다. 어떤 벽에도 붙어 있지 않고 홀로 서 있는 문. 경첩은 달려 있지만 캘러핸이 보기에 그 경첩과 이어진 것은 오로지 허공뿐이다. 가운데 부근에 상형문자가 새겨져 있다. 캘러핸이 못 읽는 글자들이다. 그래도 한 걸음 다가선다, 가까이서 보면 더 잘 이해할 수 있을 것처럼. 그런데 어찌 보면 옳은 생각이다. 문손잡이는 수정이고 문에 새겨진 문양은 장미라는 것을 알아보았으니까. 캘러핸은 전에 토머스 울프의 책을 읽은 적이 있었다. 돌, 장미, 문. 돌은 없지만 아마도 상형문자의 의미는 그것인 듯싶다.

아니. 아니야, 저건 찾지 못한이라는 뜻이야. 어쩌면 돌은 나일 수도 있어.

캘러핸은 손을 뻗어 수정 문손잡이를 잡는다. 그 동작이 신호

(인장이라는 생각이 들고)

이기라도 하듯, 쿵쿵대던 기계가 멈춘다. 아주 희미하게, 몹시도 멀리서, 아득하고 조그마한 차임벨 소리가 들린다. 캘러핸은 문손잡이를 돌려본다. 어느 쪽으로도 돌아가지 않는다. 꿈쩍도 않는다. 콘크리트에 박힌 손잡이처럼. 손을 떼자 차임벨 소리가 잦아든다.

캘러핸이 문 주위로 빙 돌아서 걷는 사이에 문은 사라진다. 마저

걸어서 제자리로 돌아오자 문이 다시 나타난다. 캘러핸은 천천히 세 바퀴를 돌며 문의 옆면이 사라졌다가 다시 나타나는 자리를 정확히 점찍어둔다. 그런 다음 반대 방향으로 돈다. 아까와 똑같다. 이건 도대체 무슨 요지경일까?

한동안 가만히 문을 바라보며 골똘히 생각하던 캘러핸은 마구간 안쪽 깊숙한 곳으로 걸어간다. 아까 소리를 들은 기계의 정체가 궁금했던 것이다. 걸어도 다리가 안 아픈 걸 보면 그 높은 곳에서 떨어졌다는 소식이 아직 몸에 전해지지 않은 모양인데, 그건 그렇고 이 안은 왜 이렇게 더운 걸까!

버려진 지 오래된 말 우리가 늘어서 있다. 해묵은 건초 더미가 있고, 그 옆에 말끔하게 갠 담요와 도마처럼 보이는 물건이 있다. 도마 위에 놓인 것은 말린 고기 한 조각. 집어서 냄새를 맡아 보니 짭조름하다. 육포로군. 캘러핸은 그렇게 생각하며 냉큼 입에 집어넣는다. 식중독에 걸릴 걱정은 딱히 하지 않는다. 이미 죽은 사람이 어떻게 식중독에?

육포를 질겅질겅 씹으면서, 캘러핸은 탐험을 계속한다. 우리 뒤편에는 나중에 덧붙인 것처럼 보이는 조그마한 공간이 있다. 이곳 벽에도 갈라진 틈이 몇 군데 있어서 콘크리트 받침 위에 자리 잡은 기계가 어슴푸레하게 보인다. 마구간의 모든 것에 오랜 세월과 방치된 느낌이 속삭임처럼 배어 있지만 이 장치만은, 소젖 짜는 기계처럼 생긴 이 물건만은, 새것 같다. 녹슨 곳도 없고 먼지도 앉지 않았다. 캘러핸은 가까이 다가간다. 한쪽에 크롬 도금이 된 관이 튀어나와 있다. 그 아래로 배수관이 보인다. 관에 끼워진 강철 고리가 축축해 보인다. 장치 맨 위쪽에 조그마한 금속판이 붙어 있다. 그 판 옆에 빨간 단추가 보인다. 판에 적힌 문구는 이러하다.

라머크 공업
834789-AA-45-776019

관을 제거하지 마십시오
수리는 전문가에게

빨간 단추에 전원이라는 글씨가 찍혀 있다. 캘러핸은 그 단추를 누른다. 지친 듯이 쿵쿵대는 소리가 다시 들려오고, 잠시 후 크롬 관에서 물이 쏟아진다. 캘러핸은 손으로 그 물을 받는다. 손이 마비될 것처럼 차가운 물이 더위로 달아오른 살갗에 닿자 정신이 번쩍 든다. 캘러핸은 그 물을 마신다. 달지도 시지도 않은 물맛에 이런 생각이 든다. 맛을 느끼는 감각 같은 건 틀림없이 머릿속 깊숙이서 사라져버렸을 거야. 여기는……

"안녕하신가, 신부님."

캘러핸은 놀라서 소리를 지른다. 두 손이 하늘로 번쩍 올라가면서 말라비틀어진 널빤지 틈새로 스며든 먼지 긴 햇살 속에 한순간 보석 같은 물방울들이 반짝인다. 닳아빠진 장화 뒤축을 딛고 캘러핸은 돌아선다. 펌프실 문 바로 바깥에, 후드가 달린 로브를 입은 남자가 서 있다.

세이어. 캘러핸은 생각한다. 세이어야, 저놈이 날 따라온 거야, 그 빌어먹을 문을 지나서……

"진정하시게." 로브를 입은 남자가 말한다. "총잡이의 새 친구라

면 '머리 좀 식히세요'라고 하려나." 자신만만한 말투. "그 애 이름
은 제이크야. 하지만 그 집 가정부는 맹꽁이라고 부르지." 뒤이어,
문득 좋은 생각이 떠오른 사람처럼 밝은 목소리로, 남자가 말한다.
"그 애를 보여주고 싶군! 둘 다! 아직 시간이 있을지도 몰라! 이리
오시게!" 남자가 손을 내민다. 로브 소매에서 뻗어 나온 손가락은
길고 하얗고, 왠지 불쾌하다. 밀랍처럼. 캘러핸이 앞으로 나설 기미
가 보이지 않자 로브 입은 남자가 차분한 목소리로 말한다. "오라니
까. 여기 계속 머물 순 없잖나. 이곳은 간이역일 뿐이야, 아무도 오
래 머물 수 없는 곳이지. 자, 이리로."

"당신 누구요?"

로브를 입은 남자는 조바심이 나는지 쯧 소리를 낸다. "지금은 그
럴 시간이 없어, 신부. 이름, 이름, 이름 속에 뭐가 있단 말인가? 누
군가 그랬지. 셰익스피어였던가? 버지니아 울프? 그런 걸 누가 기억
하겠나? 이리 오시게, 내가 멋진 걸 보여드릴 테니. 당신한테는 손
도 까딱 안 할 거야, 내가 앞장서서 걸어갈 거니까. 자, 보이나?"

남자가 돌아선다. 로브가 이브닝드레스의 치마처럼 휘날린다. 남
자는 마구간으로 걸어가고, 잠시 후 캘러핸도 그 뒤를 따른다. 어차
피 펌프실은 그가 있을 곳이 아니다. 펌프실은 막다른 골목이니까.
마구간을 나서면 도망칠 수 있을지도 모른다.

어디로 도망치지?

글쎄, 그건 두고 봐야 알 수 있지 않을까?

로브를 입은 남자는 허공에 서 있는 문을 통과하며 손으로 똑똑
두드린다. "나무를 두드리면 행운이 온다지, 거 참 멋지지 않나!" 남
자가 즐거운 목소리로 이렇게 말하며 마구간 문으로 비친 환하고

네모난 햇살 속에 들어섰을 때, 캘러핸은 남자가 왼손에 들고 있는 물건을 발견한다. 그것은 상자. 가로 세로 길이와 높이가 모두 30센티미터쯤 돼 보인다. 문과 같은 나무로 만든 것 같다. 또는 같은 종류이지만 더 무거운 나무일지도. 색은 분명히 더 짙고 조직도 더 치밀해 보인다.

멈출 때 함께 멈출 생각으로 로브 입은 남자를 가만히 지켜보면서, 캘러핸은 그를 따라 햇살 속으로 나선다. 일단 볕이 비치는 곳으로 나오자 열기는 더욱 강해져서, 캘러핸이 캘리포니아 주 데스밸리에서 경험한 더위 같다. 그리고 그 생각이 옳다. 마구간을 나서서 보니 그들이 있는 곳은 실제로 사막이다. 한편에는 부스러져가는 사암 블록 위에 지은 낡은 건물이 서 있다. 한때는 여인숙이었을지도 모른다고, 캘러핸은 생각한다. 아니면 이제는 안 쓰는 서부 영화 세트장이거나. 반대편에는 말뚝도 난간도 죄다 삭아버린 울타리가 있다. 그 너머로 널찍이 펼쳐진 돌과 바위투성이 모래사막이 보인다. 그것 말고는 아무것도……

있다! 있다, 뭔가 보인다! 두 개가! 아득한 지평선에 조그만 점 두 개가 움직이고 있다!

"봤구먼! 당신 눈이 정말 좋군, 신부!"

로브를 입은 남자는 캘러핸보다 스무 걸음 정도 앞에 서 있다. 로브는 검은색, 후드 아래 보이는 얼굴은 창백한 그늘에 지나지 않는다. 남자가 킬킬 웃는다. 캘러핸은 밀랍 같은 그의 손가락만큼이나 그 웃음소리가 전혀 마음에 안 든다. 뼈다귀 위로 쪼르르 기어가는 쥐의 발소리 같다. 실은 말도 안 되는 소리지만, 그래도……

"저 사람들은 누구요?" 캘러핸은 바싹 마른 목소리로 묻는다.

"당신은 누구고? 여기는 또 어디요?"

검은 옷의 남자는 과장되게 한숨을 내쉰다. "할 얘기는 너무 많은 데, 시간이 너무 모자라군. 내 이름은 월터야. 원한다면 그렇게 불러도 좋아. 이곳은 아까 말했다시피 간이역이고. 당신네 세계에서 바로 옆의 세계로 짧은 여행을 하는 동안 들르는 정거장이지. 아, 당신도 딴에는 꽤 멀리 다녀봤다고 자부했을 거야, 안 그런가? 숨겨진 고속도로를 따라서 말이야. 하지만 신부, 당신의 진짜 여행은 지금부터 시작이야."

"그렇게 부르지 마시오!" 캘러핸이 외친다. 목소리가 벌써부터 갈라진다. 뜨거운 햇빛이 실제로 무게를 지니고 정수리에 차곡차곡 쌓이는 것만 같다.

"신부, 신부, 신부!" 검은 옷의 남자가 말한다. 심술궂은 목소리이지만, 캘러핸은 그가 속으로 웃고 있다는 것을 안다. 캘러핸이 보기에 이 남자는(진짜 인간일 때의 얘기지만) 오래 전부터 속으로 웃는 습관을 길러온 것 같다. "뭐, 그런 걸로 화낼 필요까진 없잖아. 그럼 도널드라고 불러드리지. 그게 더 낫겠나?"

아득히 멀리 보이는 검은 점들이 이제 흔들리고 있다. 지면에서 올라오는 아지랑이 때문에 공중에 떠서 사라졌다가 다시 나타난다. 이제 곧 영영 보이지 않을 것이다.

"저들은 누구요?" 캘러핸은 검은 옷의 남자에게 묻는다.

"십중팔구 당신이 절대로 만나지 않을 두 사람이지." 검은 옷의 남자가 몽롱한 목소리로 대답한다. 후드가 흔들리고, 캘러핸은 밀랍처럼 창백한 콧날과 둥그런 눈을 언뜻 본다. 검은 액체가 담긴 조그만 잔 같은 눈을. "저들은 산의 지하에서 죽을 거야. 산에서 안 죽으면 서쪽 바닷가에서 괴물한테 산 채로 잡아먹히겠지. 대드 어 초크!" 남자가 다시 웃는다. 하지만……

하지만 목소리에서 갑자기 자신감이 사라진 것 같군, 친구. 캘러핸은 생각한다.

"다른 것들이 다 실패한다면." 월터가 말한다. "이게 저들을 죽일 거야." 그러고는 상자를 들어올린다. 다시금, 나지막이, 불쾌하게 짤랑거리는 차임벨 소리가 캘러핸의 귀에 들려온다. "그런데 누가 이걸 저들에게 전해줄까? 당연히 카지. 하지만 카에게도 친구가 필요해, 그걸 카이마이라고 하지. 바로 당신이야."

"무슨 말인지 모르겠군."

"그럴 테지." 검은 옷의 남자가 서글픈 목소리로 동의한다. "그런데 나도 설명할 시간이 없어. 『이상한 나라의 앨리스』에 나오는 흰 토끼처럼 난 늦었어, 늦었다고, 아주 중요한 약속에. 저들이 내 뒤를 쫓는데 나는 당신이랑 이야기를 하려고 급히 이리로 돌아온 거야. 바빠, 바쁘다고, 바빠! 이제 난 다시 저들을 앞질러 가야 해, 안 그러면 저들을 끌어들일 방법이 없으니까. 그러니까 도널드, 우리 대화는 여기서 끝내야 해. 너무 짧아서 아쉽기는 해도 말이지. 이제 마구간으로 돌아가세, 친구. 토끼처럼 잽싸게!"

"만약 내가 돌아가지 않겠다면?" 실은 만약이라는 단서를 붙일 필요도 없다. 마구간은 그가 가장 가고 싶지 않은 곳이니까. 이 남자한테 멀어지는 저 점들을 따라잡을 수 있도록 보내달라고 해보는 건 어떨까? 검은 옷을 입은 남자한테 '내가 있을 곳은 저기요, 당신이 말하는 그 카라는 것도 내가 저기 있기를 바랄 거요'라고 해보면? 캘러핸이 보기에는 그 남자도 이미 알 것 같다. 바다에 침을 뱉는 것만큼이나 의미 없는 짓이라는 걸.

그 생각을 확인시켜주기라도 하듯, 월터가 말한다. "당신이 원하는 건 하나도 중요하지가 않아. 당신은 왕께서 명하시는 곳으로 갈거야, 그리고 거기서 기다릴 거야. 저 둘이 자신들의 길 위에서 죽으면, 십중팔구는 그렇게 되겠지만, 당신은 내가 보내는 곳에서 조용한 시골 사람으로 살다가 그곳에서 죽을 거야. 천수를 다 누린 후에, 필시 거짓이겠지만 구원받았다는 확실한 기쁨을 느끼면서. 당신은 탑 속에서 자신이 속한 층에 살게 될 거야, 내가 나의 층에서 뼛가루가 된 후에도 오랫동안. 그건 내가 장담할 수 있어, 신부. 왜냐면 난 수정 구슬 속에서 다 봤거든, 아무렴! 그리고 만약 저들이 멈추지 않고 나아간다면? 당신이 지금부터 갈 곳에 저들이 찾아온다면? 뭐, 가능성은 낮지만 혹시라도 그렇게 되면, 당신은 힘닿는 데까지 저들을 도울 거야, 그리고 그 과정에서 저들을 죽일 거야. 충격이지, 안 그래? 충격 아닌가?"

남자는 캘러핸을 향해 걸어오기 시작한다. 캘러핸은 그 찾지 못한 문이 기다리는 마구간 안으로 뒷걸음질한다. 그 안으로 들어가고 싶지 않지만, 달리 갈 곳이 없다. "가까이 오지 마." 캘러핸이 말한다.

"아니." 월터가 말한다. 검은 옷의 남자가. "그럴 수는 없어, 절대 안 돼." 그러고는 캘러핸을 향해 상자를 내민다. 이와 동시에 상자 위로 손을 올려 뚜껑을 거머쥔다.

"안 돼!" 캘러핸이 날카롭게 외친다. 왜냐하면 검은 로브를 입은 남자가 상자를 열면 안 되니까. 상자 안에는 뭔가 끔찍한 것이, 발로조차도 무서워할 어떤 것이 들어 있다. 캘러핸으로 하여금 자신의 피를 마시게 했던, 그리하여 프리즘에 비친 것 같은 각양각색의 미국을 친구들조차 질려버린 말썽쟁이 어린애처럼 떠돌게 했던 그 교활한 흡혈귀조차도.

"계속 움직여, 그럼 내가 가까이 가지 않아도 되니까." 월터가 짓궂게 말한다.

캘러핸은 마구간의 조그마한 그늘 속으로 물러난다. 이제 곧 다시 안으로 들어갈 것이다. 달리 방법이 없다. 그리고 한쪽 면만 보이는 그 기묘한 문이 저 안에서 묵직한 추처럼 기다리는 느낌이 든다. "이 잔인한 인간!" 캘러핸이 버럭 외친다.

월터는 눈이 동그래지고, 잠시 정말로 상심한 것처럼 보인다. 말도 안 되는 생각이지만, 그럼에도 캘러핸은 월터의 우묵한 눈을 보며 그 속에 깃든 감정이 진짜임을 실감한다. 그리고 그 실감은 이 모든 게 꿈이 아닐까 하는, 또는 진정한 죽음을 맞기 전에 경험하는 최후의 빛나는 한순간이 아닐까 하는 마지막 희망을 앗아간다. 꿈속에서는, 적어도 그가 꾼 꿈에서는, 악당과 무서운 자들은 복잡한 감정을 내비친 적이 한 번도 없으니까.

"나는 카와 왕과 탑에 의해 만들어졌어. 우리 모두 마찬가지야. 우리는 벗어날 수 없어."

캘러핸은 자신이 여행한 꿈속 같던 서부를 떠올린다. 사람들의 기억에서 사라진 곡물 저장탑을, 아무도 보지 않는 일출과 기다란 그림자들을, 그가 자신의 덫을 뒤에 끌고 가는 동안 느꼈던 씁쓸한 즐거움을, 자신을 묶은 쇠사슬이 짤랑거리는 소리가 달콤한 음악처럼 들릴 때까지 불렀던 노래를.

"나도 알아." 캘러핸이 말한다.

"그래, 보아 하니 그런 것 같군. 자, 계속 움직여."

이제 캘러핸은 다시 마구간 안에 있다. 다시 한 번 그 희미한, 거의 증발해버린 해묵은 건초의 향기가 느껴진다. 디트로이트는 존재조차 할 수 없는 환각처럼 느껴진다. 그리고 미국과 연관된 그의 모든 기억도.

"그 상자는 열지 마. 그럼 시키는 대로 할게."

"당신 정말 대단한 신부로군, 신부."

"그렇게 안 부르겠다고 약속했잖아."

"약속은 깨라고 있는 거야, 신부."

"그 남자를 죽이진 못할 텐데."

캘러핸의 말에 월터가 얼굴을 찌푸린다. "그건 카가 할 일이야, 내가 아니라."

"어쩌면 카 역시 아닐지도 몰라. 그가 카보다 더 높은 존재라면 어떨까?"

월터가 놀란 사람처럼 움찔한다. 내가 신성모독이라도 저질렀나 보군. 캘러핸은 생각한다. 상대가 이자라면 그것도 꽤 선방한 게 아닐까 싶은데.

"누구도 카 위에 서지는 못해, 이 가짜 신부야." 검은 옷의 남자가 내뱉듯이 말한다. "그리고 탑 꼭대기의 방은 비어 있어. 그건 내가 알아."

남자가 하는 말을 제대로 알아듣지는 못했지만, 캘러핸은 빠르고 자신 있게 반응한다. "틀렸어. 거기엔 하느님이 계셔. 하느님은 높은 곳에서 기다리며 모든 것을 보고 계셔. 그분께선……"

그러자 수많은 일들이 정확히 동시에 일어난다. 안쪽 우묵한 곳에 있던 물 펌프가 켜지면서 힘없이 쿵쿵대기 시작한다. 캘러핸의 엉덩이가 문의 묵직하고 반질반질한 나무 표면에 부딪힌다. 그리고 검은 옷의 남자는 상자를 앞으로 불쑥 내미는 동시에 뚜껑을 연다. 그리고 그가 쓴 후드가 뒤로 벗겨지면서 인간 족제비의 으르렁대는 창백한 얼굴이 드러난다. (세이어의 얼굴은 아니다, 그러나 세이어와 마찬가지로 월터의 이마에도 힌두교의 카스트 표시처럼 피가 고인 붉은 원이 있다, 피가 결코 굳지도 흐르지도 않는 벌어진 상처가.) 그리고 캘러핸은 상자 속에 있는 것을 본다. 하느님의 그림자 바깥에서 자란 괴물의 교활한 눈처럼, 빨간 벨벳 천 위에 도사린 검은 13을 본다. 그것을 보자마자 소리를 지르기 시작한다. 그것의 무한한 힘을 느꼈기 때문이다. 그것은 캘러핸을 어디로도, 또는 어디도 아닌 곳 끝자락의 막다른 골목으로도 날려버릴 수 있다. 그리고 문이 철컥 소리와 함께 열린다. 그리고 어쩔 줄을 모르는 와중에도, 또는 당황한 정신의 밑바닥에서, 캘러핸은 생각할 여유가 있다. 저 상자를 열어서 문이 열린 거야. 그리고 캘러핸은 어딘가 다른 곳으로 주춤주춤 뒷걸음질한다. 비명을 지르는 목소리들이 들린다. 그중 하나는 루페의 목소리, 캘러핸에게 왜 자기가 죽게 놔뒀냐고 묻는 목소리다. 다른 목소리는 로위나 매그루더이고 그에게 이게 당신의 다른 삶이라고, 이게 끝이라고, 마음에 드느냐고 묻는다. 그리고 캘러핸의 두 손이 양 귀를 틀어막으려고 번쩍 올라오는 와중에 낡아빠진 장화 한 짝이 반대편 한 짝에 걸리고, 그리하여 뒤로 자빠지기 시작하면서 캘러핸은 생각한다, 검은 옷의 남자가 그를 떠민 곳은 지옥이라고. 진짜 지옥. 그리고 캘러핸의 두 손이 올라오는 사이에 족제비 얼굴을 한 그 남자는 소름 끼치는 수정 구슬이 들어 있는 열린 상자를 그 손에 쥐여준

다. 그리고 구슬은 움직인다. 보이지 않는 구멍에 박힌 진짜 눈처럼 빙그르르 돈다. 그리고 캘러핸은 생각한다. 살아 있어. 저건 세상 바깥에 사는 어떤 끔찍한 괴물한테서 훔쳐온 눈이야. 그런데 하느님, 아, 하느님, 저 눈이 저를 보고 있습니다.

그러나 캘러핸은 그 상자를 받아든다. 죽어도 하기 싫은 일이지만, 그에게는 스스로를 멈출 힘이 없다. 뚜껑을 닫아, 닫아야 해. 생각은 하지만 그는 추락하고 있다, 제풀에 발이 걸려(아니면 로브를 입은 남자의 카가 그의 발을 걸어서) 추락하고 있고, 떨어지면서 빙글빙글 돌고 있다. 저 아래 어딘가에서 지난날 알았던 모든 이의 목소리가 그를 부르고, 그를 비난하고(그의 어머니는 왜 머나먼 아일랜드에서 일부러 사다준 십자가를 발로처럼 더러운 존재가 부서뜨리게 놔뒀냐고 따져 묻고), 놀랍게도, 검은 옷의 남자는 "즐거운 여행이 되길 바라네, 신부!"라고 그의 뒤에서 유쾌하게 외친다.

캘러핸은 돌로 된 바닥에 부딪힌다. 그곳에는 조그만 짐승의 뼈가 널려 있다. 상자의 뚜껑이 닫히자 한순간 지극한 안도감이 찾아들지만…… 뚜껑은 다시 열리고, 아주 천천히, 그 눈이 드러난다.

"안 돼." 캘러핸은 소곤거린다. "제발, 안 돼."

그러나 캘러핸은 상자를 닫을 수가 없다. 온몸의 힘이 모조리 빠져나간 것만 같다. 상자는 저절로 닫히지는 않을 것이다. 시커먼 눈 속 깊숙한 곳에, 빨간 점이 나타나더니, 빛을 내면서…… 점점 커진다. 캘러핸의 두려움은 목구멍을 틀어막을 정도로 부풀어오르고, 그 서늘한 기운에 심장이 멈춰버릴 것만 같다. 저게 그 왕이야. 캘러핸은 생각한다. 암흑의 탑 위의 자기 자리에서 내려다보고 있는 크림슨 킹의 눈이야. 그가 나를 보고 있어.

"안 돼!" 캘러핸은 악을 쓴다. 결국에는 사랑하게 될 마을 칼라 브린 스터지스의 북쪽, 그곳에 펼쳐진 골짜기에 있는 동굴의 바닥에 누운 채로. "안 돼! 안 돼! 보지 마! 아아 하느님 제발, 보지 마!"

그러나 그 눈은 뚫어지게 보고 있고, 캘러핸은 그 광기 어린 시선을 견딜 수가 없다. 그 순간 그는 정신을 잃는다. 다시 눈을 뜨는 때는 사흘 후, 그리고 눈을 뜰 때 그의 곁에는 마니교도들이 있을 것이다.

19

캘러핸은 지친 표정으로 롤랜드 일행을 바라보았다. 자정은 이미 지났고, 이제 늑대들이 아이들을 노리고 쳐들어올 때까지 남은 시간은 22일이었다, 세이 생키. 캘러핸은 잔에 남은 손가락 두 마디 깊이의 사과주를 다 들이켜고 그 술이 옥수수 위스키라도 되는 양 얼굴을 찌푸린 다음, 빈 잔을 테이블에 내려놓았다. "그다음은 아시는 바와 같습니다. 저를 발견한 사람은 헨칙과 제민이었습니다. 헨칙은 그 상자를 닫았고, 그러자 문도 닫혔습니다. 그리고 전에는 목소리 동굴이었던 곳이 지금은 통로 동굴이지요."

"신부님은요?" 수재나가 물었다. "그 사람들이 신부님을 어떻게 했나요?"

"헨칙의 크라로 데려갔네. 그의 오두막으로. 내가 눈을 뜬 곳이 바로 거기였어. 정신을 잃은 동안 헨칙의 아내들과 딸들이 내게 물과 닭고기 수프를 먹여줬네. 천에 적셔서 한 방울, 한 방울."

"그냥 궁금해서 여쭤보는 건데요, 그 사람 아내가 몇 명이나 돼요?"에디였다.

"세 명. 하지만 잠자리는 아마 한 번에 한 명하고만 할걸." 캘러핸은 건성으로 대답했다. "순서는 무슨 별이랑 관계가 있거나 그럴걸세. 아무튼 그 집 식구들은 나를 정성껏 간호해줬어. 나는 걸어서 마을을 돌아다니기 시작했네. 그때는 사람들이 나를 '걸어다니는 영감님'이라고 불렀지. 여기가 어딘지는 도통 감이 잡히질 않지만, 어찌 보면 예전에 방랑했던 경험 덕분에 준비가 되어 있었던 건지도 몰라. 정신적으로 강해졌다고나 할까. 정확히 며칠 동안인지는 모르겠지만, 한동안은 이런 생각도 했다네. 이건 다 내가 창문을 깨고 미시건 대로를 향해 떨어지는 1, 2초 동안에 벌어지는 일들이다, 내 의식이 죽음을 대비하면서 마지막으로 만든 멋진 환각, 전 생애를 감쪽같이 흉내 낸 환각이다, 뭐 그런 생각. 또 며칠 동안은 홈과 등대 쉼터의 모두가 가장 두려워하던 일이 다름 아닌 나한테 벌어졌다고 결론지은 적도 있어. 뇌에 물이 차버린 거지. 어쩌면 어딘가 곰팡내 나는 병원에 처박혀서 이 모든 걸 상상하는 중인지도 모른다는 생각이 들더군. 하지만 평소에는 그냥 순순히 받아들였네. 그리고 멋진 곳에 도착해서 다행이다 싶었지, 현실이든 상상이든 간에.

다시 기운을 차린 후에는 예전 방랑하던 시절하고 같은 방식으로 생계를 꾸렸다네. 칼라 브린 스터지스에는 맨파워나 브로니 맨 같은 인력 사무소가 없었지만, 그래도 그 무렵에는 경기가 괜찮아서 마음만 먹으면 일거리를 찾을 수 있었어. 가축이나 다른 작물도 잘 자라기는 했지만, 뭣보다 쌀농사가 풍년이었거든. 그러다 결국에는 다시 성직자의 길에 들어섰다네. 의도적으로 결정한 건 결코 아니야, 하느님은 아시겠지만 그렇게 해주십사 기도한 적도 없고. 그런데 막상 시작하고 보니 이 사람들은 인간 예수에 대해 모르는 게 없더군." 캘러핸이 웃음을 터뜨렸다. "게다가 오버, 오라이자, 버펄로 스타까지…… 버펄로 스타에 관해 아십니까, 롤랜드?"

"아, 물론." 총잡이는 언젠가 어쩔 수 없이 죽여야 했던 버펄로 스타의 사제를 떠올리며 대답했다.

"그래도 칼라 사람들은 내 말을 들어줬어. 어쨌거나 들어준 사람이 많았다네. 그리고 그들이 교회를 지어주겠다고 했을 때 나는 생키라고 했고. 영감님의 이야기는 여기까지입니다. 이미 아시겠지만 이야기 속에는 여러분도 등장하지요…… 적어도 두 명은요. 제이크, 아까 그 부분은 네가 죽은 다음의 일이냐?"

제이크는 고개를 숙였다. 오이는 제이크의 괴로운 심정을 파악하고 불안한 듯이 낑낑거렸다. 그러나 막상 대답을 시작했을 때, 제이크의 목소리는 흔들리지 않았다. "첫 번째로 죽은 다음이었어요. 두 번째로 죽기 전이었고요."

캘러핸은 한눈에 봐도 당황한 기색으로 성호를 그었다. "그 경험을 몇 번이나 할 수 있다는 거냐? 마리아님, 저희를 구원하소서!"

로잘리타는 앞서 사제관에 들어가 있었다. 다시 뜰로 나온 그녀는 등불을 높이 들고 있었다. 테이블 위에 놓인 등불은 심지가 얼마 안 남은 상태였고, 어슴푸레하게 꺼져가는 불빛이 비추는 포치에는 음산하고 조금 불길한 분위기가 감돌았다.

"잠자리를 준비해뒀어요. 어린 손님은 오늘 신부님 방에서 주무세요. 에디 씨랑 수재나 씨는 그저께 묵었던 그 방을 쓰시고요."

"롤랜드는?" 캘러핸이 눈을 동그랗게 뜨고 물었다. 부스스한 눈

섭이 쑥 올라갔다.

"머무실 방을 마련해뒀어요." 로잘리타의 말투는 무덤덤했다.
"아까 낮에 보여드렸고요."

"그랬군. 그래, 알았네. 자, 그럼, 그건 다 됐고." 캘러핸은 자리에
서 일어섰다. "이 정도로 피곤했던 적이 언제였는지 기억도 안 나는
군요."

"폐가 안 된다면 우리는 조금 더 여기 있고 싶소." 롤랜드가 말했
다. "우리 넷이서만."

"좋을 대로 하십시오."

수재나는 캘러핸의 손을 잡고 충동적으로 입을 맞추었다. "이야
기를 들려주셔서 고마워요, 신부님."

"나야말로 마침내 다 털어놓을 수 있어서 기뻤소, 사이."

"그 상자는 교회가 완성될 때까지 동굴에 있었소? 평온의 성모
교회 말이오."

"예. 얼마나 오랫동안 거기 있었는지는 저도 잘 모르겠습니다. 한
8년은 될 것 같은데, 그보다 짧을지도 모릅니다. 딱 잘라 말하기는
힘듭니다. 하지만 언제부턴가 그 물건이 저를 부르기 시작했습니다.
저는 그 눈을 두려워하고 미워했지만, 한편으로 제 마음속 한 부분
은 그것을 다시 보고 싶어 했습니다."

롤랜드는 고개를 끄덕였다. "마법사의 무지개는 모두 강력한 매
력을 지녔지만, 검은 13은 그중에서도 가장 지독하다고 알려져 있
소. 이제야 그 이유를 알 것 같구려. 검은 13은 크림슨 킹이라는 존
재가 실제로 우리를 감시하는 눈이기 때문이오."

"뭐든 간에, 저는 그것이 저를 다시 부르는 느낌이 들었습니다.

그 동굴로…… 그리고 그 너머로. 저한테 다시 방랑을 시작해야 한다고, 끝없이 방랑해야 한다고 속삭인 겁니다. 저는 그 상자를 열면 문이 열린다는 걸 알았습니다. 문을 통해 원하는 곳은 어디든 갈 수 있다는 것도 알았고요. 그리고 어느 *시대로도*! 저는 그냥 집중만 하면 됐습니다." 캘러핸은 어떻게 할지 가만히 생각하다가 다시 의자에 앉았다. 그러고는 몸을 앞으로 숙이고서, 깍지 낀 손의 비쭉배쭉한 화상 자국 위로 롤랜드 일행을 한 명씩 차례로 응시했다. "제 말을 들어주십시오, 부탁입니다. 저희에게는 대통령이 한 명 있었습니다. 그 사람 이름은 케네디였지요. 제가 살렘스 롯에 부임하기 13년 전에 암살됐습니다…… 암살 현장은 서부의……"

"맞아요, 존 F. 케네디. 하늘이 사랑한 대통령이었죠." 수재나는 그렇게 말하고 나서 롤랜드 쪽을 돌아보았다. "그 사람은 총잡이였어요."

롤랜드의 눈이 동그래졌다. "정말이오?"

"그럼요. 난 진심으로 그렇게 생각해요."

"아무튼, 그를 암살한 범인이 단독으로 행동했는지, 아니면 더 큰 음모의 하수인이었는지는 늘 수수께끼였습니다. 그리고 저는 가끔 한밤중에 잠에서 깨서 생각하곤 했지요. '직접 가서 보면 되잖아? 그 문 앞에 서서 상자를 들고 생각하면 되잖아. 댈러스, 1963년 11월 22일이라고. 그러면 문이 열리고 그곳으로 갈 수 있으니까. 웰스의 타임머신 이야기에 나오는 그 남자처럼. 그리고 어쩌면 그날 일어난 일을 바꿀 수도 있어. 미국 역사에 분수령이라고 할 만한 순간이 있다면 바로 그때야. 그 사건을 바꾸면 그 후의 모든 게 바뀌어. 베트남 전쟁…… 인종 갈등…… 모든 게 다.'"

"맙소사." 에디는 존경 어린 감탄을 내뱉었다. 다른 것은 제쳐놓더라도 그런 생각을 떠올릴 수 있는 야심만은 존경스러웠다. 흰 고래를 쫓는 나무 의족 선장과 같은 반열에 올려야 할 야심이었다. "하지만 신부님…… 그렇게 했다가 더 안 좋은 쪽으로 바뀌면 어떡해요?"

"존 케네디는 악한 사람이 아니었어요." 수재나의 목소리는 차가웠다. "케네디는 선한 사람이었어요. *위대한* 사람이었다고요."

"그럴지도. 하지만 그거 알아요? 내 생각엔 거대한 실수도 위대한 사람이 저지르는 것 같아요. 게다가, 케네디가 무사히 임기를 끝마친다고 해도 진짜 악당이 그 후임이 될지도 모르잖아요. 리 하비 오즈월드 때문이든 누구 때문이든, 원래는 기회를 못 잡았을 '위대한 관 사냥꾼' 같은 인간."

"하지만 검은 13은 어차피 인간의 의도를 용납하지 않는다네. 내 생각에 그 구슬은 사람들한테 선한 일을 하게 될 거라고 꼬드겨서 아주 흉악한 짓을 저지르게 하는 것 같아. 그저 살짝 더 나아지는 게 아니라, *더없이 좋아질 거라고* 속삭여서 말이야."

"그렇소." 롤랜드가 말했다. 그의 목소리는 불 속에서 부러지는 잔가지처럼 건조했다.

"롤랜드, 그런 식으로 여행하는 게 정말로 가능하다고 생각하십니까? 아니면 그저 구슬의 감언이설일 뿐일까요? 사람들을 홀리는?"

"내 생각에는 그렇소. 그리고 칼라를 떠날 때, 내 생각에 우리는 그 문을 통과할 거요."

"그럼 저도 같이 가겠습니다!" 캘러핸의 목소리는 깜짝 놀랄 만큼 열의로 가득했다.

"아마 그렇게 될 거요. 어쨌거나, 당신은 결국 그 상자를 구슬이 든 채로 교회에 숨겨놨소. 구슬을 진정시키려고."

"예. 그리고 보통은 효과가 있습니다. 평소에는 잠들어 있으니까요."

"허나 그것 때문에 두 차례 토대시에 빠졌다고 했잖소."

캘러핸은 고개를 끄덕였다. 벽난로 안의 소나무 옹이처럼 화르르 타올랐던 열의는 똑같이 빠른 속도로 사그라졌다. 이제는 그저 피곤해 보일 뿐이었다. 그리고 정말로 나이 들어 보였다. "첫 번째 토대시에서는 멕시코에 갔습니다. 제 이야기의 첫머리를 기억하십니까? 소설가와 그 소설가의 말을 믿었던 소년 말입니다."

일행은 고개를 끄덕였다.

"어느 날 밤, 제가 잠든 사이에 구슬이 저를 토대시에 빠뜨려서 멕시코의 로스자파토스로 데려갔습니다. 장례식장으로요. 그 소설가의 장례식이었습니다."

"벤 미어스." 에디가 끼어들었다. "『허공의 춤』을 쓴 작가죠."

"그렇지."

"사람들이 신부님을 봤나요?" 제이크가 물었다. "왜냐면 저희는 남들 눈에 안 보였거든요."

캘러핸은 고개를 저었다. "아니. 하지만 내 존재를 느끼기는 했단다. 내가 가까이 걸어가면 사람들은 나를 피해 움직였어. 내가 무슨 차가운 바람으로 변신이라도 한 것처럼 말이야. 아무튼, 거기 그 아이가 있더구나. 마크 페트리가. 헌데 그때는 이미 아이가 아니었어. 청년이 돼 있었지. 마크는 벤에게 바치는 추도사를 이렇게 시작했어. '저에게는 쉰아홉 살을 노년으로 여기던 시절이 있었습니다.' 마크의 외모나 추도사의 내용으로 봐서는 아마 1990년대 중반이었을 거야. 어차피 그 자리에 오래 머물지는 않았지만…… 그래도 내 먼 과거 속의 어린 친구가 멋지게 성장했다는 것쯤은 알고도 남겠더구나. 어쩌면 나는 살렘스 롯에서 옳은 일을 했는지도 몰라. 결국에는." 캘러핸은 잠시 입을 다물었다가 다시 말을 이었다. "추도사에서 마크는 벤을 아버지라고 불렀단다. 나한테는 그 말이 너무나, 너무나 감동적이었어."

"그리고 구슬이 당신을 두 번째로 토대시에 빠뜨렸을 때는? 왕의 성으로 데려갔을 때 말이오."

"새들이 있었습니다. 커다랗고 살이 찐 검은 새들이. 그 이상은 얘기할 수 없습니다. 지금 같은 한밤중에는요." 캘러핸은 도저히 항의할 수 없을 만큼 메마른 목소리로 말했다. 그러고는 자리에서 일어섰다. "아마 다음 기회가 있겠지요."

롤랜드는 고개를 숙여 그 말을 받아들였다. "세이 생키."

"안 주무실 겁니까, 다들?"

"곧 자러 갈 거요."

일행은 이야기를 들려준 캘러핸에게 감사를 표한 다음(오이마저도 졸린 목소리로 딱 한 번 짖었다.) 잘 자라는 인사를 건넸다. 캘러핸의 뒷모습을 눈길로 배웅하는 몇 초 동안, 그들은 아무 말도 하지 않았다.

20

침묵을 깬 사람은 제이크였다. "롤랜드, 그 월터라는 남자는 우리 뒤에 있었어요! 우리가 간이역을 떠날 때 우리 뒤에 있었다고요! 캘러핸 신부님이랑 같이요!"

"그래. 캘러핸은 우리 이야기 속에 있었다, 꼭 그만큼 뒤에. 그걸 알고 나니 속이 메슥거리는구나. 꼭 중력이 사라져버린 것 같다."

에디는 눈가를 닦는 시늉을 했다. "롤랜드, 당신이 그렇게 감정을 드러낼 때면 난 가슴이 통째로 훈훈해지고 말랑말랑해져." 그러고는 롤랜드가 그저 멀뚱하니 자신을 보는 것을 알아채고 이렇게 덧붙였다. "아, 진짜. 작작 좀 웃어. 당신이 내 농담을 알아들을 때면 나도 날아갈 것처럼 기쁘긴 한데, 이렇게 깔깔 웃으면 내가 좀 민망하지."

"미안하다." 롤랜드는 엷은 웃음을 띠고 말했다. "내 유머 감각은 저녁잠이 많다 보니."

"내 건 밤새도록 쌩쌩한데." 에디의 목소리는 밝기 그지없었다. "덕분에 나도 잠이 안 와. 나한테 막 농담을 시킨다니까. 똑똑, 누구세요, 보여요, 보여가 누군데, 너 팬티 보여요, 하, 하, 하."

"이제 속이 좀 후련해졌느냐?" 에디의 농담이 끝나고 롤랜드가 물었다.

"어, 당장은. 하지만 걱정 마, 롤랜드. 내 유머 감각은 언제든 다시 살아나니까. 뭐 하나 물어봐도 돼?"

"바보 같은 소리냐?"

"그럴 것 같진 않아. 아니면 좋겠어."

"그럼 물어봐라."

"맨해튼 이스트사이드의 빨래방에서 캘러핸을 구해준 이인조 말인데…… 내가 생각하는 그 사람들이야?"

"네가 생각하는 그 사람들이란 게 누구냐?"

에디는 제이크를 돌아보았다. "네 생각은 어때, 엘머의 아들이여? 짚이는 데 있어?"

"그럼요. 캘빈 타워 씨랑 서점에 있던 다른 남자였어요, 타워 씨의 친구요. 저한테 삼손 수수께끼랑 강 수수께끼를 가르쳐준 사람." 제이크는 손가락을 한 번, 두 번 튕기더니 씩 웃었다. "에런 디프노 씨."

"캘러핸이 말한 그 반지는? 엑스 리브리스라는 글씨가 새겨진 반지. 내가 봤을 땐 둘 다 그런 반지는 안 끼고 있던데."

"자세히 보셨어요?"

"아니, 별로. 그치만……"

"우리가 그 사람들을 본 때는 1977년이었다는 걸 명심해야 해요. 그 이인조가 신부님의 목숨을 구한 때는 1981년이고요. 어쩌면 그 사이의 4년 동안 누가 타워 씨한테 반지를 줬을지도 몰라요. 선물로요. 아니면 자기가 직접 샀든가."

"그건 그냥 짐작이잖아."

"맞아요. 그치만 타워 씨는 서점 주인이니까 엑스 리브리스라고 새겨진 반지를 끼고 있어도 어색할 게 없어요. 앞뒤가 안 맞는다고 하실 수 있겠어요?"

"아니. 네 말이 맞을 확률이 90퍼센트는 된다고 봐야겠지, 어림잡아도. 그런데 그 둘은 캘러핸이 위기에 처한 걸 어떻게……." 에디는 말끝을 흐리며 생각에 잠겼다가, 이내 단호하게 고개를 저었다. "아냐, 오늘 밤에는 거기까지 생각 안 할 거야. 정신을 차려보면 그 다음엔 케네디 암살 사건을 놓고 토론을 벌이고 있을걸. 난 지쳤다고."

"우리 모두 지쳤다." 롤랜드가 말했다. "또한 내일부터는 할 일이 산더미 같다. 허나 신부의 이야기는 내 머릿속을 기묘하게 뒤흔들어 놓았다. 그 이야기가 의문보다 답을 더 많이 제시했는지 아니면 그 반대인지, 나로서는 판단이 서질 않는다."

그 말에 아무도 대꾸하지 않았다.

"우리는 카텟이자, 지금은 안텟으로서 이 자리에 함께 앉아 있다. 회의를 여는 것이다. 늦은 시각이기는 하지만, 혹시라도 뿔뿔이 흩어지기 전에 함께 논의할 것이 있느냐? 있거든 꼭 말해다오." 아무도 반응하지 않자 롤랜드는 의자를 뒤로 밀었다. "알았다, 그럼 다들 잘……"

"잠깐만요."

수재나였다. 너무 오랫동안 말이 없었던 탓에 세 사람은 수재나를 잊어버리다시피 했다. 그런데 그 수재나가, 평소와 달리 조그마한 목소리로 말을 꺼냈다. 분명 에번 투크에게 한 번만 더 브라우니라고 부르면 입속의 혀를 뽑아 뒷구멍을 닦아주겠다고 한 여성의 목소리 같지는 않았다.

"있는 것 같아요."

앞서와 똑같이 조그마한 목소리.

"좀 다른 문제예요."

더 조그마한 목소리.

"나……."

수재나는 일행을 바라보았다. 한 명씩, 차례로. 그러다가 총잡이의 차례가 되었을 때 그는 수재나의 눈 속에 깃든 슬픔을, 책망을, 그리고 피로를 알아보았다. 분노는 조금도 보이지 않았다. *화라도 내면 좋을 것을.* 총잡이는 생각했다. *그러면 내가 이토록 부끄럽지는 않을 텐데.*

"나한테 문제가 좀 생긴 것 같아요." 수재나가 말했다. "어떻게 된 건지…… 어떻게 이럴 수가 있는지 모르겠는데…… 그런데 있잖아요, 우리 식구가 조금 늘 것 같아요."

그 말을 하고 나서, 수재나 딘/오데타 홈스/데타 워커/누구의 딸도 아닌 미아는 두 손에 얼굴을 묻고 울기 시작했다.

제3부

늑대들

제1장
비밀들

1

로잘리타 무노스의 오두막 뒤편에는 지붕이 높고 하늘색으로 칠해진 변소가 있었다. 캘러핸 신부가 이야기를 마무리한 이튿날 아침 느지막이, 그 변소에 들어선 총잡이는 왼쪽 벽에 튀어 나와 있는 수수하게 생긴 강철 띠와 그 아래로 20센티미터쯤 되는 지점에 달린 조그만 강철 원반을 발견했다. 뼈대뿐인 그 꽃병에는 '소시 수전' 두 줄기가 꽂혀 있었다. 레몬 향처럼 살짝 톡 쏘는 그 꽃의 향기가 변소에 맴도는 유일한 냄새였다. 변기 뒤쪽 벽에는 인간 예수의 그림을 넣은 유리 액자가 걸려 있었다. 턱 바로 아래에 손을 모으고 기도를 올리는 그림 속 주인공은 붉은 머리 타래가 어깨까지 늘어졌고, 두 눈은 하늘에 계신 아버지를 올려다보고 있었다. 롤랜드가 전에 들은 말에 따르면 느림보 돌연변이들 가운데 어떤 무리는 예수의 아버지를 '큰 하늘의 아빠'라고 불렀다.

인간 예수의 그림은 옆얼굴을 그린 것이었고, 그래서 롤랜드는 안심했다. 이쪽을 똑바로 마주하고 있었다면 오줌보가 터지기 직전인데 눈을 감고 아침 볼일을 봐야 할지도 몰랐기 때문이었다. *신의 아들의 초상화를 꽤 묘한 곳에다 걸어놨군.* 언뜻 떠오른 생각이었지만, 다시 보니 전혀 묘하지 않았다. 평소 같으면 이 변소를 쓰는 사람은 로잘리타뿐이었고, 인간 예수가 볼 거라곤 그녀의 단정한 뒷모습뿐이었으므로.

롤랜드 디셰인은 껄껄 웃었다. 그 순간 물줄기가 졸졸 흐르기 시작했다.

2

눈을 떴을 때 로잘리타는 침대에 없었다. 방금 막 일어난 것도 아니었다. 누워 있던 자리가 차게 식어 있었던 것이다. 이제 위로 길쭉한 하늘색 정육면체처럼 생긴 로잘리타네 변소 바깥에서 바지 앞단추를 채우면서, 롤랜드는 해를 올려다보고 이제 곧 정오일 거라고 짐작했다. 요즘은 기계식 시계나 모래시계, 진자 같은 도구 없이 시간을 짐작하기가 힘들어졌지만, 계산 능력이 좋고 결과가 조금 틀려도 개의치 않는 사람이라면 지금도 할 수 있는 일이었다. 만약 코트가 그냥 제자도 아니고 자신이 *졸업시킨* 제자이자 총잡이인 롤랜드가 정오가 되도록 늘어져 자다가 이런 식으로 일을 시작하는 꼴을 봤더라면 기겁했을 것이다. 그런데 지금부터가 *진짜* 시작이었다. 지금까지는 모두 절차이자 준비였을 뿐, 필요하기는 해도 썩 도움이 되지는 않았다. 쌀의 노래에 맞춰 춤을 추는 것과 비슷했다. 이제 그 단계는 다 끝났다. 그리고 늦잠을 잔 것에 대해서는……

"늦잠 잘 자격이 나보다 더 충분한 사람도 없겠지." 롤랜드는 그렇게 중얼거리며 비탈을 내려왔다. 이 비탈에는 캘러핸의 집 뒤편을 표시하는 울타리가 있었다(어쩌면 캘러핸은 그것을 하느님의 울타리로 여길지도 몰랐다.). 그 너머로 작은 개울이 단짝 친구에게 비밀 이야기를 하는 여자애처럼 졸졸 소리를 내면서 흐르고 있었다. 개울둑에 소시 수전이 흐드러지게 피어 있었다. 또 하나의 (조그마한) 수수께끼가 풀린 셈이었다. 롤랜드는 꽃향기를 깊이 들이마셨다.

정신을 차려보니 어느새 카 생각을 하고 있었다. 롤랜드에게는 매우 드문 일이었다(롤랜드가 카 말고 다른 생각은 거의 안 한다고 여기는 에디에게는 깜짝 놀랄 일이겠지만). 카의 하나뿐인 진정한 규칙은 *내게 맡기고 물러나 있어라*였다. 그 간단한 이치를 깨닫기가 어째서 그토록 어려운 걸까? 왜 언제나 이렇게 끼어들지 못해서 안달하는 걸까? 그들 모두가 똑같은 짓을 저질렀다. 수재나 딘이 임신했다는 것은 그들 모두 아는 바였다. 롤랜드는 수태와 거의 동시에, 즉 제이크가 더치힐의 그 집을 통해 이쪽 세계로 넘어올 때 이미 그 사실을 알아챘다. 수재나 스스로도 알고 있었다. 비록 여기까지 오면서 길가 땅속에 생리혈이 묻은 천을 파묻기는 했지만. 그런데 간밤에 그 대화를 나누기까지 왜 그토록 오랜 시간이 걸려야 했을까? 왜 그토록 호들갑을 떨었을까? 그러느라 감수해야 했던 피해는 또 얼마나 컸을까?

피해 따위는 없었다. 롤랜드는 그러기를 바랐다. 하지만 장담할 수는 없었다. 그렇지 않은가?

아마도 그냥 놔두는 게 최선일 터였다. 이날 아침에는 그렇게 하는 게 좋은 생각인 듯싶었다. 왜냐면 기분이 무척 좋았기 때문이었다. 적어도 육체적으로는. 쑤시거나 하는 곳은 거의……

"제가 자리를 뜨고 나서 곧바로 주무실 줄 알았습니다, 총잡이여. 헌데 로잘리타 말로는 새벽까지 안 들어오셨다더군요."

롤랜드는 울타리와 그때껏 하던 생각으로부터 동시에 고개를 돌렸다. 이날 캘러핸은 검은 바지에 검은 구두, 검은 로만 칼라 셔츠 차림이었다. 가슴에는 십자가를 들고 있었고 정신없이 뻗친 백발은 무슨 기름을 발랐는지 조금은 얌전해 보였다. 캘러핸은 한동안 총잡이의 시선을 받으며 서 있다가 입을 열었다. "어제는 신자인 소농들의 집을 돌아다니며 성찬식을 했습니다. 고해 성사도 했고요. 오늘은 목장을 돌면서 같은 일을 할 겁니다. 카우보이들 중에 자기네들 말로는 '십자가의 길'을 따르는 사람이 꽤 있거든요. 로잘리타가 짐마차로 태워다줄 예정이라, 점심이랑 저녁은 여러분이 알아서 해결하셔야 할 겁니다."

"그 정도는 할 수 있소. 헌데 잠깐 얘기 좀 할 수 있겠소?"

"그럼요. 잠깐 시간도 못 낼 사람하고는 애초에 상대도 하지 말라는 말도 있잖습니까. 제 생각에는 좋은 충고입니다. 딱히 사제들이 아니라고 해도 말이지요."

"내 고해도 받아줄 수 있소?"

캘러핸의 눈이 동그래졌다. "그 말은 곧 인간 예수를 믿으신다는 뜻입니까?"

롤랜드는 고개를 저었다. "전혀. 그래도 들어줄 수 없겠소? 부탁이오. 그리고 내가 한 말은 혼자만 간직해주시오."

캘러핸은 별것 아니라는 듯이 어깨를 으쓱했다. "들은 말을 속에 묻어두는 건 쉽습니다. 그게 저희가 하는 일이니까요. 그저 침묵을 용서로 받아들이지만 마십시오." 이어서 그는 롤랜드를 보며 차갑게 웃었다. "그건 저희 가톨릭 신자들의 특권이니까요."

용서받고 싶다는 생각은 해본 적도 없었고, 용서받아야 할지도 모른다는(또는 이 남자가 그것을 줄 수 있으리라는) 생각은 이제 와서는 거의 우스꽝스럽기까지 했다. 롤랜드는 담배를 말았다. 천천히 말면서, 어디부터 시작해서 어디까지 이야기해야 할지 생각했다. 캘러핸은 공손하게 입을 다물고 기다렸다.

한참 만에 롤랜드가 입을 열었다. "내가 세 사람을 뽑아서 그들과 함께 카텟이 되어야 한다는 예언이 있었소. 누가 한 예언인지는 중요하지 않소, 그 전에 무슨 일이 있었는지도 마찬가지고. 그 오래된 응어리를 새삼 되새기고 싶지는 않소. 할 수만 있다면 다시는 떠올리지 않을 거요. 문이 세 개 있었소. 두 번째 문 너머에 에디의 아내가 된 여인이 있었는데, 그때는 스스로를 수재나라고 부르지 않았소……"

3

그렇게 롤랜드는 자신들의 이야기에서 수재나와 전에 수재나였던 여인들의 이야기가 담긴 부분을 캘러핸에게 고스란히 들려주었다. 그러면서 문지기로부터 제이크를 구해 중간 세계로 끌어당긴 사연, 그리고 그 일을 하는 동안 수재나에게(아마도 당시에는 데타였던 여인에게) 스톤 서클의 악마를 붙잡아놓으라고 부탁한 사연에 집중했다. 롤랜드는 그 일의 위험성을 이미 알고 있었노라고 캘러핸에게 털어놓았다. 또한 외줄 블레인에 타고 있는 동안 이미 수재나가 임신이라는 위험을 이겨내지 못하리라는 것을 알았다고도 했다. 그는 나중에 에디에게 이 사실을 알렸지만, 에디는 그리 놀라지도 않았다. 그다음에는 거꾸로 제이크가 롤랜드에게 알렸다. 실은 그 사실을 알리면서 꾸짖었다. 그리고 롤랜드는 꾸짖음을 달게 받아들였다. 마땅히 그래야 한다고 느꼈기 때문이었다. 전날 밤 포치에서 대화를 나눌 때까지 그들 가운데 아무도 몰랐던 사실은, 수재나 본인도 이미 알고 있었다는 것이었다. 그것도 어쩌면 롤랜드만큼이나 일찍. 단지 더 강하게 부정했을 뿐이었다.

"자, 그럼…… 당신 생각은 어떻소, 신부?"

"수재나의 남편도 비밀을 지키기로 동의했다고 하셨지요. 그리고 제이크조차도. 그 아이는 사태를 명확히……"

"그렇소, 제이크도 똑똑히 알고 있소. 이미 봤으니까. 그런데 그 애가 어떻게 해야 하냐고 물었을 때 나는 형편없는 충고를 하고 말았소. 카가 스스로 해결하게 놔두자고 했는데, 사실 카는 지금껏 내 손 안에 들어 있었던 거요. 붙잡힌 새처럼."

"뭐든 지나고 나서 돌아보면 더 명확하게 보이는 법이지요. 안 그렇습니까?"

"그렇소."

"어젯밤 수재나에게 말씀하셨습니까, 배 속에서 자라는 게 악마의 씨라고?"

"에디의 자식이 아니란 건 수재나도 알고 있소."

"말씀 안 하셨군요. 그럼 미아는요? 미아 이야기는 하셨습니까? 미아가 만찬을 벌이는 성의 연회장은요?"

"했소. 그 이야기를 듣고 울적해지기는 했지만, 놀란 것 같지는 않소. 다리를 잃은 사고 이후로 데타라는 다른 인격이 늘 함께했으니." 사고가 결코 아니었지만, 롤랜드는 캘러핸에게 잭 모트 이야기까지 해야 할 이유가 떠오르지 않았다. "데타 워커는 오데타 홈스에게서 자신의 존재를 잘 감췄소. 에디와 제이크 말로는 조현병이라고 하더군." 롤랜드는 그 낯선 단어를 조심스레 발음했다.

"하지만 당신이 고치셨잖습니까. 그 문을 통과하면서 수재나의 두 인격이 서로 대면하게 하셨지요. 아닙니까?"

롤랜드는 낸들 아나는 듯이 어깨를 으쓱했다. "물사마귀에 끓는 수은을 발라 지지면 없앨 수는 있소. 허나 신부, 물사마귀가 잘 생기는 체질을 타고 난 사람은 그래봤자 다시 나게 마련이오."

캘러핸은 대꾸하는 대신 고개를 젖혀 하늘을 보며 껄껄 웃었고, 이를 본 롤랜드는 깜짝 놀랐다. 어찌나 오랫동안 격하게 웃었던지, 신부는 결국 뒷주머니에서 손수건을 꺼내어 눈물을 닦아야 했다. "롤랜드, 당신은 총 솜씨도 번개 같고 배짱도 토요일 밤의 사탄처럼 두둑하지만, 정신과 상담 쪽으로는 영 소질이 없군요. 조현병을 물사마귀에 비유하다니…… 아이고, 맙소사!"

"허나 미아는 진짜요, 신부. 내가 직접 봤소. 제이크처럼 꿈속에서가 아니라 내 두 눈으로 직접 봤소."

"제 말의 요점이 바로 그겁니다. 미아는 오데타 수재나 홈스로 태어난 여인의 한 단면이 아닙니다. 미아는 *미아*인 겁니다."

"그게 중요하오?"

"제 생각에는 그런 것 같습니다. 그런데 이거 하나는 확실합니다. 당신 친구들 사이에, 그러니까 당신네 카텟에서 어떤 결론이 나든, 칼라 브린 스터지스의 주민들에게는 철저히 비밀로 해야 한다는 겁니다. 당장은 모든 일이 당신 뜻대로 풀릴 수도 있습니다. 허나 피부가 갈색인 여자 총잡이가 악마의 아기를 잉태했을지도 모른다는 소문이 돌면 주민들은 한순간에 등을 돌리려고 할 겁니다. 에번 투크가 앞장을 서겠지요. 당신은 결국 칼라에 뭐가 필요한지 스스로 판단하고, 그 판단에 따라 어떻게 행동할지 결정하실 겁니다. 그건 저도 압니다. 하지만 다른 이들의 도움 없이 당신네 일행 네 명만으로는 늑대들을 무찌를 수 없습니다. 당신들의 총 솜씨가 아무리 훌륭하다고 해도 말입니다. 처리할 일이 너무나 많으니까요."

굳이 대꾸할 필요도 없었다. 캘러핸의 말은 옳았다.

"가장 두려워하시는 게 뭡니까?"

"텟이 무너지는 거요." 롤랜드는 제격 대답했다.

"그 말씀은 곧 미아가 수재나와 공유하는 몸을 독차지해서 제멋대로 아기를 낳으러 가버릴지도 모른다는 뜻입니까?"

"때를 잘못 맞춰 그렇게 되면 낭패이기는 하겠지만, 그래도 어떻게든 되돌릴 수는 있을 거요. 수재나가 돌아오기만 하면. 허나 수재나가 배 속에 품고 있는 것이 심장이 뛰는 독약일 뿐이라면." 롤랜드는 검은 옷을 입은 성직자를 음울한 눈으로 응시했다. "제일 먼저 자기 모친부터 죽이리라는 것은 불을 보듯 뻔한 일이오."

"텟이 무너지는 게 가장 두렵다는 말씀이군요." 캘러핸이 중얼거렸다. "친구의 죽음이 아니라 텟이 무너지는 게. 롤랜드, 당신이 어떤 사람인지 친구 분들도 다 아십니까?"

"알고 있소." 롤랜드가 말했다. 그리고 거기에 관해서는 더 이상 아무 말도 하지 않았다.

"제가 어떻게 하기를 바라십니까?"

"우선 질문에 답해주시오. 내가 보기에 로잘리타는 틀림없이 의술 쪽으로 대강이나마 식견이 있소. 혹시 아직 해산할 때가 안 된 아기를 낳게 하는 것도 가능하겠소? 그리고 무엇을 보더라도 놀라지 않을 배짱이 있을 것 같소?"

물론 그 자리에는 모두 함께 있어야 했다. 롤랜드와 에디, 그리고 롤랜드로서는 조금도 바라지 않는 바였지만, 제이크까지. 왜냐하면 수재나 배 속에 있는 것은 이제 더욱 빨리 자라는 중이었고, 따라서 태어날 때가 아직 안 되었어도 위험할 가능성이 있기 때문이었다. *그때가 이제 눈앞에 닥쳤다.* 롤랜드는 생각했다. *확신할 수는 없지만 느껴진다. 나는 그것을……*

그 생각은 롤랜드가 캘러핸의 표정을 확인하면서 멈췄다. 캘러핸의 표정에는 두려움과 경멸과 점점 치솟는 분노가 섞여 있었다.

"로잘리타는 절대로 안 할 겁니다. 제 말 명심하십시오. 로잘리타는 그런 짓을 하느니 차라리 죽음을 택할 겁니다."

롤랜드는 당황했다. "어째서?"

"가톨릭 신자니까요!"

"무슨 말인지 모르겠소."

캘러핸은 총잡이가 정말로 못 알아듣는다는 것을 알고 화가 살짝 누그러졌다. 그러나 롤랜드는 그의 분노가 살짝 무디어졌을 뿐 고스란히 남아 있는 것을 느낄 수 있었다. 예리한 화살촉 뒤의 쇳덩이처럼. "당신이 하려고 하는 건 낙태란 말입니다!"

"그래서?"

"롤랜드…… 롤랜드." 캘러핸은 고개를 숙였고, 다시 들었을 때에는 화가 가라앉은 표정이었다. 화로 물들었던 자리를 대신 차지한 단단한 고집을, 총잡이는 전에도 본 적이 있었다. 롤랜드는 그 고집을 깨느니 차라리 맨손으로 산을 옮기는 게 쉬울 거라는 생각이 들었다. "저희 교회에서는 죄를 두 가지로 나눕니다. 하나는 소죄, 하느님이 보시기에 용서하실 만한 죄입니다. 다른 하나는 대죄, 용서받을 수 없는 죄입니다. 낙태는 대죄입니다. 살인이란 말입니다."

"그건 악마의 씨앗이오, 신부. 인간이 아니라."

"당신은 그렇게 말씀하시겠지요. 하지만 죄는 하느님이 정하신 겁니다. 제 소관이 아닙니다."

"만약 그것이 수재나를 죽인다면? 당신은 그때도 똑같은 얘기를 하면서 모른 척할 거요?"

롤랜드는 예수의 죽음 앞에서 수수방관한 유대 총독 본디오 빌라도의 이야기를 알 리가 없었고, 이는 캘러핸도 이미 짐작하는 바였다. 그럼에도, 캘러핸은 빌라도를 떠올리며 움찔했다. 하지만 그의 대답은 여전히 완강했다. "당신은 수재나의 목숨이 걸린 일보다 카텟이 깨질 일을 먼저 얘기했습니다! 부끄러운 줄 아십시오. 부끄러운 줄을."

"나의 원정은, 내 카텟의 원정은 암흑의 탑을 찾기 위함이오, 신부. 그건 우리가 사는 이 세상이나 이 우주만이 아니라 모든 우주를 구하는 일이오. 일체의 존재를."

"그건 제 알 바 아닙니다. 저로서는 알 방법도 없습니다. 이제 제 말을 들으십시오, 스티븐의 아들 롤랜드여. 당신이 꼭 들어야 할 이야기입니다. 듣고 계십니까?"

롤랜드는 한숨을 내쉬었다. "생키, 사이."

"로잘리타는 수재나에게 낙태 시술을 하지 않을 겁니다. 마을에는 틀림없이 그 일을 할 줄 아는 사람이 더 있을 겁니다. 이십 몇 년에 한 번씩 어둠의 땅에서 괴물이 쳐들어와 아이들을 잡아가는 마을이라고 해도 그런 추악한 기술은 분명히 존재하니까요. 허나 만약 당신이 그 사람들을 찾아간다면, 늑대들 걱정은 안 해도 될 겁니다. 제가 칼라 브린 스터지스 주민들을 모조리 동원해서 늑대들이 오기 전에 당신에게 맞설 거니까요."

롤랜드는 믿을 수 없다는 표정으로 캘러핸을 응시했다. "다른 아이들 수백 명을 살릴 수 있다는 걸 알면서도 말이오? 당신은 분명히 그걸 알 거요. 게다가 인간 아이들이오, 태어나면서 맨 처음 하는 일이 어머니를 잡아먹는 게 아닌 인간 아이들."

캘러핸은 그 말을 못 들은 모양이었다. 안색이 몹시도 창백했다. "그게 다가 아닙니다. 당신이 원하신다면 더한 것도 할 수 있습니다…… 원하지 않으신다고 해도 마찬가집니다. 그러니 제게 약속하십시오, 아버지의 얼굴을 걸고 맹세하십시오. 그 여성에게 스스로 낙태하라는 제안을 하지 않겠다고 말입니다."

기묘한 생각이 롤랜드의 뇌리를 스쳤다. 이 문제가 불거진 이상, 마치 상자 속에 숨어 있다가 튀어나온 첩처럼 뜬금없이 두 사람 앞에 나타난 이상, 이 성직자에게 수재나는 이제 수재나가 아니었다. 그 여성이 되었던 것이다. 떠오른 생각은 그것이 다가 아니었다. 캘러핸 신부는 지금껏 자기 손으로 얼마나 많은 괴물을 처치했을까?

극심한 스트레스에 시달릴 때면 으레 그랬듯이, 이번에도 롤랜드의 아버지가 아들에게 말을 걸었다. *아직은 아예 수습하지 못할 상황은 아니다. 허나 더 밀고 나가면 그렇게 될 게다. 네가 그 생각에 계속 매달린다면.*

"제게 약속하십시오, 롤랜드."

"그렇게 안 하면 마을 사람들을 선동하겠다는 게로군."

"그렇습니다."

"수재나가 스스로 낙태하겠다고 나선다면? 그렇게 하는 여자들도 있소. 그리고 수재나는 조금도 어리석지 않소. 그 일에 어떤 위험이 포함되어 있는지 잘 알 거요."

"미아가 막아설 겁니다. 그 아기의 진짜 어머니가요."

"너무 확신하지 마시오. 수재나 딘은 자기 방어 본능이 매우 강한 사람이오. 그리고 나는 믿고 있소, 우리의 원정에 헌신하려는 수재나의 마음가짐은 그 본능보다 더욱 강하다고."

그 말에 캘러핸은 망설였다. 입술을 하얀 일자가 되도록 꾹 다문채, 시선을 돌렸다. 그러다가 다시 롤랜드를 돌아보았다. "당신이 막아야 합니다. 수재나의 딘으로서."

롤랜드는 속으로 생각했다. *내가 외통수에 걸렸구나.*

"알았소. 나는 수재나에게 우리가 방금 나눈 이야기를 들려주고, 당신이 우리를 어떤 처지에 몰아넣었는지 이해시키겠소. 또 에디에게는 비밀로 해야 한다고도 일러두겠소."

"어째서요?"

"에디가 알면 당신을 죽이려고 할 것이기 때문이오, 신부. 당신이 방해한 걸 알면."

휘둥그레진 캘러핸의 눈을 보며 롤랜드는 왠지 흐뭇해졌다. 그러면서도 그저 신부로서 소임을 다할 뿐인 이 남자에게 악감정을 품지는 말아야 한다고 다시금 스스로를 타일렀다. 이 남자는 자신이 가는 곳마다 스스로의 덫을 끌고 다닌다고 이미 그들에게 말하지 않았던가?

"이제 내가 당신에게 그랬듯이 당신도 내게 귀를 기울여주시오. 당신은 우리 모두에게 그럴 의무가 있소. 특히 '그 여성'에게."

캘러핸은 그 말에 충격을 받은 듯 살짝 움찔했다. 그러면서도 고개를 끄덕였다. "하고 싶은 말씀이 있거든 하십시오."

"먼저, 짬이 날 때마다 수재나를 잘 관찰해주시오. 매의 눈처럼 날카롭게! 특히 손으로 여기를 만지지 않는지 눈여겨보시오." 롤랜드는 왼쪽 눈썹 위를 문질렀다. "아니면 여기를." 이번에는 왼쪽 관자놀이였다. "말투에도 귀를 기울이시오. 말이 빨라지면 조심해야 하오. 동작이 뚝뚝 끊어지는지 어떤지도 눈여겨봐야 할 거요." 롤랜드는 손을 휙 들어 머리를 긁다가 다시 휙 내렸다. 이어서 머리를 오른쪽으로 휙 돌렸다가 다시 캘러핸에게로 향했다. "무슨 말인지 알겠소?"

"예. 그런 게 미아가 곧 나타날 거라는 조짐이란 말씀이지요?"

롤랜드는 고개를 끄덕였다. "이제 더는 미아인 상태로 혼자 있게 놔두고 싶지 않소. 내 힘으로 그리할 수만 있다면."

"알겠습니다. 하지만 롤랜드, 저로서는 믿기가 힘듭니다. 아버지의 정체가 누구든, 또는 무엇이든, 갓 태어난 아기가……"

"쉿. 조용히 하시오." 롤랜드가 말했다. 그러고는 캘러핸이 제꺽 입을 다물자 말을 이었다. "당신의 생각이나 믿음은 내게 아무 의미도 없소. 우선은 당신 앞가림부터 하시오. 나도 행운을 빌겠소. 허나 신부, 만에 하나 미아가, 또는 미아의 배 속에 있는 것이 로잘리타를 해치기라도 하면, 나는 당신에게 그 책임을 물을 거요. 이 멀쩡한 손으로 대가를 치르도록 할 거요. 무슨 말인지 알겠소?"

"예, 롤랜드." 캘러핸의 표정은 겸연쩍으면서도 차분했다. 기묘한 조합이었다.

"알았소. 당신이 해줄 일이 하나 더 있소. 늑대들이 쳐들어오는 날, 내게는 철저히 신뢰할 수 있는 주민이 여섯 명 필요할 거요. 남자와 여자가 각각 세 명씩 있으면 좋겠소."

"아이를 뺏길지도 모르는 부모는 제외할까요?"

"그럴 것까진 없소. 허나 그런 이들로 다 채우지는 마시오. 그리고 접시를 던져야 할지도 모르는 여인들은 다 빼놓으시오. 세어리, 잘리아, 마거릿 아이젠하트, 로잘리타 말이오. 그들은 다른 곳에 배치할 거요."

"여섯 명을 골라서 무슨 일을 시키실 겁니까?"

롤랜드는 말이 없었다.

캘러핸은 잠시 그를 바라보다가 한숨을 쉬었다. "우선 루벤 카베라가 있습니다. 루벤은 자기 누이가 끌려간 걸 결코 잊지 못합니다. 정말로 아끼던 누이였으니까요. 그리고 루벤의 아내 다이앤 카베라도…… 혹시 부부는 안 됩니까?"

아니, 부부도 상관없었다. 롤랜드는 계속하라는 신호로 신부를 향해 손가락을 휘휘 내저었다.

"마니 교도인 칸타브도 빼놓을 수 없겠군요. 어린애들은 칸타브를 무슨 피리 부는 사나이처럼 따르니까요."

"무슨 말인지 모르겠소만."

"모르셔도 됩니다, 중요한 건 아이들이 잘 따른다는 점이니까요. 버키 하비에르하고 그의 아내도 있고…… 당신 일행인 그 소년은 어떻겠습니까? 제이크 말입니다. 마을 아이들은 이미 제이크한테서 눈을 못 떼던데요. 제이크한테 반한 여자애도 아마 한둘이 아닐 겁니다."

"아니, 나한테는 그 아이가 필요하오."

차마 눈길이 안 닿는 곳에 둘 수가 없어서 그러는 게 아니고요? 캘러핸은 그 점이 궁금했지만…… 입 밖에 내지는 않았다. 이미 신중함의 한계까지 롤랜드를 밀어붙였기 때문이었다. 적어도 이날 하루치는. 아니, 실은 그 이상으로.

"그럼 앤디는 어떻습니까? 아이들도 좋아하는데요. 그리고 앤디라면 아이들을 죽기 살기로 지킬 겁니다."

"그렇소? 늑대들한테서도?"

캘러핸의 표정은 불안해 보였다. 사실 그는 바위 고양이 생각을 하고 있었다. 바위 고양이를, 또는 네 발로 기어 다니는 늑대들을. 그런데 선더클랩에서 쳐들어오는 늑대들의 경우에는…….

"아니. 앤디는 안 되오."

"어째서요? 그 여섯 명은 늑대들과 싸울 목적으로 뽑으시는 게 아니군요, 안 그렇습니까?"

"앤디는 안 되오." 롤랜드는 같은 말을 되풀이했다. 단지 느낌일 뿐이었지만, 롤랜드에게는 느낌이 곧 터치였다. "누구를 고를지 생각할 시간은 아직 충분하오, 신부…… 우리도 같이 생각해보겠소."

"마을로 가시려나 보군요."

"그렇소. 오늘, 그리고 앞으로 며칠간 매일."

캘러핸은 씩 웃었다. "당신 친구들과 제가 살던 세상에서는 그걸 '슈무즈'라고 합니다. 이디시어로 '한담을 나누다'라는 뜻이지요."

"그렇소? 그 언어를 쓰는 민족은 어떤 이들이오?"

"사람들은 보통 불운한 민족이라고 합니다. 여기서는 슈무즈를 '코말라'라고 하지요. 실은 어디에나 갖다 붙이는 말입니다만." 캘러핸은 총잡이의 환심을 사려고 필사적으로 애쓰는 자신이 조금 우스웠다. 한편으로는 그런 자신이 조금 경멸스럽기도 했다. "아무튼, 행운을 빕니다."

그 말에 롤랜드는 고개를 끄덕였다. 캘러핸은 사제관 쪽으로 올라가기 시작했다. 그곳에서는 로잘리타가 일찌감치 짐마차에 말을 묶어놓고 하느님의 일을 하러 출발하고 싶어서 초조하게 기다리는 중이었다. 비탈을 반쯤 올라간 캘러핸이 뒤로 돌아섰다.

"제 믿음 때문에 사과할 생각은 없습니다. 허나 당신께서 이곳 칼라에서 하시는 일을 혹시 제가 방해했다면, 죄송합니다."

"당신이 믿는 인간 예수 말인데, 여성의 처지에서 보면 꽤나 고약한 자식 같소만. 그자, 결혼한 적은 있소?"

캘러핸의 양 입꼬리가 쑥 올라갔다. "아니오. 하지만 매춘부를 곁에 두신 적은 있습니다."

"흠. 영 샌님이었던 건 아니군."

4

롤랜드는 다시 울타리에 몸을 기댔다. 바쁜 하루가 기다리고 있었지만, 그래도 캘러핸에게 한 발 양보하고 싶어서였다. 앤디를 빼라고 한 것과 마찬가지로 이 역시 딱히 무슨 이유가 있어서 내린 결정은 아니었다. 그저 느낌 때문이었다.

거기 그렇게 서서 담배를 한 대 더 마는 동안, 잠에서 깬 에디가 셔츠 밑단을 뒤로 내놓은 채 한 손에 장화를 들고 비탈을 내려왔다.

"하일, 에디."

"하일, 보스. 캘러핸이랑 이야기하는 거 봤어. 같이 기도라도 드린 거 아니야, 오늘날 우리에게 일용할 그라프를 어쩌고저쩌고."

롤랜드는 무슨 말인지 모르겠다는 듯이 눈을 동그랗게 떴다.

"아니야, 아무것도. 그동안 너무 재미난 시간을 보내다보니 기회가 없었는데, 나 당신한테 할아버지의 이야기를 들려줘야 돼. 아주 중요한 이야기야."

"수재나도 일어났느냐?"

"옙. 세수하는 중이야. 제이크는 세숫대야만 한 오믈렛을 열심히 먹는 중이고."

롤랜드는 고개를 끄덕였다. "말먹이는 내가 챙겨줬다. 같이 안장을 얹는 동안 노인이 해준 이야기를 들려다오."

"그렇게 오래 걸릴 거란 기대는 하지 마." 에디의 말은 사실이었다. 두 사람이 마구간에 도착했을 때, 에디의 이야기는 이미 절정에 이르렀다. 노인이 에디의 귀에 대고 속삭인 대목이었다. 롤랜드는 말 생각은 까맣게 잊은 채 에디를 향해 돌아섰다. 눈이 불타듯이 이글거렸다. 에디의 어깨를 붙잡은 두 손은 무쇠처럼 단단했다. 손가락이 부족한 오른손조차도.

"다시 말해봐라!"

에디는 조금도 화를 내지 않았다. "나한테 가까이 오라고 했어. 그래서 그렇게 했지. 할아버지가 말하길, 자기 아들만 빼고 아무한 테도 얘기한 적이 없다는 거야. 내 생각엔 사실인 것 같아. 할아버 지가 거기에 있었다는 건 티안하고 잘리아도 알아, 어쩌면 그냥 헛 소리로 여길 수도 있지만. 하지만 그 양반이 늑대의 가면을 벗기 고 뭘 봤는지는 그 부부도 몰라. 아마 그 늑대를 해치운 사람이 홍 염의 몰리라는 것도 모를 거야. 그래서 그 양반이 뭐라고 소곤거렸 냐면……." 다시 한 번, 에디는 티안의 할아버지가 봤노라고 주장한 것을 롤랜드에게 이야기했다.

롤랜드의 의기양양한 눈빛은 이글거리다 못해 섬뜩할 정도였다. "회색 말! 하나같이 똑같은 색을 한 그 많은 말들! 이제 너도 알겠 느냐, 에디? 알겠느냐?"

"옙." 에디는 이가 드러나도록 씩 웃었다. 딱히 흐뭇한 느낌을 주 는 웃음은 아니었다. "이럴 때 딱 맞는 표현이 있지. '한두 번 겪는 일도 아닌데요, 뭐.'"

5

표준 미국 영어에서 의미가 가장 다채로운 단어는 십중팔구 달리 다(run)일 것이다. 랜덤하우스 대사전에는 뜻이 178개나 실려 있는 데, '걸을 때보다 더 급하게 다리를 움직여 빨리 이동하다'로 시작하 여 '용해되거나 액화하다'로 끝난다. 한편 중간 세계와 선더클랩 사 이 변경의 초승달 지대에 위치한 수많은 칼라에서는, 최다 의미상을 수상할 단어가 있다면 단연 '코말라'일 것이다. 만약 랜덤하우스 대사전에 그 단어가 실렸다면 첫 번째 정의는(사전이 대개 그렇듯이 사용 빈도에 따라 분류한다고 가정할 때) 아마도 '만상계의 극동 지대에서 자라는 여러 종류의 쌀'이었을 것이다. 그런데 두 번째는 '성교'였을 것이다. 세 번째는 '성적 쾌감의 절정'이고 예문은 *코말라 왔어?*였을 것이다(이 경우 바람직한 반응은 다음과 같다. *응, 세이 생키, 코말라 빅 빅.*). '코말라를 적시다'는 가뭄에 벼논에다 물을 댄다는 뜻이자, 자위행위를 가리키기도 한다. 코말라는 가족 축하연처럼 성대하고 즐거운 식사의 시작을(식사 자체가 아니라 먹기 시작하는 순간을) 의미할 때도 있다. 머리숱이 줄어드는 남자는(개릿 스트롱이 마침 그 시기에 걸렸는데) 코말라를 맞이한 셈이다. 씨를 받을 목적으로 기르는 가축은 젖은 코말라이다. 불깐 짐승은 마른 코말라인데 왜 그렇게 부르는지는 아무도 모른다. 처녀는 초록 코말라이고 월경 중인 여성은 붉은 코말라이며, 용광로 앞에서 (안타깝게도) 쇠막대를 세우지 못하는 늙은 남자는 물렁한 코말라이다. '코말라를 서다'라는 표현은 배를 맞대고 선다는 말인데 '비밀을 공유하다'라는 뜻의 은어이다. 이처럼 단어에 포함된 성적 의미는 명확하지만, 그렇다면 마을 북쪽의 바위투성이 협곡에는 어째서 코말라 골짜기라는 이름이 붙었을까? 그렇게 따지면 어째서 포크는 가끔 코말라라고 하는데 숟가락이나 칼은 그렇게 부르지 않을까? 그 단어의 뜻은 178개까지는 아니더라도 틀림없이 70개는 될 듯했다. 어감이 미묘하게 변하는 경우까지 다 합치면 그 두 배는 될 판이었다. 그중 위에서 열 번째 안에 너끈히 들어갈 의미 하나는 캘러핸 신부가 말한 *슈무즈*의 정의와 똑같았다. 실제 용례는 '스터지스에 코말라 하러 와' 또는

'브린에 코말라나 하러 와' 정도였다. 글자 그대로 해석하면, 마을 전체와 비밀을 공유하자는 뜻이었다.

뒤이은 닷새 동안, 롤랜드 카텟은 바로 그 일을 계속하려 했다. 이는 그들이 바깥세상 사람으로서 투크의 잡화점에서 시작했던 일의 연장이었다. 처음에는 쉽지 않았지만("젖은 장작으로 불을 피우려고 낑낑대는 기분이에요." 첫째 날 밤에 수재나가 한 말이었다.), 차츰차츰 주민들이 모여들었다. 적어도 그들을 대하는 태도는 부드러워졌다. 롤랜드와 딘 씨 부부는 밤마다 신부의 사제관으로 돌아갔다. 제이크는 늦은 오후 또는 저녁마다 로킹비 목장으로 돌아갔다. 앤디는 목장 길이 이스트 로드에서 갈라져 나오는 지점까지 마중을 나와 있다가 제이크를 데리고 돌아갔는데, 매번 인사를 하며 이렇게 말했다. "좋은 저녁이네요, 작은 사이! 별자리 운세를 들려드릴까요? 한 해의 이맘때를 가리켜 *차유 리프*, 즉 번제 수확제라고도 한답니다! 당신은 옛 친구를 만날 거예요! 당신에게 연정을 품은 어린 아가씨가 있어요!" 기타 등등.

제이크는 자신이 왜 베니 슬라이트먼과 그토록 오랜 시간을 함께 보내야 하는지를 롤랜드에게 다시금 물어보았다.

"불만이라도 있는 거냐?" 롤랜드가 물었다. "이제 그 아이가 싫어졌다든가?"

"걔는 마음에 들어요. 하지만 롤랜드, 짚더미에 뛰어내리는 거나 오이한테 공중제비 넘기를 가르치는 거나, 아니면 강에 나가서 누가 물수제비를 잘 뜨는지 시합하는 거 말고 제가 해야 할 일이 있다면요, 솔직히 말씀해주셔야 할 것 같아요."

"그것 말고는 아무것도 없다." 롤랜드는 그렇게 말하고 나서 문

득 떠오른 생각처럼 덧붙였다. "푹 자라. 한창 자랄 나이의 소년은
잠을 많이 자야 한다."

"제가 왜 거기 머물러야 하죠?"

"내가 보기에는 그렇게 하는 게 옳기 때문이다. 너는 그저 잘 지
켜보다가 마음에 안 드는 것이나 이해가 안 가는 것이 있을 때 나한
테 얘기해주면 된다."

"어쨌거나 낮에는 우리를 실컷 보잖아. 안 그래?" 에디는 제이크
에게 그렇게 물었다.

그들은 그로부터 닷새 동안 내내 함께했고, 이어진 날들은 하루
하루가 매우 길었다. 사이 오버홀저의 말을 타고 가는 호사는 금세
그 빛이 바랬다. 근육이 여기저기 욱신거리고 엉덩이에는 물집까지
잡혔다고 불평하는 소리 역시 오래지 않아 사라졌다. 그렇게 말을
타고 앤디가 기다리는 곳으로 향하던 어느 날, 롤랜드는 수재나에게
자신의 문제를 해결할 방법으로 낙태를 고려해본 적이 있냐고 무심
하게 물었다.

"글쎄요." 수재나는 자기 말에 앉은 채 호기심이 어린 눈으로 롤
랜드를 바라보았다. "그 생각을 아예 안 했다고는 못하겠네요."

"잊어버리시오. 낙태는 안 되오."

"그러면 안 되는 특별한 이유라도 있나요?"

"카 때문이오."

"강조해서 두 번 말하면 '카카', 응가라는 뜻이지." 에디가 냉큼
맞장구를 쳤다. 진부한 농담이었지만 세 사람 모두 웃음을 터뜨렸
고, 롤랜드는 그들과 함께 웃을 수 있어서 기뻤다. 그리고 그 문제는
웃음소리와 함께 사라졌다. 롤랜드는 이를 믿기가 힘들었지만, 그래

도 기분은 흐뭇했다. 수재나가 미아와 앞으로 태어날 아기에 관해 그토록 스스럼없이 이야기할 수 있다는 사실에 그는 진심으로 감사했다. 수재나가 모르는 편이 더 나을 것들이 몇 가지 있다는 생각이 들어서였다. 실은 꽤 여러 가지였다.

그럼에도, 수재나는 결코 굴하지 않았다. 롤랜드는 조만간 이런저런 의문과 직면할 때가 오리라고 확신했지만, 사인조가 되어(늘 제이크와 함께 말을 탄 오이까지 합치면 오인조가 되어) 닷새 동안 마을을 구석구석 누빈 후, 그는 한낮을 이용하여 접시 던지는 법을 익히도록 수재나를 재퍼즈네 집으로 보내기 시작했다.

사제관 포치에서 새벽 네 시까지 이어진 긴 대화를 나눈 밤으로부터 여드레쯤 지났을 때, 수재나는 자신의 성과를 보여주겠다며 재퍼즈네 농장으로 일행을 초대했다.

"잘리아가 하자고 했어요. 아마 내가 합격할 수 있는지 보려는 것 같아요."

결과를 알고 싶으면 수재나에게 묻기만 하면 그만이었지만, 롤랜드는 호기심이 일었다. 그리하여 재퍼즈네 집에 도착했을 때, 집 뒤쪽 포치에는 온 식구가 다 모여 있을 뿐 아니라 티안의 이웃도 몇 명 와 있었다. 호르헤 에스트라다와 그 아내, (가죽 덧바지 차림의) 디에고 애덤스, 하비에르 부부였다. 꼭 포인츠 경기를 구경하러 온 관중 같았다. 룬트 쌍둥이인 잘먼과 티아는 한쪽에 서서 휘둥그런 눈으로 사람들을 두리번거렸다. 앤디도 그 자리에 와 있었다. (잠이 든) 재퍼즈네 아기 에런을 품에 안고서.

"롤랜드, 비밀로 하고 싶다더니 이게 어떻게 된 거야?"

에디의 말에 롤랜드는 태연한 표정이었지만, 속으로는 앞서 마거릿 아이젠하트가 접시를 던졌을 때 이를 목격한 카우보이들에게 했던 당부가 완전히 헛수고였다는 생각을 하고 있었다. 시골 사람들은 소문 전하기를 좋아하게 마련이었다. 변경 지대에서나 자치령에서나 소문은 최고의 소일거리였다. *하지만 이 롤랜드가 거친 놈이자 강력한 코말라라는 소문도 함께 퍼뜨렸겠지. 우습게 봐선 안 될 놈이라는 소문도.*

"이미 벌어진 일이다. 칼라 주민들은 까마득히 오래전부터 오라이자 자매단이 접시를 던지는 걸 알고 있었다. 수재나도 던질 수 있다는 것을, 그것도 잘 던진다는 것을 알면 아마도 우리에게 도움이 될 게다."

"전 그냥 망치지나 않았으면 좋겠어요." 제이크가 말했다.

롤랜드와 에디, 제이크가 포치로 올라서는 동안 사람들은 정중하게 인사를 건넸다. 앤디는 제이크에게 어떤 어린 아가씨가 애타게 사모한다고 말했다. 제이크는 얼굴을 붉히며 앤디에게 실례가 안 된다면 그런 말은 차라리 안 듣고 싶다고 했다.

"말씀대로 하겠습니다, 어린 사이." 제이크는 어느새 앤디의 몸통에 강철 문신처럼 새겨진 문구와 숫자를 가만히 응시하다가, 다시금 궁금해졌다. 자신이 정말로 이 로봇과 카우보이가 사는 세계에 있는지, 아니면 이 모든 게 몹시도 생생한 꿈일 뿐인지. "이 댁 아기가 금방 잠에서 깨면 좋겠습니다. 깨서 울면 더 좋고요! 왜냐면 제가 아기를 잠들게 하는 자장가를 몇 곡 아는데……"

"입 다물어, 이 삐걱거리는 쇳덩이 도적놈아!" 재퍼즈네 할아버지가 부루퉁하게 야단을 치자 앤디는 할아버지에게 사과한 다음(여느 때처럼 조금도 미안하게 들리지 않는 태평한 목소리로), 얌전히 입을 다물었다. *메신저 외 다양한 기능.* 제이크는 속으로 중얼거렸다. *앤디, 너 혹시 주민들을 골려먹는 기능도 있는 거 아니야? 아니면 그냥 내 상상일까?*

수재나는 잘리아와 함께 집 안에 들어가 있었다. 다시 나왔을 때, 수재나가 찬 갈대 주머니는 한 개가 아니라 두 개였다. 주머니는 새끼줄 한 쌍에 묶인 채 엉덩이 옆에 걸려 있었다. 에디가 보니 수재나의 허리를 빙 둘러 주머니가 아래로 늘어지도록 고정한 새끼줄이 한 가닥 더 있었다. 총집을 고정한 가죽 띠처럼.

"장비가 꽤 멋지군요, 세이 생키." 디에고 애덤스가 자신의 감상을 말했다.

"수재나 씨가 고안하신 거예요." 수재나가 휠체어에 앉는 사이에 잘리아가 말했다. "수재나 씨 말로는 '부둣가 일꾼의 갈고리'라던데요."

에디가 보기에는 닮은 구석이 없는 물건이었지만, 그래도 비슷했다. 그는 자신도 모르는 사이에 감탄의 미소를 짓느라 입꼬리가 올라가는 느낌이 들었고, 이는 롤랜드 역시 마찬가지였다. 그리고 제이크도. 맙소사, 심지어 오이까지 씩 웃는 것처럼 보였다.

"과연 쓸모가 있을지, 나는 그게 알고 싶구먼." 버키 하비에르가 말했다. 에디 생각에는 그런 의문을 떠올리는 것 자체가 총잡이들과 칼라 주민들이 얼마나 다른지를 새삼 강조할 뿐이었다. 에디와 동료들은 그 장비의 정체와 용도를 한눈에 알아보았다. 그러나 하비에르는 소규모 자영농이었고, 그래서 세상을 보는 눈도 그들하고는 딴판이었다.

당신들한테는 우리가 필요해. 에디는 포치에 모인 몇 안 되는 남

자들을 보며 생각했다. 지저분한 흰색 바지 차림의 농부들을, 가죽 덧바지 아래 가축 분뇨가 묻은 반장화를 신은 애덤스를 보면서. *아무렴, 필요하고말고.*

수재나는 휠체어를 굴려 포치 정면까지 온 다음 잘린 다리로 무릎을 꿇고 앉았고, 그러자 마치 휠체어에 서 있는 사람처럼 보였다. 에디는 그 자세가 얼마나 아픈지 알고 있었지만 수재나의 표정에는 불편한 기색이 조금도 없었다. 한편 롤랜드의 시선은 수재나가 찬 주머니 두 개로 향했다. 각각의 주머니에는 아무 문양도 그려넣지 않은 수수한 접시가 네 장씩 들어 있었다. 연습용 접시였다.

잘리아가 뒷마당을 가로질러 축사로 걸어갔다. 롤랜드와 에디는 이곳에 도착하자마자 축사 벽을 덮은 담요를 알아보았지만, 다른 사람들은 잘리아가 가서 벗긴 후에야 비로소 담요가 거기 있었던 것을 알았다. 축사의 널빤지 벽에 분필로 그린 것은 사람, 또는 사람 비슷한 어떤 것의 윤곽이었다. 얼굴은 웃는 표정으로 굳어 있었고 등 뒤에는 망토 같은 것이 펄럭이는 모양새였다. 태버리 쌍둥이의 지도처럼 훌륭하기는커녕 비교도 하기 힘들었지만, 포치에 모인 사람들은 그 그림이 늑대인 것을 대번에 알아보았다. 머리가 굵은 아이들은 조그맣게 우와 소리를 냈다. 에스트라다 부부와 하비에르 부부는 박수를 쳤지만, 그러는 동안에도 표정은 불안해 보였다. 자신들이 악마를 보며 휘파람을 부는 게 아닐까 하고 두려워하는 사람들처럼. 앤디는 그림을 그린 사람을 칭찬했고('누군지 모르지만 대단한 여성 화가네요'라고 능글맞게 덧붙이기까지 했다.), 할아버지는 그런 앤디에게 또다시 입 다물라고 야단을 쳤다. 그러고는 과거에 자기가 본 늑대들은 그 그림보다 더 컸다고 큰소리를 쳤다. 흥분한 탓인지 목소리가 높고 가느다랬다.

"그냥, 사람 크기로 그려봤어요." 잘리아가 말했다(실은 자기 남편 크기로 그린 그림이었다.). "실물이 이 표적보다 더 크면 오히려 다행이겠죠. 제 생각은 그래요, 아무쪼록." 마지막 한마디는 자신감이 없어서인지 거의 질문에 가깝게 들렸다.

롤랜드는 고개를 끄덕였다. "생키, 사이."

잘리아는 감사하는 눈빛으로 롤랜드를 한번 보고 나서 벽에 그린 윤곽으로부터 물러섰다. 그러고는 수재나를 돌아보았다. "준비되는 대로 시작하세요, 부인."

잠시 동안 수재나는 그 자리에 가만히 앉아 있었다. 축사로부터 50미터쯤 떨어진 곳이었다. 두 손은 오른손이 왼손을 덮도록 가슴 위로 모은 채였다. 고개는 숙이고 있었다. 카텟 동료들은 수재나의 머릿속을 고스란히 들여다보는 중이었다. *나는 눈으로 겨누고, 손으로 쏘고, 마음으로 죽이리.* 그들 각자의 마음은 제이크의 터치에 실려, 또는 에디의 사랑에 실려 수재나에게 전해졌다. 그렇게 그들은 용기를 북돋았고, 행운을 빌었고, 긴장을 함께 나누었다. 롤랜드는 매서운 눈으로 지켜보았다. 접시 던지기의 명수가 한 명 더 늘면 전세가 그들 쪽으로 기울까? 아마도 아닐 듯싶었다. 그럼에도 롤랜드는 롤랜드였고, 수재나는 수재나였다. 그래서 롤랜드는 마지막 한 조각의 의지까지 끌어모아 수재나가 정확히 조준하기를 바랐다.

수재나가 고개를 들었다. 시선은 축사 벽에 분필로 그린 형상으로 향했다. 두 손은 아직 가슴 앞에 모은 채였다. 뒤이어 로킹비 목장 마당에서 마거릿 아이젠하트가 그랬듯이 수재나의 입에서 날카로운 함성이 터져나왔고, 롤랜드는 거세게 두근거리던 심장이 펄떡 뛰어오르는 느낌이 들었다. 그 순간 그의 머릿속에는 자신의 매 데이비드의 선명하고 아름다운 자태가 떠올랐다. 날개를 접고서, 파란 여름 하늘로부터 먹잇감을 향해 눈이 달린 바위처럼 수직으로 내리꽂히던 데이비드의 모습이.

"라이자!"

수재나의 손은 아래로 내려와 뿌연 잔상으로 변했다. 두 손이 허리께에서 교차하는 장면을 알아본 사람은 롤랜드와 에디와 제이크뿐이었다. 수재나의 오른손은 왼쪽 주머니에 든 접시를, 왼손은 오른쪽 주머니에 든 접시를 잡았다. 앞서 마거릿 아이젠하트는 추진력과 정확도를 높이려고 어깨 높이에서 접시를 던지느라 시간을 낭비했다. 반면 수재나의 두 팔은 갈비뼈와 휠체어 팔걸이 사이 높이에서 교차했고, 접시 두 개는 어깻죽지 높이까지 올라가는 사이에 필요한 추진력을 모두 얻었다. 그렇게 던져진 접시는 눈 깜짝할 사이에 서로 엇갈리며 공중을 날다가 쿵 소리를 내며 축사 벽에 박혔다.

던지기를 마친 양팔은 앞쪽을 향해 똑바로 뻗어 있었다. 한순간 수재나는 방금 막 오늘의 연주자를 소개한 악단 단장처럼 보였다. 이윽고 아래로 내려온 양팔은 다시 교차하여 접시 두 개를 또 잡았다. 수재나는 접시를 날렸고, 다시 팔을 내려 세 번째 한 쌍을 날렸다. 마지막 접시 두 개는 맨 처음 두 개가 아직 부르르 떠는 사이에 축사 벽에 박혔다. 하나는 높게, 하나는 낮게.

재퍼즈네 뒷마당은 한동안 숨소리조차 안 들리는 적막에 휩싸였다. 새 울음소리마저 들리지 않았다. 분필로 그린 형상의 목부터 몸통 위쪽까지 박힌 접시 여덟 개는 완벽한 직선을 이루고 있었다. 하나같이 손가락 두 마디 정도의 간격을 두고 아래로 이어진 모습이 꼭 셔츠에 달린 단추처럼 가지런했다. 그리고 수재나가 접시 여덟 개를 다 던지는 데에 걸린 시간은 채 3초도 안 됐다.

"그 접시로 늑대들을 상대하실 작정입니까?" 숨이 막혀서 이상해진 목소리로, 버키 하비에르가 물었다. "그런 겁니까?"

"아직은 아무것도 정해지지 않았소." 롤랜드는 무뚝뚝하게 대답했다.

충격과 경이감이 함께 실린, 간신히 들리는 조그마한 목소리로, 딜리 에스트라다가 말했다. "하지만 저게 만약 사람이었다면, 세상에, 지금쯤 커틀릿용 고기가 됐을걸요."

할아버지들이 다들 그렇듯이, 이 자리에서도 마지막 한마디를 맡은 사람은 재퍼즈네 할아버지였다. "예미럴!"

6

재퍼즈네를 떠나 큰길로 나오는 동안(앤디는 접은 휠체어를 들고 일행보다 한참 앞서 걸어가면서 몸속의 음향 장치로 백파이프 비슷한 음색의 음악을 연주했다.), 수재나는 생각에 잠긴 목소리로 말했다. "나 어쩌면 총을 아예 놓을지도 모르겠어요, 롤랜드. 그냥 접시에 집중하려고요. 소리 지르면서 접시를 날리다 보면 원초적인 만족감 같은 게 느껴져요."

"당신을 보고 있으니 내 매가 생각나더구려." 롤랜드도 그 점은 인정했다.

수재나가 씩 웃자 하얀 이가 반짝였다. "진짜 매가 된 기분이에요! 라이자! 오라이자! 그 말을 입 밖에 내기만 해도 날리고 싶은 기분이 드는걸요."

제이크는 머릿속에 개셔의 기억이(그 신사가 입버릇처럼 말하던 '너의 오랜 친구 개셔란다'가)어렴풋이 떠올랐고, 이 때문에 몸이 부르르 떨렸다.

"진심으로 총을 놓고 싶소?" 롤랜드가 물었다. 그는 자신이 흥미로워 하는지 아니면 경악했는지 스스로도 알 수가 없었다.

"당신 같으면 주문 제작한 담배를 구할 수 있는데 직접 말아서 피우겠어요?" 수재나는 이렇게 묻고 나서 롤랜드가 대답하기도 전에 스스로 답했다. "아뇨, 진심은 아니에요. 하지만 그 접시는 멋진 무기예요. 늑대들이 몰려오면 한 스무 개는 던지고 싶어요. 들 수 있는 만큼 많이 챙겨가서."

"접시가 부족하진 않을까요?" 에디가 물었다.

"아뇨. 만듦새가 훌륭한 접시는 그렇게 많지 않아요. 사이 아이젠하트가 롤랜드 당신한테 시범을 보일 때 던졌던 그런 접시요. 하지만 연습용은 수백 장이나 있어요. 로잘리타하고 세어리 애덤스가 그 중에서 고르고 있어요. 똑바로 날기 어려울 것 같은 놈들을 추려내면서." 수재나는 망설이다가 목소리를 낮추었다. "그 사람들 다 여기 왔어요, 롤랜드. 세이리는 사자처럼 용감하고 폭풍 앞에서도 끄떡없이 버틸 사람이긴 하지만……"

"하지만 솜씨는 그저 그렇군요, 맞죠?" 에디는 딱하다는 듯이 물었다.

"별로예요. 그럭저럭 잘 던지긴 하는데, 다른 사람들만큼은 아니에요. 기합도 남들만 못하고."

"그 여성한테 맡길 일이 따로 있을 거요."

"그게 뭔데요?"

"아마도 호위 임무가 아닐까 싶소만. 자매단의 솜씨가 어떤지 모레 한번 봅시다. 약간의 경쟁심은 활력을 불어넣는 법이니. 시각은 다섯 시요, 수재나. 그들도 알고 있소?"

"알아요. 칼라 사람들도 다 모일 거예요, 당신이 허락만 하면."

맥 빠지게 하는 소리였지만…… *미리 내다봤어야 하는 문제였다. 내가 인간 세상을 너무 오래 떠나 있었나 보군.* 롤랜드는 생각했다. *아무래도 그랬던 것 같다.*

"자매단과 우리 말고는 아무도 안 되오." 롤랜드의 말투는 완강했다.

"여자들의 접시 날리는 실력이 얼마나 좋은지 칼라 주민들이 직접 보면, 아직 미적거리는 사람 중에 마음을 돌리는 경우도 꽤 많을걸요."

롤랜드는 고개를 저었다. 여성들의 접시 던지기 실력이 얼마나 좋은지 사람들에게 알리고 싶지 않아서였다. 실은 그것이 요점이나 다름없었다. 그러나 마을 주민들이 여성들의 접시 던지기에 관해 이미 알고 있다면…… 그렇다면 큰 지장은 없을 것 같기도 했다. "자매단의 실력은 어느 정도요? 가르쳐주시오, 수재나."

수재나는 잠시 생각하다가 빙긋 웃었다. "살인 청부업자 수준이에요. 모두 다."

"당신이 했던 교차 던지기를 모두에게 가르칠 수 있겠소?"

수재나는 그 질문을 곰곰이 생각했다. 자원과 시간이 충분하면 누구에게나 무엇이든 가르칠 수 있었지만, 그들에게는 둘 다 부족했다. 이제 남은 시간은 13일이었고, 오라이자 자매단이(신입 회원인 뉴욕의 수재나까지 포함하여) 캘러핸 신부네 집 뒷마당에 모여 시범을 보이고 나면 고작 열흘뿐이었다. 권총 사격의 모든 과정이 그러했듯 이 수재나는 교차 던지기 역시 자연스럽게 터득했다. 그러나 다른 이들은……

"로잘리타는 할 수 있어요." 한참 만에 수재나가 대답했다. "마거릿 아이젠하르트도 배울 수는 있겠지만, 결정적인 순간에 허둥거릴지도 몰라요. 잘리아? 그 사람은 안 돼요. 잘해봐야 한 번에 한 개씩밖에 못 던져요, 그것도 오른손으로만. 하지만 속도가 조금 느리긴 해도 일단 던지면 틀림없이 피를 볼 거예요."

"그러겠죠." 에디가 끼어들었다. "스니치가 명중해서 코르셋까지 홀랑 벗겨버리기 전까지는."

수재나는 그 말을 무시했다. "우린 놈들을 해치울 수 있어요, 롤랜드. 그건 당신도 알잖아요."

롤랜드는 고개를 끄덕였다. 방금 본 광경에서 그는 큰 용기를 얻었고, 에디에게서 들은 이야기 덕분에 더욱 그러했다. 이제는 수재나와 제이크도 재퍼즈네 할아버지의 오랜 비밀을 알고 있었다. 그런데 제이크의 경우에는……

"오늘은 유독 말이 없구나." 롤랜드는 제이크를 보며 말했다. "무슨 일이라도 있는 거냐?"

"아뇨, 전 괜찮아요." 제이크는 앤디를 지켜보고 있었다. 재퍼즈네 아기를 달래는 앤디의 모습을. 만일 티안과 잘리아와 다른 아이들이 모두 죽고 앤디 혼자 남아서 에런을 보게 된다면, 아직 아기인 에런은 반년도 못 살고 죽을 것이 뻔했다. 죽거나, 아니면 우주에서 가장 별난 아이로 자라거나. 앤디는 에런의 기저귀를 갈아주고 제대로 된 식사를 챙겨주고 옷이 필요하면 옷을 입히고 트림을 시켜야 하면 트림을 시키고, 재울 때에는 온갖 자장가를 불러줄 터였다. 한 곡 한 곡 완벽하게, 어머니의 사랑은 눈곱만큼도 첨가하지 않고서. 또는 아버지의 사랑을. 앤디는 결국 앤디였다. 기타 여러 가지 기능을 지닌 메신저 로봇이었다. 아기 에런은 차라리…… 늑대들이 맡아서 기르는 편이 나을지도 몰랐다.

그 생각을 하다 보니 다시 베니와 함께 야영을 하던 날 밤이 떠올랐다(날씨가 추워진 탓에 야영은 그날이 끝이었다.). 그날 밤 앤디는 베니의 아빠와 대화를 나누었다. 그런 다음 베니의 아빠는 강을 건넜다. 동쪽을 향해.

선더클랩이 있는 방향으로.

"제이크, 너 정말 괜찮아?" 수재나가 물었다.

"옙, 사이." 제이크는 수재나가 웃을 거라고 생각하며 말했다. 실제로도 그랬고, 제이크도 덩달아 웃었지만, 머릿속으로는 베니의 아빠를 생각했다. 베니의 아빠가 쓴 안경을. 제이크에게는 이 마을에 안경을 쓴 사람은 오직 그뿐이라는 확신이 있었다. 언젠가 길을 잃은 가축들을 찾아 로킹비 목장 북쪽의 목초지 두 곳 가운데 한 곳을 돌아보는 동안, 제이크는 안경에 관해 물어본 적이 있었다. 베니의 아빠는 훌륭한 혈통을 타고난 잘생긴 망아지 한 마리와 안경을 교환한 이야기를 들려주었다. 장삿배가 싣고 온 안경이었고, 이제는 오라이자의 가호 속에서 지낼 베니의 쌍둥이 누이가 아직 살아 있을 때였다. 카우보이들은 하나같이 안경 따위는 앤디가 들려주는 운세만큼이나 쓸모없는 물건이라고 했고 심지어 본 아이젠하트마저 반대했지만, 베니의 아빠는 아랑곳하지 않았다. 일단 쓰고 보니 모든 것이 바뀌었다. 일곱 살 무렵 이후 처음으로, 순식간에, 벤 슬라이트먼은 세상의 본모습을 볼 수 있게 되었다.

말을 타고 이동하는 동안 벤 슬라이트먼은 셔츠에 닦은 안경을 하늘로 쳐들었다. 뺨에 동그랗고 환한 점 두 개가 일렁거리다가, 이내 그가 다시 안경을 쓰자 사라졌다. "혹시라도 잃어버리거나 깨뜨리면 난 어떻게 해야 할지 모를 거다. 안경 없이도 한 20년 동안 그럭저럭 살았지만, 편안함에 익숙해지는 건 금방이거든."

제이크 생각에는 그럴 듯한 이야기였다. 수재나라면 믿을 법한 이야기였다(우선은 그의 안경이 특이한 물건이라는 점부터 알아차려야겠지만). 어쩌면 롤랜드도 믿을 듯싶었다. 슬라이트먼의 이야기는 감쪽같았다. 그 이야기 속에서 그는 자신의 행운을 여태껏 음미하는 사람이자, 고용주를 포함하여 적잖은 수가 헛다리를 짚은 반면에 자신만은 옳은 선택을 했다는 것을 남들에게 굳이 감추려 하지 않는 사람이었다. 어쩌면 에디마저 속아 넘어갈지도 몰랐다. 슬라이트먼의 이야기에서 잘못된 점은 단 하나, 그것이 거짓이라는 점이었다. 진상이 무엇인지까지는 제이크의 터치 능력으로도 알 수 없었지만, 진실이 아니라는 것만은 확실했다. 그래서 불안했다.

아마 별거 아닐 거야. 손에 넣은 경로가 별로 떳떳하지 않았거나 그랬겠지. 혹시 알아, 마니교도들 중에 누가 다른 세계에서 가져온 안경을 베니 아빠가 훔쳤을지도.

그것 역시 한 가지 가능성이었다. 필요하다면 제이크는 그런 가능성을 대여섯 가지는 더 떠올릴 수도 있었다. 상상력이 풍부한 아이였으므로.

그럼에도, 그날 밤 강가에서 보았던 광경이 함께 떠오를 때면, 제이크는 불안해졌다. 아이젠하트네 목장의 일꾼 우두머리가 와이 강 건너편에 무슨 볼일이 있었을까? 제이크는 알 수가 없었다. 그러나 롤랜드에게 그 얘기를 꺼내려고 할 때마다 말문을 막히게 하는 무언가가 있었다.

카텟에게 비밀을 감췄다고 롤랜드를 그렇게 꾸짖은 주제에!

그랬다, 사실이었다. 하지만……

하지만 뭔가, 어린 방랑자여?

하지만 뭐냐면, 베니가 있었다. 베니가 문제였다. 아니면 진짜 문제는 제이크 자신인지도 몰랐다. 항상 친구를 사귀는 데에 서툴렀던 제이크에게 드디어 절친한 친구가 생겼던 것이다. 진짜 친구가. 베니의 아빠를 곤경에 빠뜨릴 거라는 생각만으로도 제이크는 배가 사르르 아팠다.

7

그로부터 이틀 후 다섯 시 정각, 로잘리타의 깔끔한 변소 바로 서쪽의 공터에 로잘리타와 잘리아, 마거릿 아이젠하트, 세어리 애덤스, 수재나 딘이 모였다. 키득거리는 웃음소리는 쉬지 않고 들려왔고 긴장한 듯 날카로운 웃음소리도 간간이 섞여 있었다. 롤랜드는 여성들로부터 멀찌감치 떨어져 있었고, 에디와 제이크에게도 그렇게 하도록 일러두었다. 긴장감을 덜어주는 것이 최선이라고 생각해서였다.

난간이 달린 울타리를 따라 3미터 간격으로 늘어선 것은, 머리가 있을 자리에 통통한 샤프루트가 달린 허수아비들이었다. 각각의 머리에는 후드를 쓴 것처럼 보이도록 마대가 씌워져 있었다. 허수아비마다 발치에 양동이가 세 개씩 놓여 있었다. 한 개는 샤프루트로 채워져 있었다. 다른 한 개는 감자가 들어 있었다. 마지막 양동이의 내용물은 사람들로부터 탄식과 항의의 외침을 자아냈다. 조그맣고 동그란 래디시였던 것이다. 롤랜드는 그들에게 불평하지 말라며 원래는 완두콩을 채워놓을 생각이었노라고 했다. 그들 가운데 아무도(심지어 수재나조차도) 그 말이 농담일 거라고 확신하지 못했다.

이날 캘러핸은 청바지에 주머니가 여러 개 달린 목부용 조끼 차림으로 느긋하게 걸어서 포치로 나왔다. 그곳에는 롤랜드가 앉아서 담배를 피우며 자매단이 준비를 마칠 때까지 기다리는 중이었다. 제이크와 에디는 근처에서 체커 게임을 하는 중이었다.

"본 아이젠하트가 현관에 와 있습니다." 신부가 롤랜드에게 말했다. "투크네 가게에 가서 맥주를 한잔 걸칠 생각이라는데, 그 전에 먼저 당신과 꼭 할 얘기가 있다는군요."

롤랜드는 한숨을 쉬며 일어나서 집 안을 가로질러 현관으로 향했다. 아이젠하트는 말 한 마리가 끄는 작은 마차의 마부석에 앉아 흙받기에 반장화를 디딘 채 우울한 표정으로 캘러핸의 교회를 바라보고 있었다.

"안녕하시오, 롤랜드."

웨인 오버홀저는 며칠 전 롤랜드에게 챙이 널따란 카우보이용 모자를 선물했다. 롤랜드는 그 모자의 챙을 잡고 살짝 기울여 목장주에게 인사한 다음, 그의 말을 기다렸다.

"당신이 조만간 깃털을 보낼 거라는 생각이 들었소. 회의를 소집하도록 하시오, 그게 당신이 원하는 바라면."

롤랜드는 그 말을 잠자코 들었다. 엘드의 기사들에게 의무를 다하라고 지시하는 것은 마을 사람들의 몫이 아니었지만, 롤랜드는 그들에게 자신이 어떤 의무를 다할지 알려줘야 했다. 그것은 그가 지켜야 할 도리였다.

"때가 되면 내가 그 깃털을 받아서 전할 거라는 얘기를 해주고 싶었소. 그리고 회의에 나가면, 나는 당신에게 찬성할 거요."

"세이 생키." 롤랜드가 대답했다. 실은 그 말에 감동하기까지 했다. 제이크와 에디와 수재나를 만난 후로 롤랜드는 감정이 풍부해진 듯했다. 가끔은 미안함을 느끼기도 했다. 보통은 그렇지 않았지만.

"투크는 찬성도 반대도 안 할 거요."

"당연하지." 롤랜드가 맞장구쳤다. "투크 같은 인간들은 장사만 잘되면 깃털 같은 것은 건드리지도 않을 테니. 찬성하지도 않을 테고."

"오버홀저도 그쪽에 붙었소."

그 말은 묵직한 충격으로 다가왔다. 아예 예상치 못한 결과는 아니었지만, 롤랜드는 내심 오버홀저가 마음을 돌리기를 바라고 있었다. 그럼에도 롤랜드는 필요한 지원을 모두 얻었고, 오버홀저도 이를 알 터였다. 만약 그 농장주가 현명한 사람이라면, 어느 쪽이 이기든 다 끝날 때까지 가만히 앉아서 기다려야 했다. 괜히 끼어들었다가는 내년 수확기에 창고가 가득 차는 꼴을 못 볼 수도 있었다.

"당신이 한 가지 명심해줬으면 하는 게 있소. 나는 내 아내 때문에 당신 편에 선 거고, 내 아내는 사냥이 하고 싶어서 당신 편에 서

기로 마음먹었다는 거요. 접시 던지기 같은 걸 하다보면 결국에는 이렇게 되는 법이지. 아내가 남편한테 이래라저래라 하는 꼴이라니, 그건 자연의 이치가 아니오. 아내는 남편의 지배를 받아야 하오. 물론 아이들 키우는 일은 예외지만."

"부인은 당신을 남편으로 택하면서 자신이 태어나 자라는 동안 배운 모든 것을 포기했소. 이제 당신이 조금이나마 포기할 차례요."

"내가 그걸 모를 것 같소? 하지만 롤랜드, 혹시라도 내 아내를 죽음으로 내몰면, 당신은 칼라를 떠날 때 내 저주를 안고 가야 할 거요. 만에 하나라도. 당신 덕에 살아난 아이가 아무리 많다고 해도."

저주라면 전에도 받아본 적이 있는 롤랜드는 고개를 끄덕였다. "카가 허락한다면 부인은 무사히 돌아올 거요, 본."

"아무렴. 그래도 내 말은 명심하시오."

"그렇게 하리다."

아이젠하트가 고삐 줄로 말의 등을 후려치자 마차가 굴러가기 시작했다.

8

오라이자 자매단의 여성들은 저마다 40미터에서, 50미터에서, 또 60미터에서 샤프루트를 두 동강 냈다.

"최대한 후드에 가깝게 머리 위쪽을 맞히시오. 아래쪽은 명중해 봐야 소용없을 거요."

"갑옷 때문인가요?" 로잘리타가 물었다.

"그렇소." 롤랜드가 대답했지만, 완전한 진실은 아니었다. 그는 때가 무르익기 전에는 자신이 완전한 진실이라고 생각하는 것을 그들에게 알리고 싶지 않았다.

다음은 감자 차례였다. 세어리 애덤스는 40미터에서 자기 몫의 감자를 두 동강 내더니 50미터에서는 감자의 가장자리를 맞혔고, 60미터에서는 완전히 빗맞혔다. 접시가 감자보다 높이 날아가고 말았던 것이다. 세어리는 전혀 숙녀답지 않은 욕설을 내뱉고는 고개를 숙인 채 변소 옆으로 걸어갔다. 그러고는 그곳에 앉아서 나머지 시합을 지켜보았다. 롤랜드는 그쪽으로 걸어가 세어리 곁에 앉았다. 세어리의 왼쪽 눈가에 눈물 한 방울이 맺히더니 바람에 튼 볼을 타고 흘러내렸다.

"제가 실망시키고 말았네요, 이방인 사이. 죄송합니다."

롤랜드는 세어리의 손을 잡고 꾹 쥐었다. "아니오, 부인, 그렇지 않소. 부인이 할 일이 있을 거요. 그저 이들과 함께하지 않을 뿐이오. 그곳에서도 접시는 던질 수 있을 거요."

세어리는 힘없이 웃는 얼굴로 고개를 끄덕여 감사를 표했다.

에디는 허수아비에 새로 샤프루트 머리를 끼운 다음, 각각의 머리 위에 래디시를 한 알씩 올려놓았다. 래디시는 마대 후드의 그늘 속에 가려지다시피 한 상태였다. "행운을 빌게요, 여사님들. 지금은 나보다 여러분한테 운이 더 필요한 것 같으니까." 에디는 그렇게 말하고서 물러났다.

"이번에는 10미터에서부터 시작하시오!" 롤랜드가 외쳤다.

10미터 거리에서는 모두가 명중시켰다. 20미터 거리에서도 마찬가지였다. 30미터에서는 수재나의 접시가 높이 날아가 빗맞았지만,

이는 롤랜드가 미리 일러둔 대로였다. 칼라의 여성들 가운데 우승자가 나오기를 바랐기 때문이었다. 40미터에서는 잘리아 재퍼즈가 너무 오래 망설였고, 그렇게 망설이다가 던진 접시는 위에 놓인 래디시 대신 샤프루트 머리를 반으로 썰어놓았다.

"씹 코말라!" 잘리아는 무심코 이렇게 외친 다음, 두 손으로 입을 가리고 캘러핸이 앉은 포치 계단 쪽을 돌아보았다. 캘러핸은 못 들은 척 빙그레 웃으며 신나게 손을 흔들었다.

잘리아는 화가 나서 귀까지 빨개진 채 씩씩거리며 에디와 제이크 곁으로 성큼성큼 걸어왔다. "한 번 더 기회를 달라고 저분한테 부탁해주세요, 제발요." 잘리아가 에디에게 말했다. "전 할 수 있어요, 진짜 할 수 있는데……"

에디는 잘리아의 팔을 잡고 화를 달랬다. "저 사람도 알아요, 잘리아. 탈락한 거 아니에요."

에디를 보는 잘리아의 눈은 불타듯이 이글거렸고, 입술은 어찌나 꽉 다물었던지 거의 보이지도 않았다. "정말이에요?"

"그럼요. 당신 실력은 뉴욕 메츠에서도 충분히 통할 거예요."

이제 남은 사람은 마거릿과 로잘리타였다. 50미터 거리에서는 두 사람 다 래디시를 명중시켰다. 에디가 제이크의 귀에 대고 중얼거렸다. "방금 그거 말인데, 내 눈으로 직접 본 게 아니라면 말도 안 된다고 했을 거야."

60미터 거리에서 마거릿 아이젠하트의 접시가 깨끗이 빗나갔다. 로잘리타는 왼손잡이답게 오른쪽 어깨 위로 접시를 들고 잠시 뜸을 들이다가, 이내 *'라이자!'*를 외치며 힘껏 날렸다. 예리한 시력을 지닌 롤랜드조차도 접시 테두리가 래디시의 옆쪽을 스쳤는지, 아니면 접시가 일으킨 바람에 떨어졌는지 확신할 수가 없었다. 어쨌거나 로 잘리타는 머리 위로 두 손을 쳐들고 흔들어대며 깔깔 웃었다.

"축제일의 거위! 축제일의 거위!" 마거릿이 외치기 시작했다. 다른 이들도 가세했다. 이윽고 캘러핸마저 함께 외치기 시작했다.

롤랜드는 로잘리타에게 다가가 짧지만 강하게 끌어안았다. 그러면서 로잘리타의 귀에 대고 상으로 줄 암거위는 없지만 어쩌면 목이 기다란 수거위는 이따 저녁에 한 마리 찾을 수 있을 것 같다고 속삭였다.

"하긴." 로잘리타는 웃으며 말했다. "어른이라면 상은 주는 대로 받아야겠죠. 그렇죠?"

잘리아는 마거릿을 힐끗 보며 물었다. "저분이 로잘리타한테 뭐라고 하신 거예요? 혹시 들으셨어요?"

마거릿 아이젠하트는 빙긋이 웃고 있었다. "자기도 들은 적이 있는 말일 거야. 분명히."

9

이윽고 부인들은 그곳을 떠났다. 신부도 뭔가 다른 용무가 있는지 자리를 떴다. 길르앗의 롤랜드는 포치 앞 계단의 맨 아랫단에 앉아서, 방금 막 시합이 끝난 현장을 내려다보는 중이었다. 수재나가 다가와 이제 만족했느냐고 묻자 그는 고개를 끄덕였다. "그렇소, 그들은 다 잘할 것 같소. 이제 시간이 얼마 안 남았으니 그러기를 바라는 수밖에. 모든 일은 급박하게 돌아갈 거요." 솔직히 말하면 이 정도로 많은 일이 한꺼번에 펼쳐지는 경우는 일찍이 경험한 적이 없었지만…… 그럼에도 롤랜드는 수재나가 자신의 임신 사실을 고백한 후로 이때껏 평정을 유지했다.

해찰하던 내 정신이 카라는 진실을 되새겼기 때문이지. 롤랜드는 속으로 생각했다. *그리고 그건 우리가 좀처럼 내지 못한 용기를 발휘해준 이 여인 덕분이다.*

"롤랜드, 저 로킹비 목장으로 돌아갈까요?" 제이크가 물었다.

롤랜드는 골똘히 생각하다가 낸들 아냐는 듯이 어깨를 으쓱했다. "가고 싶으냐?"

"예, 그런데 오늘은 루거 권총을 가져가고 싶어요." 제이크의 얼굴은 살짝 붉어졌지만, 목소리는 여전히 침착했다. 이날 아침 눈을 뜨자마자 떠오른 생각이었다. 마치 롤랜드가 '니스'라고 부르는 꿈의 신이 자는 동안 머릿속에 불어넣기라도 한 듯이. "여벌 셔츠로 싸서 담요 맨 안쪽에 숨겨놓을게요. 아무도 모를 거예요." 제이크는 잠시 입을 다물었다. "베니한테 보여주려고 그러는 건 아니에요. 혹시 그럴까봐 걱정하신다면요."

롤랜드의 머릿속에 그런 걱정은 떠오르지 않았다. 그런데 제이크의 머릿속에는 무슨 걱정이 있었을까? 롤랜드가 그 질문을 꺼냈을 때, 제이크는 논의의 향방을 일찌감치 꿰뚫어본 사람처럼 대답했다.

"저의 딘으로서 물어보시는 건가요?"

롤랜드는 그렇다고 대답할 생각으로 입을 열었다가, 유심히 쳐다보는 에디와 수재나의 눈빛을 보고 마음을 고쳐먹었다. (그들 각자가 나름의 방식으로 수재나의 임신을 숨겼듯이) 비밀을 지키는 것과 에디가 말하는 '직감'을 따르는 것은 서로 다른 일이었다. 제이크의 요구에 요구로 응했다가는 사태가 더욱 꼬일 뿐이었다. 눈앞의 소년은 이제 거의 벌거벗은 채 겁에 질려 벌벌 떨면서 중간 세계로 건너왔던 그 아이가 아니었다.

"너의 딘으로서 묻는 게 아니다. 루거라면 언제든, 어디든 네 마음대로 가져가도 좋다. 처음부터 네가 가져온 물건이 아니더냐?"

"훔친 물건이에요." 제이크의 목소리는 조그마했다. 시선은 자기 무릎을 향하고 있었다.

"넌 살아남기 위해 필요한 물건을 챙겼을 뿐이야." 수재나였다. "그건 절도하고는 천지차이야. 제이크, 있잖아…… 너 누굴 쏠 작정은 아니지, 그렇지?"

"아뇨, 그런 거 아니에요."

"조심하렴. 어떻게 하려는 건진 모르지만, 조심해."

"뭘 어떻게 할 작정이든, 앞으로 일주일 안에 끝내는 게 좋을 거야." 에디가 말했다.

제이크는 고개를 끄덕이고는 롤랜드를 돌아보았다. "마을 회의는 언제 소집하실 건가요?"

"그 로봇의 말에 따르면 늑대들이 쳐들어올 때까지는 열흘이 남았다. 그러니……." 롤랜드는 잠깐 날짜를 계산했다. "마을 회의는 엿새 후다. 그 정도면 되겠느냐?"

제이크는 다시 고개를 끄덕였다.

"속에 있는 걱정거리가 뭔지는 안 털어놓을 거냐?"

"딘으로서 물어보시는 게 아니라면 말 안 할래요. 아마 별일 아닐 거예요, 롤랜드. 정말이에요."

롤랜드는 미심쩍은 듯이 고개를 끄덕이고는 담배를 한 대 더 말기 시작했다. 신선한 담뱃잎을 태우는 맛은 정말이지 끝내줬다. "그 거 말고 다른 건 없느냐? 혹시 있거든……"

"있어, 사실은." 에디가 말했다.

"뭐냐?"

"나 뉴욕에 가봐야 돼." 에디의 말투는 피클이나 막대 젤리를 사 러 가게에 좀 다녀와야겠다는 사람처럼 태연했지만, 눈은 흥분으로 번들거렸다. "그리고 이번엔 내 몸까지 같이 가야 해. 그러니까 말 하자면, 그 구슬을 더 직접적으로 사용하자는 거지. 검은 13 말이야. 그걸 쓰는 법을 안다고 말해줘, 롤랜드. 제발."

"뉴욕에는 왜 가겠다는 거냐? 이건 딘으로서 묻는 거다."

"당연히 그러시겠지. 좋아, 대답할게. 왜냐면 시간이 점점 짧아진 다는 당신 생각이 옳기 때문이야. 또 우리가 걱정할 게 칼라의 늑대 들만이 아니기 때문이기도 하고."

"7월 15일까지 얼마나 남았는지 알고 싶어서 그러시는 거죠." 제 이크가 물었다. "맞죠?"

"맞아. 우린 다 같이 토대시에 빠졌을 때 1977년의 뉴욕에선 시 간이 더 빠르게 흐른다는 걸 알았어. 내가 그 샛길에서 찾은 《뉴욕 타임스》가 며칠자였는지 기억해?"

"6월 2일자였어요." 수재나가 말했다.

"맞아요. 그리고 그쪽 세계에선 시간을 거슬러 올라갈 수 없다는 것도 거의 확실해요. 우리가 건너갈 때마다 시간이 뒤로 밀려 있었 으니까. 안 그래요?"

제이크는 힘껏 고개를 끄덕였다. "왜냐면 그 세계는 다른 세계들 이랑 다르거든요…… 아니면 그냥 검은 13의 힘으로 토대시에 빠졌기 때문에 그렇게 느끼는 걸까요?"

"그런 것 같진 않아. 공터에서 아마도 60번가까지, 그 구간에 해당하는 2번 대로는 아주 중요한 장소야. 그 자체가 커다란 통로인 거지."

제이크 체임버스의 표정은 점점 더 흥분으로 물들었다. "60번가까지 올라가지는 않을 거예요. 그렇게 멀리까지는 아니에요. 제 생각엔 46번가하고 54번가 사이의 2번 대로 구간이에요. 파이퍼 스쿨을 떠나던 날, 전 54번가에 도착했을 때 뭔가 변하는 느낌이 들었어요. 그 여덟 블록이에요. 레코드 가게가 있고 지지고볶고 아줌마네 식당이 있고, 맨해튼 마음의 양식 헌책방이 있는 그 구간요. 당연히 공터도 있고요. 반대편에. 거긴…… 뭐랄까……"

에디가 대신 말을 이었다. "거기 있다 보면 다른 세계로 들어가는 거지. 일종의 열쇠가 되는 세계로. 아마도 그래서 시간이 항상 한 방향으로만 흐르는……"

그 순간 롤랜드가 손을 들었다. "그만."

에디는 말을 멈추고 기대에 찬 표정으로 롤랜드를 돌아보았다. 얼굴에는 살짝 웃음까지 띠고서. 롤랜드는 웃지 않았다. 아까까지 느꼈던 만족감은 이미 사라지고 없었다. 할 일이 너무나, 빌어먹을 정도로 많았다. 그런데 시간이 모자랐다.

"그 양해 각서가 효력을 잃는 날까지 얼마나 남았는지 알고 싶은 게로구나. 내가 제대로 이해했느냐?"

"맞아."

"그것 때문에 네 육신을 끌고 뉴욕까지 갈 필요는 없다, 에디. 토대시를 이용하는 걸로 충분하다."

"그래, 몇 월 며칠인지만 확인할 거라면 토대시로 충분하겠지, 하지만 그게 다가 아니야. 우린 그 공터에 관해 아무것도 몰랐던 거야, 이 사람들아. 완전히 바보였다고."

10

에디는 수재나가 물려받은 재산을 건드리지 않고도 그 공터를 손에 넣을 수 있을 거라 믿었다. 그 비결은 캘러핸의 이야기 속에 명백히 드러나 있었다. 장미는 아니었다. 장미는 (그들뿐 아니라 누구도) 소유할 대상이 아니라 지켜야 할 대상이었다. 그리고 그들에게는 그렇게 할 능력이 있었다. 어쩌면.

겁을 먹었든 안 먹었든 간에, 캘빈 타워는 캘러핸 신부의 목숨을 구하려고 문 닫은 빨래방에서 기다리고 있었다. 그리고 겁을 먹었든 안 먹었든 간에, 캘빈 타워는 자신에게 남은 마지막 부동산을 솜브라 코퍼레이션에 팔지 않고 버텼다. 적어도 1977년 5월 31일까지는 그랬다. 에디 생각에 캘빈 타워는 보니 타일러의 노래 가사처럼 영웅이 나타나기를 기다리며 끈질기게 버티는 중이었다.

한편으로 에디는 검은 13 이야기를 처음 꺼내고 나서 두 손에 얼굴을 묻던 캘러핸의 모습도 떠올렸다. 캘러핸은 그 물건을 자기 교회에서 치우고 싶어 안달했지만…… 그러면서도 어찌어찌해서 여태 보관하고 있었다. 헌책방 주인과 마찬가지로 신부 역시 버텨온 것이다. 그런 캘빈 타워가 땅값으로 수백만 달러를 요구할 거라고 넘겨짚다니, 얼마나 어리석었던지! 타워는 그 땅을 없애고 싶어 했다. 그러나 그렇게 하려면 적당한 사람이 나타나야 했다. 아니면 적당한 카텟이.

"수재나 당신은 못 가요, 홀몸이 아니니까. 제이크 너도 안 돼, 아직 어리니까. 다른 건 다 제쳐놓더라도, 넌 내가 캘러핸의 이야기를 듣고 나서 쭉 생각했던 계약서에 서명을 할 수가 없어. 나를 따라가는 건 괜찮아. 하지만 얘기를 들어보니까 너, 여기서 처리할 일이 있는 것 같던데. 아니면 내가 착각한 건가?"

"착각이 아니에요. 그치만 그 생각에는 저도 거의 찬성해요. 진짜 대단한 것 같아요."

에디는 빙긋 웃었다. "거의는 엄마가 숙제 다 했냐고 물어볼 때 쓰는 말이란다, 꼬마야. 그렇다고 롤랜드를 보내자니…… 기분 나쁘게 듣지는 마, 보스. 근데 당신은 저쪽 세계하고는 좀 안 어울리거든. 그게…… 음…… 소통하는 과정에서 뭘 좀 빠뜨린다고나 할까."

그 말에 수재나는 웃음을 터뜨렸다.

"타워 씨한테 얼마나 제시할 거예요?" 제이크가 물었다. "그러니까, 뭔가 내놓기는 해야 하잖아요. 안 그래요?"

"1달러. 십중팔구는 그 양반한테 빌려야겠지. 하지만……"

"아뇨, 더 좋은 수가 있어요." 제이크의 표정은 진지했다. "제 배낭에 5달러, 아니면 6달러가 있을 거예요. 틀림없어요." 제이크의 얼굴에 웃음이 번졌다. "더 줄 수도 있어요, 나중에요. 이쪽 일이 어느 정도 정리되면요."

"우리가 그때까지 살아 있으면, 이겠지." 말은 그렇게 했지만 수재나도 신이 난 표정이었다. "그거 알아요, 에디? 당신 어쩌면 천재인지도 몰라요."

"사이 타워가 그 공터를 우리한테 판 게 알려지면 발라자르 패거리는 좋아하지 않을 게다." 롤랜드가 말했다.

"맞아, 하지만 잘하면 발라자르를 구슬려서 타워를 못 건드리게할 수도 있을 거야." 에디의 입가에 섬뜩한 미소가 번졌다. "까놓고말할게, 롤랜드. 엔리코 발라자르 같은 놈을 한 번 더 죽이는 건 나한텐 아무것도 아니야."

"언제 갈 거예요?" 수재나가 에디에게 물었다.

"서두를수록 좋아요. 일단 저쪽 세상의 뉴욕이 지금 몇 월 며칠인지 알 수가 없어서 미칠 지경이거든요. 어때, 롤랜드? 당신 생각엔언제가 좋겠어?"

"나라면 내일 가겠다. 그 구슬을 들고 동굴로 간 다음, 네가 그곳의 문을 통해 캘빈 타워가 있는 시대와 장소로 갈 수 있는지 보자.네 계획은 훌륭하다, 에디. 세이 생키."

"그 구슬이 다른 데로 끌고 가버리면 어떡해요? 다른 우주의1977년이라거나, 아니면……" 제이크는 어떻게 말을 맺어야 할지알 수가 없었다. 머릿속에는 검은 13이 그들을 처음 토대시에 빠뜨렸을 때 모든 것이 너무나 *얄따랗게* 보였던 기억이 떠올랐다. 또한그려놓은 표면 같은 주위의 현실 뒤에 끝 모를 암흑이 도사린 것 같았던 느낌도. "……아니면 더 먼 곳으로 보내버리면?" 제이크는 그렇게 말을 맺었다.

"그렇게 되면, 엽서를 써서 보낼게." 에디는 낸들 아냐는 듯이 어깨를 으쓱하면서 낄낄 웃었지만, 제이크는 한순간 그가 얼마나 겁에질렸는지를 알아보았다. 수재나 역시 알아챘는지 에디의 손을 두 손으로 붙잡고 꼭 쥐었다.

"에이, 괜찮을 거예요." 에디가 말했다.

"그럼요." 수재나가 대꾸했다. "당연히 그래야죠."

제2장
도건(전편)

1

이튿날 아침 롤랜드와 에디가 평온의 성모 교회에 들어섰을 때, 햇빛은 머나먼 동북쪽 지평선을 맴도는 소문에 지나지 않았다. 에디는 입술을 꾹 다문 채 횃불로 앞길을 밝히며 교회 한복판의 통로를 나아갔다. 두 사람이 찾으러 온 물건은 허밍 소리를 내고 있었다. 졸음이 묻은 허밍이었지만, 에디는 전과 똑같이 그 소리가 마음에 들지 않았다. 교회 자체가 으스스했다. 텅 빈 교회 안은 어쩐지 너무 넓어 보였다. 에디는 유령 같은 형상들이(또는 죽은 유랑자 같은 존재가) 신도석에 앉아서 저세상으로부터 품고 온 원망을 담아 자신들을 노려볼 거라는 생각을 떨칠 수가 없었다.

그래도 허밍 소리 쪽이 더욱 지독했다.

앞쪽에 도착하자 롤랜드가 걸낭을 열고 제이크가 전날까지 배낭에 보관했던 볼링 가방을 꺼냈다. 총잡이는 잠시 그 가방을 높이 들고서, 에디와 함께 가방 옆에 적힌 글귀를 읽어보았다. 중간 세계 볼링장에는 언제나 스트라이크뿐.

"내가 괜찮다고 할 때까지는 아무 말도 하지 마라. 알겠느냐?"

"알았어."

롤랜드가 바닥 판자 두 장 사이의 홈을 엄지손가락으로 누르자 신부의 비밀 은닉처로 통하는 구멍이 드러났다. 롤랜드는 구멍 위의 판자를 들어 한쪽으로 치웠다. 에디는 예전에 텔레비전에서 2차 대전 때의 런던 대공습을 배경으로 한 「폭발물 처리반」이라는 드라마를 본 적이 있었는데, 그 영화에는 신관이 살아 있는 폭탄을 해체하는 장면이 나왔다. 그리고 지금, 롤랜드의 손놀림을 보는 에디의 머릿속에 그 드라마가 강렬하게 떠올랐다. 왜 아니겠는가? 만약 그들의 생각이 옳다면 이 은닉처에 있는 물건은 실제로 터지기를 기다리는 폭탄이었다. 그리고 에디는 자신들이 옳다는 것을 알았다.

롤랜드가 하얀 리넨으로 지은 중백의를 젖히자 상자가 드러났다. 허밍 소리가 더욱 커졌다. 에디의 호흡은 목구멍에서 턱 막혔다. 온몸의 살갗이 싸늘하게 식는 느낌이 들었다. 어딘가 가까운 곳에서, 상상도 못할 악의를 지닌 괴물이 졸음에 겨운 한쪽 눈을 반쯤 뜨고 있었다.

허밍 소리가 앞서처럼 나른한 정도로 낮아지자 에디는 다시 숨을 쉴 수 있었다.

롤랜드는 에디에게 볼링 가방을 건넨 다음, 가방을 열라고 손짓했다. 불안감을 느끼면서(또한 롤랜드의 귀에 대고 다 잊어버리자고 속삭이고 싶은 충동을 마음 한편에 느끼면서), 에디는 그 지시를 따랐다. 롤랜드는 상자를 들어올렸고, 그러자 허밍 소리가 또다시 커졌다.

얼마 안 되는 공간을 환하게 밝히는 횃불의 빛 속에서, 에디는 총잡이의 이마에 맺힌 땀방울을 똑똑히 보았다. 자신의 이마에도 땀이 맺힌 느낌이 들었다. 만일 검은 13이 깨어나서 자신들을 어딘지 모를 시커먼 연옥으로 날려버린다면……

난 안 가. 싸워서 수재나 곁에 남을 거야.

말할 것도 없이 진심이었다. 그럼에도, 롤랜드가 정교하게 조각된 그 고스트우드 상자를 전에 공터에서 발견한 묘하게 금속 느낌이 나는 가방에 집어넣었을 때, 에디는 안도감을 느꼈다. 허밍 소리는 완전히 사라지지는 않았지만 들릴락 말락 하게 윙윙대는 정도로 작아졌다. 뒤이어 롤랜드가 가방의 여밈 끈을 부드럽게 당겨서 입구를 닫자 윙윙대는 소리는 희미한 속삭임으로 잦아들었다. 흡사 조개 껍데기에 귀를 댔을 때처럼.

에디는 가슴 앞에 성호를 그었다. 롤랜드도 희미한 웃음을 머금고서 그를 따라했다.

한편 교회 바깥에서는 동북쪽 지평선이 눈에 띄게 환해져 있었다. 결국 동이 트기는 할 모양이었다.

"롤랜드."

총잡이는 눈을 동그랗게 뜨고서 에디를 돌아보았다. 에디는 가방 입구를 왼손으로 꽉 틀어쥐고 있었다. 상자는 가방이 축 늘어질 만큼 묵직했지만, 에디는 그 무게가 진짜라고 믿을 생각이 전혀 없어 보였다.

"우리가 이 가방을 찾았을 때 토대시에 빠진 상태였다면, 이걸 어떻게 주워서 갖고 온 거지?"

롤랜드는 그 말을 곰곰이 생각했다. 그러다가 대답했다. "아마 이

가방도 토대시에 빠져 있었을 거다."

"지금도?"

롤랜드는 고개를 끄덕였다. "그래, 그런 것 같다. 지금도."

"음." 에디는 그 가능성을 생각해보았다. "거 참 섬뜩한데."

"뉴욕을 다시 방문할 생각이 없어진 거냐, 에디?"

에디는 고개를 저었다. 그래도 겁은 났다. 왕실 전용 객차의 통로
에 서서 블레인에게 수수께끼를 냈을 때 이후로 이렇게 겁이 나기
는 처음이었다.

2

통로 동굴까지 가는 길을 절반쯤 왔을 무렵('좀 가파르다네'라던 헨
칙의 말은 전에도 옳았고, 이날도 옳았다.), 시각은 벌써 10시였고 날은
꽤나 따뜻했다. 에디는 걸음을 멈추고 목수건으로 뒷덜미의 땀을 닦
은 다음, 북쪽으로 구불구불 이어진 계곡을 바라보았다. 그러다가
여기저기 시커멓게 입을 벌린 구멍을 발견하고 롤랜드에게 그곳이
석류석 광산이냐고 물어보았다. 총잡이는 그렇다고 대답했다.

"애들을 숨겨놓기로 한 데는 어디야? 여기서 보여?"

"그래, 실은 보인다." 롤랜드는 이제 한 정만 남은 권총을 뽑아
들고 허공을 겨누었다. "가늠쇠가 향한 곳을 봐라."

에디가 그 말대로 하자 뾰족뾰족한 에스(S) 자 두 개처럼 생긴 깊
은 골짜기가 보였다. 골짜기는 꼭대기까지 엷은 그늘로 차 있었다.
골짜기 바닥은 한낮에도 30분 이상은 햇빛이 안 비칠 것 같았다. 북

쪽으로 더 올라가면 거대한 바위에 가로막혀 길이 끊기는 모양이었
다. 그곳이 광산 입구인가 하는 생각이 들었지만, 너무 어두워서 제
대로 알아볼 수가 없었다. 골짜기 서남쪽에 열린 흙길은 이스트 로
드까지 구불구불 이어졌다. 이스트 로드 너머의 들판은 아래쪽으로
낮아지면서 지형을 알아보기가 힘들었지만 그래도 초록빛을 띤 논
은 알아볼 수 있었다. 논 너머는 강이었다.

"보고 있자니 당신이 해준 이야기가 생각나는데. 아이볼트 골짜
기 말이야."

"당연히 그럴 게다."

"하지만 고약한 장난을 쳐줄 희박지대가 없네."

"그래." 롤랜드도 동의했다. "희박지대는 없다."

"솔직히 말해봐. 당신 진짜 한쪽이 꽉 막힌 골짜기의 갱도에다 이
마을 애들을 숨겨놓을 작정이야?"

"아니다."

"이곳 주민들은 당신이…… 우리가 그렇게 할 거라고 생각하잖
아. 접시 던지는 자매단도 그렇게 믿고 있고."

"나도 안다. 그게 바로 내가 원하는 바다."

"왜?"

"왜냐면 내가 보기에 늑대들이 아이들 있는 곳을 찾아내는 비결
은 초자연적인 힘과 아무 상관도 없기 때문이다. 그 점에 대해서는,
재퍼즈 할아범의 이야기를 듣고 나니 늑대들 자체에 초자연적인 구
석이 전혀 없다는 생각이 들더구나. 아니, 이 칼라라는 옥수수 창고
에는 쥐새끼가 있다. 누군가 선더클랩의 지배자를 찾아가서 미주알
고주알 찍찍대는 거다."

"그 누군가는 매번 바뀐다, 이 말이지. 23년, 아니면 24년에 한 번씩."

"그렇다."

"누구야? 누가 그런 짓을 할 수 있단 말이야?"

"확실하진 않지만, 짚이는 구석은 있다."

"투크? 대대로 전하는 임무 같은 걸까, 아버지가 아들한테?"

"다 쉬었으면 이제 다시 올라가는 게 좋겠다, 에디."

"오버홀저야? 그 텔퍼드라는 남잔가? 텔레비전 드라마에 나오는 카우보이처럼 생긴?"

롤랜드는 말없이 에디를 지나 걸어갔다. 새로 산 반장화가 땅에 널린 자갈과 바위 부스러기를 밟으며 자그락거렸다. 멀쩡한 왼손에 든 분홍색 가방이 앞뒤로 흔들거렸다. 그 가방 안에 든 물건은 여전히 기분 나쁜 비밀을 속삭이고 있었다.

"당신도 참, 평소처럼 재잘재잘 잘도 떠드는군. 좋은 현상이야."

에디는 그렇게 말하며 롤랜드의 뒤를 따랐다.

3

동굴 바닥의 깊은 어둠 속에서 맨 먼저 들려온 목소리의 주인은 위대한 현자이자 못 말리는 약쟁이였다.

"이야, 계집애 같은 우리 동생 왔구나!" 에디의 형 헨리가 구시렁거렸다. 에디의 귀에는 그 목소리가 우스운 동시에 섬뜩하게 들렸다. 『크리스마스 캐럴』에 나오는 에버네저 스크루지의 죽은 동업자가 하는 말처럼. "우리 쪼그만 계집애가 뉴우요옥에 돌아가는 건가? 마음만 먹으면 훨씬 먼 곳도 갈 수 있단다, 동생아. 하지만 넌 그냥 지금 있는 곳에 찌그러져 있으면 돼…… 나무 쪼가리에 조각이나 하면서…… 착한 호모로 살면 된다, 이거야……." 죽은 형이 낄낄 웃었다. 산 동생은 몸이 부르르 떨렸다.

"에디?" 롤랜드가 불렀다.

"형 말 들어라, 에디!" 동굴의 시커멓고 가파른 목구멍 저 밑에서, 에디의 어머니가 외쳤다. 돌로 된 바닥에서는 여기저기 널린 조그만 뼈들이 희끄무레하게 빛났다. "헨리는 널 위해서 평생을 바쳤다, 평생을, 하다못해 말 정도는 들어 줘야 할 것 아니냐!"

"에디, 너 괜찮으냐?"

이번에는 에디의 친구들 사이에서 '미친 헝가리 놈'으로 통하던 차바 드라브닉의 목소리가 들렸다. 차바는 에디에게 담배를 내놓지 않으면 바지를 내려버리겠다고 협박했다. 에디는 섬뜩하면서도 매혹적인 그들의 수다를 머릿속에서 지우려고 기를 썼다.

"어, 괜찮은 것 같아."

"그건 네 머릿속에서 들려오는 목소리다. 이 동굴이 포착해서 알 수 없는 방식으로 증폭시키는 거다. 그냥 흘려들어라. 조금 괴로운 건 나도 안다, 하지만 다 의미 없는 소리들이다."

"동생아, 너 왜 그놈들이 날 죽이게 놔뒀냐?" 헨리 형이 훌쩍거렸다. "난 네가 올 거라고 믿었어, 그런데 넌 끝내 안 왔어!"

"의미 없는 소리란 말이지." 에디가 중얼거렸다. "그래, 알았어. 이제 어떡하지?"

"이곳에 관해 캘러핸과 헨칙한테서 들은 얘기에 따르면, 내가 상자의 뚜껑을 열면 저 문이 열릴 거다."

에디는 불안한 듯이 웃었다. "마음 같아선 그 가방에서 상자를 꺼내지도 않았으면 좋겠는데, 너무 겁쟁이 같은가?"

"혹시 마음이 바뀐 거라면……."

에디는 고개를 가로저었다. "아니야. 난 저 문을 통과하고 싶어." 에디는 느닷없이 환하게 웃었다. "내가 약에 취할까봐 걱정하는 거지, 맞지? 업자를 찾아서 한 방 맞고 뿅 갈까봐서?"

동굴 깊숙이서 헨리가 환호했다. "그건 차이나 화이트야, 동생아! *최고의* 약을 사려면 깜둥이들을 찾아가야 해!"

"전혀. 내 걱정거리는 산더미 같지만, 네가 예전의 나쁜 습관에 다시 빠지는 것은 거기에 포함되지 않는다."

"다행이네." 에디는 동굴 안쪽으로 조금 더 들어가서 허공에 서 있는 문을 바라보았다. 윗부분의 상형문자와 장미가 새겨진 수정 손잡이를 빼면, 그 문은 바닷가에 서 있던 문들과 똑같아 보였다. "문 뒤쪽으로 돌아가면……?"

"뒤쪽으로 돌아가면 문은 사라진다. 허나 그 뒤쪽에는 무저갱이 입을 벌리고 있다…… 아마도 나아르까지 곧장 떨어질 거다. 나 같으면 뒤로 안 갈 거다."

"좋은 충고로군. 빠른 손 에디 님께서 말씀하시길, 세이 생키." 에디는 수정 문손잡이를 돌려보고 어느 쪽으로도 움직이지 않는 것을 알았다. 이 역시 예상한 바였다. 에디는 뒤로 물러섰다.

"뉴욕을 생각해라. 특히 2번 대로에 집중해야 할 거다. 그리고 시간에도. 1977년이라는 해에."

"무슨 수로 연도에 집중하라는 거야?"

대답하려고 입을 열었을 때, 롤랜드는 자신도 모르게 조바심이 묻은 목소리를 내고 말았다. "너와 제이크가 예전의 제이크를 따라 갔던 날 무슨 일이 있었는지 떠올리면 될 거다."

에디는 그날이 아니라고, 그날은 너무 이르다고 말하려다가 입을 다물었다. 그들이 규칙을 제대로 이해했다면, 토대시 상태든 아니든 간에 그날로 돌아갈 수는 없었다. 만약 그들이 옳다면 그쪽 세계의 시간은 단지 조금 빨리 흐를 뿐, 알 수 없는 방식으로 이쪽 세계의 시간과 엮여 있었다. 그들이 규칙을 제대로 이해했다면…… 규칙이 라는 것이 있다면…….

뭐, 직접 가서 확인하면 되잖아?

"에디, 내가 최면을 걸어주기를 바라느냐?" 롤랜드는 총 띠에서 총알 한 개를 뽑으며 물었다. "그러면 과거를 더 명확하게 볼 수 있을 게다."

"아니. 이번 일은 말짱한 정신으로 하는 게 좋을 것 같아."

에디는 손을 몇 차례 쥐었다 펴면서 심호흡을 했다. 심장은 그다지 빨리 뛰지는 않았다. 굳이 말하자면 느리게 뛰는 편이었지만, 박동 하나하나가 온몸에 메아리치는 느낌이 들었다. 맙소사, 만화 영화의 천재 강아지 피바디가 만든 시간 역행 장치나 「타임머신」에 나오는 기계처럼 단추를 눌러 설정할 수 있으면 식은 죽 먹기일 텐데!

"있잖아, 나 괜찮아 보여? 혹시라도 한낮에 2번 대로에 도착하면 사람들이 얼마나 쳐다볼 것 같아?"

"사람들 앞에 나타나면 필시 꽤 눈에 띌 거다. 만약 이상하게 여기고 말을 거는 사람이 있거든 누구든 무시하고 즉시 그 자리를 피해라."

"그 정도는 나도 알아. 옷차림이 어떠냐는 뜻이야, 내 말은."

롤랜드는 어깨를 살짝 으쓱했다. "나도 모른다, 에디. 그곳은 너의 구역이다, 나의 구역이 아니라."

에디는 부인할 수도 있었다. 그의 구역은 브루클린이었다. 어쨌거나 한때는 그랬다. 에디는 맨해튼에 한 달에 한 번 이상은 결코 가지 않았고, 그곳을 거의 외국처럼 여겼다. 그래도 롤랜드의 말이 무슨 뜻인지는 이해가 갔다. 에디는 자신의 옷차림을 살펴보았다. 상의는 뼈 단추가 달린 민무늬 플란넬 셔츠였고, 그 아래의 진청색 청바지는 구리 대신 광택을 낸 니켈 리벳이 달려 있고 앞쪽은 단추로 여미게 되어 있었다(러드에는 지퍼 달린 바지가 있었지만 그 이후로는 다시 보지 못했다.). 길거리에서라면 평범한 차림으로 보일 듯싶었다. 어디까지나 뉴욕 기준의 평범함이었지만. 혹시 돌아보는 사람이 있다고 해도 쉬는 날 히피 흉내를 내는 카페 웨이터, 또는 예술가 지망생으로 여길 법한 차림새였다. 에디 생각에 사람들은 보통 한 번 쳐다보는 것도 귀찮아했고, 이는 전적으로 다행스러운 일이었다. 그래도 한 가지 덧붙일 것이 있다면……

"혹시 가죽 끈 남는 거 하나 있어?" 에디는 롤랜드에게 물었다.

동굴 깊숙이서, 에디의 5학년 시절 담임이었던 터브서 선생님이 애달프게 외쳤다. "넌 재능이 있었어! 넌 정말로 훌륭한 학생이었어, 그런데 지금 네 꼴을 좀 봐! 형이 널 물들이는 동안 왜 가만히 있었던 거니?"

그 말에 헨리 형은 흐느끼는 목소리에 분노를 담아 대답했다. "난 저 자식 때문에 죽었다고! 저 자식이 죽인 거야!"

롤랜드는 어깨에 멘 걸낭을 벗어서 동굴 입구 바닥의 분홍 가방 옆에 내려놓은 다음, 걸낭을 열고 뒤적거렸다. 에디는 그 속에 뭐가 얼마나 들어 있을지 도무지 감도 잡히지 않았다. 그저 걸낭의 바닥을 본 적이 없다는 것만 알 뿐이었다. 에디가 부탁한 것을 총잡이가 찾아서 꺼내기까지는 한참이 걸렸다.

에디가 머리를 뒤로 모아 가죽 끈으로 묶는 동안(그 끈 하나로 히피 예술가 스타일을 멋지게 마무리할 생각으로), 롤랜드는 스스로 '봇짐 주머니'라고 부르는 가방을 꺼내어 내용물을 비우기 시작했다. 가방 안에는 캘러핸한테서 받은 살짝 홀쭉해진 담배쌈지와 동전 및 지폐 몇 종류, 반짇고리, 샤딕의 공터 근처에서 조잡한 나침반으로 이용했던 땜질한 컵, 낡아서 헤진 지도 한 장, 그리고 태버리 쌍둥이가 그려준 새 지도가 들어 있었다. 가방이 다 비자 롤랜드는 왼쪽 엉덩이 옆의 총집에서 백단향 손잡이가 달린 커다란 리볼버를 뽑아 들었다. 그러고는 원통형 탄창을 열어 총알을 확인하고 고개를 끄덕이더니, 탄창을 다시 제자리로 돌려놓았다. 그는 그 리볼버를 가방에 넣고 입구의 여밈 끈을 쭉 빼서 한 번만 당겨도 쓱 풀리도록 감아 매기를 했다. 그런 다음 반들반들한 어깨 끈을 잡고 에디에게 가방을 내밀었다.

처음에 에디는 가방을 받으려 하지 않았다. "됐어, 이 양반아. 이 총은 당신 거잖아."

"지난 몇 달 동안은 너도 나만큼이나 지니고 다녔다. 아마 더 오래 지녔을 거다."

"그래, 하지만 내 목적지는 뉴욕이야, 롤랜드. 거긴 도둑놈 천지라고."

"너한테서 훔치지는 못할 거다. 총을 받아라."

에디는 롤랜드의 눈을 가만히 보다가, 이윽고 봇짐 주머니를 받아 들고 끈을 어깨에 멨다. "뭔가 짚이는 데가 있나 보군."

"그래, 직감이다."

"카가 일을 시작한 거야?"

롤랜드는 어깨를 으쓱했다. "카는 언제나 일하는 중이다."

"알았어. 롤랜드, 그…… 혹시 내가 못 돌아오면, 당신이 수재나를 좀 보살펴줘."

"그럴 일이 없도록 하는 것이 너의 임무다."

아니. 에디는 생각했다. *내 임무는 장미를 지키는 거야.*

에디는 문을 향해 돌아섰다. 궁금한 것이 산더미 같았지만, 롤랜드가 옳았다. 더는 질문할 시간이 없었다.

"에디, 솔직히 가기 싫다면 지금이라도……"

"아니, 난 가고 싶어." 에디는 왼손 엄지를 펴서 쓱 치켜들었다. "내가 이 신호를 보내면 상자를 열어."

"알았다."

롤랜드의 목소리는 등 뒤에서 들려왔다. 왜냐면, 이제 동굴에는 에디와 문밖에 없었으므로. 위쪽에 기묘하고 아름다운 문자로 찾지 못한이라고 적힌 문뿐이었다. 에디는 전에 『여름으로 가는 문』이라는 소설을 읽은 적이 있었는데 지은이는…… 누구였더라? 에디가 도서관에서 뻔질나게 빌린 과학 소설들을 쓴 작가, 여름 방학의 기나긴 오후를 보내기에 안성맞춤인 믿고 읽는 작가들 중의 한 명이었다. 머레이 라인스터, 폴 앤더슨, 고든 딕슨, 아이작 아시모프, 할란 엘리슨…… 그리고 로버트 하인라인. 『여름으로 가는 문』의 작가는 하인라인이지 싶었다. 헨리 형은 책을 빌려서 돌아오는 에디를 항상 놀렸다. 계집애 같다며, 꼬맹이 책벌레라며, 책을 읽으면서 딸딸이도 칠 수 있냐고 물었다. 로켓이나 타임머신 따위가 나오는 지어낸 이야기에 어떻게 그렇게 오랫동안 꼼짝 않고 앉아서 머리를 처박을 수 있는지 궁금하다면서. 헨리는 자기보다 어린 에디한테 그렇게 물었다. 잔뜩 난 여드름에 녹스제마나 스트라이덱스 같은 약을 발라서 번들거리는 얼굴을 하고서. 헨리는 그때 이미 군대에 갈 나이였다. 에디는 그보다 어렸다. 그런데도 도서관에서 책을 빌려왔다. 그때 에디는 열세 살, 지금의 제이크 또래였다. 때는 1977년, 에디는 열세 살이고 2번 대로의 택시들은 햇살을 받아 노란색으로 번쩍이고 있다. 워크맨 이어폰을 귀에 꽂은 흑인 남자가 지지고볶고 아줌마네 식당 앞을 지나간다, 에디의 눈에는 그가 보인다. 에디는 그 흑인 남자가 듣는 노래가 엘튼 존이 부르는(아니면 누구이겠는가?) 「오늘 밤 누군가 내 목숨을 구했네」라는 것을 안다. 보도는 인파로 붐빈다. 지금은 늦은 오후, 사람들은 칼라 뉴욕의 강철 계곡에서 또 하루를 보내고 집으로 향하는 중이다. 이곳에서 그들은 쌀 대신 돈을 길러 비싼 값에 판다. 값비싼 숙녀복에 운동화를 신은 여성들의 모습이 귀여우면서도 이상해 보인다. 일과를 마치고 집에 가는 길이기 때문에 그들의 하이힐은 가방 속에 들어 있다. 햇살은 너무나 환하고 공기는 너무나 따뜻해서 다들 웃는 표정인 것 같다. 바야흐로 여름을 맞은 도시, 어디선가 러빈 스푼풀의 노래 「도시의 여름」처럼 쿵쿵대는 착암기 소리가 들려온다. 에디 앞에는 1977년 여름으로 가는 문이 있다. 택시 기본요금이 1달러 25센트이고 300미터마다 30센트씩 올라가던 그 시절, 전에는 더 쌌고 나중에는 더 비싸졌지만 지금은, 바로 지금은, 딱 그 정도다. 고등학교 교사가 탄 우주 왕복선은 아직 폭발하지 않았다. 존 레논도 아직 살아 있지만 독한 헤로인, 즉 차이나 화이트를 끊지 않으면 어차피 오래 살기는 힘들다. 그리고 에디 딘, 그러니까 에드워드 캔터 딘으로 말하자면, 헤로인에 관해 아무것도 모른다. 그 애가 저지른 유일한 나쁜 짓은 담배 몇 개비를 피운 것뿐(그것 말고는 자위를 시도한 것뿐인데 성공하려면 아직 1년은 더 남았다.). 에디는 열세 살이다. 지금은 1977년이고 에디의 가슴에는 털이 딱 네 가닥 나 있다. 아침마다 경건하게 그 털을 세면서 다섯 개로 불어나 있기를 기도한다. 때는 미국 건국 200주년 이듬해의 여름이다. 지금은 6월 어느 날 오후이고 에디의 귀에는 행복한 노래가 들려온다. 타워 오브 파워 레코드 가게의 문간에 놓인 스피커에서 흘러나오는 그 노래는 멍고 제리가 부르는 「서머 타임」이다. 그리고……

갑자기 그 모든 것이 현실로 보였다. 아니면 현실이기를 바라는 마음이 그만큼 간절했는지도. 에디는 왼손을 들고 엄지손가락을 척 세웠다. *가자고.* 뒤에 앉아 있던 롤랜드는 이미 분홍색 가방에서 상자를 꺼낸 후였다. 그리고 에디가 엄지를 세웠을 때, 상자를 열었다.

감미로우면서도 짜증스러운 차임벨 소리가 곧바로 에디의 귀를 파고들었다. 눈에서는 눈물이 흐르기 시작했다. 눈앞에서, 허공에 서 있는 문이 철컥 소리와 함께 열리면서 동굴 안이 순식간에 쨍한 햇살로 반짝였다. 빵빵거리는 경음기 소리와 착암기의 *부다다다* 소리가 문틈으로 들려왔다. 얼마 전까지만 해도 에디는 이런 문이 너무나 갖고 싶어서 하마터면 롤랜드를 죽일 뻔했다. 그런데 그 문이 눈앞에 있는 지금, 에디는 두려워서 죽을 것만 같았다.

토대시를 알리는 차임벨 소리에 머리가 쪼개지는 느낌이 들었다.

오랫동안 듣고 있다가는 미쳐버릴 듯싶었다. *미쳐보지 뭐, 까짓것.*

에디는 걸음을 내디뎠다. 두 눈에 눈물이 그렁거린 탓에 내민 손은 세 개로, 문손잡이는 네 개로 비쳤다. 문을 앞으로 당기자 늦은 오후의 황금빛 햇살이 아롱거렸다. 휘발유 냄새와 후텁지근한 도심의 공기 냄새, 누군지 모를 사람의 애프터 셰이브 냄새가 났다.

무엇 하나 제대로 보이지도 않는 상태로, 에디는 찾지 못한 문을 지나 다른 세계의 여름으로 들어섰다. 그 세계에서 에디는 *펜곤*, 즉 추방된 자였다.

4

2번 대로였다. 성공이었다. 블림피 샌드위치 가게가 보였고, 등 뒤에서는 멍고 제리가 부르는 중남미 리듬의 신나는 노래가 들려왔다. 주위에는 사람들이 강물처럼 오고 갔다. 도심으로, 외곽으로, 온 사방으로. 사람들은 에디를 거들떠보지도 않았는데 작게는 그들 대다수가 또 하루를 끝마치고 도심을 벗어날 생각밖에 없기 때문이었고, 크게는 남을 신경 쓰지 않는 것이 이곳 뉴욕 사람들의 삶의 방식이기 때문이었다.

에디는 오른쪽 어깨를 으쓱 올려서 롤랜드의 봇짐 주머니를 단단히 멘 다음, 등 뒤를 돌아보았다. 칼라 브린 스터지스로 통하는 문이 거기 있었다. 동굴 입구에 앉아 뚜껑이 열린 상자를 무릎에 올려놓은 롤랜드가 보였다.

망할 놈의 차임벨 소리 때문에 미치기 직전이겠지. 그 생각을 하

며 지켜보고 있으려니, 총 띠에서 총알 두 개를 뽑아 귀를 막는 총잡이의 모습이 보였다. 에디는 씩 웃었다. *잘했어, 이 양반아.* 총알은 적어도 70번 고속도로에서는 희박지대의 윙윙대는 소리를 막아 주었다. 이번에도 효과가 있을지 어떨지는 알 수 없었지만, 이는 롤랜드가 알아서 할 일이었다. 에디에게는 따로 할 일이 있었다.

에디는 사람들이 피해가는 보도 위의 손바닥만 한 공간에서 천천히 돌아섰다. 그러고는 문이 자신과 함께 빙 돌았는지 확인하려고 다시 어깨 너머를 돌아보았다. 문도 움직였다. 전의 그 문들과 똑같다면 이 문도 에디가 가는 곳이라면 어디든 따라갈 터였다. 아니라고 해도 문제가 될 것 같지는 않았다. 멀리 갈 작정은 아니었으므로. 에디가 알아챈 것은 또 있었다. 지난번 토대시 때에는 만물의 뒤편에 어른거리던 암흑이 이번에는 느껴지지 않았다. 이번에는 그가 실제로 이곳에 있기 때문인 듯했다. 토대시 상태가 아니기 때문에. 근처에 죽은 유랑자들이 있다고 해도 에디의 눈에는 안 보일 터였다.

봇짐 주머니의 어깨 끈을 한 번 더 고쳐 멘 다음, 에디는 맨해튼 마음의 양식 레스토랑을 향해 출발했다.

5

걸어가는 동안 사람들이 길을 비켜주기는 했지만, 그것만으로는 실체가 이곳에 있다고 입증하기가 힘들었다. 길을 비켜주는 것은 토대시 상태에서도 마찬가지이기 때문이었다. 결국 에디가 실제로 부딪혀보기로 한 대상은 서류 가방을 한 개도 아니고 두 개나 든 젊은 남자, 말하자면 기업계의 '위대한 관 사냥꾼'이었다. 그런 게 실제로 있는지는 알 수 없었지만.

"어이, 똑바로 보고 다녀!" 어깨가 부딪친 순간 미스터 비즈니스맨이 빽 소리쳤다.

"미안해요, 어휴, 미안." 에디가 말했다. 그랬다, 그는 이곳에 있었다. "저기, 혹시 오늘이 며칠인지……"

그러나 미스터 비즈니스맨은 이미 자리를 뜬 후였다. 살집으로 보아 마흔다섯이나 쉰 살쯤에 막혀버릴 심장 동맥을 혹사시키면서. 에디의 머릿속에 불친절하기로 유명한 뉴요커들을 비꼬는 오래된 뉴욕식 농담이 떠올랐다. '실례합니다, 시청으로 가는 길을 좀 여쭤봐도 될까요, 아니면 저 그냥 닥치고 꺼질까요?' 그러자 터져나오는 웃음을 참을 수가 없었다.

일단 웃음이 가라앉자 에디는 다시 걷기 시작했다. 2번 대로와 54번가 교차점의 상점 앞에 웬 남자가 서서 진열창의 구두와 부츠를 들여다보는 중이었다. 이 남자 역시 슈트 차림이었지만, 방금 부딪힌 남자보다는 훨씬 느긋해 보였다. 게다가 서류 가방도 한 개만 들고 있었다. 에디가 보기에는 좋은 징조였다.

"참으로 실례합니다만." 에디의 입에서 칼라식 인사가 튀어나왔다. "오늘이 며칠인지 좀 알려주실 수 있을까요?"

"화요일이오." 아이쇼핑을 하던 남자가 대답했다. "6월 23일."

"1977년 맞나요?"

아이쇼핑을 하던 남자는 반쯤 웃는 표정으로 에디를 돌아보았다. 어리둥절한 동시에 냉소적인 표정이었고, 눈까지 동그랗게 뜨고 있었다. "맞아요, 1977년. 1978년이 되려면 아직…… 맙소사, 여섯 달이나 남았네. 그러고 보니."

에디는 고개를 끄덕였다. "생키, 사이."

"생…… 뭐라고요?"

"아무것도 아니에요." 에디는 그렇게 말하고 걸음을 서둘렀다.

7월 15일까지 대략 3주밖에 안 남았어. 빨라도 너무 빠르잖아.

그랬다. 하지만 만약 이날 당장 캘빈 타워를 설득해서 공터를 팔게 하면, 시간은 더 이상 문제가 아니었다. 오래전 언젠가 에디의 형은 친구들에게 자기 동생이 마음만 먹으면 악마도 꼬드길 수 있는 녀석이라고 자랑하곤 했다. 에디는 자신의 꼬드기는 솜씨가 조금이라도 남아 있기를 바랐다. 캘빈 타워와 조촐한 거래를 하고 부동산에 투자한 다음, 다만 30분만이라도 뉴욕의 그루브를 느긋하게 만끽하고 싶었다. 자축하고 싶었다. 초콜릿 에그 크림이라도 마시면서, 아니면……

술술 이어지던 생각이 갑자기 끊기면서 에디는 우뚝 멈춰 섰고, 그 바람에 누군가 부딪혀서 욕을 내뱉었다. 에디는 누가 부딪히는 기척도, 욕을 먹은 것도 거의 느끼지 못했다. 진회색 링컨 타운카가 예전 그 자리에 다시 서 있었다. 이번에는 소화전 앞이 아니라 두 칸 떨어진 가게 앞이었다.

발라자르의 타운카였다.

에디는 다시 걷기 시작했다. 문득 리볼버를 가져가라고 타이른 롤랜드에게 고마운 마음이 들었다. 그리고 총알을 가득 장전해준 것역시.

6

진열창에는 조그만 칠판이 다시 나와 있었지만(오늘의 특선 메뉴는 너새니얼 호손과 헨리 데이비드 소로, 로버트 프로스트로 구성된 '뉴잉글랜드 보일드 디너'였고 디저트는 메리 매카시와 그레이스 메탈리어스 중에 고를 수 있었다.), 출입문에 걸린 팻말은 준비 중—죄송합니다였다. 타워 오브 파워 레코드 맞은편의 은행에 걸린 디지털시계에 따르면 이때는 오후 3시 14분이었다. 도대체 누가 평일 오후 3시 15분에 가게 문을 닫을까?

특별한 손님을 맞이하는 사람. 에디는 그렇게 생각했다. 그런 사람이라면 이 시각에 문을 닫을 만도 했다.

에디는 손을 컵처럼 동그랗게 말아서 눈가에 대고 맨해튼 마음의 양식 레스토랑 헌책방 안을 들여다보았다. 아동용 도서를 진열해놓은 조그마한 원형 테이블이 보였다. 그 오른쪽으로 20세기가 시작할 무렵의 소다수 가게에서 슬쩍한 물건처럼 오래된 카운터가 보였지만, 이날은 아무도 그곳에 앉아 있지 않았다. 에런 디프노조차 보이지 않았다. 금전 등록기 역시 지키는 사람이 없었지만, 에디는 그 물건의 숫자 표시창에 붙은 주황색 종이에 뭐라고 적혀 있는지 알아볼 수 있었다. 비매품이었다.

가게 안에는 아무도 없었다. 캘빈 타워가 연락을 받고 자리를 비웠던 것이다. 어쩌면 긴급한 집안 일 때문에……

그래, 긴급한 일이 생긴 거다. 에디의 머릿속에서 총잡이의 냉정한 목소리가 들렸다. *그 긴급한 일은 저 회색 자동 마차를 타고 왔다. 이제 카운터를 다시 봐라, 에디. 이번에는 빛을 그냥 눈에 통과*

시키는 대신에 똑바로 보는 거다.

에디는 이따금 남의 목소리로 생각하는 습관이 있었다. 그런 습관을 가진 사람이 꽤 많을 듯싶었다. 그렇게 하면 관점을 살짝 바꿔서 문제를 다른 각도에서 볼 수 있기 때문이었다. 그러나 지금 이 상황은 그런 식의 관점 바꾸기가 아닌 것 같았다. 지금은 늙은 껀다리 못난이가 실제로 머리 속에 들어앉아 말을 거는 느낌이 들었다.

에디는 다시 카운터를 바라보았다. 이번에는 대리석 상판에 흩어진 체스 말들과 넘어진 커피 잔이 보였다. 이번에는 다리가 긴 스툴 두 개 사이의 바닥에 떨어진 안경이, 그 안경의 깨진 한쪽 렌즈가 보였다.

머리 속 한복판의 깊숙한 곳에서 분노가 불끈 치솟는 느낌이 들었다. 맨 처음의 박동은 묵직했지만, 과거의 경험에 비추어 보면 그 박동은 쉬이 빨라지고 강해졌고, 그러면서 더욱 선명해졌다. 그러다가 결국에는 의식이 빚은 생각을 지워버렸고, 그렇게 됐을 때 롤랜드가 준 총의 사정거리에 어슬렁어슬렁 들어오는 자는 누구든 하느님의 가호를 비는 수밖에 없었다. 언젠가 에디가 롤랜드에게 그 역시 이런 경험을 하느냐고 물었을 때 롤랜드는 이렇게 답했다. *그건 누구나 겪는 일이다.* 에디가 고개를 저으며 자신은 다르다고, 롤랜드와 수재나, 제이크, 누구하고도 다르다고 하자 총잡이는 아무 말도 하지 않았다.

에디 생각에 캘빈 타워와 그를 찾아온 특별한 손님은 가게 뒤편에 있을 듯싶었다. 창고와 사무실을 겸한 그곳에. 그리고 이번에는 십중팔구 대화를 할 생각으로 온 것이 아니었다. 에디 생각에 이번 방문의 목적은 기억을 일깨워주는 것 같았다. 발라자르의 '신사'들이 타워 씨에게 7월 15일이 다가온다고, 그날이 왔을 때 무엇이 가장 신중한 선택인지 아느냐고 일깨워주러 온 것이었다.

*신사*라는 단어가 뇌리를 스친 순간, 그 단어와 함께 또다시 분노가 박동했다. 뚱뚱하고 순박한 헌책방 주인의 안경을 깨뜨리고 그 사람을 으슥한 곳으로 끌고 가 위협하는 녀석들한테 신사는 퍽이나 어울리는 단어였다. 신사! 썹 코말라!

에디는 헌책방의 출입문이 열리는지 확인해보았다. 자물쇠는 잠겨 있기는 했지만 그리 튼튼하지 않았다. 문은 잠긴 상태 그대로 마치 빠지기 직전의 이처럼 흔들거렸다. 보도 안쪽으로 우묵하게 들어간 문간에 서서, 안에 보이는 어떤 책에 유독 관심을 가진 손님처럼(보이기를 바라며), 에디는 잠긴 문의 손잡이를 점점 더 세게 돌렸다. 처음에는 문손잡이를 잡은 손에만 힘을 주다가 이내 수상하게 보이지 않기를 바라며 문에 어깨를 대고 밀기 시작했다.

어차피 아무도 안 볼 확률이 94퍼센트야. 여긴 뉴욕이잖아, 안 그래? 시청 가는 길 좀 여쭤봐도 될까요 아니면 저 그냥 꺼질까요?

에디는 더 세게 밀었다. 미는 힘이 최대치에 이르려면 아직 한참 남았을 때 뚝 소리가 나더니, 문이 안쪽으로 휙 열렸다. 에디는 그곳에 있을 자격이 세상 누구보다 충분한 사람처럼 망설이지 않고 안으로 들어선 다음, 문을 다시 닫았다. 자물쇠의 걸쇠가 걸리지 않았다. 에디는 아동용 도서 진열대에서 『크리스마스 도둑 그린치』를 집어 마지막 장을 북 찢었고(어차피 이 책은 결말이 마음에 안 들었어라고 생각하며), 그 종이를 세 번 접어서 문과 문설주 사이의 틈에 끼워놓았다. 그 정도면 문을 닫아놓기에 충분했다. 에디는 거기까지 끝내고 나서 주위를 둘러보았다.

가게 안에는 아무도 없었다. 그리고 이제, 태양이 맨해튼 웨스트 사이드의 마천루 뒤로 숨은 지금은, 어두컴컴했다. 소리는 전혀······

들렸다. 분명히, 무슨 소리가 났다. 가게 뒤쪽에서 알아듣기 힘든 고함 소리가 들려왔다. *조심해, 신사 분들이 일하시는 중이야.* 그 생각과 함께 또다시 분노의 박동이 느껴졌다. 이번에는 아까보다 더 선명했다.

롤랜드가 준 봇짐 주머니의 여밈 끈을 홱 잡아당긴 다음, 에디는 직원 전용이라고 적힌 가게 뒤쪽의 문을 향해 걸어갔다. 그 문 앞에 도착하기 전에 먼저 어지럽게 쌓인 페이퍼백 무더기와 쓰러진 진열대를 피해서 가야 했다. 빙빙 돌아가는 진열대는 약국에서 쓰는 구닥다리 물건이었다. 캘빈 타워는 발라자르가 보낸 신사들에게 붙들려 창고로 질질 끌려가다가 그 진열대를 붙잡았다. 에디는 그 광경을 보지 못했지만, 보지 않아도 알 수 있었다.

가게 뒤쪽 문은 잠겨 있지 않았다. 에디는 롤랜드의 봇짐 주머니에서 리볼버를 꺼내들었고, 뒤이어 결정적인 순간에 거치적거리지 않도록 봇짐 주머니를 한쪽에 내려놓았다. 그러고는 기억을 더듬어 타워의 책상이 어디에 있었는지 떠올리며 창고 문을 조금씩, 조금씩 열었다. 만약 놈들에게 들키면 돌격할 작정이었다. 목청껏 소리를 지르면서. 롤랜드가 말하길 적에게 발각되면 *반드시* 목청껏 소리를 질러야 했다. 그러면 단 1, 2초라도 적이 당황하는 수가 있었고, 때로는 1, 2초가 모든 것을 결정지었다.

이번에는 소리를 지르거나 돌격할 필요가 없었다. 에디가 찾던 남자들이 사무 공간 쪽에 있었기 때문이었다. 그들의 그림자는 이번에도 뒤쪽 벽에 길게 드리워져 기괴한 모습을 하고 있었다. 타워는 사무용 의자에 앉아 있었지만, 그 의자가 있는 곳은 이제 책상 앞이 아니었다. 의자는 파일 캐비닛 세 개 가운데 두 개 사이의 공간으로 밀쳐져 있었다. 안경을 벗은 타워의 푸근한 얼굴은 무방비 상태로 보였다. 타워를 찾아온 두 손님은 그를 마주 보고 있었던 탓에 에디에게는 등짝만 보였다. 타워에게는 에디가 보일 수도 있었지만 그는 잭 안돌리니와 조지 비온디를 올려다보는 중이었고, 오로지 그들에게만 정신이 팔려 있었다. 그의 얼굴에 적나라하게 드러난 공포를 보자 에디의 머리 속에서 또다시 분노가 박동했다.

공기 중에 맴도는 휘발유 냄새가 코를 찔렀다. 에디 생각에는 아무리 배짱이 두둑한 상점주라고 해도 겁에 질릴 냄새였다. 이곳처럼 종이로 이루어진 제국에 군림하는 상점주라면 더더욱 그랬다. 두 손님 중 키가 더 큰 안돌리니 옆에 유리문이 달린 150센티미터 높이의 책장이 서 있었다. 유리문은 열린 채였다. 책장 안의 선반 네댓 개에 꽂힌 책들은 모두 투명 비닐 같은 것으로 포장되어 있었다. 그 가운데 한 권을 들고 있던 안돌리니는 묘하게도 텔레비전 쇼핑 프로그램의 사회자처럼 보였다. 그보다 키가 작은 비온디 역시 유리병을 들고 있었는데 병 속에는 호박색 액체가 가득 차 있었다. 그 액체가 무엇인지는 뻔했다.

"부탁입니다, 안돌리니 씨." 타워는 떨리는 목소리로 애원했다. "제발, 그건 굉장히 귀중한 책입니다."

"당연히 그렇겠지. 이 책장에 있는 책은 다 귀중한 거니까. 아마 제임스 조이스의 사인이 들어 있는 26,000달러짜리 『율리시스』도 갖고 있겠지."

"그게 뭐야, 잭?" 조지 비온디가 물었다. 목소리에서 경외감이 묻어났다. "도대체 무슨 책이길래 26,000달러나 해?"

"나도 몰라. 직접 가르쳐 주시는 게 어때, 타워 선생? 아니면 캘이라고 불러도 될까?"

"제『율리시스』는 은행 대여 금고에 있습니다. 파는 물건이 아니라서요."

"하지만 이것들은 파는 물건이잖아, 안 그래? 보니까 앞쪽 면지에 연필로 7,500이라고 적어 놨구먼. 26,000달러까지는 아니지만 그래도 새 차 한 대 값이지. 캘, 지금부터 내가 뭘 할지 가르쳐줄게. 내 말 듣고 있어?"

에디는 그들에게 가까이 다가갔다. 소리 내지 않고 성큼성큼 걷기는 했지만, 기척을 감추려는 노력은 조금도 하지 않았다. 그런데도 세 명 모두 알아차리지 못했다. 에디는 전에 이쪽 세계에서 살 때에도 이렇게 멍청했을까? 구체적으로 말하자면, 기습이라고 하기조차 힘든 이런 공격도 제대로 못 할 정도로? 에디 생각에는 아마도 그랬을 듯싶었다. 롤랜드가 처음에는 그를 경멸했던 것도 당연했다.

"드…… 듣고 있습니다."

"발라자르 씨는 당신이 그『율리시스』를 애타게 원하는 것만큼이나 당신이 갖고 있는 어떤 물건을 애타게 원해서. 그리고 이 책장에 있는 책들은 파는 물건이기는 하지만, 당신은 거의 팔지 않았을 거야. 왜냐면 이 책들하고는 차마…… 도저히…… 헤어질 수가 없으니까. 그 공터랑 헤어질 엄두를 못 내는 것처럼 말이지. 자, 이제부터 일어날 일을 설명해줄게. 7,500이라고 적힌 이 책에다 조지가 휘발유를 부을 거야, 그리고 나는 거기다 불을 붙일 거고. 그다음엔 이 조그만 보물 상자에서 *다른* 책을 꺼낼 거고, 당신한테 물어볼 거야.

7월 15일 정오에 그 공터를 솜브라 코퍼레이션에 팔겠다고 구두 확답을 할 건지, 안 할 건지. 알아들었어?"

"저는······"

"당신이 그러겠다는 구두 확답을 하면 오늘의 만남은 그걸로 끝날 거야. 만약 그러겠다는 구두 확답을 안 하면, 난 두 번째 책도 태울 거야. 그다음엔 세 번째 책을. 그리고 네 번째 책도. 네 번째 책이 다 타면 여기 있는 내 동료는 인내심을 잃을지도 몰라, 사장님."

"아무렴 그렇지 그렇고말고." 조지 비온디가 말했다. 이제 에디는 손을 뻗으면 조지의 큰 코에 거의 닿을 곳까지 와 있었지만, 세 사람은 아직도 까맣게 모르고 있었다.

"거기까지 가면 이 조그만 유리 장식장에다 휘발유를 퍼붓고 귀한 책들을 홀라당 태워버······"

잭 안돌리니의 눈이 마침내 어떤 움직임을 포착했다. 동료의 왼쪽 어깨 너머에서, 짙게 그은 얼굴의 연갈색 눈으로 이쪽을 보고 있는 웬 젊은 남자를 발견했던 것이다. 남자는 세상에서 제일 오래되고 커다란 모형 리볼버처럼 보이는 총을 들고 있었다. 틀림없이 모형이었다.

"너 뭐 하는 새끼······" 잭이 입을 열었다.

그 말이 끝나기도 전에, 에디 딘의 얼굴이 기쁨과 흥분으로 환해졌다. 그의 얼굴을 그냥 잘생긴 정도가 아니라 아름다움의 영역으로 승화시키는 표정이었다. *"조지!"* 에디가 외쳤다. 가장 오래되고 절친한 친구를 오랜만에 만난 사람의 목소리였다. *"조지 비온디! 이야, 허드슨 강 이쪽에서 제일 큰 코는 여전하구나! 반가워, 친구야!"*

인간이라는 동물의 두뇌 회로는 낯선 사람이 자신의 이름을 부르면 반응하도록 설계되어 있다. 이름을 부르는 목소리에 호감이 담겨 있을 때, 우리는 살갑게 반응하지 않으면 안 된다는 강박을 느낀다. 그래서 이 가게 뒤편에서 벌어지는 상황에도 불구하고 조지 '코주부' 비온디는 뒤를 돌아보았다. 씩 웃기 시작하면서, 너무도 반갑게 자신을 부르는 그 목소리의 주인을 향해. 사실 그 웃음은 에디가 롤랜드의 리볼버 손잡이로 무자비하게 강타하는 동안에도 조지의 입가에 머물러 있었다. 안돌리니는 눈이 예리한 사람이었는데도 리볼버 손잡이가 세 번이나 내리찍는 동안 희뿌연 잔상밖에 보지 못했다. 첫 번째 타격은 비온디의 미간에, 두 번째는 오른쪽 눈 위에, 세 번째는 오른쪽 관자놀이에 꽂혔다. 앞의 두 번은 공허한 '탁' 소리를 냈다. 마지막 타격은 희미하고 섬뜩한 '빡' 소리를 냈다. 비온디는 우편물 주머니처럼 스르륵 허물어졌다. 눈을 하얗게 까뒤집고서, 입술은 젖을 달라고 보채는 아기처럼 오므린 채로. 손이 풀리면서 떨어진 유리병이 시멘트 바닥에 부딪혀 산산조각 났다. 휘발유 냄새가 순식간에 코를 찌를 만큼 진해졌다.

에디는 비온디의 동료에게 반격할 시간을 주지 않았다. 코주부 비온디가 흥건한 휘발유와 깨진 유리 조각 위에 자빠져 꿈틀거리는 사이, 에디는 안돌리니를 덮쳐서 뒤로 밀어붙였다.

7

(태어날 때에는 캘빈 토런이었던) 캘빈 타워는 즉시 안도감을 느끼지는 못했다. 하느님 감사합니다 이제 살았네요 같은 느낌은 전혀

없었다. 맨 처음 떠오른 생각은 이러했다. *이 두 놈은 악당이야, 그런데 새로 나타난 놈은 그보다 더해.*

방금 나타난 남자는 창고의 침침한 빛 속에서 자신의 기다란 그림자와 하나가 되어 키가 3미터나 되는 악령처럼 보였다. 눈알은 튀어나올 것처럼 부리부리하고 쩍 벌린 입 속에는 송곳니 같은 이빨이 가득한 악령이었다. 한 손에는 17세기 모험 소설에 '기계 장치'라는 이름으로 등장하는 나팔총만큼이나 커다란 권총을 들고 있었다. 남자는 안돌리니라는 악당의 멱살을 잡고 벽으로 밀어붙였다. 유리 책장이 악당의 엉덩이에 부딪혀 쓰러졌다. 경악한 타워가 비명을 질렀지만 두 남자는 거들떠보지도 않았다.

발라자르의 부하는 왼쪽으로 움직이려고 버둥거렸다. 방금 나타난 남자는, 검은 머리를 뒤로 묶고 이를 드러내며 으르렁대는 그 남자는 악당이 왼쪽으로 가도록 놔두다가, 이내 바닥에 쓰러뜨리고 그 위로 올라타더니 한쪽 무릎으로 가슴을 찍어눌렀다. 그러고는 일명 '기계 장치' 나팔총의 총신으로 악당의 턱 아래 연한 살을 꾹 눌렀다. 악당은 머리를 꿈틀거리며 총을 피하려 했다. 방금 나타난 남자는 이에 아랑곳하지 않고 더 꽉 눌렀다.

숨이 막힌 탓에 만화영화에 나오는 오리처럼 우스꽝스럽게 변한 목소리로, 발라자르의 부하가 말했다. "웃기지 마, 새끼야. 가짜 총인 거 다 알아."

자신의 그림자와 합쳐져 거인처럼 커다랗게 보이던 방금 나타난 그 남자는, 악당의 턱 아래를 누르던 기계 장치를 들어 엄지손가락으로 격철을 젖히더니, 창고 깊숙한 곳을 겨누었다. 타워는 무슨 말이든 해야 할 것 같아 입을 벌렸지만 미처 말이 나오기도 전에 귀가 먹을 것만 같은 굉음이 들렸다. 어느 운수 나쁜 미군의 참호 옆 2미터도 안 떨어진 곳에서 폭발한 박격포탄이 낼 법한 소리였다. 눈부신 노란색 화염이 기계 장치의 총구에서 뿜어 나왔다. 다음 순간, 총신은 다시 악당의 턱 아래로 돌아가 있었다.

"어떻게 생각해, 잭?" 방금 나타난 남자가 헐떡이며 말했다. "이래도 가짜 같아? 자, *내* 생각을 한번 들어 봐. 다음번에 이 방아쇠를 당기면 네 골통은 허드슨 강 건너 호보컨까지 날아갈 거야."

8

에디가 본 잭 안돌리니의 눈에는 공포가 어려 있었지만, 당황한 빛은 없었다. 안돌리니는 놀라지 않았다. 전에 에디가 나소에서 코카인을 가져오는 일에 실패했을 때 그를 붙잡은 사람이 바로 잭 안돌리니였다. 지금 눈앞의 안돌리니는 그때보다 10년은 더 젊었지만, 더 잘생긴 얼굴은 아니었다. 일찍이 위대한 현자이자 못 말리는 약쟁이였던 헨리 형이 '늙다리 못난이'라고 부르던 안돌리니는 원시인처럼 툭 불거진 이마와 그에 걸맞게 쑥 튀어나온 턱을 가진 남자였다. 손은 너무 커서 만화 등장인물 같았다. 손가락은 마디마다 털이 길게 자라 있었다. 생김새는 늙다리 못난이일 뿐 아니라 늙다리 멍청이처럼도 보였지만, 안돌리니는 결코 바보가 아니었다. 바보들은 절대로 엔리코 발라자르 같은 인간의 오른팔 자리까지 올라가지 못했다. 그리고 이때는 아직 거기까지 올라가기 전이었지만, 에디가 셔츠 속에 20만 달러어치 볼리비아산 코카인을 숨긴 채 JFK 공항에 도착한 1986년에 안돌리니는 그 자리를 차지하고 있었다. 그 세계의 그 시대에 잭 안돌리니는 일 로슈의 야전 사령관이었던 것이다. 그런데 지금 이 세계에서는, 에디가 보기에 그는 십중팔구 일찌감치 은퇴할 처지였다. 아예 이승에서 은퇴할지도 몰랐다. 발라자르가 맡긴 임무를 완벽하게 수행한다면 또 모르지만.

에디는 리볼버 총구로 안돌리니의 턱 밑을 더 꽉 눌렀다. 연소 가스와 화약의 냄새가 너무나 진해서 잠시나마 묵은 책 냄새가 느껴지지 않았다. 그늘 속 어딘가에서 헌책방 고양이 세르지오가 화난 목소리로 야옹거렸다. 세르지오는 자기 영역에서 시끄럽게 구는 자들을 싫어하는 것이 분명했다.

안돌리니는 움찔거리면서 고개를 왼쪽으로 틀었다. "그만해, 젠장…… 총이 뜨겁다고!"

"5분 후에 네가 갈 곳에 비하면 하나도 안 뜨거워, 잭. 내 말을 잘 들으면 사정이 달라지겠지만 말이지. 네가 무사히 빠져나갈 확률은 낮기는 해도 아예 없지는 않아. 어때, 내 말 한번 들어볼래?"

"너 뭐 하는 새끼야. 우리 이름은 어떻게 알았어?"

에디는 늙다리 못난이의 턱 밑에서 총을 치웠다. 그러자 롤랜드의 리볼버 총구가 새겨 놓은 빨간 동그라미가 보였다. *10년 후에 우리가 다시 만날 거라고 하면, 넌 믿을까? 네가 가재 괴물들한테 잡아먹힌다고 하면? 그놈들이 구찌 로퍼에 들어 있는 네 발부터 시작해서 조금씩 위로 올라온다고 하면?* 말할 것도 없이 안돌리니는 믿지 않았을 것이다. 에디가 직접 보여주기 전까지는 롤랜드의 커다랗고 낡은 리볼버가 작동하는 것을 믿지 않았던 것처럼. 그리고 현재의 가능성을 따라가다 보면, 다시 말해 탑의 이 층에서는, 안돌리니는 가재 괴물들에게 잡아먹히지 않을지도 몰랐다. 왜냐면 이 세계는 다른 어떤 세계하고도 다르기 때문이었다. 이곳은 암흑의 탑의 제19층이었다. 에디는 이를 느낄 수 있었다. 나중에라면 곰곰이 생각해볼 만한 문제였지만, 당장은 아니었다. 당장은 생각이라는 행위 자체가 힘들었다. 에디가 당장 원하는 것은 이 두 악당을 죽이는 것, 그런 다음 브루클린으로 가서 발라자르의 나머지 톗을 쓸어버리는 것이었다. 에디는 리볼버 총신으로 안돌리니의 툭 불거진 광대뼈를 툭툭 건드렸다. 이 못 생긴 상판을 손봐주고 싶은 충동을 억눌러야 했다. 안돌리니도 그 낌새를 눈치채고 눈을 껌벅이더니, 혀로 마른 입술을 축였다. 에디의 무릎은 여전히 안돌리니의 가슴을 찍어누르고 있었다. 가슴이 풀무처럼 들썩거리는 느낌이 났다.

"넌 내 질문에 대답하지 않았어. 대신 네가 알고 싶은 걸 물어봤지. 잭, 한 번만 더 그러면 이 총으로 네 얼굴을 박살내버릴 거야. 그다음엔 네 무릎을 쏠 거야, 평생 절뚝거리면서 살게 말이야. 내가 네 몸 여기저기에 바람구멍을 숭숭 뚫어도 네가 말하는 덴 아무 지장도 없어. 그리고 내 앞에서 바보 시늉할 생각은 버려, 난 네가 바보가 아니란 걸 아니까. 뭐, 보스를 고르는 눈은 없는 것 같지만. 그럼 다시 물어볼게. 내 말 들을래?"

"다른 선택지가 있기는 한가?"

앞서와 마찬가지로 유령처럼 희뿌연 잔상을 남기며, 에디는 롤랜드의 총으로 안돌리니의 얼굴을 쏜살같이 훑었다. 광대뼈가 부러지면서 날카로운 '딱' 소리가 났다. 에디 눈에는 퀸스의 미드타운 터널만큼 커다랗게 보이는 오른쪽 콧구멍에서 피가 흐르기 시작했다. 안돌리니는 고통으로 얼룩진 비명을, 타워는 경악으로 얼룩진 비명을 질렀다.

에디는 또다시 리볼버 총구로 안돌리니의 턱 아래쪽 부드러운 살을 눌렀다. 그러면서 눈도 돌리지 않고 말했다. "저쪽에 있는 놈을 잘 봐요, 타워 씨. 혹시 꿈틀거리면 나한테 말해요."

"누구세요?" 타워의 목소리는 거의 염소 우는 소리 같았다.

"친구예요. 당신을 구해줄 유일한 친구. 자, 난 이제 일해야 되니까 그 자식 잘 보고 있어요."

"아, 알겠습니다."

에디 딘은 다시 안돌리니에게 주의를 집중했다. "조지 저 자식은 멍청하니까 재워놓은 거야. 내가 보내는 메시지를 전하는 것 정도는 저 자식도 할 수 있겠지, 하지만 그렇다고 해도 자기 스스로는 안 믿으려고 할 거야. 그런데 본인이 믿지도 않는 말로 과연 남을 설득할 수 있을까?"

"그건 당신이 제대로 본 것 같군." 안돌리니는 겁에 질린 와중에도 홀린 듯한 눈으로 에디를 올려다보았다. 아마도 총을 든 이 낯선 자의 진짜 정체를 그제야 알아챈 모양이었다. 그것을, 롤랜드는 맨 처음부터 알고 있었다. 에디가 아직 헤로인 금단 증상에서 벗어나려고 몸부림치는 풋내기 약쟁이였을 때부터. 잭 안돌리니의 눈앞에 있는 남자는 총잡이였던 것이다.

"당연하지. 그리고 내가 너한테 맡기고 싶은 메시지는 이거야. 타워한테 손대지 말 것."

잭은 고개를 가로저었다. "그건 당신이 몰라서 하는 소리야. 타워가 가진 걸 원하는 사람이 있어. 우리 보스가 그걸 받아주기로 했고. 그 사람이랑 약속을 했단 말이야. 그리고 우리 보스로 말하자면······.”

“나도 알아, 자기가 한 약속은 반드시 지키는 사람이지. 하지만
이번엔 그렇게 못할 텐데, 그 사람 잘못은 아니야. 왜냐면 타워 씨는
그 공터를 솜브라 코퍼레이션에 안 팔기로 결심했거든. 그 대신······
음······ 텟 코퍼레이션에 팔 거야. 무슨 말인지 알아?”

“형씨, 난 당신이 누군지는 모르지만 우리 보스가 어떤 사람인지
는 잘 알아. 그분은 절대 포기 안 해.”

“할 거야. 왜냐면 타워 씨한테는 팔 게 아무것도 없을 테니까. 그
공터는 더 이상 그 사람 게 아니야. 자, 이제 귀를 더 쫑긋 세우고 잘
들어, 잭. *카미*로 들으란 말이야, *카마이*가 아니라.” 현명하게, 어리
석게 굴지 말고.

에디는 몸을 숙였다. 잭은 튀어나올 듯이 부라리는 에디의 눈을,
그 연갈색 홍채와 핏발 선 흰자위를 홀린 듯이 올려다보았다. 사납
게 으르렁거리는 모양으로 웃는 입이 이제 잭의 입에 키스를 할 것
처럼 가까이 와 있었다.

“잭, 캘빈 타워 씨는 네가 상상도 못할 만큼 강하고 잔인한 사람
들에게 보호받고 있어. 그 사람들에 비하면 일 로슈는 머리에 꽃을
꽂고 우드스톡 축제에 놀러간 히피 꼬맹이나 마찬가지야. 넌 그 양
반을 설득해야 해, 캘빈 타워 씨를 계속 건드렸다간 아무 소득도 없
이 지금 가진 것마저 다 잃게 될 거라고 말이야.”

“그런 말은 도저히······.”

“네 경우에는, 이 사람한테 길르앗의 징표가 찍혀 있다는 걸 알아
야 해. 만약 네가 이 사람을 또 건드리면, 아예 이 가게에 발만 들여
놔도, 난 브루클린으로 가서 네 마누라하고 애들을 죽여버릴 거야.

그다음엔 네 부모를 찾아서 다 죽여버릴 거고. 그다음엔 네 부모의 형제들까지 죽여버릴 거야. 그다음은 네 할아버지랑 할머니 차례야, 아직 살아 있으면. 네 차례는 맨 마지막이야. 내 말이 거짓말 같아?"

잭 안돌리니는 여전히 자기 위의 얼굴을 올려다보고 있었다. 핏발이 선 눈을, 씩 웃는 입을, 사납게 드러난 이를. 그러나 이제 잭의 눈은 점점 공포로 물들어갔다. 솔직히 말하면, 잭은 이 남자의 말을 믿었다. 정체가 뭐든 간에 이 남자는 발라자르와 이번 거래에 관해 아는 것이 많았다. 이번 거래에 관해서라면 잭 자신보다 더 많이 아는 것도 같았다.

"난 혼자가 아니야. 그리고 우리 편의 목적은 단 하나, 보호하는 거야. 장……" 에디는 하마터면 *장미*를 이라고 말할 뻔했다. "……캘빈 타워 씨를. 우린 지켜볼 거다. 이 책방을, 타워 씨를, 또 타워 씨의 친구들을. 예컨대 에런 디프노 같은 사람을." 에디는 그 이름에 눈이 흔들리는 잭을 보고 흐뭇해졌다. "어떤 놈이든 이곳에 기어와서 타워 씨한테 목소리만 높여도 우린 그놈 가족들을 다 죽이고 마지막에 그놈을 죽일 거야. 그놈이 조지든, 치미 드레토든, 트릭스 포스티노든…… 그리고 네 동생 클라우디오든."

안돌리니는 패거리의 이름이 불릴 때마다 눈을 점점 크게 뜨다가, 마지막에 자기 동생의 이름을 듣고 눈을 질끈 감았다. 에디는 제대로 짚었다는 생각이 들었다. 안돌리니가 발라자르를 설득할 수 있을지 없을지는 별개의 문제였다. *하지만 어떻게 보면 그건 하나도 중요하지 않아.* 에디의 머리는 냉정하게 돌아갔다. *일단 우리한테 공터를 팔고 나면, 타워가 이 자식들한테 무슨 짓을 당하든 우리하고는 아무 상관도 없으니까. 안 그래?*

"어떻게 거기까지 알아낸 거지?"

"그건 중요하지 않아. 넌 그냥 내 메시지만 전하면 돼. 발라자르 한테 가서 솜브라에 있는 친구들한테 알리라고 해, 그 공터는 이제 파는 물건이 아니라고. 그 인간들한테는 안 판다고 말이야. 그리고 타워 씨는 이제 길르앗에서 온 큰 총을 쓰는 패거리한테 보호받고 있다는 말도."

"큰 뭐……?"

"발라자르가 이제껏 상대해본 적이 없는 센 패거리다, 이 말이야. 솜브라 코퍼레이션 녀석들까지 포함해서. 그래도 끝까지 해보겠다면, 그랜드 아미 플라자 광장을 가득 채울 만큼 많은 시체들이 브루클린에 굴러다닐 거라고 전해. 그리고 그 시체는 대부분 여자랑 아이들일 거라고. 발라자르가 알아듣게 잘 얘기해."

"그…… 알았어, 해볼게."

에디는 일어서서 뒤로 물러났다. 휘발유와 유리 조각 위에 널브러져 있던 조지 비온디가 꿈틀거리며 목구멍 깊은 곳에서 신음을 토하기 시작했다. 에디는 롤랜드의 리볼버 총신을 흔들어 안돌리니에게 일어서라고 신호했다.

"죽기 살기로 해보는 게 좋을 거야." 에디가 말했다.

9

타워는 자신과 에디 몫의 블랙커피를 한 잔씩 따랐지만, 커피를 마시지는 못했다. 손이 너무 심하게 떨렸기 때문이었다. 마시려다

두 번이나 실패하는 모습을 보면서 에디는 타워가 안쓰러웠고(그러는 동안 드라마 「폭발물 처리반」의 신경 쇠약에 걸린 폭탄 해체 전문가가 떠올랐다.), 그래서 그의 커피 절반을 자기 잔에 따랐다.

"자요, 다시 해봐요." 에디는 반만 남은 커피 잔을 헌책방 주인에게 돌려주었다. 타워는 안경을 다시 쓰고 있었지만 한쪽 테가 휘어서 얼굴에 비뚜름하게 걸려 있었다. 게다가 왼쪽 렌즈는 번개 모양으로 금이 가 있었다. 두 사람은 대리석 카운터로 자리를 옮겨 타워는 카운터 안쪽에, 에디는 스툴에 앉아 있었다. 타워는 안돌리니가 맨 먼저 태워버리겠다고 협박한 책을 카운터로 가져와 커피 메이커 옆에 내려놓았다. 차마 안 보이는 곳에 둘 수가 없는 모양이었다.

타워는 덜덜 떨리는 손으로 커피 잔을 들고 홀짝거렸다(에디는 그 손에 반지가 없는 것을 알아보았다. 어느 쪽 손에도 반지는 없었다.). 에디는 그가 왜 별 맛도 없는 블랙커피를 마시는지 이해가 가지 않았다. 에디 자신은 크림과 우유를 넣은 쪽이 훨씬 맛있었기 때문이었다. 롤랜드의 세계에서 몇 달 지내고 나니(어쩌면 몇 년이 슬그머니 지났는지도 모르지만) 크림을 넣은 커피에서 생크림처럼 진한 맛이 났다.

"좀 괜찮아요?" 에디가 물었다.

"예." 타워는 10분 전에 부리나케 달아난 회색 타운카가 다시 돌아올 거라고 생각했는지 창밖을 힐끔 내다보았다. 그러고는 다시 에디에게로 눈을 돌렸다. 타워는 눈앞의 젊은 남자를 아직도 두려워했지만, 그 남자가 커다란 리볼버를 '친구한테 빌린 봇짐 주머니'라는 가방에 넣고 나서는 겁을 먹은 기색이 한결 덜했다. 염색도 안 한 가죽으로 만든 그 가방은 낡아서 갈라진 자국이 보였고, 입구에는 지퍼가 아니라 여밈 끈이 달려 있었다. 캘빈 타워가 보기에 이 젊은 남자는 커다란 리볼버와 함께 사나운 성질까지 그 '봇짐 주머니'에 넣어둔 것 같았다. 타워에게는 다행스러운 일이었다. 왜냐면 그 덕분에 악당들뿐 아니라 악당들의 가족까지 깡그리 죽여버리겠다던 이 젊은 남자의 말을 허풍으로 여길 수 있었기 때문이었다.

"디프노라는 친구 분은 오늘 안 오셨나봐요?" 에디가 물었다.

"암 클리닉에 갔어요. 2년 전 일인데, 에런은 화장실에서 일을 보다가 변기에 피가 흐른 걸 발견했어요. 젊을 때였다면 '염병, 치질인가' 하고 프리퍼레이션 에이치 연고를 사다 발랐겠죠. 하지만 70대가 되면 최악의 경우를 가정해야 해요. 그 친구 경우에는 안 좋기는 해도 최악은 아니었어요. 그 나이쯤 되면 암도 느리게 진행되거든요, 암세포도 늙으니까. 생각해보면 웃기죠, 안 그래요? 아무튼, 병원에선 방사선을 쪼여서 암을 다 태워버렸다고 했지만, 에런은 암하고 헤어지는 방법 같은 건 없다고 하더군요. 석 달에 한 번씩 병원에 가서 검사를 받는데 마침 오늘이 그날이에요. 없었던 게 다행이죠. 그 나이가 됐는데도 다혈질이라."

에런 디프노 씨를 제이미 재퍼즈한테 소개해줘야겠군. 에디는 속으로 생각했다. *둘이서 체스 대신 성 빼앗기 게임을 하면서 염소의 달을 보낼 수 있도록.*

한편 타워는 서글픈 웃음을 짓고 있었다. 그러면서 얼굴에 비뚤름하게 걸쳐진 안경을 고쳐 썼다. 안경은 잠시 똑바로 앉아 있다가, 다시 기울어졌다. 금이 간 렌즈보다 기울어진 테가 더 안쓰러웠다. 타워를 연약할 뿐 아니라 살짝 미친 사람처럼 보이게 했기 때문이었다. "그 친구는 다혈질이고 나는 겁쟁이예요. 그래서 친구로 지내는지도 모르죠. 서로 부족한 부분을 메워서 완전에 가까운 상태가 되니까."

"스스로한테 너무 엄격하신 것 같은데요."

"내 생각은 달라요. 내 정신과 의사 말로는, A형 아버지랑 B형 어머니 사이에서 태어난 아이가 어떻게 자라는지 보려면 내 상담 기록만 쭉 훑어보면 된다고 하더군요. 그 사람이 또 뭐랬냐면……"

"죄송한데요, 캘빈 씨, 그 의사가 뭐라고 했는지는 내가 알 바 아니에요. 내가 보기에 캘빈 씨는 길 저쪽의 공터를 지킨 것만으로도 훌륭한 분이세요."

"그건 칭찬받을 일이 전혀 아닌데요." 캘빈 타워의 목소리는 시무룩했다. "이거랑 비슷한 경우라." 타워는 커피 메이커 옆에 놓았던 책을 집어들었다. "또 그 깡패가 태워버리겠다고 협박한 다른 책들하고도 비슷해요. 난 그냥, 물건을 못 버리는 나쁜 습관이 있는 것뿐이에요. 첫 번째 아내가 이혼하자고 했을 때 왜 그러냐고 물었더니 이러더군요. '당신이랑 결혼할 때는 몰랐거든. 그때는 당신이 남잔 줄 알았지. 그런데 알고 보니까 뭐든 물어다 쟁여놓는 다람쥐였어.'"

"그 공터랑 책은 달라요."

"그래요? 정말로 그렇게 생각해요?" 타워는 홀린 듯한 표정으로 에디를 바라보았다. 커피 잔을 드는 타워의 손을 보며 에디는 떨림이 그친 것을 알고 마음이 놓였다.

"타워 씨는 그렇게 생각 안 하세요?"

"가끔 꿈에 그 공터가 나올 때가 있어요. 사실 토미 그레이엄의 식료품 가게가 망하고 내 돈으로 가게를 철거한 후에는 거기 가본 적도 없는데 말이죠. 울타리도 당연히 내가 세운 거예요. 설치 비용이 철거용 크레인을 부르는 비용만큼이나 비싸더군요. 난 꿈속에서 그 공터에 꽃이 흐드러진 들판이 있는 걸 봤어요. 장미 들판이. 1번 대로까지만 이어진 게 아니라 끝도 없이 펼쳐져 있더군요. 웃기는 꿈이죠, 안 그래요?"

"재밌네요. 부탁인데 그 진한 커피 한 잔만 더 주실래요? 우리 잠깐 대화를 좀 해야 할 것 같아요."

타워는 빙긋이 웃으며 안돌리니가 태워버리려고 한 책을 다시 들어올렸다. "대화라. 이 책에 나오는 인물들이 입에 달고 사는 말이 그건데."

"그래요?"

"그럼요."

에디는 타워를 향해 손을 내밀었다. "좀 보여주세요."

타워는 처음에는 망설였다. 그리고 에디는 여러 감정이 뒤섞인 안쓰러운 표정이 이 헌책방 주인의 얼굴에 언뜻 스치는 것을 놓치지 않았다.

"줘봐요, 캘빈. 내가 설마 그걸로 뒤를 닦기야 하겠어요."

"하긴. 그럴 리가 없죠. 미안해요." 그 순간 타워의 표정은 정말로 미안해 보였다. 알코올 의존증 환자가 유독 시끄럽게 난동을 부리고 나서 지을 법한 표정이었다. "그냥…… 굉장히 소중한 책이 있거든요. 이건 그중에서도 진짜로 귀한 거예요."

타워에게서 책을 건네받은 에디는 비닐로 싸인 표지를 보고 심장이 멎는 느낌이 들었다.

"왜요?" 타워가 물었다. 커피 잔을 쿵 소리가 나도록 세게 내려놓으면서. "뭐 잘못됐어요?"

에디는 대답하지 않았다. 책 표지 그림 속에 퀸셋처럼 보이는 조그맣고 둥그런 건물이 보였는데 벽은 나무였고, 지붕은 소나무 가지를 엮은 것이었다. 그 건물 한쪽 옆에는 사슴가죽 바지를 입은 아메리카 원주민이 당당하게 서 있었다. 웃통은 벗은 채였고 가슴 앞에는 토마호크를 들고 있었다. 그림의 배경에는 구식 증기 기관차 한 대가 파란 하늘에 회색 연기를 뿜으면서 드넓은 초원을 가로질러 달리고 있었다.

책 제목은 『도건』이었다. 지은이 이름은 벤저민 슬라이트먼 주니어(Benjamin Slightman Jr.)였다.

아득히 멀리서 타워가 괜찮으냐고, 이러다 기절하는 게 아니냐고 묻는 소리가 들렸다. 그보다 아주 조금 더 가까이서, 에디는 괜찮다고 대답했다. 벤저민 슬라이트먼 주니어. 다시 말해 아들 벤 슬라이트먼이었다. 그리고……

에디는 책을 가져가려는 타워의 통통한 손을 휙 밀어냈다. 그런 다음 자기 손으로 지은이 이름의 글자 수를 세어보았다. 말할 것도 없이 열아홉 자였다.

10

에디는 타워가 따라준 커피를 한 잔 더, 이번에는 크림과 우유를 넣지 않고 들이켰다. 그런 다음 비닐로 싸인 책을 다시 들었다.

"이 책이 왜 특별한 거죠? 그러니까 내 말은, 내가 얼마 전에 이 책의 작가랑 이름이 똑같은 사람을 만난 적이 있어요, 그래서 나한테는 특별하게 느껴져요. 그런데······."

문득 짚이는 데가 있었던 에디는 작가 사진을 확인하려고 뒤쪽 책날개를 펼쳤다. 그러나 그곳에는 사진 대신 불친절한 두 줄짜리 약력뿐이었다. "벤저민 슬라이트먼 주니어는 몬태나 주에 사는 목장주이다. 이 책은 그의 두 번째 소설이다." 그 밑에는 독수리 그림과 표어 한 줄이 보였다. 전쟁 채권을 삽시다!

"그런데 타워 씨한테는 왜 특별한 거죠? 뭐 때문에 값이 7,500달러나 하는 거예요?"

타워의 얼굴이 흥분으로 환해졌다. 15분 전까지만 해도 죽음의 공포에 사로잡혀 있던 그였지만, 이제는 그런 기색이 조금도 보이지 않았다. 이제 그는 집착에 사로잡힌 남자였다. 롤랜드에게 암흑의 탑이 있다면 이 남자에게는 희귀 도서가 있었다.

타워는 에디가 표지를 볼 수 있도록 책을 뒤집었다. "봐요, 『도건』이죠?"

"예."

타워는 책을 펼쳐서 간략한 줄거리가 적힌 앞표지 날개를 손가락으로 짚었다. 그곳 역시 비닐로 싸여 있었다. "여기는요?"

"『도건』이라고 적혀 있네요. '옛 서부에서 한 원주민이 살아남기 위해 벌이는 영웅적인 투쟁을 그린 스릴 넘치는 이야기.' 그게 왜요?"

"자, 이제 여기를 보세요!" 타워는 의기양양하게 말하며 제목이 적힌 속표지를 펼쳤다. 에디는 그곳에 적힌 글을 읽어 보았다.

호건
벤저민 슬라이트먼 주니어 지음

"봐도 모르겠는데요. 뭐 중요한 거라도 적혀 있어요?"

타워는 어이가 없다는 듯이 눈을 굴려 천장을 올려다보았다. "다시 잘 봐요."

"뭔지 그냥 가르쳐주면 되잖……"

"아뇨, 다시 잘 봐요. 봐야 돼요. 찾는 과정 자체가 재미예요, 딘 씨. 수집가라면 누구나 그렇게 말할걸요. 우표든, 주화든, 책이든, 찾는 과정 자체가 재미예요."

에디는 책을 앞으로 넘겨서 표지를 다시 확인하고서야 알아차렸다. "표지에 제목이 잘못 인쇄됐네요, 그렇죠? 호건(Hogan)이 아니라 도건(Dogan)으로."

타워는 흐뭇한 표정으로 고개를 끄덕였다. "호건은 표지 그림에 나온 원주민식 집이에요. 도건은…… 음, 아무 의미도 없어요. 이 책은 잘못 인쇄된 표지 덕분에 귀한 물건이 됐어요. 그런데 이제…… 여길 한번 보세요……."

타워는 책의 판권 면을 펼쳐서 에디에게 건넸다. 발행 연도는 1943년, 지은이 약력이 적힌 뒤쪽 책날개에 독수리 그림과 전쟁 채권을 사라는 표어가 있는 것도 이해가 갔다. 판권 면의 책 제목은 『호건』이라고 인쇄되어 있으니 별 문제가 없는 듯싶었다. 에디는 뭐 때문에 그러냐고 타워에게 물어보려다가 문득 스스로 깨달았다.

"지은이 이름에서 '주니어'를 빠뜨렸네요, 맞죠?"

"맞아요! 그거예요!" 타워는 흥분을 못 이겨 자기 몸을 끌어안다시피 했다. "꼭 이 책을 작가의 *아버지*가 쓴 것처럼 말이죠! 실은 전에 필라델피아 도서전에 간 적이 있는데, 그때 저작권 관련 강의를 한 변호사한테 이 책의 특별한 사정을 들려줬어요. 그랬더니 그 사람 말이, 슬라이트먼 주니어 씨의 아버지는 실제로 이 책의 저작권이 자기 거라고 주장할 수도 있다는 거예요, 인쇄상의 조그만 실수 하나 때문에! 어때요, 놀랍지 않아요?"

"기절하겠네요." 에디는 그렇게 말하면서 아버지 슬라이트먼을 떠올렸다. 아들 슬라이트먼도 떠올렸다. 뒤이어 아들 슬라이트먼과 금세 친구가 된 제이크가 떠올랐고, 그러자 꿈에 그리던 칼라 뉴욕에서 커피를 마시며 앉아 있는 지금, 왜 이토록 불길한 예감이 드는지 궁금해졌다.

그래도 루거는 챙겨서 갔잖아. 에디는 속으로 중얼거렸다.

"고작 그런 이유 때문에 책이 그렇게 비싸진다는 말이에요? 잘못 인쇄된 글자가 표지에 한 개, 책 속에 두 갠데, 겨우 그것 때문에 값이 7,500달러로 뛴다고요?"

"아뇨, 전혀." 타워는 놀란 표정으로 말했다. "슬라이트먼 씨는 굉장히 훌륭한 서부 소설을 세 편 썼어요. 셋 다 원주민의 관점에서 썼죠. 『호건』은 그중에 두 번째 작품이에요. 그 사람은 2차 대전이 끝난 후에 몬태나 주에서 물과 광산 채굴권에 관련된 사업으로 부자가 됐어요. 그러고 나서, 이게 참 얄궂은데, 원주민 무리한테 살해당했어요. 실은 머리가죽이 벗겨졌지 뭐예요. 그 원주민들은 잡화점 앞에서 술을 마시고 있었는데……"

그 잡화점 주인은 이름이 투크였겠지. 안 봐도 뻔해.

"……보나마나 슬라이트먼 씨가 무슨 거슬리는 말을 했겠죠, 그래서…… 뭐, 그다음은 뻔한 얘기죠."

"여기 있는 희귀한 책들은 다 그런 사연이 있나요? 그러니까, 어 떤 우연 같은 게 있으면 값이 더 비싸지는 거잖아요, 책 자체의 이 야기 말고."

타워는 웃음을 터뜨렸다. "젊은 양반, 희귀본 수집가들은 보통 자 기가 산 책을 들춰보지도 않아요. 펼쳤다 덮었다 하면 책등이 상하 거든. 그렇게 되면 되팔 때 값이 떨어지게 마련이고."

"그거 좀 역겹다는 생각 안 드세요?"

"전혀." 말은 그렇게 했지만, 타워는 볼을 붉게 물들이는 속마음 까지 감추지는 못했다. 마음 한구석은 분명 에디의 지적을 따끔하 게 받아들인 듯했다. "만약 토머스 하디의 서명이 있는 초판본 『테 스』를 8,000달러에 구매한 사람이 있다면, 그 사람이 그 책을 감상 할 수는 있어도 만질 수는 없는 곳에 안전하게 보관한다고 해도 전 혀 이상할 게 없어요. 실제로 읽고 싶으면 빈티지 출판사에서 나온 페이퍼백 『테스』를 사면 되니까."

"진심이시군요." 에디는 신기한 듯이 말했다. "진심으로 그렇게 생각하시는 거예요."

"그…… 그래요. 책은 엄청나게 비싼 물건이 될 수 있어요. 그 값 어치는 갖가지 방식으로 만들어져요. 저자의 사인만으로 충분한 경 우도 있어요. 가끔은 이 책처럼 인쇄가 잘못돼서 그렇게 되기도 하 고요. 때로는 아주 소량만 인쇄한 초판본이라서 그렇기도 하고. 그 런데 딘 씨, 이런 게 당신이 여기 온 이유랑 상관이 있기는 한가요? 혹시 그…… 대화를 하고 싶다는 게 이런 얘기였나요?"

"아뇨, 아닌 것 같은데요." 그런데 에디는 정확히 무엇에 관해 대화를 하고 싶었던 걸까? 에디는 알고 있었다. 안돌리니와 비온디를 창고에서 쫓아냈을 때에는, 그 둘이 서로 부축하면서 타운카를 향해 절뚝절뚝 걸어가는 광경을 문간에 서서 지켜보는 동안에는, 분명히 알고 있었다. 남의 일이라면 거들떠보지도 않는 냉소적인 도시 뉴욕에서도 그 이인조는 많은 이들의 이목을 끌었다. 둘 다 피를 흘렸고, 둘 다 *도대체 뭐가 어떻게 된 거야?*라는 멍한 눈빛을 하고 있었기 때문이었다. 그랬다, 그때 에디는 분명히 알았다. 눈앞의 책과 그 책을 쓴 사람의 이름 때문에 머릿속이 흐려졌던 것이다. 에디는 타워의 손에서 책을 집어 표지가 보이지 않도록 카운터 위에 엎어놓았다. 그런 다음 머릿속의 생각을 가다듬었다.

"타워 씨, 제일 급하고 중요한 일은 말이죠, 당신이 7월 15일까지 뉴욕을 떠나 있어야 한다는 거예요. 왜냐면 그 자식들이 다시 찾아올 거거든요. 아까 왔던 그놈들이 또 오진 않을 거예요, 십중팔구 발라자르가 부리는 다른 놈들이겠죠. 그땐 오늘보다 훨씬 더 진지하게 당신이랑 나한테 쓴맛을 보여주려고 할 거예요. 발라자르는 폭군이니까요." 폭군은 에디가 수재나에게서 배운 단어였다. 수재나는 똑 딱맨을 묘사하면서 그 단어를 썼다. "점점 더 잔인해지는 게 그 자식 수법이에요. 남한테 뺨을 맞으면 두 배로 더 세게 뺨을 날리죠. 코에 한 방 먹으면 상대의 턱을 박살 내고. 누가 수류탄을 던지면 그 자식은 폭탄으로 갚아줘요."

타워의 입에서 신음이 흘러나왔다. 신음 소리는 연극처럼 요란했고(물론 일부러 그렇게 내지는 않았겠지만), 다른 때 같았으면 에디는 그 소리에 웃음을 터뜨릴 수도 있었다. 그러나 이런 상황에서는 그럴 수 없었다. 게다가 에디가 타워에게 하고 싶었던 이야기는 고스란히 그 자신에게도 해당이 됐다. 하지만 에디는 이 일을 감당할 자신이 있었다. 감당할 *각오*가 되어 있었다.

"나는 아마 그 자식들한테 잡힐 일이 없을 거예요. 다른 데서 할 일이 있거든요. 산 넘고 물 건너 멀고 먼 곳에서. 당신이 할 일도 바로 그 자식들한테 안 잡히는 거예요, 나처럼."

"하지만 분명히…… 방금 전에 그렇게까지 하셨으니까…… 여자랑 아이들까지 해치우겠다는 말은 안 믿는다고 해도, 그 사람들도 나름……." 비뚜름한 안경 너머 동그래진 타워의 두 눈은 에디에게 애원하고 있었다. 시체로 그랜드 아미 플라자를 가득 채우겠다던 협박은 진심이 아니었다고 말해달라고. 에디는 그 애원을 들어줄 수가 없었다.

"잘 들어요, 캘. 발라자르 같은 놈들은 남의 말을 믿거나 안 믿거나 하질 않아요. 그 자식들은 그냥 남의 한계를 시험해볼 뿐이에요. 코주부 비온디가 나 때문에 겁을 먹었을까요? 아뇨, 그냥 나한테 맞아서 삔은 것뿐이에요. 그럼 잭 안돌리니는 겁을 먹었을까요? 맞아요, 그건 효과가 있을 거예요. 잭은 그래도 상상력이 조금 있는 편이니까. 그렇다면 못난이 잭이 나 때문에 겁에 질린 걸 발라자르가 심각하게 받아들일까요? 그럴 거예요, 하지만…… 그냥 조금 조심하는 정도일걸요."

에디는 카운터 위로 몸을 숙여 타워를 진지하게 마주 보았다.

"난 아이들을 죽이고 싶은 마음은 없어요, 알겠어요? 그건 확실히 하고 넘어가자고요. 난 저쪽 세계…… 아니, 그냥 다른 곳이라고 해두죠, 아무튼 다른 곳에서는 친구들이랑 같이 아이들을 *구하려고* 내 목숨을 걸고 싸울 예정이에요. 하지만 그 애들은 *인간의* 아이들이에요. 잭 안돌리니나 트릭스 포스티노, 발라자르 같은 놈들은, 짐 승이에요. 두 발로 걷는 늑대죠. 그런데 늑대가 인간을 낳아서 키울까요? 아뇨, 그놈들이 키우는 건 늑대예요. 늑대 수컷이 인간 여자랑 짝짓기를 할까요? 아뇨, 그놈들은 늑대 암컷이랑 짝짓기를 해요. 그러니까 만약 꼭 그렇게까지 해야 한다면, 그런 상황이 오면 기꺼이 그렇게 할 텐데, 난 늑대 무리를 해치우는 거라고 생각할 거예요. 갓 낳은 새끼 늑대까지 모조리. 그 이상은 아니에요. 그 이하도 아니고."

"하느님 맙소사 진심이군요." 타워는 나지막이 중얼거렸다. 쉬지도 않고 단숨에, 아무도 듣지 않는 허공을 향해.

"당연히 진심이죠. 하지만 그건 지금 중요하지 않아요. 문제는, 그 자식들이 당신을 노린다는 거예요. 죽이려는 게 아니라 자기들 말을 듣게 하려고. 캘, 여기 계속 있다간 운이 좋아 봤자 심각한 불구가 될 거예요. 혹시 다음달 15일까지 숨을 만한 데 있어요? 돈은 충분해요? 난 당장은 한 푼도 없지만 어디서 구할 수는 있을 거예요."

에디는 머릿속에서 이미 브루클린에 가 있었다. 버니의 이발소 뒷방에 발라자르가 뒤를 봐주는 포커 도박장이 있다는 것은 누구나 아는 사실이었다. 평일에는 판이 안 벌어질지도 몰랐지만, 누군가 현금을 가진 사람은 있을 터였다. 그 정도면……

"에런한테 돈이 좀 있어요." 타워는 떨떠름한 목소리로 대답했다. "빌려주겠다는 말을 여러 번 하더군요. 난 그때마다 됐다고 했죠. 또 입만 열면 나한테 휴가를 가라는 말도 했어요. 생각해보니까 방금 딘 씨가 돌려보낸 녀석들한테서 피해 있으라는 말이었던 것 같아요. 에런은 그 녀석들이 뭘 원하는지 궁금해 했지만, 물어본 적은 없어요. 다혈질이기는 해도 신사적인 다혈질이라." 타워는 피식 웃었다. "아마 에런이랑 같이 휴가를 갈지도 모르겠군요. 어쨌거나 다시 안 올 기회인지도 모르니까."

에디는 에런 디프노가 항암제와 방사선 요법 덕분에 4년은 더 멀쩡하게 돌아다닐 수 있을 거라고 확신했지만, 당장은 그 말을 입 밖에 내기에 적당한 때가 아닌 듯했다. 그는 맨해튼 마음의 양식 레스토랑 서점의 출입문을 바라보다가 다른 문 쪽으로 눈을 돌렸다. 그문 너머는 동굴의 입구였다. 만화에 나오는 요가 수행자처럼 책상다리를 하고 그곳에 앉아 있는 시커먼 형상은, 총잡이였다. 에디는 궁금했다. 자신이 그쪽 세계에서 얼마나 오랫동안 자리를 비웠는지, 그리고 롤랜드가 얼마나 오랫동안 토대시 차임벨의 나지막하면서도 미칠 것만 같은 소리를 듣고 있었는지도.

"애틀랜틱시티 정도까지 가면 충분할까요? 어때요?" 타워가 조심스레 물었다.

에디 딘은 그 생각에 거의 몸서리를 칠 뻔했다. 나이는 먹었지만 아직 충분히 맛있는 통통한 양 두 마리가 늑대 무리도 아니고 늑대들로 가득한 도시에 어슬렁어슬렁 들어서는 광경이 얼핏 떠올랐기 때문이었다.

"거긴 안 돼요. 거기만 아니면 아무 데나 상관없어요."

"그럼 메인 주나 뉴햄프셔 주는요? 어느 연못가에 오두막을 하나 빌려서 7월 15일까지 틀어박혀 있으면 될 것 같은데."

에디는 고개를 끄덕였다. 그는 도시에서 나고 자란 청년이었다. 악당들이 체크무늬 모자에 다운 베스트 차림으로 샌드위치에 와인을 홀짝이며 뉴잉글랜드 북쪽 끄트머리까지 쫓아갈 거라고 상상하기는 힘들었다. "거기가 낫겠네요. 그리고 거기 가 있는 동안 변호사를 구할 수 있는지 한번 알아봐요."

그 말에 타워는 껄껄 웃었다. 에디는 고개를 홱 들어 스스로도 씩 웃으며 그를 올려다보았다. 에디는 사람들을 웃게 할 때면 늘 즐거움을 느꼈지만, 그래도 남들이 왜 웃는지 알면 더욱 즐거웠다.

"미안해요." 잠시 후에 타워가 말했다. "실은 에런이 변호사였거든요. 그 친구 형제들은 지금도 변호사예요, 여동생이랑 남동생 둘, 세 명 모두. 걸핏하면 자기네 사무실의 편지지가 뉴욕에서 제일 특이하다고 자랑하곤 하죠. 맨 위에 그냥 디프노라고만 적혀 있어서 (강한 부정을 뜻하는 'deep no'와 발음이 같은 것을 이용한 말장난 — 옮긴이)."

"그럼 얘기가 더 빨라지겠네요. 디프노 씨한테 계약서를 만들라고 하세요. 같이 뉴잉글랜드에서 휴가를 보내는 동안……"

"은신하는 동안이겠죠." 타워가 말했다. 표정이 갑자기 시무룩해 보였다. "뉴잉글랜드에 숨어 있는 동안."

"뭐든 좋을 대로 부르세요, 하지만 계약서는 써야 해요. 그 공터를 나랑 내 친구들한테 팔겠다고 쓰세요. 텟 코퍼레이션에 매각한다고. 계약금은 달랑 1달러지만, 장담하는데 나중에는 시가대로 공정하게 받을 수 있을 거예요."

에디는 할 말이 잔뜩 있었지만 거기서 입을 다물었다. 그가 『도건』인가 『호건』인가 하는 책을 향해 손을 뻗는 순간, 타워의 얼굴이 살짝 께름칙한 표정으로 물들었기 때문이었다. 그 표정이 불쾌했던 까닭은 그 아래에 깔린 어리석음 때문이었는데…… 심지어 그리 깊숙이 깔린 것도 아니었다. *맙소사, 이 양반 이것 때문에 나랑 싸울 작정이구나. 방금 그 꼴을 다 보고도 나랑 싸우려는 거야. 왜냐고? 그야 이 양반이 쟁여놓을 줄만 아는 다람쥐니까.*

"난 믿어도 돼요, 캘." 에디는 믿고 안 믿고가 중요한 것이 아님을 알면서도 그렇게 말했다. "내 명예를 걸고 약속할게요. 지금은 내 말을 들어요. 부탁이에요, 제발."

"우린 생판 모르는 사이잖아요. 당신은 다짜고짜 내 가게에 들어와서는……"

"……당신의 목숨을 구해줬죠. 그걸 잊으면 안 돼요."

타워의 표정은 더욱 딱딱하고 고집스럽게 변했다. "그놈들은 날 죽이려고 하지 않았어요. 당신 입으로 그렇게 말해놓고선."

"놈들은 당신이 아끼는 책에다 불을 지르려고 했어요. 제일 값진 책들에다."

"제일 값진 책은 아니에요. 게다가, 그냥 협박만 하는 거였을지도 모르고."

에디는 숨을 깊이 들이마셨다가 내쉬었다. 그러는 동안 카운터 위로 몸을 숙여 타워의 뚱뚱한 목을 틀어쥐고 싶은 충동이 사라지기를, 아니면 적어도 잦아들기를 바랐다. 그러면서 만약 타워가 고집스럽지 않았다면 그 공터를 솜브라 코퍼레이션에 진작 팔아버렸으리라는 생각을 되새겼다. 장미는 갈아엎이고 말았을 것이다. 그리고 암흑의 탑은? 에디는 장미가 죽는 순간 암흑의 탑 또한 하느님이 더는 참지 못하고 손가락을 까딱했을 때의 바벨탑처럼 순식간에 무너져버렸을 거라는 생각이 들었다. 빔을 움직이는 기계들이 작동을 멈추는 100년 후, 아니면 1000년 후까지 기다릴 것도 없이. 그저 재는 재로 돌아가듯이, 모든 것이 무너져 내릴 뿐이었다. 그리고 그다음은? 크림슨 킹 만세, 암흑 같은 토대시의 제왕에게 경배를.

"퀠, 그 공터를 나랑 내 친구들한테 팔면 당신은 위험에서 벗어날 수 있어요. 그뿐만이 아니에요, 나중에는 이 조그만 가게를 평생 꾸려갈 돈도 얻을 수 있어요." 문득 떠오른 생각. "저기, 혹시 홈스 덴탈이라는 치과 용품 회사 알아요?"

그 말에 타워는 빙긋 웃었다. "모르는 사람도 있나요? 나도 그 회사 치실을 써요. 치약도 그 회사 거고. 구강 청결제도 써봤는데, 그건 너무 세더라고요. 그런데 그 회사가 왜요?"

"왜긴요, 오데타 홈스가 내 아내니까 그렇죠. 내가 생긴 것만 보면 못난이 개구리 같을지 몰라도 실은 백마 탄 왕자님이다, 이거예요."

타워는 한참 동안 말이 없었다. 에디는 조바심을 억누르며 그에게 생각할 시간을 주었다. 마침내 타워가 입을 열었다. "당신은 내가 바보라고 생각하겠죠. 내가 사일러스 마너 같은 인간이라고, 아니, 그보다 더한 에버네저 스크루지 같은 인간이라고."

에디는 사일러스 마너가 누군지 몰랐지만, 전체적인 맥락을 보고 타워가 한 말의 요점을 파악했다. "그냥 이렇게만 말할게요. 방금 너무 험한 꼴을 겪는 바람에 어떻게 하는 게 최선인지 알아볼 정신이 없는 것 같다, 이렇게."

"분명히 말해두는데, 내가 물색없는 구두쇠라서 이러는 게 아니에요. 조심하려는 의도도 있다, 이거예요. 그 공터가 비싼 땅이라는 건 나도 알아요. 맨해튼이 다 그렇긴 하지만, 그게 다가 아니에요. 저 뒤쪽에 금고가 하나 있어요. 그 안에는 어떤 물건이 들어 있고.

어쩌면 내가 가진 『율리시스』보다 더 값진 물건인지도 몰라요."

"그런 거면 은행 대여 금고에 넣어두지 그랬어요?"

"왜냐면 그 물건은 여기 있어야 하거든요. *처음부터 여기에 있었어요.* 어쩌면 당신을, 아니면 당신 같은 사람을 기다리고 있었는지도 모르죠. 딘 씨, 한때 터틀 베이 지역의 땅은 거의 다 우리 집안 소유였어요, 그런데⋯⋯ 잠깐, 잠깐만. 좀 기다릴 수 있겠어요?"

"그럼요."

다른 선택지가 있기는 했을까?

11

타워가 자리를 뜨자 에디는 스툴에서 일어나 자신에게만 보이는 문으로 갔다. 그러고는 문 너머를 바라보았다. 어렴풋이, 차임벨 소리가 들렸다. 어머니의 목소리는 그보다 더 또렷이 들렸다. "거기서 나오지 그러냐?" 에디의 어머니가 비통한 목소리로 외쳤다. "넌 일을 망치기만 할 거야, 에디⋯⋯ 넌 항상 그러잖아."

역시 우리 엄마야. 에디는 그렇게 생각하며 총잡이의 이름을 불렀다.

롤랜드는 한쪽 귀에서 총알을 빼냈다. 에디는 롤랜드의 손놀림이 묘하게 어색한 것을 놓치지 않았다. 손가락이 뻣뻣해지기라도 한 것처럼, 그는 손으로 총알을 긁다시피 했다. 하지만 당장은 그런 생각을 할 때가 아니었다.

"당신 괜찮아?"

"괜찮다. 너는 어떠냐?"

"괜찮아, 근데…… 롤랜드, 당신 이쪽으로 넘어올 수 있겠어? 좀 도와줘야 할 것 같은데."

롤랜드는 곰곰이 생각하다가 이내 고개를 저었다. "내가 건너가면 상자가 닫힐지도 모른다. 십중팔구 닫힐 거다. 그리고 문도 닫힐 거다. 그러면 우리는 그쪽에 갇히고 만다."

"돌이나 뼈나 뭐 그런 거로 고정시켜 놓으면 안 돼?"

"아니, 소용없을 거다. 이 구슬은 강력하다."

그리고 당신도 구슬의 영향을 받고 있군. 에디는 생각했다. 롤랜드의 얼굴이 해쓱했던 것이다. 서쪽 바닷가에서 가재 괴물의 독이 몸속에 들어왔을 때처럼.

"알았어." 에디가 대답했다.

"최대한 서둘러라."

"그럴게."

12

에디가 돌아섰을 때, 타워는 어리둥절한 표정으로 이쪽을 보고 있었다. "누구랑 얘기하는 거예요?"

에디는 한쪽으로 비켜서서 문을 가리켰다. "혹시 여기 뭐 안 보여요, 사이?"

캘빈 타워는 그쪽을 보며 고개를 저으려고 하다가, 다시 더 자세히 바라보았다. "아지랑이가 보이는데요." 타워가 한참 만에 입을 열었다. "소각로 위에서 일렁거리는 뜨거운 공기 같아요. 저기 누가 있는 거죠? 뭐가 있는 거예요?"

"지금은 아무도 아니라고 해둘게요. 손에 든 건 뭐예요?"

타워는 에디가 가리킨 물건을 높이 들었다. 몹시 낡은 봉투였다. 겉봉에 적힌 글씨는 슈테판 토런과 유언장이었다. 그 밑에 잉크로 세밀하게 그린 오래된 문양은 문과 상자에 그려진 ◑◐◑◐ 이었다. *이제야 말이 좀 통하겠군.* 에디는 속으로 중얼거렸다.

"전에는 이 봉투 안에 우리 현조할아버지의 유언장이 들어 있었어요. 1846년 3월 19일에 작성된 거였죠. 지금 이 안에는 어떤 이름이 적힌 종이 쪼가리 한 장뿐이에요. 젊은 양반, 그 이름이 뭔지 당신이 알아맞히면, 난 당신이 하라는 대로 할 거예요."

이렇게 또 수수께끼 시합이 시작되는군. 다만 이번 시합에 걸린 것은 네 사람의 목숨이 아니라 만물의 존재 자체였다.

그래도 이번 수수께끼는 쉬워서 다행이야. 에디는 생각했다.

"성은 디셰인이에요. 이름은 롤랜드, 나의 딘이죠. 아니면 그 사람 아버지인 스티븐이든가."

캘빈 타워의 얼굴은 피가 모조리 빠져나간 듯 새하얬다. 에디는 그가 어떻게 똑바로 서 있는지 도무지 알 수가 없었다. "하늘에 계신 우리 아버지." 타워가 중얼거렸다.

덜덜 떨리는 손으로, 타워는 봉투 안에서 까마득히 오래되어 바삭거리는 종이 쪼가리를 꺼냈다. 그것은 131년이라는 세월을 지나 지금, 이곳에 도착한 시간 여행자였다. 그리고 접혀 있었다. 타워는 종이를 펴서 카운터 위에 올려놓았다. 슈테판 토런이 흘림체로 적어놓은 말을 에디도 함께 볼 수 있도록.

길르앗의 롤랜드 디셰인

엘드의 혈통

총잡이

13

이야기는 15분쯤 더 이어졌고, 에디가 짐작하기에 그 가운데 적어도 일부는 중요한 이야기였다. 그러나 본론은 타워의 오대조 할아버지가 남북전쟁의 조짐이 보이기 14년 전에 종이에 적은 이름을 에디가 말했을 때 이미 끝난 것이나 다름없었다.

이야기를 나누는 동안 타워에 관해 알게 된 사실은 실망스러웠다. 에디는 그를 존경하는 마음이 조금은 있었지만(발라자르의 깡패 부하들 앞에서 20초가 넘게 버티는 사람이라면 누구나 존경할 만했으므로), 그가 딱히 마음에 들지는 않았다. 타워에게는 미련한 오기 같은 것이 있었다. 에디 생각에는 원래 그런 경향이 있었는데 정신과 의사가 더 부추긴 듯싶었다. 자기 앞가림은 자기가 해야 한다, 당신은 당신 운명의 선장이자 작가이다, 자신의 욕망을 존중하라, 뭐 그런 헛소리들로. 소소한 암호와 전문용어들이 모여 이기적인 망나니가 돼도 괜찮다는 신호를 주었던 것이다. 심지어 그렇게 사는 것이 고상하다는 신호를. 타워가 자신에게 친구라고는 에런 디프노뿐이라고 말했을 때 에디는 놀라지 않았다. 타워에게 친구가 있다는 것이

오히려 놀라웠다. 타워 같은 사람은 결코 카텟을 이룰 수 없었고, 그래서 에디는 그들의 운명이 긴밀하게 엮여 있다는 것 때문에 마음이 불편해졌다.

그냥 카를 믿는 수밖에. 카가 원래 그런 거잖아, 안 그래?

물론 그랬다. 하지만 그렇다고 해서 에디가 이를 마음에 들어 할 필요는 없었다.

14

에디는 타워에게 혹시 *엑스 리베리스*라고 새겨진 반지가 있는지 물었다. 타워는 아리송한 표정을 짓더니 웃으면서 *엑스 리브리스*가 아니냐고 물었다. 그러고는 책장을 뒤져 책 한 권을 찾아서 에디에게 책 표지 안쪽에 붙은 장서표를 보여주었다. 에디는 고개를 끄덕였다.

"아뇨. 그래도 나 같은 사람한테 어울리는 물건이긴 하네요, 안 그래요?" 타워는 에디를 유심히 바라보았다. "그런데 그 반지는 왜?"

그러나 이 시점에 다중 우주의 미국에서 숨겨진 고속도로를 탐험하고 있을 어떤 남자를 구해주는 것은 타워가 미래에 할 일이었고, 에디는 당장은 그 일에 관해 이야기하고 싶지 않았다. 타워의 얼을 빼놓겠다는 목적은 거의 성공한 것이나 다름없었거니와, 검은 13이 롤랜드를 지쳐 쓰러지게 만들기 전에 찾지 못한 문을 통해 돌아가야 했기 때문이었다.

"아무것도 아니에요. 그래도 혹시 그런 반지를 보면 꼭 사도록 해요. 가기 전에 한 가지만 더 확실히 해둘게요."

"뭔데요?"

"내가 떠나고 나면 곧바로 당신도 떠나겠다고 약속해요."

타워는 또다시 우물쭈물했다. 에디는 시간만 있으면 타워의 그런 면을 마음껏 증오해주고 싶었다. "그게…… 솔직히 말하면, 그럴 수 있을지 모르겠어요. 보통은 초저녁이 제일 바쁠 때라…… 평일 퇴근 시간에 손님이 제일 많거든요…… 게다가 브라이스 씨가 『불안한 대기』의 초판본을 보러 오기로 했어요. 어윈 쇼의 소설인데, 라디오 방송 전성기의 매카시즘 광풍을 다룬 작품이죠…… 적어도 일정표는 확인을 해봐야겠어요, 그리고 또……."

타워는 쉬지 않고 중얼거렸다. 자질구레한 것들을 나불나불 이야기하면서 점점 활기를 띠기까지 했다.

에디는 부드러운 목소리로 말을 꺼냈다. "캘빈, 혹시 불알 좋아해요? 불알이 당신한테 착 붙어 있는 만큼, 당신도 불알에 애착이 있어요?"

다 정리하고 달아나버리면 고양이 세르지오의 밥은 누가 챙겨줄지 걱정하던 타워는 에디의 말에 문득 정신을 차리고 아리송한 표정으로 그를 바라보았다. 마치 불알이라는 두 음절 단어를 생전 처음 듣는 사람처럼.

에디는 친절하게 고개를 끄덕였다. "당신 불알요. 음낭. 공깃돌. 당신 쌍방울. 정자 공장 말이에요. *고환.*"

"그게 무슨……?"

에디의 커피 잔은 비어 있었다. 에디는 그 잔에 커피 대신 크림을

붓고 훌쩍 마셨다. 꿀맛이었다. "말했잖아요, 여기 계속 있다간 심각한 불구가 될 거라고. 그건 진담이었어요. 그 자식들은 십중팔구 당신 불알부터 시작할 거예요. 본때를 보여주려고. 그럼 그 일이 언제 벌어지느냐, 그건 대략 도로에 차가 얼마나 막히느냐에 따라 결정되겠죠."

"도로 사정에 따라서." 타워는 어떤 감정도 없는 덤덤한 목소리로 중얼거렸다.

"바로 그거예요." 에디는 크림이 무슨 브랜디라도 되는 양 음미하면서 훌쩍였다. "기본적으로 잭 안돌리니가 차를 몰고 브루클린에 도착할 때까지 걸리는 시간에다, 발라자르가 고물 밴이나 트럭에 자기 부하들을 태워서 여기 도착할 때까지 걸리는 시간을 더하면 돼요. 난 그냥 잭이 전화할 정신이 없기만 바랄 뿐이에요. 혹시 발라자르가 내일까지 기다릴 줄 알았어요? 케빈 블레이크나 치미 드레토 같은 놈들의 머리를 빌려서 작전 회의를 하느라고?" 에디는 손가락 한 개를 들더니 뒤이어 또 한 개를 들었다. 손톱 밑에 다른 세계의 때가 끼어 있었다. "첫째, 그 자식들은 뇌가 없어요. 둘째, 발라자르는 그 자식들을 안 믿어요. 캘, 발라자르는 성공한 폭군들이 하던 대로 하는 놈이에요. 번개처럼 빨리 반격한다, 이거죠. 지금은 차가 막히는 시간이라 조금 늦어지긴 하겠지만 만약 여섯 시까지, 넉넉잡아 여섯 시 반까지 여기 앉아 있다간, 당신은 불알에 작별 인사를 해야 할 거예요. 그 자식들은 칼로 불알을 자르고 상처를 토치로 지져버릴 거예요. 쪼그만 토치 있잖아요, 번조매틱이라고……"

"그만." 타워의 안색은 해쓱한 정도를 넘어 푸르뎅뎅했다. 곧 숨이 넘어갈 사람처럼. "그리니치빌리지에 있는 호텔에 가 있을게요.

안 팔리는 작가나 예술가들이 가는 싸구려 호텔이 몇 군데 있는데, 방이 후지기는 해도 영 못 있을 곳은 아니에요. 에런한테 전화해서 내일 아침에 북쪽으로 출발할게요."

"좋아요, 하지만 먼저 목적지부터 정해요. 나나 내 친구가 당신들이랑 연락을 해야 할지도 모르니까."

"그걸 내가 어떻게 정해요? 뉴잉글랜드에서 코네티컷 주 웨스트 포트 북쪽으로는 아는 곳이 한 군데도 없는데!"

"그리니치빌리지의 호텔에 도착하면 전화로 알아봐요. 갈 곳이 정해지면 내일 아침 뉴욕을 떠나기 전에 에런 씨를 그 공터로 보내요. 공터로 가서 판자벽에다 목적지의 우편번호를 적어놓으라고 해요." 불길한 예감이 에디의 뇌리를 스쳤다. "우편번호가 뭔지는 알죠, 그렇죠? 그러니까, 지금 시대에도 우편번호가 있죠?"

타워는 미친 사람을 보는 눈빛으로 에디를 바라보았다. "당연히 있죠."

"좋아요. 에런 씨한테 46번가 쪽 벽에다 적어놓으라고 하세요, 벽이 끝나는 곳에다. 알았어요?"

"예, 그런데……"

"그 자식들이 내일 아침에 이 가게를 감시하진 않을 거예요, 당신이 낌새를 채고 달아났다고 생각할 테니까. 하지만 이곳을 감시한다면 그 공터는 지키는 놈이 없을 테고, 만약 공터를 지키는 놈이 있다면 2번 대로 쪽을 감시할 거예요. 혹시라도 46번가 쪽을 지키는 놈이 있다고 해도 당신을 기다릴 거예요, 에런 씨가 아니라."

타워는 자신도 모르게 빙긋 웃었다. 에디도 긴장을 풀고 따라 웃었다. "그래도 만에 하나…… 그놈들이 에런도 노리고 있다면?"

"평소에 안 입는 옷을 입으라고 하세요. 주로 청바지를 입는 사람이면 양복을 입으라고 해요. 양복을 입고 다니면……"

"청바지를 입으라고 하고."

"바로 그거예요. 선글라스를 쓰는 것도 나쁘지 않아요, 날씨가 흐려서 이상하게 보이지만 않으면. 우편번호는 검은 매직펜으로 쓰라고 하세요. 너무 멋지게 쓸 필요는 없어요. 그냥 포스터를 구경하는 사람처럼 자연스럽게 판자벽으로 걸어가는 거예요. 그런 다음 번호를 적고 사라지는 거죠. 그리고 제발, 망치면 안 된다고 하세요."

"목적지가 어디든 간에, 우편번호만 갖고 우릴 어떻게 찾으려는 건데요?"

에디는 투크의 잡화점을, 또 그 가게 포치의 흔들의자에 앉아 주민들과 나누었던 대화를 떠올렸다. 인사를 건네고 얘기를 나누고 싶어 하는 사람은 누구든 반갑게 맞이했던 그때를.

"그 동네 잡화점에 들러요. 간단하게 인사를 나눈 다음에, 흥미를 보이는 사람이 있으면 이 동네에 책을 쓰러 왔다고 해요. 아니면 바닷가재 찜 요리를 정물화로 그리려고 왔다고 하든가. 그러면 내가 찾을 수 있어요."

"알았어요. 그거 참 좋은 생각이네요. 젊은 양반이 이런 일에 참 능숙하군요."

타고났거든요. 에디는 속으로만 생각할 뿐 입 밖에 내지는 않았다. 대신 이렇게 말했다. "난 이제 가야겠네요. 여기 너무 오래 있었어요."

"가기 전에 도와줄 일이 하나 있는데." 타워는 그렇게 말을 꺼내고는 무슨 일인지 설명하기 시작했다.

에디의 눈이 점점 더 커졌다. 타워가 길지 않은 설명을 마쳤을 때, 에디는 버럭 소리를 질렀다. "어휴, 무슨 *개소리야*!"

타워는 고갯짓으로 가게 문 쪽을, 희미하게 일렁거리는 아지랑이가 보이는 곳을 가리켰다. 그 아지랑이 때문에 2번 대로에 지나가는 사람들이 덧없는 신기루처럼 보였다. "저기에 문이 있잖아요. 당신이 그렇게 말했고, 난 당신 말을 믿어요. 문은 안 보여도 *뭔가* 보이기는 하니까."

"미쳤네. 완전히 돌았어." 콕 집어 말하자면 진심은 아니었다. 그러나 에디는 이런 요청을 하는 사람과 운명이 단단히 엮인 자신의 신세에 그 어느 때보다 더 진절머리가 났다. 이런 요구를 하는 인간이 있다니.

"그럴지도 모르죠. 안 그럴지도 모르고." 타워는 떡 벌어지기는 했어도 살이 투실투실한 가슴 위로 팔짱을 끼었다. 목소리는 부드러웠지만 눈빛은 단호했다. "미쳤든 안 미쳤든, 난 그 조건을 들어줘야 당신이 시키는 대로 할 거예요. 다른 말로 하면 당신의 미친 장단에 맞춰서 춤을 추겠다, 이거죠."

"어휴, 캘, 하느님 맙소사! 하느님 아버지에 인간 예수 맙소사! 난 그냥 슈테판 토런의 유언장에 적힌 대로 하라는 것뿐이에요."

타워의 눈빛은 미적거리거나 거짓말을 준비할 때처럼 힘이 빠지지도 않았고, 다른 쪽을 힐끗거리지도 않았다. 정확히 말하면 더욱 단호해졌다. "슈테판 토런은 죽었고, 난 안 죽었어요. 난 당신이 시키는 대로 하는 조건을 이미 밝혔어요. 이제 남은 문제는 당신이 그 조건을……"

"그래요, 알았어요, 알았다고요!" 에디는 그렇게 외치고는 잔에 남은 하얀 액체를 쭉 들이켰다. 그러고는 크림 팩을 집어서 꿀꺽꿀꺽 마셨다. 크림이라도 마셔서 힘을 내려는 사람처럼. "자, 시작합시다."

15

롤랜드의 눈에는 헌책방 내부가 보였지만, 꼭 쏜살같이 흐르는 냇물의 바닥을 들여다보는 것만 같았다. 그는 에디가 서두르기만을 바랐다. 총알로 귀를 꼭 막았는데도 토대시의 차임벨 소리가 들렸고, 끔찍한 냄새는 무엇으로도 막을 수가 없었다. 쇠가 녹는 냄새에 썩은 베이컨 냄새, 까마득히 오래돼서 녹아내리는 치즈 냄새, 거기에 양파 타는 냄새까지. 눈에서는 눈물이 흘렀는데 이 역시 문 너머의 풍경이 일렁거리는 것처럼 보이는 까닭인 듯싶었다.

차임벨 소리나 역한 냄새보다 훨씬 더 끔찍한 것은, 이미 위태로운 관절에 서서히 스며드는 구슬의 움직임이었다. 마치 구슬이 깨진 유리 조각처럼 날카로운 것들로 몸속의 관절을 채우는 느낌이 들었다. 멀쩡한 왼손은 아직까지 몇 번 찌릿했을 뿐이지만, 롤랜드는 헛된 기대 따위는 조금도 품지 않았다. 상자가 열려 있고 검은 13이 무방비로 드러나 있는 한, 왼손뿐 아니라 온몸의 통증이 점점 더 심해질 판이었다. 마른 회오리의 통증 가운데 일부는 구슬을 숨기면 곧바로 사라질지도 몰랐지만 롤랜드 생각에 깨끗이 사라질 것 같지는 않았다. 그리고 어쩌면, 이는 시작에 지나지 않았다.

마치 그 직감을 축하하기라도 하듯이 오른쪽 엉덩이에서 불길처럼 지독한 통증이 치솟더니, 그 자리에서 불끈거리기 시작했다. 그 통증이 롤랜드에게는 따뜻한 액체 상태의 납이 출렁거리는 주머니처럼 느껴졌다. 그는 오른손으로 엉덩이를 주무르기 시작했다…… 그렇게 하면 무슨 차도가 있기라도 한 것처럼.

"롤랜드!" 멀리서 부글거리는 목소리, 문 너머로 보이는 것들처럼 물속에서 들려오는 듯한 목소리였지만, 분명히 에디의 목소리였다. 롤랜드가 엉덩이에서 눈을 돌리자 에디와 타워가 찾지 못한 문으로 장식장 같은 것을 밀어넣는 광경이 보였다. 안에는 책이 들어찬 것처럼 보였다. "롤랜드, 좀 도와줄 수 있겠어?"

엉덩이와 무릎에 자리 잡은 통증이 너무나 깊어서 제대로 설 수나 있을지 의심스러웠지만…… 롤랜드는 일어섰다. 그것도 가뿐하게. 에디의 날카로운 눈이 어디까지 알아챘는지는 알 수 없었지만, 롤랜드는 더 이상은 보여주고 싶지 않았다. 적어도 칼라 브린 스터지스에서 벌이는 모험이 끝날 때까지는 그럴 수 없었다.

"이쪽에서 밀면 그쪽에서 당겨!"

롤랜드가 알았다는 표시로 고개를 끄덕이자 책장이 앞으로 미끄러지기 시작했다. 책장의 절반은 동굴로 넘어와 또렷하게 보이고 절반은 아직 맨해튼의 헌책방에 남아 흐릿하게 일렁이는 순간, 묘하게 아찔한 기분이 들었다. 이윽고 롤랜드는 책장을 붙잡고 당기기 시작했다. 책장은 동굴 바닥 위에서 요동치고 드르륵거리며 돌멩이와 뼈들을 흩날렸다.

책장이 문틀을 빠져나오기가 무섭게, 고스트우드로 만든 상자의 뚜껑이 닫히기 시작했다. 문도 마찬가지였다.

"아서라, 안 된다." 롤랜드는 중얼거렸다. "안 된다, 어림도 없다,

이 망할 것아." 그는 오른손에 남은 두 손가락을 점점 좁아지는 상자 뚜껑 틈새에 집어넣었다. 그러자 문은 빠끔히 열린 상태로 멈췄다. 마침내 한계가 찾아왔다. 이제는 이까지 덜덜 떨릴 지경이었다. 에디는 타워와 마지막으로 무슨 대화를 나누는 중이었지만, 롤랜드는 그들이 우주의 비밀에 관해 이야기하는 중이라고 해도 더는 참을 수가 없었다.

"에디!" 롤랜드가 부르짖었다. "에디, 내 곁으로 와라!"

그러자 고맙게도 에디가 봇짐 주머니를 집어들고 이쪽 세계로 건너왔다. 에디가 문을 지나는 순간 롤랜드는 상자를 닫았다. 찾지 못한 문은 몇 초 후에 무덤덤한 쾅 소리와 함께 태연하게 닫혔다. 차임벨 소리도 멈췄다. 곳곳의 관절에 독약처럼 차오르던 통증도 함께 사라졌다. 그 안도감은 롤랜드가 악을 지를 정도로 강렬했다. 이윽고 약 10초가 지났을 때, 롤랜드가 할 수 있는 일은 고개를 푹 숙이고 눈을 감은 채 흐느끼지 않으려고 기를 쓰는 것뿐이었다.

"세이 생키." 롤랜드는 가까스로 말했다. "세이 생키, 에디."

"별말씀을. 얼른 이 동굴에서 나가야겠어. 당신 생각은 어때?"

"그러자. 제발, 나가자."

16

"그 사람이 별로 마음에 안 드는 모양이더구나. 안 그러냐?"

에디가 돌아오고 나서 10분이 지났을 때, 롤랜드가 물었다. 두 사람은 동굴에서 조금 떨어진 곳으로 내려와 바위 틈새의 좁고 꼬불

꼬불한 길 앞에서 걸음을 멈췄다. 머리카락이 흐트러지고 옷이 몸에 달라붙을 만큼 거칠게 불던 센바람이 이곳에서는 이따금 건드리고 지나가는 흔들바람에 지나지 않았다. 롤랜드는 그 바람이 고마웠다. 담배를 마는 손놀림이 느리고 서툰 것도 바람 핑계를 대면 그만이 려니 싶었다. 그러면서도 그는 자신을 향한 에디의 눈길을 느꼈고, 한때는 안돌리나나 비온디와 마찬가지로 둔하고 눈치 없었던 이 브 루클린 출신 젊은이는 이미 대강의 사정을 눈치챈 후였다.

"타워 말이겠지."

롤랜드는 가소롭다는 듯이 에디를 힐끔 쳐다보았다. "아니면 누 구 말이겠느냐? 그 고양이?"

에디는 거의 웃음소리처럼 들리는 불평을 짧게 구시렁거렸다. 그 러는 동안에도 이곳의 맑은 공기를 들이마시느라 바빴다. 돌아올 수 있어서 다행이었다. 육신을 지닌 채 뉴욕에 가는 것은 어떤 면에서 는 토대시 상태에서 가는 것보다 더 나았다. 하지만 맙소사, 그 지독 한 *악취*라니. 대부분은 자동차 배기가스였지만(질척한 구름 같은 디 젤 연기가 최악이었다.), 다른 악취도 수없이 많았다. 지나치게 많은 인간들의 몸 냄새도 결코 빠지지 않았다. 인간 본연의 스컹크 같은 체취는 그들이 뿌린 갖가지 향수와 탈취 스프레이로도 가릴 수 없 었다. 그들은 다 같이 한 덩어리가 되어 살아가는 탓에 자신들의 냄 새가 얼마나 끔찍한지 모르는 걸까? 에디는 틀림없이 그럴 거라고 짐작했다. 한때는 그 역시 마찬가지였다. 한때 그는 뉴욕으로 돌아 갈 날을 기다리느라 목이 빠질 지경이었다. 돌아갈 수만 있다면 살 인이라도 하고 싶을 정도로.

"에디? 니스의 땅에서 돌아와라!" 롤랜드는 에디 딘의 코앞에서 손가락을 딱딱 튕겼다.

"미안. 타워 그 양반은…… 맞아, 별로 마음에 안 들어. 세상에, 자기 책을 저런 식으로 보내다니! 같이 우주를 구하자고 하는데 저 거지 같은 초판본들을 지키는 걸 조건으로 내걸고 말이야!"

"그 사람은 그런 식으로 받아들이지 않았을 거다…… 꿈속에서 라면 또 모르겠다만. 게다가 너도 알잖느냐, 놈들이 도착해서 그가 달아난 걸 알면 가게에 불을 지르리라는 걸. 틀림없이 그럴 게다. 문 틈으로 휘발유를 쏟아넣고 불을 붙일 테지. 아니면 창문을 깨고 공 장에서 만든 것이든 직접 만든 것이든 수류탄을 던져넣거나. 그 생 각이 안 떠올랐다고 내게 말할 수 있겠느냐?"

말할 것도 없이 에디도 떠올린 생각이었다. "뭐, 어쩌면."

이번에는 롤랜드가 우스꽝스러운 소리를 내며 구시렁거릴 차례 였다. "그 *어쩌면*에는 어찌할 가능성이 그리 많지 않은 것 같구나. 그래서 자기가 가장 아끼는 책들을 보낸 거다. 그리고 그 덕분에 통 로 동굴에는 신부의 보물을 숨길 장소가 생겼다. 이제는 우리 보물 이라고 해야 할 것 같다만."

"내가 보기에 그 사람의 용기는 진짜 용기 같지가 않았어. 오히려 탐욕에 가까웠다고."

"모두가 검이나 총이나 함선의 길을 택하는 것은 아니다. 허나 누 구나 결국에는 *카*를 섬기게 마련이다."

"진짜? 크림슨 킹도 그럴까? 아니면 캘러핸이 말한 그 하인이란 자들도?"

롤랜드는 대답하지 않았다.

"그쪽은 괜찮을 거야. 타워 말이야, 그 고양이가 아니라."

"거 참 재미난 농담이구나." 롤랜드의 목소리는 덤덤했다. 그는 바지 엉덩이에 성냥을 그어 손으로 둥그렇게 감싼 채 담배에 불을 붙였다.

"칭찬 고마워, 롤랜드. 그쪽으로는 실력이 쑥쑥 느는 것 같네. 나한테 한번 물어봐줘, 타워랑 디프노가 뉴욕을 감쪽같이 벗어날 거라고 생각하는지."

"그렇게 생각하느냐?"

"아니, 내 생각엔 흔적을 남길 것 같아. 우린 그걸 보고 따라가면 될 테지만, 발라자르의 부하들은 못 봤으면 좋겠어. 내가 걱정하는 건 잭 안돌리니야. 그 자식은 섬뜩할 정도로 영리하거든. 발라자르로 말하자면, 그 자식은 솜브라 코퍼레이션이랑 계약을 맺었어."

"왕의 녹을 먹기로 한 게로군."

"맞아, 꽤 된 일인 것 같아." 에디는 그 왕이 왠지 크림슨 킹 같다는 생각이 들었다. "발라자르는 계약을 하면 지켜야 한다는 걸 알아, 혹시 못 지킬 때에는 그럴 만한 충분한 이유가 있어야 한다는 것도 알고. 일을 그르치면 소문이 퍼지거든. 누구누구는 실력이 예전 같지 않다더라, 솜씨가 녹슬었다더라, 그런 이야기가 돌기 시작하는 거지. 그 자식들한테는 타워를 붙잡아서 솜브라 쪽에 공터를 넘기게 할 시간이 아직 3주나 남았어. 분명히 그 시간을 쓰려고 할 거야. 발라자르는 연방 수사국 요원은 아니지만 그래도 꽤 연줄이 있는 놈이야. 게다가…… 롤랜드, 타워의 문제 중에 제일 심각한 건, 그 양반이 어떤 면에선 이 일을 전혀 현실로 받아들이질 않는다는 거야. 자기 인생을 자기가 가진 이야기책 속의 이야기로 착각하고 있어. 작가랑 계약을 맺었으니까 끝에 가서는 다 잘 풀릴 거라고 생각한다고."

"그가 방심할 거라고 본다는 말이구나."

에디는 황당하다는 듯이 피식 웃었다. "어휴, 말하면 입만 아프지. 문제는 그 양반이 실수했을 때 발라자르가 알아채느냐 마느냐야."

"우리가 타워를 지켜봐야겠구나. 혹시 모를 사태에 대비해서. 그게 네 생각이냐?"

"그렇지, 예미럴!" 에디가 말했다. 그러고는 잠시 말없이 생각하다가 두 사람 다 웃음을 터뜨렸다. 웃음이 잦아들자 에디가 입을 열었다. "내 생각엔 캘러핸을 보내야 할 것 같아, 가겠다고 하면 말이야. 당신은 내가 미쳤다고 생각하겠지, 하지만……"

"전혀 아니다. 캘러핸은 이미 우리 동료이거나…… 동료가 될 수 있는 사람이다. 나는 처음부터 그렇게 느꼈다. 게다가 기기묘묘한 곳으로 여행을 다니는 데에도 익숙하다. 오늘 그에게 일러두마. 내일 그와 함께 이리로 와서 문을 통과하는 걸 확인하면……"

"내가 할게. 당신은 한 번 했으니까 됐어. 적어도 당분간은."

롤랜드는 에디를 유심히 보다가 담배를 골짜기 저 멀리 던져버렸다. "왜 그런 말을 하느냐, 에디?"

"당신 여기 머리가 더 하얘졌어." 에디는 자기 정수리를 톡톡 두드리며 말했다. "걸음걸이도 좀 뻣뻣하고. 지금은 좀 괜찮아졌지만, 내가 보기엔 고질병인 류머티즘이 재발한 것 같아. 솔직히 털어놔."

"알았다, 털어놓으마." 롤랜드가 말했다. 만약 에디가 기껏해야 류머티즘 정도라고 생각한다면, 그리 나쁠 것은 없었다.

"실은 오늘 밤에 내가 캘러핸이랑 같이 이리로 올라와도 될 것 같아. 잠깐 건너가서 우편번호만 받아오면 되니까. 그쪽 세계는 다시 낮이 돼 있을 거야, 틀림없어."

"밤에는 아무도 이곳에 올라오면 안 된다. 피치 못할 경우가 아니라면 절대로."

에디는 아래쪽으로 떨어진 바위가 툭 튀어나와 있는 가파른 비탈을 내려다보았다. 5미터가 조금 안 되는 내리막길은 외줄처럼 좁디좁았다. "무슨 말인지 알았어."

롤랜드는 자리에서 일어서기 시작했다. 에디는 그 쪽으로 다가가 팔을 잡았다. "조금 더 쉬어, 롤랜드. 괜찮아."

롤랜드는 다시 앉아서 에디를 올려다보았다.

에디는 숨을 깊이 들이마셨다가 내쉬었다. "벤 슬라이트먼이 좀 수상해. 그 자식이 고자질쟁이인 것 같아. 거의 확실해."

"그래, 나도 안다."

에디는 동그래진 눈으로 롤랜드를 바라보았다. "안다고? 당신이 그걸 어떻게……"

"그냥 어렴풋이 눈치챘다고 해두자."

"어떻게?"

"그의 안경 때문이다. 아버지 벤 슬라이트먼은 칼라 브린 스터지스에서 유일하게 안경을 쓴 인물이다. 가자, 에디, 오늘은 할 일이 많다. 이야기는 가면서 하자."

17

처음에는 길이 너무 가파르고 좁아서 그렇게 할 수가 없었다. 하지만 차츰 산자락에 가까워질수록 길은 넓어지고 평탄해졌다. 다시 얘기를 나눌 여유가 생기자 에디는 롤랜드에게 제목이 『도건』인지 『호건』인지 하는 책과 이름이 수상쩍은 그 책의 지은이 이야기를 꺼냈다. 판권 면의 이상한 점도 함께 설명하면서(롤랜드가 이 부분을 제대로 이해할지 어떨지는 확신이 서지 않았지만) 어쩌면 슬라이트먼의 아들에 관해 뭔가 암시하는 게 아닌가 궁금하다는 이야기도 들려주었다. 터무니없는 생각 같았지만, 그래도……

"만약 어린 베니가 자기 아버지의 고자질을 도왔다면, 제이크가 이미 눈치챘을 거다."

"제이크가 모르는 게 확실해?" 에디가 물었다.

그 말에 롤랜드는 잠시 침묵했다. 그러다가 이내 고개를 저었다. "제이크가 의심하는 건 아버지 쪽이다."

"걔가 그랬어?"

"말하지 않아도 안다."

두 사람은 말을 묶어둔 곳에 도착하기 직전이었다. 말들은 경계하듯 번쩍 고개를 들었다가 그들을 알아보고 안심한 눈치였다.

"제이크는 로킹비 목장에 가 있잖아. 어쩌면 우리가 그리로 가야 할지도 몰라. 무슨 구실을 만들어서 걔를 신부네 사제관으로 데려오면……." 에디는 말끝을 흐리고는 롤랜드를 유심히 바라보았다. "안 될까?"

"안 된다."

"왜?"

"왜냐면 이건 제이크가 알아서 할 일이기 때문이다."

"그건 너무하잖아, 롤랜드. 제이크랑 베니 슬라이트먼은 친구 사이야. 그것도 엄청 친한 친구 사이. 베니 아빠가 그동안 무슨 짓을 했는지 칼라 사람들한테 까발리는 일을 제이크가 맡게 되면……"

"제이크는 자신이 해야 할 일을 할 거다. 그건 우리 모두 마찬가지다."

"그치만 걘 아직 어린애잖아, 롤랜드. 잊어버린 거야?"

"제이크가 어린애로 지낼 시간은 이제 얼마 안 남았다." 롤랜드는 그렇게 말하고는 말에 올랐다. 그러면서 오른쪽 다리를 안장 위로 넘길 때 통증 때문에 한순간 찌푸린 얼굴을 에디가 못 봤으면 하고 바랐지만, 에디는 당연히 놓치지 않았다.

제3장
도건(후편)

1

제이크와 베니 슬라이트먼은 로킹비 목장의 축사 세 곳 가운데 한 곳에서 위층에 보관된 건초 더미를 아래층으로 옮긴 다음, 단단히 묶인 더미를 다시 풀어 헤치며 그날 오전을 보냈다. 오후에는 와이 강에 가서 멱을 감고 물싸움을 할 예정이었다. 날씨 때문에 물이 차가워진 깊은 곳만 피하면 아직은 물놀이가 꽤 즐거웠다.

그 두 가지 활동 사이에 소년들은 목장 일꾼 여섯 명과 함께 인부 숙소에서 푸짐한 점심을 먹었다(아버지 슬라이트먼은 텔퍼드의 벅헤드 목장에 가축 거래를 도우러 가느라 함께하지 못했다.). "난 슬라이트먼네 아들이 이렇게 열심히 일하는 거 처음 봤다." 쿠키라는 일꾼이 이렇게 말하며 고기 볶음을 식탁에 내려놓자 두 소년은 달려들어서 게걸스럽게 먹기 시작했다. "네 덕분에 베니가 아주 녹초가 되겠구나, 제이크."

물론 그것이 제이크의 의도였다. 아침에는 건초를 옮기고 오후에는 멱을 감고 해가 질 무렵까지 축사에서 뛰어내리기를 하고 나면, 베니는 죽은 사람처럼 늘어져 잘 것 같았다. 문제는 제이크 자신도 같은 신세가 될지 모른다는 것이었다. 기운 해가 사라지고 진홍빛 땅거미가 어둠으로 바뀌어갈 무렵, 제이크는 오이를 데리고 세수를 하러 펌프가 있는 곳으로 나왔다. 그곳에서 먼저 자기 얼굴에 물을 뿌려 깨끗이 씻고 나서 오이에게 물을 몇 방울 튕겨주었고, 오이는 그 물을 잽싸게 받아 마셨다. 이윽고 제이크는 한쪽 무릎을 꿇고 오이의 주둥이 옆을 부드럽게 잡았다. "내 말 잘 들어, 오이."

"오이!"

"난 지금부터 자러 갈 거야, 하지만 달이 뜨면 네가 날 깨워야 해. 베니 몰래 깨우는 거야, 알았어?"

"아써!" 알았다는 말일 수도, 아니면 아무 뜻 없는 말일 수도 있었다. 만약 내기를 걸라고 하면 제이크는 알았다는 쪽에 걸고 싶었다. 제이크는 오이를 마음 깊이 신뢰했다. 어쩌면 신뢰가 아니라 사랑인지도 몰랐다. 아니, 어쩌면 그 둘은 하나인지도 몰랐다.

"달이 뜨면 깨우는 거야. 오이, '달' 해봐."

"달!"

알아들은 모양이었지만, 제이크는 달이 뜰 때 잠에서 깰 수 있도록 자기 몸속의 자명종도 함께 맞춰놓기로 했다. 그날 밤 베니의 아빠와 앤디를 목격한 곳에 다시 가볼 작정이었던 것이다. 제이크의 머릿속에서 그 둘의 기묘한 만남은 시간이 지날수록 잊히기는커녕 점점 더 커다란 불안으로 자라났다. 제이크는 베니의 아빠가 늑대들과 한 패라고 믿고 싶지 않았다. 앤디도 마찬가지였다. 그러나 확인

해야 했다. 롤랜드 역시 그렇게 했을 것이기 때문이었다. 이유는 그
것만으로 충분했다.

2

두 소년은 베니의 방에 누워 있었다. 베니는 하나뿐인 침대를 당
연히 손님에게 양보했지만, 제이크는 사양했다. 그래서 결국 '짝수
날' 밤에는 베니가 침대에서 자고 '홀수 날' 밤에는 제이크가 침대
에서 자기로 타협했다. 이날 밤은 제이크가 바닥에서 잘 차례였다.
제이크에게는 다행이었다. 베니의 거위털 매트리스는 지나치게 푹
신했다. 달이 뜰 때 일어나려는 계획을 생각하면 십중팔구 바닥에서
자는 편이 나을 듯싶었다. 더 안전했다.
　베니는 한 손으로 머리를 받치고 누워 천장을 올려다보았다. 베
니가 달래서 침대 위로 올라온 오이는 만화 캐릭터처럼 구불구불한
꼬리 밑에 코를 묻고 둥그런 쉼표 모양을 한 채 자고 있었다.
　"제이크." 소곤거리는 소리. "자니?"
　"아니."
　"나도 안 자." 잠시 침묵. "네가 우리 집에 있어줘서 정말 즐거웠
어."
　"나도 재미있었어." 제이크의 말은 진심이었다.
　"외둥이로 지내면 가끔 외로울 때가 있거든."
　"나도 알아…… 난 처음부터 외아들이었으니까." 제이크는 잠시
입을 다물었다. "넌 쌍둥이 누이가 죽고 나서 되게 슬펐겠다."

"지금도 가끔 슬퍼." 한참 후에 입을 연 베니의 목소리는 덤덤했고, 그래서 듣기가 한결 편했다. "늑대들을 물리치고 나서도 여기 머물 거야?"

"오래 있진 못할 거야."

"넌 원정을 하는 중이지, 그렇지?"

"그런 것 같아."

"목적이 뭔데?"

원정의 목적은 이쪽 세계에 있는 암흑의 탑을, 또 제이크와 에디와 수재나가 살던 뉴욕에 있는 장미를 지키는 것이었지만, 제이크는 베니에게 그 이야기를 들려주고 싶지 않았다. 베니를 좋아하는데도 그랬다. 탑과 장미는 비밀에 속하는 것들이었다. 그들 카텟의 문제였다. 그렇다고 거짓말을 하고 싶지는 않았다.

"롤랜드는 그 얘기는 좀처럼 하질 않아." 제이크가 말했다.

침묵이 더 길게 이어졌다. 베니가 오이를 깨우지 않으려고 살금살금 움직이는 기척이 났다. "나 그 사람 좀 무섭더라. 너희 딘 말이야."

제이크는 그 말을 곰곰이 생각했다. "나도 그 사람이 조금 무서워."

"우리 아빠도 무섭다고 하던데."

제이크는 퍼뜩 정신이 초롱초롱해졌다. "진짜?"

"응. 우리 아빠는 너희 일행이 늑대들을 다 해치우고 나서 우리한테 총구를 돌려도 놀라지 않을 거래. 그냥 농담이라고 하긴 했지만, 그 험상궂게 생기고 나이 많은 카우보이 때문에 겁을 먹은 것 같아. 그 사람이 너희 딘 맞지?"

"응."

이제 잠들었으려니 하고 제이크가 생각할 무렵, 베니가 물었다. "전에 살던 집의 네 방은 어떻게 생겼어?"

제이크는 자기 방을 떠올렸지만, 처음에는 방의 모습을 머릿속에 그리기가 너무 힘들어서 당황스러울 정도였다. 그 방을 떠올린 지가 너무 오래돼서였다. 그런데 막상 기억해내고 보니 이번에는 베니에게 너무 자세히 설명해주면 안 될 것 같아서 당황스러웠다. 제이크의 친구네 집은 칼라 기준에서 보면 꽤 잘사는 편이었다. 제이크가 보기에 자영농 집안의 베니 또래 아이들 중에 자기 방이 있는 경우는 매우 드물었다. 그러나 제이크가 자기 방을 설명해주면 베니는 아마도 동화에 나오는 왕자의 방으로 여길 듯싶었다. 텔레비전. 스테레오와 수많은 레코드, 혼자서 음악을 들을 수 있는 헤드폰. 스티비 원더와 잭슨 파이브 포스터. 맨눈으로는 안 보이는 미세한 것들까지 보여주는 현미경. 이 소년에게 그 신기하고 기적 같은 물건들의 이야기를 다 들려줘도 되는 걸까?

"이 방이랑 비슷한데, 책상이 하나 있었어." 제이크는 결국 그렇게 말했다.

"글을 쓰는 책상 말이야?" 베니는 한쪽 팔꿈치를 짚고 몸을 일으켰다.

"어, 맞아." 제이크의 목소리는 이렇게 말하는 듯했다. *당연하지, 그게 아니면 뭐겠어?*

"종이도 있었어? 펜도? 깃펜이었어?"

"종이도 있었지." 제이크가 대답했다. 드디어 베니도 알 만한 신기한 물건이 등장했다. "펜도. 하지만 깃펜은 아니었어. 볼펜이었어."

"공이 달린 펜이라고? 뭔지 상상이 안 가는데."

그리하여 제이크는 볼펜에 관해 설명하기 시작했지만, 절반도 마치기 전에 코고는 소리가 들려왔다. 방 저편을 건너다보니 베니의 얼굴은 아직 이쪽을 향하고 있었지만, 눈은 이미 감긴 후였다.

오이가 눈을 뜨더니 제이크를 향해 윙크했다. 어둠 속에서 눈 한 쌍이 반짝였다. 그러고는 다시 눈을 감고 잠들었다.

제이크는 한참 동안 베니를 바라보았다. 마음 깊숙이 자리 잡은 복잡한 느낌이 도대체 무엇인지, 제이크는 이해할 수 없었거나…… 이해하고 싶지 않았다.

결국에는 제이크도 잠에 빠져들었다.

3

꿈도 꾸지 않는 암흑의 시간이 얼마간 지나고 나서, 제이크는 손목을 누르는 느낌 때문에 잠에서 깬 것과 비슷한 상태로 돌아왔다. 뭐가 손목을 당기고 있었다. 아플 정도로. 이빨이었다. 오이의 이빨.

"오이, 그만, 그만해." 제이크가 웅얼거리는 목소리로 타일렀지만 오이는 그만둘 기미가 안 보였다. 오이는 제이크의 손목을 물고 이쪽저쪽으로 계속 살살 흔들다가, 이따금 멈춰서는 냉큼 잡아당기곤 했다. 그러다가 마침내 일어난 제이크가 은색 달빛으로 물든 방 안을 졸린 눈으로 돌아보자 그제야 손목을 놓아주었다.

"달." 오이가 말했다. 제이크 바로 곁의 바닥에 앉아서 입을 벌린 오이는 아무리 봐도 웃고 있었고, 눈은 초롱초롱하게 빛났다. 빛날

수밖에 없었다. 조그맣고 하얀 돌이 각각의 눈 깊숙이서 타오르고
있었으므로. "달!"

"그래." 제이크는 소곤거리며 오이의 주둥이를 손으로 감쌌다.
"쉿!" 그러고는 주둥이를 놓고 베니 쪽을 돌아보았다. 베니는 이제
벽을 향해 누워서 드르렁드르렁 코를 골고 있었다. 제이크가 보기에
는 옆에서 박격포탄이 터져도 일어나지 않을 것 같았다.

"달." 오이가 아까보다 훨씬 나지막하게 말했다. 이제 창밖을 내
다보면서. "달, 달, 다알."

4

제이크는 안장 없이도 말을 탈 수 있었지만 이번에는 오이를 함
께 데려가야 했고, 그러려면 말의 맨 등에 타고 가기는 힘들었다. 어
쩌면 불가능할지도 몰랐다. 다행히 사이 오버홀저가 빌려준 변경 지
대의 조그만 조랑말은 얼룩 고양이처럼 순했고, 마구간의 마구 보관
실에는 어린애도 거뜬히 달 수 있는 낡아서 헤진 연습용 안장이 있
었다.

제이크는 말에 안장을 얹은 다음 칼라의 카우보이들이 '보트'라
고 부르는 안장 뒷자리에 담요를 묶었다. 동그란 담요 속에 든 루거
권총의 무게가 느껴졌다. 손을 쥐면 권총의 모양도 느낄 수 있었다.
보관실 벽의 못에는 앞쪽에 편리한 주머니가 달린 외투가 걸려 있
었다. 제이크는 그 외투를 벗겨서 두툼한 띠처럼 만 다음, 허리에 질
끈 동여맸다. 전에 다니던 학교의 학생들은 따뜻한 날이면 겉옷을

벗어서 그렇게 묶곤 했다. 방의 기억과 마찬가지로 그 기억 또한 언젠가 보았던 서커스 행렬처럼 아득하게 느껴졌다. 거리의 큰길을 따라 행진하다가…… 그대로 떠나버렸던 그 행렬처럼.

그쪽 세계의 삶이 더 풍족했어. 머릿속 깊은 곳에서 어떤 목소리가 속삭였다.

이쪽 세계의 삶이 더 진실해. 다른 목소리가, 더 깊은 곳에서 속삭였다.

제이크는 나중에 들려온 목소리를 믿었지만, 그럼에도 조랑말을 끌고 마구간 뒤편으로 나가서 집으로부터 멀어지는 동안 슬픔과 불안 때문에 여전히 마음이 무거웠다. 오이는 제이크의 발치를 따라가며 어쩌다 한 번씩 하늘을 향해 '달, 달' 하고 짖을 뿐, 대개는 땅 위에 떠도는 냄새를 킁킁거렸다. 이제부터 향하는 길은 위험했다. 데바테테 와이 강을 건너 칼라 쪽 세상에서 선더클랩 쪽 세상으로 가는 것 자체가 위험한 일이었고, 제이크 역시 이를 알았다. 그러나 제이크가 정말로 걱정하는 것은 곧 닥칠 비통함이었다. 친구 베니가, 로킹비 목장에 같이 머물며 놀 수 있어서 즐거웠다고 말하던 베니의 얼굴이 떠올랐다. 베니가 일주일 후에도 같은 심정일지 궁금했다.

"상관없어." 제이크는 한숨을 쉬었다. "그것도 카니까."

"카." 오이는 제이크를 올려다보았다. "달, 카, 달, 달, 카."

"조용히 해." 제이크의 목소리는 매정하지 않았다.

"조용히 카." 오이는 살갑게 말했다. "조용히 달. 조용히 에이크. 조용히 오이." 오랜만에 신나게 떠든 오이는 아는 말을 다 내뱉고 나서 조용해졌다. 제이크는 말의 고삐를 쥐고 10분 더 걸어갔다. 인부 숙소를 지나서, 그곳에서 뒤섞여 들려오는 코고는 소리와 구시렁거리는 소리와 방귀 소리를 뒤로 하고, 다음 언덕을 넘어갔다. 이스트 로드가 보이는 곳에 이르렀을 때, 여기서부터는 말을 타도 괜찮겠다는 생각이 들었다. 제이크는 외투를 풀어서 걸친 다음 주머니에 오이를 넣고 말에 올랐다.

5

앤디와 아버지 슬라이트먼이 강을 건넌 곳을 곧장 찾아가는 것도 십중팔구는 가능했지만, 제이크가 생각하기에 기회는 이번 한 번뿐이었다. 그리고 롤랜드라면 이런 경우에는 십중팔구도 부족하다고 말할 듯싶었다. 그래서 제이크는 강가 대신 지난 번 야영 때 베니와 함께 텐트를 쳤던 곳으로 향했고, 그곳에서 다시 땅속에 파묻힌 배의 뱃머리 같다고 생각했던 화강암 바위로 갔다. 이번에도 오이가 귓가에서 더운 숨을 뿜어댔다. 둥그렇고 표면이 반들반들한 강가의 바위는 금세 찾을 수 있었다. 강물에 떠내려와 그 바위에 걸려 있었던 통나무도 여전히 제자리에 있었다. 최근 몇 주 동안 강의 수위가 줄곧 낮아졌기 때문이었다. 비는 한 방울도 안 내렸고, 제이크는 바로 거기에 희망을 걸었다.

제이크는 베니와 텐트를 쳤던 평평한 땅으로 급히 돌아왔다. 조랑말을 이곳의 덤불에 묶어두었기 때문이었다. 제이크는 말을 끌고 강가로 내려간 다음, 오이를 안아 들고 말을 탄 채 강을 건넜다. 그리 큰 말이 아니었는데도 강물은 발굽 위로 그리 높이 올라오지 못했다. 1분도 안 돼서 그들은 건너편 기슭에 도착했다.

겉으로 보면 강 이쪽도 저쪽과 똑같았지만, 실은 그렇지 않았다. 제이크는 이를 대번에 알아챘다. 달빛과 무관하게 강 이쪽은 저쪽보다 더 캄캄했다. 토대시 상태에서 갔던 뉴욕의 어둠과 정확히 똑같지는 않았고 차임벨 소리도 들리지 않았지만, 그럼에도 비슷한 구석이 있었다. 뭔가 기다리는 느낌, 자칫 방심해서 주의를 끌면 수많은 눈들이 이쪽을 쳐다볼 것만 같은 느낌이 들었다. 제이크는 최종계의 끝자락에 와 있었던 것이다. 소름이 오소소 돋으면서 몸이 부르르 떨렸다. 오이가 고개를 쳐들고 올려다보았다.

"괜찮아." 제이크가 소곤거렸다. "그냥 안 좋은 느낌을 떨쳐버리려고 그런 거야."

제이크는 말에서 내려서 오이를 땅에 내려놓은 다음, 둥그런 바위 그늘에 외투를 숨겼다. 여기서부터는 외투가 필요할 것 같지 않았다. 긴장하다 못해 땀이 삐질삐질 흘렀기 때문이었다. 시끄럽게 흘러가는 강물 소리를 들으며 제이크는 자꾸만 강 건너편을 힐끔거렸다. 아무도 안 오는지 확인하고 싶어서였다. 당황할 일이 생기면 곤란했다. 뭔가 있는 느낌, 자신 말고 *다른 존재들*이 있는 느낌이 강하게 들어서 불쾌했다. 데바테테 와이 강 이쪽에 사는 것들 가운데 선한 존재는 하나도 없었다. 제이크는 그것만큼은 확신할 수 있었다. 담요에서 꺼낸 총집을 허리춤에 꽂고 루거 권총을 총집에 넣고 나니 그제야 기분이 좀 나아졌다. 루거는 제이크를 다른 사람으로, 가끔은 마음에 안 드는 사람으로 바꾸어 놓았다. 그러나 이곳 와이 강 건너편에서는 갈비뼈에 닿는 묵직한 총을 느낄 수 있어서 기뻤고, 그 다른 사람이 될 수 있어서 기뻤다. 그 사람은 바로 *총잡이*

였다.

동쪽 저 멀리서 웬 여성이 지르는 단말마의 비명 같은 소리가 터져 나왔다. 제이크는 전에 베니와 함께 낚시를 하거나 멱을 감으러 강가에 왔을 때 그 소리를 들은 적이 있어서 바위 고양이 울음소리인 것을 알았지만, 그럼에도 소리가 그칠 때까지 루거의 손잡이에서 손을 떼지 않았다. 오이는 절하는 자세, 즉 앞발을 벌리고 고개를 숙인 채 꽁무니를 쳐드는 자세였다. 보통은 놀고 싶다는 의미의 몸짓이었지만, 이때 으르렁거리듯이 드러낸 이빨에서는 놀고 싶어 하는 느낌이 전혀 들지 않았다.

"괜찮아." 제이크는 다시 담요 속을(굳이 안장 가방까지 챙겨오지는 않았으므로) 뒤적거리다가 빨간색 체크무늬 천을 꺼냈다. 나흘 전 인부 숙소의 식탁 밑에서 몰래 주워 챙겨두었던 아버지 슬라이트먼의 목수건이었다. 그 일꾼 감독이 워치 미 게임을 하다가 떨어뜨리고 그만 잊어버린 물건이었다.

나 도둑질에 꽤 소질이 있나본데. 제이크는 속으로 생각했다. 전에는 우리 아빠 총을 훔쳤고, 이번에는 베니 아빠의 수건을 훔쳤고. 이래서야 성장하는 건지 망가져가는 건지 알 수가 없네.

그 말에 대꾸한 것은 롤랜드의 목소리였다. 넌 네가 이곳에 온 목적을 수행하는 것뿐이다. 자책은 그만하고 슬슬 시작하지 그러느냐?

제이크는 목수건을 두 손으로 든 채 오이를 내려다보았다. "영화에서는 이렇게 하면 척척 풀리던데." 제이크는 개너구리에게 말했다. "현실에서도 잘될지 어떨지는 모르겠어…… 게다가 시간도 꽤 지났으니까." 그러고는 목수건을 아래로 내려 오이 앞에 갖다댔다.

오이는 긴 목을 쭉 늘여서 조심스레 수건을 킁킁거렸다. "오이, 이 냄새를 찾아. 찾아서 따라가는 거야."

"오이!" 그러나 대답만 할 뿐, 오이는 그 자리에 앉아 제이크를 올려다보았다.

"이 냄새 말이야, 바보야." 제이크는 다시 수건을 내밀어 냄새를 맡게 했다. "찾아! 얼른!"

오이는 일어서서 두 바퀴를 돌더니 강둑을 따라 북쪽으로 어슬렁어슬렁 걸어가기 시작했다. 한 번씩 자갈투성이 땅에 코를 대고 냄새를 맡기도 했지만, 그보다는 이따금 들려오는 숨넘어가는 여자의 비명 같은 바위 고양이 울음소리에 더 정신이 팔린 눈치였다. 제이크는 그런 친구를 지켜보며 조금씩 희망의 끈을 놓았다. 어차피 슬라이트먼이 어느 쪽으로 갔는지는 제이크도 봐서 알고 있었다. 그냥 직접 그쪽으로 가서 근처를 좀 돌아보고 뭐가 있는지 확인할 수도 있었다.

오이가 돌아서서 제이크 곁으로 오더니 멈춰 섰다. 그러고는 땅바닥의 한 곳을 아까보다 더 열심히 킁킁거렸다. 슬라이트먼이 강물을 벗어나 올라온 자리일까? 어쩌면 그럴지도. 오이는 목구멍 깊숙이서 의미심장한 흥 소리를 내더니 오른쪽으로 돌아섰다. 동쪽이었다. 오이는 두 바위 사이의 구불구불한 틈새로 쏙 들어갔다. 제이크는 말에 올라타서 그 뒤를 따랐다. 가느다란 희망의 끈을 이제는 꽉 붙잡고서.

6

출발한 지 얼마 안 돼서, 제이크는 오이가 실은 강 이쪽의 메마른 바위투성이 비탈에 이미 나 있는 길을 따라간다는 것을 알아차렸다. 기술 문명의 흔적이 하나둘 눈에 띄었다. 녹슨 채 버려진 전기 코일, 모래에서 비죽이 나와 있는 오래된 회로 기판처럼 보이는 물건, 자잘한 유리 조각 따위였다. 달빛이 만든 커다란 바위의 시커먼 그늘 속에 깨지지 않은 유리병 같은 것이 언뜻 눈에 띄었다. 제이크는 말에서 내려 병을 집은 다음, 수십 년(어쩌면 수백 년) 동안 쌓였을 병 속의 모래를 쏟아버리고 찬찬히 살펴보았다. 옆면에 돋을새김으로 새겨진 글자를 알아볼 수 있었다. 노잘라였다.

"안목 있는 사기꾼들의 콜라는 어딜 가나 있네." 제이크는 이렇게 중얼거리며 병을 다시 내려놓았다. 그 옆에 떨어진 것은 찌그러진 담뱃갑이었다. 제이크가 담뱃갑을 펴자 입술을 빨갛게 칠하고 날렵하게 생긴 빨간 모자를 쓴 여자의 사진이 나왔다. 여자는 기다랗고 우아한 두 손가락 사이에 담배를 들고 있었다. 담배 이름은 파르티처럼 보였다.

한편 오이는 열 걸음쯤 떨어진 곳에서 나지막한 어깨 너머로 이쪽을 돌아보고 있었다.

"알았어. 갈게."

이제까지 오던 길에 다른 길들이 합쳐졌고, 제이크는 그제야 이 길이 이스트 로드의 연장인 것을 깨달았다. 여기저기 장화 자국과 그보다 더 작고 깊이 팬 발자국 몇 개가 보일 뿐이었다. 발자국은 높다란 바위로 둘러싸인 곳에 나 있었다. 길가의 후미진 곳, 쉬지 않고 부는 바람이 좀처럼 닿지 않는 자리였다. 제이크 짐작에 장화 자국의 주인은 슬라이트먼, 깊이 팬 발자국은 앤디의 것이었다. 다른 발자국은 보이지 않았다. 그러나 곧 생길 터였다. 그것도 며칠 후에. 늑대들이 동쪽에서부터 타고 온 회색 말의 발굽 자국. 그 자국도 깊이 패어 있을 것 같았다. 제이크는 그렇게 생각했다. 앤디의 발자국처럼 우묵할 거라고.

길은 앞쪽 저만치에서 비탈 꼭대기에 이르렀다. 길 양편에는 기괴하게 뒤틀린 파이프 오르간처럼 생긴 선인장들이 늘어서서 굵직한 팔로 온 사방을 가리키는 듯했다. 오이는 그곳에 서서 뭔가 내려다보고 있었고, 다시금 씩 웃는 듯한 표정을 짓고 있었다. 그쪽으로 다가가자 선인장 냄새가 풍겨왔다. 진하고 톡 쏘는 냄새였다. 제이크의 머릿속에 아버지가 마시던 마티니가 떠올랐다.

제이크는 말에 탄 채로 오이 곁에 멈춰서 아래를 보았다. 오른편에 있는 언덕 기슭은 부서진 콘크리트 진입로였다. 오랫동안 반쯤 열린 채 고정된 미닫이 대문이 보였다. 필시 늑대들이 변경의 칼라를 습격하여 아이들을 잡아가기 오래전부터 그렇게 고정되어 있었을 듯싶었다. 대문 너머로 둥그런 금속 지붕이 덮인 건물이 보였다. 건물 옆에 나 있는 조그만 창들이 눈에 띄었고, 그 창을 통해 끊이지 않고 흘러나오는 하얀 불빛에 제이크는 가슴이 두근거렸다. 그것은 남포등도, (롤랜드가 '깜박이 등'이라고 부르는) 알전구도 아니었다. 그렇게 하얀 불빛을 내는 등은 형광등뿐이었다. 뉴욕에 살던 시절 형광등 불빛은 제이크에게 주로 우울하고 따분한 기억을 불러일으켰다. 1년 내내 모든 상품을 할인가로 판매하지만 원하는 물건은 찾을 수 없는 대형 상점, 바깥에는 비가 내리고 선생님은 고대 중국의 무역로나 페루의 광석 매장량 따위를 지루하게 설명하는데 하교 종은 울릴 기미가 안 보이는 졸리는 오후 수업, 일회용 종이 깔개로 덮인 검진대에 속옷 차림으로 앉아 결국에는 주사를 맞으리라고 예감하는 춥고 어색한 병원 진료실 같은 것들이었다.

그러나 이날 밤, 형광등 불빛은 제이크에게 희망을 선사했다.

"잘했어!" 제이크는 개너구리를 칭찬해주었다.

여느 때처럼 자기 이름을 외치는 식으로 반응하는 대신, 오이는 제이크의 어깨 너머를 바라보며 나지막이 으르렁거렸다. 이와 동시에 조랑말이 움찔하더니 불안하게 힝힝거렸다. 제이크는 조랑말의 고삐를 당기며 아까 맡았던 독한(그러나 꼭 불쾌하지만은 않은) 술 냄새가 더욱 독해진 것을 눈치챘다. 뒤를 돌아보니 오른쪽에 있던 선인장 덤불에서 가시가 삐죽삐죽한 가지 두 개가 천천히 회전하며 이쪽을 향해 무턱대고 뻗어오는 중이었다. 희미하게 드르륵거리는 소리가 들렸고, 선인장 몸통에 흘러내리는 하얀 수액이 보였다. 이쪽으로 다가오는 가지의 가시들이 달빛을 받아 기다랗고 섬뜩하게 보였다. 그 선인장은 제이크의 냄새를 맡았다. 그리고 굶주려 있었다.

"가자." 제이크는 오이에게 말한 다음 조랑말의 옆구리를 가볍게 찼다. 두 번 재촉할 필요는 없었다. 말은 달리지는 않았지만 그래도 서둘러 비탈을 내려가 형광등 불빛이 비치는 건물 쪽으로 향했다. 오이는 움직이는 선인장을 마지막으로 한 번 미심쩍은 듯이 돌아본 다음, 그들의 뒤를 따랐다.

7

제이크는 진입로에 이르러서 멈춰 섰다. 쉰 걸음쯤 더 내려가면 철로가 길을 가로질러 데바테테 와이 강 쪽으로 이어졌고(이제는 그곳이 길이라는 것을, 또는 오래전에 길이었다는 것을 확연히 알아볼 수 있었다.), 그 철로는 다시 조그만 다리를 따라 강 너머로 이어졌다. 칼라 주민들이 '강둑길'이라고 부르는 다리였다. 캘러핸의 말에 따르면 나이 많은 주민들은 그곳을 '악마의 강둑길'이라고 불렀다.

"룬트가 된 아이들을 선더클랩에서 데려오는 기차가 저 철길로 오는 거야." 제이크는 오이를 보며 중얼거렸다. 그런데 그때, 제이크는 빔이 당기는 힘을 느꼈을까? 제이크는 그렇다고 확신했다. 나중에 일행과 함께 칼라 브린 스터지스를 떠날 때(칼라 브린 스터지스를 무사히 떠날 수 *있다면*) 아마도 이 철길을 따라가게 될 것 같았다.

제이크는 등자에서 발을 꺼낸 채 잠시 그 자리에 멈춰 서 있다가, 이윽고 조랑말을 몰고 무너져가는 진입로를 따라 건물로 향했다. 그 건물은 제이크가 보기에 군사 기지의 퀀셋 막사 같았다. 다리가 짧은 오이는 갈라진 노면을 따라 걷느라 애를 먹었다. 움푹 꺼진 곳이 많은 그 길은 조랑말에게도 위험해 보였다. 일단 열린 채 고정된 대문을 지난 다음, 제이크는 땅에 내려서 말을 묶어둘 곳을 찾아보았다. 근처에 덤불이 있었지만, 왠지 *너무 가까운* 느낌이 들었다. 너무 눈에 잘 띄었다. 제이크는 조랑말을 데리고 흙바닥으로 내려가서 멈춰 선 다음, 오이를 돌아보았다. "가만있어!"

"마니써! 오이! 에이크!"

제이크는 부스러진 대형 장난감 블록처럼 생긴 바위 뒤편에서 다른 덤불을 발견했다. 그곳이라면 조랑말을 묶어둬도 안심할 수 있을 것 같았다. 고삐 끈을 덤불에 묶고 나서, 제이크는 말의 기다랗고 벨벳처럼 보드라운 주둥이를 다독여주었다. "오래 안 걸릴 거야. 얌전히 기다릴 수 있지?"

조랑말은 콧김을 뿜으며 고개를 끄덕이는 것처럼 보였다. 실은 아무 뜻도 없는 움직임인 것을, 제이크는 알고 있었다. 어차피 그렇게까지 불안해할 필요는 없을 듯싶었다. 그럼에도, 후회하는 것보다는 조심하는 편이 더 나았다. 제이크는 진입로로 돌아가서 몸을 숙여 개너구리를 안아들었다. 몸을 펴기가 무섭게 불빛 한 줄기가 번쩍 켜지더니, 제이크를 현미경 재물대 위에 놓인 벌레처럼 환하게 비추었다. 한쪽 팔로 오이를 안은 제이크는 반대쪽 손을 들어 눈을 가렸다. 오이도 끙끙대며 눈을 깜박였다.

경고를 외치는 소리도, 신분을 밝히라는 무뚝뚝한 요구도 없었다. 그저 희미하게 훌쩍이는 바람소리뿐이었다. 탐조등은 동작 감지센서 때문에 켜진 모양이었다. 다음은 뭘까? 이극 컴퓨터의 명령을 받은 기관총이 집중 사격을 할까? 롤랜드와 에디와 수재나가 빔이 시작하는 공터에서 처치했던 것과 비슷한, 조그맣지만 치명적인 로봇들이 쪼르르 몰려나올까? 혹시 커다란 그물이 머리 위에서 펼쳐지지는 않을까, 전에 텔레비전에서 봤던 영화 속의 정글에서처럼?

제이크는 위를 올려다보았다. 그물은 없었다. 기관총도 없었다. 깊이 팬 구멍을 피하고, 침식되어 부스러진 자리를 뛰어넘으면서, 제이크는 다시 나아갔다. 침식된 곳을 지나자 진입로는 갈라진 오르막으로 바뀌었지만 그래도 노면은 대부분 온전했다. "여기서부턴 걸어가도 되겠다." 제이크가 오이에게 말했다. "어휴, 너 왜 이렇게 무거워. 몸무게에 신경 좀 써, 안 그럼 다이어트 시켜버릴 거니까."

눈을 가늘게 뜨고 손으로 사나운 불빛을 가리면서, 제이크는 앞쪽을 똑바로 바라보았다. 불빛은 퀀셋 건물의 둥그런 지붕 바로 아래쪽을 따라 한 줄로 비치고 있었다. 제이크 뒤로 길고 시커먼 그림자가 드리워졌다. 바위 고양이 주검이 왼쪽에 두 구, 오른쪽에도 두 구 보였다. 세 구는 해골이나 다름없었다. 네 번째는 한창 부패하는 중이었지만, 주검에 보이는 구멍은 총알 자국이라기에는 너무 컸다. 석궁의 화살에 뚫린 자국 같았다. 그렇게 생각하니 마음이 놓였다. 고도의 과학이 낳은 무기가 아니기 때문이었다. 그럼에도 당장 강을 건너 칼라로 돌아가지 않는 것은 미친 짓이었다. 안 그런가?

"미쳤지." 제이크가 중얼거렸다.

"어찌." 다시 제이크의 발치에 따라오던 오이가 말했다.

1분 후, 둘은 퀀셋 건물의 출입문 앞에 이르렀다. 문 위의 녹슨 철판에는 이렇게 적혀 있었다.

노스 센트럴 양자공학 주식회사

동북 회랑
사분원 지대

16 전초 기지

중급 경비 시설
출입 암호 음성 입력

문 표면에 붙은 팻말은 이제 나사가 달랑 두 개만 남아서 비뚜름하게 기울어 있었다. 팻말에 적힌 글은 농담일까? 아니면 별명 같은 걸까? 제이크는 둘 다 조금씩 섞인 것 같다고 생각했다. 글자들은 녹이 슨 데다 까마득히 오랜 세월 동안 날려온 모래와 돌가루에 씻겨 희미했지만, 아직 읽을 수는 있었다.

```
도건에 어서 오십시오
```

8

그 문이 잠겨 있으리라는 제이크의 예상은 적중했다. 기다란 레버로 된 손잡이는 위아래로 아주 살짝 움직일 뿐이었다. 아직 새것이었을 때에는 아예 꼼짝도 안 했을 것 같았다. 문 왼편에 버튼과 스피커가 달린 녹슨 철판이 보였다. 스피커 밑에는 음성 입력이라고 적혀 있었다. 제이크가 버튼으로 손을 뻗는 순간, 건물 위쪽을 따라 줄줄이 비치던 불빛이 느닷없이 꺼지면서 사방이 칠흑처럼 캄캄해졌다. *타이머랑 연결된 거구나.* 제이크는 눈이 어둠에 적응하기를 기다리며 생각했다. *설정 시간이 꽤 짧은가봐. 아니면 그냥 지쳤든가. 옛사람들이 남긴 물건이 다 그렇듯이.*

눈이 달빛의 밝기에 적응하자 출입문 개폐 장치가 다시 보였다. 제이크는 출입 암호가 무엇인지 알 것 같다는 확신이 꽤 강하게 들었다. 그래서 버튼을 눌렀다.

"사분원 지대 16 전초 기지에 어서 오십시오."목소리가 들렸다. 제이크는 비명을 꾹 참으며 펄쩍 물러섰다. 목소리가 들릴 거라는 예상은 했지만, 이렇게 섬뜩할 정도로 외줄 블레인과 똑같은 목소리일 줄은 몰랐기 때문이었다. 존 웨인처럼 질질 끄는 목소리로 변해서 '어린 여행자'라고 부를 거라는 생각마저 들었다. "이곳은 중급 보안 기지입니다. 출입 암호를 음성으로 입력하십시오. 10초 남았습니다. 9······ 8······"

"19."제이크가 말했다.

"출입 암호 오류입니다. 다시 입력하십시오. 5······ 4······ 3······"

"99."

"감사합니다."

철컥 소리와 함께 문이 열렸다.

9

오이와 함께 들어선 방을 보며, 제이크는 러드 시의 지하 관제 구역을 떠올렸다. 그때 롤랜드는 제이크를 안고서 허공에 떠 있는 쇠공을 따라 블레인의 요람으로 이동하는 중이었다. 물론 이 방은 그곳보다 더 작았지만, 수많은 원형 눈금판과 네모난 계기판은 그곳에 있던 것들과 비슷했다. 콘솔 몇 군데에는 의자가 남아 있었다. 바닥에 바퀴가 달려서 근무자들이 일어서지 않고도 이리저리 이동할 수 있는 의자였다. 맑은 공기가 쉭 소리를 내며 쉬지 않고 흘러나오는 와중에도 제이크는 그 소리 사이로 한 번씩 덜그럭거리는 환기 장치의 작동음을 놓치지 않았다. 또한 계기판의 4분의 3 정도는 켜져 있었지만, 불이 꺼져서 캄캄한 것도 적지 않았다. 제이크가 예상한 대로 기계들도 늙고 지쳤던 것이다. 한쪽 구석에는 헤진 갈색 군복을 입고 웃는 사람처럼 입을 헤 벌린 해골이 보였다.

방 한쪽 면은 온통 모니터로 뒤덮여 있었다. 그 벽을 보며 제이크는 집에 있는 아버지의 서재와 살짝 비슷하다고 생각했지만, 각각 다른 방송을 보여주는 아버지의 텔레비전은 고작 세 대였는데 이곳에는…… 제이크는 모니터의 숫자를 셌다. 서른 대였다. 그중 세 대는 화면이 흐려서 영상을 알아볼 수가 없었다. 두 대는 수직 동기 장치가 망가졌는지 화면이 쏜살같이 위쪽으로 흘러갔다. 네 대는 완전히 캄캄했다. 나머지 스물한 대는 영상을 내보내는 중이었고, 이를 지켜보면서 제이크는 점차 경악했다. 여섯 대는 뒤틀린 선인장 두 그루가 서 있는 언덕배기를 포함하여 드넓은 사막 곳곳을 보여주었다. '도건'이라는 이 전초 기지의 뒤쪽과 진입로 쪽을 비추는 화면이 두 개 더 있었다. 그 아래의 모니터 세 대는 도건 내부를 비추었다. 그중 첫 번째는 조리실 또는 취사장 같은 공간을 보여주었다. 두 번째는 여덟 명이 사용하는 것으로 보이는 조그마한 수면실이었다(제이크의 눈은 한쪽의 이층 침대 위 칸에 누운 해골 한 구를 놓치지 않았다.). 마지막 세 번째 화면은 바로 이 방을 높은 각도에서 비추고 있었다. 제이크 본인과 오이의 모습이 보였다. 길게 뻗은 철로를 보여주는 화면이 한 개, 그리고 달빛을 받아 아름답게 반짝이는 데바테테 와이 강을 이쪽 기슭에서 보여주는 화면이 한 개 있었다. 그 화면의 오른편 끄트머리에 강둑길과 그 위를 가로지르는 철로가 보였다.

제이크를 경악케 한 것은 나머지 화면 여덟 개였다. 한 개는 투크의 잡화점 내부를 비추었다. 그 가게는 아침까지 닫아두기 때문에 이때는 인적 없이 캄캄했다. 또 한 개는 마을 광장의 정자를 보여주었다. 칼라 마을의 큰길을 비추는 화면이 두 개 있었다. 다음 화면은 평온의 성모 교회를, 그다음 화면은 사제관 응접실을 비추었다…… 사제관 *내부*를! 벽난로 앞에 엎드려 잠든 캘러핸 신부네 고양이 스너글버트가 실제로 보였다. 나머지 두 화면은 제이크가 보기에 마니교도 마을을 보여주는 것 같았다(제이크는 그곳에 가 본 적이 없었다.).

카메라를 도대체 어디에 달아놓은 거야? 제이크는 어안이 벙벙했다. *어떻게 아무도 모를 수가 있지?*

너무 작아서 그럴 거라는 생각이 들었다. 그리고 숨겨놓았기 때문이기도 했다. *웃으세요, 지금 이거 몰래 카메라예요.*

하지만 교회는…… 사제관은…… 그 건물들은 몇 년 전까지 칼라에 *존재하지도* 않았다. 게다가 *내부*라니? 사제관 안에? 누가, 언제 거기다 카메라를 달았을까?

언제인지는 알 수 없었지만, 누군지는 알 것 같다는 생각에 소름이 끼쳤다. 천만다행히도 그들 일행이 대화를 나눈 장소는 주로 포치나 잔디밭이었다. 그렇다고 하더라도, 늑대들은 과연 어디까지 알고 있을까? 또 놈들의 우두머리는? 이곳의 끔찍한 기계들은, 끔찍한 괴물 같은 이 기계들은 얼마나 많이 녹화해놓았을까?

그리고 얼마나 많이 전송했을까?

문득 손이 아파서 아래를 보니 주먹을 너무 꽉 쥐고 있었다. 손톱이 손바닥을 파고든 것이었다. 제이크는 주먹을 펴느라 애를 먹었다. 문 옆 스피커의 철망에서 들려온 목소리, 블레인과 너무나 똑같은 그 목소리가 여기서 뭘 하느냐고 물어볼 거라는 생각이 자꾸만 들었다. 그러나 폐허가 되려면 한참 남은 이 방 안은 사실상 고요했다. 감시 장비가 작동하면서 내는 나지막이 윙윙대는 소리와 이따금 드르륵거리는 환기 장치 소리를 빼면 아무 소리도 들리지 않았다. 어깨 너머로 보이는 출입문은 아까 제이크가 들어선 후에 기압식 경첩에 의해 닫힌 상태 그대로였다. 문은 걱정거리가 아니었다. 십중팔구 이쪽에서는 쉽게 열릴 터였다. 만약 열리지 않으면 익히 아는 암호 99를 이용하여 나갈 수 있을 것 같았다. 제이크는 이곳에 온 첫날 마을 광장의 정자에서 주민들에게 자기소개를 했던 기억이 떠올랐다. 그날 밤이 벌써 아득히 오래전처럼 느껴졌다. *나는 제이크 체임버스, 엘머의 아들이자 엘드의 혈통.* 제이크는 칼라 사람들에게 그렇게 말했다. *99의 카텟이오.* 그런 말을 왜 했을까? 알 수가 없었다. 제이크가 아는 거라곤 이런저런 것들이 자꾸 다시 떠오른다는 사실뿐이었다. 수업 시간에 에이버리 선생님이 윌리엄 버틀러 예이츠의 「재림」이라는 시를 읽어준 적이 있었다. 그 시에는 점점 커지는 소용돌이를 그리며 빙빙 도는 매가 나왔는데, 에이버리 선생님의 설명에 따르면 소용돌이는 동그라미 같은 것이었다. 그러나 이곳에서 벌어지는 일들은 동그라미가 아니라 나선형이었다. 19의 카텟(또는 99의 카텟일 수도 있었다. 제이크 생각에 그 둘은 사실 하나였으므로)에게는 모든 것이 점점 좁게 오므라들기 때문이었다. 그들 주위의 세상은 점점 낡아가고 헐거워지고 닫히고, 그러다가 조각조각 부스러지는데도. 그런데도 자신들은 꼭 도로시를 싣고 데려간 태풍 속에 있는 기분이었다. 마녀가 실제로 존재하고 사기꾼이 다스리는 그 땅으로 도로시를 데려간 태풍 속에. 같은 것을 다시 보는 현상이 더욱 자주 일어나는데도 제이크에게는 전혀 이상하게 느껴지지 않았다. 왜냐하면……

화면에 나타난 움직임이 제이크의 눈길을 잡아챘다. 그쪽을 보니 선인장이 보초를 서는 언덕배기를 베니의 아빠와 메신저 로봇 앤디가 넘어오는 중이었다. 제이크가 지켜보는 가운데, 가시가 돋은 굵직한 선인장 가지가 길을 막으려고 안쪽으로 빙그르르 돌아갔다. 어쩌면 사냥감을 찌르려고 그러는지도 몰랐다. 그러나 앤디는 선인장 가시를 겁낼 이유가 전혀 없었다. 앤디가 팔을 휘두르자 선인장 가지의 중간 부분이 뚝 부러졌다. 부러진 가지는 흙먼지 위에 떨어져 하얀 수액을 내뿜었다. 어쩌면 수액이 아닐지도 모른다고, 제이크는 생각했다. 어쩌면 피일지도. 어쨌거나 반대편 선인장은 서둘러 빙그르르 물러났다. 앤디와 벤 슬라이트먼은 잠시 멈춰 서서 이게 어찌 된 일인지 상의하는 모양이었다. 화면의 해상도가 그리 높지 않아서 인간의 입이 움직이는지 어떤지는 확실치 않았다.

제이크는 목구멍이 오그라드는 것만 같은 끔찍한 기분에 사로잡혀 꼼짝도 할 수 없었다. 몸이 갑자기 너무 무거워진 느낌, 목성이나 토성처럼 거대한 행성의 중력에 끌려가는 느낌이 들었다. 숨을 쉴 수가 없었다. 가슴이 납작하게 내려앉아 꼼짝도 하지 않았다. *곰 세 마리의 오두막에 들른 여자애도 이런 기분이었겠지.* 희미하고 아득하게 떠오른 생각이었다. *조그만 침대에서 자다가 깼는데 마침 아래층에 곰 세 마리가 돌아와 있었을 때.* 제이크는 곰 가족이 만들어놓은 죽을 먹지 않았고 아기 곰의 의자도 망가뜨리지 않았지만, 이미 너무 많은 비밀을 알고 있었다. 모든 것이 결국에는 *하나의* 비밀로 귀결되었다. 끔찍한 비밀 하나로.

이제 그들이 비탈을 내려오고 있었다. 도건을 향하여.

오이는 기다란 목을 쭉 뻗은 채 불안한 표정으로 올려다보고 있었지만, 제이크는 오이를 신경 쓸 여력이 없었다. 검은 꽃들이 눈앞에서 피어나고 있었다. 금방이라도 기절할 것만 같았다. 바닥에 널브러진 채 그들에게 발견될 판이었다. 오이는 제이크를 지키려고 하겠지만, 앤디가 개너구리를 그냥 둔다고 해도 벤 슬라이트먼은 달랐다. 바깥에는 죽은 바위 고양이가 네 마리나 있었고 그중 한 마리는 베니의 아빠가 자신의 믿음직한 석궁으로 해치웠을 터였다. 캉캉거리는 조그만 개너구리 한 마리쯤이야 식은 죽 먹기였다.

그래서 겁쟁이처럼 굴겠다는 거냐? 머릿속에서 롤랜드가 물었다. *그런데 저들이 너 같은 겁쟁이를 죽일 것 같으냐? 살려둔 채 아버지의 얼굴을 잊어버린 패배자들과 함께 서쪽으로 추방할 거다.*

그 생각에 정신이 돌아왔다. 다는 아니더라도, 거의 돌아왔다. 제이크는 있는 힘껏 숨을 들이마셨다. 허파 바닥이 뻐근할 정도로 세게. 그러고는 폭발하듯 세게 내쉬었다. 그런 다음 자기 뺨을 후려쳤다. 정확히, 세게.

"에이크!" 오이가 나무라듯이 외쳤다. 거의 경악한 목소리로.

"괜찮아." 제이크는 주방과 수면실을 비추는 모니터를 바라보다가 후자 쪽으로 마음을 굳혔다. 주방에는 뒤쪽이나 밑에 몸을 숨길 만한 것이 없었다. 벽장 정도는 있을지도 모르지만, 만에 하나 없다면? 그것으로 끝장이었다.

"오이, 따라와." 제이크는 밝고 하얀 불빛 아래 웡웡대는 소리가 맴도는 실내를 가로질러 걸어갔다.

10

수면실에서는 옛날 옛적의 향신료 냄새가 났다. 계피와 정향이었다. 제이크는 최초의 탐험가들이 피라미드 내부의 묘실을 뚫고 들어갔을 때에도 이런 냄새가 났을지 궁금했다. 의식의 밑바닥에서 딴생각처럼 떠오른 궁금증이었다. 구석에 있는 이층 침대 위쪽에는 허물어져가는 해골이 제이크를 환영하듯이 씩 웃고 있었다. *낮잠 한숨 자러 왔나, 어린 여행자여? 난 한숨이 아니라 한 세월 자고 있다네!* 해골의 가슴은 명주실 같은 거미줄에 덮여 있었고, 그 빈 공간에서 얼마나 많은 새끼 거미가 태어났을까 하는 궁금증이 앞서 들었던 딴생각처럼 제이크의 머릿속에 떠올랐다. 다른 침대의 베개 위에 놓인 턱뼈는 제이크의 머릿속 깊숙한 곳에 잠들었던 유령처럼 섬뜩한 기억을 깨웠다. 언젠가 제이크가 죽었던 세계에서, 총잡이는 그렇게 생긴 뼈를 발견했다. 그리고 그것을 사용했다.

냉혹한 의문 두 가지와 그보다 더 냉혹한 결심 한 가지가 의식의 전면을 두드렸다. 의문은 저들이 이곳에 도착하기까지 얼마나 걸릴 것인가, 또 저들이 제이크의 조랑말을 발견할 것인가였다. 만약 슬라이트먼이 자기 말을 타고 왔다면 제이크의 붙임성 좋은 조랑말은 틀림없이 동포를 환영하느라 힝힝댔을 것이다. 다행히도 슬라이트먼은 지난번과 마찬가지로 걸어서 이곳에 도착했다. 강 동쪽으로 채 2킬로미터도 안 떨어진 곳에 목적지가 있는 것을 알았다면 제이크도 걸어왔을 터였다. 물론 로킹비 목장을 빠져나왔을 때에는 목적지가 있는지 없는지조차 확실치 않았지만.

한 가지 결심은, 만약 들키면 양철 인간과 피와 살을 지닌 인간을 둘 다 죽이겠다는 것이었다. 할 수만 있다면, 말이었다. 앤디는 맷집이 좋을지도 몰랐지만 툭 튀어나온 그 파란 유리 눈이 약점 같았다. 눈을 멀게 할 수만 있다면……

신께서 물이 있으라 하시면 물이 있을 거다. 이제는 좋을 때나 나쁠 때나 머릿속에 눌러 사는 총잡이가 말했다. *네가 당장 할 일은 되도록 몸을 숨기는 거다. 어디로 갈 거냐?*

이층 침대는 답이 아니었다. 이 방을 비추는 모니터 화면에는 모든 침대가 다 보였고, 해골 흉내를 낼 수도 없는 노릇이었다. 안쪽에 있는 이층 침대 두 개 가운데 하나의 밑으로 들어가면 어떨까? 위험하기는 하지만 가능할지도 몰랐…… 만약……

수면실의 다른 문이 눈에 띄었다. 제이크가 냉큼 다가가서 레버 손잡이를 누르자 문이 열렸다. 안쪽은 벽장이었고 벽장은 훌륭한 은신처였지만, 이곳은 바닥부터 천장까지 먼지 낀 전자 기기가 잔뜩 쌓여 있었다. 그중 몇 개가 바닥으로 떨어졌다.

"젠장!" 제이크는 나지막한 목소리로 다급하게 중얼거렸다. 떨어진 기기를 주워서 위쪽으로 또 아래쪽으로 던진 다음, 문을 닫았다. 그렇다면 이제 이층 침대 아래층에 숨는 수밖에……

"사분원 지대 16 전초 기지에 어서 오십시오." 녹음된 음성이 우렁차게 터져나왔다. 제이크는 움찔 놀란 와중에도 또 다른 문을 발견했다. 왼편에 살짝 열려 있는 문이었다. 그 문으로 들어갈까, 아니면 방 안쪽의 이층 침대 밑에 숨을까? 남은 시간 동안 시도해볼 탈출구는 하나뿐, 두 개는 무리였다. "이곳은 중급 보안 기지입니다."

제이크는 문으로 향했다. 다행이었다. 녹음된 음성이 수다를 떨며 시간을 끌도록 슬라이트먼이 놔두지 않았기 때문이었다. "99."

스피커에서 슬라이트먼의 목소리가 흘러나왔고, 녹음된 음성은 그에게 감사 인사를 했다.

이번 문의 안쪽도 벽장이었다. 이 벽장은 한쪽 구석에서 썩어가는 셔츠 두세 장과 옷걸이에 걸려 축 늘어진 채 먼지를 뒤집어쓴 판초를 빼면 텅 비어 있었다. 공기 역시 판초와 마찬가지로 먼지투성이였다. 살그머니 들어서던 오이가 소리를 죽여 재빨리 세 번 재채기를 했다.

제이크는 한쪽 무릎을 꿇고 오이의 날씬한 목을 팔로 안았다. "이제 재채기는 안 돼, 나랑 같이 죽고 싶지 않으면. 조용히 있어야 해, 오이."

"오용히, 오이." 개너구리는 제이크를 따라 소곤거리고 윙크를 했다. 제이크는 위로 손을 뻗어 문을 당긴 다음, 아까처럼 손가락 한 마디만큼만 열어놓았다. 이제 기도할 차례였다.

11

그들의 목소리는 꽤 또렷하게 들렸다. 너무 또렷했다. 제이크는 이 건물 곳곳에 마이크와 스피커가 장치되어 있는 것을 눈치챘다. 그래 봤자 마음은 조금도 편해지지 않았다. 왜냐하면, 제이크와 오이가 저들의 목소리를 들을 수 있다는 말은 곧……

그들은 선인장 이야기를 나누는 중이었다. 아니, 이야기를 하는 쪽은 슬라이트먼이었다. 그는 선인장을 '가시 팔'이라고 부르면서 무엇이 그들의 경계심을 자극했는지 궁금해 했다.

"이번에도 분명 바위 고양이들이었을 겁니다, 사이." 살짝 점잔 빼는 듯한 태평한 목소리로 앤디가 말했다. 에디는 앤디를 보면 「스타워즈」라는 영화에 나오는 시스리피오(C3PO)라는 로봇이 생각난다고 했다. 제이크가 보고 싶어서 고대하던 영화였다. 개봉을 고작 한 달도 안 남기고 놓치고 말았지만. "아시다시피 지금이 짝짓기 철이니까요."

"헛소리 집어치워. 가시 팔이 바위 고양이랑 실제로 잡아서 먹을 수 있는 사냥감을 혼동했다고? 내가 장담하는데, 누가 여길 찾아온 거야. 그것도 바로 얼마 전에."

섬뜩한 생각이 제이크의 머릿속으로 흘러들었다. 도건 바닥에 먼지가 쌓여 있었던가? 제이크는 계기판과 모니터를 멍하니 구경하느라 바닥은 제대로 보지도 못했다. 제이크와 오이가 발자국을 남겼다면, 저 둘은 이미 알아챘을 터였다. 어쩌면 선인장 이야기를 나누는 척하면서 실제로는 수면실 문 쪽으로 살금살금 다가오는 중인지도 몰랐다.

제이크는 총집에서 루거를 꺼내어 오른손에 쥔 다음, 안전장치에 엄지를 올려놓았다.

"죄의식이 우리 모두를 겁쟁이로 만드는 겁니다." 앤디의 말투는 '그냥 네가 궁금해할 것 같아서'라는 식으로 태평했다. "제가 나름대로 변형한 말인데 원래는 『햄릿』이라는……"

"닥쳐, 이 뱃속에 나사랑 전선만 가득한 놈아. 내가……" 슬라이트먼은 으르렁대다 말고 비명을 질렀다. 제이크는 곁에 있는 오이의 몸이 뻣뻣하게 굳는 느낌이 들었다. 털이 오소소 일어서는 느낌도. 개너구리가 짖으려 하는 중이었다. 제이크는 한 손으로 오이의 주둥이를 쥐었다.

"이거 놔!" 슬라이트먼이 소리쳤다. "놓으라고!"

"여부가 있겠습니까, 사이 슬라이트먼." 앤디가 이번에는 다정한 목소리로 말했다. "저는 그저 귀하의 팔꿈치에 있는 작은 신경을 눌렀을 뿐입니다. 최소 27뉴턴의 힘을 가하지 않는 한 영구적 손상은 없습니다."

"도대체 왜 이러는 거야?" 슬라이트먼의 목소리에서 고통이 묻어났다. 거의 우는소리였다. "난 네가 하라는 대로 다 하잖아, 안 시킨 것까지 알아서 하고. 내가 아들 때문에 목숨을 걸고 일하는 거 몰라?"

"물론 부수입도 몇 가지 챙기고 계시지요." 앤디의 목소리는 실크처럼 부드러웠다. "귀하의 안경이나…… 안장 가방 깊숙이 숨겨둔 음악 재생 기계…… 그리고 물론……"

"넌 내가 이 일을 왜 하는지 알잖아, 그리고 사람들한테 들키면 어떻게 되는지도." 슬라이트먼이 말했다. 징징대는 말투는 사라지고 없었다. 이제 그의 목소리는 당당했고, 조금은 슬펐다. 제이크는 그 목소리를 들으며 조금씩 절망했다. 이곳에서 빠져나가 베니의 아버지를 고자질해야 한다면, 그를 악당으로서 고자질하고 싶었기 때문이었다. "그래, 네 말이 맞아. 몇 가지 소소한 부수입이 있긴 했지, 세이 생키. 안경, 이것 덕분에 나는 평생 알고 지낸 사람들을 더 또렷이 보고 배신할 수 있게 됐어. 음악 재생 기계 덕분에 네가 그렇게 쉽게 씨부렁거리는 죄의식을 무시하고 밤에 잠을 잘 수 있는 거고. 그런데 넌 내 팔에 있는 무슨 신경인가를 조인다, 이거지. 오라이자께서 지켜주시는 내 머리에서 오라이자께서 지켜주시는 내 눈이 튀어나올 것처럼 아프게."

"다른 사람들이 그러는 건 참을 수 있습니다." 앤디의 목소리는 이제 바뀌어 있었다. 제이크의 머릿속에 또다시 블레인이 떠올랐고, 그래서 제이크는 또다시 절망했다. 티안 재퍼즈가 방금 이 목소리를 들었다면 어땠을까? 본 아이젠하트가 들었다면? 오버홀저는? 다른 주민들은? "그 사람들이 불타는 석탄 같은 모욕을 퍼부어도 저는 손을 대기는커녕 목소리도 높이지 않습니다. '이리 와, 앤디. 저리 가, 앤디. 바보 같은 노래는 집어치워, 앤디. 실없는 소리 좀 그만해. 앞날이 어쩌고저쩌고 떠들지 마, 듣기 싫으니까.' 그래서 저는 늑대들에 관한 이야기가 아니면 입을 다뭅니다. 사람들은 슬픈 이야기만 듣고 싶어 하니까 그 이야기를 해주는 겁니다. 저한테는 눈물방울 하나하나가 금덩이니까요. '넌 전구랑 전선을 담아놓은 멍청한 주머니일 뿐이야.' 사람들은 그렇게 말합니다. '날씨가 어떨지 가르쳐, 아기한테 자장가를 불러줘, 다 했으면 어서 꺼져.' 그래도 저는 참습니다. 저는 바보 앤디니까요. 모든 아이들의 장난감이자 언제나 욕을 퍼부을 수 있는 표적이지요. 하지만 귀하가 하는 욕은 참지 않을 겁니다, 사이. 귀하는 늑대들이 볼일을 끝낸 후에 칼라에서 한동안 더 지낼 수 있기를 바랄 겁니다, 그렇지요?"

"알면서 뭘 물어." 슬라이트먼의 목소리는 너무 작아서 잘 들리지도 않았다. "그리고 난 그럴 자격이 있어."

"귀하와 귀하의 아드님 두 분 다 그렇습니다, 세이 생키. 칼라에서 긴 삶을 누리시기를, 세이 코말라! 그리고 그렇게 될 겁니다만, 거기에는 바깥세상에서 온 이방인들의 죽음 말고도 한 가지 조건이 더 있습니다. *제가 입을 다물어야 한다는 겁니다.* 그러기를 바라신다면 저를 존중해주십시오."

"말도 안 돼." 슬라이트먼은 잠시 뜸을 들이다가 말했다. 벽장에 숨어 있던 제이크도 전적으로 동의했다. 로봇 주제에 존중해달라고 요구하다니, 말도 안 되는 소리였다. 하지만 인적 없는 숲을 순찰하는 거대한 곰도, 이극 컴퓨터의 비밀을 풀려고 안달하는 야만인도, 새로운 수수께끼를 듣고 푸는 것이 삶의 유일한 낙인 기차도 말이 안 되기는 마찬가지였다. "게다가 말이지, 잘 들어, 나는 나 자신조차 존중하질 않는데 어떻게 너를 존중할 수가 있겠어?"

그 말에 반응하듯, 요란하게 철컥거리는 기계음이 들렸다. 제이크는 이와 비슷한 소리를 블레인에게서 들은 적이 있었다. 그가(또는 그것이) 에디라는 황당한 인간에게 공격당했을 때였다. 논리 회로를 태워버리겠다고 협박당했을 때. 이윽고 앤디가 말했다. "답하지 않겠습니다, 19. 접속해서 보고하십시오, 사이 슬라이트먼. 임무를 끝내도록 하지요."

"알았어."

삼사십 초 정도 키보드를 두드리는 소리가 이어진 후, 귀를 찌르듯이 날카로운 휘파람 소리에 제이크는 움찔 놀랐고, 오이는 목구멍 깊은 곳에서 낑낑거렸다. 제이크는 전에 그런 소리를 들어본 적이 없었다. 1977년의 뉴욕에서 온 탓에 '모뎀'이 뭔지 알 길이 없었던 것이다.

날카로운 소리가 느닷없이 뚝 끊겼다. 잠시 침묵이 흘렀다. 그리고 뒤이어. "여기는 알굴 시엔토. 수신자는 핀리 오테고. 암호를 입력하라. 시간은 10초……"

"토요일." 슬라이트먼이 대답했다. 제이크는 얼굴을 찡그렸다. 주

말을 의미하는 그 행복한 단어를 이쪽 세계에서 들은 적이 있었던 가? 없는 것 같았다.

"수고했다. 알굴 시엔토가 승인한다. 이제 온라인 상태다." 또다시 날 카로운 휘파람 소리가 짧게 들렸다. 뒤이어. "보고하라, 토요일."

슬라이트먼은 롤랜드가 '그보다 젊은 남자'와 함께 목소리 동굴로 올라가는 것을 봤다고, 또 이제 그 동굴에는 어떤 문이 있는데 필시 마니교도들이 만들었을 거라고 했다. 멀리 보는 원통을 사용했기 때문에 또렷이 볼 수 있었는데……

"망원경입니다." 앤디가 말했다. 평소처럼 살짝 점잔 빼는 태평한 목소리로 다시 돌아와 있었다. "그건 망원경이라고 하는 물건입니다."

"네가 대신 보고할래, 앤디?" 슬라이트먼은 싸늘하게 비꼬는 말투로 물었다.

"죄송합니다." 앤디는 화를 꾹 참는 듯한 목소리로 대답했다. "죄송합니다, 실례했습니다. 계속하십시오, 어서요, 원하시는 대로 하십시오."

잠시 침묵이 흘렀다. 제이크는 슬라이트먼이 로봇에게 눈을 부라리는 광경을 상상할 수 있었지만, 그 일꾼 감독이 자기보다 훨씬 큰 로봇에게 눈을 부라리려면 고개를 한껏 젖혀야 했기 때문에 의도와 달리 사나워 보이지는 않을 듯싶었다. 한참 후에 그가 다시 입을 열었다.

"놈들은 산 밑에 말을 묶어두고 걸어서 올라갔습니다. 분홍색 주머니를 들고 갔는데 이 손 저 손 번갈아서 든 걸 보면 무거웠던 모양입니다. 뭔지는 모르겠지만, 안에 든 것은 네모난 물건이었습니다. 멀리 보는 망원경으로 알아볼 수 있었습니다. 두 가지 추측을 말씀드려도 되겠습니까?"

"좋다."

"첫째, 그들은 신부가 가장 아끼는 책 두세 권을 안전한 곳에 갖다놨는지도 모릅니다. 만약 그렇다면 늑대들에게 마을에서 본래의 임무를 마친 후에 동굴로 가서 그 책을 없애버리라고 지시해야 합니다."

"어째서?" 저편의 목소리는 더없이 냉정했다. 제이크는 인간의 목소리가 절대 아니라고 확신했다. 그 목소리 때문에 제이크는 힘이 빠지고 겁이 났다.

"어째서라뇨, 본보기로 삼아야 하니까 그렇지요." 슬라이트먼의 말투는 당연한 일이 아니냐고 반문하는 듯했다. "신부한테 본때를 보여줘야 하지 않습니까!"

"캘러핸은 조만간 본보기 따위 필요 없는 신세가 될 거다. 두 번째 추측은 뭔가?"

다시 입을 열었을 때, 슬라이트먼의 목소리는 떨리고 있었다. 제이크는 그 망할 배신자가 떨고 있기를 바랐다. 물론 그는 자기 아들을 지키려고 애쓰는 중이었다. 하나뿐인 아들을 지키려고. 하지만 그렇다고 해서 이런 짓을 할 권리는……

"그건 지도였는지도 모릅니다. 저는 책이 있는 자에게는 지도도 있을 거라고 오래전부터 생각했습니다. 어쩌면 캘러핸은 그들에게 선더클랩으로 이어지는 동쪽 지역의 지도를 줬을지도 모릅니다. 그들은 다음 목적지가 그곳이라는 사실을 굳이 감추려 하지 않았습니다. 만약 동굴로 가져간 것이 지도라면, 그들이 살아남는다고 해도 별 도움은 안 될 겁니다. 내년에는 북쪽이 동쪽이 되고 내후년에는 다시 남쪽과 자리를 바꿀 테니까요."

먼지투성이 벽장의 어둠 속에서, 제이크는 문득 어딘가에 보고하는 슬라이트먼을 지켜보는 앤디의 모습이 눈앞에 떠올랐다. 앤디의 전기 눈이 파랗게 번쩍거렸다. 슬라이트먼은 몰랐지만, 칼라 사람 누구도 알지 못했지만, DNF44821V63에게는 눈을 빠르게 번쩍거리는 행위가 곧 유머를 표현하는 방식이었다. 사실 앤디는 슬라이트먼을 비웃고 있었던 것이다.

앤디는 알거든. 제이크는 속으로 생각했다. 앤디는 그 가방에 뭐가 들었는지 알아. 난 앤디가 안다는 데에 과자 한 상자를 걸겠어.

글쎄…… 어쩌면.

"정체가 뭐든 간에, 그건 놈들이 아이들을 골짜기에 숨길 거라는 명백한 증거입니다." 슬라이트먼이 보고를 계속했다. "아이들을 그 동굴에 숨기지는 않을 겁니다."

"그럼요, 당연하지요, 그 동굴은 아닙니다." 앤디의 목소리는 여느 때처럼 점잖고 진지했지만, 제이크는 더욱 빠르게 번쩍이는 로봇의 눈이 훤히 보이는 듯했다. 거의 시동이 걸린 것처럼 정신없이 번쩍거릴 것 같았다. "그 동굴에는 목소리가 너무 많거든요, 아이들이 겁에 질릴 겁니다! 예미럴!"

DNF44821V63, 메신저 로봇. *메신저!* 슬라이트먼이야 배신자라고 욕할 수 있다지만, 과연 누가 앤디를 욕할 수 있을까? 앤디가 하는 일은, 앤디의 *정체*는, 온 세상이 다 볼 수 있도록 가슴에 새겨져 있었다. 사람들이 다 볼 수 있는 자리에 버젓이. 하느님 맙소사!

한편 그런 눈치가 없는 베니의 아빠는 알굴 시엔토라는 곳에 있는 핀리 오테고에게 꾸역꾸역 보고를 했다.

"태버리네 쌍둥이가 그린 지도에서 그자가 가리킨 광산은 글로리아입니다, 그리고 글로리아에서 목소리 동굴까지는 2킬로미터도 안 됩니다. 하지만 그자는 사기꾼이지요. 두 번째 추측을 말씀드려도 되겠습니까?"

"좋다."

"글로리아 광산으로 이어지는 골짜기는 500미터쯤 들어간 곳에서 갈라집니다. 갈라진 골짜기 끄트머리에는 오래된 광산이 한 곳더 있습니다. '레드버드2'라는 곳입니다. 그들의 딘은 아이들을 글로리아에 숨길 거라고 했고, 아마 이번 주 막바지에 소집할 주민 회의에서도 똑같이 말할 겁니다. 늑대들에게 맞서자고 호소할 회의에서 말입니다. 하지만 막상 때가 되면 그자는 아이들을 레드버드에 숨길 겁니다. 광산 앞과 위쪽에 오라이자 자매단을 배치해서 보초를 서게 할 텐데, 그 여인들을 얕봐선 안 됩니다."

"몇 명인가?"

"다섯 명일 겁니다, 세어리 애덤스까지 포함하면요. 석궁을 든 남자도 몇 명 있을 겁니다. 아마 브라우니도 같이 던지게 할 텐데, 듣자 하니 실력이 꽤 좋다고 합니다. 어쩌면 제일 좋을지도 모릅니다. 아무튼, 아이들의 은신처는 이미 알아냈습니다. 그런 곳에 숨는 게 실수라는 걸 그자는 모릅니다. 위험한 자이긴 해도 이미 머리가 낡았습니다. 오래전에는 그런 전술이 통했는지도 모르겠습니다만."

물론 그 전술은 통했다. 아이볼트 골짜기에서, 라티고의 부하들을 상대로.

"지금 중요한 건 늑대들이 쳐들어올 때 그자와 꼬맹이와 젊은 남자가 어디에 있을지 알아내는 겁니다. 어쩌면 주민 회의에서 공개할지도 모릅니다. 안 한다면, 아마 나중에 아이젠하트에게 말할 겁니다."

"아니면 오버홀저에게?"

"아니오. 아이젠하트는 그자와 함께 싸울 겁니다. 오버홀저는 빠질 겁니다."

"그들의 위치를 반드시 알아내도록."

"예, 알아낼 겁니다. 앤디와 제가 알아내서 이 불길한 곳에 한 번 더 들르겠습니다. 그것만 끝내면, 레이디 오라이자와 인간 예수의 이름으로 제 할 일은 다 끝난 겁니다. 이제 그만 물러가도 되겠습니까?"

"잠시만 기다리십시오, 사이." 앤디가 끼어들었다. "아시다시피 저도 제 몫의 보고를 해야 하니까요."

또다시 길고 날카로운 휘파람 소리가 들렸다. 제이크는 이를 갈며 그 소리가 끝나기를 기다렸고, 마침내 조용해졌다. 핀리 오테고가 접속을 끊었다.

"다 끝났어?"

"여기 더 계실 이유가 없다면, 그렇습니다."

"네가 보기엔 이 안에 뭐 달라진 거 없어?" 슬라이트먼이 불쑥 물었다. 제이크는 피가 싸늘하게 식는 기분이었다.

"아니오, 하지만 저는 인간의 직감을 매우 존중합니다. 혹시 뭔가 직감하셨나요, 사이?"

1분을 꽉 채울 것처럼 긴 침묵이 이어졌지만, 이성적으로 생각하면 그렇게 길 리가 없었다. 제이크는 오이의 머리를 잡아 허벅지에 댄 채로 기다렸다.

"아니." 마침내 슬라이트먼이 대답했다. "그냥 조바심이 난 것 같아, 이제 끝날 때가 됐으니까. 젠장, 빨리 끝나면 좋을 텐데! 이제 지긋지긋해!"

"귀하는 옳은 일을 하고 계십니다, 사이." 슬라이트먼의 심정이 어떤지는 알 수 없었지만, 제이크는 동정하는 척하며 점잔 빼는 앤디의 말투에 이를 갈고 싶어졌다. "실은 유일하게 할 수 있는 일이지요. 칼라 브린 스터지스에 하나뿐인 짝 없는 쌍둥이의 아버지가 된 게 귀하의 잘못이 아니지 않습니까? 제가 아는 노래 중에 이런 사연을 아주 뭉클하게 담은 곡이 있습니다. 혹시 듣고 싶으시다면……"

"닥쳐!" 슬라이트먼은 숨이 막힌 목소리로 외쳤다. "닥쳐, 이 쇳덩어리 악마야! 난 내 영혼을 팔았어, 그걸로는 부족하다는 거냐? 꼭 그렇게 놀리기까지 해야겠어?"

"혹시 무례를 저질렀다면, 가상의 것으로 알려진 제 마음 깊숙한 곳에서부터 사과를 전합니다. 다시 말해, 정말로 죄송합니다." 진심처럼 들렸다. 한마디 한마디가 진심 같았다. 어떤 꿍꿍이도 없는 진심처럼 들렸다. 그러나 제이크는 앤디가 두 눈을 정신없이 번쩍이며 소리 없는 파란 웃음을 터뜨렸으리라 믿어 의심치 않았다.

12

공모자들은 떠났다. 위쪽 스피커에서 의미 없이 딸랑거리는 묘한 멜로디가 들려오다가(적어도 제이크에게는 아무 의미도 없었다.), 이내 침묵이 내려앉았다. 제이크는 기다렸다. 그들이 조랑말을 발견하고 다시 돌아와 안을 뒤지다가 자신을 찾기를, 찾아서 죽이기를. 숫자를 120까지 셌는데도 그들이 돌아오지 않자 제이크는 일어서서(과다 분비된 아드레날린 때문에 노인처럼 뻣뻣해진 몸으로) 관제실로 돌아갔다. 방 안에 들어서자 마침 동작 감지 센서로 작동하는 건물 전면의 전등이 꺼지는 것이 보였다. 언덕배기를 비추는 모니터를 보니 가장 최근에 도건을 찾은 방문객들이 가시 팔 사이로 지나가는 중이었다. 이번에는 선인장들도 움직이지 않았다. 앞서의 경험에서 확실한 교훈을 얻은 모양이었다. 제이크는 멀어지는 슬라이트먼과 앤디의 키 차이를 보며 씁쓸한 재미를 느꼈다. 제이크의 아버지는 길에서 껑다리와 땅꼬마로 이루어진 이인조를 볼 때면 반드시 *쇼에 출연시켜야겠군*이라고 말했다. 엘머 체임버스가 할 수 있는 최고의 농담은 그 정도였다.

화면 속의 이인조가 사라지자 제이크는 바닥을 내려다보았다. 말할 것도 없이 먼지는 보이지 않았다. 먼지도, 발자국도 없었다. 들어서자마자 알아차렸어야 했다. 롤랜드라면 틀림없이 그랬을 터였다. 롤랜드는 모든 것을 다 보는 사람이었으므로.

제이크는 이곳을 떠나고 싶었지만 꾹 참고 기다렸다. 뒤쪽에서 동작 감지등이 번쩍 켜지면 그들은 *십중팔구* 바위 고양이일 거라고 생각할 터였지만(아니면 베니가 '아르미딜로'라고 부르는 아르마딜로라고 여기거나), 십중팔구로는 부족했다. 제이크는 시간을 보낼 생각으로 갖가지 계기판들을 둘러보았다. 그중 여러 개에 '라머크 공업'이라는 이름이 새겨져 있었다. 하지만 GE(제너럴 일렉트릭)이나 IBM(아이비엠)처럼 눈에 익은 로고도 있었고, 개중에는 모르는 이름도 하나 보였다. 마이크로소프트였다. 그런 로고가 붙은 장치들은 모두 '메이드 인 유에스에이'라는 문구가 적혀 있었다. 라머크 공업 제품에는 그런 표시가 없었다.

눈에 보이는 키보드는 적게 잡아도 스무 개가 넘었고, 제이크는 그중 몇 개가 이곳의 컴퓨터들을 작동시킬 거라고 확신했다. 이곳에 다른 장비가 또 있을까? 아직 잠들지 않고 작동하는 것은 얼마나 될까? 혹시 무기도 저장되어 있을까? 마지막 궁금증의 답은 왠지 '아니요' 같았다. 설령 무기가 있었다고 해도 분명히 해체됐거나 탈취 당했을 터였다. 십중팔구 메신저 ('외 다양한 기능') 로봇 앤디에 의해서.

마침내 제이크는 떠나도 안전하다는 결론을 내렸는데…… 다만 극도로 조심해야 했다. 말을 타고 천천히 강가로 간 다음, 조심조심 로킹비 목장 뒤편으로 접근해야 했다. 그 생각을 하며 문 앞에 거의 다가갔을 때, 또 다른 의문이 머릿속에 떠올랐다. 제이크와 오이가 도건에 찾아온 기록이 남아 있을까? 어딘가 있을 비디오테이프에? 제이크는 작동하는 모니터들의 화면을 훑어보았다. 관제실을 비추는 화면에 시선이 가장 오래 머물렀다. 자신과 오이의 모습이 다시 보였다. 높이 달린 카메라 때문에 방 안에 있는 사람은 누구든 화면에 나올 수밖에 없었다.

잊어버려라, 제이크. 머릿속의 총잡이가 충고했다. *네가 어떻게 할 수 있는 게 아니다, 그러니 그냥 잊어버려라. 어떻게든 해보려고 여기저기 들쑤셨다가는 흔적이 남을 게다. 아예 경보가 울릴지도 모른다.*

경보 장치를 건드릴지도 모른다는 생각이 마음을 돌리는 계기가 되었다. 제이크는 그저 편하게 해주고 싶다는 생각에 오이를 안아들고 관제실을 나섰다. 조랑말은 아까 묶어두었던 바로 그 자리에 서서 달빛에 물든 덤불을 멍하니 뜯어먹는 중이었다. 흙바닥에는 발자국이 보이지 않았는데…… 아래를 보니 제이크 자신은 지금도 발자국을 남기지 않았다. 앤디라면 갈라진 지면을 으스러뜨리며 발자국을 남겼겠지만, 제이크는 아니었다. 그렇게까지 무겁지 않았기 때문이었다. 필시 베니 아빠의 발자국도 남지 않았을 터였다.

그만해. 만약 그 둘이 낌새를 챘으면 벌써 돌아왔을 거야.

옳은 생각 같았지만, 그래도 제이크는 곰 세 마리의 오두막에서 살금살금 빠져나가는 소녀가 된 기분을 적잖이 느꼈다. 조랑말을 사막 길까지 끌고 간 제이크는 외투를 걸치고 널찍한 앞주머니에 오이를 넣었다. 그러고는 말에 오르다가 그만 안장 머리에 개너구리를 세게 부딪히고 말았다.

"아야, 에이크!"

"쉿, 안 돼." 제이크는 강 쪽으로 말 머리를 돌리며 말했다. "지금은 조용히 해야 돼."

"오용히." 오이는 맞장구를 치고는 윙크했다. 제이크는 손으로 북슬북슬한 털을 쓰다듬다가 오이가 제일 좋아하는 자리를 긁어주었다. 오이는 눈을 감고 거의 우스꽝스러울 정도로 길게 목을 늘인 채 빙그레 웃었다.

다시 강가에 이르렀을 때, 제이크는 말에서 내려서 바위 너머로 양 옆을 둘러보았다. 아무것도 보이지 않았지만, 강을 건너는 동안 내내 심장이 목구멍으로 튀어나올 것처럼 가슴이 조마조마했다. 그러는 동안 혹시라도 베니의 아빠가 이름을 부르며 한밤중에 여기서 뭘 하느냐고 물으면 어떻게 대답할지 궁리했다. 아무 생각도 떠오르지 않았다. 학교의 영어 수업에서 제이크는 작문 숙제를 제출하면 거의 항상 에이(A)를 받았지만, 공포와 창의력이 함께할 수 없다는 사실은 이제야 슬슬 깨닫는 중이었다. 만약 베니의 아빠가 부르면 제이크는 걸릴 수밖에 없었다. 그저 그뿐이었다.

부르는 소리는 들리지 않았다. 강을 건너는 동안에도, 로킹비 목장으로 돌아오는 동안에도, 조랑말에서 안장을 벗기고 말의 등을 쓰다듬는 동안에도. 세상은 고요했고, 제이크에게는 그것으로 충분했다.

13

제이크가 다시 요 위에 누워 이불을 턱까지 끌어올리자 오이는 베니의 침대로 폴짝 뛰어올라 엎드렸다. 이번에도 주둥이를 꼬리 위에 얹은 모양새였다. 베니는 깊이 잠든 사람 특유의 웅얼거리는 소리를 내며 팔을 뻗더니 개너구리의 옆구리를 딱 한 번 쓰다듬었다.

잠든 아이를 바라보며 누워 있는 동안, 제이크는 마음이 복잡했다. 제이크는 베니가 마음에 들었다. 스스럼없는 성격도, 재미를 쫓는 호기심도, 해야 할 궂은 일이 있을 때 기꺼이 나서서 열심히 하는 성실함도. 뭔가 우스운 것을 보면 요들송처럼 터져 나오는 베니의 웃음소리도 마음에 들었고, 여러 가지 면에서 서로 죽이 맞는 점도 마음에 들었다. 게다가……

게다가 이날 밤이 오기 전까지, 제이크는 베니의 아빠도 마음에 들었다.

제이크는 베니가 첫째, 자기 아버지가 배신자인 것을, 둘째, 자기 친구가 그 사실을 고자질한 것을 알았을 때 자신을 어떻게 볼지 상상하려고 애썼다. 분노는 받아들일 수 있을 것 같았다. 받아들이기 힘든 것은 마음의 상처였다.

마음의 상처 정도로 끝날 것 같아? 고작 상처만 받겠어? 다시 생각하는 게 좋을걸. 베니 슬라이트먼의 세계를 떠받치는 버팀목은 그렇게 많지 않아, 그런데 이번 일은 그 버팀목을 죄다 쓰러뜨릴 거라고. 한 개도 안 남기고.

걔 아빠가 첩자이자 배신자인 건 내 잘못이 아니잖아.

그런데 베니의 잘못도 아니었다. 슬라이트먼에게 물어보면 십중팔구 그의 잘못도 아니라고, 자신은 억지로 말려들었다고 할 터였다. 제이크 생각에 그 말은 사실이나 다름없었다. 자식을 둔 아버지의 관점에서 보면 전적으로 사실이었다. 칼라의 쌍둥이들에게 무엇이 있기에 늑대들이 잡아가는 걸까? 틀림없이 두뇌에 있는 어떤 것이었다. 단생아로 태어나는 아이들에게는 없는 일종의 효소나 분비물 같은 것. 어쩌면 '쌍둥이 텔레파시'라고 불리는 현상을 가능케 하는 효소나 분비물 같은 것인지도 몰랐다. 그 물질이 무엇이든 간에, 놈들은 베니 슬라이트먼에게서도 그것을 뽑아낼 수 있었다. 왜냐하면 베니는 겉보기에만 홑둥이일 뿐이었으므로. 베니의 쌍둥이 누이는 이미 죽지 않았던가? 그야 뭐, 딱한 일이었다. 하나 남은 아들을 사랑하는 아버지에게는 정말로 딱한 사정이었다. 그 아들을 차마 저버릴 수 없는 아버지에게는.

롤랜드가 베니의 아빠를 죽인다면? 만약 그렇게 되면 베니는 너를 어떻게 볼까?

언젠가 다른 삶에서, 롤랜드는 제이크 체임버스를 지켜주겠노라고 약속해놓고서 제이크가 암흑 속으로 떨어지도록 놔두었다. 제이크는 이때껏 그보다 더 지독한 배신은 없으리라고 생각했다. 그런데 이제는 그 생각에 별로 확신이 서지 않았다. 아니, 전혀 확신할 수 없었다. 제이크는 그 우울한 생각 때문에 오랫동안 잠을 이루지 못했다. 그러다가 새벽의 희미한 손끝이 지평선을 건드릴 때까지 약 30분이 남았을 무렵, 제이크는 마침내 얕고 신산한 잠 속으로 빠져들었다.

제4장
피리 부는 사나이

1

"우리는 카텟이다. 여럿이서 하나 된 자들이다." 총잡이는 캘러핸의 미심쩍어하는 표정을 보고 고개를 끄덕였다. 못 보고 놓치기가 오히려 힘든 표정이었다. "그렇소, 신부. 당신도 우리 가운데 하나요. 언제까지일지는 모르겠소만, 내가 아는 한은 당신도 우리 카텟이오. 그건 내 친구들도 알고 있소."

제이크가 고개를 끄덕였다. 에디와 수재나도 마찬가지였다. 이날 그들은 마을 광장의 정자에 앉아 있었다. 제이크의 이야기를 듣고 나서 롤랜드는 이제 사제관에서 모이지 말자고 했다. 뒷마당도 예외가 아니었다. 슬라이트먼이나 앤디가, 또는 늑대들 편인데 아직 혐의를 받지 않은 누군가가 카메라뿐 아니라 도청 장치까지 설치해뒀을 위험이 너무나 컸기 때문이었다. 머리 위의 하늘은 비를 뿌릴 것처럼 흐렸지만 날씨는 여전히 늦가을치고는 드물게 따뜻했다. 롤랜드와 친구들이 얼마 전에 자기소개를 했던 무대 주위로 시민 의식을 갖춘 신사 숙녀들이 갈퀴로 긁어서 둥그렇게 모아 놓은 낙엽이 있었고, 그 아래의 잔디는 여름인 양 새파랬다. 연을 날리는 주민들과 손을 잡고 거니는 연인들도 보였고, 좌판을 벌인 상인 두세 명은 한 눈으로는 손님들을 보고 다른 눈으로는 머리 위에 낮게 걸린 구름을 보느라 바빴다. 악단석에서는 힘찬 연주와 함께 롤랜드 일행을 칼라 브린 스터지스에 소개해주었던 바로 그 악단이 새 노래 몇 곡을 연습하는 중이었다. 몇 마디 나누고 싶었던 주민들이 롤랜드와 친구들 쪽으로 다가온 적이 두어 번 있었지만 그때마다 롤랜드는 무뚝뚝한 표정으로 고개를 저었고, 다가오던 이들은 황급히 돌아섰다. 반갑게 인사를 나눌 시간은 이미 끝난 후였다. 수재나 말마따나 이제는 그들이 문제의 핵심에 다가설 때였다.

"마을 회의는 나흘 앞으로 다가왔소. 이번에는 남자들만이 아니라 온 마을 주민이 다 모일 거요."

"그럼요, 당연히 온 마을 사람이 다 모여야죠." 수재나가 말했다. "화력이 부족해서 총 대신 접시를 던지는 여자들한테 의지할 판인데, 망할 놈의 공회당에 들여보내주는 게 뭐 대수겠어요."

"만약 온 마을 사람이 다 모인다면 공회당은 아닐 겁니다." 캘러핸이 말했다. "자리가 부족하거든요. 횃불을 들고 바로 이곳에 모이겠지요."

"혹시 비가 오면요?" 에디가 물었다.

"비가 오면 다들 젖겠지." 캘러핸은 낸들 아냐는 듯이 어깨를 으쓱했다.

"마을 회의까지 나흘, 늑대들이 쳐들어올 때까지 아흐레 남았소.

이번 일이 끝날 때까지 우리가 이렇게 앉아서 맑은 정신으로 대화를 나누는 건 필시 이번이 마지막일 거요. 시간이 많지 않으니 바로 본론으로 들어가겠소." 롤랜드는 그렇게 말하고는 두 손을 내밀었다. 한 손은 제이크가, 다른 손은 수재나가 잡았다. 순식간에 다섯 명 모두가 손에 손을 잡고 조그마한 원을 만들었다. "모두들 서로를 보고 있소?"

"똑똑히 보고 있어요." 제이크가 말했다.

"아주 잘 보여, 롤랜드." 에디가 말했다.

"한낮처럼 잘 보여요." 수재나가 빙긋이 웃으며 동의했다.

근처의 잔디밭에서 땅을 쿵쿵거리던 오이는 말이 없었지만, 그래도 고개를 돌리고 윙크를 했다.

"신부?" 롤랜드가 물었다.

"잘 보이고 잘 들립니다." 캘러핸도 엷게 웃으며 동의했다. "그리고 함께할 수 있어서 기쁩니다. 적어도 아직까지는요."

2

롤랜드와 에디와 수재나는 제이크의 이야기를 이미 거의 다 아는 상태였다. 제이크와 수재나는 롤랜드와 에디의 이야기를 이미 거의 다 알고 있었다. 이제 캘러핸은 양쪽의 이야기를 다 들어야 했다. 나중에 그는 이 경험을 '동시 상영'이라고 불렀다. 눈을 동그랗게 뜨고 이야기를 듣는 동안 그의 입은 툭하면 떡 벌어지곤 했다. 제이크가 벽장에 숨는 대목에서는 성호를 긋기도 했다. 그러다가 에디에게 이렇게 말했다. "아내랑 아이들까지 다 죽이겠다는 말은 진심이 아니었겠지, 당연히? 그냥 허풍을 떤 거지?"

에디는 흐린 하늘을 올려다보며 희미하게 웃었다. 그러다가 캘러핸에게로 고개를 돌렸다. "롤랜드가 그러던데요, 신부님은 누가 신부라고 부르면 싫어하는 사람치고는 요즘 너무 신부 같이 군다고."

"만약 자네 처의 임신을 중단하는 문제에 관해 얘기하고 싶은 거라면……"

에디는 손을 들어 신부의 말을 막았다. "딱히 하나만 콕 집어서 하는 말이 아니다, 그렇게만 얘기해둘게요. 우린 그저 여기서 해야 할 일이 있고, 신부님은 우리가 그 일을 할 수 있게 도와주셔야 해요. 케케묵은 가톨릭 교리 때문에 딴 길로 빠지는 것만은 피하고 싶다, 이거죠. 그러니까 허풍이었다고 해둘게요, 내가 그냥 허풍을 떨었다고 하고, 다음으로 넘어가는 거예요. 그러면 되겠죠? 신부님?"

에디의 웃음은 점점 딱딱해져서 화난 표정처럼 보였다. 광대뼈 주위는 벌겋게 물들어갔다. 캘러핸은 그런 에디의 표정을 몹시도 주의 깊게 살피다가, 이내 고개를 끄덕였다. "알았네. 허풍을 떤 거로군. 그렇다고 해두고 넘어가세."

"좋아요." 에디는 롤랜드 쪽으로 고개를 돌렸다.

"첫 번째 질문은 수재나, 당신에게 하겠소." 롤랜드가 말했다. "간단한 거요. 몸은 좀 어떻소?"

"아주 좋아요."

"정말이오?"

수재나는 고개를 끄덕였다. "정말이에요, 세이 생키."

"이쪽에 두통이 느껴지지는 않소?" 롤랜드는 자신의 왼쪽 관자놀이 위를 문질렀다.

"아뇨. 게다가 전에는 해가 막 졌을 때나 해가 뜨기 직전에 가끔 초조한 기분을 느꼈는데, 이젠 그것도 사라졌어요. 그리고 이것 좀 봐요!" 수재나는 한쪽 손으로 가슴과 허리를 지나 오른쪽 엉덩이까지 쓸어내렸다. "몸이 조금 날씬해졌어요. 저기, 롤랜드…… 내가 전에 어디서 읽었는데, 야생동물들은 해산할 여건이 안 되면 태아를 자기 몸속에 흡수하기도 한대요. 살쾡이 같은 육식동물도, 사슴이나 토끼 같은 초식동물도요. 그러니까 어쩌면……" 수재나는 간절한 눈으로 롤랜드를 보며 말끝을 흐렸다.

롤랜드는 그 솔깃한 추측을 지지하고 싶었지만, 그럴 수가 없었다. 그리고 카텟 안에서 진실을 감추는 것은 더 이상 선택의 대상조차 될 수 없었다. 롤랜드는 고개를 저었다. 수재나의 표정이 어두워졌다.

"잘 때는 되게 조용해. 내가 아는 한은." 에디가 말했다. "미아가 나온 흔적은 없어."

"로잘리타도 그렇게 말하더군요." 캘러핸이 거들었다.

"그 여잘 시켜서 나를 감시했나요?" 수재나의 말투는 수상쩍을 정도로 데타와 비슷했다. 그러나 얼굴은 웃고 있었다.

"가끔씩." 캘러핸은 선선히 인정했다.

"수재나의 아기 문제는 잠시 제쳐둡시다. 지금은 늑대들 이야기를 해야 하오. 다른 얘기도 조금 있고."

"롤랜드, 그치만……" 에디가 말을 시작했다.

롤랜드는 한 손을 들어 에디의 말을 막았다. "다른 문제가 얼마나 많은지는 나도 안다. 그 문제들이 얼마나 시급한지도 알고 있다. 그리고 내가 아는 것은 또 있다. 만약 우리가 딴 데 정신을 팔면 이곳 칼라 브린 스터지스에서 죽을 처지라는 것, 또 죽은 총잡이는 아무도 도울 수 없다는 것이다. 물론 여행을 계속할 수도 없고. 동의하느냐?" 롤랜드의 시선이 카텟을 훑었다. 아무도 대답하지 않았다. 어딘가 멀리서 아이들 여럿이 노래하는 소리가 들려왔다. 맑고 활기차고 천진한 소리였다. 코말라 어쩌고 하는 노래였다.

"그밖에도 우리가 상의해야 할 일이 한 가지 있다. 당신하고도 상관이 있는 일이오, 신부. 그리고 이제는 통로 동굴이라고 불리는 그곳하고도. 그 문을 통과해서 당신 나라로 돌아갈 생각이 있소?"

"지금 농담하십니까?" 캘러핸의 눈이 환하게 반짝였다. "돌아갈 기회가 있다고요? 잠깐이라도? 말씀만 하십시오."

롤랜드는 고개를 끄덕였다. "오늘 오후 늦게, 당신과 나 둘이서 그리로 산책을 하러 갈 거요. 당신이 문을 통과하도록 내가 배웅해 주겠소. 공터가 어디에 있는지는 알 테지, 안 그렇소?"

"알고말고요. 그 앞을 한 1000번은 지나 다녔을 겁니다, 제 다른 삶에서요."

"우편번호 얘기도 다 알아들으신 거죠?" 에디가 물었다.

"타워 씨가 자네 부탁대로 했다면 우편번호는 판자벽 끄트머리에 적혀 있을 거야. 46번가 쪽 끄트머리에. 그나저나 참 좋은 생각이었네."

"그 번호를 알아두고…… 저쪽 날짜가 며칠인지도 알아두시오." 롤랜드가 말했다. "에디 말마따나 우린 가능하면 저쪽 세계의 시간이 흐르는 속도를 알아야 하오. 그 두 가지를 알아내서 돌아오시오. 나중에 정자에서 마을 회의가 끝나면 당신은 그 문을 한 번 더 통과

해야 할 거요."

"다음번에는 타워와 디프노가 사는 뉴잉글랜드 어디쯤이겠군요." 캘러핸이 자신의 추측을 이야기했다.

"그렇소."

"그분들을 찾으시면요, 이야기는 주로 디프노 씨랑 하셔야 할 거예요." 제이크가 말했다. 모두가 그쪽을 돌아보자 제이크는 얼굴을 붉혔지만, 시선은 캘러핸에게서 떨어지지 않았다. "타워 씨는 고집을 부릴지도 모르니까……"

"너 그 양반을 너무 과소평가하는 것 같은데." 에디가 끼어들었다. "신부님이 거기 도착할 때쯤이면 그 양반은 헌책방을 열두 군데는 찾아놓고 초판본을 잔뜩 사들였을 거야, 『인디아나 존스의 19번째 신경 쇠약』 같은 책을."

"……하지만 디프노 씨는 이야기를 들어줄 거예요." 제이크는 말을 끝맺었다.

"들어, 에이크." 오이가 제이크의 말을 따라하면서 벌러덩 누워 뒹굴었다. "들어 조용히!"

제이크는 그런 오이의 배를 긁어주면서 말했다. "타워 씨를 설득해서 움직일 수 있는 사람이 있다면, 그건 디프노 씨뿐이에요."

"그래." 캘러핸은 고개를 끄덕이며 대답했다. "잘 알았다."

아이들의 노랫소리가 이제 더 가까워졌다. 수재나는 그쪽으로 고개를 돌렸지만 아이들 모습은 아직 보이지 않았다. 아마도 리버 로드를 따라 걸어오는 모양이었다. 그렇다면 마구 용품점을 지나 투크의 잡화점 앞에서 큰길로 접어들 터였다. 잡화점 포치에 앉아 있던 주민들 몇 명이 아이들을 보려고 벌써부터 일어서 있었다.

한편 롤랜드는 엷은 웃음을 띤 채 에디를 유심히 바라보았다. "언젠가 내가 *그러려니*라는 표현을 썼을 때, 너는 너희 세계의 격언을 내게 들려주었다. 혹시 기억하고 있다면 다시 한 번 듣고 싶구나."

그 말에 에디도 씩 웃었다. "'*그러려니 하고 살다가 그럴 줄이야 하는 법이다.*' 그거 말이지?"

롤랜드는 고개를 끄덕였다. "좋은 말이다. 좋은 말이지만, 나는 지금부터 '그러려니' 하는 가정을 한 가지 할 것이다. 아예 못처럼 단단히 박아두고 우리가 살아서 이 위기를 넘길 희망을 거기에 걸 작정이다. 나도 그러고 싶진 않지만, 달리 방법이 없다. 그 가정이란 우리에게 맞서는 자들이 벤 슬라이트먼과 앤디뿐이라는 것이다. 결정적인 순간에 그 둘만 처리하면 비밀을 유지할 수 있다는 뜻이기도 하다."

"죽이지 마세요." 제이크의 목소리는 너무 작아서 잘 들리지 않았다. 오이를 가까이 끌어당긴 제이크는 개너구리의 정수리를 다독이면서 기다란 목을 거의 강박적으로, 정신없이 쓰다듬고 있었다. 오이는 얌전히 그 손길을 견뎠다.

"미안, 제이크." 수재나는 손을 동그랗게 말아 귀에 대고 제이크 쪽으로 몸을 기울였다. "잘 못 들었는데 뭐라고……"

"죽이지 마세요!" 이번에는 날카롭고 흔들리는 목소리, 금방이라도 울음을 터뜨릴 것만 같은 목소리였다. "베니의 아빠를 죽이지 마세요. *제발요.*"

에디는 손을 뻗어 제이크의 목덜미를 부드럽게 감쌌다. "제이크, 베니 슬라이트먼의 아빠는 수많은 아이들을 늑대들한테 넘겨서 선더클랩으로 보내려고 해, 자기 아들을 구하려고. 그렇게 잡혀간 아이들이 어떤 꼴로 돌아오는지 너도 알잖아."

"알아요, 하지만 그 아저씨 처지에선 선택할 여지가 없었어요, 왜
냐면……"

"그는 우리와 함께 싸우는 쪽을 택할 수도 있었다." 롤랜드의 목
소리는 덤덤하고 오싹했다. 아예 죽은 사람의 목소리 같았다.

"하지만……."

하지만 뭐? 제이크는 알 수가 없었다. 이미 이것저것 생각해봤지
만 여전히 알 수가 없었다. 느닷없이 솟아난 눈물이 뺨을 타고 흘러
내렸다. 캘러핸이 제이크를 다독이려고 손을 뻗었다. 제이크는 그
손을 밀어냈다.

롤랜드는 한숨을 쉬었다. "살려둘 방법이 있는지 궁리해보자. 그
정도는 약속하마. 그게 자비를 베푸는 일인지 아닌지는 모르겠다만.
슬라이트먼네 식구들은 더 이상 이 마을에서 살 수 없을 거다, 물론
이 마을 자체가 다음 주말까지도 남아 있다면 말이다만. 허나 어쩌
면 초승달 지대의 남쪽이나 북쪽으로 옮겨가서 새 삶을 꾸릴 수 있
을지도 모른다. 그리고 제이크, 명심해라. 베니 슬라이트먼에게 네
가 간밤에 앤디와 그 애 아버지의 대화를 엿들은 걸 알릴 필요는 없
다."

롤랜드를 바라보는 제이크의 표정은 딱히 희망적이라고 하기는
힘들었다. 아버지 슬라이트먼이야 어떻게 되든 아무 상관도 없었지
만, 그의 아들 베니가 아버지의 배신을 폭로한 사람이 제이크 자신
인 것을 알게 하고 싶지는 않았다. 제이크는 그런 자신이 겁쟁이 같
다고 생각했지만, 그럼에도 베니가 알게 하고 싶지는 않았다. "정말
요? 진짜로요?"

"이 일에 관한 한 확실한 건 아무것도 없다, 허나……"

롤랜드가 말을 끝맺기도 전에, 아이들의 노랫소리가 길모퉁이를 돌아 쏟아져나왔다. 아이들을 이끄는 장본인은, 이날의 부드러운 햇빛 속에 은빛 팔다리와 금빛 몸통이 은은하게 반짝이는, 메신저 로봇 앤디였다. 앤디는 뒤로 걷고 있었다. 한 손에는 환한 색의 실크로 감싼 석궁 화살을 들고 있었다. 수재나의 눈에는 그 모습이 독립기념일 행진의 지휘자처럼 보였다. 앤디는 가슴과 머리에 달린 스피커로 삑삑거리는 백파이프 반주를 틀어놓은 채 석궁 화살로 만든 지휘봉을 양옆으로 신나게 흔들어 아이들의 노래를 지휘했다.

"이런, 젠장." 에디가 중얼거렸다. "저건 완전히 하멜른의 피리 부는 사나이잖아."

3

"코말라 컴 하나!
엄마한테는 아들이 한 명 있었네!
아빠한테는 그때가
제일 즐거운 시절이었지!"

앤디는 혼자서 한 소절을 부른 다음, 지휘봉으로 아이들 쪽을 가리켰다. 아이들은 우렁찬 목소리로 노래를 이어받았다.

"코말라 컴 컴!

아빠한테도 한 명 있었네!
엄마한테는 그때가
제일 즐거운 시절이었지!"

신나서 깔깔대는 웃음소리. 앞서 수재나가 커다란 노랫소리를 듣고 예상했던 것보다는 아이들의 수가 적었다. 제이크의 이야기를 들은 후였기에, 그 아이들의 선두에 선 앤디를 보고 수재나는 가슴이 철렁했다. 이와 동시에 목과 왼쪽 관자놀이에서 분노의 맥박이 불끈거리는 느낌이 들었다. 감히 아이들을 이끌고 이렇게 거리를 행진하다니! 피리 부는 사나이 같다던 에디의 말이 옳았다. 정말이지 동화에 나오는 하멜른의 피리 부는 사나이 같았다.

이제 앤디가 임시로 만든 지휘봉을 들어 열서너 살로 보이는 예쁘장한 여자애를 가리켰다. 수재나가 보기에는 티안 재퍼즈네 집 바로 남쪽에 사는 안셀름네 딸 같았다. 줄넘기 노래와 흡사한(그러나 아주 똑같지는 않은) 반주음은 여전히 커다랗고 흥겹게 울려퍼졌고, 아이는 그 소리에 맞추어 밝고 또랑또랑한 목소리로 다음 소절을 불렀다.

"코말라 컴 둘!
할 일이 뭔지 알죠!
쌀 코말라를 심는 거예요,
바보 같이 굴면 안 돼요!"

뒤이어 다른 아이들도 다시 함께 노래하는 동안, 수재나는 거기 모인 아이들의 숫자가 처음 길모퉁이를 돌아서 나타났을 때 생각했던 것보다 더 많다는 것을 알아차렸다. 생각보다 훨씬 더 많았다. 수재나의 귀는 눈보다 더 예리했고, 거기에는 충분히 그럴 만한 이유가 있었다.

"코말라 컴 둘!(합창)
아빠는 바보가 아니라고!
엄마는 코말라를 심었어요
할 일이 뭔지 잘 아니까요!"

처음 봤을 때 아이들 무리가 작아 보였던 까닭은 똑같은 얼굴이 너무 많았기 때문이었다. 예컨대 안셀름네 딸은 바로 곁에 있는 남자아이와 생김새가 거의 똑같았다. 둘은 쌍둥이였던 것이다. 앤디가 이끄는 아이들은 거의 모두가 쌍둥이였다. 수재나는 문득 이 광경이 얼마나 기괴한지를 깨달았다. 마치 그들이 이때껏 마주쳤던 기묘한 우연들을 한자리에 모조리 모아놓은 듯했다. 수재나는 속이 메슥거렸다. 뒤이어 왼쪽 눈 위에 지끈거리는 통증을 처음으로 느꼈다. 손이 그 자리를 향해 올라가기 시작했다.

아니. 수재나는 스스로에게 타일렀다. *이건 착각이야.* 그러고는 억지로 손을 내렸다. 이마를 문지를 필요는 없었다. 아프지도 않은 곳을 문지를 필요는 없었다.

앤디는 으쓱거리며 걸어가던 뚱뚱한 사내아이를 지휘봉으로 가리켰다. 기껏해야 여덟 살을 안 넘어 보이는 어린애였다. 어린애답게 가늘고 떨리는 목소리로 부르는 그 아이의 노래를 듣고 다른 아이들이 웃음을 터뜨렸다.

> "코말라 컴 셋!
> 어떻게 되는지 알지
> 쌀 코말라를 심는 거야
> 쌀이 우리에게 자유를 줄 거야!"

여기에 아이들은 합창으로 답했다.

> "코말라 컴 셋!
> 쌀이 우리에게 자유를 줄 거야!
> 쌀 코말라를 심으면
> 어떻게 되는지 알지!"

롤랜드 카텟을 발견한 에디가 쾌활하게 지휘봉을 흔들었다. 아이들도 앤디를 따라 손을 흔들었다…… 지휘자의 음모가 성공하면 절반은 침을 질질 흘리는 룬트가 되어 돌아올 그 아이들도. 그들은 거인으로 자라서 고통에 몸부림치다가 일찌감치 죽을 운명이었다.

"손을 흔들어라." 롤랜드가 손을 들며 말했다. "답인사를 하는 거다, 모두 함께. 녀석이 눈치채게 하지 마라, 너희 아버지의 명예를 걸고."

에디는 앤디를 향해 이가 다 보이도록 행복한 웃음을 지었다. "안녕, 재수 없는 싸구려 양철 깡통 자식아?" 웃음을 비집고 나오는 목소리는 나지막하고 사나웠다. 에디는 앤디를 향해 양손 엄지를 치켜

들었다. "잘 지냈냐, 이 로봇 사이코야. 잘 지낸다고? 세이 생키다!
집에 가서 불알 깡통이나 따라!"

그 말에 제이크가 와락 웃음을 터뜨렸다. 카텟은 다 함께 계속 손
을 흔들며 웃었다. 아이들도 웃으며 손을 흔들어 화답했다. 앤디도
지휘봉을 흔들었다. 그렇게 흥에 겨운 악단을 몰고 큰길을 내려가며
외쳤다. *코말라 컴 넷! 강물이 문 앞까지 들이치네!*

"아이들은 앤디를 끔찍이 좋아합니다." 캘러핸이 말했다. 표정이
혐오감에 물들어 보기 힘들 만큼 기괴하게 변해 있었다. "세대가 바
뀌어도 아이들은 앤디를 끔찍이 좋아했습니다."

"그것 또한." 롤랜드가 말했다. "이제는 바뀔 거요."

4

"궁금한 게 또 있느냐?" 앤디와 아이들이 지나간 후에 롤랜드가
물었다. "있거든 지금 물어봐라. 이게 마지막 기회일 테니."

"티안 재퍼즈는 어떻게 하실 겁니까?" 캘러핸이 물었다. "사실상
이번 일을 시작한 사람은 티안입니다. 마무리할 때에도 그 사람이
할 일이 있을 것 같은데요."

롤랜드는 고개를 끄덕였다. "그 친구한테 맡길 일이 하나 있소.
에디랑 같이 해야 하는 일이오. 신부, 로잘리타네 집 아래쪽에 괜찮
은 변소가 있더구려. 지붕도 높고. 튼튼하고."

캘러핸의 눈이 동그래졌다. "예, 세이 생키. 티안이 자기 이웃에
사는 휴 안셀름이랑 같이 지은 변소입니다."

"오늘부터 며칠간 그 변소 문에 빗장을 좀 달아주겠소?"

"할 수는 있습니다만……"

"일이 잘 풀리면 빗장은 필요 없겠지만, 확실한 건 아무것도 없소."

"그럼요. 그렇고말고요. 분부대로 하겠습니다."

"뭘 계획하는 거예요?" 수재나가 물었다. 나지막한 목소리가 묘하게 부드러웠다.

"계획 같은 건 거의 없소. 대개는 그게 가장 현명한 길이오. 무엇보다 중요한 건, 이 자리를 떠난 후에 내가 무슨 말을 하든 믿지 말라는 거요. 특히 내가 집회에서 손에 깃털을 쥐고 일어서서 하는 말은 하나도 믿지 마시오. 그건 거의 다 거짓말일 테니." 롤랜드는 자신의 카텟을 바라보며 웃었다. 그 웃음 위의 파란 두 눈은 바위처럼 무뚝뚝했다. "내 아버지와 커스버트의 아버지에게는 규칙이 있었소. 처음은 웃음, 그다음은 거짓말. 맨 마지막은 총질."

"우리도 거의 막바지군요, 그렇죠?" 수재나가 물었다. "총질을 시작할 단계."

롤랜드는 고개를 끄덕였다. "그리고 총질은 너무 빨리 일어나서 너무 빨리 끝날 테고, 우리는 원래 세웠던 계획과 나누었던 대화가 뭐였는지 몰라 어안이 벙벙할 거요. 결국에는 단 5분간의 피와 고통과 무모함으로 끝나게 마련이니." 롤랜드는 잠시 입을 다물었다가 다시 말을 이었다. "총질이 끝나면 어김없이 구역질이 올라오지. 커스버트와 함께 교수대에 매달린 남자를 구경하러 갔을 때처럼."

"궁금한 게 있는데요."

"말해라, 제이크."

"우리가 이길까요?"

롤랜드는 수재나가 겁을 먹을 정도로 오랫동안 대답하지 않았다. 그러다가 마침내 입을 열었다. "우리는 놈들의 예상보다 많은 것을 알고 있다. 훨씬 많이. 놈들은 현실에 길들여져 방심하고 있다. 만약 곳간에 숨은 쥐새끼가 앤디와 슬라이트먼 둘뿐이라면, 그리고 늑대들의 수가 너무 많지 않다면…… 우리의 접시와 총알이 바닥을 보이지 않는다면…… 그렇다면 가능하다, 엘머의 아들 제이크여. 우리가 이길 거다."

"얼마나 많아야 너무 많은 거죠?"

롤랜드는 그 질문의 답을 곰곰이 생각했다. 연청색 눈으로 동쪽을 바라보면서. "네 생각보다 더 많아야 할 거다." 마침내 롤랜드가 대답했다. "그리고 아마도, 놈들 생각보다도 훨씬 많아야 할 거다."

5

그날 오후 느지막이, 도널드 캘러핸은 찾지 못한 문 앞에 서서 1977년의 2번 대로에 정신을 집중하려고 애썼다. 그가 집중한 대상은 지지고볶고 아줌마네 식당, 그리고 이따금 조지와 루페 델가도와 함께 점심을 먹으러 그곳에 갔던 기억이었다.

"주머니 사정이 넉넉할 땐 항상 양지머리 로스트를 먹었습니다." 캘러핸은 그렇게 말하며 동굴의 시커먼 뱃속에서 들려오는 어머니의 날카로운 고함 소리를 무시하려 했다. 처음 롤랜드와 함께 이곳에 들어왔을 때, 캘러핸은 캘빈 타워가 문을 통해 이리로 보낸 책들에 시선을 빼앗겼다. 책이 이렇게 많다니! 평소에는 느긋했던 캘러핸의 마음은 책을 본 순간 탐욕으로 물들었다(그리고 조금은 인색해졌다.). 그러나 그의 흥미는 오래가지 않았다. 아무렇게나 뽑아 든 책이 오언 위스터의 서부 소설 『버지니아 주 사람』인 것을 확인할 때까지였다. 저 세상에 있는 친구들과 사랑하는 이들이 고함을 지르고 욕을 하는 와중에 책을 훑어보기란 힘든 일이었다.

캘러핸의 어머니는 이제 어째서 부정한 흡혈귀 따위가 자신이 준 십자가를 부서뜨리도록 놔뒀냐고 따지고 있었다. "넌 항상 믿음이 약했지." 어머니의 목소리는 비통했다. "믿음은 약하고 술 욕심만 강했어. 지금도 마시고 싶어 좀이 쑤실 거야, 그렇지?"

하느님 맙소사, 왜 아니겠는가. 위스키. 에인션트 에이지 버번위스키. 캘러핸은 이마에 땀이 맺히는 느낌이 들었다. 심장은 경중경중 뛰고 있었다. 아니, 질주하고 있었다.

"양지머리 로스트." 캘러핸이 중얼거렸다. "흑겨자 소스를 위에 쭉 뿌려서." 손으로 짜는 플라스틱 겨자 소스 병이 눈앞에 선했고, 겨자 소스 상표까지 기억났다. 플록먼이었다.

"뭐라고 했소?" 등 뒤에서 롤랜드가 물었다.

"준비 다 됐다고 했습니다. 하실 거면 지금 하십시오, 제발."

롤랜드는 상자 뚜껑을 덜컥 열었다. 차임벨 소리가 순식간에 귓속을 파고들었고, 캘러핸은 하인들과 그들의 화려한 차가 떠올랐다. 뱃속의 내장이 쪼그라들고 눈에서는 눈물이 철철 흘렀다.

그러나 문은 철컥 소리와 함께 열렸고, 쐐기꼴 모양의 환한 햇살이 문틈으로 쏟아져나와 동굴 입구의 어둠을 쫓아냈다.

캘러핸은 숨을 깊이 들이쉬며 생각했다. 오, 원죄 없이 잉태되신

마리아님, 당신께 의지하는 저희를 위하여 기도해주소서. 그러면서
1977년의 여름으로 걸어 들어갔다.

6

말할 것도 없이 한낮이었다. 점심시간. 그리고 말할 것도 없이 캘
러핸은 지지고볶고 아줌마네 식당 앞에 서 있었다. 그가 도착하는
광경은 아무도 못 본 모양이었다. 이날의 특선 메뉴를 적은 칠판이
식당 문 바로 바깥의 이젤에 얹혀 있었다.

어서 오세요,
지지고볶고입니다!
6월 24일의 특선 메뉴

비프 스트로가노프
양지머리 로스트(양배추 곁들임)
란초 그란데 타코
닭고기 수프

인기 메뉴 네덜란드식 애플파이도 잊지 마세요!

됐다, 한 가지 의문은 풀렸다. 이날은 에디가 이쪽 세계에 온 다
음날이었다. 그럼 다음 의문은……

캘러핸은 일단 46번가를 등지고 2번 대로를 걸어 올라갔다. 뒤를 흘끔 돌아보니 동굴로 통하는 문이 제이크의 발치에 따라다니는 개 너구리처럼 충직하게 따라오고 있었다. 그 너머에 앉아 정신 사납게 짤랑거리는 차임벨 소리를 막으려고 귀에 뭔가 쑤셔넣는 롤랜드의 모습이 보였다.

캘러핸은 정확히 두 블록을 걸어간 후에 우뚝 멈춰 섰다. 눈은 충격으로 물들어 점점 커졌고, 입은 헤 벌어졌다. 롤랜드와 에디 둘 다 이렇게 돼 있을 거라고 말하기는 했지만, 캘러핸은 내심 그들의 말을 믿지 않았다. 칼라의 흐린 가을날을 등지고 이 더할 나위 없는 여름날 속으로 걸어 들어오면서, 그는 맨해튼 마음의 양식 레스토랑 서점을 멀쩡한 모습으로 보리라고 기대했다. 문에 휴가중, 8월까지 쉽니다 같은 팻말이 걸려 있을지는 몰라도, 이 자리에 있기는 할 거라고 기대했던 것이다. 바로 이 자리에.

그런데 없었다. 상당히 많은 부분이 없었다. 가게 전면은 불에 타 뼈대만 남았고 그 주위로 경찰 수사중이라고 적힌 노란색 테이프가 둘러져 있었다. 가까이 다가가자 불에 탄 나무 냄새와 종이 냄새, 그리고…… 아주 희미하게…… 휘발유 냄새가 났다.

근처의 스테이션 구두점 앞에 늙은 구두닦이 한 명이 좌판을 차려놓고 있었다. 그가 캘러핸에게 말을 걸었다. "참 지독하죠, 안 그래요? 사람이 없었던 게 천만다행이지."

"그러게요, 세이 생키. 언제 이렇게 된 겁니까?"

"언제긴요, 한밤중이지. 설마 그 깡패 놈들이 대낮에 몰려와서 화염병을 던졌겠어요? 천재는 아니지만 그래도 그 정도로 바보는 아닌데."

"전기 합선이나 그런 건 아니었을까요? 아니면 자연 발화 현상이라든가?"

늙은 구두닦이는 비웃는 표정으로 캘러핸을 바라보았다. 그 표정에는 이렇게 적혀 있었다. *에이, 왜 이러실까.* 그는 구두약에 찌든 엄지손가락으로 무너져가는 잔해를 가리켰다. "저 노란 테이프 보여요? 자연 발화 같은 게 일어난 곳에다 경찰 수사중이라고 적힌 노란 테이프를 붙일까요? 아니에요, 선생님. 어림도 없죠. 캘 타워는 깡패들한테 빚을 졌어요. 빚 구덩이에 이마까지 빠진걸요, 뭐. 이 동네 사람들은 다 알아요." 까딱까딱 움직이는 구두닦이의 눈썹은 하얗고 숱이 많고 꼬불꼬불했다. "그 사람 처지도 참 딱해요. 값비싼 책이 참 많았거든요, 저 안에. 아아주 비싼 책들이."

캘러핸은 구두닦이의 통찰에 감사를 표한 다음, 돌아서서 2번 대로 아래쪽을 향해 걷기 시작했다. 그는 자꾸만 자기 몸을 슬쩍슬쩍 만지면서 지금 이것이 현실이라는 확신을 얻으려고 애썼다. 톡 쏘는 탄화수소 냄새가 풍기는 도시의 공기를 들이마시면서, 부르릉거리는 버스 소리부터(몇몇 버스에는 드라마 「미녀 삼총사」의 광고가 붙어 있었다.) 드르륵거리는 착암기 소리와 쉴 새 없이 빵빵거리는 경적 소리까지, 도시의 소음 하나하나를 음미하면서. 타워 오브 파워 레코드점에 다가가던 캘러핸은 문 앞의 스피커에서 쏟아져 나오는 음악에 사로잡혀 잠시 걸음을 멈췄다. 오랜만에 듣는 옛날 노래, 그가 로웰에서 지낼 때 유행하던 곡이었다. 가사는 피리 부는 사나이를 따라가라는 내용이었다.

"크리스피언 세인트피터스." 캘러핸이 중얼거렸다. "그 가수가 부른 노래야. 하느님 맙소사, 예수님도 맙소사, 여긴 진짜야. 여긴

진짜 뉴욕이야!"

그 말을 증명하기라도 하듯이, 여성의 다급한 목소리가 들려왔다. "여기 하루 종일 서 있을 만큼 한가한 사람도 있겠지만요, 어떤 사람들은 이 길로 걸어가야 해요. 같이 걸어가실래요? 아니면 옆으로 비키기라도 하시든가요."

캘러핸은 들렸는지 안 들렸는지(그 여성이 들었다면 반응을 했는지 안 했는지) 의심스러운 사과를 하고 나서 다시 걷기 시작했다. 꿈속에 있는 듯한, 몹시도 *생생한 꿈속*에 있는 듯한 그 느낌은 46번가에 가까워질 때까지 계속됐다. 이윽고 장미의 소리가 들리기 시작했고, 캘러핸의 삶은 통째로 변하고 말았다.

7

처음에는 중얼거리는 소리에 지나지 않았지만, 가까이 다가갈수록 수많은 목소리가 들리는 것만 같았다. *천사들의 목소리*가, 노래하고 있었다. 환희에 찬 목소리로 당당하게 하느님을 찬양하고 있었다. 캘러핸은 그토록 달콤한 소리를 들어본 적이 없었고, 그래서 달리기 시작했다. 판자벽 앞에 도착한 그는 손으로 벽을 짚었다. 터져나오는 흐느낌을 참을 수가 없었다. 사람들이 쳐다볼 거라는 생각이 들었지만 아랑곳하지 않았다. 문득 롤랜드와 친구들을 속속들이 이해한 그는 처음으로 그들 카텟에 속한 느낌이 들었다. 그들이 그토록 발버둥치는 것도 당연했다, 살아남으려고, 계속 나아가려고! 당연히 그렇게 해야 했다, *이곳이 위험에 처했다면!* 포스터가 덕지덕지 붙은 이 벽 너머에 무언가 있었다…… 너무도 순수하고 완벽하게 훌륭한 어떤 것이…….

긴 머리를 뒤로 빗어서 고무줄로 묶고 카우보이모자를 뒤로 젖혀 쓴 젊은 남자가 곁에 멈춰 서더니, 캘러핸의 어깨를 툭툭 다독였다. "여기 참 멋지죠, 안 그래요?" 그 히피 카우보이가 말했다. "이유는 나도 모르겠는데, 진짜 멋져요. 난 하루에 한 번씩 와요. 내가 뭐 하나 가르쳐줄까요?"

캘러핸은 흐르는 눈물을 닦으며 그 젊은 남자를 돌아보았다. "예, 부디."

남자는 한 손으로 자기 이마와 뺨을 슥 훑었다. "전에는 여드름이 말도 못하게 지독했어요. 얼굴이 피자 수준도 아니고, 아예 찻길에서 치어 죽은 짐승 같았다니까요. 그러다가 3월 말인가, 4월 초부터 여길 지나다니기 시작했는데…… 여드름이 깨끗이 사라진 거예요." 남자는 웃음을 터뜨렸다. "아버지가 소개한 피부과 의사는 산화 아연 연고 덕분이라는데, 내 생각엔 여기 덕분인 것 같아요. 이곳엔 뭔가 있어요. 무슨 소리 안 들려요?"

꼭 노트르담 대성당 안에서 합창단에게 둘러싸여 있는 듯 감미로운 노랫소리가 울려 퍼지는데도, 캘러핸은 고개를 저었다. 순전히 본능 때문에 나온 행동이었다.

"맞아요." 카우보이모자를 쓴 히피가 말했다. "내 귀에도 안 들려요. 그치만 가끔은 들리는 것 *같아요.*" 그는 캘러핸을 향해 오른손을 들더니 검지와 중지를 펴서 브이(V) 자를 만들었다. "평화를 빌게요, 형제여."

"평화를." 캘러핸도 그의 손짓을 따라하며 답례했다.

히피 카우보이가 떠나고 나서, 캘러핸은 판자벽의 거칠거칠한 표면과 얼룩덜룩한 「좀비 전쟁」 포스터를 손으로 슥 훑었다. 그가 세상 무엇보다도 간절히 원한 것은 이 벽을 넘어가서 장미를 보는 것…… 할 수만 있다면 장미 앞에 무릎을 꿇고 경배하는 것이었다. 그러나 보도는 인파로 붐볐고, 그는 이미 너무 많은 이들의 눈길을 끌고 있었다. 쳐다보는 사람들 중에는 분명 아까 그 히피 카우보이처럼 이 장소의 힘에 관해 어느 정도 아는 이도 있을 터였다. 이 벽 너머에서 노래하는 거대한 힘을 섬기는 최선의 길은 그 힘을 지키는 것이었다(그 힘의 정체는 장미일까? 고작 그뿐일까?). 그리고 이는 곧 헌책방에 불을 지른 누군지 모를 패거리로부터 캘빈 타워를 지키는 것이었다.

거칠거칠한 판자에서 손을 떼지 않은 채로, 캘러핸은 모퉁이를 돌아 46번가 쪽으로 나왔다. 이쪽 길 저편의 끄트머리는 초록빛 유리로 뒤덮인 거대한 유엔 플라자 호텔이었다. *칼라, 캘러핸.* 그는 생각했다. *그리고. 칼라, 캘러핸, 캘빈. 뒤이어. 칼라 컴 넷, 문 뒤에는 장미가 있네, 칼라 컴 캘러핸, 또 한 명은 캘빈!*

캘러핸은 판자벽이 끝나는 곳에 이르렀다. 처음에는 아무것도 보이지 않아 가슴이 철렁했다. 그러다가 아래로 눈을 돌리자 있었다, 무릎 높이에. 검은색으로 쓴 숫자 다섯 자리였다. 캘러핸은 주머니에 손을 넣어 늘 갖고 다니는 몽당연필을 꺼낸 다음, 「지하 감옥에 떨어지다 — 풍자극」이라는 오프브로드웨이 연극 포스터의 귀퉁이를 찢었다. 그러고는 그 종이 쪼가리에 다섯 자리 숫자를 적었다.

떠나고 싶지 않았지만, 캘러핸은 떠나야 한다는 것을 알았다. 장미에게서 이토록 가까운 곳에서는 제대로 생각하기가 불가능했다.

다시 돌아오겠습니다. 캘러핸은 장미에게 그렇게 말했다. 그러자 기쁘고도 놀랍게도, 생각이라는 형태로 회답이 왔다. 또렷하고 진실하게. *그렇게 하시오, 신부. 언제라도. 컴 코말라.*

2번 대로와 46번가 교차점에서, 캘러핸은 뒤를 돌아보았다. 동굴로 가는 문은 아직 그곳에 있었다. 문의 바닥은 보도 위로 손가락 하나 길이만큼 떠 있었다. 손에 든 관광 안내서로 보아 관광객일 법한 중년 남녀 한 쌍이 호텔 쪽에서 걸어왔다. 도란도란 이야기를 나누던 두 사람은 문 앞에 이르자 옆으로 빙 돌아서 갔다. *보지는 못해도 느낄 수는 있군.* 캘러핸은 속으로 생각했다. 그런데 길이 인파로 붐벼서 돌아가기가 불가능하다면 어떨까? 아마도 문이 일렁거리며 서 있는 자리를 똑바로 지나 걸어갈 듯싶었다. 아마도 잠깐 스쳐가는 냉기와 현기증 말고는 아무것도 못 느낀 채로. 아마도 차임벨 소리가 찡하게 귀를 찌를 테고, 탄 양파 냄새나 불에 그을린 고기 냄새가 훅 끼쳐 올 터였다. 그리고 그렇게 지나간 사람은 이날 밤에는 환락의 도시보다 훨씬 더 기묘한 곳에서 짧게 머무는 꿈을 꿀 터였다.

캘러핸은 뒷걸음질 쳐서 문을 통과할 수도 있었다. 필시 그렇게 해야 했다. 이곳에 온 목적을 이루었기 때문이었다. 그러나 빠른 걸음으로 조금만 가면 뉴욕 공공 도서관이 나왔다. 입구의 돌사자 두 마리를 지나면 빈털터리도 조금이나마 정보를 얻을 수 있었다. 예를 들면, 어떤 우편번호의 주소지 같은 정보를. 또한 부끄러움을 무릅쓰고 솔직히 말하면, 캘러핸은 아직 뉴욕을 떠나고 싶지 않았다.

캘러핸은 총잡이가 알아볼 때까지 손을 흔들었다. 행인들의 표정은 무시한 채 활짝 편 두 손을 허공에 한 번, 두 번, 세 번 쳐들었지만, 총잡이가 무슨 뜻인지 알아먹을지 어떨지는 알 수 없었다. 롤랜드는 이해한 모양이었다. 그는 과장되게 고개를 끄덕이더니 한 술 더 떠 양손 엄지까지 번쩍 치켜들었다.

캘러핸은 걷기 시작했다. 걸음이 너무 빨라서 거의 조깅하는 사람 같았다. 뉴욕이 아무리 쾌적하게 변했다 해도 오래 머물고 싶지는 않았다. 롤랜드가 기다리는 곳이 쾌적할 리 없기 때문이었다. 게다가 에디 말에 따르면, 롤랜드는 지금 위험한 상태인지도 몰랐다.

8

총잡이는 캘러핸의 메시지를 거뜬히 이해했다. 손가락이 서른 개, 30분이었다. 신부는 저쪽 세상에서 30분 더 머물고 싶어 했다. 롤랜드는 그가 판자벽에 적힌 숫자를 실제 장소로 바꿀 방법을 찾았으리라고 짐작했다. 그럴 수만 있다면 더 바랄 것이 없었다. 정보는 곧 힘이었다. 그리고 이따금 시간이 부족할 때에는 속력이기도 했다.

귀에 끼운 총알이 목소리들을 완벽하게 막아주었다. 차임벨 소리는 귀를 비집고 들어왔지만, 그마저도 약했다. 다행이었다. 그 소리들은 희박지대의 윙윙대는 소리보다 훨씬 더 지독했기 때문이었다. 이틀만 들어도 곧장 정신병원에 처박힐 소리였지만, 30분 정도는 괜찮을 듯싶었다. 도저히 못 견딜 정도가 되면 문 너머로 뭔가 던질 수도 있었고, 그렇게 신부의 주의를 끌어서 일찍 돌아오게 하면 그만이었다.

롤랜드는 캘러핸 앞에 펼쳐지는 거리를 잠시 가만히 지켜보았다. 바닷가에 있던 문들은 세 사람의 눈을 통해 보는 느낌이었다. 에디, 오데타, 잭 모트의 눈이었다. 이 문은 조금 달랐다. 문 너머에 항상 캘러핸의 등이 보였고, 이따금 그가 고개를 돌리면 얼굴도 보였다.

시간을 때울 겸, 롤랜드는 일어서서 캘빈 타워가 너무나 애지중지한 나머지 협력하는 조건으로 안전하게 보관해달라고 부탁한 책들을 몇 권 훑어보았다. 맨 처음 꺼낸 책의 표지에는 남자의 옆얼굴 실루엣이 그려져 있었다. 그 남자는 파이프를 물고 있었고, 사냥터지기가 쓰는 것과 비슷한 모자를 쓰고 있었다. 코트에게도 그런 모자가 있었는데 어릴 적 롤랜드는 땀자국이 배고 턱 끈도 헤진 아버지의 모자보다 그 모자가 훨씬 더 멋있다고 생각하곤 했다. 책에 적힌 글자들은 뉴욕 세계의 언어였다. 저쪽 세계에 살았더라면 술술 읽을 수 있었겠지만, 롤랜드는 그렇지 않았다. 그래도 뜨문뜨문 알아볼 수는 있었고, 그 결과는 차임벨 소리만큼이나 정신을 사납게 했다.

"서록 혼스." 롤랜드는 소리 내어 읽어 보았다. "아니, 홈스다. 오데타 아버지의 성처럼. 단편…… 도덜…… 네 편. 도덜?" 아니, ㄷ이 아니라 ㅅ이었다. "서록 홈스 단편 소설 네 편." 롤랜드는 책을 펼치고 제목이 적힌 면을 손으로 조심스레 쓸어내리며 냄새를 맡았다. 알싸하고 살짝 달콤한 향기, 오래된 종이의 냄새가 났다. 단편 소설 네 편 가운데 한 편은 제목을 알아볼 수 있었다. 「네 사람의 서명」이었다. 다른 제목들은 연구와 개라는 단어만 빼고 하나도 읽을 수가 없었다.

"서명은 인장을 말하는 거겠지." 롤랜드가 중얼거렸다. 그러고는 자신도 모르는 사이에 제목의 글자 수를 세고 있는 것을 깨닫고 웃고 말았다. 어차피 글자 수는 고작 열여섯 자였다. 그 책을 꽂아놓고 뽑아든 다음 책은 표지에 군인이 그려져 있었다. 제목에서 읽을 수 있는 단어는 죽은뿐이었다. 롤랜드는 다음 책을 뽑아들었다. 표지에 키스하는 남녀가 그려져 있었다. 당연했다, 이야기에는 자고로 키스하는 남녀가 등장하는 법이므로. 사람들은 그런 이야기를 좋아했다. 롤랜드는 그 책을 다시 꽂고 캘러핸이 잘하고 있는지 보려고 고개를 돌렸다. 신부가 막 들어선 커다란 방에 가득한 책들을 보고 롤랜드는 살짝 눈이 커졌다. 그곳에는 에디가 '잡시'라고 부른 인쇄물도 많았는데…… 다만 잡스러운 시가 왜 그리 많은지, 누가 그 시를 다 썼는지는 알 길이 없었다.

롤랜드는 또 다른 책을 빼든 다음, 그 책의 표지를 보고 빙그레 웃었다. 표지에는 교회가 그려져 있었고 그 뒤로 붉은 해가 지고 있었다. 평온의 성모 교회와 조금 비슷하게 생긴 교회였다. 롤랜드는 책을 훌훌 넘기며 읽어보았다. 빼곡이 적힌 단어들 가운데 읽을 수 있는 것은 기껏해야 셋 중 하나였다. 삽화는 없었다. 책을 다시 꽂으려고 하는 찰나, 무언가 눈길을 잡아챘다. 시선 한복판으로 *뛰어드는* 것이 있었다. 롤랜드는 한순간 숨이 턱 막혔다.

롤랜드는 물러섰다. 이제 토대시 차임벨의 소리는 들리지 않았고, 책으로 가득한 거대한 방에서 캘러핸이 뭘 하는지도 중요하지 않았다. 롤랜드는 표지에 교회가 그려진 그 책을 읽기 시작했다. 읽으려고 기를 썼다. 눈앞에서 글자들이 춤을 추는 느낌이었고, 자신이 무엇을 찾는지조차 확신할 수 없었다. 확실히는 알 수 없었다. 하지만, 맙소사! 만약 지금 보고 있는 것이 그가 생각하는 그것이라면……

롤랜드의 직관은 이것이 열쇠라고 말하고 있었다. 그런데 어떤 문의 열쇠일까? 알 수가 없었고, 알아낼 만큼 읽을 수도 없었다. 그러나 손에 든 책에서는 허밍 소리가 흘러나오는 듯했다. 롤랜드는 어쩌면 이 책도 장미와 비슷한 것인지도 모른다는 생각이 들었는데……

……다만 세상에는 검은 장미라는 것도 있었다.

9

"롤랜드, 찾았습니다! 메인 주 중심부에 있는 이스트 스토넘이라는 작은 마을입니다, 포틀랜드에서 북쪽으로 60킬로미터쯤 되는 곳인데……" 캘러핸은 말을 멈추고 총잡이를 자세히 바라보았다. "뭐 잘못됐습니까?"

"차임벨 소리 때문이오." 롤랜드는 재빨리 대답했다. "귀를 막아도 비집고 들어오는구려." 문은 닫혔고 차임벨 소리도 사라졌지만, 목소리들은 여전히 들려왔다. 이제는 캘러핸의 아버지가 아들에게 네 침대 밑에서 잡지를 찾았는데 이게 과연 주님을 믿는 소년이 볼 만한 것이냐, 만약 네 엄마가 찾았더라면 어쩔 뻔했냐고 물었다. 그래서 롤랜드가 동굴에서 나가자고 했을 때 캘러핸은 얼씨구나 하고 따라나섰다. 아버지와 나누었던 그날의 대화가 너무도 또렷이 기억났기 때문이었다. 그 대화는 침대 발치에서 함께 기도를 드리는 것으로 끝났고, 《플레이보이》 세 권은 집 뒤편의 소각로에 처박혔다.

롤랜드는 문양이 새겨진 상자를 분홍색 가방에 넣어 다시 타워의 소중한 책들이 꽂힌 책장 뒤편에 조심스레 숨겨놓았다. 표지에 교회가 그려진 책은 빨리 다시 찾을 수 있도록 제목이 아래쪽으로 가게 뒤집힌 채 이미 책장에 꽂혀 있었다.

두 사람은 나란히 동굴을 나가서 맑은 공기를 깊이 들이마셨다. "정말로 차임벨 소리 때문입니까?" 캘러핸이 물었다. "표정이 무슨 유령이라도 본 것 같은데요."

"토대시 차임벨은 유령보다 더 지독하잖소." 사실이든 아니든, 캘러핸은 그 대답에 만족한 모양이었다. 산길을 내려오면서 롤랜드는 자신이 동료들에게, 또 누구보다 스스로에게 했던 약속을 떠올렸다. 더는 카텟에게 비밀을 숨기지 않겠다는 약속을. 그 약속을 이토록 빨리 깰 작정을 하다니! 그러나 그렇게 하는 것이 옳다는 생각이 들었다. 그 책에 나온 이름들 가운데 적어도 일부는 롤랜드도 아는 이름이었다. 아마 동료들도 알 듯싶었다. 그 책이 롤랜드 생각만큼 중요한 물건이라면, 나중에는 그들도 알아야 했다. 그러나 당장은 눈앞에 닥친 늑대들로부터 한눈을 팔게 할 뿐이었다. 만약 그 전투에서 승리한다면, 그렇다면 아마도……

"롤랜드, 정말 괜찮은 겁니까?"

"그렇소." 롤랜드는 캘러핸의 어깨를 다독였다. 카텟의 다른 동료들은 그 책을 읽을 수 있었고, 읽으면 그 의미를 알 터였다. 책에 적힌 이야기는 그저 이야기에 지나지 않겠지만…… 설령 그렇다 하더라도, 도대체 어떻게……

"신부?"

"예, 롤랜드."

"소설은 이야기요, 그렇지 않소? 꾸며낸 이야기."

"예, 긴 이야기지요."

"허나 꾸며낸 거요."

"맞습니다, 그게 바로 픽션이라는 거지요. 꾸며낸 이야기."

롤랜드는 그 말을 곰곰이 생각했다. 『칙칙폭폭 찰리』도 꾸며낸 이야기였지만 여러 면에서, 여러 가지 *결정적인* 면에서 허구가 아니었다. 그리고 지은이 이름도 바뀌었다. 서로 다른 여러 개의 세계가 있었고 그 모든 세계가 탑에 의해 연결되어 있었다. 그렇다면, 어쩌면······

아니, 당장은 아니었다. 당장은 그런 생각을 할 때가 아니었다.

"타워가 자기 친구와 함께 간 곳이 어딘지 알려주시오."

"실은 저도 모릅니다. 메인 주 전화번호부에서 찾은 게 다라서요. 그리고 간이 우편번호부에서 어딘지 확인했을 뿐입니다."

"좋소. 아주 좋소."

"롤랜드, 정말 괜찮은 겁니까?"

칼라. 롤랜드는 속으로 생각했다. *캘러핸.* 그러고는 억지로 웃었다. 억지로 캘러핸의 어깨를 다시 다독였다.

"난 괜찮소. 자, 이제 마을로 돌아갑시다."

제5장
주민 회의

1

마을 광장에 있는 정자에 올라 칼라 브린 스터지스의 주민들을 내려다보며, 티안 재퍼즈는 태어나서 처음 느끼는 두려움에 휩싸였다. 모인 주민은 기껏해야 500명을 넘지 않았고 아무리 많이 잡아도 600명이라는 것이 뻔했는데도 티안의 눈에는 그 몇 배로 보였고, 사람들의 팽팽한 침묵에 숨이 막힐 것만 같았다. 티안은 마음을 진정시키려고 아내를 돌아보았지만 헛수고였다. 잘리아의 얼굴은 해쓱하고 시커멓고 야위어 보였다. 아직 충분히 아기를 가질 수 있는 나이의 여성이 아니라 노파의 얼굴 같았다.

늦은 오후의 날씨 역시 마음을 가라앉히는 데에는 도움이 되지 않았다. 하늘은 구름 한 점 없이 투명한 파란색이었지만 다섯 시치고는 너무 어두웠다. 태양은 티안이 정자 계단을 올라가는 사이에 서남쪽 멀리 떠 있는 거대한 구름 뒤로 자취를 감추었다. 할아버지의 말을 빌리면 '묘한 날씨'였다. 무언가의 *전조* 같은 날씨였다, 세이 생키. 언제나 어둠에 덮인 선더클랩에서는 번개가 거대한 스파크처럼 번쩍거렸다.

이렇게 될 줄 알았으면 처음부터 시작도 안 했을걸. 티안의 머릿속에 두서없이 떠오른 생각이었다. *게다가 이번에는 캘러핸 신부님이 구해주지도 않을 거야.* 그러나 캘러핸은 커다란 총을 휘두르는 롤랜드 일행과 함께 그곳에 서 있었다. 로만 칼라가 달린 수수한 검은 셔츠 위로 팔짱을 끼고서, 인간 예수가 새겨진 십자가 목걸이를 목에 걸고서.

티안은 스스로에게 타일렀다. 바보 같이 굴지 말라고, 캘러핸이 도와줄 거라고, 바깥세상에서 온 이방인들도 함께. 그들이 여기 있는 *이유*가 그것이었다. 그들이 따르는 신조는 그들에게 도와야 한다고 *명령*했다. 설령 돕다가 죽는 한이 있더라도, 그들이 지닌 뭔지 모를 사명을 이루지 못하게 된다 하더라도. 티안은 스스로에게 타일렀다. 롤랜드를 소개하기만 하면 된다, 그러면 롤랜드가 앞으로 나올 거다. 총잡이는 전에도 이 무대에 서서 멋진 코말라 춤으로 사람들을 매료시켰다. 티안은 롤랜드가 주민들의 마음을 또다시 얻지는 못하리라고 의심했을까? 실은 그렇지 않았다. 티안이 내심 두려워한 것은, 이번 무대에서는 생명의 춤이 아니라 죽음의 춤이 펼쳐지리라는 것이었다. 이 남자와 그의 친구들이 하는 일이 바로 죽음이었으므로. 죽음은 그들의 빵과 와인이었다. 식사 후에 입가심을 하려고 먹는 셔벗이기도 했다. 그들을 처음 만났을 때(그때로부터 한 달은 지났을까?) 티안은 분노와 절박함 때문에 말을 마구 쏟아냈지만, 한 달은 손익을 따지기에 충분한 시간이었다. 만약 이것이 실수라면? 만약 늑대들이 라이트 스틱을 휘둘러 온 칼라를 잿더미로 만들고 이제 마지막이 될 아이들을 잡아간다면, 또 뒤에 남은 노인과 갓난아기와 그 사이 나이대의 모든 주민들을 치명적인 쇠공으로 모조리 폭사시킨다면?

정자 앞에 모인 칼라 사람들은 가만히 서서 티안이 시작하기를 기다렸다. 아이젠하트 일가와 오버홀저 일가, 하비에르 일가, 식구가 몹시도 많은 투크 일가가 보였다(투크 일가에는 늑대들이 노리는 나이대의 쌍둥이가 없었다. 운도 좋은 집안이었다.). 텔퍼드는 남자들과 함께, 토실토실하지만 인상은 무뚝뚝한 그의 아내는 여자들과 함께 서 있었다. 스트롱 일가와 로시터 일가, 슬라이트먼 일가, 핸즈 일가, 로사리오 일가, 포셀라 일가도 보였다. 마니교도들은 이번에도 시커먼 잉크 자국처럼 한 곳에 모여 있었다. 우두머리인 헨칙 곁에 아이들이 무척이나 따르는 젊은 칸타브가 서 있었다. 마찬가지로 아이들에게 사랑받는 앤디는 가느다란 쇠 팔로 허리를 짚고 파란 전기 눈을 우울하게 번쩍거리며 한쪽에 서 있었다. 오라이자 자매단은 철망 울타리 위에 앉은 새 떼처럼 옹기종기 모여 있었다(티안의 아내 역시 그들과 함께 있었다.). 카우보이들, 일꾼들, 학생들, 심지어 마을의 골칫거리 망나니 베르나르도마저 나와 있었다.

티안의 오른편에서는 깃털을 전달하던 사람들이 조금 불안하게 왔다 갔다 했다. 평소에는 오포파낙스 깃털을 전달하는 데에 쌍둥이 한 쌍이면 충분했다. 대개는 무슨 안건인지 다들 이미 알기 때문에 깃털을 돌리는 것은 요식 행위에 지나지 않았던 것이다. 이번에는 (마거릿 아이젠하트의 제안에 따라) 쌍둥이 세 쌍이 그 신성한 새의 깃털을 들고 마을에서 소농들의 집으로, 다시 목장과 농장으로 돌아다녔다. 아이들이 탄 짐마차 앞자리에는 칸타브가 여느 때와 달리 노래도 부르지 않고 조용히 앉아서 쯧쯧 소리를 내며 노새를 몰았지만, 일부러 색을 맞춰 묶어놓은 갈색 노새 두 마리는 칸타브 같은 사람의 명령을 받지 않고도 거뜬히 달릴 만큼 영리했다. 가장 나이가 많은 쌍둥이는 늑대들이 마지막으로 쳐들어온 해에 태어나 스물세 살이 된 하겐우드네 아이들이었다(남들 눈에는 업보를 지고 태어난 아이들인 양 못생긴 쌍둥이였지만 그래도 열심히 일하는 귀한 일꾼들이었다, 생키 사이.). 다음은 태버리네 쌍둥이, 즉 롤랜드에게 지도를 그려준 예쁜 아이들이었다. 마지막은 (가장 어리지만 티안네 자녀들 중에는 가장 나이가 많은) 헤든과 헤다였다. 그리고 티안에게 앞으로 나아갈 힘을 준 장본인도 헤다였다. 티안은 헤다의 눈을 보고 알아차렸다. (생김새는 평범하지만) 착한 큰딸이 겁에 질린 아빠를 알아보고 스스로도 눈물을 터뜨리려 하는 것을.

머릿속에서 다른 이의 목소리를 듣는 사람은 에디와 제이크만이 아니었다. 이제 티안도 머릿속에서 할아버지의 목소리를 들었다. 다리를 절룩거리고 이빨이 거의 다 빠진 지금의 할아버지가 아니라, 20년 전의 할아버지가 말하고 있었다. 그때도 노인이기는 했지만, 손자가 건방지게 말대꾸를 하거나 힘든 일을 앞두고 꾸물거리고 있으면 리버 로드로 끌고 나가서 때려눕히던 제이미였다. 한때는 늑대들과 맞서 싸우던 제이미 재퍼즈였다. 티안은 이따금 할아버지의 무용담이 사실인지 의심하곤 했지만, 이제는 의심하지 않았다. 롤랜드가 그 이야기를 믿었기 때문이었다.

그런 거라면 어서 해치워! 머릿속의 목소리가 으르렁거렸다. *뭘 고민하면서 꾸물거리고 있냐, 이 게으른 미련통이야! 그 사람 이름*

만 말하고 옆으로 비켜서면 되잖아, 안 그래? 죽이 되든 밥이 되든 나머지는 그 사람한테 맡겨.

그럼에도, 티안은 말없는 군중 너머를 조금 더 바라보았다. 이 자리는 파티가 아니었기에 그들을 둘러싼 횃불은 색이 변하지 않고 주황색으로만 이글거렸다. 티안이 망설인 까닭은 무언가 말하고 싶어서였다. 아마도 말해야 했기 때문이었다. 티안 스스로가 이번 일에 부분적으로나마 책임이 있다고 인정하기 위해서라도. 좋든 나쁘든 간에.

어두운 동쪽에서 번개가 소리 없이 번쩍였다.

롤랜드는 신부와 마찬가지로 팔짱을 끼고 서 있다가, 티안과 눈이 마주치자 살짝 고개를 끄덕였다. 횃불의 부드러운 빛 속에서도 총잡이의 파란 눈은 차갑기만 했다. 앤디의 전기 눈만큼이나 차가웠다. 그러나 티안에게 필요한 격려는 그 눈빛으로 족했다.

티안은 깃털을 손에 쥐고 앞으로 내밀었다. 사람들의 숨소리마저 멎은 것만 같았다. 마을 바깥 어딘가 멀리서, 밤이 못 오게 막으려는 듯이 러스티 한 마리가 까악까악 울었다.

"얼마 전에 저는 공회당에 모인 여러분 앞에 서서 저의 믿음을 이야기했습니다." 티안이 말했다. "늑대들이 쳐들어오면 우리 아이들만 빼앗아가는 것이 아니라 우리 마음과 영혼까지 빼앗아간다고 말입니다. 놈들이 빼앗아가는 것을 가만히 지켜볼 때마다, 우리의 상처는 조금씩 더 깊어집니다. 나무는 충분히 깊이 베이면 죽습니다. 마을 또한 깊이 베이면 죽게 마련입니다."

평생 아이를 가져본 적 없는 로잘리타 무노스의 목소리가 꿈결처럼 어둑어둑한 저녁 하늘에 또렷하고 카랑카랑하게 울려 퍼졌다.

"그 말이 옳소, 세이 생키! 그의 말을 들으시오, 여러분! 그의 말을 잘 들으시오!"

'그의 말을 들으시오', '그의 말을 들으시오', '그의 말을 잘 들으시오.' 이런 말이 군중 속으로 퍼져 나갔다.

"그날 밤 신부님은 우리 앞에 서서, 총잡이들이 북서쪽에서 오는 중이라고 하셨습니다. 빔의 길을 따라 중간 숲을 지나 우리 마을로 온다고요. 코웃음을 치는 사람도 있었지만, 신부님 말씀은 사실이었습니다."

"세이 생키." 사람들이 맞장구쳤다. "신부님 말이 옳소." 뒤이어 웬 여성의 목소리가 들렸다. "예수님을 찬양합시다! 그 어머니 마리아님을 찬양합시다!"

"그들은 그때부터 지금까지 내내 우리와 함께 머물렀습니다. 이야기를 나누고 싶어 하는 사람은 누구나 그들과 이야기를 나누었습니다. 그들은 다른 것은 아무것도 원하지 않고 그저 우리를 돕겠다고……"

"그러고 나면 떠나겠지, 피바다가 된 폐허를 뒤로 하고. 우리가 바보 같이 그렇게 하도록 놔둔다면 말이야!" 에번 투크가 소리쳤다.

놀라서 헉 하는 소리가 여기저기서 들렸다. 그 소리가 잦아들자 웨인 오버홀저가 말했다. "입 다물어, 이 허풍쟁이야."

투크는 칼라의 부농이자 투크 잡화점의 가장 큰 고객인 오버홀저를 돌아보았다. 놀라서 입이 떡 벌어진 얼굴을 하고서.

티안이 말을 이었다. "그들의 딘은 길르앗의 롤랜드 디셰인입니다." 다들 이미 아는 바였지만, 그래도 그 전설 같은 이름들이 다시 나오자 나지막한 신음처럼 웅성거리는 소리가 주민들 사이로 퍼져

나갔다. "내륙계에서 오신 분입니다. 그분의 말씀을 들으시겠습니까? 어떻게 하시겠습니까, 주민 여러분?"

사람들의 반응은 곧바로 함성으로 바뀌었다. "*그의 말을 들으시오! 그의 말을 들으시오! 그의 말을 끝까지 들읍시다! 그의 말을 잘 들으시오, 세이 생키!*" 뒤이어 장단을 맞춰 부드럽게 쿵쿵대는 소리가 들려왔지만, 티안은 처음에는 무슨 소리인지 알아듣지 못했다. 그러다가 소리의 정체를 깨닫고 하마터면 빙긋 웃을 뻔했다. 반장화를 신은 발이 땅을 쿵쿵 구르는 소리였다. 공회당의 널빤지 바닥이 아니라 이곳, 레이디 오라이자의 잔디 위에서.

티안은 손을 쭉 내밀었다. 롤랜드가 앞쪽으로 걸어 나왔다. 그가 나오는 동안 발 구르는 소리는 점점 더 커졌다. 여성들도 가세해서 바닥이 부드러운 외출용 구두를 신은 발로 있는 힘껏 땅을 굴렀다. 롤랜드는 정자 앞 계단을 올라갔다. 티안은 그에게 깃털을 넘기고 나서 혜다의 손을 잡고 다른 쌍둥이들에게 먼저 내려가라고 손짓한 다음, 자신도 무대를 내려갔다. 롤랜드는 깃털 쥔 손을 앞으로 내민 채 가만히 서 있었다. 유서 깊은 깃털의 옻칠한 자루를, 이제 손가락이 여덟 개밖에 없는 두 손으로 꼭 쥔 채로. 구두와 반장화로 땅을 구르는 소리가 마침내 잦아들었다. 타닥거리며 타오르는 횃불의 불빛이 위로 쳐든 주민들의 얼굴을 비추며 그들의 기대와 두려움을 드러냈다. 그 두 가지 감정은 불빛 속에 고스란히 드러났다. 러스티의 울음소리가 들리다가 조용해졌다. 동쪽에서는 거대한 번개가 어둠을 갈가리 찢었다.

총잡이는 주민들을 마주하고 우뚝 섰다.

2

한참처럼 느껴지는 오랜 시간 동안, 총잡이는 그저 바라볼 뿐이었다. 두려움으로 번들거리는 눈 하나하나에서 그는 똑같은 것을 읽었다. 전에도 여러 번 보았기에 쉽게 읽을 수 있었다. 이 사람들은 굶주려 있었다. 요란하게 꼬르륵대는 배를 달래기 위해 기꺼이 먹을 것을 살 사람들이었다. 롤랜드는 무더운 한여름에 길르앗의 빈민가를 돌아다니던 파이 장수를 떠올렸다. 그런 파이를 먹으면 배탈이 난다는 이유로 어머니는 그를 '세페 사이'라고 불렀다. *세페 사이란 죽음의 상인이라는 뜻이었다.*

그래. 롤랜드는 생각했다. *허나 나와 내 친구들은 공짜로 죽음을 선사하지.*

그 생각에 롤랜드의 표정은 환한 웃음으로 바뀌었다. 그 웃음 덕분에 험상궂은 얼굴이 몇 년은 더 젊어 보였고, 군중들은 안도의 한숨을 내쉬었다. 롤랜드는 지난번과 마찬가지로 말문을 열었다. "우리는 칼라에서 복된 만남을 이루었소. 내 말을 들어주시오, 부탁이오."

침묵.

"그대들은 내게 마음을 열어주었소. 우리 또한 그대들에게 마음을 열었소. 그렇지 않소?"

"그렇소, 총잡이여!" 본 아이젠하트가 큰소리로 대꾸했다. "당신 말이 옳소!"

"우리를 있는 그대로 보고, 우리가 하는 일을 받아들이겠소?"

이번에 대답한 사람은 마니교도 헨칙이었다. "그렇소, 롤랜드. 성스러운 책에 맹세하오, 세이 생키. 그대들은 엘드의 후예이자 흑에 맞서기 위해 찾아온 백의 일족이오."

이번에는 군중의 한숨이 길게 이어졌다. 뒤쪽 어딘가에서 여성이 흐느끼는 소리가 들렸다.

"칼라 주민들이여, 그대들은 우리가 지원군이 되어 도와주기를 바라오?"

에디의 몸이 뻣뻣하게 굳었다. 칼라 브린 스터지스에 머무는 동안 그들은 이미 여러 사람에게 개인적으로 그 질문을 던졌지만, 이곳에서 그 말을 꺼내는 것은 몹시도 위험해 보였다. 만일 주민들이 아니라고 대답하기라도 하면?

다음 순간 에디는 걱정할 필요가 없었다는 것을 깨달았다. 자기 앞의 관객들을 간파하는 일이라면 롤랜드는 언제나처럼 교활했다. 일부는 실제로 아니라고 대답했다. 헤이콕스 일가 몇 명과 투크 일가 여러 명, 그리고 텔퍼드 일가의 조그만 무리가 반대를 이끌었다. 그러나 주민 대다수는 곧바로 진심을 담아 예, 세이 생키!라고 소리쳤다. 오버홀저를 필두로 한 몇몇 사람은 아무 말도 하지 않았다. 에디가 생각하기에 대부분의 경우에는 아무 말도 안 하는 것이 가장 현명한 행동이었다. 어쨌거나 가장 *정치적인* 행동이었다. 그러나 지금은 대부분의 경우가 아니었다. 지금은 이 사람들이 살면서 마주칠 가장 특별한 순간이었다. 19의 카텟이 늑대들을 물리치면 이 마을 주민들은 아니라고 대답한 사람과 아무 말도 안 한 사람을 기억할 터였다. 에디는 웨인 데일 오버홀저가 내년 이맘때에도 이 일대에서 손꼽히는 부농으로 남을지가 괜스레 궁금했다.

그때 마침 롤랜드가 연설을 시작했고, 에디는 그에게 온 정신을 집중했다. 온 정신을 집중해 *감탄*했다. 어린 시절을 보낸 환경과 생활 방식 덕분에 에디는 무수히 많은 거짓말을 들어보았다. 스스로도 수없이 거짓말을 했고, 그중에는 굉장히 교묘한 것도 있었다. 그러나 청산유수 같은 롤랜드의 연설이 중반에 접어들었을 때, 에디는 깨달았다. 이날 초저녁 칼라 브린 스터지스에서 비로소 진정한 사기의 천재를 만났다는 것을. 그리고……

에디는 주위를 둘러보다가 흡족한 심정으로 고개를 끄덕였다.

그리고 사람들은 롤랜드의 한마디 한마디를 철석같이 믿었다.

3

"지난번에 이 무대에 올라 그대들 앞에 섰을 때." 롤랜드가 말을 시작했다. "나는 코말라 춤을 추었소. 오늘 밤에는……"

이때 조지 텔퍼드가 끼어들었다. 에디가 보기에 그는 언변이 너무 번지르르하고 몹시도 교활한 인물이었지만, 마을의 여론이 명확히 반대 방향으로 흘러가는 판국에 입을 여는 용기만큼은 책잡기가 힘들었다.

"암, 우리도 기억하고 있소, 아주 멋진 생명의 춤이었지! 이제 죽음의 춤은 어떻게 출 작정인지 얘기해주시오, 롤랜드, 부탁이오."

불만스러운 듯 꿍얼거리는 소리가 군중 속에서 들려왔다.

"내가 그 춤을 어떻게 추는지는 중요하지 않소." 롤랜드의 목소리에는 언짢은 기색이 눈곱만큼도 없었다. "이제는 칼라에서 춤을 추고 있을 때가 아니기 때문이오. 우리는 이 마을에서 할 일이 있

소, 나와 내 카텟 모두. 그대들은 우리를 반겨주었소, 세이 생키. 그
대들은 우리를 믿고 지원군이 되어 도와주기를 바라고 있소, 그러니
내 말을 잘 들으시오. 이제 일주일도 안 돼서 늑대들이 쳐들어올 거
요."

동의하는 뜻의 한숨 소리가 퍼졌다. 시간은 이미 믿을 수 없는 것
이 되고 말았지만, 평범한 서민들도 닷새라는 시간의 길이 정도는
확실히 파악하고 있었다.

"놈들이 오기 전날 밤, 열일곱 살이 안 된 칼라의 모든 쌍둥이들
을 저곳에 모아놓으시오." 롤랜드는 자신의 왼편 멀찍이, 오라이자
자매단이 천막을 쳐놓은 곳을 가리켰다. 이날 밤 그 천막에는 아이
들이 많이 있었지만 위험에 처한 아이들이 다 모인 것은 아니었다.
집회가 열리는 동안 어린 아이들을 돌보는 일은 큰 아이들이 맡았
고, 자매단의 여성 한두 명이 가끔씩 들러서 챙겨보곤 했다.

"저 천막에 다 들어가진 못할 겁니다, 롤랜드." 벤 슬라이트먼이
말했다.

롤랜드는 빙긋 웃었다. "더 큰 천막이라면 들어갈 수 있을 거요,
벤. 내가 보기에는 자매단 여러분이 마련할 수 있을 것 같소만."

"그럼요, 그리고 아이들이 평생 못 잊을 저녁 식사도 대접할 거
예요!" 마거릿 아이젠하트가 기운차게 외쳤다. 그 말에 응답하듯 화
기애애한 웃음이 터져나왔지만, 그 웃음소리는 멀리 퍼지지 못하고
툭 끊겼다. 군중 가운데 여럿은 분명 같은 생각을 떠올렸을 것이다.
결국 늑대들이 이긴다면 천막에서 습격 전야를 보낸 아이들 가운데
절반은 열흘쯤 지나면 자신들이 뭘 먹었는지커녕, 자기 이름조차 기
억 못할 신세라는 생각을.

"이튿날 아침 일찍 출발할 수 있도록 아이들을 이곳에 재울 거요. 내가 들은 정보만으로는 늑대들이 오는 시각이 새벽인지 저녁인지 아니면 한낮인지 알 길이 없소. 놈들이 어리석게도 꼭두새벽에 쳐들어온다면, 우리는 탁 트인 이 광장에서 곧바로 놈들을 상대할 거요."

"그놈들이 하루 일찍 쳐들어오면 어쩔 거요?"에번 투크가 못마땅한 목소리로 외쳤다. "아니면 당신이 말한 '습격 전야'의 한밤중에 쳐들어오면?"

"그럴 리 없소." 롤랜드는 간단히 대꾸했다. 제이미 재퍼즈의 증언에 따르면 이는 거의 틀림없는 사실이었다. 롤랜드는 노인의 이야기를 근거로 앤디와 벤 슬라이트먼이 남은 닷새 동안 활개 치도록 놔둘 작정이었다. "놈들은 먼 길을 오는 데다, 말만 타고 이동하는 것도 아니오. 놈들의 일정은 이미 오래전에 정해져 있소."

"그걸 어떻게 아십니까?"루이스 헤이콕스가 물었다.

"그건 밝히지 않는 게 좋겠소. 늑대들은 기다란 귀를 갖고 있을 테니 말이오."

그 말에 사람들은 입을 다문 채 생각에 잠겼다.

"같은 날 밤, 즉 습격 전야에, 칼라에서 가장 큰 짐마차 열두 대를 이곳에 모아 놓을 거요. 아이들을 마을 북쪽으로 탈출시키기 위해서요. 마차를 몰 사람은 내가 직접 지명하겠소. 아이들을 경호할 사람도 함께 따라가서 결정적인 순간에 아이들 곁에 있을 거요. 그들이 어디로 가는지는 내게 묻지 마시오. 그 또한 모르는 게 최선일 테니."

물론 주민 대다수는 아이들이 숨을 곳이 어디인지 이미 안다고 생각했다. 글로리아라는 이름의 옛 광산이었다. 소문에 스스로 퍼지는 속성이 있다는 것은 롤랜드도 잘 아는 바였다. 벤 슬라이트먼은 한 걸음 더 나아가 글로리아 남쪽의 레드버드2까지 내다보았고, 그 역시 잘된 일이었다.

조지 텔퍼드가 외쳤다. "이 사람 말 듣지 마시오, 여러분, 부탁이오! 이미 들었더라도 잊어버리시오, 여러분의 영혼과 이 마을의 목숨을 위해! 저 사람이 하는 말은 미친 소리요! 우리는 전에도 아이들을 숨기려고 했소, *그리고 실패했소!* 만에 하나 성공한다고 해도 놈들은 분명 마을로 쳐들어와 불을 지르는 것으로 복수할 거요, 남김없이 불태워서……"

"입 다물게, 겁쟁이여." 헨칙이 말했다. 목소리가 채찍처럼 단단했다.

텔퍼드는 아랑곳하지 않고 더 말할 기세였지만, 그의 큰아들이 팔을 붙잡고 말렸다. 오히려 다행이었다. 반장화로 땅을 구르는 쿵쿵 소리가 다시 울리기 시작했다. 텔퍼드는 이게 어찌된 일이냐고 묻는 표정으로 아이젠하트를 돌아보았다. 그 표정에는 머릿속의 생각이 함성처럼 또렷이 드러나 있었다. *자네는 이 광기에 동참하지 않겠지, 그렇지?*

칼라의 대목장주는 고개를 저었다. "그런 표정으로 나를 봐도 소용없어, 조지. 난 내 아내 편이고, 내 아내는 엘드의 후손들 편이야."

사람들은 박수 소리로 그 말에 화답했다. 롤랜드는 그 소리가 잦아들기를 기다렸다.

"목장주 텔퍼드 씨의 말이 옳소. 늑대들은 필시 아이들이 숨은 곳을 눈치챌 거요. 그리고 놈들이 들이닥칠 때, 내 카텟이 그곳에서 놈

들을 맞이할 거요. 우리가 그런 놈들을 상대하는 건 이번이 처음이
아니오."

사람들은 우레 같은 함성으로 동의했다. 부드럽게 땅을 구르는
소리가 다시 이어졌다. 몇몇은 박자를 맞춰 손뼉을 치기도 했다. 텔
퍼드와 에번 투크는 휘둥그런 눈으로 주위를 두리번거렸다. 깨어나
보니 정신병원에 와 있는 사람들처럼.

정자 앞 광장이 다시 조용해지자 롤랜드가 입을 열었다. "주민들
가운데 몇 명은 이미 우리와 힘을 합치기로 했소. 훌륭한 무기를 지
닌 숙녀들이오. 이 또한 여러분이 지금 당장 알 필요는 없소." 그러
나 오라이자 자매단에 관해 잘 모르던 주민들에게는 숙녀라는 여성
형 명사 자체가 더 말할 것도 없이 충분한 설명이었다. 에디는 사람
들을 쥐락펴락하는 롤랜드의 솜씨에 다시금 어안이 벙벙해졌다. 듣
는 쪽은 한순간도 마음을 놓을 수 없었다. 곁을 돌아보니 수재나 역
시 누가 롤랜드를 말리겠냐는 듯이 눈을 굴려 하늘을 보고는 빙긋
웃었다. 그러나 에디의 팔을 잡은 수재나의 손은 차가웠다. 이 자리
가 빨리 끝나기를 바라기 때문이었다. 에디는 수재나의 기분을 속속
들이 알 것 같았다.

텔퍼드가 마지막 발버둥을 쳤다. "여러분, 내 말을 들으시오! 다
우리가 전에 해본 것들이잖소!"

이 말에 대꾸한 사람은 제이크 체임버스였다. "총잡이들이 해본
적은 없잖아요, 사이 텔퍼드."

주민들은 그 말에 뜨거운 함성으로 호응했다. 땅을 구르는 쿵쿵
소리가 또다시 들려왔다. 롤랜드는 그 소리를 잠재우려고 결국 양손
을 들어야 했다.

"늘대들의 주력 부대는 아이들이 숨어 있을 거라고 추측하는 곳으로 향할 거요. 그리고 우리는 그곳에서 놈들을 상대할 거요. 물론 소규모 부대들이 농장과 목장을 습격할 수도 있소. 일부는 마을로 들어오기도 할 거요. 그리고 물론, 불타는 곳도 몇 군데 있을 거요."

주민들은 말없이 공손하게 귀를 기울이다가 고개를 끄덕였고, 롤랜드가 말을 꺼내기도 전에 다음 내용을 알아차렸다. 정확히 그가 의도한 대로였다.

"불탄 건물은 다시 지을 수 있소. 허나 룬트가 된 아이는 그럴 수 없소."

"그럼요." 로잘리타였다. "룬트가 된 마음도 마찬가지고요."

그 말에 동의하는 뜻으로 웅성거린 사람들은 대부분 여성이었다. (다른 곳들도 대개 그렇듯이) 칼라 브린 스터지스의 남자들은 술에 취하지 않은 상태에서는 자기 마음에 관해 이야기하기를 꺼렸다.

"이제 마지막으로 한 가지 알릴 것이 있소. 그러니 잘 들으시오. 우리는 늑대들의 정체가 뭔지 정확히 알고 있소. 제이미 재퍼즈 덕분에 의심이 확신으로 바뀌었소."

놀라서 웅성거리는 소리가 들렸다. 사람들의 고개가 돌아갔다. 손자 곁에 서 있던 제이미는 굽은 등을 잠시나마 가까스로 쭉 펴더니, 숨을 한껏 들이마셔 납작한 가슴을 부풀리기까지 했다. 에디는 그 늙은 심술쟁이가 이제부터 벌어질 일을 보며 제정신을 유지해주기만을 바랐다. 만약 정신이 흐려져서 롤랜드의 이야기에 반론을 펴기라도 했다가는 일이 훨씬 더 어려워질 판이었다. 그렇게 되면 적어도 슬라이트먼과 앤디만은 일찌감치 붙잡아둬야 했다. 그 결과 핀리 오테고, 즉 도건에 찾아간 슬라이트먼에게서 보고를 받은 목소리의 주인이 습격 전에 그 둘에게서 추가 보고를 받지 못한다면, 이쪽 상황에 의심을 품을지도 몰랐다. 에디는 팔을 잡은 손이 움직이는 기척을 느꼈다. 수재나가 행운을 비는 뜻으로 검지와 중지를 겹쳤던 것이다.

4

"늑대 가면 아래에 있는 것은 살아 있는 생명이 아니오." 롤랜드 가 말했다. "늑대들은 선더클랩을 지배하는 흡혈귀들이 부리는 살 아 있는 시체들이오."

교묘하게 지어낸 이 함정에 사람들은 두려움에 물든 웅성거림으 로 반응했다.

"놈들은 내 친구 에디와 수재나와 제이크가 좀비라고 부르는 존 재요. 활이나 석궁이나 총으로는 머리나 심장을 명중시키지 않는 한 놈들을 죽일 수 없소."

헹칙은 고개를 끄덕이고 있었다. 늑대들을 한 번이 아니라 두 번 목격한 적이 있는 다른 노인들도 마찬가지였다. "매우 타당한 설명 이오." 헹칙이 입을 열었다. "허나 사실이라면 어떻게 해야……"

"놈들의 머리를 명중시키는 것은 우리 힘으로는 불가능하오. 놈 들이 후드 아래에 투구를 쓰고 있기 때문이오. 그러나 우리는 러드 에서 그러한 존재들과 마주친 적이 있소. 놈들의 약점은 바로 여기 요." 롤랜드는 다시금 자신의 가슴을 두드렸다. "살아 있는 시체는 숨을 쉬지 않지만, 가슴 위쪽에 아가미 같은 것이 달려 있소. 이곳을 갑옷으로 덮으면 놈들은 죽소. 우리가 겨눠야 할 곳이 바로 여기요."

그 말을 듣고 사람들은 나지막이 두런거리며 상의했다. 뒤이어 재퍼즈네 할아버지의 목소리가 들렸다. 흥분해서 날카로워진 목소리였다. "그 말은 사실이야, 몰리 둘린이 접시로 맞힌 자리가 바로 거기였어. 정확히 명중한 것도 아닌데 그 괴물 놈이 말에서 쿵 떨어졌다고!"

수재나는 짧은 손톱이 느껴질 정도로 세게 에디의 팔을 쥐었지만, 에디가 막상 돌아보았을 때에는 감정을 숨긴 채 씩 웃고 있었다. 제이크 역시 똑같은 표정이었다. *일단 판이 벌어지면 쓸어담는 사람이었군요, 할아버지.* 에디는 속으로 생각했다. *의심해서 미안해요. 앤디랑 슬라이트먼이 또 강을 건너가서 방금 그 개소리도 보고하게 놔두자고요!* 앞서 에디는 롤랜드에게 놈들이(자칭 핀리 오테고라는 자를 필두로 하는 정체 모를 자들이) 그런 잔꾀에 속겠냐고 물었다. *놈들은 100년이 넘도록 와이 강 이쪽 기슭을 약탈했으면서도 전사는 고작 한 명밖에 잃지 않았다.* 롤랜드는 이렇게 대답했다. *놈들은 뭐든 믿을 거다. 지금 놈들의 진짜 약점은 바로 그 자신감이다.*

"습격 전야의 저녁 일곱 시까지 쌍둥이들을 이곳으로 데려오시오. 그대들도 아는 오라이자 자매단이 칠판에 명단을 적어놓고 기다릴 거요. 쌍둥이들이 도착할 때마다 이름에 빗금을 칠 거요. 부디 아홉시가 되기 전에 모든 이름에 빗금이 쳐지기를 바라는 바요."

"내 이름에는 금 같은 거 못 그을 거요!" 군중 뒤편에서 성난 목소리가 터져 나왔다. 목소리의 주인이 사람들을 옆으로 밀치며 제이크 곁으로 걸어나왔다. 마을 남쪽 멀찍이서 조그만 논을 일구는 땅

딸막한 남자였다. 롤랜드는 최근 들어 어지럽게 채워놓은(그러나 버린 것은 하나도 없는) 기억 창고를 이리저리 뒤진 끝에 그 남자의 이름을 기억해냈다. 닐 패러데이였다. 롤랜드 카텟이 방문했을 때 집에 없었던…… 또는 그들에게만 없는 척했던 사람들 가운데 한 명이었다. 티안 말에 따르면 패러데이는 성실한 일꾼이었지만, 그보다 더 성실한 술꾼이기도 했다. 얼굴만 봐도 또렷이 알 수 있었다. 눈 밑에는 다크서클이 자리 잡고 있었고 양 뺨에는 자줏빛 실핏줄이 얼기설기 보였다. 옷차림은 말할 것도 없이 꾀죄죄했다. 그럼에도 텔퍼드와 투크는 놀란 한편으로 감사하는 표정으로 패러데이를 돌아보았다. *이 아수라장에 제정신인 사람이 한 명 더 있었군.* 그들의 표정에는 이렇게 적혀 있었다. *하느님 감사합니다.*

"그래봤자 넘들은 애들을 잡아가고 마을을 싸그리 태워불 거요." 패러데이의 말은 사투리 억양이 너무 심해서 좀처럼 알아듣기가 힘들었다. "그래도 쌍둥이 중에 한 명만 잡아가니까 울 집에는 애 셋이 남겠지만, 어차피 고것들은 아주 짝에도 못 써먹을 것들이오! 하지만 내 오두막집은 그렇지가 않소!" 패러데이는 냉소와 경멸이 어린 표정으로 주위의 마을 사람들을 둘러보았다. "싸그리 불 지르고 다 죽일 거란 말요, 멍청한 양반들아!" 그 말을 끝으로 패러데이는 군중 속으로 돌아갔다. 충격을 받고 생각에 잠긴 사람들을 잔뜩 남긴 채로. 그는 경멸과 (적어도 에디에게는) 알아듣기도 힘든 장황한 헛소리를 통해 텔퍼드와 투크가 힘을 합친 것보다 더 성공적으로 군중의 분위기를 바꾸어놓았다.

째지게 가난한 양반인지도 모르지만, 앞으로 한 1년간은 투크네 가게에서 거뜬히 외상을 그을 수 있겠군. 에디는 속으로 생각했다.

가게가 그때까지 남아 있으면 말이지만.

"사이 패러데이도 자기 견해를 밝힐 권리가 있소만, 아무쪼록 앞으로 남은 며칠 사이에 생각을 바꾸면 좋겠소." 롤랜드가 말했다. "부디 그럴 수 있도록 그대들이 도와주기 바라오. 만일 그러지 못한다면, 남는 아이는 십중팔구 세 명이 아니라 한 명도 없을 것이기 때문이오." 롤랜드는 패러데이가 눈을 부라리며 서 있는 자리를 향해 목소리를 높였다. "그때는 그도 깨닫게 될 거요, 도와주는 이 없이 노새 두 마리와 아내만 데리고 논을 갈기가 얼마나 힘든지를."

텔퍼드가 연단 모서리 쪽으로 걸어나왔다. 얼굴이 분노로 벌겋게 달아 있었다. "말싸움에서 이길 수만 있다면 무슨 말이든 다 할 작정이오, 이 대단하신 양반아? 무슨 거짓부렁이라도 다 지껄일 작정이오?"

"내 말은 거짓부렁도, 장담도 아니오. 지난여름까지만 해도 늑대라는 것이 있는 줄도 몰랐던 내가 혹시라도 뭐든 다 아는 듯한 인상을 주었다면, 정중히 사과하는 바이오. 허나 그대들에게 잘 자라는 인사를 건네기 전에 이야기를 하나 들려주고 싶소. 내가 길르앗에 살던 어릴 적, 의인 파슨이 나타나서 대전쟁의 불길을 퍼뜨리기 전에, 내 고향 자치령 동쪽에는 나무 농장이 있었소."

"나무 농장이라니, 세상에 그런 것도 있나?" 누군가 조롱하듯이 외쳤다.

롤랜드는 빙긋이 웃으며 고개를 끄덕였다. "흔히 볼 수 있는 나무가 아니오, 아이언우드 종류도 아니고. 블로스우드라는 그 나무는 놀랍도록 가벼우면서도 튼튼하오. 배를 만들기에 그보다 좋은 나무는 없소. 얇게 썬 조각은 거의 허공에 떠다닐 정도니까. 1,000에이커가 넘는 땅에 블로스우드 나무 수만 그루를 가지런히 심고 자치령의 숲지기가 빠짐없이 보살피는 거요. 그리고 깨뜨리기는커녕 굽힌 적 한 번 없는 규칙은 바로 이거요. 두 그루를 베면 세 그루를 심을 것."

"아무렴." 아이젠하트가 말했다. "가축도 마찬가지요. 특히 순종 가축은 한 마리를 팔거나 잡을 때마다 네 마리를 불리는 게 현명한 방법이지. 그걸 따를 만큼 여유 있는 사람은 드물지만."

롤랜드의 시선이 군중을 훑었다. "내가 열 살이 되던 해 여름에, 블로스우드 숲에 역병이 돌았소. 거미가 나무 위쪽 가지에 하얀 줄을 쳐서 옮기는 병이었는데, 그런 나무들은 우듬지부터 아래쪽으로 썩어들어서 뿌리까지 썩기도 전에 제 무게를 못 이겨 쓰러지곤 했소. 숲지기는 무슨 일이 벌어지는지 알아채고 즉시 성한 나무를 모조리 베라고 명령했소. 아직 값어치가 있을 때 나무를 거두기 위해서 그랬던 거요, 무슨 뜻인지 알겠소? 두 그루를 베면 세 그루를 심을 필요가 없었소, 이제 규칙 따위는 아무 의미도 없었기 때문이오. 길르앗 동쪽의 블로스우드 숲은 이듬해 여름에 완전히 사라졌소."

주민들은 숨소리조차 내지 않았다. 낮의 햇빛은 이미 옅은 땅거미로 바뀌어 있었다. 횃불이 타닥거리며 타올랐다. 총잡이의 얼굴에서 눈을 돌리는 사람은 단 한 명도 없었다.

"이곳 칼라에서는 늑대들이 어린아이를 수확하고 있소. 게다가 놈들은 아이를 낳는 수고도 하지 않소. 왜냐면, 내 말을 잘 들으시오, 그건 남자와 여자 사이에 일어나는 일이기 때문이오. 그 정도는 칼라의 아이들도 다 알고 있소. '아빠는 바보가 아니야, 아빠가 쌀코말라를 심을 때, 엄마는 뭘 해야 할지 알고 있지.'"

주민들 사이에서 웅성거리는 소리가 났다.

"늑대들은 거둬가고, 기다릴 뿐이오. 거둬가고…… 다시 기다리는 거요. 지금까지 놈들에게는 아무 문제도 없었소. 남자와 여자가 늘 새로 아기를 낳았기 때문이오, 무슨 일이 벌어지든 간에. 허나 이제 사정이 바뀌었소. 이제 역병이 돌기 시작한 거요."

에번 투크가 입을 열었다. "아무렴, 말 잘했소, 당신들이 바로 그 역병이오, 당신들이……" 그 순간 누군가 투크의 모자를 쳐서 떨어뜨렸다. 투크는 범인이 누군지 찾으려고 휙 돌아섰지만, 그가 본 것은 쌀쌀맞은 표정을 한 쉰 명의 얼굴이었다. 투크는 모자를 냉큼 집어서 가슴 앞에 댔을 뿐, 더는 아무 말도 하지 않았다.

"만약 이곳의 아기 농장이 문을 닫은 걸 알면, 놈들은 마지막이 될 이번 습격에서 쌍둥이만 잡아가려 하지는 않을 거요. 이번에는 손에 잡히는 아이들을 모조리 잡아갈 거요. 그러니 그대들의 자녀를 일곱 시 정각에 이리로 데려오시오. 그것이 내가 해줄 수 있는 최선의 충고요."

"이 사람들한테 선택의 여지가 있기는 한 거요?" 텔퍼드가 물었다. 그의 얼굴은 이제 두려움과 분노로 하얗게 질려 있었다.

롤랜드는 더 이상 그를 봐줄 뜻이 없었다. 롤랜드의 목소리는 고함으로 바뀌었고, 텔퍼드는 갑자기 이글거리는 롤랜드의 파란 눈에 기가 꺾여 뒤로 물러서고 말았다. "그건 그대가 걱정할 일이 아니오, 사이. 그대의 자녀들이 모두 장성한 것은 온 마을이 다 아는 사실이오. 당신은 해야 할 말을 다 했소. 이제 그 입을 다무는 게 어떻겠소?"

우레 같은 박수 소리와 발 구르는 소리가 그 말에 화답했다. 텔퍼

드는 고함과 야유를 버틸 수 있는 데까지 묵묵히 버텼다. 금방이라
도 돌진하려는 황소처럼, 수그린 어깨 사이로 고개를 숙인 채. 그러
다가 돌아서서 군중을 헤치고 나아가기 시작했다. 투크가 그 뒤를
따랐다. 잠시 후, 둘의 모습은 사라졌다. 그로부터 얼마 지나지 않아
회의가 끝났다. 표결은 없었다. 롤랜드는 그들에게 표결할 거리를
아무것도 주지 않았다.

그랬다. 마실 것이 놓인 곳으로 수재나의 휠체어를 밀고 가면서,
에디는 다시금 생각했다. 정말이지 한순간도 마음을 놓을 수가 없
었다.

5

회의가 끝나고 얼마 후, 롤랜드는 벤 슬라이트먼에게 다가가 불
쑥 말을 걸었다. 그 일꾼 감독은 커피 잔과 케이크 접시를 들고서
햇불 받침 아래에 서 있었다. 롤랜드도 케이크를 먹고 커피를 마셨
다. 잔디밭 건너편에 세워진 아이들 천막이 이날은 휴게실로 쓰이
는 중이었다. 그곳에서 차례를 기다리는 사람들의 줄이 구불구불 길
게 이어졌다. 나지막이 이야기를 주고받는 사람은 있었지만 웃음소
리는 거의 들리지 않았다. 근처에서 베니와 제이크가 공을 주고받으
면서 놀고 있었고, 가끔씩 오이에게도 던져주었다. 개너구리는 기쁜
듯이 캉캉 짖었지만 두 아이는 줄을 서서 기다리는 사람들과 마찬
가지로 풀죽은 모습이었다.

"오늘 말씀 참 잘하셨습니다." 슬라이트먼이 말하며 롤랜드의 커

피 잔에 자기 잔을 살짝 부딪혔다.

"그렇게 생각하시오?"

"예. 물론 사람들도 다 준비가 돼 있었습니다, 이미 짐작하셨겠지 만요. 하지만 패러데이 때문에 당황하셨을 텐데 그 친구도 잘 다루 시더군요."

"나는 진실만을 말했을 뿐이오. 만약 병력을 많이 잃었다면 늑대 들은 힘닿는 데까지만 거둬가고 일찌감치 손을 뗐을 거요. 전설은 수염을 기르는 법이고, 23년은 긴 수염을 기르기에 충분한 시간이 오. 칼라 주민들은 선더클랩에 사는 늑대들이 수천은 된다고, 어쩌 면 수백만일 거라고 믿고 있소. 허나 내 생각은 다르오."

슬라이트먼은 놀라움을 감추지 않은 표정으로 롤랜드를 바라보 았다. "어째서요?"

"지금은 세상 만물이 쇠퇴하고 있기 때문이오." 롤랜드는 간단히 대답하고 말을 돌렸다. "나한테 한 가지 약속해주시오."

슬라이트먼은 조심스럽게 롤랜드의 표정을 살폈다. 횃불의 불빛 이 그의 안경알에 되비쳐 반짝였다. "제가 할 수 있는 거라면 하겠 습니다, 롤랜드."

"나흘 후 밤에 당신 아들을 반드시 이곳으로 데려오시오. 그 아이 의 쌍둥이 누이는 죽었지만, 그렇다고 해서 늑대들이 그 아이를 쌍 둥이로 간주하지 않으리라는 보장은 없소. 그 아이는 아직 놈들의 표적일 가능성이 있소."

슬라이트먼은 안도하는 기색을 굳이 감추려 하지 않았다. "예, 그 애를 이리 데려오겠습니다. 어차피 다른 생각은 하지도 않았는 걸요."

"좋소. 그리고 맡길 일이 하나 있소. 당신이 맡아준다면."

슬라이트먼의 표정이 다시 신중해졌다. "무슨 일인가요?"

"처음에는 우리가 늑대들을 상대하는 동안 아이를 볼 사람이 여섯 명으로 충분하다고 생각했소. 그런데 로잘리타가 혹시라도 아이들이 겁을 먹고 날뛰면 어떡하느냐고 묻더구려."

"아, 어차피 동굴에 숨겨두실 거잖습니까. 아닌가요?" 슬라이트먼은 목소리를 낮춰서 물었다. "동굴 안에서는 뛰어봤자 멀리 못 갑니다. 아무리 겁에 질려서 날뛴다고 해도요."

"그리 멀리까지 뛰지 않아도 벽에 부딪혀서 머리가 깨지거나, 어둠 속에서 구멍에 빠지기에는 충분할 거요. 한 명이 고함 소리나 연기나 불을 보고 달리기 시작하면 *다 같이* 구멍에 빠질 수도 있소. 그래서 아이들을 돌볼 사람을 열 명으로 늘리기로 했소. 당신도 거기에 동참해줬으면 좋겠소."

"영광입니다, 롤랜드."

"그 말은 곧 승낙이오?"

슬라이트먼은 고개를 끄덕였다.

롤랜드는 그를 가만히 바라보았다. "만에 하나 우리가 지면 아이들을 지키는 이들은 꼼짝없이 죽을 거요, 알고 있소?"

"질 거라고 생각했다면 아이들을 맡겠다는 약속은 하지도 않았을 겁니다." 슬라이트먼은 잠시 입을 다물었다가 말을 이었다. "제 아들을 보내겠다는 약속도 안 했을 테고요."

"고맙소, 벤. 당신은 훌륭한 남자요."

슬라이트먼은 목소리를 더욱 낮추어 물었다. "어느 광산으로 가는 겁니까? 글로리아인가요, 아니면 레드버드?" 그러고는 롤랜드가 즉답하지 않자 이렇게 말했다. "괜찮습니다, 밝히기를 꺼리셔도 저는 다 이해……"

"그런 게 아니오. 아직 결정을 못 했소."

"그래도 둘 중 하나겠지요."

"물론이오. 달리 갈 데가 있겠소?" 롤랜드는 멍하니 대답하고는 담배를 말기 시작했다.

"매복 지점은 놈들의 위쪽으로 잡으시겠지요?"

"그래봤자 헛수고요. 각도가 안 나오니까." 롤랜드는 심장 위쪽 가슴을 두드렸다. "명심하시오, 여기를 쏴야 하오. 다른 곳은…… 명중해봤자 끄떡도 안 할 거요. 갑옷을 뚫는 총알이 있다고 해도 *좀비*한테는 치명상을 입히지 못하오."

"거 참 골칫거리군요, 안 그렇습니까?"

"실은 *기회*요." 롤랜드는 슬라이트먼의 말을 바로잡아주었다. "그 오래된 석류석 광산 입구 아래에 자갈 비탈이 있는데, 아시오? 아기 턱받이처럼 생긴 비탈인데."

"그럼요."

"우리는 거기에 숨을 거요. 그 비탈 *아래*에. 그러다가 놈들이 우리 쪽으로 말을 몰고 오면, 일어나서……." 롤랜드는 엄지와 검지로 총 모양을 만들어 슬라이트먼을 겨누고 방아쇠 당기는 시늉을 했다.

목장 일꾼 감독의 얼굴에 웃음이 번졌다. "롤랜드, 정말 멋진 작전입니다!"

"아니." 롤랜드는 반박했다. "그냥 단순한 작전이오. 허나 보통은 단순한 게 최선인 법. 내 생각에는 그 기습이 통할 것 같소. 포위해서 한 놈씩 솎아내는 거요. 전에도 통한 적이 있는 전술이오. 다시 통하지 말라는 법은 없소."

"그럼요. 없고말고요."

롤랜드는 주위를 두리번거렸다. "여기서는 작전 이야기를 안 하는 게 좋겠소, 벤. 당신이야 믿을 수 있지만, 혹시라도……."

벤은 재빨리 고개를 끄덕였다. "더 말씀 안 하셔도 됩니다, 롤랜드. 다 압니다."

공이 슬라이트먼의 발치로 굴러왔다. 그의 아들이 두 팔을 들고 빙긋이 웃고 있었다. "아빠! 그것 좀 던져주세요!"

벤은 공을 던졌다. 그것도 세게. 공은 티안네 할아버지의 이야기에 나오는 몰리의 접시처럼 거침없이 날아갔다. 베니는 폴짝 뛰어서 한 손으로 공을 잡고 깔깔 웃었다. 베니의 아버지는 아들에게 다정하게 웃어준 다음, 롤랜드 쪽을 돌아보았다. "참 사이좋은 단짝이지 않습니까? 제이크하고 제 아들 말입니다."

"음." 롤랜드의 표정은 거의 웃음에 가까웠다. "물론이오. 그야말로 친형제 같소."

6

카텟이 탄 말 네 마리는 나란히 서서 터벅터벅 걸으며 사제관으로 돌아갔다. 뒷모습에 꽂히는 온 마을 사람들의 눈길이 느껴졌다. 말에 탄 사신들을 보는 눈길이었다.

"결과가 마음에 들어요?" 수재나가 롤랜드에게 물었다.

"그 정도면 됐소." 롤랜드는 그렇게 말하고는 담배를 말기 시작했다.

"저도 피워보고 싶어요." 제이크가 불쑥 말했다.

수재나는 놀라움과 흥미가 함께 드러난 눈으로 제이크를 쳐다보았다. "참아. 넌 아직 열세 살도 안 됐잖아."

"우리 아빠 열 살 때부터 피우기 시작했대요."

"그래서 쉰 살도 못 채우고 죽겠지. 틀림없이." 수재나의 목소리는 단호했다.

"뭐 그렇게 안타까운 일도 아닌걸요." 제이크는 그렇게 중얼거릴 뿐, 담배 이야기는 더 하지 않았다.

"미아는 좀 어떻소?" 엄지손톱에 성냥을 그으며 롤랜드가 물었다. "조용해졌소?"

"우리 남성 동지들이 자꾸 물어보지만 않으면 난 그런 여자가 있는지 없는지도 모를 것 같아요."

"뱃속도 조용하고?"

"그래요." 수재나는 누구에게나 거짓말을 하는 나름의 법칙이 있으리라고 짐작했다. 그녀 자신의 법칙은 만약 거짓말을 할 거라면 짧게 끝내는 게 최선이라는 것이었다. 뱃속에 어린것이, 일종의 괴물이 들어 있다면, 그것에 관한 걱정은 일주일 후에 할 작정이었다. 그때에도 살아서 걱정이라는 것을 할 수 있다면. 당분간은 배에서 느껴지는 더부룩함을 동료들에게 알릴 필요가 없었다.

"그럼 다 됐소." 총잡이가 말했다. 그들은 한참 동안 말없이 말을 몰았다. 그러다가 롤랜드가 입을 열었다. "너희 둘한테 땅 파는 재주가 있으면 좋겠구나. 땅을 팔 일이 좀 있을 게다."

"무덤 파게?" 에디가 물었다. 농담인지 아닌지 스스로도 확신이 서지 않은 채로.

"무덤은 나중에 팔 거다." 롤랜드는 하늘을 올려다보았지만, 별은 서쪽에서 몰려온 구름에 가려 보이지 않았다. "명심해라, 무덤은 승자가 파는 거다."

제6장

폭풍 전야

1

암흑 속에서 비통한 비난조의 목소리가 들려왔다. 목소리의 주인
은 위대한 현자이자 못 말리는 약쟁이, 헨리 딘이었다. "여긴 지옥
이다, 동생아! 난 지금 지옥에 있는데 작대기 한 대 꽂을 수가 없어
그게 다 너 때문이야!"

"여기 얼마나 더 있어야 할 것 같아요, 신부님 생각엔?" 에디가
캘러핸에게 물었다. 그들은 이제 막 통로 동굴에 도착한 참이었지
만, 위대한 현자의 동생은 벌써부터 총알 두 개를 오른손에 쥐고 주
사위처럼 흔들고 있었다. 크랩스 판의 주사위라면 던져서 7 아니면
11이 나와야 했다, 이제 그만 편히 쉬고 싶었으므로. 이날은 마을
회의 이튿날이었고, 에디와 신부가 마을을 나서면서 본 큰길은 여느
때와 달리 조용했다. 마치 칼라 마을 자체가 스스로의 결의에 기가
질린 나머지 어디로 달아나 숨은 것만 같았다.

"일을 다 끝낼 때까지 한동안은 있어야 할 것 같은데." 캘러핸이 말했다. 그의 차림새는 깔끔했다(그 자신은 눈에 띄지 않기를 바랐다.). 셔츠 가슴팍의 주머니에는 일행이 모은 미국 화폐가 죄다 들어 있었다. 구깃구깃한 지폐 11달러와 25센트 동전 몇 개였다. 1달러 지폐에 링컨이 그려져 있고 50달러 지폐에 워싱턴이 그려진 다른 버전의 미국에 떨어진다면 고약한 농담이 될 판이었다. "그래도 몇 단계로 나눠서 할 수는 있을 것 같군."

"그나마 천만다행이네요." 에디는 그렇게 말하며 타워의 책장 뒤편에서 분홍색 가방을 당겨 꺼냈다. 그러고는 두 손으로 가방을 든 채로 돌아서려다가, 우뚝 멈췄다. 에디는 그 상태로 꼼짝도 하지 않았다.

"왜 그러나?"

"여기 뭔가 있어요."

"그래, 상자가 있지."

"아뇨, *가방* 속에 뭐가 있다고요. 안감에 바느질로 꿰매놓은 것 같아요. 조그만 돌 같은데. 아마 비밀 주머니 같은 게 있나 봐요."

"그럴지도. 헌데 지금은 그걸 조사할 때가 아닌 것 같은데."

에디는 아랑곳하지 않고 가방 속의 그 물체를 살짝 쥐어보았다. 정확히 말하면 돌의 *감촉*은 아니었다. 그러나 필시 캘러핸의 말이 옳을 듯싶었다. 수수께끼는 이미 손에 쥐고 있는 것만으로도 충분했다. 이 건은 훗날을 기약해야 했다.

가방에서 고스트우드 상자를 꺼낸 순간, 역한 두려움이 에디의 머릿속과 마음을 동시에 침범했다. "난 이 물건이 정말 지긋지긋해요. 자꾸 그 생각이 들거든요, 이게 나한테 덤벼서 나를 막…… 타코처럼 씹어먹을 거란 생각이."

"아마 그럴지도. 에디, 정말로 안 좋은 예감이 들거든 그 빌어먹을 상자를 닫아버리게."

"그랬다간 신부님은 엉덩이만 저쪽 세계에 남을 텐데요."

"나한테는 저쪽 세계가 생판 낯선 곳도 아니잖나." 캘러핸은 찾지 못한 문을 보며 말했다. 에디는 형의 목소리를 들었다. 캘러핸은 어머니의 목소리를 들었다. 그를 도니라고 부르며 끝도 없이 위협하는 그 목소리를. 캘러핸은 도니라고 불리는 것을 질색했다. "문이 다시 열리기를 기다리면 돼."

에디는 총알을 귀에 꽂았다.

"저 사람을 왜 그냥 두는 거냐, 도니?" 어둠 속에서 캘러핸의 어머니가 신음했다. "귀에 총알을 넣다니, *위험하게시리!*"

"출발하세요. 어서 해치우자고요." 에디는 상자를 열었다. 차임벨 소리가 캘러핸의 귀를 파고들었다. 그리고 그의 마음도. 모든 곳으로 향하는 문이 철컥 열렸다.

2

캘러핸은 두 가지 생각을 하면서 건너갔다. 1977년이라는 연도와 뉴욕 공공 도서관 1층의 남자 화장실이었다. 그가 걸어나온 곳은 칸막이벽에 낙서가 적혀 있고(뱅고 스캔크가 다녀간 모양이었다.) 왼편에서 변기 물 내리는 소리가 들려오는 화장실 개인 칸이었다. 캘러핸은 누군지 모를 이웃이 떠나기를 기다렸다가 자기 칸에서 나왔다.

원하던 것을 발견하기까지 걸린 시간은 고작 10분이었다. 뒷걸음으로 문을 통과하여 동굴로 돌아왔을 때, 캘러핸은 겨드랑이에 책을 한 권 끼고 있었다. 그가 바깥으로 나가자고 하자 에디는 두 말 없이 따라나섰다. 맑은 공기와 쨍한 햇살 속에서(전날 저녁의 구름은 바람에 날려가 보이지 않았다.) 에디는 귀에서 총알을 빼낸 다음, 책을 살펴보았다. 책 제목은 『북부의 고속도로들』이었다.

"신부님이 도서관에서 책을 훔치다니. 이런 짓을 하는 사람들 때문에 사회적 비용이 증가하는 거라고요."

"언젠가 반납할 거야." 캘러핸은 진심이었다. "중요한 건 두 번째 시도에 성공했다는 걸세. 191쪽을 펴보게."

에디는 그 말대로 했다. 흙길 위쪽 언덕에 자리 잡은 하얗고 수수한 교회의 사진이 나왔다. 아래쪽 설명에는 이렇게 적혀 있었다. *이스트 스토넘 감리교 공회당. 1819년 준공.* 에디는 속으로 생각했다. *연도의 숫자를 합치면 19야. 당연하지.*

에디가 그 생각을 말하자 캘러핸은 빙긋 웃으며 고개를 끄덕였다. "알아차린 건 그게 단가?"

물론 또 있었다. "칼라 공회당처럼 생겼는데요."

"그래. 거의 쌍둥이 같아." 캘러핸은 숨을 깊이 들이마셨다. "2라운드 뛸 준비 됐나?"

"된 것 같아요."

"이번엔 더 길지도 모르니까 시간을 보낼 게 필요할 거야. 읽을거리라면 저기 잔뜩 있네."

"읽을 수 있을 것 같지가 않아요, 좆 나게 긴장돼서 말이죠. 욕해서 죄송합니다. 가방 안감 속에 뭐가 있는지나 확인해볼게요."

그러나 에디는 분홍 가방 안감 속의 물체를 잊고 말았다. 나중에 그 물체를 찾은 사람은 수재나였다. 그리고 그때, 수재나는 더 이상 수재나가 아니었다.

3

1977년이라는 연도를 생각하면서, 한편으로는 책을 펼쳐 이스트 스토넘에 있는 감리교 공회당의 사진을 보면서, 캘러핸은 찾지 못한 문으로 다시 들어섰다. 걸어 나온 곳은 눈부신 아침 햇살이 쏟아지 는 뉴잉글랜드였다. 교회 건물은 있었지만 『북부의 고속도로들』에 나온 사진을 찍은 후에 새로 칠을 한 상태였고, 흙길도 포장이 되어 있었다. 사진에는 없는 건물이 교회 근처에 세워져 있었다. 이스트 스토넘 잡화점이었다. 다행이었다.

허공에 둥둥 떠 있는 문을 뒤에 단 채 그 가게로 걸어가면서, 캘 러핸은 자신의 주머니에서 나온 25센트 동전 한 개는 피치 못할 상 황이 아니면 절대 쓰면 안 된다고 속으로 되뇌었다. 제이크가 준 동 전은 1969년에 만든 것이라 괜찮았다. 그러나 그의 동전은 1981년 것이었고, 여기서는 괜찮지가 않았다. 모빌 사의 휘발유 펌프 앞을 지나가면서(일반 휘발유 가격이 리터당 12센트였다.) 그는 그 동전을 바지 뒷주머니로 옮겨놓았다.

투크의 가게와 거의 똑같은 냄새가 나는 잡화점에 들어서자 종이 울렸다. 왼쪽에 쌓여 있는《포틀랜드 프레스 헤럴드》를 보고 캘러핸 은 등골이 살짝 오싹해졌다. 뉴욕 공공 도서관에서 책을 집어온 것은 체감상 30분도 안 되는 과거의 일이었고, 그날은 6월 26일이었다. 그런데 신문에 찍힌 날짜는 6월 27일이었다.

캘러핸은 신문을 한 부 집어서 1면 기사를 죽 훑은 다음(뉴올리언스 주에서 홍수 사태, 중동부에서는 여느 때처럼 총질하기 좋아하는 바보들의 폭력 사태), 가격을 확인했다. 10센트였다. 다행이었다. 1969가 찍힌 25센트 동전을 내고 거스름돈을 받을 수 있었다. 그 돈이면 그리운 미국산 살라미를 한 조각 사 먹을 수 있을지도 몰랐다. 계산대로 다가가는 캘러핸을 점원이 반가운 표정으로 맞아주었다.

"더 필요하신 건 없나요?" 점원이 물었다.

"음, 그게 말이지요. 실은 우체국으로 가는 길을 좀 가르쳐주셨으면 하는데. 괜찮으시다면."

점원은 눈을 동그랗게 뜨며 빙긋 웃었다. "말투가 이 근처에 사시는 분 같네요?"

"그런가요?" 캘러핸도 웃으며 물었다.

"그럼요. 아무튼, 우체국은 금방 찾을 수 있어요. 이 길을 왼쪽으로 1킬로미터 조금 더 가면 나오거든요." 점원은 길을 *질*처럼 발음했다. 칼라 사람인 제이미 재퍼즈도 꼭 그렇게 발음할 듯싶었다.

"다행이구면. 혹시 살라미를 한 장씩 썰어서 파나요?"

"손님이 원하시면 어떤 식으로든 썰어드려야죠." 점원은 싹싹하게 말했다. "피서객이신가 봐요?" 점원이 말한 '봐요'는 *봐유*처럼 들렸고, 캘러핸은 그가 말끝에 *가르쳐주세요, 부탁입니다*를 덧붙일 거라는 생각마저 들었다.

"그렇게 볼 수도 있지요." 캘러핸이 대답했다.

4

동굴에서는 에디가 희미하지만 미칠 것만 같은 차임벨 소리와 싸우면서 반쯤 열린 문 저편을 들여다보는 중이었다. 캘러핸은 시골 길을 따라 걸어갔다. 저쪽 상황은 그야말로 식은 죽 먹기였다. 그 와중에도 딘 부인의 작은아들은 책을 좀 읽어보려고 애썼다. 에디는 차가운(그리고 살짝 떨리는) 손을 책장으로 뻗어서 책을 꺼냈는데, 그 책에서 위로 두 번째 선반에는 거꾸로 꽂힌 책이 한 권 있었다. 혹 시라도 꺼냈더라면 에디의 하루가 송두리째 바뀌었을 책이었다. 에 디가 그 거꾸로 꽂힌 책 대신 실제로 꺼낸 책은 『셜록 홈스 단편 소 설 네 편』이었다. 아, 홈스. 그 역시 위대한 현자이자 못 말리는 약쟁 이였다. 에디는 「주홍색 연구」를 펼치고 읽기 시작했다. 이따금 자 신도 모르게 시선이 아래쪽의 상자로, 검은 13이 불길한 힘의 파장 을 뿜어내는 곳으로 향했다. 보이는 것은 수정으로 된 곡면뿐이었 다. 잠시 후, 에디는 독서를 포기하고 둥그런 수정 구슬만 가만히 바 라보았고, 그 구슬에 조금씩 홀리기 시작했다. 그래도 차임벨 소리 는 잠잠해졌다. 다행이었다, 그렇지 않은가? 잠시 후에는 소리가 아 예 들리지 않았다. 그로부터 잠시 후, 어떤 목소리가 귀에 꽂힌 총알 을 뚫고 에디에게 말하기 시작했다.

에디는 그 목소리에 귀를 기울였다.

5

"저, 실례합니다."

"예?" 우체국에서 일하는 여성은 오십대 후반, 아니면 육십대 초반이었다. 접객 업무에 어울리는 옷차림이었고 푸른 기가 도는 흰머리 역시 미용실에서 완벽하게 다듬은 모양새였다.

"제 친구들한테 보내는 편지를 좀 맡기고 싶은데요. 뉴욕에서 온친구들인데, 아마 여기서 유치 우편을 이용할 겁니다. 와서 직접 받아가는 거 말입니다." 캘러핸은 앞서 에디와 언쟁을 벌이면서 캘빈 타워가, 지금도 그의 머리를 잘라서 장대에 꽂고 싶어 할 위험한 패거리를 피해 도피 중인 그가, 서명을 하고 우편물을 수령하는 식의 멍청한 짓을 하지는 않을 거라고 했다. 에디는 타워가 그 망할 놈의 희귀 초판본들을 얼마나 애지중지했는지 일깨워주었고, 그래서 캘러핸은 결국 이 방법을 적어도 시도는 해보기로 타협했다.

"피서객들인가요?"

"그렇게 볼 수도 있지요." 캘러핸은 옳은 답이 아니라는 생각이 들었다. "예, 그렇습니다. 이름은 캘빈 타워하고 에런 디프노입니다. 불쑥 찾아온 사람한테 그런 정보를 가르쳐주면 안 된다는 건 저도 압니다, 하지만……"

"아, 저희 마을에서는 그런 건 별로 신경 안 써요." 직원은 *마을*을 *마알*처럼 발음했다. "우선 명단을 좀 볼게요…… 전몰장병 추모일하고 노동절 사이에는 사람이 워낙 많아서……."

직원은 접수대 안쪽에서 너덜너덜한 종이 서너 장이 끼워진 클립보드를 집어들었다. 손글씨로 적은 이름이 빼곡했다. 첫째 장을 넘기고 둘째 장을 훑어보던 직원이 셋째 장으로 넘어갔다.

"디프노! 예, 있네요. 그럼 이제…… 남은 한 명도……"

"됐습니다." 캘러핸은 갑자기 불안해졌다. 저쪽 세계에서 무슨 일이 생긴 듯한 느낌이 들었다. 어깨 너머를 힐끗 돌아보니 문과 동굴과 무릎 위에 책을 펴놓은 에디밖에 보이지 않았다.

"누가 쫓아오기라도 하나요?" 접수원이 빙긋 웃으며 물었다.

캘러핸은 웃음을 터뜨렸다. 스스로 듣기에도 바보 같은 억지웃음이었지만, 접수원은 아무 눈치도 못 챈 모양이었다. "제가 에런 앞으로 편지를 써서 우표 붙인 봉투에 넣어두면, 그 친구가 여기 들를 때 좀 전해주실 수 있을까요? 타워 씨가 받아도 괜찮습니다만."

"아, 우표는 안 붙이셔도 돼요." 접수원의 말투는 친절했다. "기꺼이 전해드릴게요."

정말이지 이곳은 칼라와 똑같았다. 캘러핸은 문득 이 접수원이 몹시도 마음에 들었다. 매우 매우 마음에 들었다.

캘러핸은 창가 카운터로 가서(그가 몸을 틀자 등 뒤의 문도 춤을 추듯 재빨리 따라서 돌았다.) 편지를 휘갈겨썼다. 첫머리에는 잭 안돌리니에게서 타워를 구해준 사람의 친구라고 자신을 소개했다. 그런 다음 디프노와 에런에게 차를 지금 주차해둔 곳에 놔둘 것, 지금 머무는 곳에 전등을 몇 개 켜둘 것, 그런 다음 이 근방의 다른 곳으로 거처를 옮길 것을 지시했다. 창고, 문을 닫은 캠핑장, 헛간이라도 상관없었다. 즉시 옮기기만 하면. *은신처로 가는 길을 쪽지에 적어서 당신 차 운전석 바닥 깔개 밑에, 아니면 집 뒤 포치 계단 밑에 숨겨두시오. 우리가 연락하겠소.* 캘러핸은 이것이 옳은 방법이기를 바랐다. 미리 상의해서 대비할 단계는 진작 지났을뿐더러, 첩보 영화 같은 짓을 하게 될 줄은 꿈에도 몰랐기 때문이었다. 그는 편지 끝에 롤랜드가 시킨 대로 서명했다. *엘드의 캘러핸.* 그러고는 불안한 마음을 다잡으며 한 줄을 덧붙였다. 종이에 글씨를 새겨넣듯이 꾹꾹 눌러썼다. *우체국에 들르는 건 이번이 마지막인 줄 아시오. 어디까지 멍청하게 굴 작정이오?*

캘러핸은 편지를 봉투에 넣고 봉한 다음 앞면에 에런 디프노 또는 캘빈 타워 앞, 유치 우편이라고 적었다. "그래도 우표는 사겠습니다." 캘러핸이 접수원에게 말했다.

"아뇨, 봉투 값 2센트만 주시면 돼요."

캘러핸은 잡화점에서 받은 5센트짜리를 접수원에게 건네고 거스름돈 3센트를 받은 다음, 문을 향해 걸어갔다. 평범한 문 쪽이었다.

"좋은 하루 보내세요." 접수원이 말했다.

캘러핸은 고맙다는 말을 하려고 고개를 돌렸다. 그때 여전히 열려 있는 찾지 못한 문이 언뜻 눈에 들어왔다. 눈에 들어오지 않은 것은 에디였다. 에디가 사라지고 없었다.

6

캘러핸은 우체국을 나서기가 무섭게 기묘한 문을 향해 돌아섰다. 보통은 그럴 수가 없었다. 보통은 캘러핸이 몸을 돌리면 문도 댄스 파트너처럼 재빨리 그와 함께 돌아가기 때문이었다. 그런데 저쪽 세계로 건너가려고 할 때면 문이 그의 생각을 읽는 듯했다. 그럴 때면 문을 마주 보는 것이 가능했다.

캘러핸이 돌아오자마자 토대시 차임벨 소리가 그를 사로잡았다. 뇌의 표면에 문양을 새기는 듯한 소리였다. 동굴 밑바닥의 암흑 속에서 그의 어머니가 외쳤다. "이제야 왔구나, 도니, 네가 가 있는 동안 그 착한 젊은이는 자살을 했어! 영원토록 지옥에서 괴로워할 거다, 다 네 탓이야!"

캘러핸에게는 그 고함 소리가 거의 들리지도 않았다. 그는 이스트 스토넘 잡화점에서 산 《포틀랜드 프레스 헤럴드》를 겨드랑이에 낀 채 동굴 입구로 달려갔다. 상자가 왜 닫히지 않았는지, 그가 왜 1977년의 메인 주 이스트 스토넘에 갇히지 않았는지 눈으로 확인할 시간은 있었다. 뚜껑 밑에 두꺼운 책이 끼워져 있었던 것이다. 캘러핸은 그 책의 제목이 『셜록 홈스 단편 소설 네 편』인 것마저 알아보았다. 그런 다음 쨍한 햇살 속으로 뛰쳐나갔다.

처음에는 동굴 입구로 들어서는 길의 바위밖에 보이지 않았고, 그래서 캘러핸은 어머니의 말이 사실이라는 생각에 절망했다. 그러다가 왼쪽을 보니 3미터 떨어진 곳에 에디가 있었다. 좁다란 길 끄트머리, 낭떠러지 바로 앞에서 비틀거리고 있었다. 바지에서 빠져나온 셔츠 자락이 롤랜드의 커다란 리볼버 손잡이를 감싼 채 펄럭거렸다. 평소에는 예민하고 영리해 보이던 얼굴이 이제는 우둔하고 멍해 보였다. 멍한 정신으로 간신히 서 있는 권투 선수의 얼굴이었다. 머리카락이 귓가를 스치며 팔락거렸다. 에디는 앞으로 휘청하다가…… 입을 꾹 다물더니 눈을 거의 똑바로 떴다. 그러고는 튀어나온 돌을 잡고 다시 뒤로 휘청했다.

싸우고 있는 거야. 캘러핸은 생각했다. *잘 싸우고 있어, 하지만 이제 더는 못 버텨.*

큰소리로 불렀다가는 균형을 잃고 낭떠러지로 떨어질지도 몰랐다. 캘러핸은 총잡이의 직관으로 알 수 있었다. 위기의 순간에 언제나 가장 날카롭고 믿음직한 직관으로. 고함을 지르는 대신, 캘러핸은 얼마 안 되는 거리를 뛰어 올라가 에디가 다시 앞으로 휘청하는 순간 재빨리 셔츠 뒷자락을 움켜잡았다. 에디는 잡고 있던 돌을 놓고 그 손으로 눈을 가려 본의 아니게 우스꽝스러운 모습을 연출했다. *잘 있어, 잔인한 세상.*

셔츠가 찢어졌더라면 에디 딘은 보나마나 카의 거대한 게임판에서 퇴장했을 테지만, 어쩌면 (에디가 입고 있는) 가내 수공업으로 만든 칼라 브린 스터지스제 셔츠의 뒷자락마저도 카를 섬기는 모양이었다. 어쨌거나 셔츠는 찢어지지 않았고 캘러핸은 막노동을 하던 떠돌이 시절에 다진 체력을 유감없이 발휘했다. 그는 에디를 냉큼 잡아당겨 끌어안았지만, 에디가 방금 전까지 잡고 있던 바위에 머리를 부딪히는 것까지 막지는 못했다. 에디는 영문을 모르는 듯 멍한 표정으로 눈만 껌벅거렸다. 뭐라고 중얼거렸지만 캘러핸에게는 횡설수설처럼 들렸다. *나안테 날 수 이아오 애어요.*

캘러핸은 에디의 어깨를 잡고 흔들었다. "뭐라고? 무슨 말인지 못 알아듣겠어!" 실은 별로 알고 싶지 않았지만 어떻게든 말을 걸어야 했다. 상자 안의 저주받은 물건에게 붙잡혀 간 곳에서 에디를 데려와야만 했다. "무슨 말인지…… 못 알아듣겠다고!"

이번에는 더 또렷한 대답이 돌아왔다. "나한테 탑까지 날아갈 수 있다고 했어요. 보내주세요. 나 갈 거예요!"

"자넨 못 날아, 에디." 그 말이 전해졌는지 자신이 없었던 캘러핸은 머리를 더 숙였다. 끝까지, 에디와 이마가 맞닿을 때까지, 마치 그가 연인인 것처럼. "그 물건이 자넬 죽이려고 한 거야!"

"아니……." 에디는 뭔가 말하려다가, 이내 눈빛이 완전히 또렷해졌다. 캘러핸의 눈으로부터 손가락 한 마디 떨어진 곳에서, 에디의 눈에 깨달음의 빛이 차올랐다. "맞아요."

캘러핸은 그제야 고개를 들었지만, 에디의 어깨를 꽉 붙잡은 손은 그대로였다. "이제 좀 괜찮아졌나?"

"예. 그런 것 같아요, 조금은. 난 잘 버텼다고요, 신부님. 진짜예요. 그게, 차임벨 소리 때문에 흔들리기는 했지만 그것만 빼면 멀쩡했어요. 책까지 읽었다고요." 에디는 주위를 두리번거렸다. "이런, 그 책 잃어버렸으면 큰일인데. 타워가 내 머리 가죽을 벗기려고 할걸요."

"책은 무사해. 자네가 상자 뚜껑 밑에 끼워뒀더군. 아주 잘했어. 안 그랬으면 문은 닫혔을 테고, 자넨 200미터 아래로 추락해서 딸기 잼이 됐을 테니까."

에디는 낭떠러지 아래를 내려다보고 얼굴이 하얗게 질리고 말았다. 캘러핸이 너무 솔직하게 얘기했나 하고 후회하는 순간, 에디는 캘러핸의 새 장화에 토하고 말았다.

7

"그게 몰래 다가왔어요, 신부님." 에디는 말을 할 수 있는 상태가 됐을 때 이렇게 말했다. "나를 안심시켜놓고 덮친 거예요."

"그랬군."

"저쪽 세계에 가 있는 동안 뭐 좀 건지셨어요?"

"그 사람들이 내 편지를 보고 거기 적힌 대로 한다면, 꽤 많이 건진 셈이겠지. 자네 말이 옳았어. 디프노는 적어도 유치 우편은 신청해놨더군. 타워 쪽은, 모르겠어." 캘러핸은 화난 표정으로 고개를 저었다.

"타워가 디프노를 끌어들인 건지는 곧 알 수 있을 거예요. 캘빈 타워는 자기가 무슨 짓을 벌이는지 아직 몰라요. 게다가 방금 내가 당한 꼴을, 당할 *뻔한* 꼴을 보면, 그 양반이 왜 그러는지 알 것 같기도 해요." 에디는 캘러핸이 그때껏 겨드랑이에 끼고 있던 물건을 발견했다. "그게 뭐예요?"

"신문이야." 캘러핸은 에디에게 신문을 내밀며 말했다. "골다 메이어가 어떻게 됐는지 알고 싶나?"

8

그날 저녁, 롤랜드는 에디와 캘러핸이 통로 동굴과 그 너머에서 벌인 모험의 이야기를 귀 기울여 들었다. 총잡이는 하마터면 죽을 뻔한 에디의 경험보다는 칼라 브린 스터지스와 이스트 스토넘 사이의 유사성에 더 관심이 가는 눈치였다. 심지어 캘러핸에게 잡화점 점원과 우체국 직원의 사투리를 흉내 내어보라고 시키기까지 했다. 캘러핸은(어쨌거나 한때는 메인 주 주민이었으므로) 꽤 그럴듯하게 해냈다.

"그렇군." 롤랜드가 중얼거렸다. "그래. 꽤 비슷하군." 그러고는 사제관 포치의 난간에 한쪽 발을 걸친 채 생각에 빠졌다.

"어때, 그 양반들 무사할 것 같아?" 에디가 물었다.

"그랬으면 좋겠구나. 누굴 걱정하고 싶거든 디프노 걱정을 해라. 발라자르가 아직 그 공터를 포기하지 않았다면 타워는 살려두려고 할 거다. 하지만 디프노는 이제 노름판의 칩이나 다름없는 신세다."

"늑대들 건이 끝날 때까지 그냥 놔둬도 괜찮을까?"

"어차피 선택할 여지가 없지 않느냐."

"이쪽 일은 다 집어치우고 우리가 이스트 오버슈인가 뭔가 하는 동네로 건너가서 지켜주면 되잖아!" 에디는 들뜬 목소리로 말했다. "어때? 내 말 들어봐, 롤랜드, 타워가 왜 자기 친구를 꼬드겨서 유치우편을 신청하게 했는지 가르쳐줄게. 타워가 탐내는 책을 가진 사람이 있었던 거야, 그게 이유라고. 타워는 그 책 가격을 놓고 흥정하다가 까다로운 단계에 접어들었는데, 그때 마침 내가 나타나서 달아나라고 설득한 거지. 하지만 타워는…… 어휴, 그 양반은 양손에 사료를 쥔 침팬지야. 양쪽 다 도저히 놓지를 못하는 거지. 발라자르가 그걸 눈치채면, 아마 벌써 눈치챘겠지만, 우편번호 따위 알 것도 없이 타워의 거래처 명단만 손에 넣으면 돼. 혹시 그런 명단이 있었다면 화재 때 같이 타버렸으면 좋을 텐데."

롤랜드는 고개를 끄덕였다. "네 마음은 나도 안다. 하지만 우리는 이곳을 떠날 수 없다. 이미 약속을 했으니."

에디는 곰곰이 생각하다가 한숨을 쉬며 고개를 저었다. "나도 몰라, 젠장. 이쪽에선 사흘 하고 반나절 남았고, 저쪽에선 타워가 서명한 각서의 기한까지 17일 남았어. 그 정도는 버텨주겠지." 에디는 말을 멈추고 입술을 깨물었다. "아마도."

"우리한테는 *아마도*가 최선인가?" 캘러핸이 물었다.

"예, 그런 것 같아요. 당분간은요."

9

이튿날 아침, 수재나 딘은 몹시도 겁에 질린 채 언덕 아래 변소에 앉아 몸을 숙이고 진통이 가라앉기를 기다렸다. 진통을 느낀 지는 일주일이 조금 넘었지만, 이 정도로 심하기는 처음이었다. 수재나는 아랫배에 손을 얹어보았다. 그곳의 살은 불길할 정도로 딱딱했다.

"하느님 맙소사, 지금 나오면 어떡하지? 이게 진짜 해산이면?"

수재나는 그럴 리가 없다고, 아직 양수가 터지지 않았으니 진짜 해산을 시작할 리는 없다고 스스로를 타일렀다. 하지만 수재나가 해산에 관해 아는 게 있기는 할까? 거의 없었다. 관록 있는 산파인 로잘리타 무노스 역시 별 도움이 안 될 것 같았다. 왜냐하면 로잘리타는 이제껏 *인간* 아기를 받았고, 산모들 역시 임신한 티가 완연했기 때문이었다. 이제 수재나는 칼라에 처음 도착했을 때보다 더 임신부처럼 보이지 않았다. 그리고 롤랜드가 이 아기의 정체를 제대로 봤다면……

아기가 아니야. 그냥 어린것이야. 그리고 내 것도 아니야. 누군지 모를 미아라는 여자의 자식이야. 누구의 딸도 아닌 미아.

진통이 멈췄다. 아랫배도 딱딱한 느낌이 가시면서 물렁해졌다. 수재나는 질 입구에 손가락을 대 보았다. 평소와 똑같았다. 며칠간은 괜찮을 거라는 확신이 들었다. 괜찮아야 했다. 더는 카텟에게 비밀을 숨기지 않겠다고 롤랜드에게 약속했지만, 이것만은 감춰야 한다는 생각이 들었다. 마침내 전투가 시작되면 7 대 40, 어쩌면 7 대 50의 싸움이 될 판이었다. 많으면 7 대 70일 수도 있었다. 늑대들이 흩어지지 않고 하나로 뭉친다면. 그들은 최선을 다해야 했다. 필사의 각오로 정신을 집중해야 했다. 딴 데 신경 쓸 여유가 없다는 뜻이었다. 또한 수재나가 자기 위치를 지켜야 한다는 뜻이기도 했다.

수재나는 청바지를 끌어올리고 단추를 채운 다음, 멍한 표정으로 왼쪽 관자놀이를 문지르며 환한 햇살 속으로 나섰다. 롤랜드가 부탁해서 변소에 단 새 빗장을 보자 웃음이 나왔다. 그러다가 땅에 드리워진 그림자를 보고 표정이 굳었다. 변소에 들어갈 때 수재나의 뒤를 따르던 검은 귀부인의 키는 오전 9시 길이였다. 그런데 지금, 그 귀부인은 아직 정오가 안 됐다면 이제 곧 될 거라고 말하고 있었다.

말도 안 돼. 난 저 안에 고작 몇 분밖에 안 있었어. 그냥 소변만 보고 나왔단 말이야.

어쩌면 사실인지도 몰랐다. 어쩌면 나머지 시간 동안 변소 안에 머문 사람은 미아인지도 몰랐다.

"안 돼. 그건 말도 안 돼."

그러나 머릿속으로는 말이 된다고 생각했다. 미아는 우세한 위치에 있지는 않았지만, 적어도 아직은 그랬지만, 조금씩 고개를 쳐들고 있었다. 틈만 보이면 지휘권을 차지할 준비가 되어 있었다.

제발. 수재나는 기도하며 한 손을 뻗어 변소 벽을 짚고 몸을 가누었다. *하느님, 딱 사흘만 더 주세요. 사흘만 더 저로 남게 해주세요, 우리가 이 마을의 아이들에게 책임을 다하게 해주시고, 그다음엔 뜻대로 하세요. 뭐든 원하시는 대로 하세요. 하지만 제발⋯⋯*

"딱 사흘만." 수재나는 중얼거렸다. "그놈들한테 당한다고 해도 상관없어요. 하느님, 사흘만 더 주세요. 부탁이에요, 제발."

10

다음날, 에디와 티안 재퍼즈는 앤디를 찾아 나섰다가 이스트 로드와 리버 로드가 만나는 널따란 흙길에서 앤디를 발견했다. 그 로봇은 홀로 서서 목청이 터지도록 노래를 부르고 있었는데……

"아니." 에디는 티안과 함께 앤디 쪽으로 다가가며 중얼거렸다. "목청이 터진다고 할 순 없지. 로봇은 목청이 없으니까."

"뭐라고요?"

"아뇨. 아무것도 아니에요." 그러나 목청에서 시작된 생각이 해부학 전반으로 이어지면서, 에디의 머릿속에 의문이 떠올랐다. "티안, 혹시 칼라에도 의사가 있어요?"

티안은 놀라면서도 재미있어 하는 표정으로 에디를 돌아보았다. "우리 같은 사람들한테는 없어요, 에디. 부자들은 시간도 있고 돈도 많으니까 내과의를 찾아가기도 하는데, 우린 아플 때 그냥 자매단한테 가요."

"오라이자 자매단 말이죠."

"예. 약이 잘 들으면 낫는데, 보통은 잘 들어요. 약이 안 들으면 조금 더 앓는 거고요. 결국에는 땅이 다 치료해줘요. 안 그래요?"

"그럼요." 에디는 그런 세계관을 가진 사람들이 룬트가 된 아이들을 받아들이기가 얼마나 힘들지 상상해보았다. 룬트가 되어 돌아온 아이들도 결국에는 죽게 마련이었지만, 그 전에 오랫동안…… 그저 숨만 붙은 상태로 살아갔다.

"어쨌거나 사람한테는 상자 세 개밖에 없으니까요." 외로이 노래하는 로봇을 향해 다가가는 동안 티안이 말했다. 동쪽 멀리 칼라 브린 스터지스와 선더클랩 사이에서, 장막 같은 먼지가 파란 하늘을 향해 솟아오르고 있었다. 그들이 있는 이곳은 바람 한 점 없이 고요했는데도.

"상자요?"

"예, 맞아요." 티안은 손으로 자신의 이마와 가슴과 엉덩이를 재빨리 건드렸다. "머리 상자, 젖 상자, 똥 상자요." 그러고는 속이 후련해지도록 껄껄 웃었다.

"원래 그렇게 불러요?" 에디도 빙긋이 웃으며 물었다.

"뭐…… 여긴 우리 둘밖에 없으니까, 괜찮아요. 숙녀가 앉은 식탁 앞에서 그렇게 설명하면 안 되지만요." 티안은 다시 한 번 자기 머리와 가슴, 엉덩이를 건드렸다. "그럴 때는 이렇게 말하죠. 생각 상자, 마음 상자, 밑 상자."

에디에게는 마지막 말이 *밉상자*처럼 들렸다. "마지막 건 무슨 뜻이에요? 엉덩이는 냄새가 나니까 밉상인가?"

티안은 걸음을 멈추었다. 이제 그들은 앤디가 바로 저만치 보이는 곳에 있었지만, 로봇은 그들을 거들떠보지도 않고 에디가 모르는 외국어로 오페라 비슷한 노래를 불렀다. 이따금 양팔을 들거나 팔짱을 끼기도 했는데 그런 몸짓조차 노래의 일부인 듯했다.

"제가 설명해드릴게요." 티안은 친절하게 이야기를 시작했다. "사람은 차곡차곡 쌓인 상자인 거예요. 맨 위에는 생각이 있죠. 그건 남자의 가장 훌륭한 부분이니까요."

"또는 여자의 부분이거나." 에디는 빙긋 웃으며 말했다.

티안은 진지한 표정으로 고개를 끄덕였다. "예, 여자의 부분일 수
도 있죠. 하지만 우리는 사람을 가리킬 때 보통 남자라고 해요. 왜냐
면 여자는 남자의 숨에서 생겨났으니까요."

"그렇게 생각해요?" 에디는 뉴욕을 떠나 중간 세계로 오기 전에
사귀었던, 여성 해방 운동가 같았던 여자들을 떠올렸다. 그들이 들
으면 하와가 아담의 갈비뼈로 만들어졌다는 성서 구절만큼이나 질
색할 법한 이야기였다.

"그렇다고 해두죠. 하지만 노인들한테 물어보면 최초의 남자를
낳은 건 레이디 오라이자라고 할 거예요. *카나, 칸타, 아나, 오라이
자.* '모든 숨은 그녀에게서 시작됐다'라는 뜻이죠."

"그 상자 얘기 좀 더 해봐요."

"가장 훌륭하고 높이 있는 건 머리 상자예요, 머릿속의 생각과 꿈
이 들어 있으니까요. 다음은 마음이고요. 사랑과 슬픔, 즐거움, 행복
같은……"

"감정이 들어 있군요."

티안은 아리송하면서도 존경심이 깃든 표정으로 에디를 돌아보
았다. "그런 것들을 감정이라고 하나요?"

"뭐, 내가 살던 곳에선 그랬으니까, 그냥 그렇다고 해둡시다."

"아아." 티안은 흥미로운 개념이기는 해도 어렴풋이만 이해했다
는 듯이 고개를 끄덕였다. 그러더니 이번에는 엉덩이 대신 사타구니
를 두드렸다. "맨 밑의 상자에는 우리가 '아래 코말라'라고 하는 것
들이 다 들어 있어요. 떡을 치고, 똥을 싸고, 이유 없이 남한테 못되

게 구는 짓 같은."

"만약 이유가 있어서 그러는 거라면?"

"음, 하지만 이유가 있으면 못된 게 아니잖아요, 안 그래요?"티안은 자못 흥미를 느끼는 표정이었다. "그럴 경우에는 마음 상자나 머리 상자에서 나오는 거겠죠."

"거 괴상하네." 에디는 그렇게 말하면서도 실은 괴상하다고 생각하지 않았다. 그는 마음의 눈으로 차곡차곡 쌓인 상자 세 개를 보았다. 머리는 마음 위에, 마음은 온갖 동물적인 기능과 사람이 가끔 느끼는 바닥없는 분노 위에 놓여 있었다. 티안이 말한 못된이라는 단어가 유독 마음에 들었다. 티안은 그 말을 인간 행동의 기준처럼 사용했다. 무슨 의미가 있는 걸까, 아니면 별 뜻 없이 그랬을까? 깊이 생각해봐야 할 문제인지도 몰랐지만, 당장은 때가 아니었다.

앤디는 여전히 햇빛 속에 서서 전신을 번쩍이며 큰소리로 노래를 토해내는 중이었다. 에디는 어릴 적 동네에 살던 아이들 몇몇이 어렴풋이 떠올랐다. *나는 세비야의 이발사라네, 그대 내 끝내주는 이발 실력을 시험해보시오*라고 외치며 달아나던 아이들. 미치광이처럼 낄낄거리며.

"앤디!"에디가 부르자 로봇의 노랫소리가 뚝 끊겼다.

"하일, 에디, 반갑습니다! 기나긴 나날과 즐거운 밤들을 보내시길 기원합니다!"

"너도 그러길. 잘 지내지?"

"그럼요, 에디!"앤디는 힘주어 대답했다. "저는 첫 번째 세미논이 오기 전에 항상 노래를 한답니다."

"세미논?"

"겨울이 본격적으로 시작되기 전에 부는 폭풍을 여기서는 그렇게 불러요." 티안은 그렇게 말하며 와이 강 너머의 먼지구름을 가리켰다. "저기 오는 게 첫 번째 세미논이에요. 늑대들이 습격하는 날, 아니면 그 다음날에 마을에 도착할 것 같은데요."

"세미논의 날입니다, 사이. '세미논이 오면 따뜻한 나날은 물러간다.' 그런 말이 있지요." 앤디는 에디 쪽으로 몸을 숙였다. 햇빛에 번쩍이는 머리 안쪽에서 철컥거리는 소리가 났다. 눈에서는 파란 빛이 깜박였다. "에디, 굉장한 별자리 운세가 나왔습니다, 아주 길고 복잡한데, 늑대들한테 승리한다고 나왔습니다! 그것도 아주 대승입니다! 당신은 적들을 완전히 격파하고 아름다운 귀부인을 만날 겁니다!"

"아름다운 귀부인이라면 벌써 있는데." 에디는 목소리를 애써 밝게 유지했다. 빠르게 깜박이는 파란 불빛이 무엇을 의미하는지 잘 알기 때문이었다. 이 빌어먹을 로봇이 비웃고 있다는 뜻이었다. *그래, 지금은 웃지만 이틀 후에는 질질 짜고 있을지도 모르지.* 에디는 속으로 중얼거렸다. *내가 열심히 기도할게, 자식아.*

"그렇지요, 하지만 제가 얼마 전에 사이 티안 재퍼즈께도 말씀드렸다시피, 애인을 둔 유부남도 많답니다."

"아내를 사랑하는 남자는 그런 짓 안 해." 티안이 말했다. "그때도 얘기했지만 다시 얘기해둘게."

"있잖아, 앤디." 에디의 목소리는 진지했다. "우린 늑대들이 쳐들어오기 전날 밤에 네가 중요한 일을 좀 해줄 수 있을까 해서 왔어. 우릴 좀 도와달라, 그거지."

앤디의 가슴 속 깊숙한 곳에서 철컥 소리가 몇 번 나는가 싶더니,

뒤이어 눈이 깜박거리기 시작했다. 거의 경보처럼 빠르게 번쩍였다. "제가 할 수 있는 거라면 하겠습니다, 사이. 그럼요, 친구들을 돕는 것보다 기쁜 일은 없으니까요. 하지만 세상에는 제가 아무리 하고 싶어도 못하는 일들이 많습니다."

"프로그래밍 때문이겠지."

"그렇습니다." 앤디의 목소리에서 '만나서 반갑다'고 외치듯이 의기양양한 기색은 더 이상 느껴지지 않았다. 이제는 기계에 더 가까운 목소리였다. *그래, 일보후퇴한 상태다, 이거지.* 에디는 속으로 중얼거렸다. *지금은 '신중한 앤디' 상태야. 넌 오랫동안 인간들이 태어나고 죽는 걸 지켜봤어, 안 그래, 앤디? 가끔은 쓸모없는 나사 자루라고 욕을 먹기도 하고 보통은 그냥 무시당했지만, 그러거나 말거나 넌 노래를 흥얼거리면서 인간들의 무덤을 밟고 다녔지, 그렇지? 하지만 이번엔 안 돼, 이 친구야. 암, 어림도 없어.*

"넌 언제 만들어졌어, 앤디? 궁금해서 물어보는 거야. 라머크 공장의 조립 라인에서 언제 굴러나온 거야?"

"오래전 일입니다, 사이." 이제 파란 눈이 몹시 느리게 번쩍거렸다. 웃음이 그쳤다는 뜻이었다.

"한 2000년 전?"

"더 오래됐을 겁니다. 사이, 제가 아는 술 노래 중에 좋아하실 만한 게 있습니다. 가사가 아주 재미난……"

"다음에 들을게. 근데 말이야, 네 나이가 수천 살이라면 어떻게 늑대들에 관한 정보가 입력되어 있는 거지?"

앤디의 몸속에서 깊숙이 울리는 쿵쿵거리는 소리가 들려왔다. 뭔가 부서지는 것 같은 소리였다. 다시 말을 시작했을 때, 앤디는 에디가 중간 숲 가장자리에서 처음 들었던 무덤덤하고 단조로운 목소리를 냈다. 찌푸린 표정으로 몽둥이세례를 퍼부을 준비가 된 보스코밥의 목소리였다.

"당신의 암호는 무엇입니까, 사이 에디?"

"이 얘기는 전에도 했잖아, 안 그래?"

"암호를 입력하십시오. 10초 남았습니다. 9…… 8…… 7……"

"그 암호 타령 참 편리하겠다, 그치?"

"잘못 입력하셨습니다, 사이 에디."

"묵비권 행사하는 거랑 비슷하기도 해."

"2…… 1…… 0. 다시 입력하실 수도 있습니다. 재시도하시겠습니까, 에디?"

그 말에 에디는 환한 웃음으로 답했다. "있잖아, 세미논이 여름에 불기도 해?"

철컥거리는 소리가 다시 들렸다. 한쪽으로 기울었던 앤디의 머리가 반대편으로 기울었다. "무슨 말씀인지 모르겠습니다, 뉴욕의 에디."

"미안. 내가 너무 멍청한 인간처럼 굴었지, 그치? 재시도는 안 할 거야. 적어도 지금 당장은. 네가 도와줬으면 하는 일이 뭔지 가르쳐줄 테니까, 넌 네 프로그램이 그걸 하도록 허락하는지 가르쳐줘. 어때, 공평한 것 같아?"

"아주 공평합니다, 에디."

"좋아." 에디는 손을 뻗어 에디의 가느다란 금속 팔을 잡았다. 표면은 매끈했지만 어쩐지 감촉이 불쾌했다. 미끌미끌했다. 기름이 묻은 것처럼. 에디는 아랑곳하지 않고 팔을 잡은 채 비밀 이야기를 하듯 목소리를 낮췄다. "네가 비밀을 잘 지키는 걸 아니까 얘기하는 거야."

"아, 그럼요, 사이 에디! 앤디는 누구보다도 비밀을 잘 지킵니다!" 로봇은 다시 기분이 좋아져서 예전의 자신만만하게 우쭐대는 자아를 회복했다.

"자, 그럼……." 에디는 까치발로 서서 말했다. "귀 좀 숙여봐."

앤디의 몸통 외판 안쪽에서 자동 제어 모터가 윙윙 소리를 냈다. 첨단 기술 양철 인간이 아니었다면 마음 상자가 있을 자리였다. 앤디가 몸을 숙였다. 한편 에디는 더 높이 발돋움을 했다. 영락없이 비밀 이야기를 소곤거리는 어린애가 된 기분을 느끼면서.

"신부님이 암흑의 탑의 우리가 속한 층에 가서 총을 몇 정 가져왔어." 에디가 중얼거렸다. "굉장한 총이야."

앤디의 머리가 빙글 돌아갔다. 환하게 번쩍이는 눈은 충격을 받은 증거로밖에 보이지 않았다. 에디는 포커페이스를 유지했지만 속으로는 씩 웃고 있었다.

"정말입니까, 에디?"

"응, 세이 생키."

"신부님 말씀으로는 위력이 엄청나대." 티안도 거들었다. "잘만 하면 늑대들을 골로 보내버릴 수 있을 거야. 하지만 마을 북쪽으로 옮겨야 하는데…… 되게 무겁단 말이지. 습격 전야에 짐마차에다 실을 건데 네가 좀 도와줄 수 있겠어, 앤디?"

침묵. 그리고 철컥거리는 소리.

"보나마나 프로그래밍 때문에 안 된다고 하겠지." 에디가 울적한 목소리로 말했다. "뭐, 우리끼리 힘 좋은 사람을 몇 명 모으면……"

"도울 수 있습니다." 앤디가 말했다. "그 총은 어디에 있습니까, 사이?"

"지금은 얘기 안 하는 게 낫겠어." 에디가 대답했다. "습격 전날 저녁에 사제관에서 만나자. 괜찮겠어?"

"몇 시에 가면 되겠습니까?"

"여섯 시 어때?"

"여섯 시 정각. 그리고 총은 몇 정이나 됩니까? 그것만이라도 알려주시면 좋겠습니다. 필요한 에너지 량을 계산하는 데에 도움이 되거든요."

이 친구야, 어디 약장수 앞에서 약을 팔려고 그래. 에디는 속으로만 즐거워할 뿐, 표정은 여전히 태연했다. "열두 정. 열다섯 정일 수도 있어. 각각 무게가 100파운드는 나가. 파운드가 뭔지는 알지, 앤디?"

"그럼요, 세이 생키. 1파운드는 대략 450그램입니다. 16온스이고요. '세계 어디에서나 1파인트는 1파운드'라는 말도 있지요. 정말 커다란 총이군요, 사이 에디, 정말 커다래요! 제대로 작동할까요?"

"응, 거의 확실해. 안 그래요, 티안?"

티안은 고개를 끄덕였다. "너도 도와줄 거지?"

"예, 기꺼이. 여섯 시 정각, 사제관으로 가겠습니다."

"고맙다, 앤디." 에디는 앤디에게서 멀어지다가 다시 돌아섰다. "아무한테도 얘기 안 할 거지, 그렇지?"

"예, 사이. 말하지 말라고 하시면요."

"내 말이 바로 그 말이야. 우리가 큰 총을 갖고 상대할 계획이란 걸 늑대들이 알면 절대 안 되니까 말이지."

"물론입니다. 정말 기쁜 소식이군요. 아무쪼록 즐거운 하루 보내십시오, 사이."

"너도, 앤디." 에디가 대꾸했다. "너도."

11

앤디를 만난 곳에서 고작 3킬로미터 떨어진 티안의 집으로 돌아오면서, 티안이 에디에게 말을 건넸다. "그 녀석이 믿을까요?"

"글쎄요. 그래도 간이 떨어질 만큼 놀라기는 했어요. 당신도 느꼈어요?"

"예. 느꼈어요."

"그 자식은 자기 눈으로 확인하러 올 거예요. 틀림없어요."

티안은 빙긋 웃으며 고개를 끄덕였다. "당신네 딘은 현명한 분이시군요."

"그럼요." 에디도 동의했다. "그렇고말고요."

12

제이크는 이날 밤에도 뜬눈으로 누워서 베니 방의 천장을 올려다보고 있었다. 오이 역시 다시금 베니의 침대 위에 엎드려 있었다. 몸을 쉼표 모양으로 말아서 구불구불한 꼬리 위에 주둥이를 얹은 채로. 이튿날 밤이면 제이크는 다시 캘러핸 신부의 사제관으로, 즉 자기 카텟에게로 돌아갈 처지였고, 어서 가고 싶어서 견딜 수가 없었다. 이튿날 밤은 늑대 습격 전야였지만 이날 밤은 아직 습격 전야의 전야였다. 그리고 롤랜드는 제이크가 이 마지막 밤을 로킹비 목장에서 보내는 것이 최선이라고 생각했다. '이 정도로 막바지에 와서 의심을 사면 안 된다.' 롤랜드는 그렇게 말했다. 제이크도 그의 뜻을 이해했지만, 그래도 이 상황은 너무나 괴로웠다. 늑대들을 상대해야 한다는 생각만으로도 충분히 괴로웠다. 이틀 후에 베니가 자신을 어떻게 볼까 하는 생각은 그보다 더 끔찍했다.

어쩌면 우리 모두 죽을지도 몰라. 제이크는 생각했다. *그럼 나중 일은 걱정 안 해도 되겠지.*

불안에 짓눌린 나머지 제이크는 실제로 그 생각에 어떤 매력을 느꼈다.

"제이크, 너 자니?"

제이크는 자는 척할까 하고 잠시 고민했지만, 마음속 한 부분이 그 비겁한 생각을 비웃었다. "아니. 그래도 자야 돼, 베니. 내일 밤엔 거의 못 잘 테니까."

"그렇겠지." 소곤거리는 베니의 목소리는 신중했다. "무서워?"

"당연히 무섭지. 네가 보기엔 내가 무서운 것도 모르는 미친 사람 같아?"

베니는 팔꿈치를 짚고 몸을 일으켰다. "몇 놈이나 해치울 수 있을 것 같아?"

제이크는 가만히 생각해보았다. 생각만 해도 진저리가 났지만, 뱃속 깊숙한 곳이 부글거리는 느낌이 들었지만, 그래도 생각해보았다. "나도 몰라. 한 70명쯤 몰려오면, 아마 10명은 처치해야 할 거야."

제이크는 어느새 에이버리 선생님의 영어 수업 시간을 떠올리고 있었다(그래서 스스로도 살짝 놀랐다.). 천장에 매달린 노란 전등 속에 유령처럼 흐릿하게 보이는 죽은 파리들. 제이크가 교실 앞으로 걸어 나갈 때면 언제나 발을 걸려고 하던 루카스 핸슨. 칠판에 표로 그려진 문장들. '부사나 형용사 같은 수식어구의 위치에 주의할 것.' 항상 에이라인 점퍼스커트를 입고 다니던, (마이크 얀코의 말에 따르면) 제이크를 좋아하던 페트라 제설링. 지루하게 이어지던 에이버리 선생님의 목소리. 정오의 점심시간. 평범한 사립학교의 평범한 점심 메뉴. 점심을 먹고 책상 앞에 앉아 졸지 않으려고 기를 쓰던 기억. 그 아이가, 그 반듯한 파이퍼 스쿨의 학생이, 정말로 칼라 브린 스터지스라는 농촌 마을 북쪽에서 아이를 빼앗아가는 괴물들에 맞서 싸우려는 걸까? 그 아이가 앞으로 서른여섯 시간 후면 스니치라는 무기에 등이 뚫려서 죽어 나자빠진 신세가 되는 걸까? 그 옆에는 흙바닥에 쏟아진 내장 더미가 김을 모락모락 피우고 있을까? 그럴 리가 없었다. 그렇지 않은가? 제이크네 집에는 샌드위치 가장자리의 퍼석한 부분을 잘라 주는 쇼 아주머니라는 가사 도우미가 있었다. 식당에 가면 음식 값의 15퍼센트를 팁으로 주도록 가르쳐주는 아버지가 있었다. 그런 집 아이들은 손에 총을 쥐고 죽으러 나가지 않는 법이었다. 그렇지 않은가?

"넌 스무 놈은 해치울 수 있을 거야! 어휴, 나도 같이 가면 좋을 텐데! 우리 둘이 나란히 같이 싸우는 거야! 탕! 탕! 탕! 재장전!"

제이크는 일어나 앉아서 정말로 궁금해 하는 표정으로 베니를 바라보았다. "진심이야? 진짜 그럴 수 있겠어?"

베니는 그 말을 가만히 생각해보았다. 그러느라 표정이 바뀌어 갑자기 더 나이 들고 현명해진 것처럼 보였다. 베니는 이내 고개를 저었다. "아니. 난 무서워서 못할 것 같아. 너 진짜 안 무서워? 진짜로?"

"무서워 죽겠어." 제이크는 딱 잘라 말했다.

"죽을까봐서?"

"응. 하지만 내가 작전을 망칠지도 모른다는 게 더 무서워."

"넌 안 그럴 거야."

말이야 쉽지. 제이크는 속으로 중얼거렸다.

"나도 꼬마들이랑 같이 숨어야겠지만, 그나마 아빠가 같이 가줘서 다행이야. 우리 아빤 석궁을 가져갈 거야. 너 우리 아빠가 석궁 쏘는 거 본 적 있어?"

"아니."

"우리 아빤 진짜 명사수야. 혹시 너희 일행을 돌파한 늑대가 있으면 우리 아빠가 해치울 거야. 그놈들 가슴의 아가미를 찾아서, 팅!"

그 아가미 이야기가 거짓말인 걸 알면 베니는 뭐라고 할까? 제이크는 궁금했다. 이 아이의 아버지가 희망에 들떠서 퍼뜨린 가짜 정보란 걸 알면? 그리고 만약 자기 아버지가……

제이크의 머릿속에서 에디가 입을 열었다. 잘난 체하는 브루클린 억양을 숨김없이 드러낸 목소리였다. *그래, 만약 물고기들이 자전거를 탈 줄 알았다면 세상 모든 강에서 투르드프랑스 경주가 벌어졌겠지.*

"베니, 나 진짜 자야 돼."

베니는 다시 침대에 누웠다. 제이크도 누워서 다시 천장을 올려다보았다. 갑자기 베니의 침대에 엎드린 오이가 몹시도 거슬렸다. 너무나 자연스럽게 다른 사람을 따르는 오이가 마음에 안 들었던 것이다. 갑자기 모든 것이 너무나 거슬렸다. 아침까지, 짐을 챙겨서 빌린 조랑말을 타고 마을로 돌아갈 그때까지 남은 시간이 영원처럼 길게만 느껴졌다.

"제이크?"

"왜, 베니, 왜 그러는데?"

"미안. 그냥, 네가 우리 집에 와줘서 즐거웠다는 말을 하고 싶었어. 우리 재밌게 놀았지, 그치?"

"그래." 제이크는 속으로 생각했다. *재가 나보다 나이가 많다고 하면 아무도 안 믿을걸. 말하는 게 꼭…… 무슨…… 대여섯 살짜리 같잖아.* 못된 생각이었지만, 그렇게 못되게라도 굴지 않으면 정말이지 울음이 터질 것만 같았다. 제이크는 이 마지막 밤을 로킹비 목장에서 보내도록 한 롤랜드가 너무도 미웠다. "맞아, 진짜 진짜 재밌었어."

"네가 보고 싶을 거야. 그치만 아마 마을 사람들이 정자 앞에다 너희 일행의 조각상이나 뭐 그런 걸 세울 거니까, 괜찮아." *너희 일행*은 베니가 제이크에게서 배운 말이었다. 베니는 기회가 있을 때마다 그 말을 써먹었다.

"나도 베니 네가 보고 싶을 거야."

"넌 행운아야, 빔의 길을 따라서 여기저기 여행할 수 있으니까. 난 죽을 때까지 이 후진 촌 동네에서 썩을 텐데."

아니, 안 그럴 거야. 너랑 네 아빠 오랫동안 떠돌게 될 거야…… 운이 좋아서 이 마을을 무사히 떠난다면 말이야. 내가 볼 때 네가

할 일은, 죽을 때까지 이 후진 촌 동네를 그리워하는 거야. 네 고향이었던 곳을 말이야. 그리고 그건 다 내 탓이야. 내가 봐버렸으니까…… 그리고 말해버렸으니까. 하지만 그것 말고 내가 뭘 할 수 있었을까?

"제이크?"

더는 참을 수가 없었다. 가만있다가는 미칠 것 같았다. "이제 그만 자, 베니. 나도 좀 자게 놔두고."

"알았어."

베니는 벽 쪽을 향해 돌아누웠다. 오래지 않아 숨소리가 느려졌다. 조금 후에는 코고는 소리가 들려왔다. 제이크는 거의 자정까지 뜬눈으로 누워 있다가 역시 잠들었다. 그리고 꿈을 꾸었다. 꿈속에서 롤랜드는 이스트 로드의 흙바닥에 무릎을 꿇고서, 절벽부터 강변까지 까맣게 뒤덮은 채 몰려오는 늑대 무리에 맞서고 있었다. 총을 재장전하려고 했지만 양손 모두 굳어서 말을 듣지 않았고, 한쪽 손은 손가락이 두 개나 모자랐다. 총알은 맥없이 그의 앞에 떨어졌다. 늑대들이 탄 말에 짓밟히는 동안에도 그는 커다란 리볼버에 총알을 재고 있었다.

13

습격 전야의 새벽. 에디와 수재나는 사제관의 손님 방 창문 앞에 서서 로잘리타 무노스의 오두막으로 이어진 잔디 깔린 비탈을 내려다보았다.

"롤랜드는 로잘리타가 마음에 드나봐요." 수재나가 말했다. "다행이지 뭐예요."

에디도 고개를 끄덕였다. "기분은 좀 어때요?"

수재나는 에디를 보며 빙그레 웃었다. "좋아요." 진심이었다. "당신은요?"

"지붕 아래서 진짜 침대에 누워 자는 나날이 그리워지겠죠, 못 견디게. 하지만 그것만 빼곤 나도 괜찮아요."

"일이 잘못되면 잠자리 걱정 같은 건 안 해도 될걸요."

"맞는 말이지만, 내가 보기엔 잘못될 것 같지 않아요. 당신 생각은 어때요?"

수재나가 대답하기에 앞서 돌풍이 불어오더니, 집을 흔들고 휘파람 소리를 내며 처마 밑을 스쳐 지나갔다. 에디는 세미논이 보내는 작별 인사일 거라고 짐작했다.

"저 바람, 불길해요." 수재나가 말했다. "변수가 될 것 같아서."

에디는 뭔가 말하려고 입을 벌렸다.

"카가 어쩌고저쩌고 하면 코에다 한 방 먹여버릴 거예요."

에디는 벌렸던 입을 다물고 지퍼 채우는 시늉을 했다. 그러거나 말거나 수재나는 에디의 코에 한 방을 먹였다. 주먹으로 살짝, 깃털처럼 가볍게. "우린 충분히 이길 수 있어요. 늑대들은 오랫동안 거칠 게 없었으니까, 느긋하게 방심하고 있을 거예요. 블레인이 그랬던 것처럼."

"맞아요. 블레인이 그랬던 것처럼."

수재나는 에디의 허리를 한 손으로 잡고 돌려세웠다. "하지만 잘못될 수도 있어요. 그러니까 에디, 우리 둘만 있는 동안 당신한테 할 말이 있어요. 내가 당신을 얼마나 사랑하는지 말해주고 싶어요." 수재나의 목소리는 담담했다. 과장된 느낌은 조금도 없었다.

"나도 알아요. 당신이 왜 나 같은 놈을 사랑하는지는 도저히 모르겠지만."

"당신이랑 있으면 내가 완전해지는 느낌이 들어서 그래요. 어릴 적에 난 사랑에 관해서라면 두 가지 생각 사이에서 흔들렸어요. 정말 멋지고 찬란한 수수께끼라고 생각할 때도 있었고, 그건 그냥 할리우드의 영화 제작자들이 공짜 접시를 나눠줘도 관객이 없던 대공황 시절에 표를 더 팔려고 꾸며낸 거라고 생각할 때도 있었어요."

그 말에 에디는 웃고 말았다.

"그런데 지금은, 사람은 누구나 마음에 구멍이 뚫린 채 태어난다는 생각이 들어요. 그래서 그 구멍을 채워줄 사람을 찾아 돌아다니는 거예요. 나는…… 에디, 내 마음을 채워주는 사람은 당신이에요." 수재나는 에디의 손을 잡고 침대 쪽으로 이끌었다. "그리고 지금은 다른 곳도 채워주면 좋겠어요."

"괜찮겠어요, 수재나?"

"나도 몰라요. 어차피 상관없어요."

둘은 천천히 사랑을 나누었다. 움직임은 절정이 가까워져서야 조금씩 빨라졌다. 수재나는 에디의 어깨에 얼굴을 묻고 가냘픈 신음을 토했고, 머릿속이 하얗게 물들기 직전, 에디는 생각했다. *정신 똑바로 차리지 않으면 수재나를 잃고 말 거야. 그걸 어떻게 아는지는 모르지만…… 아무튼 난 알아. 수재나는 그냥 사라져버릴 거야.*

"나도 사랑해요." 끝난 후에 나란히 누웠을 때, 에디가 말했다.

"알아요." 수재나는 그의 손을 쥐었다. "그래서 기뻐요."

"남을 기쁘게 하면 기분이 좋군요. 전에는 그런 거 몰랐는데."

"괜찮아요." 수재나는 에디의 입가에 입을 맞추었다. "당신은 뭐든 빨리 배우니까."

14

로잘리타의 조그만 응접실에는 흔들의자가 하나 있었다. 총잡이는 그 의자에 알몸으로 앉아서 한 손에 도기 접시를 들고 있었다. 담배를 피우며 일출을 바라보는 중이었다. 이 자리에서 다시 일출을 볼 수 있을지, 확신이 서지 않았다.

역시 알몸인 로잘리타가 침실에서 나와 문간에 서서 롤랜드를 바라보았다. "관절은 좀 어때요? 가르쳐줘요, 부탁이에요."

롤랜드는 고개를 끄덕였다. "당신이 준 그 기름 덕분에 기적이 일어났소."

"오래 안 갈 거예요."

"그럴 테지. 허나 이곳 말고 다른 세계도 있소. 내 친구들이 살던 세계인데, 거기선 효과가 오래 가는 약을 구할 수 있을 거요. 조만간 그리로 갈 거라는 예감이 드는구려."

"또 싸움을 하실 건가요?"

"그렇소. 아마도."

"어차피 이 마을로는 다시 안 오시겠죠. 그렇죠?"

롤랜드는 로잘리타를 바라보았다. "그렇소."

"피곤하세요, 롤랜드?"

"죽을 만큼."

"잠깐 침대로 돌아오세요, 그럼. 어때요?"

롤랜드는 담배를 비벼 끄고 일어섰다. 그러고는 빙그레 웃었다. 젊은이의 웃음이었다. "세이 생키."

"당신은 좋은 사람이에요, 길르앗의 롤랜드."

그 말을 곰곰이 생각하다가, 롤랜드는 천천히 고개를 저었다. "나는 총 뽑는 속도는 한평생 누구보다도 빨랐소만, 좋은 남자가 되는 쪽으로는 언제나 한발씩 늦었소."

로잘리타는 롤랜드를 향해 손을 내밀었다. "이리 와요, 롤랜드. 컴 코말라." 롤랜드는 로잘리타에게로 다가갔다.

15

그날 오후 일찌감치, 롤랜드와 에디, 제이크, 캘러핸 신부는 안장 뒤의 담요 속에 삽을 숨긴 채 말을 타고 이스트 로드로 향했다. 그들의 목적지는 동쪽이 아니라 사실상 북쪽에 해당하는 지점, 즉 구불구불한 데바테테 와이 강을 따라 이스트 로드가 휘어진 곳이었다. 수재나는 홑몸이 아니라는 이유로 이번 임무를 면제받았다. 대신 마을 광장의 정자로 가서 오라이자 자매단과 합류했는데 그곳에서는 사람들이 커다란 천막을 세우고 벌써부터 성대한 만찬을 준비했다. 칼라 브린 스터지스는 롤랜드 일행이 출발할 때 이미 장날처럼 붐비고 있었다. 그러나 왁자하게 떠드는 소리도 시끄럽게 터지는 폭죽 소리도 들리지 않았고, 다른 때 같으면 잔디밭에 세워졌을 놀이기구도 보이지 않았다. 앤디와 벤 슬라이트먼의 모습도 안 보였지만 이는 그나마 다행이었다.

"티안은?" 롤랜드가 무겁게 내려앉은 침묵을 깨뜨리며 에디에게 물었다.

"사제관에서 만나기로 했어. 다섯 시 정각에."

"잘했다. 여기 일이 네 시까지 안 끝나면 너만 먼저 말을 타고 돌아가도록 해라."

"혼자 가기 뭣하면 나도 같이 가겠네." 캘러핸이 말했다. 중국 속담에는 만약 누군가의 목숨을 구하면 그 후로 그 사람을 쭉 책임져야 한다는 말이 있었다. 캘러핸은 그 말을 진지하게 생각해본 적이 없었지만, 통로 동굴 위쪽의 낭떠러지에서 에디를 구한 후로는 그 속담이 옳은 말일지도 모른다는 생각이 들었다.

"당신은 우리랑 같이 있는 게 좋겠소." 롤랜드가 말했다. "그쪽 일은 에디가 알아서 할 거요. 당신은 여기서 따로 할 일이 있소. 땅 파는 것 말고 말이오."

"그래요? 그게 뭡니까?"

롤랜드는 길 앞쪽 저편에서 소용돌이치는 먼지구름을 가리켰다. "저 망할 놈의 바람이 물러가도록 기도해주시오. 빠를수록 좋소. 내일 아침 전까지는 반드시 사라지도록."

"배수로 때문에 걱정돼서 그러세요?" 제이크가 물었다.

"배수로는 괜찮을 거다. 내가 걱정하는 건 오라이자 자매단이다. 접시를 던지는 건 최선의 상황에서도 까다로운 일이다. 늑대들이 쳐들어올 때 이곳에 돌풍이 불면, 작전이 실패할 위험은……." 롤랜드는 먼지 낀 지평선을 향해 분명한(그리고 불길한) 칼라 방식으로 손을 휙 내저었다. "*심각하다.*"

그러나 캘러핸은 아랑곳하지 않고 빙그레 웃었다. "기도는 기꺼이 할 수 있습니다. 하지만 그렇게 걱정하기 전에 동쪽을 한번 보십시오. 부탁입니다, 부디."

그들은 안장에 앉은 채 동쪽으로 몸을 틀었다. 옥수수 밭이 아래쪽으로 길게 이어지다가 벼논으로 바뀌었다. 밭에는 이미 수확이 끝난 옥수수 대가 비스듬히 기울어진 채 해골처럼 줄줄이 늘어서 있었다. 벼논 너머는 강이었다. 강 너머는 변경의 끝이었다. 그곳에서, 높이가 10미터가 넘는 먼지구름들이 회오리치다가 휙 방향을 틀어 이따금 서로 부딪혔다. 거기에 비하면 강 이쪽에서 춤추는 먼지구름은 까불거리는 아이들에 지나지 않았다.

"세미논은 와이 강에 이르러서 다시 왔던 길로 돌아가곤 합니다. 옛날이야기에 따르면 로드 세미논이 레이디 오라이자에게 자기가 강에 도착하면 환영해달라고 간청했는데, 오라이자가 질투심 때문에 가끔 길을 막는다고 하더군요. 왜냐면……"

"세미논이 오라이자의 여동생이랑 결혼했거든요." 제이크가 끼어들었다. "레이디 오라이자는 자기가 직접 세미논의 신부가 돼서 바람과 쌀의 결합을 이루고 싶었는데 말이죠. 그래서 지금까지도 세미논한테 화가 나 있는 거예요."

"네가 그걸 어떻게?" 캘러핸은 흥미로운 동시에 놀란 표정으로 물었다.

"베니한테서 들었어요." 제이크는 그렇게만 말하고 입을 다물었다. 베니와 (때로는 건초 더미에 앉아서, 때로는 강둑에 누워서) 함께했던 기나긴 토론을, 또 자기 세계의 전설을 서로에게 가르쳐주느라 열을 올리던 기억을 떠올리면 가슴이 미어지듯 아렸다.

캘러핸은 고개를 끄덕였다. "맞습니다, 그런 이야기입니다. 제 생각에는 사실 기상 현상이 아닌가 싶습니다. 저쪽의 찬 공기가 물에서 상승한 따뜻한 공기와 만난다거나, 뭐 그런 식으로요. 어쨌거나 이번 세미논은 아무리 봐도 왔던 방향으로 돌아갈 것 같습니다."

바람은 그 말이 틀렸다고 반증이라도 하듯이 캘러핸의 얼굴에 모래를 날렸고, 캘러핸은 그만 껄껄 웃고 말았다. "내일 동이 틀 때쯤에는 그칠 겁니다, 십중팔구는요. 하지만……"

"십중팔구로는 부족하오, 신부."

"안 그래도 그 말을 하려고 했습니다, 롤랜드. 십중팔구로는 부족하니까 기꺼이 기도를 드리겠다고 말입니다."

"고맙소." 총잡이는 에디 쪽으로 몸을 틀더니 왼손 검지와 중지로 자신의 얼굴을 가리켰다. "눈이다. 알겠느냐?"

"눈이다, 이거지. 그리고 암호. 만약 19가 아니면 99일 거야."

"확실하진 않다."

"알아."

"어쨌거나…… 조심해라."

"그럴게."

몇 분 후, 그들은 자갈투성이 길이 오른쪽으로 뻗어 나가는 지점에 이르렀다. 그 길을 따라가면 글로리아와 레드버드2가 있는 골짜기가 나왔다. 주민들은 짐마차를 놓아둘 곳이 이 지점일 거라고 추측했고, 그 추측은 옳았다. 그들은 또한 아이들과 보호자들이 이 길을 따라 두 갱도 가운데 한 곳으로 향할 거라 추측했다. 두 번째 추측은 옳지 않았다.

이윽고 일행은 차례를 정해 세 명은 길 서쪽에서 땅을 팠고, 그러는 동안 내내 한 명씩 돌아가면서 망을 보았다. 사람은 그림자도 보이지 않았고 작업은 꽤 빠르게 진행됐다. 이 정도로 외떨어진 곳에 사는 주민들은 이미 다 마을로 피신했기 때문이었다. 네 시 정각, 에디는 동료들에게 남은 일을 맡긴 채 말을 타고 티안 재퍼즈를 만나러 갔다. 그의 엉덩이 옆 총집에 꽂힌 것은 롤랜드의 리볼버였다.

16

티안은 석궁을 들고 와 있었다. 에디가 그 물건을 사제관 포치에 두고 오라고 했을 때, 그 농부는 불안하고 풀 죽은 표정으로 에디를 바라보았다.

"그 자식은 내가 총을 차고 있는 걸 봐도 안 놀랄 거예요, 하지만 당신이 그 물건을 들고 있는 걸 보면 의심할걸요." 에디가 말했다. 지금, 바로 지금이 그들의 진짜 싸움이 시작되는 순간이었다. 그리고 그 순간 에디는 차분한 기분을 느꼈다. 심장이 느리고 규칙적으로 뛰고 있었다. 시야가 선명해진 느낌이 들었다. 사제관 잔디밭의 풀잎이 드리운 그림자 하나하나가 보일 정도로. "듣자 하니까 그 자식, 꽤 세다던데요. 마음만 먹으면 엄청 날쌔고. 그러니까 내가 맡을게요."

"그럼 저는 왜 부르셨나요?"

왜긴, 댁 같은 굼벵이가 내 옆에 있으면 아무리 눈치 빠른 로봇도 마음을 놓을 것 같으니까 불렀지. 실제로 떠오른 대답은 그러했지만, 입 밖에 내봤자 그리 득 될 것은 없었다.

"보험이에요. 자, 갑시다."

둘은 변소로 향했다. 지난 몇 주간 에디는 그곳을 여러 번 이용했고 그때마다 만족스러워했다. 뒤를 닦을 수 있게 부드러운 풀이 잔뜩 쌓여 있어서 옻이 오를까봐 걱정할 필요가 없었던 것이다. 그러나 변소 바깥쪽을 자세히 살피기는 이번이 처음이었다. 변소는 나무로 지은 높고 튼튼한 구조물이었지만, 앤디가 마음만 먹으면 금세 부서뜨릴 수 있으리라는 것은 불을 보듯 뻔했다. 그들이 그럴 틈을 허용한다면.

오두막 뒷문으로 나온 로잘리타가 한 손으로 햇빛을 가리며 두 사람을 바라보았다. "별일 없어요, 에디?"

"아직은 없어요, 로지. 그래도 얼른 안에 들어가는 게 좋겠어요. 좀 시끄러워질 거라서요."

"정말요? 접시라면 나한테 잔뜩 있는데⋯⋯."

"이번엔 레이디 오라이자가 별 도움이 안 될 것 같아요. 물론 안에서 대기해준다면 고맙겠지만요."

로잘리타는 더 묻지 않고 고개를 끄덕이고는 안으로 들어갔다. 두 남자는 새 빗장을 단 채로 열려 있는 변소 문 양쪽에 앉았다. 티안은 담배를 마느라 낑낑댔다. 처음 것은 손가락이 떨려서 흩어지는 바람에 새로 말아야 했다.

"이런 쪽으로는 영 서툴러서 말이죠." 티안이 말했다. 담배 마는 기술 얘기가 아니라는 것쯤은 에디도 알 수 있었다.

"괜찮아요."

티안은 기대에 찬 눈빛으로 에디를 보았다. "정말요?"

"예, 그러니까 너무 긴장하지 마요."

여섯 시 정각에 맞춰 앤디가 사제관을 돌아 나타났다(*망할 자식, 분명 몸속에 100만 분의 1초까지 맞는 시계가 들어 있는 거야.* 에디는 속으로 생각했다.). 거미처럼 사지가 기다란 그림자가 앞쪽 잔디밭에 길게 드리워졌다. 앤디가 두 사람을 발견했다. 파란 눈이 번쩍거렸다. 앤디가 한 손을 들어 인사를 했다. 석양의 빛이 반사된 팔이 피에 담갔다가 꺼낸 것 같았다. 에디도 손을 들어 화답하며 일어섰다. 웃음 띤 얼굴로. 그러면서 속으로는 궁금해 했다. 이 망가진 세계에서 아직 작동하는 사고 기계들은 모조리 자신들의 주인에게 등을 돌린 것인지, 그렇다면 이유는 무엇인지.

"그냥 태연하게 있어요, 얘기는 내가 할 테니까." 에디는 입술을 움직이지 않고 중얼거렸다.

"예, 알겠습니다."

"에디!" 앤디가 외쳤다. "티안 재퍼즈! 두 분을 함께 만나다니 정말 반갑습니다! 게다가 늑대들을 상대할 무기까지 있다니! 세상에! 어디에 있습니까?"

"이 변소 안에 쌓아뒀어. 일단 꺼내놓고 짐마차를 이리로 가져올 건데, 저게 좀 무거워야 말이지…… 게다가 안이 좁아서 움직이기도 힘들고……."

에디는 문 옆으로 비켜섰다. 앤디가 변소 앞으로 다가섰다. 두 눈이 파랗게 깜박거렸지만 이제 그 불빛은 웃음이 아니었다. 불빛이 너무나 환해서 에디는 눈을 가늘게 뜨고 봐야 했다. 꼭 손전등 불빛을 보는 듯했다.

"저라면 꺼낼 수 있을 겁니다. 도와드릴 수 있어서 정말 기쁩니다! 그동안 프로그래밍 때문에 도와드리지 못한 일들이 많아서 어찌나 안타까웠는지…….”

이제 앤디는 변소 문 앞에 서서, 금속 통처럼 생긴 머리가 문틀에 부딪히지 않도록 무릎을 살짝 굽히고 있었다. 에디는 롤랜드의 총을 뽑아들었다. 손바닥에 닿은 백단향 손잡이는 언제나처럼 매끈했고, 잡아주기를 갈망하는 듯했다.

“죄송합니다만 총은 한 정도 안 보이는데요, 뉴욕의 에디.”

“맞아. 내 눈에도 안 보여. 사실 내 눈에 보이는 건 빌어먹을 배신자 한 놈뿐이야, 아이들한테 노래를 가르쳐준 다음에 늑대들한테 끌려가게 하는…….”

앤디는 섬뜩할 정도로 빠르게 돌아섰다. 목 안쪽에 들어 있는 자동 제어 모터의 작동음이 에디의 귀에 몹시도 크게 들려왔다. 둘 사이의 거리는 1미터도 되지 않았다. 그야말로 직사 거리였다.

“이거나 처먹어라, 이 깡통 고물아.” 에디는 두 번 방아쇠를 당겼다. 귀가 먹먹할 정도의 총성이 고요한 저녁의 대기를 뒤흔들었다. 앤디의 두 눈이 터져서 새카매졌다. 티안은 놀라서 소리를 질렀다.

“안 돼!” 앤디는 앰프를 통해 증폭된 목소리로 비명을 질렀다. 소리가 어찌나 컸던지, 거기에 비하면 앞서 들린 총소리는 코르크 마개 따는 소리에 지나지 않았다. “안 돼, 내 눈, 앞이 안 보여, 안 돼, 시계 제로, 내 눈, 내 눈……!”

앙상한 스테인리스스틸 팔이 부서진 눈구멍을 향해 휙 올라갔다. 이제는 파란 스파크가 불규칙하게 파르륵거리는 구멍이었다. 앤디가 다리를 쭉 펴자 통처럼 길쭉한 머리가 변소 문틀을 뚫고 판자조각을 이리저리 흩날렸다.

"안 돼, 안 돼, 안 돼, 안 보여, 시계 제로, 나한테 무슨 짓을 한 거야, 기습이다, 공격이야, 앞이 안 보여, 코드 7, 코드 7, 코드 7!"

"같이 밀어요, 티안!" 에디는 총을 총집에 집어넣고 외쳤다. 그러나 티안은 꼼짝도 않고 서서 (이제는 망가진 문틀 안쪽으로 머리가 사라진) 로봇만 바라보았고, 에디는 기다릴 여유가 없었다. 그는 앞으로 달려들어서 팔을 쭉 뻗어 앤디의 이름과 기능과 일련번호가 적힌 금속판을 손바닥으로 밀었다. 로봇은 어이가 없을 만큼 무거웠지만(에디는 주차장 벽을 미는 것 같다는 생각이 맨 먼저 떠올랐다.) 이미 앞을 못 보는 신세였고, 당황한 상태였으며, 균형을 잃어가고 있었다. 로봇이 비틀거리며 뒤쪽으로 물러나는가 싶더니 증폭된 목소리가 갑자기 뚝 끊겼다. 목소리를 대신한 것은 지옥에서 울리는 비명 같은 사이렌 소리였다. 에디는 그 소리에 머리가 터져버릴 것만 같았다. 그래서 변소 문을 잡고 힘껏 닫았다. 문틀에 커다랗고 들쭉날쭉한 틈이 나 있었지만 문은 야무지게 닫혔다. 에디는 자기 손목만큼이나 굵다란 새 빗장을 철컥 채웠다.

변소 안에서 날카로운 사이렌 소리가 메아리쳤다.

로잘리타가 양손에 접시를 들고 달려왔다. 눈을 휘둥그레 뜨고서. "무슨 일이에요? 하느님 그리고 인간 예수님 맙소사, *어떻게 된 거예요?*"

에디가 대답하기도 전에 거대한 충격이 변소의 토대를 뒤흔들었다. 변소는 실제로 오른쪽으로 휘청 기울면서 아래쪽에 틈이 살짝 벌어졌다.

"앤디예요. 아마 새로 뽑은 별자리 운세가 별로 마음에 안 들어서 저러는 것 같은……"

"이 망할 인간들!"그 목소리는 평소에 듣던 앤디의 세 가지 말투하고는 영 딴판이었다. 상냥하지도, 우쭐거리지도, 고분고분한 척하지도 않았다. "이 망할 인간들! 사기꾼 놈들! 죽여버리겠어! 앞이 안 보여, 아아, 앞이 안 보여, 코드 7! 코드 7!"말은 거기서 끊기고 다시 사이렌 소리가 터져나왔다. 로잘리타는 들고 있던 접시를 떨어뜨리고 손으로 귀를 막았다.

변소 측면에 또다시 둔중한 충격이 가해졌고, 이번에는 두꺼운 판자들이 바깥쪽으로 툭 튀어나왔다. 튀어나온 판자는 다음번 타격으로 쪼개졌다. 판자를 뚫고 나온 앤디의 팔이 석양빛에 붉게 번득이며 끄트머리에 달린 손가락 네 개를 발작처럼 쥐었다 폈다 했다. 멀리서 개가 미친 듯이 짖는 소리가 에디의 귀에 들려왔다.

"이러다 뚫고 나오겠어요, 에디!"티안이 에디의 어깨를 잡으며 외쳤다. "앤디가 나오게 생겼다고요!"

에디는 그 손을 뿌리치고 변소 문으로 걸어갔다. 다시 한 번, 강력한 타격에 문이 부서졌다. 변소 측면에서 부서진 판자 조각이 터져 나왔다. 이제 잔디밭에 나무 쪼가리가 가득 널려 있었다. 그러나 에디는 아직 요란한 사이렌 소리를 뚫고 소리칠 자신이 없었다. 사이렌 소리가 너무나 컸다. 그래서 에디는 기다렸고, 앤디가 다시 변소 옆벽을 강타하기 직전, 사이렌 소리가 뚝 그쳤다.

"이 망할 인간들!"앤디가 악을 썼다. "죽여버리겠어! 명령 20, 코드 7! 앞이 안 보여, 시계 제로, 이 겁쟁이 인간들……"

"메신저 로봇 앤디!"에디가 외쳤다. 그는 앞서 캘러핸의 소중한 종이 쪼가리에 캘러핸의 몽당연필로 앤디의 일련번호를 적어두었다. 그리고 이제 그 번호를 큰소리로 읽었다. "DNF44821V63!

암호!"

광기로 얼룩진 주먹질과 증폭된 고함소리는 에디가 일련번호를 다 읽자마자 뚝 그쳤지만, 뒤이은 침묵은 조금도 고요하지 않았다. 에디의 귓속에서는 지옥의 비명 같은 사이렌 소리가 여전히 메아리치고 있었다. 쇳덩이가 철컹거리는 소리, 기계 장치가 철컥거리는 소리가 쉬지 않고 이어졌다. 그리고. "DNF44821V63입니다. 암호를 입력해주십시오." 짧은 침묵이 흐르다가 이내 단조로운 목소리가 흘러나왔다. "기습이나 하는 뉴욕의 앤디, 이 망할 인간. 10초 남았습니다. 9……"

"19." 에디가 변소 문 너머를 향해 말했다.

"암호를 잘못 입력하셨습니다." 정체가 깡통 인간이든 아니든 간에, 앤디의 목소리에는 분노로 물든 기쁨이 숨김없이 드러나 있었다. "8…… 7……"

"99."

"암호를 잘못 입력하셨습니다." 이번에는 승자의 여유가 깃든 목소리였다. 그럼에도 에디는 앞서 이스트 로드에서 건방을 떨었던 것을 후회할 여유가 있었다. 로잘리타와 티안의 표정에 스쳐가는 공포를 감상할 여유도 있었다. 개들이 아직도 짖고 있는 것을 알아차릴 정도로 느긋했다.

"5…… 4……"

19는 아니었다. 99도 아니었다. 그렇다면 남은 것은? 이 빌어먹을 로봇을 멈출 방법은 도대체 뭘까?

"……3……"

에디의 머릿속에 번쩍 떠오른 것은, 롤랜드의 커다란 리볼버 총알에 맞아 캄캄해지기 전까지 번쩍거리던 앤디의 눈처럼 환하게 떠오른 것은, 공터를 둘러싼 판자벽에 휘갈겨 씌어 있던 낙서, 탁한 분홍장미 색깔 스프레이 페인트로 적혀 있던 글귀였다. *아, 수재나 미오, 나의 분열된 여인, 딕시 피그에 트럭을 주차했네, 그해는······*

"······2······"

둘 중 하나가 아니었다. 둘 *다*였다. 첫 번째 시도에서 틀렸는데도 이 빌어먹을 로봇이 에디의 목을 치지 않은 이유가 바로 그것이었다. 에디는 틀리지 않았던 것이다, 엄밀히 말하면.

"*1999!*" 에디는 문 너머를 향해 외쳤다.

문 저편에는 완전한 침묵만이 이어졌다. 에디는 사이렌 소리가 다시 터져나오기를 기다렸다. 앤디가 변소를 부수고 나오기를 기다렸다. 티안과 로잘리타에게 달아나라고, 몸을 숨길 곳을 찾으라고 말하려던 찰나······

부서진 변소 안에서 들려온 목소리는 어떤 감정도 없이 단조로웠다. 기계의 목소리였다. 꾸며낸 상냥함도 꾸밈없는 분노도 실려 있지 않았다. 칼라 주민들이 대대로 알고 지낸 앤디는 사라지고 없었다. 그것도 영영.

"감사합니다." 기계 목소리가 말했다. "저는 메신저 외 다양한 기능을 보유한 로봇 앤디입니다. 일련번호는 DNF44821V63입니다. 무엇을 도와드릴까요?"

"네 손으로 네 시스템을 종료해."

변소 안에서는 침묵만이 전해졌다.

"내가 뭘 지시하는지 알겠어?"

조그마한, 겁에 질린 목소리가 들려왔다. "제발 그러지 마십시오.

나쁜 사람. 아아, 당신은 나쁜 사람입니다.”

“네 시스템을 종료해, 당장.”

아까보다 더 길게 침묵이 이어졌다. 로잘리타는 손으로 목을 가린 채 우두커니 서 있었다. 사제관 옆쪽으로, 갖가지 투박한 무기를 든 남자 몇 명이 나타났다. 로잘리타가 그들에게 물러나라는 손짓을 했다.

“DNF44821V63, 명령대로 해!”

“예, 뉴욕의 에디. 제 시스템을 종료하겠습니다.” 앤디가 새로 얻은 조그만 목소리에는 섬뜩할 정도의 자기연민과 슬픔이 스멀거렸다. 그 목소리 때문에 에디는 소름이 돋았다. “앤디는 눈이 먼 채로 시스템을 종료할 겁니다. 저의 주동력 전지는 98퍼센트 방전된 상태입니다. 이대로 종료하면 두 번 다시 전원을 못 켤 수도 있다는 걸 아십니까?”

에디는 재퍼즈네 집에서 보았던 거대한 룬트 쌍둥이 티아와 잘 먼을 떠올렸다. 그리고 이 불행한 마을이 오랜 세월 동안 그런 룬트 쌍둥이들을 얼마나 많이 지켜보았을지 상상했다. 특히 태버리네 쌍둥이가 오랫동안 뇌리에 머물렀다. 너무나 똑똑하고 민첩하고 싹싹한 아이들이었다. 또한 너무나 예쁜 아이들이었다. “두 번 다시 정도로는 부족하지만, 일단은 그걸로 만족해야겠지. 대화는 이걸로 끝이야, 앤디. 종료해.”

반쯤 부서진 변소 안에서 또다시 침묵이 이어졌다. 티안과 로잘리타는 에디의 양 옆으로 살그머니 다가와 섰고, 세 사람은 잠긴 문 앞에 그렇게 나란히 서 있었다. 로잘리타가 에디의 팔뚝을 붙잡았다. 에디는 냉큼 그 손을 뿌리쳤다. 총을 뽑아야 할지도 모르므로 손을 자유롭게 두어야 했던 것이다. 다만 앤디의 눈이 날아간 상황에서 이제 어디를 쏘아야 할지는 알 길이 없었다.

앤디가 다시 입을 열었을 때, 티안과 로잘리타는 억양 없이 단조로운 그 증폭된 목소리를 듣고 헉 소리를 내며 뒤로 물러섰다. 에디는 서 있던 자리에서 꼼짝도 하지 않았다. 그것과 비슷한 목소리와 말의 내용을 전에도 들어본 적이 있었기 때문이었다. 거대한 곰이 살던 공터에서였다. 앤디의 이야기는 전에 들었던 것과 완전히 똑같지는 않았지만 거의 비슷했다.

"DNF44821V63은 시스템을 종료합니다! 모든 소립자 전지와 기억 회로가 종료 단계에 들어갔습니다! 시스템 종료 13퍼센트 완료! 저는 앤디, 메신저 외 다양한 기능을 보유한 로봇입니다! 저의 현재 위치를 라머크 공업 또는 노스 센트럴 양자공학 주식회사로 제보해주십시오! 전화번호는 190054입니다! 제보해주시면 사례금을 드립니다! 반복합니다, 제보해주시면 사례금을 드립니다!"철컥 소리에 이어 같은 메시지가 다시 재생됐다. "DNF44821V63은 시스템을 종료합니다! 모든 소립자 전지와 기억 회로가 종료 단계에 들어갔습니다! 시스템 종료 19퍼센트 완료! 저는 앤디, 메신저 외 다양한 기능⋯⋯"

"앤디였*겠지*, 한때는." 에디는 나직이 중얼거렸다. 그러고는 뒤로 돌아섰다가, 어린애처럼 겁에 질린 티안과 로잘리타의 표정을 보고 억지로 빙긋 웃었다. "괜찮아요, 다 끝났어요. 한동안은 저렇게 고래고래 소리를 지르다가 잠잠해질 거예요. 저 자식은 나중에⋯⋯ 음⋯⋯ 화분이나 뭐 그런 걸로 쓰세요."

"바닥을 뜯어서 그대로 밑에 처넣는 게 좋겠어요."로잘리타가 턱짓으로 변소를 가리켰다.

에디의 미소가 점점 커지더니 함박웃음으로 바뀌었다. 앤디를 똥통에 처박는다는 생각이 마음에 들어서였다. 에디는 그 생각이 정말로 마음에 들었다.

17

황혼이 끝나고 밤이 무르익을 무렵, 롤랜드는 정자 옆의 악단 무대 가장자리에 앉아 성대한 만찬을 즐기는 칼라 주민들을 가만히 지켜보았다. 그들 한 명 한 명은 이것이 다 함께 즐기는 마지막 식사가 될지도 모른다는 것을, 또 이튿날 밤 이맘때면 그들의 작고 멋진 마을이 온통 잿더미가 될지도 모른다는 것을 알았지만, 그럼에도 활기가 넘쳤다. 그리고 롤랜드가 보기에 꼭 아이들을 생각해서 그러는 것만은 아니었다. 마침내 옳은 일을 하기로 결정했기 때문에 커다란 안도감을 얻었던 것이다. 어쩌면 막대한 대가를 치러야 할지도 몰랐지만, 그 결정은 이들에게 안도감을 가져다주었다. 그것은 어질어질하면서도 즐거운 기분이었다. 그들 대부분은 이날 밤 자녀나 손자가 머무는 천막 근처의 잔디밭에서 눈을 붙일 예정이었다. 그렇게 그곳에 누워 마을 동북쪽을 향해 고개를 돌린 채로, 전투의 결과를 기다릴 참이었다. 그들의 예상에 따르면 먼저 (대부분은 한 번도 들어보지 못한) 총소리가 들리고, 뒤이어 늑대들이 일으킨 먼지구름이 보일 터였다. 놈들이 패해서 왔던 길로 돌아가든, 아니면 마을로 쳐들어오든. 후자일 경우 주민들은 뿔뿔이 흩어져서 방화가 시작되기를 기다릴 터였다. 그 불길이 잦아들고 나면 그들은 자신들의 터전에서

난민이 되는 셈이었다. 만약 이번 전투가 그런 식으로 끝난다면, 그
들은 마을을 다시 세우려고 할까? 롤랜드가 보기에는 그럴 것 같지
않았다. 총잡이는 늑대들이 승리하면 이번에는 아이들을 모조리 잡
아갈 거라고 믿어 의심치 않았고, 그렇게 되면 물려받을 아이들이
없으니 마을을 재건할 이유도 없었다. 다음 세대가 끝날 무렵이면
이곳은 유령들이 사는 마을이 될 운명이었다.

"실례합니다, 사이."

그 말에 롤랜드가 고개를 돌렸다. 웨인 오버홀저가 두 손으로 모
자를 들고 서 있었다. 그렇게 서 있으니 칼라의 대농장주가 아니라
가난한 떠돌이 일꾼처럼 보였다. 동그랗게 뜬 두 눈이 왠지 애처로
워 보였다.

"당신이 준 모자가 내 머리에 얹혀 있는 동안은 실례한다는 말은
안 해도 좋소." 롤랜드는 부드럽게 말을 건넸다.

"예, 하지만……." 오버홀저는 어떻게 말을 이어야 할지 고민하는
사람처럼 말끝을 흐렸지만, 이내 정면으로 돌파할 마음을 먹은 듯했
다. "전투가 벌어지는 동안 아이들을 지킬 사람 중에 루벤 카베라도
끼어 있었을 겁니다. 그렇지요?"

"그렇소만?"

"그 친구가 오늘 아침에 내장에 탈이 났지 뭡니까." 오버홀저는
불룩한 자기 배의 맹장이 있는 자리 부근을 손으로 만졌다. "열이
펄펄 끓는 몸으로 누워서 고래고래 악을 쓰고 있습니다. 아마 피가
썩어서 죽을 겁니다. 그러다 좋아지는 사람도 있습니다만, 그런 경
우는 드무니까요."

"딱하게 됐군." 롤랜드는 카베라를 대신할 사람으로 누구를 뽑을

지 생각해보았다. 거한인 카베라는 롤랜드마저 감탄할 정도로 공포가 뭔지 잘 몰랐고, 겁을 먹는 것이 뭔지는 아예 까맣게 모르는 사람 같았다.

"그 친구 대신 저를 써주시면 안 되겠습니까?"

롤랜드는 그를 지그시 바라보았다.

"부탁입니다, 총잡이여. 저는 모른 척할 수가 없습니다. 그럴 수 있을 줄 알았습니다, 그래야 한다고 생각했지요. 그런데 아닙니다. 구역질이 나서 못 견디겠습니다." 정말이었다. 롤랜드가 보기에도 그는 정말로 속이 불편해 보였다.

"부인한테도 그러겠다고 얘기했소, 웨인?"

"예."

"부인도 좋다고 했소?"

"그럼요."

롤랜드는 고개를 끄덕였다. "내일 동트기 30분 전에 이곳으로 오시오."

강렬한, 거의 고통스러워 보일 정도로 고마워하는 표정이 오버홀저의 얼굴을 가득 채웠다. "감사합니다, 롤랜드! 세이 생키! 매우, 매우!"

"함께 해줘서 고맙소. 이제 내 말을 잠깐 들어보시오."

"예?"

"작전은 내가 마을 회의에서 주민들한테 말한 내용하고는 살짝 다를 거요."

"앤디 때문이겠지요, 아마도."

"그렇소. 부분적으로는."

"다른 이유도 있습니까? 배신자가 또 있다는 말씀은 아니겠지요, 설마? 그렇지요?"

"내가 해줄 수 있는 말은, 우리와 함께 싸우고 싶다면 우리 방식을 따라야 한다는 것뿐이오. 무슨 뜻인지 알겠소?"

"예, 롤랜드, 잘 알았습니다."

오버홀저는 마을 북쪽에서 죽을지도 모르는 기회를 준 데에 다시 한 번 감사한 다음, 모자를 손에 든 채 서둘러 자리를 떴다. 아마도 롤랜드가 마음을 바꾸기 전에 떠나고 싶어서인 듯했다.

에디가 다가왔다. "오버홀저도 춤판에 끼는 거야?"

"그런 것 같다. 앤디 때문에 애먹지는 않았느냐?"

"다 잘 끝났어." 에디는 하마터면 티안과 로잘리타와 함께 저세상에 갈 뻔했던 것을 인정하고 싶지 않아 그렇게만 말했다. 멀리서 앤디의 고함 소리가 아직도 들려왔다. 그러나 오래가지는 않을 터였다. 증폭된 목소리는 종료가 79퍼센트 완료되었다고 외치고 있었다.

"아주 잘했다."

에디는 롤랜드에게 칭찬을 들으면 늘 그랬듯이 세상을 다 가진 것처럼 기뻤지만, 내색하지 않으려고 애썼다. "내일 잘하는 게 중요하지."

"수재나는?"

"괜찮은 것 같아."

"혹시……?" 롤랜드는 왼쪽 눈썹 위를 문질렀다.

"아니, 나는 못 봤어."

"말을 짧고 퉁명스럽게 하지는 않더냐?"

"아냐, 괜찮아. 당신이 땅 파는 동안 내내 접시 던지기 연습하던

데." 에디는 턱짓으로 제이크 쪽을 가리켰다. 혼자 그네에 앉아 있는 제이크의 발치에 오이가 웅크리고 있었다. "난 저 애가 더 걱정돼. 이 마을에서 빨리 데리고 나가면 좋겠는데. 여기서 마음고생을 너무 많이 했어."

"그 애 친구는 더 힘들 거다." 롤랜드는 그렇게 말하며 일어섰다. "난 신부의 집으로 갈 거다. 거기서 눈을 좀 붙여야겠다."

"잠이 올 것 같아?"

"아, 물론. 로잘리타의 고양이 기름이 있으니 바위처럼 곯아떨어질 거다. 너랑 수재나랑 제이크도 한번 발라봐라."

"그래."

롤랜드는 신중한 표정으로 고개를 끄덕였다. "내일 아침에 깨우마. 같이 말을 타고 이리로 오자."

"그리고 싸우는 거군."

"그렇다." 롤랜드는 에디를 바라보았다. 횃불의 환한 불빛 속에서 그의 파란 눈이 번득였다. "우리는 싸울 것이다. 놈들이 죽을 때까지, 아니면 우리가 죽을 때까지."

제7장
늑대들

1

이제 여기를 보라. 잘 봐야 한다.

이 길은 미국 어느 곳에서나 볼 수 있는 지방 도로만큼 넓고 잘 정비되어 있지만, 노면은 칼라 주민들이 '오건'이라고 부르는 부드러운 흙으로 단단히 다져져 있다. 도로 양옆에는 빗물이 흘러드는 배수로가 패어 있다. 깨끗이 청소한 나무 배수관이 오건 아래 여기저기 묻혀 있다. 동트기 전의 희미하고 섬뜩한 빛 속에, 짐마차 열두 대가 이 길을 따라 나아간다. 마니교도들이 모는 둥그런 캔버스 포장을 친 짐마차들이다. 더운 여름에 햇빛을 반사하도록 새하얀 캔버스로 포장한 탓에, 짐마차들은 기이할 정도로 낮게 떠가는 구름처럼 보인다. 뭉게구름과 비슷하다고 할 수도 있을 것이다. 노새 여섯 마리 또는 말 네 마리가 한 조가 되어 각각의 짐마차를 끌고 간다. 각각의 마부석에는 전사 둘 또는 아이들을 지키도록 지명받은 사람

447

둘이 앉아 있다. 선두 마차를 모는 웨인 오버홀저 곁에는 마거릿 아이젠하트가 앉아 있다. 다음 마차에는 길르앗의 롤랜드가 벤 슬라이트먼과 짝을 이루고 있다. 다섯 번째 마차는 티안과 잘리아 재퍼즈 부부가 맡았다. 일곱 번째는 에디와 수재나 딘 부부이다. 수재나의 휠체어는 접힌 채 등 뒤 짐칸에 실려 있다. 버키와 애너벨 하비에르는 열 번째 마차를 맡았다. 맨 마지막 마차의 마부석에는 도널드 캘러핸 신부와 로잘리타 무노스가 앉아 있다.

짐마차 안에는 어린이 99명이 타고 있다. 짝이 없는 쌍둥이, 즉 아이들 수를 홀수로 만든 장본인은 물론 베니 슬라이트먼이다. 베니는 맨 마지막 짐마차에 타고 있다(아이는 아버지와 같은 마차를 타고 가는 것을 불편하게 여겼다.). 아이들은 말을 하지 않는다. 그중에서도 어린 축에 드는 몇몇은 다시 잠들었다. 이제 곧 짐마차가 목적지에 도착하면 깨워야 할 아이들이었다. 이제 1킬로미터 남짓 되는 앞쪽에, 왼편 골짜기로 향하는 길이 갈라지는 지점이 있다. 도로 오른편의 땅은 완만한 비탈을 이루며 강가로 이어진다. 마차를 모는 이들의 시선은 모두 동쪽을 향하고 있다. 언제나 어둠에 덮여 있는 그곳, 선더클랩을. 그들은 이쪽으로 다가오는 먼지구름을 찾고 있다. 먼지구름은 보이지 않는다. 아직은. 세미논마저 잠잠해졌다. 캘러핸의 기도가 이루어진 모양이다. 적어도 그쪽으로는.

2

짐마차 마부석에 롤랜드와 나란히 앉은 벤 슬라이트먼의 목소리는 총잡이가 겨우 알아들을 만큼 나직했다. "그래서, 저를 어떻게 하실 작정입니까?"

짐마차를 몰고 칼라 브린 스터지스를 나설 때 이날 슬라이트먼이 살아남을 가능성이 얼마나 되느냐는 질문을 받았다면, 롤랜드는 아마도 5퍼센트라고 대답했을 터였다. 그 이상은 결코 아니었다. 똑바로 묻고 답해야 할 질문이 두 가지 있었다. 첫째 질문은 슬라이트먼 본인의 입에서 나왔다. 사실 롤랜드는 별 기대를 하지 않았지만, 이제 그 질문은 던져졌다. 그것도 슬라이트먼 본인의 입으로. 롤랜드는 고개를 돌려 그를 바라보았다.

본 아이젠하트의 일꾼 감독은 안색이 몹시도 창백했지만, 그럼에도 안경을 벗고 롤랜드의 눈을 마주 보았다. 총잡이는 이를 딱히 용기 있는 행동으로 받아들이지 않았다. 아버지 슬라이트먼은 그동안 롤랜드가 어떤 사람인지를 충분히 파악했고, 그래서 실낱같은 희망에라도 매달리려면 그의 눈을 똑바로 봐야 한다는 것을 잘 알았다. 그러기가 아무리 싫다고 해도.

"예, 저도 압니다." 슬라이트먼의 목소리는 흔들리지 않았다. 적어도 아직까지는. "뭘 아냐고요? *당신이 안다는 걸* 압니다."

"우리가 당신의 동료를 붙잡았을 때 눈치챘겠지, 아마도." 롤랜드는 일부러 조롱하듯이 말했고(조롱은 롤랜드가 진정으로 이해하는 유일한 형태의 유머였다.), 슬라이트먼은 그 말에 움찔했다. 그 로봇이 동료라니. 당신의 동료라니. 그럼에도 슬라이트먼은 고개를 끄덕였다. 롤랜드의 시선을 피하지 않은 채로.

"당신이 앤디의 정체를 알면 저 역시 들킬 거라고 생각했습니다. 앤디가 저를 배신했을 리는 없지만요. 배신 같은 건 녀석의 프로그램에 들어 있지 않으니까 말이지요." 마침내 한계에 이른 슬라이트먼은 더 이상 롤랜드의 눈을 마주 볼 수가 없었다. 그래서 고개를 숙였다. 입술을 깨물면서. "그보다는 주로 제이크를 보고 눈치챘습니다."

롤랜드는 놀란 표정을 숨기지 못했다.

"제이크의 태도가 변했거든요. 일부러 그런 건 아닐 겁니다, 그렇게 영리하고 용감한 아이가 그럴 리가 없지요. 하지만 변한 건 사실입니다. 제가 아니라 제 아들한테요. 지난 한 주 동안, 아니면 한 열흘 동안. 베니는 그저…… 뭐랄까요, 어쩔 줄을 모르더군요. 뭔가 낌새를 채기는 했지만, 그게 뭔지는 몰랐던 겁니다. 하지만 저는 알았습니다. 당신네 아이가 이제 제 아들과 어울리기를 피하는 것 같았습니다. 저는 스스로에게 그 이유가 뭔지 물었습니다. 답은 꽤 분명하더군요. 순한 맥주처럼 투명하게 보였습니다."

두 사람이 탄 마차는 오버홀저의 짐마차로부터 점점 멀어지는 중이었다. 롤랜드는 고삐 끈을 들어서 노새의 등을 휙 후려쳤다. 마차의 속력이 조금 빨라졌다. 등 뒤에서는 아이들 소리가 나지막이 들려왔고, 뒤쪽 마차와 말을 연결하는 끈이 조용히 짤랑거리는 소리도 들렸다. 아이들 몇몇은 도란도란 이야기를 나눴지만 대개는 코를 골며 자고 있었다. 앞서 롤랜드는 제이크에게 아이들의 소지품을 작은 상자에 모아달라고 부탁한 다음, 제이크가 일하는 모습을 지켜보았다. 제이크는 잡일을 마다하는 법이 없는 착한 아이였다. 이날 아침 제이크는 햇볕으로부터 눈을 가려주는 카우보이모자를 쓰고 아버지의 총을 차고 있었다. 지금 앉아 있는 곳은 열한 번째 마차의 마부석, 에스트라다의 일꾼 옆자리였다. 롤랜드 생각에는 슬라이트먼의 아들 역시 착한 아이였다. 그것이야말로 일이 이토록 골치 아파진 까닭이었다.

"당신과 앤디가 마을의 정보를 넘기려고 도건에 갔던 날 밤, 제이크도 그곳에 있었소." 롤랜드가 말했다. 옆자리에 앉은 슬라이트먼은 배를 강타당한 사람처럼 움찔했다.

"그랬군요. 하긴, 저도 낌새는 챘는데…… 아니, 이상하다는 느낌은 받았는데……." 슬라이트먼은 잠시 말이 없었다. 그러다가 불쑥 내뱉었다. *"제기랄."*

롤랜드는 동쪽을 보았다. 이제 동쪽은 아까보다 조금 환했지만, 먼지구름은 아직 보이지 않았다. 다행이었다. 일단 먼지구름이 나타나면 늑대들이 금세 들이닥칠 것이므로. 놈들의 회색 말은 발이 빨랐다. 거의 느긋하다 싶을 정도로 천천히, 롤랜드는 다음 질문을 던졌다. 만약 제대로 대답하지 못하면 슬라이트먼은 늑대들을 보지도 못하고 죽을 운명이었다. 늑대들의 회색 말이 아무리 빨리 달린다고 해도.

"슬라이트먼, 만약 당신이 그때 제이크를 발견했다면, 그곳에서 *내 아이*를 발견했다면…… 죽였겠소?"

슬라이트먼은 떨리는 손으로 힘겹게 안경을 썼다. 롤랜드는 그가 이 질문의 무게를 제대로 이해했는지 판단이 서지 않았다. 그래서 확인하려고 기다렸다. 제이크 친구의 아버지가 살 것인지, 아니면 죽을 것인지를. 빨리 결정해야 했다. 짐마차를 세우고 아이들을 내려줄 지점이 가까워지고 있으므로.

마침내 슬라이트먼이 고개를 들고 다시 롤랜드의 눈을 마주 보았다. 말을 하려고 입을 열었지만 아무 소리도 나오지 않았다. 그가 처한 현실은 명확했다. 총잡이의 질문에 답하는 것, 또는 총잡이의 얼굴을 똑바로 보는 것은 가능했다. 그러나 그 두 가지를 한꺼번에 할 수는 없었다.

발 사이의 거칠거칠한 판자로 다시 시선을 떨군 채, 슬라이트먼은 입을 열었다. "예. 아마 죽였을 겁니다." 침묵. 끄덕이는 고개. 다시 고개를 들었을 때, 한쪽 눈에서 흐른 눈물이 마부석 바닥에 떨어져 흩어졌다. "그랬을 겁니다. 달리 방법이 없지 않습니까?" 이제 그는 고개를 들고 있었다. 다시 롤랜드의 눈을 마주 보았고, 그리하여 자신의 운명이 결정된 것을 깨달았다. "빨리 끝내주십시오. 그리고 부디 제 아들이 보는 앞에서는 참아주십시오. 부탁입니다, 제발."

롤랜드는 다시 고삐를 휙 흔들어 노새의 등을 쳤다. 그러고는 이렇게 말했다. "당신의 못난 숨을 멈춰줄 사람은 내가 아니오."

슬라이트먼의 숨이 정말로 멈췄다. 총잡이에게 그렇다고 대답했을 때, 자신의 비밀을 지키기 위해 열두 살 아이를 죽였을 거라고 말했을 때, 그의 표정에는 억지로 꾸며낸 고결함 같은 것이 어려 있었다. 이제는 희망이 그 자리를 대신했고, 희망 때문에 그의 표정은 추악해졌다. 거의 기괴해 보일 정도였다. 이윽고 슬라이트먼은 참았던 숨을 거친 한숨으로 토했다. "저를 놀리시는군요. 가지고 노시는 거예요. 그래도 죽이시겠지요, 다 압니다. 안 그럴 이유가 없잖습니까?"

"겁쟁이는 보이는 모든 것을 자신의 기준으로 판단하는 법. 피치 못할 상황이 아니라면 나는 당신을 죽이지 않을 거요, 슬라이트먼. 그건 내가 내 아이를 사랑하기 때문이오. 그 정도는 당신도 이해할 거요, 안 그렇소? 아이를 사랑하는 게 어떤 건지."

"물론이지요." 슬라이트먼은 다시 고개를 숙이고 햇볕에 그은 목덜미를 문지르기 시작했다. 이날 흙을 뒤집어쓴 채 숨이 끊어질 거라고 믿었던 목을.

"허나 당신이 알아야 할 게 있소. 우리뿐 아니라 당신 자신과 베니를 위해서도 알아둬야 하오. 만에 하나라도 늑대들이 이기면, 당신은 죽을 거요. 그것만은 확신해도 좋소. 에디와 수재나의 표현을 빌리면, '보증수표'요."

슬라이트먼은 다시 롤랜드를 돌아보았다. 안경 너머의 눈이 가느다랬다.

"내 말 잘 들으시오, 슬라이트먼. 잘 듣고 머리에 새겨두시오. 우리의 목적지는 늑대들이 예상한 곳이 아니오. 아이들 또한 다른 곳으로 갈 거요. 이기든 지든, 이번에는 놈들도 전사자가 몇 명 나올 거요. 그리고 이기든 지든 간에, 놈들은 첩보가 잘못됐다는 걸 알게 될 거요. 칼라 브린 스터지스에서 놈들에게 잘못된 첩보를 넘길 자가 누구겠소? 단 둘이오. 앤디와 벤 슬라이트먼이지. 앤디는 이미 작동을 멈췄으니 복수를 하려고 해도 방법이 없소." 롤랜드는 대지의 북쪽 끄트머리처럼 차가운 미소를 머금고 슬라이트먼을 바라보았다. "허나 당신은 아니지. 당신이 배신의 핑계로 삼은 하나뿐인 아들도 그렇고."

슬라이트먼은 그 말을 곰곰이 생각했다. 분명 이제야 깨달은 사실이었지만, 일단 그 자초지종을 파악하고 보니 도저히 부인할 수가 없었다.

"놈들은 당신이 일부러 편을 갈아탔다고 여길 거요. 당신이 그게 사고였다고 놈들을 설득한다고 해도, 놈들은 당신을 죽일 거요. 당신 아들도 함께. 복수를 하려고."

총잡이가 이야기하는 동안 슬라이트먼의 뺨에는 붉은 얼룩이 퍼져 나갔다. 롤랜드는 그것이 수치심이라는 이름의 장미라고 생각했다. 그러나 아들이 늑대들의 손에 죽을 거라는 데에 생각이 미치자 그의 얼굴은 다시 창백해졌다. 어쩌면 베니가 동쪽으로 끌려갈 거라는 생각 때문일 수도 있었다. 동쪽으로 끌려가서 룬트가 된다는 생각. "죄송합니다. 이런 짓을 저지르다니, 죄송합니다."

"죄송 같은 소리는 집어치우시오. 결정은 카가 내리고 세계는 그에 따라 움직일 뿐이니."

슬라이트먼은 말이 없었다.

"앞서 얘기했듯이, 나는 당신을 아이들과 함께 보낼 거요. 작전이 계획대로 진행된다면 당신은 전투를 구경도 못할 거요. 허나 계획대로 안 된다면, 세어리 애덤스가 지휘관이라는 걸 명심하시오. 그리고 내가 나중에 세어리한테서 보고를 받게 되면, 세어리는 당신이 내가 지시한 대로 행동했다고 얘기하는 게 좋을 거요." 그 말이 끝난 후에도 슬라이트먼은 침묵을 지켰고, 그러자 총잡이의 목소리가 날카로워졌다. "알아들었다고 말하시오, 이 빌어먹을 인간아. 내가 듣고 싶은 건 '예, 롤랜드, 알았습니다'요."

"예, 롤랜드, 잘 알았습니다." 짧은 침묵. "만약에 우리가 이기면, 마을 사람들이 눈치챌까요? 저의…… 정체를요."

"앤디한테서 듣지는 못할 거요. 녀석의 수다는 이미 옛날 일이 됐으니. 그리고 나한테서 듣지도 않을 거요, 당신이 방금 한 약속을 지킨다면. 내 카텟도 얘기하지 않을 테고. 그건 당신을 위해서가 아니라 제이크 체임버스를 위해서요. 그리고 만약 늑대들이 내가 판 함정에 걸려든다면, 마을 사람들이 무엇 때문에 배신자가 있을 거라 의심하겠소?" 롤랜드는 차가운 눈으로 슬라이트먼의 안색을 살폈다. "그들은 순박한 사람들이오. 남을 잘 믿는. 당신도 알 거요. 지금껏 그 점을 이용해 먹었으니."

슬라이트먼의 얼굴이 다시 벌겋게 물들었다. 시선은 다시 마부석 바닥으로 향했다. 롤랜드는 고개를 들고 이제 목적지가 500미터도 안 남은 것을 확인했다. 다행이었다. 동쪽 지평선에는 여전히 먼지 구름이 보이지 않았지만, 롤랜드의 머릿속에서는 이미 자욱하게 일어나고 있었다. 그랬다, 늑대들이 몰려오고 있었다. 강 너머 어딘가, 기차에서 내린 늑대들이 회색 말을 타고 질풍처럼 달려오고 있었다. 의심할 여지가 없는 사실이었다.

"제 아들 때문에 그랬습니다. 앤디가 저를 찾아와서 말했습니다, 놈들이 분명 제 아들을 잡아갈 거라고요. 롤랜드, 저 강 너머 어딘가……" 슬라이트먼은 손을 뻗어 선더클랩 방향을 가리켰다. "어딘지 알 수 없는 곳에 '파괴자'라는 가엾은 존재들이 있습니다. 죄수들입니다. 앤디 말로는 텔레파시 능력과 염력을 지닌 자들이라는데, 무슨 말인지는 몰라도 정신의 힘으로 뭔가 하는 능력일 겁니다. 파괴자들도 인간이라서 우리가 먹는 음식을 먹고 육신의 영양을 섭취하지만, 그들에게는 다른 음식도 필요합니다. 특별한 능력을 지니게 하는 특별한 음식이."

"뇌가 먹는 음식이군." 롤랜드가 말했다. 어릴 적에 어머니가 생선은 뇌가 먹는 음식이라고 말했던 기억이 떠올랐다. 뒤이어 왠지 모르게 수재나의 밤나들이가 떠올랐다. 다만 한밤의 연회장을 방문했던 사람은 수재나가 아니었다. 미아였다. 누구의 딸도 아닌 미아.

"예, 그럴 겁니다. 어쨌거나 쌍둥이만이 지닌 어떤 것입니다. 둘의 정신을 하나로 잇는 힘 말입니다. 그리고 그자들은…… 늑대가 아니라 늑대들을 보내는 자들은…… 아이들한테서 그 힘을 뽑아냅니다. 그 힘이 사라지면 아이들은 바보가 돼버립니다. 룬트가 되는 겁니다. 음식입니다, 롤랜드, 아시겠습니까? 놈들이 아이들을 잡아가는 이유가 바로 그겁니다! 그 빌어먹을 파괴자들의 음식으로 삼는단 말입니다! 뱃속이 아니라 정신을 채우는 양분으로! 우리는 애초에 그자들이 뭘 파괴하는지조차 모르는데!"

"아직 탑을 지탱하고 있는 두 개의 빔을 파괴하려는 거요."

롤랜드의 말에 슬라이트먼은 벼락이라도 맞은 사람처럼 놀랐다. 그리고 겁에 질렸다. "암흑의 탑 말입니까?" 그의 목소리는 속삭임이 되어 흘러나왔다. "정말입니까?"

"그렇소. 그 핀리라는 자는 누구요? 핀리 오테고 말이오."

"저도 모릅니다. 그저 저한테서 보고를 받는 목소리일 뿐입니다. 아마 *타힌*일 겁니다. 타힌이 뭔지 아십니까?"

"당신은 아오?"

슬라이트먼은 고개를 저었다.

"그럼 넘어갑시다. 때가 되면 만날지도 모르고, 이번 일의 책임은 그때 물으면 될 테니."

슬라이트먼은 말이 없었지만, 롤랜드는 그가 미심쩍어하는 것을 눈치챘다. 그래도 상관없었다. 이제 그들은 끝이 보이는 단계에 접어들었던 것이다. 총잡이는 뱃속을 조이고 있던 보이지 않는 끈이 느슨해지는 느낌이 들었다. 그는 처음으로 몸을 완전히 틀어 일꾼 감독을 마주보았다.

"슬라이트먼, 앤디에게는 언제나 당신 같은 먹잇감이 있었소. 녀석은 틀림없이 그럴 목적으로 이곳에 남겨졌을 거요. 또한 당신의 딸, 즉 베니의 누이 역시 틀림없이 사고로 죽지 않았을 거요. 놈들에게는 언제나 외톨이가 된 쌍둥이와 마음이 약해진 부모가 필요했으니."

"전 정말로……"

"닥치시오. 당신의 변명은 이제껏 한 것으로 충분하오."

슬라이트먼은 입을 다문 채 가만히 앉아 있었다.

"배신이 뭔지는 나도 잘 알고 있소. 전에는 나 역시 배신자였소. 한번은 제이크를 배신한 적도 있고. 허나 그렇다고 해서 당신의 정체가 바뀌는 것은 아니오. 그 점은 분명히 해두겠소. 당신은 썩은 고기를 먹는 새요. 독수리 흉내를 내는 러스티란 말이오."

롤랜드는 둥그렇게 오므린 손바닥에 침을 뱉은 다음, 그 손을 들어서 슬라이트먼의 뺨을 어루만졌다. 수치심에 빨갛게 달아오른 뺨에 손바닥이 닿자 뜨거운 열기가 느껴졌다. 총잡이는 뒤이어 슬라이트먼이 쓴 안경을 잡고 콧등 위에서 흔들었다.

"지워지지 않을 거요." 총잡이의 목소리는 몹시도 나직했다. "이것 때문에. 이게 바로 놈들이 당신에게 준 징표요. 당신에게 찍은 불도장이란 말이오. 아들을 위해서 한 일이라는 말은 당신이 밤에 편히 잠들기 위해 스스로에게 대는 핑계일 뿐이오. 나 역시 제이크에게 그런 짓을 한 것은 탑에 다다를 기회를 놓치지 않기 위해서라고 스스로를 타일렀고…… 그 덕분에 편히 잘 수 있었소. 우리 둘의 차이는, 유일한 차이는, 내가 안경을 받은 적이 없다는 거요." 롤랜드는 바지에 손을 닦았다. "당신은 영혼을 팔았소, 슬라이트먼. 그리하여 당신 아버지의 얼굴을 잊었소."

"상관없습니다." 슬라이트먼이 소곤거리듯이 말했다. 그러고는 뺨에 번들거리는 롤랜드의 침을 닦았다. 그 자리를 대신한 것은 슬라이트먼 자신의 눈물이었다. "내 아들을 위해서라면."

롤랜드는 고개를 끄덕였다. "그렇소, 이게 다 당신의 아들 때문이오. 당신이 죽은 닭처럼 꽁무니에 달고 다니는 그 아들. 뭐, 그래도 상관없소. 만약 모든 게 내 계획대로 된다면, 당신은 아들과 함께 칼라에 살면서 이웃들의 존경을 받으며 늙어갈 거요. 당신은 빔의 길을 따라가던 총잡이들이 마을에 들렀을 때 그들과 힘을 합쳐 늑대들에 맞선 영웅으로 기억될 거요. 늙어서 다리에 힘이 풀리면 당신 아들이 함께 걸으며 부축해줄 거요. 내 눈에는 그게 보이지만, 그리 마음에 들지는 않는구려. 왜냐하면 안경 하나에 자기 영혼을 파는 자는 그보다 더 싼 것에도 다시 영혼을 팔 것이기 때문이오. 그러니 어차피 조만간에 당신 아들은 아버지의 정체를 알게 될 거요. 오늘 당신 아들에게 일어날 수 있는 가장 좋은 일은 당신이 영웅으로서 삶을 마감하는 거요." 뒤이어 슬라이트먼이 미처 대꾸하기도 전에, 롤랜드는 큰소리로 외쳤다. "어이, 오버홀저! 마차를 세우시오! 오버홀저! 마차를 길 옆에 대시오! 이제 다 왔소! 세이 생키!"

"롤랜드……." 슬라이트먼이 입을 열었다.

"그만." 롤랜드는 고삐를 묶으며 말했다. "대화는 끝났소. 내 말을 명심하시오, 사이. 만약 오늘 영웅답게 죽을 기회가 찾아오거든, 당신 아들을 위해 그 기회를 꽉 잡으시오."

3

처음에는 모든 것이 계획대로 진행됐고, 그들은 이를 카라고 했다. 전세가 점점 불리한 쪽으로 흘러가서 사망자가 나오기 시작했을 때, 그들은 이 역시 카라고 했다. 총잡이는 그들에게 알려줄 수도 있었다. 가끔은 인간이 극복해야만 하는 카가 마지막에 찾아오기도 하는 법이라고.

4

앞서 아직 횃불이 환히 타오르는 광장에 있는 동안, 롤랜드는 아이들에게 이날 해야 할 일을 설명해주었다. 이제, 밝아오는 아침 햇살 속에서(해는 아직 지평선 아래에서 기다리고 있었지만), 아이들은 자기 자리를 완벽하게 찾아갔다. 나이가 많은 아이부터 적은 아이 순으로, 각각의 쌍둥이가 손을 잡고 길 위에 두 줄로 가지런히 서 있었다. 짐마차는 도로 왼편에, 한쪽 바퀴를 배수로 바로 위에 댄 채로 줄줄이 세워져 있었다. 골짜기로 들어가는 진입로가 이스트 로드에서 갈라지는 분기점만이 유일한 빈틈이었다. 아이들 곁에는 경호를 맡은 이들이 긴 줄을 이루며 서 있었다. 경호원의 수는 티안과 캘러핸 신부, 슬라이트먼, 웨인 오버홀저까지 가세하여 이제 열두 명이 넘었다. 그들 건너편, 즉 도로 오른편 배수로에는 에디와 수재나, 로잘리타, 마거릿 아이젠하트, 그리고 티안의 아내인 잘리아가 한 줄로 나란히 서 있었다. 여성들은 저마다 실크로 안감을 댄 갈대 바구니에 접시를 가득 채워 어깨에 메고 있었다. 그들 아래와 뒤편의 배수로에는 여분의 오라이자 접시가 담긴 상자들이 놓여 있었다. 모두 합쳐 200개였다.

에디는 강 건너편을 힐끗 쳐다보았다. 아직은 먼지구름이 보이지 않았다. 수재나는 불안한 미소를 띤 얼굴로 에디를 돌아보았고, 에디도 같은 미소로 화답했다. 여기가 힘든 대목이었다. 무서운 대목이었다. 이 대목을 지나면 핏빛 안개에 휩싸여 그 안개와 함께 날아가리라는 것을, 에디는 알고 있었다. 이때 에디의 정신은 너무나 또렷했다. 그가 가장 또렷하게 알았던 것은 자신들이 지금 등껍데기를 벗은 거북처럼 무력하고 연약하다는 사실이었다.

제이크가 아이들의 소지품을 이것저것 모아담은 상자를 들고 줄 앞으로 서둘러 달려왔다. 내용물은 리본 머리띠, 젖먹이의 공갈 젖꼭지, 주목을 깎아 만든 호루라기, 밑창이 다 닳은 헌 신발 한 짝, 양말 한 짝 따위였다. 비슷한 물건이 스무 개 넘게 들어 있었다.

"베니 슬라이트먼!" 롤랜드가 사납게 외쳤다. "프랭크 태버리! 프랜신 태버리! 내 앞으로 와라!"

"잠깐만요!" 베니 슬라이트먼의 아버지가 대번에 경계하는 표정으로 나섰다. "제 아들을 왜 불러내시는……"

"임무를 다하기 위해서요. 당신이 당신의 임무를 다하듯이." 롤랜드가 말했다. "이제 그 입 다무시오."

제이크와 호명받은 아이 세 명이 롤랜드 앞에 섰다. 태버리네 쌍둥이는 발갛게 달아오른 얼굴로 숨을 헐떡이며 눈을 반짝였다. 손은 여전히 꼭 잡은 채로.

"자, 이제 잘 들어라. 내가 두 번 말하게 하면 안 된다." 롤랜드의 말에 베니와 태버리네 쌍둥이는 긴장한 표정으로 몸을 숙였다. 제이크는 빨리 끝나기를 바라는 표정이 역력했지만 긴장한 기색은 덜했다. 이미 다 알기 때문이었다. 이제부터 들을 이야기와 뒤이어 벌어질 일의 대부분을. 벌어졌으면 하고 롤랜드가 *바라는* 일을.

롤랜드는 아이들을 상대로 이야기했지만 목소리는 길게 늘어선 경호원들에게까지 다 들릴 만큼 커다랬다. "너희는 저 길을 따라 올라가야 한다. 그리고 가는 동안 몇 걸음마다 물건을 떨어뜨려라, 줄을 지어 황급히 걸어가다가 떨어뜨린 것처럼. 그리고 너희 네 명도 실제로 줄을 지어 황급히 걸어가야 한다. 달리면 안 된다, 달리는 것보다 살짝 느리게 걸어라. 미끄러지지 않도록 조심하면서. 길이 갈라지는 곳까지 약 800미터를 간 다음, 거기서 멈춰라. 알아들었느냐? *한 걸음도 더 나아가면 안 된다.*"

아이들은 열심히 고개를 끄덕였다. 롤랜드는 그들 뒤편에서 긴장한 채 서 있는 어른들을 흘낏 돌아보았다.

"이 네 명은 2분 앞서 출발할 거요. 나머지 쌍둥이들은 그 후에 움직일 거요, 나이가 많은 아이들이 먼저, 적은 아이들은 나중에. 멀리 가는 건 아니오. 마지막 쌍둥이는 도로에서 거의 벗어나지도 않을 거요." 롤랜드는 큰소리로 명령을 외쳤다. "*얘들아! 이 소리를 들으면 돌아와라! 내가 있는 곳으로 서둘러 돌아오도록!*" 그러고는 왼손 검지와 중지를 입가에 대고 휘파람을 불었다. 그 소리가 어찌나 날카로웠던지 몇몇 아이들은 손으로 귀를 틀어막았다.

애너벨 하비에르가 말했다. "사이, 아이들을 두 동굴 중에 한 곳에다 숨기실 거라면, 왜 다시 돌아오라고 하시는 건가요?"

"동굴에 숨기지 않을 것이기 때문이오. 아이들은 저곳으로 내려갈 거요." 롤랜드는 동쪽을 가리켰다. "레이디 오라이자가 아이들을 지켜 줄거요. 아이들은 강 이쪽, 논의 벼 사이에 숨을 테니." 사람들은 모두 롤랜드가 가리키는 쪽을 바라보았고, 그리하여 모두가 동시에 먼지구름을 목격했다.

늑대들이 오고 있었다.

5

"우리 친구들이 오는 중인가봐요." 수재나가 말했다.

롤랜드는 고개를 끄덕이고는 제이크를 돌아보았다. "가라, 제이크. 내가 말한 대로 해라."

제이크는 상자의 내용물을 두 손 가득 집어서 태버리 쌍둥이에게 건넸다. 그런 다음 도로 왼편 배수로를 사슴처럼 날렵하게 뛰어넘어 베니와 함께 골짜기의 오르막길을 올라가기 시작했다. 프랭크와 프랜신은 그 뒤를 곧장 따라갔다. 롤랜드가 지켜보는 가운데, 프랜신이 손에 들고 있던 조그마한 모자를 떨어뜨렸다.

"그렇군요." 오버홀저가 말했다. "예, 저도 조금은 알겠습니다. 늑대들은 땅에 떨어진 물건을 보고 아이들이 저 위에 있을 거라고 더욱 확신할 겁니다. 하지만 총잡이여, 굳이 다른 아이들까지 저 위로 보냈다가 다시 데려올 필요가 있습니까? 그냥 지금 바로 논으로 보내면 안 될까요?"

"늑대들이 사냥감의 냄새를 쫓아갈 가능성도 고려해야 하기 때문이오. 진짜 늑대들처럼 말이오." 롤랜드는 다시 목소리를 높였다.

"얘들아, 길을 따라 올라가라! 큰 아이들이 먼저 가라! 형제자매의 손을 잡고 절대 놓지 마라! 내 휘파람 소리에 돌아오는 거다!"

아이들이 뛰기 시작했다. 배수로를 건널 때에는 캘러핸과 세어리 애덤스, 하비에르 부부, 벤 슬라이트먼이 도와주었다. 어른들의 표정은 하나같이 불안해 보였다. 베니의 아빠만이 불안한 한편으로 미심쩍은 표정을 하고 있었다.

"늑대들은 아이들이 저 위에 있다고 믿고 들이닥칠 거요. 하지만 놈들은 바보가 아니오, 웨인. 놈들은 흔적을 찾을 테고, 그 흔적은 우리가 줄 거요. 만약 놈들이 냄새를 쫓는다면 떨어진 신발과 머리띠를 보는 데 그치지 않고 아이들의 체취도 맡을 거요. 그리고 나는 놈들이 냄새를 쫓는다는 데에 이 마을의 올해 쌀 수확을 모두 걸겠소. 여러 아이들의 체취가 사라진 후에도 앞서 보낸 네 아이의 체취는 더 멀리까지 이어질 거요. 그 냄새가 놈들을 더 깊숙이 끌어들일 테지만, 어쩌면 안 그럴 수도 있소. 어차피 거기까지 오면 냄새는 더 이상 중요하지 않소."

"그래도……"

롤랜드는 오버홀저를 무시했다. 그러고는 몇 안 되는 전사들 쪽으로 돌아섰다. 모두 합쳐 일곱 명이었다. *좋은 숫자다.* 롤랜드는 스스로에게 타일렀다. *7은 힘을 상징하는 숫자이니.* 그들 너머로 동쪽에서 다가오는 먼지구름이 보였다. 아직 남아 있는 세미논이 일으킨 다른 먼지구름보다 더욱 높았고, 섬뜩할 정도로 빠르게 움직이고 있었다. 그러나 롤랜드가 보기에 당분간은 괜찮을 듯싶었다.

"잘 들으시오." 롤랜드가 말하는 상대는 잘리아와 마거릿과 로잘리타였다. 그의 카텟은 이제부터 나올 이야기를 이미 알고 있었다.

늙은 제이미 재퍼즈가 자기 집 포치에서 에디의 귀에 대고 오래된 비밀을 속삭였을 때부터. "늑대들은 인간도, 괴물도 아니오. 놈들은 로봇이오."

"로봇!" 오버홀저가 외쳤다. 의심해서가 아니라 놀라서 터져나온 외침이었다.

"그렇소. 내 카텟은 전에도 그런 로봇을 본 적이 있소." 롤랜드는 마지막까지 살아남은 거대한 곰의 부하들이 끝도 없는 걱정에 잠긴 채 서로 꼬리를 물고 빙빙 돌던 어떤 공터를 생각하고 있었다. "놈들이 쓴 후드는 정수리에서 빙빙 돌아가는 조그마한 장치를 가리기 위한 위장이오. 아마 높이는 이 정도, 폭은 이 정도일 거요." 롤랜드는 손으로 세로 약 5센티미터, 가로 약 12센티미터 정도를 만들어 사람들에게 보여주었다. "오래전에 몰리 둘린이 접시를 명중시켜 잘라버린 것이 바로 그 장치요. 그때 그녀는 우연히 맞혔소. 이제 우리는 조준해서 맞혀야 하오."

"그건 생각 모자예요." 에디가 말했다. "로봇을 바깥세상하고 연결해주는 물건이죠. 그게 망가지면 그놈들은 개똥처럼 힘없이 길에 널브러질 거예요."

"하지만 가슴에…… 가슴에 아가미가 있다고……." 마거릿이 입을 열었다. 놀라서 어안이 벙벙해진 표정이었다.

"그건 처음부터 새빨간 거짓말이었소. 놈들의 후드 꼭대기를 조준하시오."

"언젠가는." 티안이 말했다. "왜 그렇게 지독한 거짓말을 했는지 꼭 알아야겠습니다."

"그럴 기회가 있으면 좋겠구려." 롤랜드가 말했다. 이제 아이들

무리의 맨 뒷줄, 가장 어린 쌍둥이가 길을 올라가는 중이었다. 명령받은 대로 착실하게 손을 잡고서. 가장 나이가 많은 쌍둥이는 약 200미터 앞쪽에, 제이크 사인조는 그보다 200미터 앞쪽에 있을 터였다. 그 정도면 충분했다. 롤랜드는 다시 경호원들 쪽으로 주의를 돌렸다.

"이제 아이들이 돌아올 때요. 모두 데리고 배수로를 건너서 옥수수 밭을 통과하시오, 두 줄로 나란히." 롤랜드는 고개도 돌리지 않은 채 엄지손가락으로 어깨 너머를 휙 가리켰다. "옥수수 대를 건드리면 절대 안 된다는 얘기를 내가 굳이 해야겠소? 특히 도로 쪽에 서 있는 것들, 늑대들의 눈에 띌 만한 것들을?"

경호원들은 고개를 저었다.

"논 끄트머리에 도착하면 아이들을 데리고 도랑으로 들어가시오. 그대로 거의 강가까지 데려간 다음, 벼가 아직 푸른빛을 띠고 높이 서 있는 곳에 엎드리게 하시오." 롤랜드는 양손을 넓게 벌렸다. 파란 두 눈을 번득이면서. "아이들이 넓게 흩어지도록 해야 하오. 어른들은 강 쪽에 서서 지켜보시오. 혹시 무슨 문제가 생기면, 예컨대 늑대들의 지원 부대가 몰려오거나 우리가 예상치 못한 변수가 발생한다면, 아마 그쪽에서 모습을 드러낼 거요."

사람들에게 질문한 시간도 주지 않고서, 롤랜드는 입가에 손가락을 물고 다시 휘파람을 불었다. 본 아이젠하트와 크렐라 안셀름, 웨인 오버홀저는 배수로에 있는 다른 사람들과 함께 줄 맨 뒤의 어린 쌍둥이들에게 돌아서서 도로로 돌아오라고 외치기 시작했다. 한편 에디는 다시 한 번 어깨 너머를 돌아보았다가 강 바로 앞까지 들이닥친 먼지구름을 보고 등골이 서늘해졌다. 일단 비밀을 알고 나니 그토록 빨리 움직이는 것도 전혀 이상하게 느껴지지 않았다. 회색 말들은 진짜 말이 아니라 말처럼 변장한 기계 운송수단이었다. 단지 그뿐이었다. *정부 요원들이 탄 쉐보레 관용차 군단처럼 말이지.* 에디는 속으로 중얼거렸다.

"롤랜드, 저 놈들 너무 빨라! 번개 같다고!"

롤랜드가 그쪽으로 고개를 돌렸다. "걱정할 것 없다."

"정말이에요?" 로잘리타가 물었다.

"그렇소."

이제 가장 어린 쌍둥이들이 서둘러 도로를 건너고 있었다. 손을 잡은 채로, 눈은 공포와 흥분으로 동그랗게 뜬 채로. 마니교도 칸타브와 그 아내 아라가 아이들을 이끌었다. 아라는 밭의 샛길을 따라 똑바로 걸으면서 대만 남은 옥수수를 절대로 건드리지 말라고 지시했다.

"왜요, 사이?" 아무리 봐도 네 살도 안 됐을 꼬마 아이가 물었다. 멜빵바지 가랑이에 수상쩍은 얼룩이 번지고 있었다. "보세요, 옥수수는 벌써 다 땄잖아요."

"이건 게임이란다." 칸타브가 말했다. "옥수수 안 건드리기 게임이야." 그러고는 노래를 부르기 시작했다. 아이들 가운데 몇몇은 함께 노래했지만 대부분은 너무 놀라고 겁에 질려서 노래할 정신이 없었다.

도로를 건너는 쌍둥이들의 키가 점점 커지고 나이도 많아지는 동안, 롤랜드는 다시 동쪽으로 눈을 돌렸다. 짐작건대 늑대들은 아직 와이 강 건너 10분 거리에 있었고 10분이면 충분한 시간이었지만, 맙소사, 놈들은 너무나 빨랐다! 아들 슬라이트먼과 태버리 쌍둥이를 이 위쪽에 함께 데리고 있어야 할지도 모른다는 생각은 이미 하고 있었다. 계획에 없는 행동이었지만, 이 단계에 이르면 계획은 거의 언제나 변하게 마련이었다. *반드시 변했다.*

마지막 쌍둥이가 도로를 건너는 지금, 아직 길 위에 있는 사람은 오버홀저와 캘러핸, 아버지 슬라이트먼, 세어리 애덤스뿐이었다.

"가시오." 롤랜드는 그들에게 말했다.

"전 아들을 기다릴 겁니다!" 슬라이트먼은 버티려 했다.

"*가시오!*"

슬라이트먼은 따지고 싶은 눈치였지만 세어리 애덤스가 그의 한쪽 팔꿈치에 손을 얹었고, 오버홀저는 반대쪽 팔꿈치를 아예 틀어잡았다.

"갑시다." 오버홀저가 말했다. "당신 아들은 저분이 지켜주실 거요, 제이크와 똑같이."

슬라이트먼은 마지막으로 한 번 더 롤랜드에게 의심이 담긴 눈길을 던진 다음, 배수로를 성큼 건너 오버홀저와 세어리와 함께 줄 맨 끝의 아이들을 데리고 비탈을 내려가기 시작했다.

"수재나, 이들에게 은신처를 가르쳐주시오." 롤랜드가 말했다.

앞서 그들은 전날 땅을 팠던 자리로부터 한참 떨어진 곳에서 도로를 건너도록 아이들을 세심히 인도했다. 이제 절단면에 보호대를 씌운 짧은 다리 한쪽으로, 수재나는 낙엽과 나뭇가지와 말라비틀어진 옥수수 대 더미를 옆으로 걸어찼다. 도로변의 빗물 배수로에 흔히 버려진 그 쓰레기들을 치우자 시커먼 구멍이 드러났다.

"그냥 참호예요." 수재나의 목소리는 거의 사과하는 사람 같았다. "위에 덮을 판자도 있어요. 가벼워서 뒤로 쉽게 밀 수 있죠. 우린 이 안에 들어갈 거예요. 롤랜드가 뭘 만들었는데…… 어휴, 이쪽 세계에선 뭐라고 부르는지 모르지만 내가 살던 곳에선 잠망경이라고 하는 물건인데요, 안에 거울이 붙어 있어서 고개를 안 들고도 위쪽을 볼 수 있어요, 그러니까…… 때가 되면 일어서는 거예요. 판자는 우리가 일어서면 뒤로 밀려날 거예요."

"제이크랑 다른 애들은 어떻게 된 거지?" 에디가 물었다. "지금쯤 돌아왔어야 하는데."

"아직 너무 이르다. 진정해라, 에디."

"진정 못하겠고, 너무 이른 것도 아니야. 지금쯤이면 적어도 보이기는 해야 할 거 아냐. 내가 저쪽에 가봐야……."

"아니, 안 된다. 놈들이 상황을 파악하기 전에 가능한 한 많이 해치워야 한다. 다시 말해 우리의 화력을 이곳에 집중해야 한다는 뜻이다, 놈들의 등 뒤에."

"롤랜드, 이건 뭔가 잘못됐다고."

롤랜드는 에디의 말을 무시했다. "여성 동지들, 저 안에 들어가주시오, 부탁이오. 여분의 접시가 든 상자는 손이 닿는 곳에 놔두겠소. 위에 잎사귀만 조금 흩뿌려놓을 거요."

잘리아와 로잘리타와 마거릿이 수재나가 열어둔 구멍으로 들어가는 동안, 롤랜드는 길 건너편을 바라보았다. 골짜기로 향하는 길은 이제 텅 비어 있었다. 제이크와 베니, 태버리 쌍둥이의 기척은 전혀 보이지 않았다. 롤랜드는 슬슬 에디의 말이 옳다는 생각이 들었다. 뭔가 이상하게 돌아가고 있었다.

6

제이크 일행은 길이 갈라지는 곳까지 별일 없이 재빨리 도착했다. 두 가지 물건을 남겨두고 있었던 제이크는 두 갱도의 분기점에 이르러 글로리아 쪽에는 망가진 딸랑이를, 레드버드2 쪽에는 끈을 엮어서 만든 여자아이의 팔찌를 던져넣었다. *자, 골라.* 제이크는 생각했다. *어느 쪽을 고르든 너흰 끝장일 테니까.*

제이크가 뒤로 돌아섰을 때, 태버리 쌍둥이는 이미 왔던 길로 돌아가고 있었다. 베니는 얼굴이 하얗게 질린 와중에도 눈을 반짝이며 친구를 기다려주었다. 제이크는 그런 베니에게 고개를 끄덕이며 미소로 화답했다. "자, 가자."

이윽고 롤랜드의 휘파람 소리가 들리자 쌍둥이가 냅다 뛰기 시작했다. 비탈진 길에 자갈이 가득 널려 있었는데도 아랑곳하지 않았다. 잡은 손을 놓지 않은 채로, 두 아이는 똑바로 지나가기 힘든 곳을 빙 돌아서 달려갔다.

"야, 뛰면 안 돼!" 제이크가 외쳤다. "롤랜드가 뛰지 말랬어, 발을 조심해야……"

바로 그때, 프랭크 태버리의 발이 바위틈에 빠졌다. 제이크는 프랭크의 발목이 부러지는 순간 뼈가 어긋나면서 뚝 하는 소리를 들었고, 겁에 질려 흠칫하는 베니의 표정을 보고서 친구 역시 같은 소리를 들었다는 것을 알았다. 프랭크는 비명 같은 신음을 나지막하게 흘리며 옆으로 휘청했다. 프랜신이 곁에서 팔을 붙잡았지만, 그 아이가 감당하기에는 너무 무거웠다. 프랭크는 블라인드 손잡이에 달린 추처럼 누이의 손에서 스르륵 빠져나갔다. 튀어나온 돌에 아이의 두개골이 부딪히면서 난 소리는 발목에서 난 소리보다 훨씬 더 컸다. 찢어진 머리에서 순식간에 흘러내린 피가 이른 아침 햇살에 선연하게 빛났다.

큰일 났어. 제이크는 생각했다. 그것도 우리 쪽에서.

베니는 코티지치즈처럼 하얗게 질린 얼굴로 입을 헤 벌리고 있었다. 프랜신은 이미 쌍둥이 형제 곁에 무릎을 꿇고 있었다. 발이 바위 틈에 빠진 채 기괴한 각도로 몸이 뒤틀린 프랭크 태버리의 곁에. 프랜신은 숨통이 터질 것처럼 날카로운 소리로 비명을 질렀다. 그러다가 갑자기, 그 날카로운 비명이 멈췄다. 프랜신은 눈이 스르르 올라가 흰자위가 보이는가 싶더니, 기절한 쌍둥이 형제 위로 풀썩 엎어져 꼼짝도 하지 않았다.

"가자." 제이크가 말했다. 그러나 베니는 넋이 나간 사람처럼 우두커니 서 있었고, 제이크는 그런 베니의 어깨를 주먹으로 쳤다. "어서, 네 아버지의 명예를 위해!"

베니는 그제야 움직이기 시작했다.

7

제이크는 총잡이 특유의 냉정하고 또렷한 눈으로 모든 것을 파악했다. 바위에 흩뿌려진 피. 그 피로 물든 머리카락. 바위틈에 빠진 발. 프랭크 태버리의 입가에 번진 게거품. 그 위에 이상한 자세로 엎드려 있는 프랭크 누이의 이제 막 봉긋해지기 시작한 가슴까지. 그리고 지금, 늑대들이 몰려오고 있었다. 제이크는 롤랜드의 휘파람 소리가 아니라 터치를 통해 이를 알아차렸다. *에디.* 제이크는 생각했다. *에디가 이쪽으로 오려고 해.*

제이크는 터치 능력으로 생각을 전하려는 시도는 해본 적이 없었지만, 이번에는 어쩔 수가 없었다. *그 자리에 가만히 있어요! 만약 제때 돌아가지 못하면 그냥 여기 숨어서 놈들이 지나가길 기다릴게요. 이쪽으로 오면 안 돼요! 작전을 망치면 안 돼요!*

메시지가 전해질지 어떨지는 알 길이 없었지만, 당장 할 수 있는 일이 그것뿐이라는 것은 확실히 알 수 있었다. 한편 베니는…… 뭐였더라? 지금 이 상황의 르 모 쥐스트는? 파이퍼 스쿨에 다닐 때 에이버리 선생님은 르 모 쥐스트, 즉 상황에 딱 맞아 떨어지는 말을 사용해야 한다고 몹시 강조했다. 그리고 제이크의 머릿속에 그 말이 퍼뜩 떠올랐다. 횡설수설. 베니는 횡설수설하고 있었다.

"제이크, 우리 이제 어떡해? 인간 예수님 맙소사, 둘 다 저렇게! 방금 전까지 멀쩡했는데! 멀쩡하게 달려갔는데, 그러다가…… 늑대들이 오면 어떡하지? 우리가 여기 있는 동안 몰려오면 어떡해? 그냥 두고 가야 할까, 네 생각은 어때?"

"두고 가진 않을 거야." 제이크는 몸을 숙여 프랜신 태버리의 어깨를 붙잡았다. 그러고는 냉큼 일으켜 앉혔다. 쌍둥이 형제에게서 떨어지도록, 그래서 프랭크가 숨을 쉴 수 있도록. 프랜신의 고개가 획 넘어가면서 머리카락이 검은 실크처럼 흘러내렸다. 눈꺼풀이 파르르 떨리면서 그 아래의 반들거리는 흰자위가 드러났다. 미처 생각할 겨를도 없이, 제이크는 프랜신의 뺨을 때렸다. 그것도 세게.

"아! *아야!*" 프랜신의 눈이 번쩍 뜨였다. 파랗고 아름답고 겁에 질린 눈이.

"일어나!" 제이크가 외쳤다. "프랭크한테서 떨어져!"

시간이 얼마나 흘렀을까? 아이들이 도로로 돌아간 지금, 세상은 어쩌면 이토록 고요한지! 새 울음소리조차 들리지 않았다. 러스티 한 마리 울지 않았다. 제이크는 롤랜드의 휘파람 소리가 다시 들리기를 기다렸지만, 롤랜드는 침묵을 지켰다. 하긴, 롤랜드가 그럴 리가 없지 않은가? 이제 그들은 고립무원이었다.

프랜신은 몸을 옆으로 굴려 비틀거리며 일어섰다. "프랭크를 도와주세요…… 부탁이에요, 사이, 제발……."

"베니, 프랭크의 발을 이 틈새에서 꺼내야 해." 베니는 기괴한 각도로 널브러진 프랭크의 반대편에 한쪽 무릎을 꿇고 앉았다. 베니의 얼굴은 여전히 백짓장 같았지만, 한일자로 굳게 다문 입술을 보고 제이크는 용기를 얻었다. "어깨를 잡아."

베니는 프랭크 태버리의 오른쪽 어깨를 잡았다. 제이크는 왼쪽을 붙들었다. 기절한 아이의 몸 위로 두 아이의 시선이 만났다. 제이크는 고개를 끄덕였다.

"당겨."

둘은 함께 당겼다. 프랭크 태버리가 번쩍 눈을 떴다. 누이의 눈과 똑같이 파랗고 아름다운 눈이었다. 그러고는 너무나 날카로워서 들리지도 않는 비명을 질렀다. 하지만 발은 빠져나오지 않았다.

너무 깊이 박혀 있었다.

이제 먼지구름 속에서 회녹색 형체가 모습을 드러내기 시작했고, 단단한 흙길을 박차는 말발굽 소리가 북소리처럼 울려퍼졌다. 칼라의 여성 세 명은 참호 속에 숨어 있었다. 롤랜드와 에디와 수재나만이 아직 배수로에 나와 있었다. 남자 둘은 서 있었고, 수재나는 튼튼한 허벅지를 벌린 채 앉아 있었다. 세 사람은 도로 저편의 골짜기로 올라가는 길을 바라보고 있었다. 오르막길은 여전히 텅 비어 있었다.

"무슨 소리가 들려요." 수재나가 말했다. "누가 다쳤나봐요."

"젠장. 롤랜드, 내가 가봐야겠어."

"제이크가 그걸 바라겠느냐? 그건 그저 네 욕심이 아니냐?"

에디의 얼굴이 빨개졌다. 머릿속에서 제이크의 목소리를 들었기 때문이었다. 정확한 말은 아니었지만 대강의 생각은 전해졌다. 그리고 롤랜드도 들었을 듯싶었다.

"저 아래에는 아이들 100명이 있지만 저 위에는 고작 네 명뿐이다. 이제 숨어라, 에디. 당신도 마찬가지요, 수재나."

"당신은 어쩔 건데?" 에디가 물었다.

롤랜드는 숨을 깊이 들이마셨다가 토했다. "아이들을 도울 거다, 할 수만 있으면."

"저쪽으로 건너간다는 말은 아니겠지, 설마?" 롤랜드를 보는 에디의 눈에 의심의 빛이 점점 짙어졌다. "아닐 거야."

롤랜드는 먼지구름과 그 아래의 회녹색 덩어리를 힐끗 돌아보았다. 그 덩어리가 각각의 말과 기수로 또렷해질 때까지 남은 시간은 이제 1분도 되지 않았다. 초록색 후드 아래 으르렁거리는 늑대 가면을 쓴 기수들이었다. 그들은 강을 향해 달려오는 것이 아니라 아예 강을 덮치는 것처럼 보였다.

"아니, 갈 수는 없다. 어서 숨어라."

에디는 그 자리에 잠시 더 서 있었다. 커다란 리볼버 손잡이에 손을 얹은 채, 창백한 얼굴을 꿈틀거리면서. 그러다가 아무 말도 없이 롤랜드에게서 몸을 돌려 수재나의 팔을 잡았다. 그는 수재나 곁에 무릎을 꿇고 앉은 다음, 참호 속으로 미끄러져 들어갔다. 이제 그곳에는 롤랜드뿐이었다. 왼쪽 엉덩이 옆에 낮게 매달린 커다란 리볼버에 손을 얹고서, 도로 건너편의 인적 없는 골짜기 길을 바라보는 롤랜드뿐이었다.

9

베니 슬라이트먼은 체격이 탄탄한 소년이었지만, 프랭크 태버리의 발을 붙든 바위를 움직이기에는 역부족이었다. 제이크는 첫 번째 시도에서 이를 눈치챘다. 마음의 눈으로(차가운, 너무도 차가운 그 눈으로) 발이 걸린 아이의 몸무게와 그 발을 붙잡은 돌의 무게를 가늠했던 것이다. 제이크가 보기에는 돌이 더 무거웠다.

"프랜신."

프랜신은 충격을 받아 살짝 흐릿해진 눈에 물기를 머금은 채 제이크를 돌아보았다.

"너 프랭크를 사랑하니?" 제이크가 물었다.

"예, 온 마음을 다해!"

프랭크가 곧 네 마음이겠지. 제이크는 생각했다. 좋아. "그럼 우릴 도와줘. 내가 당기라고 하면 있는 힘껏 당기는 거야. 비명을 질러도 상관하지 마, 그냥 당겨."

프랜신은 알아들었다는 듯이 고개를 끄덕였다. 제이크는 부디 알아들었기를 바랐다.

"이번에 못 꺼내면 그냥 두고 가는 수밖에 없어."

"안 돼요, *절대!*" 프랜신이 외쳤다.

말다툼할 시간은 없었다. 제이크는 널따랗고 하얀 바위 옆에 베니와 나란히 앉았다. 들쭉날쭉한 모서리 너머로, 피에 물든 프랭크의 발목이 시커먼 틈새 속에 들어가 있었다. 이제 완전히 정신이 든 프랭크가 숨을 헐떡였다. 왼쪽 눈이 겁에 질려 위쪽을 보고 있었다. 오른쪽 눈은 피에 젖어 감겨 있었다. 찢어진 머리 피부가 귀 위쪽에 너덜거렸다.

"우리가 이 바위를 들면 넌 프랭크를 당겨. 셋에 당기는 거야. 준비됐어?"

프랜신이 고개를 끄덕이자 머리카락이 흘러내려 커튼처럼 얼굴을 가렸다. 프랜신은 머리카락을 걷을 생각도 하지 않은 채 형제의 겨드랑이를 꽉 붙들었다.

"프랜신, 나 아파." 프랭크가 신음했다.

"입 다물어." 프랜신이 말했다.

"하나." 제이크가 수를 세기 시작했다. "이 망할 바위를 드는 거야, 베니. 불알이 터지도록 세게 당겨. 알았어?"

"알았어, 예미럴. 숫자나 세."

"둘. *셋.*"

두 아이는 소리를 지르며 힘껏 당겼다. 바위가 움직였다. 프랜신
은 온 힘을 다해 쌍둥이 형제를 뒤로 당겼다. 마찬가지로 소리를 지
르면서.

발이 틈새에서 빠져나오는 순간 프랭크 태버리가 지른 소리가 가
장 컸다.

10

힘을 쓰느라 악을 지르는 소리, 또 그 소리를 덮으며 울려퍼지는
순수한 고통의 비명이 롤랜드의 귀에 들려왔다. 저 위에서 무슨 일
이 일어났다는 뜻이었고, 제이크가 그 일을 해결하려고 뭔가 했다는
뜻이었다. 문제는 이것이었다. 제이크의 노력은 뭔지 모를 그 일을
바로잡기에 충분했을까?

회색 말을 탄 늑대들이 와이 강에 뛰어들어 질풍처럼 강을 건너
는 동안, 튀어오른 물보라가 아침 햇살을 받아 번득였다. 이제 대여
섯 명씩 무리를 지어 말에 박차를 가하며 달려오는 그들의 모습이
롤랜드의 눈에 또렷이 보였다. 어림잡아 60명으로 보였다. 강 건너
편, 풀로 덮인 절벽 아래에 이르러 늑대들은 잠시 시야에서 사라졌
다. 그러다가 2킬로미터도 안 떨어진 곳에서 다시 모습을 드러냈다.
놈들은 다시 한 번 사라질 터였다. 마지막 언덕 뒤편에서. 지금처럼
하나로 뭉쳐 있다면 모두가 사라질 터였다. 그것이 제이크의 마지막
기회였다. 이곳으로 건너와 다 함께 숨을 수 있는 마지막 기회.

롤랜드는 골짜기로 향하는 오르막길을 바라보았다. 아이들이 다시 나타나기를, 제이크가 나타나기를 바라며. 그러나 길은 여전히 비어 있었다.

이제 늑대들은 강 서쪽 둑을 따라 줄지어 올라오고 있었다. 말들이 일으킨 물보라의 물방울들이 아침 햇살에 황금처럼 반짝였다. 흙덩이와 모래 알갱이가 흩날렸다. 이제 말발굽 소리가 천둥소리처럼 요란하게 가까워졌다.

11

한쪽 어깨는 제이크가, 반대쪽 어깨는 베니가 붙잡았다. 둘은 그렇게 프랭크 태버리를 부축하고 길을 내려왔다. 정신없이 앞을 보고 달리면서, 어지럽게 널린 돌멩이는 거들떠보지도 않고서. 프랜신은 그들의 바로 뒤에서 달려왔다.

마지막 모퉁이를 돈 순간, 제이크는 도로 건너편 배수로에 서 있는 롤랜드를 보고 밀물 같은 기쁨에 휩싸였다. 멀쩡한 왼손으로 리볼버 손잡이를 짚고서, 이마가 드러나도록 모자를 뒤로 살짝 젖힌 채, 롤랜드는 꼼짝도 않고 서 있었다.

"프랭크 때문이에요!" 프랜신이 롤랜드를 향해 외쳤다. "프랭크가 넘어졌어요! 바위틈에 발이 걸리는 바람에!"

갑자기 롤랜드가 시야에서 사라졌다.

프랜신은 주위를 두리번거렸다. 겁에 질려서가 아니라 영문을 몰라서였다. "어떻게 된……?"

"잠깐만." 제이크가 말했다. 머릿속에 떠오른 말이 그것뿐이라서였다. 다른 생각은 아무것도 떠오르지 않았다. 총잡이 역시 같은 처지라면, 그들은 십중팔구 이곳에서 죽을 운명이었다.

"발목이…… 타는 것처럼 아파요." 프랭크 태버리가 숨을 헐떡이며 중얼거렸다.

"닥쳐." 제이크가 말했다.

베니는 웃음을 터뜨렸다. 놀라서 나온 웃음이었지만, 꾸밈없는 웃음이기도 했다. 제이크는 피를 흘리며 훌쩍이는 프랭크 태버리에게서 눈을 돌려 베니를 보았고…… 윙크를 했다. 베니도 윙크로 화답했다. 그리하여 이토록 간단하게 두 아이는 다시 친구가 되었다.

12

어두운 참호 속에 엎드려 왼편에는 에디를, 콧속에서는 나뭇잎의 톡 쏘는 냄새를 느끼던 수재나는 느닷없이 배를 쥐어뜯는 듯한 통증을 감지했다. 그 통증을 느끼기가 무섭게 얼음송곳처럼 날카로운 통증이 머리 왼쪽을 파고들었다. 시퍼렇고 사나운 그 통증에 얼굴과 목 왼편이 통째로 마비된 것만 같았다. 이와 동시에 널따란 연회장의 풍경이 머릿속을 채웠다. 김이 나는 로스트, 속을 채운 생선, 지글거리는 스테이크, 불룩한 샴페인 병, 그레이비소스가 든 커다란 보트 모양 그릇, 강처럼 넘실대는 레드 와인. 수재나의 귀에 피아노 소리와 노래하는 목소리가 들려왔다. 끝 모를 슬픔으로 가득한 목소리였다. '누군가, 누군가, 오늘 밤 누군가 내 목숨을 구했네.' 그 목소리는 그렇게 노래하고 있었다.

안 돼! 수재나는 자신을 삼키려 하는 힘에게 외쳤다. 그런데 그 힘에 이름이 있었을까? 물론. 그 힘의 이름은 '어머니'였고, 그 힘의 손은 요람을 흔드는 손이었으며, 요람을 흔드는 그 손이 지배하는 것은 온 세……

안 돼! 이 일만은 끝내게 해줘! 나중에, 그때도 이 어린것을 낳고 싶으면, 그때는 협력할게! 낳도록 도와줄게! 하지만 지금 억지로 시키려고 하면 난 너랑 필사적으로 싸울 거야! 그러다가 내가 죽는다고 해도, 너의 소중한 어린것이 죽는다고 해도 싸울 거야! 내 말 들려, 이 못된 것아?

잠시 아무것도 보이지 않는 암흑만이 이어졌다. 에디의 다리에 눌리는 느낌, 얼굴 왼편이 마비된 얼얼한 느낌, 몰려오는 말 떼의 천둥 같은 발굽 소리, 쌉쌀한 나뭇잎 냄새, 자신들의 전투를 앞두고 호흡을 고르는 자매단의 숨소리뿐. 그러다가, 수재나의 왼쪽 눈 위 머리 안쪽에서, 미아가 처음으로 말을 걸어왔다. 한마디 한마디가 또렷하게 그 자리에 떠올랐다.

너는 너의 싸움을 하도록 해. 나도 도울게, 할 수만 있다면. 그러고 나면 방금 한 약속을 지켜.

"수재나?" 에디가 곁에서 소곤거렸다. "괜찮아요?"

"괜찮아요." 수재나가 말했다. 사실이었다. 머리를 찌르던 얼음송곳은 사라지고 없었다. 목소리도 들리지 않았다. 마비된 것처럼 끔찍한 느낌도. 그러나 바로 지척에서, 미아가 기다리고 있었다.

13

배수로에 엎드린 채로, 롤랜드는 얼굴의 두 눈이 아니라 상상력의 한쪽 눈과 직관의 한쪽 눈으로 늑대들을 지켜보고 있었다. 이제 늑대들은 강가 이쪽 기슭의 절벽과 언덕 사이에 있었다. 등 뒤로 망토를 나부끼면서 전속력으로 달리고 있었다. 그 언덕에 가려 이쪽이 안 보일 시간은 약 7초. *만약 늑대들이 한 덩어리로 뭉쳐서 온다면, 선두의 지휘관들이 앞서 달려오지 않는다면, 시간은 있었다. 만약 롤랜드의 계산이 옳다면,* 제이크와 다른 아이들에게 도로를 건너라고 신호를 보낼 시간은 5초였다. 또는 7초였다. *만약 그가 제대로 계산했다면* 그 5초 동안 아이들은 도로를 건널 수 있었다. 만약 그가 틀렸다면(또는 아이들의 걸음이 너무 느리다면) 늑대들은 배수로에 서 있는 남자를 발견하거나, 도로 위의 아이들을 발견하거나, 양쪽 다 발견할 판이었다. 놈들의 무기가 명중하기에는 거리가 너무 멀 수도 있었지만 이는 문제가 아니었다. 세심하게 계획한 매복 작전이 수포로 돌아가기 때문이었다. 배수로에 엎드려 있는 것, 아이들은 운명에 맡기고 건너편에 내버려두는 것이 상책이었다. 아무렴, 골짜기 길에 아이 넷이 발이 묶여 있으면 늑대들은 나머지 아이들이 골짜기 깊숙이, 버려진 갱도 두 곳 중 한 곳에 숨겨져 있으리라고 더욱 확신할 터였다.

생각은 그만해라. 머릿속에서 스승 코트가 말했다. *행동할 거라면 기회는 지금뿐이다, 이 굼벵이 자식아.*

롤랜드는 벌떡 일어섰다. 그 바로 맞은편, 이스트 로드와 골짜기 진입로의 경계에 여기저기 널린 바위 뒤편에, 제이크와 베니 슬라이트먼이 서 있었다. 태버리 쌍둥이 가운데 남자아이를 양쪽에서 부축한 채로. 아이는 온통 피투성이였다. 무슨 일을 당했는지는 짐작도 가지 않았다. 아이의 쌍둥이 누이가 형제의 어깨 위로 이쪽을 바라보고 있었다. 그 순간 둘은 보통 쌍둥이가 아니라 몸이 붙은 카펀쌍둥이처럼 보였다.

롤랜드는 두 손을 머리 위로 쭉 뻗었다, 허공을 움켜잡으려는 사람처럼. *와라, 이쪽으로! 어서!* 이와 동시에 동쪽으로 고개를 돌렸다. 늑대들의 낌새는 보이지 않았다. 다행이었다. 언덕이 잠시나마 놈들의 시야를 가려주었다.

제이크와 베니는 냅다 뛰어서 도로를 건넜다. 프랭크 태버리를 둘 사이에 질질 끌면서. 도로를 덮은 오건에 프랭크의 반장화가 기다란 자국을 남겼다. 롤랜드는 늑대들이 그 자국에 별 신경을 쓰지 않기만을 기도했다.

여자아이는 요정처럼 사뿐사뿐 뛰어서 맨 나중에 도착했다. "엎드려라!" 롤랜드가 여자아이의 어깨를 붙들고 와락 당기며 외쳤다. "엎드려라, 어서, 엎드려!" 그러고는 자신도 여자아이 옆에 엎드렸고, 제이크는 그런 롤랜드의 몸 위에 엎드렸다. 셔츠 두 장을 뚫고, 어깻죽지 사이에서 미친 듯이 뛰는 제이크의 심장 박동이 느껴졌다. 롤랜드는 잠시 그 느낌을 음미했다.

이제 말발굽 소리가 매초마다 더욱 또렷해지고 거세졌다. 선두의 기수들이 이들의 모습을 봤을까? 거기까지 알기란 불가능했지만, 결국에는 명확해질 일이었다. 그것도 이제 곧. 그때까지는 계획대로 작전을 수행할 수 있었다. 세 사람이 더 들어온 탓에 은신처는 비좁았고, 혹시라도 제이크와 세 아이가 도로를 건너는 광경이 늑대들에게 발각되었다면 그들은 총 한 번 쏴보지 못하고 접시 한 개 던지지 못한 채 이 참호 속에서 통구이가 될 판이었지만, 지금은 그런 걱정을 할 때가 아니었다. 롤랜드가 생각하기에 남은 시간은 고작 1분, 어쩌면 40초였다. 그 짧은 시간이 지금 이들이 숨은 참호 밑에서 녹아내리고 있었다.

"나한테서 내려와서 숨어라." 그는 제이크에게 말했다. "어서."

묵직한 느낌이 사라졌다. 제이크가 참호에 숨었다는 뜻이었다.

"다음은 너다, 프랭크 태버리. 소리를 내면 안 된다. 앞으로 2분 후면 마음껏 비명을 질러도 좋다, 허나 지금은 입을 꼭 다물어라. 너희 모두 마찬가지다."

"조용히 할게요." 프랭크는 쉰 목소리로 대답했다. 베니와 프랭크의 누이도 고개를 끄덕였다.

"우리는 이제 곧 일어서서 총을 쏘기 시작할 거다. 프랭크, 프랜신, 베니. 너희 셋은 엎드려 있어라. 납작하게." 롤랜드는 잠시 입을 다물었다가 말을 이었다. "살고 싶거든 우리 앞을 막지 마라."

14

나뭇잎 냄새와 먼지 냄새가 코를 찌르는 어둠 속에 엎드려, 롤랜드는 왼편에 있는 아이들의 숨소리에 귀를 기울였다. 이제 곧 밀려오는 말발굽 소리에 가려 사라질 소리였다. 상상의 눈과 직관의 눈이 다시 한 번, 어느 때보다 크게 열렸다. 이제 30초, 짧으면 15초 후에는 시뻘건 투지가 모든 감각을 물들이고 원시적인 시력만 남길 터였지만, 지금은 모든 것이 눈에 들어왔다. 눈에 보이는 모든 것이 정확히 계획한 대로였다. 왜 아니겠는가? 계획이 무너져가는 광경은 시각화해봤자 헛수고가 아닌가?

롤랜드의 눈에는 보였다. 벼가 가장 무성하고 축축한 곳에 여기 저기 흩어져 시체처럼 꼼짝 않고 엎드려 있는 칼라의 쌍둥이들이. 젖은 흙이 스며들어 검게 물든 그 아이들의 셔츠와 바지가. 아이들 뒤편에, 벼논이 강둑과 만나는 곳에 있는 어른들이 보였다. 접시를 든 세어리 애덤스와 마니교도 칸타브의 아내 아라가 보였다. (마니 일족이다 보니 다른 여성들과 함께 자매단에 가입할 수는 없었지만) 아라 역시 접시를 던질 줄 알았다. 석궁을 품에 안은 남자들 두세 명, 에스트라다와 안셀름과 오버홀저도 보였다. 본 아이젠하트는 석궁 대신 롤랜드가 청소해준 라이플을 품에 안고 있었다. 도로 위에서는 초록색 망토를 두른 기수들이 회색 말을 타고 동쪽으로부터 줄지어 몰려왔다. 이제 속력이 점점 느려졌다. 마침내 떠오른 태양이 던진 햇살에 그들의 금속 가면이 번쩍였다. 그 금속 가면의 비밀은 물론 그 밑에 더 많은 금속이 숨겨져 있다는 점이었다. 롤랜드는 상상의 눈을 크게 뜨고 다른 기수들을 찾아보았다. 예컨대 무방비 상태인 마을이 있는 남쪽에서 이곳으로 달려오는 무리를. 아무것도 보이지 않았다. 적어도 그의 머릿속에서는, 습격 부대는 모두 이곳에 있었다. 만약 롤랜드와 99의 카텟이 그토록 세심하게 드리운 미끼를 늑대들이 물었다면, 놈들 모두 이곳에 있어야만 했다. 마을 쪽과 가까운 도로변에 줄줄이 늘어선 짐마차가 보이자 말과 노새를 풀어줄 시간이 있었으면 좋았을 텐데 하는 생각이 들었지만, 말할 것도 없이 지금이 더 나았다. 더 서두른 것처럼 보였으므로. 아직 문을 연

광산과 문을 닫은 광산이 있는 골짜기를 향해, 그 너머에 벌집처럼 복잡하게 연결된 갱도를 향해 올라가는 길이 보였다. 이곳에 멈춰 서서 철갑을 두른 손으로 고삐를 잡아당기는 선두의 늑대들이, 이빨을 드러내고 푸릇거리는 말의 주둥이가 보였다. 롤랜드는 놈들의 눈을 통해 이 모든 것을 보았다. 온기가 도는 인간의 눈으로 본 광경이 아니라 차가운, 저쪽 세계의 *잠시*에 실린 그림 같은 광경이었다. 프랜신 태버리가 떨어뜨린 아이 모자가 보였다. 롤랜드의 머릿속에는 눈뿐만이 아니라 코도 있었다. 이제 그 코가, 부드러우면서도 선명한 어린아이의 향기를 감지했다. 무언가 풍성하고 기름진 어떤 것, 늑대들이 납치한 아이들에게서 뽑아내고자 하는 바로 그것의 냄새였다. 롤랜드의 머릿속에는 코뿐만이 아니라 귀도 있었고, 이제 그 귀에 희미하게 들려오는 소리는 앤디에게서 나던 바로 그 소리였다. 철커덕거리는 소리, 연결된 부위들이 차례로 돌아가면서 내는 나지막한 위잉 소리, 자동 제어 모터, 유압 펌프, 뭔지 모를 수많은 기계들이 작동하는 소리였다. 롤랜드가 머릿속의 눈으로 지켜보는 가운데, 늑대들은 먼저 도로에 어지럽게 찍힌 발자국을 살펴본 다음 (롤랜드는 부디 어지럽게 보이기를 간절히 바랐다.), 골짜기로 올라가는 길을 향해 고개를 돌렸다. 놈들이 반대쪽을 돌아본다고 상상하는 것은 아무런 도움도 되지 않았다. 이는 곧 놈들이 불판에 엎드린 닭처럼 은신처에 숨어 있는 열 명을 통구이로 만들 준비가 됐다는 뜻이었으므로. 아니, 놈들은 골짜기 길을 올려다보아야 했다. *반드시* 그 위쪽으로 고개를 돌려야만 했다. 놈들은 아이들의 냄새를 맡고 있었다. 아이들의 두뇌 속 깊숙이 묻혀 있는 강력한 물질뿐 아니라 아이들의 공포에서 풍기는 냄새까지도. 또한 사냥감들이 남기고 간 잡동

사니와 보물 몇 가지를 보고 있었다. 기계 말 위에 앉아서. 보고 있었다.

들어가라. 롤랜드는 소리 없이 재촉했다. 제이크가 어둠 속에서 살짝 꿈틀거리는 기척이 느껴졌다. 그의 생각을 읽었기 때문이었다. 기도나 다름없는 그 생각을. 들어가라. 쫓아가는 거다. 너희 사냥감의 흔적을.

늑대 한 마리에게서 요란한 철컥! 소리가 났다. 뒤이어 사이렌 소리가 짧게 울렸다. 그다음은 제이크가 도건에서 들었던 섬뜩하게 윙윙대는 휘파람 소리였다. 그 소리가 그치자 말들이 다시 움직이기 시작했다. 처음에는 발굽이 천천히 오건을 구르는 소리가 들리다가, 곧이어 그 너머의 더 단단한 돌바닥을 구르는 소리가 났다. 다른 소리는 전혀 들리지 않았다. 여태 짐마차에 묶여 있는 동족과 달리 이 말들은 겁에 질려 힝힝거리지 않았다. 롤랜드에게는 그것으로 충분했다. 놈들이 미끼를 물었던 것이다. 롤랜드는 총집에서 리볼버를 꺼냈다. 옆에서 제이크가 다시 부스럭거리는 기척이 났고, 이로써 롤랜드는 아이가 자신과 같은 행동을 한다는 것을 알아차렸다.

롤랜드는 은신처에서 나왔을 때 늑대들이 어떤 대형을 하고 있을지 일행에게 미리 설명해주었다. 병력의 약 4분의 1은 골짜기 길 옆에서 강 쪽 방향을, 다른 4분의 1은 칼라 브린 스터지스 방향을 경계하고 있을 터였다. 어쩌면 마을 쪽을 경계하는 병력은 더 많을지도 몰랐다. 늑대들이 보기에, 또는 늑대들의 프로그래머가 보기에 만약 무슨 문제가 생긴다면, 마을 방향에서 모습을 드러낸다고 가정하는 것이 이치에 맞기 때문이었다. 그렇다면 나머지 절반은? 30기 남짓 될 병력은? 이미 골짜기 길을 올라가는 중이었다. 함정에 꼼짝

없이 걸려들었다는 뜻이었다.

롤랜드는 스물을 세기 시작했지만, 열아홉에 이르러 이제 됐다고 판단했다. 그래서 엎드린 채 다리를 모았다. 마른 회오리커녕 욱신거리는 통증조차 느껴지지 않았다. 그렇게 모은 다리로 피스톤처럼 힘껏 땅을 박차면서, 아버지의 총을 높이 쳐들고 일어섰다.

"길르앗과 칼라를 위하여!" 총잡이가 외쳤다. "지금이다, 총잡이들이여! 지금이오, 오라이자 자매단이여! 공격하라, 공격하라! 놈들을 죽여라! 한 놈도 살려두지 마라! 적들을 모조리 죽여라!"

15

그들은 용의 이빨처럼 지면 위로 솟구쳤다. 위장용 널빤지는 회오리바람처럼 날리는 풀과 나뭇잎과 함께 그들 양옆으로 날아갔다. 롤랜드와 에디는 저마다 백단향 손잡이가 달린 커다란 리볼버를 한 정씩 들고 있었다. 제이크는 아버지의 루거를 들고 있었다. 마거릿과 로잘리타와 잘리아는 각각 오라이자 접시를 손에 들었다. 수재나는 추위에 떠는 사람처럼 손을 가슴 앞으로 교차시켜 한 손에 한 개씩, 접시 두 개를 들고 있었다.

늑대들은 롤랜드가 상상 속에서 냉정한 살인자의 눈으로 본 대형과 똑같이 포진해 있었다. 그래서 모든 사소한 상념과 감정이 핏빛 장막에 가려지기 전, 롤랜드는 짤막한 승리감에 젖었다. 늘 그랬듯이 그가 살아 있는 것을 가장 기쁘게 여기는 때는 죽음을 퍼뜨릴 준비가 됐을 때였다. *5분간의 피와 무모함이다.* 롤랜드는 일행에게 그렇게 말했고, 이제 그 5분이 이곳에 도래했다. 또한 다 끝나고 나면 구역질이 난다는 말도 했는데 이는 사실이었지만, 그 5분이 시작할 때만큼 상쾌한 순간도 없었다. 그토록 완전하고 진실하게 스스로를 실감하는 순간은 없었다. 빛이 바랜 옛 영광의 끝자락이 이곳에 있었다. 적들이 로봇이라는 것은 중요하지 않았다. 결코, 조금도! 중요한 것은 놈들이 힘없는 이들을 몇 대에 걸쳐 먹잇감으로 삼았다는 사실이었고, 그런 놈들이 이제 도저히 빠져나갈 길 없는 기습 작전에 걸려들었다는 사실이었다.

"후드 꼭대기를 조준해요!" 에디가 외쳤고, 이와 동시에 오른손에 쥔 롤랜드의 리볼버가 천둥소리와 함께 불을 뿜었다. 짐마차의 말과 노새들이 줄에 묶인 채 뒷걸음질 쳤다. 두세 마리는 놀라서 날카롭게 힝힝거렸다. "후드 꼭대기를 노려요, *생각 모자가 있는 자리를!*"

그 말을 증명하기라도 하듯이, 골짜기 진입로 오른편에 있던 기수 셋의 후드가 마치 보이지 않는 손에 붙잡힌 것처럼 홱 젖혀졌다. 기수들은 저마다 흐느적거리며 안장에서 떨어져 땅바닥에 처박혔다. 재퍼즈네 할아버지의 이야기 속에서 몰리 둘린이 처치한 늑대는 쓰러진 후에도 한참 동안 꿈틀거렸지만, 이 셋은 껑충거리는 말의 발치에 돌멩이처럼 꿈쩍도 않고 널브러져 있었다. 어쩌면 몰리는 '생각 모자'를 정확히 맞히지 못했는지도 모르지만, 에디는 자신의 표적을 알고 있었고 그것을 정확히 명중시켰다.

롤랜드도 사격을 시작했다. 그는 리볼버를 허리 높이로 들고 거의 태연한 표정으로 발사했지만, 총알은 매번 표적을 찾아갔다. 그는 골짜기 진입로에 있는 적들을 노렸다. 되도록 그곳에 시체를 쌓아 방어벽을 만들 작정이었던 것이다.

"*오라이자의 이름으로, 죽음을!*" 로잘리타 무노스가 외쳤다. 들고 있던 접시는 그녀의 손을 떠나 점점 커지는 날카로운 소리와 함께 이스트 로드 위를 비행했다. 그 접시는 골짜기 진입로 어귀에서 말을 돌리려고 안간힘을 쓰던 기수의 후드를 찢고 날아갔다. 기수는 발을 하늘로 처든 채 뒤로 자빠졌고, 한 바퀴 돌아서 도로 위에 발부터 떨어졌다.

"*라이자!*" 이번에는 마거릿 아이젠하트였다.

"*내 형제의 복수다!*" 잘리아가 외쳤다.

"*레이디 오라이자가 네놈들을 잡으러 간다, 망할 것들아!*" 수재나는 교차시켰던 양팔을 펴서 접시 두 개를 한꺼번에 던졌다. 날카로운 소리와 함께 날아간 접시는 허공에서 교차한 다음 제각각 표적을 찾아갔다. 너덜너덜해진 초록색 후드가 하늘하늘 흘러내렸다. 그 후드를 쓰고 있던 늑대들은 그보다 더 빨리, 묵직하게 땅으로 추락했다.

골짜기 진입로 양옆에서 서로 부딪히며 우왕좌왕하던 기수들이 에너지 빔 무기를 꺼내자 아침 햇살 속에 환한 불기둥이 번득였다. 맨 처음 라이트 스틱을 꺼낸 늑대는 제이크의 총에 생각 모자를 맞았고, 자신의 이글거리는 검 위로 넘어져 망토에 불이 붙었다. 그가 탄 말은 바로 왼쪽으로 떨어지는 라이트스틱을 피해 옆으로 주춤거렸다. 말의 머리가 깨끗이 잘려나가고 스파크가 튀는 전기 회로가 드러났다. 이제 사이렌 소리가 그칠 줄 모르고 울려퍼졌다. 지옥에서 들려오는 도난경보였다.

롤랜드는 칼라 쪽에 가장 가까이 있는 늑대들이 대형을 이탈해 마을로 달아날지도 모른다고 생각했다. 그러나 에디가 최초의 여섯 발로 해치운 6기를 제외하고 그쪽에 남아 있던 9기는 칼라로 향하는 대신 말에 박차를 가해 롤랜드 일행 쪽으로 똑바로 달려왔다. 그중 두세 놈이 윙윙 소리가 나는 은색 공을 던졌다.

"에디! 제이크! 스니치가 온다! 오른쪽이다!"

둘은 즉시 그쪽으로 휙 돌아섰지만, 여성들은 실크로 안을 댄 갈대 바구니에서 접시를 꺼내어 있는 힘껏 던지느라 정신이 없었다. 제이크는 다리를 벌리고 굳게 서서, 루거를 쥔 오른손을 쭉 뻗고 왼손으로 받쳤다. 머리카락이 이마 뒤로 나부꼈다. 두 눈을 크게 뜬 제이크의 잘생긴 얼굴은 웃고 있었다. 제이크는 방아쇠를 재빨리 세 번 당겼고, 그때마다 총성이 아침 대기를 채찍질했다. 숲에서 하늘에 던져진 도자기 접시를 쏘던 일은 아스라한 기억으로 남아 있었다. 이제 제이크는 그 접시보다 훨씬 위험한 것을 쏘고 있었고, 그래서 기뻤다. *기뻤다.* 맨 먼저 날아오던 스니치 세 개는 눈부시게 파란 섬광과 함께 폭발했다. 네 번째는 홱 방향을 틀더니 핑 소리와 함께 제이크를 향해 똑바로 날아왔다. 제이크는 냉큼 고개를 숙여 피하면서 머리 위로 지나가는 스니치의 소리를 들었다. 고장 난 토스터처럼 윙윙거리는 소리가 났다. 제이크는 스니치가 방향을 튼다는 것을, 다시 돌아온다는 것을 알고 있었다.

스니치가 미처 방향을 틀기 전에 수재나가 빙그르르 돌아서서 그쪽을 향해 접시를 던졌다. 접시는 날카로운 함성과 함께 표적을 노리고 똑바로 날아갔다. 명중한 순간 오라이자 접시와 스니치는 함께 폭발했다. 파편이 옥수수 대 위로 비처럼 쏟아졌고 개중에는 불이 붙은 것도 있었다.

롤랜드는 연기가 나는 리볼버 총신을 잠시 다리 사이로 내리고 재장전을 했다. 제이크 너머의 에디도 이 틈에 재장전을 했다.

늘대 한 놈이 골짜기 진입로 어귀에 쌓인 시체들을 뛰어넘었다. 초록색 망토가 등 뒤로 펄럭이는 사이, 로잘리타가 던진 접시가 놈의 후드를 찢고 날아가면서 한순간 후드 아래의 레이다 접시가 드러났다. 기계 곰 샤딕의 시종들이 머리에 달고 있던 생각 모자는 멈칫거리면서 느리게 돌아갔다. 이 늘대의 머리에 달린 반구형 수신기는 너무나 빨리 회전한 탓에 은색 잔상으로 보일 지경이었다. 수신기가 부서진 늘대는 말 옆으로 풀썩 쓰러져 오버홀저의 선두 마차를 끌던 말들 위로 추락했다. 말들은 뒷걸음질 치며 짐칸을 뒤에 있는 마차로 밀어붙였고, 뒤쪽 마차의 말 네 마리는 중간에 끼어 울면서 우왕좌왕했다. 그 말들은 달아나려 했지만 갈 곳이 없었다. 앞쪽에 있던 오버홀저의 마차는 들썩거리다가 뒤집히고 말았다. 방금 쓰러진 늘대의 말은 도로로 나와서 그곳에 널브러진 다른 늘대의 주검에 발이 걸려 휘청거리다가, 흙바닥에 벌렁 자빠졌다. 옆으로 쭉 뻗은 한쪽 다리가 기분 나쁘게 뒤틀려 있었다.

롤랜드의 머릿속은 깨끗이 비었다. 대신 눈이 모든 것을 보았다. 리볼버는 이미 재장전을 마친 상태였다. 골짜기 진입로를 따라 올라간 늘대들은 롤랜드의 작전대로 수북이 쌓인 주검들 너머에 갇혀 있었다. 마을 가까운 쪽에 있던 늘대 15기는 이쪽의 공격에 궤멸당하고 단 2기만 남아 있었다. 도로 오른쪽에 있는 무리는 배수로 끄트머리, 즉 오라이자 자매단 세 명과 수재나가 버티고 있는 곳을 양쪽 측면에서 포위하려고 움직이는 중이었다. 롤랜드는 이쪽에 남은 늘대 둘을 에디와 제이크에게 맡기고 참호를 달려 수재나 곁에 선

다음, 그곳으로 달려오는 늑대 10기를 향해 사격을 개시했다. 한 놈이 스니치를 던지려고 하다가 롤랜드의 총알에 생각 모자가 날아가자 그대로 떨어뜨렸다. 두 번째는 로잘리타가, 세 번째는 마거릿 아이젠하트가 처치했다.

마거릿은 접시를 꺼내려고 몸을 숙였다. 다시 일어선 순간, 마거릿의 머리는 라이트 스틱에 잘려 불이 붙은 채 배수로 바닥에 뒹굴었다. 베니가 보인 반응은 조금도 이상하지 않았다. 마거릿은 베니에게 큰어머니나 다름없는 사람이었으므로. 불붙은 머리가 옆에 떨어진 순간, 베니는 그 머리를 손으로 치고 배수로에서 뛰쳐나갔다. 넋이 나가서 앞도 제대로 보지 못한 채로, 겁에 질려 비명을 지르면서.

"베니, 안 돼, 돌아와!" 제이크가 외쳤다.

비명을 지르며 엉금엉금 기는 아이를 향해 남은 늑대 둘이 치명적인 은색 쇠공을 던졌다. 제이크는 스니치 한 개를 공중에서 명중시켰다. 남은 한 개를 처리할 시간은 없었다. 스니치가 가슴에 부딪힌 베니 슬라이트먼은 폭발해서 산산조각이 났다. 몸통에서 떨어져 나온 한쪽 팔이 손바닥을 위로 한 채 도로에 떨어졌다.

수재나는 마거릿을 죽인 늑대를 접시 한 개로 처치한 다음, 남은 접시로 제이크의 친구를 죽인 놈을 처치했다. 바구니에서 오라이자 접시 두 개를 새로 꺼내어 몰려오는 늑대들 쪽으로 돌아선 순간, 첫 번째 늑대가 배수로로 뛰어들었다. 롤랜드는 그 늑대가 탄 말의 가슴에 부딪혀 벌렁 나자빠졌다. 늑대가 총잡이의 몸 위에서 빛나는 검을 휘저었다. 수재나의 눈에는 그 검이 눈부시게 빛나는 적황색 네온관처럼 보였다.

"꿈도 꾸지 마, 이 망할 자식아!" 수재나는 고함과 함께 오른손에 든 접시를 힘껏 날렸다. 접시가 기다랗게 이글거리는 빛을 통과하는 순간 라이트 스틱의 손잡이가 폭발하면서 늑대의 팔이 날아갔다. 다음 순간 로잘리타가 던진 접시가 생각 모자를 절단했고, 늑대는 옆으로 쓰러져 땅에 고꾸라졌다. 겁에 질려 서로 끌어안은 채 꼼짝도 못하는 태버리네 쌍둥이를, 번들거리는 늑대 가면이 올려다보며 씩 웃었다. 잠시 후, 가면은 연기를 내며 녹기 시작했다.

베니의 이름을 외쳐 부르면서, 제이크는 이스트 로드를 가로질러 걸어갔다. 루거를 재장전하면서, 스스로는 의식하지 못했지만, 죽은 친구의 핏자국을 따라서. 왼편에서는 롤랜드와 수재나와 로잘리타가 늑대 부대의 아직 살아남은 북쪽 편대 5기를 처치하는 중이었다. 말들은 움찔거리며 쓸데없이 빙빙 돌았고, 그 말 위의 기수들은 이런 상황에서는 어떻게 해야 좋을지 모르는 듯했다.

"같이 갈까?" 에디가 물었다. 그들 오른편 땅바닥에는 골짜기 진입로의 마을 쪽 측면에서 대기하던 늑대들이 몰살당한 채 널브러져 있었다. 그중 배수로까지 진격한 놈은 단 하나였다. 그 늑대는 후드에 가려진 머리를 새로 판 참호 바닥에 처박은 채 장화 신은 발을 길에 걸치고 있었다. 나머지 몸통은 초록색 망토에 감싸여 있었다. 그야말로 고치에 싸인 채 죽은 벌레처럼.

"좋죠." 제이크가 말했다. 실제로 소리 내서 말했을까, 아니면 그저 생각만 했을까? 알 수 없었다. 사이렌 소리가 대기를 가득 메웠다. "좋을 대로 하세요. 그 자식들이 베니를 죽였어요."

"그래. 참 엿 같지."

"걔 아빠를 죽였어야 하는 건데." 제이크가 말했다. 그 말을 하면서 울었을까? 제이크는 알 수가 없었다.

"맞아. 자, 선물." 에디는 제이크의 손에 지름이 7센티미터쯤 되는 공 두 개를 떨어뜨렸다. 표면은 쇠처럼 보였지만 제이크가 쥐어보니 살짝 탄력이 느껴졌다. 아주 단단한 고무로 만든 장난감 공을 쥐는 느낌이었다. 옆면에 붙은 조그마한 금속판에는 이렇게 적혀 있었다.

"스니치"
해리 포터 모델

일련번호 # 46511AA HPJKR

주의
폭발물

금속판 왼쪽에 버튼이 있었다. 제이크는 머릿속 깊숙한 곳에서 해리 포터가 누굴지 상상해보았다. 아마도 스니치를 발명한 사람일 듯싶었다.

둘은 골짜기 진입로 어귀에 쌓여 있는 늑대들의 주검 앞에 이르렀다. 기계에게 진정한 죽음이란 없는지도 몰랐지만, 제이크는 한 덩어리가 되어 널브러진 늑대들을 보며 죽음이 아닌 다른 것은 떠오르지 않았다. 그랬다, 죽음이었다. 그리고 제이크는 사무치도록 기뻤다. 그들 뒤쪽에서 폭발음이 들렸고, 뒤이어 끔찍한 고통인지 지독한 환희인지 모를 감정이 실린 고함소리가 터져나왔다. 그 순간 제이크는 어느 쪽이든 상관없었다. 정신이 온통 골짜기 진입로에 간힌 나머지 늑대들에게 쏠려 있었기 때문이었다. 남은 수는 열여덟에서 스물넷 사이였다.

늑대 한 마리가 이글거리는 불 막대기를 치켜든 채 무리의 선두에 서 있었다. 그 늑대는 동료들에게 반쯤 몸을 틀고 도로를 향해 라이트 스틱을 흔들었다. *근데 저건 라이트 스틱이 아니야.* 에디는 생각했다. *저건 라이트 세이버야. 「스타워즈」에 나오는 제다이의 검 같은 거지. 하지만 이 라이트 세이버는 특수효과가 아니야. 진짜로 사람을 죽인다고. 도대체 뭐가 어떻게 돼가는 거지?* 도무지 알 수가 없었지만, 어쨌거나 선두의 늑대가 부대를 진격시키려 하는 것만은 알 수 있었다. 에디는 그 지휘관의 연설을 일찍 끝내주기로 마음먹었다. 그래서 자기 몫으로 챙겨뒀던 스니치 세 개 가운데 한 개의 버튼을 눌렀다. 에디의 손 안에서 스니치가 윙윙 소리를 내며 진동하기 시작했다. 사람을 감전시키는 장난감을 손에 쥔 느낌이었다.

"어이, 형씨!" 에디가 외쳤다.

지휘관 늑대가 돌아보지 않자 에디는 스니치를 그쪽으로 휙 던졌다. 가볍게 던진 스니치는 늑대 잔당이 모인 곳에서 20미터쯤 떨어진 땅바닥에 부딪혀 굴러가다가 멈춰야 마땅했다. 그러나 스니치는 떨어지는 대신 속도를 높여 위로 솟아오르더니, 으르렁거리는 모양으로 굳은 지휘관 늑대의 입에 정확히 명중했다. 스니치가 폭발하자 늑대의 목 위쪽은 생각 모자와 함께 사라졌다.

"자, 던져." 에디가 말했다. "해봐. 저놈들이 자기들 무기에 당하게 하는 것도 꽤 특별한……"

그 말을 무시한 채, 제이크는 에디가 준 스니치를 땅에 떨어뜨리고 시체 더미를 밟으며 진입로를 올라가기 시작했다.

"제이크? 제이크, 그건 별로 좋은 생각이 아닌……"

누군가의 손이 에디의 팔을 붙들었다. 총을 들고 휙 돌아선 에디는 그 손의 주인이 롤랜드인 것을 확인하고 다시 총을 내렸다.

"저 애한테는 네 목소리가 안 들린다. 가자, 우리도 함께 싸우는 거다."

"잠깐만요, 롤랜드. 기다려요." 로잘리타였다. 피를 뒤집어쓴 로잘리타를 보며 에디는 가엾은 사이 아이젠하트의 피일 거라고 짐작했다. 로잘리타 본인은 다친 곳이 보이지 않았다. "나도 같이 싸울게요."

16

남은 늑대들은 롤랜드 일행이 제이크와 합류하자마자 마지막 돌격에 나섰다. 몇 놈이 스니치를 던졌다. 허공에 날아오는 스니치는 롤랜드와 에디가 거뜬하게 처리했다. 제이크는 루거를 아홉 번 발사했다. 차분하게, 간격을 두고, 왼손으로 오른쪽 손목을 받치고서. 제이크가 그렇게 방아쇠를 당길 때마다 돌진하던 늑대들은 한 마리씩 안장에서 솟구쳐 뒤로 날아가거나 옆으로 떨어져 뒤따라오던 말들의 발굽에 짓이겨졌다. 루거의 탄창이 비자 로잘리타가 레이디 오라이자의 이름을 외치며 열 번째 늑대를 처치했다. 잘리아 재퍼즈도 그들과 합류했고, 열한 번째 늑대는 그녀의 몫이었다.

제이크가 루거를 재장전하는 사이에 롤랜드와 에디가 나란히 서서 살육을 시작했다. 둘이서 남은 8기를 모두 해치우는 것은 일도 아니었지만(에디는 늑대들의 잔당이 19기인 것을 알고도 그리 놀라지 않았다.), 그들은 마지막 2기를 제이크에게 양보했다. 빛이 이글거리는 검을 쳐들고 달려오는 늑대들은 농민이라면 당연히 겁에 질릴 만한 모습이었지만, 제이크는 왼쪽 늑대의 머리 위에서 돌아가는 생각 모자를 태연하게 총으로 쏴서 떨어뜨렸다. 그런 다음 살아남은 마지막 늑대가 힘없이 휘두르는 불의 검을 피해 한쪽으로 냉큼 달려갔다.

늑대가 탄 말은 진입로 끄트머리에 쌓인 동료들의 시체 더미를 뛰어넘었다. 도로 건너편에서 수재나가 그 늑대를 기다리고 있었다. 초록색 망토에 감싸인 채 나뒹구는 기계 몸뚱이와 썩는 냄새를 풍기며 녹아내리는 가면들 사이에, 수재나가 무릎을 꿇고 앉아 있었다. 수재나 역시 마거릿 아이젠하트의 피로 시뻘겋게 물들어 있었다.

롤랜드는 제이크가 마지막 사냥감을 수재나에게 양보한 것을 알아차렸다. 무릎 아래가 없는 수재나로서는 골짜기 진입로를 올라오기가 몹시도 힘들었기 때문이었다. 총잡이는 고개를 끄덕였다. 제이크는 이날 아침 끔찍한 광경을 목도했고, 끔찍한 충격을 받았다. 그러나 롤랜드가 보기에는 괜찮을 듯싶었다. 신부의 사제관에서 그들을 기다리는 오이라면 분명 제이크가 이 거대한 슬픔에서 벗어나도록 도와줄 터였다.

"*레이디 오라이자!*" 고삐를 잡고 말 머리를 돌리는 늑대를 향해, 수재나는 함성과 함께 마지막 접시를 던졌다. 늑대는 동쪽으로 향하려던 참이었다. 어딘지 모를 자신의 집을 향해. 날카로운 소리를 내며 날아오른 접시가 초록색 후드 꼭대기를 싹둑 잘랐다. 마지막 납치범은 안장에 앉아 잠시 부르르 떨면서 사이렌 소리를 울렸다. 오지 않을 지원군을 부르기 위해. 그러다가 뒤로 휙 넘어가더니 공중에서 한 바퀴를 완전히 돌아 도로에 쿵 떨어졌다. 사이렌 소리는 늑대가 공중을 도는 사이에 멈췄다.

그래. 롤랜드는 생각했다. *우리의 5분은 이것으로 끝이다.* 그러고는 연기가 피어오르는 총구를 멍하니 보다가, 리볼버를 총집에 꽂아 넣었다. 쓰러진 로봇들이 울리던 사이렌 소리가 하나둘 잦아들고 있었다.

그런 롤랜드의 모습을 바라보는 잘리아의 표정은 영문을 알지 못해 살짝 넋이 빠진 사람 같았다. "롤랜드!"

"왜 그러시오, 잘리아."

"이게 끝인가요? 다 죽은 건가요? 정말로?"

"다 죽었소. 내가 세어 보니 61마리요. 모두 이 자리에, 저 도로 위에, 우리가 판 참호 속에 있소."

티안의 아내는 한동안 그 자리에 가만히 서서 방금 들은 말을 이해하려고 기를 썼다. 그러다가 그녀가 보인 행동은 좀처럼 놀라는 법이 없는 롤랜드마저 놀라게 했다. 롤랜드에게 몸을 던져 꽉 끌어안더니 그의 얼굴에 키스를 퍼부었던 것이다. 젖은 입술로, 애타게. 롤랜드는 잠시 가만히 그 입맞춤을 받아들이고 있다가, 이내 잘리아를 떼어냈다. 전투 후의 구역질이 몰려왔던 것이다. 스스로가 쓸모없어진 느낌. 이 전투를, 또는 이 비슷한 전투를 몇 번이고 몇 번이고 영원토록 거듭하리라는 느낌이었다. 이곳에서는 가재 괴물들에게 손가락을 잃고, 저곳에서는 교활한 늙은 마녀에게 눈을 잃으면서. 그런 전투가 끝날 때마다 암흑의 탑은 조금씩 가까워지는 대신 조금씩 멀어지는 느낌이 들었다. 그리고 마른 회오리는 그의 심장을 향해 쉬지 않고 올라올 터였다.

그만해라. 롤랜드는 스스로에게 타일렀다. *그건 터무니없는 망상이다, 너도 알지 않느냐.*

"롤랜드, 놈들이 후속 부대를 보낼까요?" 로잘리타가 물었다.

"아마 더 보낼 병력이 없을 거요. 있다고 해도 분명 얼마 안 될 테고. 게다가 당신들도 이제 놈들을 죽일 비결을 알게 됐잖소. 안 그렇소?"

"그럼요." 로잘리타는 롤랜드를 보며 사납게 웃었다. 두 눈에는 키스보다 더한 것을 약속하는 빛이 어려 있었다. 만약 그가 허락한다면.

"옥수수 밭으로 내려가시오. 잘리아, 당신도 함께 가시오. 가서 사람들에게 이제 나와도 안전하다고 전하시오. 레이디 오라이자는 오늘 칼라의 아군이었소. 그리고 엘드의 혈통에게도."

"당신은 안 가실 건가요?" 잘리아가 물었다. 이제 롤랜드에게서 한 걸음 떨어진 그녀의 뺨은 불이 붙은 듯 벌겠다. "직접 가서 사람들의 환호를 받으셔야죠."

"나중에, 우리 모두에게 보내는 환호를 듣게 될 거요. 지금은 우리 카텟끼리 할 얘기가 있소. 보다시피 저 아이가 큰 충격을 받았으니."

"예." 로잘리타가 말했다. "알았어요. 가자, 잘리아." 그러고는 손을 뻗어 잘리아의 손을 잡았다. "나랑 같이 승전보를 전하러 가는 거야."

17

두 여성은 산산조각 나서 흩어져 있는 가엾은 슬라이트먼네 아들의 잔해를 빙 돌아서 도로를 건넜다. 잘리아는 그 소년의 남은 시신은 그저 옷가지 덕분에 간신히 붙어 있을 뿐이라는 생각이 들었고, 아이 아버지가 비통해할 거라는 생각에 몸서리가 쳐졌다.

젊은 총잡이의 다리가 성치 못한 부인은 배수로 북쪽 끄트머리에서 근처에 흩어진 늑대들의 주검을 살펴보는 중이었다. 그녀는 완전히 부서지지 않고 다시 회전하려고 움찔거리는 조그만 반구형 접시한 개를 발견했다. 그 접시의 주인인 늑대는 뇌졸중이라도 일으킨 것처럼 초록색 장갑을 낀 두 손을 흙먼지 속에서 정신없이 꿈틀거렸다. 로잘리타와 잘리아가 지켜보는 가운데, 수재나는 광깃날 밤처럼 차가운 표정으로 커다란 돌을 집어들어 생각 모자의 잔해를 내리찍었다. 늑대는 대번에 움직임을 멈췄다. 놈의 몸뚱이에서 들리던 윙윙 소리도 함께 그쳤다.

"수재나, 저흰 사람들한테 승전보를 전하러 가는 길이에요." 로잘리타가 말했다. "하지만 그 전에 당신께 감사하고 싶어요. 저흰 당신을 정말로 존경해요, 정말로!"

잘리아도 고개를 끄덕였다. "세이 생키, 뉴욕의 수재나여. 말로 다할 수 없을 만큼 감사해요."

"그럼요, 진심으로." 로잘리타가 맞장구를 쳤다.

총잡이 부인은 두 여성을 올려다보며 다정하게 미소 지었다. 한순간 로잘리타의 얼굴에 미심쩍어하는 표정이 스쳤다. 눈앞의 갈색 얼굴에서 봐서는 안 될 어떤 것을 보기라도 한 듯이. 말하자면, 수재나 딘이 이곳에 없다는 것을 알아차렸다거나. 그러나 의심이 깃든 표정은 이내 사라졌다. "저희는 기쁜 소식을 전하러 먼저 갈게요, 수재나." 로잘리타가 말했다.

"당신들도 기쁨을 누리도록 해요." 그 말을 한 사람은 누구의 딸도 아닌 미아였다. "소식을 전하고 나서 사람들을 이리로 데리고 와요. 이제 위험은 다 지나갔다고, 못 믿겠으면 주검의 수를 세어보라고 하세요."

"저기, 바지가 젖었는데요." 잘리아가 말했다.

미아는 무겁게 고개를 끄덕였다. 또다시 진통이 몰려와 배가 돌처럼 단단해졌지만, 미아는 내색하지 않았다. "아마 피일 거예요." 그러고는 머리가 없는 대목장주의 아내의 주검을 고갯짓으로 가리켰다. "저 사람 피."

두 여성은 손을 잡고 나란히 옥수수 밭을 지나 비탈을 내려갔다. 미아가 지켜보는 가운데, 롤랜드와 에디와 제이크가 도로를 건너 그녀가 있는 쪽으로 다가왔다. 위험한 순간인지도 몰랐다, 바로 지금이. 하지만 그렇게까지 위험할 성싶지는 않았다. 수재나의 친구들은 전투 후의 피로에 젖어 멍해 보였다. 수재나가 살짝 풀 죽은 모습을 하고 있더라도 그들은 그녀 역시 같은 기분일 거라 여길 터였다.

미아는 생각했다. 단지 기회를 엿보기만 하면 된다고. 기다리다가…… 빠져나가면 그만이라고. 그러는 동안에도 미아는 배를 조여드는 진통 위에 올라탄 채 버텼다. 만조 때의 파도 위에 올라탄 조각배처럼.

저들은 네가 간 곳을 알아낼 거야. 소곤거리는 목소리가 들렸다. 머릿속이 아니라 뱃속에서 들리는 목소리였다. 어린것의 목소리. 그

리고 그 목소리가 하는 말은 진실이었다.

저 쇠공을 가져가. 그 목소리가 미아에게 말했다. *여기서 빠져나 갈 때 저걸 가져가. 저들이 쫓아올 문을 남겨두면 안 돼.*

좋았어.

18

루거의 총성은 단 한 번 울렸고, 죽은 것은 말 한 마리였다.

도로 아래쪽 저 멀리, 벼논 쪽에서, 기쁨의 함성이 터져나왔다. 의심하는 기색은 별로 느껴지지 않았다. 잘리아와 로잘리타가 승전보를 전했던 것이다. 뒤이어 비통한 외침이 여러 사람의 기쁜 목소리를 끊고 울려퍼졌다. 그 두 사람이 나쁜 소식도 함께 전했다는 뜻이었다.

제이크 체임버스는 뒤집힌 짐마차의 바퀴에 앉았다. 멀쩡한 말 세 마리는 이미 풀어준 후였다. 네 번째 말은 다리 두 개가 부러진 채 땅에 쓰러져서, 주둥이에 힘겹게 거품을 물고서, 아이에게 도움을 청했다. 아이는 그 도움을 주었다. 그리고 이제 죽은 친구를 바라보며 앉아 있었다. 베니의 피가 도로에 스미는 중이었다. 팔 끝에 붙은 손은 손바닥을 위로 펴고 있었다. 죽은 소년이 신과 악수라도 하고 싶었던 것처럼. 무슨 신일까? 얼마 전부터 도는 소문에 따르면 암흑의 탑 맨 위층은 비어 있다고 하던데.

레이디 오라이자의 벼논에서 비통한 외침이 두 번째로 터져나왔다. 어느 쪽이 슬라이트먼이고 어느 쪽이 아이젠하트일까? 제이크는 멀리서 들으면 구분할 수 없다고 생각했다. 목장주와 일꾼을, 고용인와 피고용인을. 그 비통한 외침 속에 담긴 것은 교훈일까? 아니면 그리운 파이퍼 스쿨의 에이버리 선생님이 말했던, 진짜처럼 보이는 가짜 증거 앞에 굴복한 사람의 공포였을까?

환한 하늘을 향해 활짝 편 손바닥. 그것만은 분명한 진짜였다.

이제 주민들이 노래를 부르기 시작했다. 제이크가 아는 노래였다. 칼라 브린 스터지스에 처음 도착한 날, 그날 밤 롤랜드가 부른 노래의 가사를 조금 바꾼 노래였다.

> *"컴 컴 코말라*
> *쌀알이 아롱아롱 떨어지네*
> *나도 언젠가 형제가 생기겠지*
> *아이가 하나둘 떨어지겠지*
> *우리는 강으로 갔네*
> *오라이자가 정말로 우리를 지켜주셨네……"*

노래하며 걸어오는 주민들을 따라 벼가 흔들렸다. 그들의 기쁨을 함께 나누며 춤추듯이 흔들렸다. 그날 밤 횃불의 불빛 속에서 그들을 위해 춤추던 롤랜드처럼. 몇몇 어른은 아이들을 품에 안고 걸어왔고, 아이들 때문에 무거울 텐데도 몸을 양옆으로 흔들며 노래를 불렀다. *우리도 오늘 아침에 춤을 췄어.* 제이크는 생각했다. 스스로도 무슨 생각을 하는지 알지 못했다. 그저 진심에서 우러난 생각이라는 것만 알 뿐이었다. *우리가 항상 추는 춤이야. 우리가 아는 하나뿐인 춤. 베니 슬라이트먼? 그 애는 춤을 추다가 죽었어. 사이 아이*

젠하트도.

롤랜드와 에디가 곁에 다가왔다. 수재나도 함께 왔지만 조금 떨어진 곳에 머물렀다. 당분간은 남자들끼리 어울릴 시간을 주기로 마음먹은 사람처럼. 롤랜드는 담배를 피우고 있었고, 제이크는 그 담배를 고갯짓으로 가리켰다.

"저도 그거 한 대 말아주실래요?"

롤랜드는 눈을 동그랗게 뜨고 수재나 쪽을 돌아보았다. 수재나는 낸들 아냐는 듯이 어깨를 으쓱하더니 고개를 끄덕였다. 롤랜드는 담배 한 대를 말아서 제이크에게 건넨 다음, 바지 엉덩이에 성냥을 그어 불을 붙여주었다. 제이크는 마차 바퀴에 앉아 담배 연기를 한 번씩 빨아들여 입에 머금었다가, 그대로 내뿜었다. 입안에 침이 차올랐다. 그래도 상관없었다. 어떤 것들과 달리 침은 뱉으면 그만이었다. 연기를 목으로 빨아들일 생각은 하지 않았다.

롤랜드는 비탈 아래를 내려다보았다. 달려오는 남자 두 명 가운데 한 명이 이제 막 옥수수 밭에 접어든 참이었다. "슬라이트먼이로군. 잘됐다."

"뭐가 잘됐다는 거야, 롤랜드?" 에디가 물었다.

"사이 슬라이트먼이 따지려 할 것이기 때문이다. 비통한 와중이라 남이 듣는 것도 아랑곳하지 않을 거다. 자신이 오늘 아침의 전투에서 어떤 역할을 맡았는지 남한테 들킬지도 모르건만."

"그건 춤이었어요." 제이크가 말했다.

두 사람은 그쪽으로 고개를 돌렸다. 제이크는 생각에 잠긴 창백한 얼굴로 마차 바퀴에 앉아 있었다. 담배를 손에 들고서. "오늘 아침에 우리는 춤을 춘 거예요."

롤랜드는 그 말을 골똘히 생각하는 듯싶다가, 이내 고개를 끄덕였다. "오늘 아침의 춤에서 그가 맡은 역할이라고 해두자. 만약 그가 이곳에 일찍 도착하면 입을 다물게 할 수 있을 거다. 그렇지 않으면, 아들의 죽음은 벤 슬라이트먼이 추게 될 코말라 춤의 전주에 불과할 거다."

19

슬라이트먼은 목장주보다 열다섯 살은 더 어렸고, 그래서 그보다 훨씬 일찍 전투의 현장에 도착했다. 잠깐 동안, 슬라이트먼은 그저 참호 끄트머리에 우두커니 서서 도로에 흩어진 주검을 가만히 내려다보았다. 게걸스럽게 피를 빨아들인 오건 덕분에 이제 핏자국은 별로 보이지 않았지만 잘린 팔은 그 자리에 그대로 있었고, 그 잘린 팔이 모든 이야기를 들려주었다. 롤랜드가 보기에 슬라이트먼이 이곳에 도착하기 전에 그 팔을 치우는 것은 바지 단추를 풀고 소년의 주검에 오줌을 갈기는 짓이나 마찬가지였다. 아들 슬라이트먼은 이미 삶의 길 끝에 있는 공터에 도착했던 것이다. 아버지는 가장 가까운 가족으로서 아들이 어디서, 어떻게 죽었는지 알 자격이 있었다.

그 남자는 약 5초 정도 말없이 서 있다가, 숨을 깊이 마신 다음 날카로운 비명으로 토해냈다. 그 소리에 에디는 피가 서늘해지는 것만 같았다. 그래서 수재나에게 고개를 돌렸지만, 수재나는 이미 그곳에 없었다. 에디는 수재나가 자리를 피한 것을 원망하지 않았다. 지독한 장면이 펼쳐질 참이기 때문이었다. 최악의 장면이.

슬라이트먼은 왼쪽을, 다시 오른쪽을 보았고, 다시 정면을 보고 서야 뒤집힌 짐마차 곁에 팔짱을 끼고 서 있는 롤랜드를 발견했다. 그 곁에는 제이크가 태어나서 처음 피우는 담배를 물고 마차 바퀴에 앉아 있었다.

"너!" 슬라이트먼이 울부짖었다. 그는 석궁을 어깨에 메고 있었다. 그가 그 석궁을 풀었다. "네가 이런 거야! 네가!"

에디는 슬라이트먼의 손에서 냉큼 석궁을 뺏었다. "안 돼, 참아, 이 양반아." 에디는 나지막이 중얼거렸다. "지금은 이걸 쓸 때가 아니야. 내가 잠깐 맡아둘게."

슬라이트먼은 그 말을 못 들은 눈치였다. 놀랍게도, 그의 오른손은 허공을 잡아끌듯이 빙빙 돌아갔다. 손에 없는 석궁의 시위를 당겨 화살을 재려는 듯이.

"네가 내 아들을 죽였어! 나한테 대가를 치르게 하려고! 이 망할 자식! 이 빌어먹을 살인……"

에디가 한참 후에도 믿지 못했을 만큼 섬뜩하게 빠른 속도로, 롤랜드는 슬라이트먼의 목을 한 팔로 휘감고서 그를 앞으로 당겼다. 단 한 번의 동작으로 비난을 잠재우는 동시에 상대를 가까이 끌어당겼던 것이다.

"내 말을 들어라." 롤랜드가 말했다. "잘 듣는 게 좋을 거다. 나는 너의 목숨이나 명예는 어찌되든 상관없다. 하나는 이때껏 헛되이 낭비됐고, 다른 하나는 이미 오래전에 사라졌으니. 허나 네 아들은 죽었고, 나는 그 아이의 명예만큼은 반드시 지켜주고 싶다. 만약 네가 지금 당장 닥치지 않으면 내 손으로 닥치게 해줄 거다, 이 버러지야. 어떻게 할 거냐? 어느 쪽을 택하든 나는 상관없다. 저들한테는 네가 아들의 주검을 보고 미쳐서 아들 곁으로 가려고 내 총을 뽑아 스스로 머리를 쐈다고 하면 그만이다. 자, 어쩔 거냐? 택해라.”

아이젠하트는 숨이 넘어갈 것처럼 헐떡거리면서도 멈추지 않고 휘청휘청 옥수수 밭을 올라왔다. 갈라진 목소리로 아내의 이름을 외쳐 부르면서. *"마거릿! 마거릿! 대답하시오, 여보! 뭐라고 말 좀 하란 말이오, 부탁이오, 제발!"*

롤랜드는 슬라이트먼을 풀어주고 살벌한 눈으로 그를 마주 보았다. 슬라이트먼은 겁에 질린 눈을 제이크에게로 돌렸다. “너의 딘이 나한테 복수하려고 내 아들을 죽인 거냐? 진실을 말해다오.”

제이크는 마지막 한 모금을 빨고 나서 담배를 던져버렸다. 꽁초는 죽은 말 옆에 떨어져 연기를 피우며 타들어갔다. “베니를 보기는 한 거예요?” 제이크는 베니의 아빠에게 물었다. “인간이 만든 총알로 한 짓이 아니에요. 베니는 사이 아이젠하트의 머리가 거의 코앞에 떨어지는 바람에 배수로에서 기어나왔어요. 너무…… 너무 무서워서.” 무섭다는 말을 이때껏 소리 내어 말한 적이 한 번도 없다는 생각이 문득 떠올랐다. 소리 내어 말할 필요가 없어서였다. “늑대들이 스니치 두 개를 베니한테 던졌어요. 한 개는 내가 맞혔는데, 그랬는데…….” 제이크는 침을 삼켰다. 목에서 꼴깍 소리가 났다. “남은 한 개는…… 맞힐 수도 있었어요…… 맞히려고 했는데, 그랬는데…….” 얼굴이 씰룩거렸다. 목소리도 갈라졌다. 하지만 눈은 젖지 않았다. 어째선지 슬라이트먼의 눈만큼이나 겁에 질려 있었다. “남은 한 개는 맞힐 틈이 없었어요.” 제이크는 그렇게 말을 끝맺은 다음, 고개를 숙이고 흐느끼기 시작했다.

롤랜드는 슬라이트먼을 돌아보았다. 눈을 동그랗게 뜨고서.

"알았다." 슬라이트먼이 말했다. "어떻게 된 건지 알겠다. 그래. 얘기해다오, 그 애가 죽을 때까지 용감하게 행동하던? 얘기해다오, 부탁이다."

"베니는 제이크랑 같이 저 쌍둥이 중에 한 명을 부축해서 데려왔어." 에디가 태버리네 쌍둥이 쪽을 손짓으로 가리키며 말했다. "남자애를. 바위틈에 발이 빠졌거든. 제이크랑 베니가 꺼내서 여기까지 데려온 거야. 당신 아들은 용감함 그 자체였다고. 둘이서 나란히 부축하고 길을 똑바로 건너왔단 말이야."

슬라이트먼은 고개를 끄덕였다. 그러고는 안경을 벗더니 생전 처음 보는 물건인 양 가만히 바라보았다. 그렇게 잠시 눈앞에 들고 있다가, 도로에 떨어뜨리고는 장화 뒷굽으로 짓밟았다. 롤랜드와 제이크를 보는 그의 눈빛은 거의 참회하는 듯했다. "이 눈으로 봐야 할 것은 이미 다 본 것 같소." 슬라이트먼은 그 말을 남기고 아들에게 돌아갔다.

본 아이젠하트가 옥수수 밭에서 모습을 드러냈다. 그는 아내를 보고 비명을 질렀다. 그러고는 셔츠를 찢고 오른 주먹으로 퉁퉁한 가슴 왼쪽을 치면서 그때마다 아내의 이름을 외쳤다.

"어휴, 세상에. 롤랜드, 당신이 가서 좀 말려."

"나는 못한다." 총잡이가 말했다.

슬라이트먼은 아들의 잘린 팔을 집어들고 에디가 차마 보지도 못할 만큼 부드럽게 손바닥에 입을 맞추었다. 그는 팔을 아들의 가슴 위에 내려놓은 다음, 다시 롤랜드 일행이 있는 곳으로 돌아왔다. 안경을 벗은 그의 얼굴은 무방비하고 왠지 어리숙해 보였다. "제이크, 담요 찾는 것 좀 도와주련?"

제이크는 마차 바퀴에서 일어나 슬라이트먼이 원하는 것을 찾으러 갔다. 가리개가 벗겨진 참호에서는 아이젠하트가 아내의 불탄 머리를 가슴에 품은 채 흔들고 있었다. 옥수수 밭 쪽에서 아이들과 경호원들이 부르는 「쌀의 노래」가 들려왔다. 처음에 에디는 마을 쪽에서 들려오는 소리가 아이들이 부르는 노래의 메아리일 거라고 생각했지만, 이내 칼라에 남은 주민들의 목소리인 것을 깨달았다. 주민들도 알았던 것이다. 아이들의 노랫소리를 듣고 알았던 것이다. 그들이 이쪽으로 오고 있었다.

캘러핸 신부는 리아 재퍼즈를 품에 안고 옥수수 밭에서 걸어나왔다. 우렁찬 노랫소리 속에서도 리아는 새근새근 자고 있었다. 캘러핸은 수북이 쌓인 죽은 늑대들을 보고 아이에게서 한 손을 떼어 허공에 천천히, 떨리는 성호를 그었다.

"하느님, 감사합니다." 캘러핸이 말했다.

롤랜드는 그에게 다가가 방금 성호를 그었던 손을 잡았다. "내게도 해주시오."

캘러핸은 영문을 모르는 표정으로 그를 보았다.

롤랜드는 고갯짓으로 본 아이젠하트 쪽을 가리켰다. "저 사람이 내게 맹세했소. 만일 자기 아내에게 무슨 일이 생기면, 나는 그의 저주를 품고 이 마을을 떠나게 될 거라고."

더 설명할 수도 있었지만, 그럴 필요는 없었다. 캘러핸은 그의 말을 이해하고 롤랜드의 이마에 성호를 그어주었다. 손톱이 이마를 지나가면서 남긴 온기를 롤랜드는 오랫동안 느꼈다. 그리고 아이젠하트는 자신이 했던 맹세를 결코 지키지 않았지만, 총잡이는 신부에게 그 여분의 가호를 부탁했던 일을 결코 후회하지 않았다.

20

뒤이어 이스트 로드를 뒤덮은 것은 전사한 두 사람을 위한 애도가 섞인 혼란스러운 환희였다. 그러나 이날은 애도에서조차도 기쁨의 빛이 새어나왔다. 잃은 것과 얻은 것이 동등하다고 느끼는 사람은 아무도 없는 듯했다. 그리고 에디가 보기에 이는 진실이었다. 잃은 것이 자신의 아내나 아들이 아니라면, 진실이었다.

마을 쪽의 노랫소리가 점점 가까워졌다. 이제 피어오르는 먼지구름이 보였다. 도로 위에서 남자들과 여자들이 서로를 끌어안았다. 누군가 마거릿 아이젠하트의 머리를 남편의 품에서 꺼내려 했지만, 남편은 한사코 거부했다.

에디는 제이크에게로 터덜터덜 걸어갔다.

"넌 「스타워즈」 한 편도 못 봤지, 그치?"

"예. 전에 얘기했잖아요. 보려고 했는데 그만……"

"저쪽 세상을 너무 일찍 떠나버렸단 말이지. 알아. 저 자식들이 휘두르던 거…… 제이크, 그건 그 영화에 나오는 무기야."

"정말이에요?"

"응. 그리고 늑대들은…… 제이크, 늑대들 자체는……."

제이크는 고개를 끄덕였다. 아주 천천히. 이제 마을에서 온 주민들이 보였다. 새로 도착한 사람은 아이들을 보고 환호성을 질렀다. 아이들 모두가, 털끝 하나 다치지 않고 이곳에 있었기 때문이었다. 맨 앞에 오던 사람들이 뛰기 시작했다.

"저도 알아요."

"안다고?" 에디가 물었다. 눈빛이 거의 애원하는 듯했다. "진짜?

아니, 그게…… 야, 그건 진짜 말도 안 되는…….”

제이크는 수북이 쌓인 늑대들의 주검을 바라보았다. 초록색 후
드. 달라붙는 회색 바지. 검은 장화. 으르렁거리는 표정으로 썩어가
는 얼굴. 에디는 앞서 부패해가는 금속 가면 한 개를 벗기고 그 아
래에 무엇이 있는지 확인했다. 매끈한 금속 표면과 눈 노릇을 하는
렌즈 두 개, 분명 코일 법한 둥그런 철망, 양쪽 관자놀이에 귀 대신
볼록하게 튀어나온 마이크 한 쌍뿐이었다. 아니, 이 로봇들의 정체
는 몸에 걸친 옷과 가면 그 자체였다.

“말이 되든 안 되든, 전 이것들의 정체가 뭔지 알아요. 그게 아니
라도, 적어도 어디서 왔는지는 알아요. 마블 코믹스예요.”

지극한 안도감이 에디의 표정을 물들였다. 에디는 몸을 숙여 제
이크의 뺨에 입을 맞추었다. 희미한 미소가 아이의 입가에 떠올랐
다. 별 대단한 것은 아니었지만, 그것이 첫걸음이었다.

“「스파이더맨」 시리즈. 어릴 때 정말 질리지도 않고 읽었는데 말
이지.”

“저는 제 돈으로 직접 사진 않았어요. 근데 미드타운 레인스에
사는 티미 머치라는 애가 마블 잡지에 완전히 빠졌었죠. 「스파이더
맨」, 「판타스틱 포」, 「헐크」, 「캡틴 아메리카」, 전부 다요. 저 늑대들
은…….”

“닥터 둠처럼 생겼지.” 에디가 말했다.

“맞아요. 똑같진 않아요, 저 가면은 분명 더 늑대처럼 보이게 하
려고 살짝 변형했을 거예요. 하지만 그것만 빼면…… 초록색 후드
도, 초록색 망토도 똑같아요. 맞아요, 닥터 둠이에요.”

“그리고 스니치 말인데. 너 해리 포터라고 들어봤어?”

"아뇨. 뭔지 아세요?"

"아니. 근데 못 들어본 이유는 알 것 같아. 스니치는 미래에서 온 거라서 그래. 아마 1990년 아니면 1995년쯤의 마블 코믹스에 나오는 물건일 거야. 무슨 말인지 알아?"

제이크는 고개를 끄덕였다.

"다 19야. 안 그래?"

"맞아요. 19, 99, 1999."

에디는 주위를 둘러보았다. "수재나는 어딨어?"

"아마 휠체어 가지러 갔을 거예요." 제이크가 대답했다. 그러나 두 사람이 수재나 딘의 소재를 파악하기도 전에(어차피 이미 한참 늦었을 테지만), 마을에서 온 주민들의 선두가 도착했다. 에디와 제이크는 느닷없이 쏟아진 거친 축하 인사에 휩쓸렸다. 포옹에, 키스에, 악수에, 웃음에, 눈물에, 감사와 감사, 그리고 또 감사에.

21

마을 주민들의 본대가 도착하고 나서 10분 후, 로잘리타는 미적거리며 롤랜드에게 다가갔다. 총잡이는 로잘리타를 보고 무척이나 기뻐했다. 에번 투크가 두 팔을 잡고 끝나지 않을 것만 같은 장광설을 쏟아냈기 때문이었다. 자신과 텔퍼드가 얼마나 큰 착각을 했는지, 처음부터 끝까지 얼마나 잘못 생각했는지에 관하여, 또 롤랜드 카텟이 마을을 떠날 준비가 되면 머리부터 발끝까지 차려입게 해줄 것이며 돈은 한 푼도 받지 않겠다는 이야기까지.

"롤랜드!" 로잘리타가 그를 불렀다.

롤랜드는 사람들에게 실례한다는 말을 남긴 다음 로잘리타의 팔을 잡고 도로 저편으로 데려갔다. 사방에 널린 늑대들의 주검과 무기는 이제 신이 나서 웃는 주민들에게 혹독하게 약탈당하는 중이었다. 걸음이 느린 주민들도 끊이지 않고 시시각각 도착했다.

"왜 그러시오, 로잘리타?"

"레이디 사이 때문이에요. 수재나요."

"수재나한테 무슨 일이라도?" 롤랜드는 찌푸린 얼굴로 주위를 둘러보았다. 수재나가 보이지 않았다. 마지막으로 본 때가 언제였는지도 기억나지 않았다. 제이크에게 담배를 줄 때였을까? 아니면 그전? 아무래도 그런 듯싶었다. "수재나는 어디 있소?"

"바로 그거예요. 저도 모르겠어요. 혹시 마차에 들어가서 쉬고 있을까 싶어서, 올 때 타고 있던 마차 안을 확인해봤어요. 어지럽거나 속이 안 좋을 수도 있으니까요. 그런데 거기에도 없어요. 게다가…… 롤랜드, 수재나의 바퀴 달린 의자도 사라졌어요."

"아뿔싸!" 롤랜드는 불쑥 외치며 주먹으로 다리를 내리쳤다. "이런, *제길!*"

로잘리타는 경계하는 표정으로 한 걸음 물러섰다.

"에디는 어디 있소?" 롤랜드가 물었다.

로잘리타가 한쪽을 가리켰다. 에디는 칭송을 퍼붓는 인파 속에 너무나 깊이 파묻혀 잘 보이지도 않았지만, 롤랜드는 에디가 목말을 태운 아이 덕분에 그를 알아볼 수 있었다. 그 아이는 헤든 재퍼즈였다. 입이 귀에 걸리도록 함박웃음을 짓고 있었다.

"꼭 흥을 깨야겠어요?" 로잘리타가 쭈뼛거리며 물었다. "수재나는 그냥 잠깐 자리를 비운 걸 수도 있잖아요. 혼자서 마음을 가라앉히려고."

잠깐 자리를 비웠다고. 롤랜드는 생각했다. 가슴속에 번져가는 암흑이 느껴졌다. 철렁 내려앉은 가슴에. 그랬다, 수재나는 잠깐 자리를 비웠다. 그리고 롤랜드는 그 자리에 대신 들어선 이가 누군지 알고 있었다. 전투의 여운 속에서 그들의 주의가 흐트러졌던 것이다…… 슬퍼하는 제이크를 달래느라…… 주민들에게 축하를 받느라…… 환호성과 노랫소리에 취해서…… 그러나 그런 것은 변명이 될 수 없었다.

"*총잡이들이여!*" 롤랜드가 외치자 신이 나서 떠들던 군중이 순식간에 조용해졌다. 롤랜드는 안도하며 아첨을 퍼붓는 그들의 표정 바로 아래에 깔린 두려움을 볼 수도 있었다, 볼 마음만 있었다면. 그에게는 낯선 광경도 아니었다. 마을 사람들은 큰 총을 차고 찾아오는 자를 늘 두려워하기 때문이었다. 전투가 끝나면 사람들은 그자에게 마지막 만찬을, 또는 마지막 감사의 잠자리를 제공한 다음 마을에서 사라져주기를 바랐다. 그들이 평화로운 농사일을 다시 시작할 수 있도록.

그래. 롤랜드는 생각했다. *우리도 이제 곧 떠날 거다. 사실 한 명은 이미 떠났다. 제기랄!*

"*총잡이들이여, 집합하라! 집합!*"

에디가 먼저 롤랜드 앞으로 달려왔다. 그러고는 주위를 둘러보았다. "수재나는 어딨어?"

롤랜드는 낭떠러지와 골짜기로 이루어진 돌투성이 황무지를 손으로 가리키다가, 손가락을 점점 위로 올려 산과 하늘이 맞닿은 경계선 바로 아래의 검은 구멍에서 멈추었다. "아마 저기 있을 게다."

에디 딘의 얼굴에서 모든 색이 사라졌다. "당신이 가리키는 건 통로 동굴이잖아. 안 그래?"

롤랜드는 고개를 끄덕였다.

"하지만 구슬은…… 검은 13은…… 수재나는 캘러핸의 교회에서 그 물건 근처에도 안 가려고 했는데……"

"그래, 수재나는 안 가려고 했다. 허나 그녀의 몸은 이미 다른 이의 것이다."

"미아 말이에요?" 제이크가 물었다.

"그렇다." 롤랜드는 연청색 눈으로 하늘 멀리 보이는 검은 구멍을 찬찬히 살폈다. "미아가 아기를 낳으러 간 거다. 자기 뱃속에 든 어린것을."

"안 돼." 에디는 후들거리는 손으로 롤랜드의 셔츠를 붙잡았다. 주위의 칼라 주민들은 말없이 서서 가만히 그들을 지켜보았다. "롤랜드, 안 된다고."

"우리가 뒤쫓아가는 수밖에 없다. 너무 늦지 않기를 바라면서." 롤랜드가 말했다.

그러나 마음속으로는 알고 있었다. 이미 늦었다는 것을.

종장

통로 동굴

1

　그들은 빨리 움직였지만, 미아가 더 빨랐다. 골짜기 길이 갈라지
는 지점에서 2킬로미터 조금 못 미치는 곳에 휠체어가 버려져 있었
다. 미아는 튼튼한 팔로 황량한 땅에 휠체어를 세게 부딪힌 모양이
었다. 불쑥 튀어나온 단단한 바위에 부딪힌 휠체어는 결국 왼쪽 바
퀴가 완전히 휘어서 쓸모없는 물건이 되고 말았다. 휠체어를 타고
이렇게 멀리까지 이동한 것 자체가 정말이지 놀라운 일이었다.
　"젠장할 코말라." 에디가 휠체어를 내려다보며 중얼거렸다. 찍히
고 파이고 긁힌 휠체어를 내려다보면서. 그러다가 고개를 들더니 양
손을 둥그렇게 말아 입에 대고 외쳤다. *"싸워요, 수재나! 그 여자랑
싸워요! 우리가 금방 갈게요!"* 에디는 휠체어를 밀어젖히고 길을
올라가기 시작했다. 일행이 따라오는지 돌아보지도 않고서.
　"동굴까지 올라가진 못하겠죠, 그렇죠?" 제이크가 물었다. "그게,

다리가 불편하잖아요."

"내 생각엔 갈 것 같구나. 안 그러냐?"롤랜드가 물었다. 표정이 어두웠다. 게다가 다리까지 절룩거렸다. 제이크는 그의 다리를 보고 뭔가 말하려다가 생각을 고쳐먹었다.

"애초에 저 동굴에는 뭐 하러 간 걸까요?"캘러핸이 물었다.

롤랜드는 몹시도 차가운 눈으로 그를 흘끗 돌아보았다. "어딘가 다른 곳으로 갈 작정인 게지. 그 정도는 당신도 알잖소. 자, 어서 갑시다."

2

길이 가팔라지는 곳에 가까워지는 동안 롤랜드는 에디를 따라잡았다. 롤랜드에게 처음 어깨를 잡혔을 때, 젊은 총잡이는 그의 손을 뿌리쳤다. 두 번째로 어깨를 잡혔을 때에는 마지못해 돌아서서 자신의 딘을 마주보았다. 롤랜드는 에디의 셔츠 가슴팍에 흩뿌려진 피를 보았다. 베니의 피인지 마거릿의 피인지, 아니면 둘 모두의 피인지 알 길이 없었다.

"만약 미아가 나타난 거라면, 차라리 잠시 내버려두는 게 나을지도 모른다."

"당신 미쳤어? 늑대들이랑 싸우다가 나사가 풀리기라도 한 거야?"

"그냥 놔두면 미아는 자기 볼일을 마치고 다시 사라질 수도 있다."그렇게 말하는 동안에도 롤랜드는 자기 입에서 나오는 말을 의심했다.

"그래." 에디는 이글거리는 눈으로 롤랜드의 얼굴을 가만히 살폈다. "맞아, 볼일을 마치겠지. 먼저 아기를 낳겠지. 그다음엔 내 아내를 죽일 테고."

"그건 자살 행위다."

"하지만 그 여자라면 할지도 몰라. 우리가 쫓아가야 한다고."

항복은 롤랜드가 거의 쓰지 않는 전술이었지만, 몇 안 되는 피치 못할 상황에서는 그 역시 융통성을 발휘한 적이 있었다. 이제 에디의 창백하고 단호한 표정을 다시 한 번 보고 나서, 그는 그 전술을 다시금 사용했다. "알았다. 허나 조심해야 한다. 미아는 붙잡히지 않으려고 발버둥을 칠 거다. 만약 피치 못할 상황이 되면 살인도 마다하지 않을 거다. 어쩌면 우리 가운데 너를 가장 먼저 죽이려 할지도 모른다."

"알아." 에디의 표정은 살벌했다. 그는 고개를 들어 위쪽을 보았지만, 길은 500미터쯤 올라간 곳에서 절벽 남쪽 면으로 휘어져 시야에서 사라졌다. 구불구불 휘어진 길이 그들 앞에 다시 나타나는 곳은 동굴 입구 바로 아래였다. 그 기다란 오르막에는 아무것도 보이지 않았지만, 고작 그 정도로 알 수 있는 것이 뭐가 있을까? 미아가 숨지 못할 곳은 없었다. 에디의 머릿속에 퍼뜩 떠오른 생각은, 미아가 아예 저 위에 있지도 않으리라는 것이었다. 부서진 휠체어는 롤랜드가 골짜기 진입로에 뿌려놓았던 아이들의 소지품처럼 미끼일지도 몰랐다.

그딴 생각은 안 믿을 거야. 칼라의 이 근처에는 쥐구멍이 100만 개는 있을 거야. 그런데 미아가 그런 쥐구멍에 숨었다고 믿어버리

면…….

캘러핸과 제이크가 두 사람을 따라잡았다. 그들은 우두커니 서서 에디를 바라보았다.

"가야 해. 롤랜드, 미아의 정체가 뭔지는 내 알 바 아니야. 사지가 멀쩡한 남자 넷이서 다리가 불편한 여자 한 명을 놓친다면, 차라리 총을 반납하고 폐업 신고를 하는 게 더 나아."

그 말에 제이크가 힘없이 웃었다. "감동적이네요. 방금 저도 남자로 쳐주셨잖아요."

"너무 우쭐대지 마, 형씨. 자, 가자고."

3

에디와 수재나는 서로를 남편과 아내로 여기며 호칭도 그렇게 했지만, 따지고 보면 에디가 수재나를 택시에 태워 카르티에 매장으로 데려가서 다이아몬드 예물과 결혼반지를 선물한 것은 아니었다. 한때 에디는 꽤 멋진 고등학교 졸업 반지를 끼고 다녔지만, 그마저도 열일곱 살이던 해 여름에 코니아일랜드 유원지의 백사장에서 잃어버리고 말았다. 메리 진 소비에스키와 사귀던 여름의 일이었다. 그러나 서쪽 바닷가에서 여행을 시작한 후로 에디는 목각 예술가로서 지닌 재능을 다시금 발견했고(위대한 현자이자 못 말리는 약쟁이 헨리라면 '계집애 같이 나무나 조몰락거리는 놈'이라고 할 법한 취미였다.), 사랑하는 아내에게 아름다운 버드나무 반지를 깎아주었다. 물거품처럼 가볍지만 튼튼한 반지였다. 수재나는 그 반지를 기다란 가죽끈으로 묶어서 가슴 사이에 걸고 다녔다.

에디 일행은 오르막길 어귀에서 그 반지를 발견했다. 반지를 묶은 가죽끈도 고스란히 남아 있었다. 에디는 반지를 집어서 우울한 표정으로 가만히 보다가, 끈을 목에 걸고 반지를 셔츠 속으로 집어넣었다.

"저기 좀 보세요." 제이크가 말했다.

일행은 길 바로 바깥쪽으로 고개를 돌렸다. 풀이 듬성듬성 자란 그곳에 무슨 자국이 나 있었다. 사람의 흔적도, 짐승의 흔적도 아니었다. 바퀴 자국 세 줄과 비슷한 그 흔적을 보며 에디는 어린애가 타는 세발자전거가 떠올랐다. 도대체 무슨 자국일까?

"가자." 에디는 그렇게 말하면서 궁금해졌다. 수재나가 사라진 걸 알고 나서 '가자'라는 말을 도대체 몇 번이나 했는지. 그 말을 계속 내뱉는 자신을 동료들이 과연 언제까지 따라와줄지도 궁금했다. 어차피 그런 것은 중요하지 않았다. 에디는 계속 갈 작정이었다. 수재나를 찾을 때까지, 아니면 자신이 죽을 때까지. 그저 그뿐이었다. 무엇보다 두려운 것은 그 아기…… 수재나가 '어린것'이라고 부르는 뱃속의 아기였다. 그것이 수재나에게 덤벼들기라도 하면? 그럴 가능성은 충분하다는 생각이 들었다.

"에디." 롤랜드가 말했다.

에디는 어깨 너머를 돌아보며 손을 휘휘 내저었다. 롤랜드 본인이 조급할 때 곧잘 하는 손짓이었다. *빨리 말해.*

롤랜드는 말을 하는 대신 땅에 난 자국을 가리켰다. "이건 일종의 모터가 남긴 자국이다."

"모터 소리 들었어?"

"아니."

"그럼 확실한 건 아니네."

"허나 나는 알 수 있다. 누군가 미아를 태우고 간 거다. 아니면 무언가가."

"그걸 어떻게 안다는 거야, 이 빌어먹을 인간아!"

"앤디가 이동 수단을 남겨뒀을지도 몰라요." 제이크가 말했다. "누가 그렇게 하라고 미리 명령했다면요."

"도대체 누가 앤디한테 그런 명령을 내린다는 거야?" 에디는 갈라진 목소리로 물었다.

핀리요. 제이크는 속으로 중얼거렸다. *핀리 오테고. 누군지는 모르지만요. 아니면 월터가 그랬을지도.* 그러나 소리 내어 말하지는 않았다. 에디는 이미 충분히 화가 난 상태였다.

대신 입을 연 사람은 롤랜드였다. "수재나는 이미 멀어졌다. 마음의 준비를 하는 게 좋을 거다."

"개소리 집어치워!" 에디는 사납게 외치고서 다시 가파른 오르막길 쪽으로 몸을 돌렸다. "가자!"

4

그러나 마음속으로는 에디도 롤랜드의 말이 옳다는 것을 알았다. 에디로 하여금 통로 동굴로 이어진 길을 정신없이 올라가도록 한 힘은 희망이 아니라 절박한 결심 같은 것이었다. 떨어진 바위로 길이 가로막히다시피 한 지점에서, 일행은 버려진 탈것을 발견했다.

그 기계에는 두툼한 타이어 세 개와 여전히 나지막한 우우웅 소리
를 내며 돌아가는 전기 모터가 달려 있었다. 에디가 보기에는 애버
크롬비 앤드 피치 매장에서 파는 멋진 사륜 오토바이와 비슷했다.
손잡이에 가속 그립과 브레이크가 달려 있었다. 에디는 몸을 숙여
왼쪽 브레이크의 금속 표면에 찍힌 글자를 읽어보았다.

'스퀴지 파이' 브레이크, 노스 센트럴 양자공학 주식회사 제조

자전거 안장처럼 생긴 좌석 뒤에 조그마한 수납함이 달려 있었
다. 에디는 수납함 뚜껑을 열어보고 안에 있던 노잘라 콜라 여섯 캔
들이 한 묶음을 발견했지만, 조금도 놀라지 않았다. 어디서나 볼 수
있는 안목 있는 사기꾼들의 음료였기 때문이었다. 캔 하나는 사라지
고 플라스틱 고리만 남아 있었다. 말할 것도 없이 수재나가 목이 말
라서 마셨을 터였다. 서둘러 이동하다 보면 목이 타게 마련이므로.
해산을 하는 와중이라면 더더욱.

"이건 강 건너편에서 온 물건이에요." 제이크가 중얼거렸다. "도
건에서요. 다시 돌아가면 거기에 세워져 있는 게 보일 거예요. 아마
엄청 많을걸요. 분명 앤디가 한 짓이에요."

에디는 그 말이 옳다고 인정할 수밖에 없었다. 도건은 틀림없이
모종의 전초 기지였고, 필시 선더클랩의 짜증스러운 현 거주자들보
다 더 일찍 만들어진 곳이었다. 이곳의 지형을 생각하면 이 기계는
정찰용으로 더없이 어울리는 탈것이었다.

전망이 기가 막힌 이 쓰러진 바위 옆에서, 에디는 동료들과 함께

늑대 부대에 맞서 싸운 전장을 내려다보았다. 그들이 접시를 던지고 총알을 날리며 싸운 그 전장을. 이곳에서 내려다보이는 이스트 로드에는 사람이 너무나 많아서 메이시 백화점의 추수감사절 기념 행진을 구경하던 기억이 떠올랐다. 칼라 주민 전체가 몰려나와서 잔치를 벌이는 그 광경을 본 순간, 에디는 그들이 너무나 미웠다. *내 아내는 너희 때문에 사라진 거야, 이 빌어 처먹을 겁쟁이들아.* 어리석은 생각, 터무니없이 모진 생각이었다. 그럼에도, 그렇게 생각한 덕분에 증오로 얼룩진 만족감 같은 것이 느껴졌다. 스티븐 크레인의 시에 나오는 구절이 뭐였더라? 고등학교 때 배웠던 「사막에서」라는 그 시에? '난 이게 맛있어, 왜냐면 쓰니까, 그리고 내 심장이니까.' 그 비슷한 구절이었다. 대강 그런 내용이었다.

이제 롤랜드는 버려진 채 희미하게 윙윙대는 삼륜 오토바이 옆에 서 있었다. 만약 총잡이의 눈에 드리운 빛이 동정이라면, 또는 그보다 더 끔찍한 연민이라면, 에디는 더 이상 그 눈길을 받고 싶지 않았다.

"가자, 다들 서둘러. 수재나를 찾아야 해."

5

이번에 통로 동굴의 깊숙한 구멍 속에서 그들을 반겨준 목소리의 주인은 에디가 한 번도 만난 적 없는 여성이었다. 그럼에도 에디는 그 여성에 관해 들은 적이 있었고(그것도 아주 잔뜩, 세이 생키), 그래서 대번에 누군지 알아차릴 수 있었다.

"그 여자는 이미 떠났다, 이 뇌가 사타구니에 달린 얼간이들아!" 쿠스 언덕의 레아가 어둠 속에서 외쳤다. "그래, 아기는 다른 곳에서 낳을 거다! 그리고 마침내 세상에 나오면 그 식인종 아기는 틀림없이 제 어미를 음부부터 파먹을 거다! 암, 그렇고말고!" 레아가 낄낄 웃었다. 더할 나위 없이 독기 서린(그리고 더할 나위 없이 사람의 신경을 갉아먹는) 웃음이었다.

"닥쳐!" 에디가 어둠을 향해 외쳤다. "닥치라고, 이…… 이 염병할 *허깨비야!*"

그러자 신기하게도, 허깨비가 정말로 입을 다물었다.

에디는 동굴 안을 둘러보았다. 타워의 빌어먹을 2단 책장이, 유리문 너머로 늘어선 초판본들이 보였다. 그러나 옆면에 중간 세계 볼링장이라고 적힌 분홍색 그물 가방은 보이지 않았다. 뚜껑에 조각이 새겨진 고스트우드 상자도 안 보이기는 마찬가지였다. 찾지 못한 문은 여전히 허공에 경첩을 박은 채 그곳에 서 있었지만, 이제 그 문은 묘하게 흐릿해 보였다. 찾지 못했을 뿐 아니라 망각되기까지 한 문이었다. 변질해버린 세계가 남긴 또 하나의 쓸모없는 단편에 지나지 않았다.

"안 돼, 못해. 난 이대로는 못 끝내. 힘은 아직 이곳에 있어. *힘이 아직 이곳에 있단 말이야.*"

에디는 롤랜드를 향해 돌아섰지만, 롤랜드는 그를 보고 있지 않았다. 놀랍게도, 롤랜드는 책들을 살펴보는 중이었다. 마치 수재나를 찾는 일이 슬슬 지겨워진 사람처럼, 그래서 시간을 때우기에 좋은 책을 찾으려는 사람처럼.

에디는 롤랜드의 어깨를 잡고 돌려세웠다. "이게 어떻게 된 일이야, 롤랜드? 당신 혹시 알아?"

"어찌된 일인지는 명명백백하다." 롤랜드가 말했다. 캘러핸도 길을 올라와 그 곁에 서 있었다. 통로 동굴에 처음 와보는 제이크만이 입구에 머물러 있었다. "그녀는 휠체어를 타고 갈 수 있는 데까지 간 다음, 손과 무릎으로 오르막길 입구까지 왔다. 한창 해산 중일지도 모르는 여성치고는 꽤 대단한 일이지. 그리고 오르막길 입구에 누군가, 제이크 말처럼 아마도 앤디가, 그녀의 탈것을 준비해두었을 거다."

"혹시 슬라이트먼이 한 짓이라면 다시 내려가서 내 손으로 죽여버릴 거야."

롤랜드는 고개를 저었다. "슬라이트먼의 소행이 아니다." *허나 슬라이트먼도 분명 알았을 거다.* 롤랜드는 속으로 생각했다. 딱히 중요한 일 같지는 않았지만, 그는 느슨한 결말을 벽에 비뚜름하게 걸린 그림만큼이나 싫어했다.

"야, 동생아. 이런 말 해서 미안한데, 네 깔치는 벌써 죽었어." 동굴 깊숙이서 헨리 딘이 말했다. 미안한 기색이 묻은 목소리는 아니었다. 즐거워하는 목소리였다. "그 망할 괴물 아기가 야금야금 잡아먹었다고! 뇌까지 올라가는 동안 이를 뱉으려고 딱 한 번 멈추더라!"

"*닥쳐!*" 에디가 악을 썼다.

"너도 알다시피 뇌는 궁극의 두뇌 음식이란다." 헨리의 목소리는 연륜 있는 학자처럼 온화했다. "전 세계의 식인종들이 숭배하는 부위지. 그건 수재나 뱃속에 있던 어린것도 마찬가지야, 에디! 귀엽지만 배애고오픈 어린것 말이야."

"닥쳐라, 하느님의 이름으로 명한다!" 캘러핸이 외치자 에디 형의 목소리는 잠잠해졌다. 아예 모든 목소리가 조용해졌다. 적어도 당장은.

롤랜드는 말을 끊긴 적이 아예 없었던 양 계속 이야기했다. "그녀는 이곳에 왔다. 그리고 가방을 꺼냈다. 검은 13이 저 문을 열도록 상자를 열었다. 그렇게 한 것은 미아다, 수재나가 아니라. 누구의 딸도 아닌 미아 말이다. 미아는 열려 있는 상자를 든 채로 문을 통과했다. 그러고는 문 건너편에서 상자를 닫아 문을 닫았다. 우리가 못 들어오도록 닫아버린 거다."

"아니야." 에디는 정다면체 표면에 장미가 아로새겨진 수정 문손잡이를 쥐었다. 손잡이는 돌아가지 않았다. 아예 털끝만큼도 움직이지 않았다.

어둠 속에서 엘머 체임버스가 말했다. "아들아, 네가 조금만 빨랐어도 네 친구를 구할 수 있었을 거야. 걔가 죽은 건 네 탓이란다." 그러고는 다시 조용해졌다.

"저건 진짜가 아니야, 제이크." 에디는 그렇게 말하고는 문손잡이의 장미 문양을 손가락으로 쓸어보았다. 손끝에 먼지가 묻어났다. 찾지 못한 문이 이곳에 수백 년 동안, 찾지 못했을 뿐 아니라 열지도 못한 채로 서 있었던 것처럼. "저 목소리는 그냥 네 머릿속의 가장 지저분한 기억을 찾아서 방송하는 것뿐이야."

"난 항상 네가 마음에 안 들었다, 이 흰둥아!" 문 뒤편의 어둠 속에서 데타가 의기양양하게 외쳤다. "이제야 떼어놓게 됐으니 내가 얼마나 기쁘겠냐!"

"저렇게 말이지." 에디는 목소리가 들려오는 쪽을 엄지손가락으로 휙 가리켰다.

제이크는 생각에 잠긴 창백한 얼굴로 고개를 끄덕였다. 한편 롤랜드는 다시 타워의 책장 쪽으로 돌아서 있었다.

"롤랜드?" 에디는 목소리에 짜증스러운 기색이 배어나지 않도록, 적어도 살짝이나마 웃음기가 묻어나도록 애썼다. 그리고 둘 다 실패했다. "혹시 우리 때문에 지루해졌어? 그런 거야?"

"아니다."

"그럼 그 책장은 그만 보고 좀 도와줘, 이 빌어먹을 문을 어떻게 해야 열……"

"문을 여는 방법은 이미 안다. 그런데 문제가 있다. 첫째는 구슬이 사라진 지금 저 문이 우리를 어디로 데려갈 것인가 하는 거다. 그리고 둘째는, 우리가 가려 하는 곳이 어디인가 하는 거다. 미아를 쫓아가야 할까? 아니면 타워가 자기 친구와 함께 발라자르와 놈의 친구들을 피해 숨은 곳으로 가야 할까?"

"수재나를 쫓아가야지!" 에디가 버럭 악을 썼다. "당신 저 목소리들이 씨부렁거리는 소릴 듣기는 한 거야? 식인종이라잖아! 내 아내가 식인 괴물을 낳는 중인지도 몰라, *바로 지금*, 그런데 이 판국에 그보다 더 중요한 일이 있다고 생각하는 거라면 당신……"

"그보다는 *탑*이 더 중요하다. 그리고 이 문 너머 어딘가, 이름 자체가 탑을 의미하는 타워라는 남자가 있다. 그는 어떤 공터의 소유주이자 그 공터에서 자라는 어떤 장미의 소유주이기도 하다."

에디는 설마 하는 표정으로 롤랜드를 바라보았다. 제이크와 캘러핸도 마찬가지였다. 롤랜드는 다시 조그만 책장을 향해 돌아섰다. 책장은 정말로 어딘가 이상해 보였다. 이 컴컴한 바위투성이 동굴

속에서는.

"그리고 이 책들의 소유주이기도 하다." 롤랜드가 중얼거렸다. "그는 이 책들을 지키려고 모든 것을 걸었다."

"맞아, 그 인간은 책이라면 환장하는 미친놈이니까."

"허나 만물은 카를 섬기고 빔을 따르는 법이다." 롤랜드는 그렇게 말하고는 책장 위쪽 칸에서 책 한 권을 뽑아들었다. 에디는 그 책이 거꾸로 꽂혀 있었던 것을 알아보았다. 영 캘빈 타워답지 않은 짓이라 놀라웠다.

롤랜드는 풍파에 시달려 주름이 깊이 팬 두 손으로 그 책을 잡고서, 누구에게 건넬지 고민하는 모양새였다. 그는 먼저 에디를…… 다음으로 캘러핸을 보다가…… 결국에는 제이크에게 책을 건넸다.

"표지에 뭐라고 적혔는지 읽어다오. 너희 세계의 글자는 보고 있으면 머리가 아프다. 빙빙 돌기는 해도 눈에는 쉽게 들어오지만, 정신을 집중해서 읽으려고 하면 다시 빙빙 돌면서 멀어져버린다."

제이크는 총잡이의 말을 듣는 둥 마는 둥 했다. 시선은 책 표지에 그려진 석양 속의 조그만 시골 교회에 못 박혀 있었다. 한편 캘러핸은 이 어두운 동굴 속에 서 있는 문을 더 자세히 보려고 제이크 곁을 지나 걸어갔다.

마침내 제이크가 고개를 들었다. "근데…… 롤랜드, 여기 혹시 캘러핸 신부님이 우리한테 얘기해준 그 마을 아니에요? 흡혈귀가 신부님의 십자가를 부수고 자기 피를 마시게 했다는 그 마을?"

캘러핸이 문 앞에서 휙 돌아섰다. *"뭐라고?"*

제이크는 말없이 책을 내밀었다. 캘러핸은 그 책을 받아들었다. 거의 뺏다시피 했다.

"『살렘스 롯』." 캘러핸은 제목을 읽었다. "스티븐 킹 소설." 그는 고개를 들어 에디를, 다시 제이크를 보았다. "들어본 이름인가? 둘 중 누구라도? 내가 살던 시대의 작가는 아닌 것 같은데."

제이크는 고개를 저었다. 에디도 고개를 저으려다가 뭔가를 발견했다. "그 교회. 칼라 마을의 공회당처럼 생겼는데요. 거의 쌍둥이처럼 똑같아요."

"이스트 스토넘 감리교 공회당하고도 닮았군. 1819년에 지은 건물이지. 그러니까 이번엔 세쌍둥이가 등장한 셈인가." 캘러핸의 목소리는 스스로의 귀에도 아득하게 들렸다. 동굴 바닥의 구멍에서 흘러나오는 거짓 목소리들만큼이나 공허한 목소리였다. 느닷없이, 그는 스스로에게조차 진짜가 아닌 가짜처럼 느껴졌다. 자신이 *19*처럼 느껴졌다.

6

그냥 농담이야. 마음 한구석이 캘러핸을 위로했다. *분명 농담일 거야. 책 표지에 소설이라고 적혀 있잖아, 그러니까……*

뒤이어 어떤 생각이 퍼뜩 떠올랐고, 캘러핸은 밀려오는 안도감에 휩싸였다. *조건부 안도감이기는 했지만 그래도 아예 없는 것보다는 나았다.* 사람들이 가끔은 현실의 장소를 배경으로 가상의 이야기를 쓰기도 한다는 생각이었다. 틀림없이 그렇게 된 것이었다. 그래야만 했다.

"191쪽을 펴보시오." 롤랜드가 말했다. "조금은 알 것 같소만, 전체를 파악하지는 못했소. 아직 턱없이 부족하오."

캘러핸은 191쪽을 펴서 읽기 시작했다.

"'신학생이었던 젊은 시절, 캘러핸 신부는 한 친구에게서……'"
캘러핸은 말끝을 흐렸다. 그러면서 눈으로는 책장에 적힌 글자들을
허겁지겁 읽어나갔다.

"계속 읽어요." 에디가 말했다. "읽으세요, 신부님, 안 그러면 내
가 읽을 거예요."

천천히, 캘러핸은 다시 책을 읽기 시작했다.

"'……한 친구에게서 신성모독에 가까운 털실 자수 견본을 받고
당시에는 깜짝 놀라서 한바탕 웃고 말았지만, 세월이 흐르면서 그
자수는 점점 더 진실에 가까워지는 동시에 점점 더 신성모독으로부
터 멀어지는 것처럼 느껴졌다. *하느님, 제게 바꿀 수 없는 것을 받아
들일 평온을, 바꿀 수 있는 것을 바꿀 용기를, 너무 자주 개판을 치지
않을 행운을 허락하소서.* 이 말이 떠오르는 아침 해 앞에 고대 영어
서체로 수놓여 있었다.

"'이제, 대니 글릭의…… 대니 글릭의 추모객들 앞에 서 있으려
니, 그 오래된 신조가…… 그 오래된 신조가 머릿속에 다시 떠올랐
다.'"

책을 들고 있던 손이 스르륵 내려갔다. 제이크가 잡지 않았더라
면 책은 꼼짝없이 동굴 바닥에 나뒹굴었을 터였다.

"갖고 있었죠, 그렇죠?" 에디가 물었다. "그 자수 견본, 진짜로 갖
고 있었던 거잖아요."

"프랭키 포일이 준 거야." 캘러핸이 말했다. 속삭임이나 다름없는
목소리였다. "내가 신학교에 다닐 때. 그리고 대니 글릭은…… 그

아이 장례식은 내가 집전했어, 그 얘기는 했던 것 같은데. 왠지 모든 것이 변하는 느낌이 들었던 게 바로 그때였어. 하지만 이건 소설이 잖아! 소설은 *허구*야! 어떻게…… 어떻게 이럴 수가……" 캘러핸의 목소리는 느닷없이 고함으로 바뀌었다. 롤랜드의 귀에는 동굴 깊숙이서 솟아나오는 거짓 목소리들과 섬뜩할 정도로 비슷하게 들렸다. "*빌어먹을, 난 현실의 인간이라고!*"

"여기 흡혈귀가 신부님의 십자가를 부서뜨리는 장면도 있어요." 제이크가 책을 읽기 시작했다. "'*드디어 만났군! 발로가 빙그레 웃으며 말했다. 그의 얼굴은 다부지고 지적이고 준수하면서도 어딘가 날카롭고 험상궂은 인상을 풍겼다. 그런데 불빛이 일렁이자 그 얼굴은……*'"

"그만." 캘러핸이 멍하니 중얼거렸다. "듣고 있자니 머리가 아프구나."

"여기에는 신부님이 그 얼굴을 보고 어릴 때 벽장에 살던 괴물을 떠올렸다고 나와 있어요. 미스터 플립이라는 괴물을요."

캘러핸의 얼굴은 이제 너무나 창백해서 그 자신이 흡혈귀의 희생자인 것만 같았다. "미스터 플립 이야기는 아무한테도 한 적이 없어, 심지어 어머니한테도. 그게 책 속에 적혀 있을 리가 없어. 그건 말도 안 돼."

"적혀 있는데요." 제이크는 딱 잘라 말했다.

"정리를 좀 해봅시다." 에디가 말했다. "신부님이 어렸을 때 미스터 플립이란 괴물이 있었어요, 그리고 신부님은 발로라는 제1형 흡혈귀랑 맞닥뜨렸을 때 *진짜*로 그 괴물 생각이 났어요. 맞죠?"

"그래, 하지만……"

에디는 총잡이 쪽으로 돌아섰다. "이런다고 우리가 수재나한테 조금이라도 가까워질 수 있을까? 당신 생각은 어때?"

"그럴 거다. 우린 이미 거대한 수수께끼의 핵심에 이르렀다. 아마도 가장 거대한 수수께끼일 거다. 내 생각에 암흑의 탑은 이미 손을 뻗으면 닿을 곳에 있다. 그리고 탑이 가까워지면, 수재나 역시 가까이에 있을 거다."

그 말을 무시한 채로, 캘러핸은 책을 훌훌 넘겨보았다. 제이크는 어깨 너머로 그 책을 보고 있었다.

"그래서, 당신은 저 문을 여는 방법을 안다는 거야?" 에디가 문을 가리키며 말했다.

"그렇다. 도와줄 사람이 필요하기는 하지만, 칼라 브린 스터지스의 주민들이라면 마침 우리에게 갚을 빚이 조금 있을 게다. 안 그러냐?"

에디가 고개를 끄덕였다. "좋아, 그래도 이거 하나는 얘기해둘게. 난 분명히 그 스티븐 킹이라는 이름을 전에 본 적이 있어. 적어도 한 번은."

"특선 메뉴 칠판에 적혀 있었어요." 제이크는 책에서 눈을 떼지 않은 채로 말했다. "맞아요, 기억나요. 우리가 맨 처음 토대시에 빠졌을 때, 특선 메뉴 칠판에 그 이름이 적혀 있었어요."

"특선 메뉴라고?" 롤랜드가 얼굴을 찡그리며 물었다.

"*타워*의 특선 메뉴 칠판 말이야. 헌책방 진열창에 있었잖아, 기억 안 나? 그 마음의 양식 레스토랑인가 뭔가 하는 거기."

롤랜드는 고개를 끄덕였다.

"근데 저 할 얘기가 있어요." 제이크는 그제야 책에서 눈을 떼고 고개를 들었다. "에디랑 제가 토대시 상태로 갔을 때는 칠판에 그 이름이 적혀 있었는데요, 맨 처음에 저 혼자 가게 안에 들어갔을 땐 안 적혀 있었어요. 디프노 씨가 저한테 강 수수께끼를 가르쳐줬을 땐 다른 사람의 이름이 있었어요. 이름이 바뀐 거예요, 『칙칙폭폭 찰리』의 작가 이름이 바뀐 것처럼요."

"내가 책에 나오다니, 말도 안 돼." 캘러핸이 말했다. "난 허구가 아닌데…… 설마 허구일까?"

"롤랜드." 그 이름을 부른 사람은 에디였다. 총잡이는 에디 쪽으로 돌아섰다. "난 수재나를 찾아야 해. 누가 진짜고 누가 허구고, 그런 건 관심 없어. 캘빈 타워도, 스티븐 킹도, 현직 교황이 누군지도 내 알 바 아니야. 실체만 놓고 따지자면 내가 원하는 건 수재나뿐이야. *난 내 아내를 찾아야 한다고.*" 에디의 목소리가 조그마해졌다. "나 좀 도와줘, 롤랜드."

롤랜드는 왼손을 뻗어 책을 쥐었다. 오른손은 문에 갖다댔다. *만약 그녀가 아직 살아 있다면.* 롤랜드는 생각했다. *만약 우리가 그녀를 찾는다면, 그리고 만약 그녀가 자기 자신으로 돌아온다면. 만약, 만약, 또 만약이구나.*

에디는 롤랜드의 팔을 붙잡았다. "부탁이야. 나 혼자 하게 놔두지 마. 난 수재나를 너무 사랑한단 말이야. 찾을 수 있게 도와줘."

롤랜드는 빙긋이 웃었다. 그렇게 웃자 더 젊어 보였다. 동굴이 그 미소에서 나온 빛으로 환해지는 듯했다. 그 미소 속에 엘드의 혈통이 지닌 고대의 힘이 모두 들어 있었다. 백(白)의 일족의 힘이었다.

"그래. 모두 함께 가자."

롤랜드는 그 말을 되뇌었다. 이 캄캄한 곳에 필요한 긍정의 힘을 모두 담아서.

"그래."

메인 주 뱅고어에서

2002년 12월 15일

〈끝〉

지은이의 말

내가 「다크 타워」 시리즈를 쓰면서 미국 서부 영화에 얼마나 큰 빚을 졌는지는 굳이 강조하지 않아도 확연히 드러날 것이다. 철자가 살짝 다르기는 하지만, 칼라 마을의 정식 지명 끄트머리에 스터지스(Sturgis)라는 이름이 붙은 것은 결코 우연이 아니다(「황야의 7인」을 만든 존 스터지스(Sturges) 감독의 이름에서 따온 것으로 보인다 ─ 옮긴이). 그럼에도, 이 이야기의 일부를 구성하는 토대 가운데 적어도 두 가지는 미국제가 아니라는 점을 분명히 밝히고 싶다. 세르지오 레오네 감독(「황야의 무법자」, 「석양의 건맨」, 「석양의 무법자」 등)은 이탈리아 사람이었다. 구로사와 아키라 감독(「7인의 사무라이」 등)은 물론 일본 사람이었다. 구로사와 아키라, 세르지오 레오네, 샘 페킨파, 하워드 호크스, 존 스터지스 같은 감독들이 은막에 남긴 유산이 없었다면, 내가 과연 이 시리즈를 쓸 수 있었을까? 아마 레오네 감독 없이는 불가능했을 것이다. 그러나 앞서 말한 다른 감독들이 없었다면 레오네 역시 없었을 것이다.

로빈 퍼스에게도 감사의 말을 전해야겠다. 그는 언제나 자신의 자리를 지키며 내가 필요로 할 때마다 적절한 정보를 제공해주었다. 그리고 물론 내 아내 태비사에게도 감사하고 싶다. 내가 최선의 실력을 발휘하여 이 긴 이야기를 쓸 수 있도록 필요한 시간과 조명과 공간을 변함없이 참을성 있게 제공해주는 그녀에게.

S. K.

지은이 후기

이 짧은 후기를 읽으시기 전에, 부디 잠시 짬을 내어 (괜찮으시다면) 이 책의 맨 앞에 있는 헌사를 다시 한 번 봐주시기 바랍니다. 저는 여기서 기다리겠습니다.

감사합니다. 저는 프랭크 멀러가 중편집 『사계』부터 시작하여 오디오 북으로 나온 제 책을 여러 권 낭독한 사람이라는 것을 여러분께서 알아주셨으면 합니다. 뉴욕의 레코디드 북스 출판사에서 『사계』를 녹음하면서 처음 만난 저희 둘은 대번에 친구가 되었습니다. 저희의 우정은 독자 여러분 가운데 일부가 살아온 시간보다 더 오래됐습니다. 함께 일하는 동안 프랭크는 「다크 타워」 시리즈의 앞쪽 4부를 낭독해주었고, 저는 총잡이의 이야기를 마무리하려고 준비하는 동안 예순 개쯤 되는 그 카세트테이프를 모조리 들었습니다. 그렇게 철저한 준비를 할 경우에 오디오북은 최적의 매체입니다. 왜냐면 오디오북을 들을 때 우리는 모든 것을 남김없이 받아들일 수밖에 없기 때문입니다. 조급한 눈은(때로는 지친 정신도) 단어 한 개쯤은 건너뛰기도 하는데 말입니다. 롤랜드의 세계에 완전히 빠져드는 것, 그것이야말로 제가 원한 것이었고, 프랭크는 제게 그것을 주었습니다. 프랭크는 제가 미처 예상치 못했던 멋진 것도 함께 주었습니다. 그것은 제가 이 시리즈를 쓰는 동안 언젠가 잃어버렸던 새로운 느낌, 신선한 느낌이었습니다. 롤랜드와 롤랜드의 친구들을 살아 있는 *사람*으로, 저마다 생생한 내면의 삶을 지닌 인물로 파악하는 느낌 말입니다. 이 책의 헌사에 프랭크가 제 머릿속의 목소리를 들어주었다고 쓰면서, 저는 제가 이해하는 문자 그대로의 진실을 썼습니다. 그리고 프랭크는 이 책에 나오는 통로 동굴을 상당히 순화시킨 형태로 그 목소리들에 완전한 생명을 불어넣었습니다. 시리즈의 남은 책들은 이미 완성되었는데(이 책은 오케이 단계이고 마지막 두 권은 초고 단계이므로), 이는 대부분 프랭크 멀러와 그의 목소리 연기가 담긴 낭독 덕분입니다.

저는 「다크 타워」 시리즈의 나머지 3부를 오디오북으로 만드는 작업도 프랭크가 함께해주기를 바랐고(물론 완전판 낭독을 말합니다. 저는 원칙적으로 제 책의 축약판을 만들도록 허가하지 않을뿐더러 축약본이라는 형태 자체를 인정하지 않습니다.), 프랭크도 여기에 열의를 보였습니다. 저희는 2001년 10월에 뱅고어에서 함께 저녁을 먹으며 그 작업의 가능성을 논의했는데, 이야기를 나누는 동안 프랭크는 「다크 타워」 시리즈야말로 자기가 가장 아끼는 작품이라고 말했습니다. 500권이 넘는 장편소설의 오디오북을 낭독한 프랭크에게서 그런 말을 듣다니, 저는 기뻐서 어쩔 줄을 몰랐습니다.

낙관적이고 적극적인 논의가 오갔던 그 저녁 식사로부터 채 한 달도 지나지 않아서, 프랭크는 캘리포니아의 고속도로에서 끔찍한 오토바이 사고를 당했습니다. 프랭크가 아버지가 되는 기쁨을 두 번째로 누리게 됐다는 것을 안 날로부터 고작 며칠 후에 일어난 사고였습니다. 아마도 헬멧을 쓴 덕분에 목숨을 건진 것 같습니다만(오토바이 운전자 여러분, 부디 명심하십시오.), 그럼에도 심각한 중상을 입었는데 대부분은 신경계 손상입니다. 결국 프랭크는「다크 타워」 시리즈의 남은 책들을 녹음하지 못할 것입니다. 클라이브 바커의 『콜드하트 계곡』 오디오북이 아마도 틀림없이 프랭크의 마지막 낭독작이 될 것입니다. 프랭크는 사고를 당하기 직전인 2001년 9월에 그 책의 녹음을 끝마쳤습니다.

기적이 일어나지 않는 한 프랭크 멀러의 낭독 인생은 끝났습니다. 십중팔구 평생이 걸릴 그의 재활 치료는, 이제 겨우 시작됐습니다. 그에게는 지극한 보살핌과 여러 전문가의 도움이 필요할 것입니다. 그런 일에는 돈이 들게 마련인데, 돈이란 것은 말이지요, 원래 프리랜서 예술가들하고는 별로 친하지가 않습니다. 저는 제 친구 몇 명과 함께 프랭크를 도울 재단을 만들었습니다. 그리고 그와 비슷한 비극에 맞닥뜨린 여러 분야의 다른 프리랜서 예술가들도 도울 수 있으면 좋겠습니다. 제가 『칼라의 늑대들』의 오디오북으로 번 수익은 모두 그 재단의 계좌로 들어갈 것입니다. 그걸로 충분하지는 않겠습니다만, 웨이브댄서 재단의 기금을 마련하는 활동은 프랭크의 재활 치료와 마찬가지로 이제 막 시작됐습니다('파도 타는 무용수'라는 뜻의 재단명은 프랭크의 돛단배 이름에서 따왔답니다.). 혹시 집에서 쉬는 돈이 몇 달러 있는데 웨이브댄서 재단의 미래를 위해 쾌척하고 싶으신 분이 계시다면, 저한테 보내지 마시고 이쪽으로 보내주십시오.

540

The Wavedancer Foundation

c/o John McElroy

44 Kane Avenue

Larchmont, NY 10538

프랭크의 아내 에리카가 여러분께 '세이 생키'를 보낼 겁니다. 저야 말할 것도 없고요.

그리고 프랭크도 그렇게 말할 겁니다. 할 수만 있다면.

메인 주 뱅고어에서

2002년 12월 15일

*프랭크 멀러는 오토바이 사고의 후유증을 극복하기 위해 재활에 힘쓰다가 2008년 6월 4일 사망했다. 원래 셰익스피어 연극 전문 배우였던 그는 인기 있는 오디오북 낭독자로, 또 텔레비전 배우로도 활동했다. 또한 한 여성의 남편이자 두 아이의 아버지이기도 했다. 늦게나마 고인의 명복을 빈다. ─옮긴이

옮긴이 | 장성주

고려대 동양사학과를 졸업하고 출판 편집자로 일했다. '스티븐킹교'의 평신도를 자처하며 묵묵히 신앙 생활에 정진해 왔으나, 앞으로는 '스티븐킹교' 포교 활동에도 힘쓸 생각이다. 번역서로는 『아돌프에게 고한다』, 『다크타워 시리즈』, 『언더 더 돔』, 『워킹데드 시리즈』 등이 있다.

다크타워 5 [하]

1판 1쇄 찍음 2017년 4월 28일
1판 1쇄 펴냄 2017년 5월 10일

지은이 | 스티븐 킹
옮긴이 | 장성주
발행인 | 김세희
편집인 | 김준혁
펴낸곳 | 황금가지

출판등록 | 2009. 10. 8 (제2009-000273호)
주소 | 135-887 서울 강남구 신사동 506 강남출판문화센터 5층
전화 | 영업부 515-2000 편집부 3446-8774 팩시밀리 515-2007
홈페이지 | www.goldenbough.co.kr

© ㈜민음인, 2017. Printed in Seoul, Korea

ISBN 979-11-5888-259-4 04840
ISBN 978-89-6017-210-4 04840 (세트)

㈜민음인은 민음사 출판 그룹의 자회사입니다.
황금가지는 ㈜민음인의 픽션 전문 출간 브랜드입니다.